中国社会科学院老学者文库

德国文学思潮研究

张 黎◎著

中国社会科学出版社

图书在版编目（CIP）数据

德国文学思潮研究／张黎著 . —北京：中国社会科学出版社，2023.8
（中国社会科学院老学者文库）
ISBN 978-7-5227-2434-8

Ⅰ.①德…　Ⅱ.①张…　Ⅲ.①文艺思潮—研究—德国　Ⅳ.①I516.06

中国国家版本馆 CIP 数据核字（2023）第 154444 号

出 版 人	赵剑英
责任编辑	王丽媛
责任校对	马婷婷
责任印制	戴　宽

出　　版	中国社会科学出版社
社　　址	北京鼓楼西大街甲 158 号
邮　　编	100720
网　　址	http://www.csspw.cn
发 行 部	010-84083685
门 市 部	010-84029450
经　　销	新华书店及其他书店
印刷装订	北京君升印刷有限公司
版　　次	2023 年 8 月第 1 版
印　　次	2023 年 8 月第 1 次印刷
开　　本	710×1000　1/16
印　　张	29.5
字　　数	411 千字
定　　价	169.00 元

凡购买中国社会科学出版社图书，如有质量问题请与本社营销中心联系调换
电话：010-84083683
版权所有　侵权必究

代前言　关于"文学科学"的纠结

我在整理近年研究德国文学的文字时，发现我在20世纪80年代，写过一篇关于"文学科学词典"的评论。这使我想起开始做研究工作时，对这个问题常常纠结不清：文学怎么是科学呢？研究文学跟科学有什么关系？我在德国念书时，接触过"文学科学"这个词汇，德文称Literaturwissenschaft，它是由"文学"和"科学"组成的合成词，把"文学"与"科学"搭配在一起，这个词令人难以理解。那时，我理解的"科学"就是数学、天文、物理这类学科，我还不知道有社会科学，更不懂什么叫文学科学。18世纪，一位叫苏尔策（J. G. Sulzer, 1729—1799）的德国作家，出版过一部词条式的"文学科学"著作，现在人们称这类书为"文学科学词典"，那时这部词典命名为《美艺术通论》（Allgemeine Theorie der schoenen Kuenste）。18世纪的德国通常称文学（die Literatur）为"美艺术"（die schoene Kunst）。这部词典在当时受到赫尔德高度评价，称它从历史发生学角度解释文学的概念、术语，为这类辞书的撰写树立了一个样板。当时我作为学生，只是囫囵吞枣接受了"文学科学"这个概念，并未弄明白它的真实含义。

20世纪60年代初，大概是1961年夏天，那时我进文学研究所不到两年，曾经约吴元迈、冯植生等去东四头条，拜访住在那里的同事。我记得从曾威夷家出来,已是下午四点钟左右,天气炎热,恰逢井岩盾同志在院子里摇着蒲扇纳凉。他见我们走出曾家,热情地与我们打招呼。我们在他家门前攀谈起来。井岩盾是从延安来的老同志,中华人民共和国成立后在沈阳主编过文学杂志《处女地》,他当时已经是著名诗人,出版过《摘星集》。那时他刚刚四十出头,比我们这些刚走出校门的大学生成熟多了,到底是经过战争年代洗礼的革命家。他当时对我们说的一席话,给我留下了深刻印象。我记得他那一口山东话,跟我们老家河北沧州的口音十分相近,与他攀谈给我一种近乎"老乡"的亲切感。他说:你们都是科班出身,来文学所工作,是"门当户对",跟咱不一样,哈哈哈,咱是写诗,写小说的,哪会写论文呀,写点评论还凑合,如今进了文学所做研究工作,哈哈哈,真真是走错门了。他一边说,一边哈哈大笑,凸显出他性格的爽朗、豪迈,为人率直、真诚。

我还记得,刚进文学所我就发现,那些从延安或者从部队来的老同志,大都是很有成就的作家,如何其芳、力扬、井岩盾是著名诗人,路坎是著名剧作家,毛星、朱寨、王燎荧都是很有造诣的文学评论家。我没想到这些革命作家,居然像井岩盾一样,认为自己来文学所工作是"走错门了"。那时我就听说,何其芳不想当文学所所长,愿意去搞创作,国庆节之前,他还请了创作假,专门去写纪念国庆十周年的诗歌。井岩盾的话表达了这些革命作家的真实愿望,他们都想搞创作,不习惯"钻故纸堆儿",做研究工作。我跟他们不一样,如井岩盾同志所说,我是"科班出身",尽管那时还不懂得如何做研究工作,但知道自己命中注定要"钻故纸堆儿"。井岩盾当着我们说的那一席话,让我思考了好久:怎样做研究工作?怎样区分"论文"和"评论"?我忽然想起,毕业论文答辩时,老师说我的论文写得有点 Journalistisch,意思是语言表达有点像"新闻报道"。我当时并未理解老师对我毕业论文的评价，现在井岩盾同志提出的"论文"不同于"评论"这个问题又引起我的思考：说"论文"不能像"新闻报道"，我似乎能理解，说它不同于"文学评论"，我就想不清楚了。不过，我记得德文资料说，"文学评论"属于艺术范围，像小说、诗歌、剧本、散文一样，在德国，戏剧评论家、文学评论家凯尔（Alfred Kerr）、耶灵（Herbert Jhering）都属于作家（Schriftschteller）范围，我们学校的老师科尔夫（Hermann August Korff）、马耶尔（Hans Mayer）则被称为文学科学家（Literturwissenschaftler）。人们称我们学校的语言学老师傅灵思（Theodor Frings）为"语言科学家"（Sprachwissenschaftler），我还能够理解，语言学毕竟是硬碰硬的科学，不像文学有那么多"见仁见智"的成分。我还记得，德文 Abhandlung 和 Arbeit 是有区别的，前者指的是"学术论文"，它是研究工作的结果，应该与"科学"二字有关系，后者指的是"文章"，包括学术性文章，但不同于"论文"。我当时作为学生，同样也是囫囵吞枣地接受了这些概念。我来文学所不到两年的经历（尤其是井岩盾这番话）启发我不断琢磨，文学与科学到底是什么关系。

  1963 年，恰逢文学所建所十周年，我当时在乡下劳动，未参加庆祝活动，回来后听见一则"花边故事"，又引起我接着井岩盾的话茬儿想了许多，想了好久。据说所庆活动那天，学部副主任张友渔率领各所领导与会，张友渔见到何其芳，头一句话便问：其芳同志，文学所写了什么好小说呀，推荐咱们读读呗？何其芳显得十分尴尬，不知如何应对领导的问话，他只好操着一口四川腔，打着哈哈说：友渔同志，文学所是写论文的，不是写小说的。连学部副主任都认为文学所是写小说的，可见那时有相当多的人都不知道什么叫"文学研究"，更不大理解"文学"与"科学"有什么关系。20 世纪 50 年代初，即 1950 年 12 月，在丁玲主持下成立过一个"中央文学研究所",即今日"鲁迅文学院"的前身,它与1953年成立的"中国科学院文学研究所",是性质完全不同的两个机构,前者是培养作家的单位,所以后来更名为"文学讲习所""文学院",以区别于"文学研究所"。"文学研究所"隶属于"中国科学院",它的定位应该是一个把文学作为科学来研究的机构,不是培养写小说、写诗歌人才的单位。难怪那些有志于文学创作的老同志,都后悔自己进了文学研究所,进文学讲习所才符合他们的愿望。不过,像我这样在大学里"科班"念文学的人,同样也搞不清楚"文学科学"是怎么回事。经过长时间的读书,在尝试写论文过程中,才慢慢明白为什么"文学研究"是"科学"。"科学"就是丁是丁、卯是卯,虽然说文学的本质是虚构,文学创作推崇个性化想象力,但文学研究却不能放纵"见仁见智"的行为,那是艺术欣赏的事,严格说来,"见仁见智"算不得科学。

"文化大革命"结束后,原来的"中国科学院哲学社会科学部",于1977年改成了"中国社会科学院",第一任院长是胡乔木。他在一次讲话中,说明了文学与科学的关系这个问题。当时任外国文学所所长的叶水夫在外文所传达了胡乔木的讲话,胡乔木院长把"文学"区分为"作为艺术的文学"和"作为科学的文学",前者指的是"文学创作",即写小说、诗歌、剧本、散文等;后者指的是"文学研究",即写论文,包括编写文学史、进行文学理论研究、作家作品研究、文学思潮、流派研究、文学作品语言、风格研究、文学的功能与接受研究等。

除此之外,他还把"文学研究"区分为"重复性研究"和"原创性研究",前者指的是对前人研究成果的传承,也称"研究的研究",现在表达"重复性研究"的符号式用语是"1—N";后者指的是对前人不曾涉及的领域、课题的创造性发现,也称"创新的研究",现在表达"原创性研究"的符号式用语是

"0—1"。从他的讲话中可以看出，胡乔木并不否认"重复性研究"的重要意义，但他更提倡"原创性研究"，因为只有"创新"（也就是从0到1）才能增加知识的含量、提升知识的质量，更能体现研究工作的科学价值和社会文化意义。由此我想到北京大学哲学史教授冯友兰先生，他在做学问方面有过所谓"照着讲"和"接着讲"的说法。所谓"照着讲"，就是重复前人的研究成果，中国有所谓"述而不作"之说，大概就是"照着讲"的意思；而"接着讲"，就是胡乔木所说的"创新""发现"，它们的意义在于对前人的研究成果有所超越、有所突破。研究工作如果没有资料的新发现、观念的创新，那就只能原地踏步，踩着前人的脚印走。研究工作有"创新""发现"，这门学科才能发展、进步。比如说，我国现代文学史上谈到革命文学的缘起，总说"革命＋恋爱"的小说范式，滥觞于蒋光慈的长篇小说《野祭》，这个论断源于钱杏邨（阿英）1928年写的一篇关于《野祭》的评论。后来的学者们普遍沿袭这个说法，一度成了文学史上的定论，唐弢主编的《中国现代文学史》、杨义的《中国现代小说史》，都重复沿用这个说法。这可以视为对前人研究成果的传承。20世纪90年代出版的一部《张闻天传》，作者程中原发现，在蒋光慈之前四年（即1924年）张闻天还发表过一部长篇小说《旅途》，它才是"革命＋恋爱"小说范式的始作俑者，大概因为张闻天主要以革命活动家闻名于世，他的文学成就被学术界忽略了。程中原的研究突破了长期沿袭的说法，这个新的发现超越了旧日的成说，使学术界对"革命＋恋爱"小说范式的认识和研究前进了一步，在时间上表述得更准确。又比如说，关于文学的"现实主义"理论，本来"现实主义"是个哲学术语，表示精神产品与现实的关系，这个术语从19世纪开始与文学艺术发生了关系。歌德在与席勒讨论古代植物的时候，曾经用"现实主义"概念定义他的科学和艺术"方法"。俄罗斯文学评论家在与理想主义论战中，把它定义为文学创作"方法"。1934年苏联作家代表大会，甚至把"现实主义"正式规定为官方认可的"写作方法"。后来的实践证明，这个定义具有强烈的排他性，把许多题材不同、风格迥异的文学作品视为异类，助长了文学界的宗派主义倾向。20世纪60年代，德国学术界经过文学、心理学、哲学等多学科研究，经过"文化遗产"与创新关系的研究，经过"反映论"与"机械唯物论"关系的研究，"艺术思维"与"科学思维"差异的研究，"形象思维"与"抽象思维"区别的研究，科学认识介入艺术活动程度的研究，等等，还吸收了苏联文学理论家卢那察尔斯基，德国作家布莱希特、安娜·西格斯等的观点，不再把"现实主义"定义为"方法"，而是把它定义为一种"纲领""主张""口号"，提出"功能现实主义"的说法，从而推动了"现实主义"理论的进步与发展，扩大了文学评论的包容性，在实践中拓宽了文学创作题材和风格的丰富性、多样性。这场理论上的变革与创新被学术界称为"哥白尼式转折"。还比如说，在欧洲科学史上，哥白尼发现的"日心说"超越了古希腊人托勒密提出的"地心说"，从而引起人类宇宙观念的变革，促进了天文学的发展与进步。这个发现在科学史上的意义无论怎样估计都不为过，但是，由于它与历来的欧洲宗教宇宙观发生冲突，长时间内被斥为异端邪说。哥白尼40岁便提出了"日心说"，害怕受到宗教界迫害，他的《天体运行论》直到临死前才冒险拿去出版，书印出来的时候，他已经失明了。意大利哲学家乔尔丹诺·布鲁诺因宣传"日心说"，被教会宣布为"异教徒"，在罗马广场处以火刑。天文学家伽利略则因亲自证明"日心说"的正确性，遭到宗教裁判所审判和软禁，晚年完全失去人身自由。从他们的遭遇可以看出，人类为这场观念变革付出过多么惨烈的牺牲。"日心说"自16世纪面世以来，曾经间接推动了人类历史的进步。科学研究（理应包括文学研究）

的任何一次创新、突破，都会对人类社会进步，尤其是对人类知识的更新做出或大或小的贡献。这就是"原创性研究"的巨大魅力，它曾经吸引过多少矢志于科学研究的人，不辞漫漫艰辛路，而"上下求索"。

干了半辈子研究工作，到了50岁才弄明白这个问题。不算晚，我毕竟还有半辈子时间。其实，前半辈子并未干多少业务，多数时间用来下乡"滚泥巴"、劳动改造、空喊"革命"了。从20世纪80代开始，才有机会搞业务，给多年纠结不清的问题也弄明白了。于是，我在布莱希特研究方面，开始探索别人不曾涉及的课题，不甘心一辈子只做重复性研究。经过广泛阅读和调查研究，我发现"布莱希特与中国文化的关系"，是个很少有人关注的领域。不过，研究这个课题，必须对中国诗歌、戏剧和表演艺术有所了解，特别是一定要具备必要的中国古代哲学知识。所以有德国学术界人士断言，不了解中国哲学，很难理解布莱希特作品。这个问题对于西方学者（甚至对于中国学者）是个很难逾越的障碍。这就是到目前为止，这个领域的研究成果寥若晨星的主要原因。为了越过这道坎儿，我下决心停止写作，花十年时间阅读中国古代哲学。花一分功夫，得一分成果，我终于"攻"下一些别人不曾研究过的问题，比如，一位韩国的布莱希特研究者30多年前提出的《四川好人》蓝本问题，一直无人能够回答，我根据自己发现的资料，第一次给出了确切答案；关于多年无人探讨的布莱希特史诗剧与元杂剧剧本结构的关系，我的研究结果得到国内同行的认可，我还第一次证明了布莱希特史诗剧是中西文化交流互鉴的结晶；我还专门论证了布莱希特对《周易》辩证法的独特理解；在布莱希特研究领域，我第一次系统梳理了"布莱希特与毛泽东的关系"；我在布莱希特某些诗歌、散文中还发现了中国古代哲学元素；等等。我的论文写得不多，但这些发现给我带来的乐趣，是无法用数字统计的。我虽然早已进入耄耋之年，只要老天假我以天年，在这个领域说不定还能鼓捣出点什么新名堂，开拓布莱希特研究的新视野，给"文学研究"这门"科学"添加一个新的注脚。

2021 年 1 月 6 日记于车公庄坎斋

目　录

第一部分
"接受美学"的创立与文学研究范围的扩大

一　关于"接受美学"的研究笔记 …………………………（1）

二　文学的接受研究

　　——关于"接受美学"的研究笔记之二 ……………（26）

三　文学的"接受研究"和"影响研究"

　　——关于"接受美学"的研究笔记之三 ……………（38）

四　一种新兴的文学研究方法

　　——关于"接受美学"的研究笔记之四 ……………（54）

第二部分
"美学解放"与现实主义定义的更新

一　美学规范的嬗变

　　——读特雷格尔主编《文学学辞典》随笔 …………（65）

二　文艺学概念的历史性

　　——兼及西方现代文学的评价问题 …………………（73）

三 现实主义理论的"哥白尼式转折"
　　——瑙乌曼教授在京学术报告侧记 …………………（89）
四 波澜起伏的"美学解放"思潮 ……………………………（98）
五 美学思维走向的嬗变
　　——民主德国文学思潮漫谈 ………………………（108）
六 多姿多彩的文学审美追求 …………………………………（117）

第三部分
古典文学理论的坚守与新型审美意识的觉醒

一 不同的艺术个性，共同的理想追求
　　——论席勒与歌德的友谊与合作 …………………（135）
二 缔造诚与爱结盟的和谐世界
　　——1999年昆明国际歌德学术讨论会开幕辞 ………（148）
三 海涅《新诗》集披阅札记
　　——周依萍译海涅《新诗》集前言 ………………（155）
四 瓦格纳，不只是音乐家 ……………………………………（161）
五 歌剧艺术中的"瓦格纳难题" ……………………………（172）
六 瓦格纳的"苏黎世艺术论" ………………………………（181）
七 论里尔克的诗歌与散文
　　——《艺术家画像》前言 ……………………………（190）
八 里尔克在沃尔普斯维德 ……………………………………（201）

第四部分
艺术思维的革故与文学实践的创新

一 布莱希特"史诗剧"
　　——中西文化交流互鉴的结晶 ……………………（209）

二 洋溢着中国式辩证法智慧的德国散文
　　——关于布莱希特的《易经》……………………（223）
三 安娜·西格斯的风采
　　——纪念安娜·西格斯诞辰一百周年研讨会发言……（229）
四 西格斯与卢卡契………………………………………（240）
五 论施泰凡·赫尔姆林的散文创作
　　——《暮色集》译者前言………………………………（246）
六 霍尔瓦特及其"大众戏剧"……………………………（252）
七 论霍尔瓦特的"大众戏剧"
　　——1990年奥地利文学讨论会上的发言……………（258）
八 "新古典主义戏剧"述评………………………………（270）
九 论德国反法西斯戏剧…………………………………（283）

第五部分
一段尘封历史的钩沉

一 鲁特·维尔纳
　　——《谍海忆旧》译者前言……………………………（305）
二 共产国际功勋女谍
　　——鲁特·维尔纳………………………………………（312）
三 关于"汉堡嘉夫人"
　　——对鲁迅日记中一条注释的补正……………………（323）
四 不能忘记董秋斯老人…………………………………（330）
五 "众里寻他千百度"
　　——作家舒群一段鲜为人知的经历……………………（336）
六 抢救这段尘封的历史吧！……………………………（342）

第六部分
德国文学研究与翻译问题举隅

一　就《汉堡剧评》的翻译答任昕同志 …………………（351）

二　查词典不如读原著
　　——"史诗剧"术语的翻译问题 …………………（359）

三　翻译与读书 …………………………………………（369）

四　何谓"波希米亚人"？ ………………………………（375）

五　欲速则不达
　　——《布莱希特与方法》译文质疑 …………………（378）

六　翻译工作中的价值观与自信…………………………（381）

七　《歌剧之王瓦格纳》后记……………………………（386）

八　梅花与"波希米亚人" ………………………………（394）

九　读安书祉译《尼伯龙人之歌》 ……………………（399）

附　录

一　从歌德与艾克曼的一次谈话说起
　　——漫谈文学中的性描写之一 ……………………（407）

二　《布利丹的驴子》
　　——漫谈文学中的性描写之二 ……………………（417）

三　北欧文学漫笔 ………………………………………（425）

第一部分

"接受美学"的创立与文学研究范围的扩大

一 关于"接受美学"的研究笔记

一

人们常常用"突飞猛进"这样的词语来形容现代科学发展的速度，也常常用"令人眼花缭乱"这样的语句来形容新兴学科不断涌现的情况。真的，一个新兴学科一旦出现，用不了十年，单是搜集资料这一项工作，就会成为一个大难题，即使在运用现代技术手段储存资料的国家，学者们面对多如牛毛的文献，也不免有"望洋兴叹"之感。从事现代科学研究的人们，不要说有所创新，就连跟上本学科的发展形势，也绝非轻而易举。这种情况常常迫使学者们在改革研究方法上下功夫，因此方法论问题，往往是决定人们在所研究的领域里，能否取得突破性成果的重要环节。

"接受美学"就是近十几年来，在文学的总体研究中形成的一种新的治学方法。"接受美学"又称"接受方法""接受理论""接受研究"，以区别于人们对"美学"这个概念的传统解释。不过它在有关国家从事文学研究的学者当中已经通用，而且人们都明白它的确切含义。"接受美学"这个术语，近几年来也悄悄地出现在我国文艺评论中，虽然人们尚未见到较为完备的说明，却也悄悄地接受了它。

"接受美学"作为文学研究领域里的一种治学方法，近十几年来有发展成为一门"前沿科学"的趋向，有关的专著和论文到了难以计数的程度。如果我们用历史的眼光看待"接受美学"，不管当前的讨论向着专门化发展的倾向多么强烈，它毕竟还是解决文学批评和研究的一种方法，像历史上曾经存在过的历史学派、思想史学派、实证主义学派、心理学派、形式主义学派、社会学派等一样，它只是从一个方面扩大了文学研究的领域，强调了为文学史家们历来所忽视（或没有给予足够重视）的"读者"在文学发展过程中的作用这个重要因素。

什么是"接受美学"呢？或者说什么叫"接受方法"？用简单化的说法，就是在作家、作品和读者三者的关系中研究文学。这只是就"接受美学"当前的发展趋向而言，事实上还有一种只从读者角度研究文学的主张，大体上类似戏剧科学中的"观众学"。历来的文学史家都以作家、作品为研究对象，很少或者根本不把读者作为文学的研究对象。有些文学研究工作者，虽然从文学社会效果的角度注意到了读者，但也仅止于此，从来不曾像对待作家、作品那样，把它视为研究文学发展过程的一个必不可少的对象。把读者作为文学的研究对象之一，这无疑是"接受美学"对文学史方法论的一个新贡献，也是它作为一个有影响的学派的突出特点。

"接受美学"作为一个独立的学派，出现于60年代中期。最初是在联邦德国发展起来的，很快便在欧美其他国家、东欧、苏联和亚洲一些国家的学者中受到重视，成为一股国际性的潮流。它的首倡者是联邦德国康斯坦茨大学研究法国文学的学者汉斯·罗伯特·尧斯[①]（Hans Robert Jauss）。他在1967年发表的《文学史作为文学科学的挑战》一文，尤其是他在这篇长文中所阐述

---

① 又译作"姚斯"，本书从作者译法。

的"七点论纲",被视为"接受美学"形成一个独立学派的宣言。到目前为止,民主德国学者瑙乌曼(Manfred Naumann)等合著的《社会—文学—阅读:文学接受的理论考察》一书,被公认为这个领域里最有分量的理论著作。

二

"接受美学"是怎样产生的呢?或者说它是在什么样的历史和美学背景下产生的呢?弄清这个问题,对于理解"接受美学"的性质和意义是有益处的。

"接受美学"是六七十年代文学批评和文学科学变革的直接产物。这种倾向尽管在不同国家有着不同的社会条件,但有一点是共同的,即它是对唯心主义文学史研究的危机和形式主义批评方法的崩溃的一种回答。

60年代,国际政治形势发生了重大变化,第二次世界大战以后的冷战局面结束了。社会主义制度非但未能如杜勒斯所设想的那样被顶回去,反而得到迅速发展。在广大的殖民地半殖民地国家,反对帝国主义、殖民主义,反对霸权政治,反对控制,争取民族解放和政治独立的斗争,蓬勃发展起来。在主要资本主义国家,民主进步力量与50年代的处境相比,争取到了更多的活动自由,尤其是在知识界,关心政治的倾向比50年代有所加强。60年代末期欧洲大学生运动,使第二次世界大战后社会生活政治化倾向达到了顶点。这样的政治形势,无疑对于文学批评和文学研究的变革,起了促进和推动作用,给它带来了新的色彩。欧洲大学生运动期间的"反权威"思潮,表现在文学科学领域里,无疑对战后几乎霸占西方资产阶级文学批评和文学研究的唯心主义、形式主义方法,是一个严重的挑战。在这种形势下所发生的关于文学问题的辩论,不可避免地带有浓厚的政治色彩;早已引起人们注意的文学的社会功能和社会效果问题，被提到了文学理论讨论的日程上来，而按照任何旧式的、非政治化的讨论方式，遵循关于文学的"独立性"的主张和形式主义理论，都是无法回答这个问题的。

这种倾向性的发展在不同的国家情况是不一样的。最典型的是美国"新批评"学派的衰落、联邦德国"文体批评"学派的解体。

"新批评派"于20世纪初产生在美国，在当时是对实证主义文学研究方法的抗衡。用斯宾根的话说，就是"把美学批评从泰纳学派硬要他屈从的文化史的压制下解放出来"。① 新批评派强调作品的"独立性"（Autonomie），抛开作家和作品以外的一切现象去研究"文本"（Text），研究文学作品的"自身价值"（Eigenwert），用 T. S. 艾略特的说法，就是把兴趣"由诗人身上转移到诗上"，似乎只有这样，在批评一部作品时，不论它好坏，才可以得到一个较为公正的评价。所谓"独立性""文本""自身价值"，其实就是去掉作品的思想内容、价值和社会功能，只根据它的语言材料和结构技巧，进行形式主义批评。我国学者袁可嘉同志称这是资产阶级拜物教在文学研究领域里的表现的评论是颇为中肯的。这个文学批评流派发展到50年代，已经到了强弩之末的地步。到60年代，它已经失去了霸占西方文学批评的能力。这时，学者们提出探讨新的文学史研究方法问题，对文学史与艺术史的联系、文学与社会之间的辩证关系，产生了较大的兴趣，有比较多的人开始从社会批判的角度研究文学。

在联邦德国，第二次世界大战以后，一段相当长的时间内，以埃米尔·施泰格尔和沃尔夫冈·凯瑟为代表的"文体批评

---

① 中国科学院文学研究所西方文学组编：《现代美英资产阶级文艺理论文选（下编）》，作家出版社1962年版。

派",在文学批评和文学史研究领域占了统治地位。所谓"文体批评",即美国"新批评"的变种,较多地接受了瑞恰兹关于"语言形式"和"文字分析"的理论,把文学作品视为一部"完整的语言构造",把"语言的力量"视为文学研究的对象。他们认为一切真实都存在于诗人的语言当中。施泰格尔甚至把文学科学(Literaturwissenschaft)称为"文学现象学"(Literurphaenomenologie)。他反对任何从政治、经济、思想史或心理原因当中去分析、解释文学作品,把艺术世界看成一个脱离经验现实的独立的世界。这种情况的出现,是同第二次世界大战后联邦德国知识分子中普遍存在的非政治倾向密不可分的。"文体批评"作为文学科学的一种方法,虽然不无可取之处,却有极大的片面性,他不但把文学科学引入了死胡同,而且把文学创作也引上了形式主义道路,因此,瑞士文学史家瓦尔特·穆什克说,它在德国文学界酿成了一场"国祸"(Landesplage)。到了60年代,随着社会形势的变化、知识分子政治化倾向的加强,"文体批评派"遭到群攻。

事情往往出现矫枉过正的情况。就在批评"文体批评派"和形式主义文学的过程中,一些竭力主张文学应该发挥社会性战斗作用的激进批评家和作家(如汉斯·马格努斯·恩岑斯伯格)提出了"文学死亡了"、"文学丧失了影响"、文学发生了"普遍的功能危机"等口号。文学被宣布为无用的东西,文学史自然也无用了。法国文学批评家罗兰·巴特称这是一种文学悲观主义论调。按照这种文学悲观主义想法,生活在资本主义国家的知识分子,只有两条路可走,要么安于以往那种毫无实际效果的批评,要么停止写作,去做些变革现实的实际事情。当然,提出这些口号的那些激进批评家和作家,后来既未停止为他们所不屑的批评,也未停止写作。但他们的主张在当时确实产生了相当广泛的影响,给正处于十字路口的文学批评和文学研究以很大震动。

在这种情况下，那些宣扬艺术独立性的唯心主义理论、文学脱离政治的理论，那些认为文学功能可以不顾艺术活动的社会条件、不顾群众生活条件和利益的主张，都遭到了批判。文学与现实之间的关系以及文学的功能与社会效果问题，成了文学讨论的焦点。

形势的发展，逼着从事理论工作的人，来研究文学如何适应现实需要的问题。尧斯的主张给这种讨论打开了一个新局面。他提出文学研究不能单纯以文学作品自身为对象，应该把读者包括进来，作为文学研究的对象。由此出发，克服关于文学艺术"独立性"的主张，恢复文学与历史的联系这个问题一经提出，便引起学术界普遍注意，成了文学史方法论讨论中的一个重要课题。近十几年来的实践证明，"接受美学"在德语国家改革资产阶级文学史研究方法方面，是被讨论得最多、影响最广泛的一种主张。

"接受美学"在民主德国文艺理论家和文学史家当中，也引起了积极反响，这是因为联邦德国"接受美学"的倡导者们，虽然在理论上与列宁主义的反映论尚保持一定距离，但却引入了马克思主义文艺理论关于文学与社会的辩证法的观点；他们重视文学的社会功能的主张（特别是关于文学对资本主义社会的批判功能的主张）引起了民主德国学者的巨大兴趣。而民主德国的文学批评和研究，长期受卢卡契"描写论"的影响，在理论上忽视了对文学作品的接受与影响的系统研究。批评家和学者们致力于说明作者为什么写这样一部作品，却没有人仔细地去研究不同时代、不同地点、不同经济和社会地位，有着不同欣赏趣味的读者，是怎样接受同一部作品的。而离开读者就无法研究文学发展史的完整过程，这是民主德国文学史研究者已经意识到了的一个问题。"接受美学"为他们解决这个问题提供了很有启发性的方法。此外，民主德国出版界于60年代公布了布莱希特与卢卡契关于表现主义、现实主义问题论战的材料。布莱希特认为卢卡契关于现实主义的看法是形式主义的、公式化的，即所谓巴尔扎克—托尔斯泰—托马斯·曼式的模式，而他认为现实主义文学就是能发挥现实主义作用的文学，即读者在接受过程中面对现实世界产生一种创造性的处世态度。这批材料在民主德国，也在整个西方文学界，引起了关于文学社会功能问题的巨大兴趣。关于这个问题的研究，日益取得了独立意义，而讨论这个问题，离开对读者从各种角度进行仔细的分析，根据以往的经验，只能得出一些粗线条的，往往带有片面性的结论。而"接受美学"把文学的发展看成一个过程，把读者看成这个过程中不可或缺的基本环节的论点，为开展文学功能问题的研究，开辟了一条崭新的路子。民主德国学者自70年代以来，在"接受美学"研究方面所取得的令人羡慕的成就，大大完善了"接受美学"的体系，澄清了西方学者的某些唯心主义认识。

在苏联，关于"接受美学"的讨论，是60年代初期在对文学艺术进行总体研究的呼声中发展起来的。1962—1963年，苏联科学院在列宁格勒相继举行了两次年会，讨论社会科学的互相影响、社会科学与自然科学的关系问题。此后在列宁格勒作家协会，设立了研究文学艺术与科学之间相互联系问题的委员会，在苏联科学院世界文化史学术委员会，设立了对艺术创作进行总体研究的常设委员会，专门研究艺术与科学技术进步之间的相互关系，以及各种艺术种类之间的联系等问题。在苏联，关于"接受美学"的研究，就是在这种背景下，吸收了来自德国两部分学者的研究成果发展起来的，到目前为止，也取得了相当引人注目的成就。

从"接受美学"在不同国家不同条件下发展的形势可以看出，"接受美学"研究虽然具有相当大的独立性，但它又是与艺术创作研究不可分割的。那种认为可以从读者接受的角度撰写文学史、阐述文学发展过程的想法，很可能是不符合实际的。目前与"接受美学"研究并存的，还有所谓"影响美学"研究，这可以比作一个铜板的两面，"接受"是从读者角度来说的，"影响"是从作品角度来说的，它们是研究文学社会功能与社会效果的互相补充的方法。

三

前面提到中国学者袁可嘉同志在《现代美英资产阶级文艺理论文选》后记中，称美英形式主义文学批评为资产阶级拜物教在文学批评和文学研究中的反映。这种拜物教式的文学研究方法，大体上可以归纳成三个主要派别。第一个派别称为心理美学，即用艺术欣赏的心理过程来说明文学作品；第二个派别称为现象美学，即把文学作品看成绝对客观的存在，看成与主体行动无关的意向的表现；第三个派别称为解构美学，即把文学视为符号产品。它们的共同特点，用一句通俗的话说，就是"唯作品论"，否定或忽视文学反映现实的功能。这是现代资产阶级文学科学常常产生危机感的重要原因，也是它在自我批判过程中之所以要转向"接受美学"的一个重要原因。

考察西方文艺理论的发展，人们会注意到，从19世纪初以来，有一些倾向是很引人注目的。浪漫派理论家以作家、作家的独创性和作家的天才为中心，建立他们的美学理论；19世纪末期和20世纪上半期，即从"象征主义"文学产生以来，所形成的种种"为艺术而艺术"的文学理论，则把孤立的作品置于他们美学主张的中心；近20年来，"接受美学"的倡导者们，又把读者提到了文学考察的主要地位。

19世纪以来，资产阶级美学思想的这种发展，从一个方面揭示了资本主义社会的发展趋势，这是一个很值得研究的课题。

从文学研究方法论的角度来看，各执一端，必然导致片面性和局限性；因为实际上，作家、作品、读者在文学创作与接受过程中是互相影响的，它们形成犬牙交错的关系。孤立地研究这个过程中的某一个环节，或某一种因素，其结果如历史表明的那样，产生了和正在产生着特殊的美学领域，瑙乌曼称它们为"表现或创作美学"（Ausdrucks-oder Schaffensaesthetik）、"作品或描写美学"（Werk-oder Darstellungsaesthetik）、"接受或影响美学"（Rezeptions-oder Wirkungsaesthetik）。他在分析把某一方面绝对化所产生的弊病时指出，从创作的角度单纯强调作家、作品，会导致文学从个人和社会需要中异化出来的倾向，导致文学的"独立性"倾向，就作品分析作品，即所谓"本文批评"（Textimmanente Kritik）和结构主义批评方法；单纯强调接受的一方面，又会导致文学听任接受者的需要和兴趣的摆布，只顾眼前利益，用经济学的术语来说，就是迎合市场消费者的需要。显然，把哪个方面绝对化，都会产生片面性的弊病，会把文学的产生过程与发生影响的过程对立起来，忽视它们之间的联系。

民主德国学者为了避免这种片面性，致力于一种总体考察的方法，在创作与阅读，作家、作品与读者的互相影响中，研究文学发展的过程。他们依据马克思在《〈政治经济学批判〉导言》中阐述的，生产与消费的辩证关系的思想，论证了这种整体考察方法的出发点和理论基础。马克思在论述生产产生消费、消费产生生产的著名论断时指出，它们既是不可分的，又不是一码事。生产为消费创造了物质对象，创造了特殊的消费方式，也创造了消费需要、消费动力和消费能力；消费创造了从事新的生产的需要、动力和前提条件。根据马克思的这个论述，民主德国学者把文学生产与接受之间的关系，作家、作品与读者之间的关系设想为：作家创作作品，作品以书籍的形式进入交换与流通领域，以便在接受中成为读者个人占有和享用的对象；文学生产、作家、作品是文学交流的出发点，而读者、接受是文学交流的终点。

但是，光是这样设想还是肤浅的，由此只能得出一个一般的结论，即文学生产产生接受的过程，作家为读者创作作品，作品对读者发生影响。在实际生活中，问题并不这样简单，不只是文学生产产生接受，接受也产生文学生产；不只是作家创造读者，读者也创造作家；不只是作品影响读者，读者也影响作家的创作。这样看来，接受就不只是一个终点，它还是新的文学生产的起点，是推动文学创作、促进文学发展的一个决定性因素。没有作家便没有作品，便没有接受对象，而没有接受对象，"接受美学"便成了无源之水。因此，从方法论的角度来说，研究"接受美学"是离不开文学创作的。既然接受是文学生产的一个不可或缺的条件，那么研究文学的生产，从方法论的角度来说，把与文学接受有关的各种问题囊括进来，便成了文学科学义不容辞的课题。无疑，这种总体研究方法，给文学科学的发展带来了新的动力，尤其为文学功能研究提供了向纵深发展的可能性。

"接受美学"的研究者们，常常用马克思关于生产与消费之间的关系的论述，来论证他们关于文学创作与消费之间的关系的想法，并且常常提到文学作品只有进入流通领域才能成为读者接受的对象。这样就产生了一个问题：作为"精神劳动产品"的文学作品，是否像物质产品一样也是商品呢？关于这个问题，到目前为止有两种看法。联邦德国学者格哈德·鲍威尔在发表于1971年《文学科学与语言学杂志》第一、二合期上的《论文学商品的使用价值》一文中提出文学也是商品的论点，其根据是马克思关于商品的定义，即商品是能满足人们某种需要的东西，不管这种需要是从胃里产生出来的，还是从幻想里产生出来的，都改变不了事情的本质。他认为在资本主义经济里（包括在货币起作用的社会主义经济里）一切产品都带有商品性质并且是已经达到的生产水平和经济垄断水平的特殊的商品性质。文学是商品，作家是商品生产者，他跟假肢和腊肠生产者一样，不是为了生产使用价值而生产；作为商品的文学，一方面能满足文学消费者某种现实的或想象的需要，另一方面它还能为出版家创造利润，为作家自己带来交换价值，以换取作家满足自己需要的其他商品。鲍威尔认为，把文学的商品性质揭示出来，有三个方面的意义：一是打破艺术创作是一种精神上的满足的幻想；二是揭开在艺术事业中被掩盖起来的物质利益；三是使自以为"独立"的艺术家正确认识自己的经济地位和社会地位。鲍威尔的观点，无疑对揭示艺术家和艺术创作在资本主义社会的处境、批判为艺术而艺术的文学理论和实践，是有积极意义的。但正如民主德国学者所指出的，按照这种观点，在资本主义社会中便没有文学，而只有商品了。这种认识与实际情况相比，显然带有很大的片面性，在理论上它片面地解释了马克思关于商品的定义，曲解了马克思关于精神生产与物质生产的关系的学说。

民主德国学者，尤其是以瑙乌曼为首的《社会—文学—阅读：文学接受的理论考察》一书的撰写者们，从批判地分析鲍威尔的命题入手，以相当严谨的科学态度分析了精神生产与物质生产的关系。他们首先指出，鲍威尔的观点反映了目前资产阶级文学理论的一种新动向：过去的资产阶级文学理论几乎完全忽视了文学消费的经济化过程所带来的结果，而资产阶级文学理论界年青一代的学者们，针对这种情况，以激进的态度，根据马克思主义政治经济学原理，在资产阶级文学社会学的基础上，又把文学中的资本主义经济化过程绝对化了，把商品—货币关系机械地运用到分析文学现象上来，于是便产生了目前在西方流行的诸如"文学工厂""意识形态企业""文化工业"等说法。

根据商品—货币关系建立起来的文学是商品的论点，来批判资产阶级文学现状，固然有其积极的一面，它可以对资产阶级文化某些特定的堕落现象和帝国主义的大众文化，进行严肃的批判，但另外，这种批判也被认为是缺乏分析的，它忽视了文学消费中的两个基本事实。第一，文学以书籍的形式进入市场，成为商品，并且像别的商品一样被卖和买，但它的交换价值事实上并不是按照它的美学价值规定的，而是用生产与推销的价值来衡量的。第二，文学并不是因为它是商品，而有损于它的美学价值，它能在意识形态领域的阶级斗争和意识形态的形成方面，发挥其特殊的功能。

民主德国学者认为，只有首先弄清这两个事实，才能认识到文学作为商品具有特殊的社会功能，才能正确区分美学交流与物质交流的形态。如果把文学单单视为商品，把作家视为商品生产者，会把文学在社会交流中的复杂发展情况简单化，把文学生产等同于物质生产。马克思在1862年写的《剩余价值论》中，就批判了把精神生产与物质生产等同视之的简单化观点。马克思认为，只有当作家给推销他作品的书商带来财富，或者成为资本家雇用工人的时候，他的精神产品才转化为商品，也就是说，只有当作家在资本的控制下成为生产剩余价值的工人时，他的精神生产和艺术生产的特点才消失了，他的劳动产品才被称为商品。这样，文学是商品的命题，得到了比较切合实际的说明，避免了因机械搬用政治经济学术语，而掩盖了在什么样的社会历史条件下进行精神生产和艺术生产，这种生产将带来什么样的结果等问题的真相。

在"接受美学"研究领域里，严格区分精神生产与物质生产，具有重大理论和实践意义，这是毫无疑义的。不过，资本主义社会商品拜物教的影响，已经大大深入了资产阶级意识形态中，也是不容忽视的事实。目前西方文学艺术创作中，出现了一些与"一次性餐具""一次性商品"相类似的"一次性艺术"，就是这种商品拜物教在文艺创作中的反映。

四

前面提到，19世纪初期以来，西方美学发展中某些引人注目的倾向，即在不同历史时期，作家、作品、读者成了不同美学思潮强调的重点。若从欧洲历史上追根溯源，可以看出，作家、作品与读者的关系，或者说文学生产与接受的关系，是在漫长的历史过程中形成的。弄清楚这个过程是文化史的任务，但它对于说明"接受美学"的性质和意义是十分必要的，因而也是"接受美学"知识结构中一个必不可少的层次。

根据文化史家考证，欧洲现代概念中的作者（Autor），是由古代表演者（Actor）演变来的。所谓表演者即当着听众采用即兴方式咏唱口头作品的人，亦即歌手；而采用文字进行创作的人，称为作者，那种即兴咏唱的作品，称为口头作品（Sprechwerk），或口头文学；用文字记载下来的，称为文学作品（Schriftwerk），即现代意义的文学（Literatur）；口头作品的接受者，称为听众（Zuhoerer），听众是离不开诗人或歌手的，他们处于一种集体关系之中；文字作品的接受者，称为读者（Leser），他们的接受活动是以个体方式进行的。

欧洲最初的口头作品，多是便于咏唱的诗歌，且多是歌颂英雄故事的史诗。《伊利亚特》中的阿基里斯为排遣寂寞所唱的便是这类口头诗歌。从口头作品到文字作品，是一个漫长的历史过程，这个转变过程是随着文字的产生而出现的。最初阶段的诗歌创作，与接受活动几乎是不可分开的，是以集体方式完成的。阿基里斯并不是职业歌手，在那个不开化的时代和地方，艺术活动不可能是专业化的，他的诗歌创作活动，只能同他的战友们的接受活动同时进行，缺少哪一方都构不成艺术活动。这种朴素的艺术交流方式，即使在现代也还是许多民间口头作品得以流传的重要方式。

按西方文化史研究者们的看法，最初的诗人不是靠自己创作作品的，而是在与听众的合作当中创作的，没有听众的需要和鼓励，是根本不能创作的。那时的创作与接受，是在同一个过程中完成的，作品也没有固定的形象，全凭听众的需要和诗人的灵感即兴创作；同一个人两次咏唱同一部作品，也不会完全一样。那时对作品的评论，不是由职业批评家承担的，对作品的评论是直接的，不用语言的，但却是有效的。对诗人和作品的评价，是由听众的多少表达出来的，用今天的话来说，就是看上座率高低，看作品要求重复咏唱的遍数和存在时间的长短。那时还没有具备特殊文学鉴赏能力的"专家""学者"，每一个接受者都有"鉴赏能力"，都是批评家。

从古希腊来说，随着城邦制度的发展，在各种艺术活动中涌现出了"裁判"，这应该是最初出现在艺术创造者与接受者之间的媒介，即现代人们所谓的批评家的雏形。不过那时的"裁判"不是职业的，他们是在竞赛之前由观众采取抽签方式，从城邦自由民中选举出来的，他们的裁决是在观众参与下做出的。这种艺术竞赛和裁决方式，是古希腊城邦民主制的一项重要措施和表现。

交通事业的发达，扩大了文学事业的交流，社会上对写与读的要求越来越广泛和迫切。在这种条件下，口头作品形成文字作品，并进行复制的事业发展起来，文字作品突破了时间和空间的局限，取得了进行广泛交流的职能。

文字作品的可复制，文学交流的扩大，文学生产与文学接受之间的沟通问题，被逐渐提到日程上来，这便是职业文学批评最初产生的契机。口头作品的接受者，在"接受美学"中被称为"直接合作者"（Unmittelbarer Ko-Autor）和"直接评论者"（Unmittelbarer Kritiker），他们是人类文化发展特定历史时期的产物。

随着文学生产与"合作者""评论者"的分离，新的文学接受者既不再起"直接合作"的作用，也不再起"直接评论"的作用，只能间接地影响文学生产，而一部作品能否取得作者所想象的效果，也就无法直接检验了。这时便在文学生产与文学接受之间产生了一种新角色，他们在艺术家与接受者之间起媒介作用，直接回答艺术家，他们的作品究竟产生了什么样的效果、发生了什么样的影响。这就是批评家。"接受美学"亦称其为职业读者（Berufsleser）。这些为数不多的人，担负起了原来的直接合作者、直接评论者鼓励和检验文学生产的职能。这个新角色出现的历史必然性，在亚里士多德与贺拉斯的著作中都有所反映。

欧洲最初用文字记载的文学作品，尚没有单字、句读和分行，因此读书是很吃力的事情。欧洲最初的读书人，是受过专门训练的奴隶，因为他们掌握了这门困难的艺术，所以地位较高，受人尊敬。在12世纪中叶以前，欧洲能掌握读和写这两门艺术的人，主要是宗教界的教士、和尚，连封建社会的上层也不会读书写字。

在12世纪的欧洲，几乎还没有私人读物，我们今天所理解的"读者"和发表作品，在当时还是不存在的。中世纪的宫廷文学，是通过朗读的方式发表和接受的。直到13世纪，才出现供小范围朗读的手稿，或供个人阅读的读物。意大利的但丁被视为第一个为个人阅读而写作的诗人。14世纪出现了把中世纪的韵文史诗改编成散文的时髦风尚，说明当时已经有了个体阅读的读者，不过对这种读者的数量，仍不能估计过高。即使在印刷术发明以后，相当长一段时间内，文学作品的发表与阅读进展仍然是很缓慢的，文化史家们以大量统计数字证明，从16世纪初到18世纪初的200年间，文字作品的印刷量是很少的。可见，虽然印刷术为文稿的复制与发表带来了革命性的变革，但最初的发展仍然受着社会经济和政治条件的限制。

到了欧洲启蒙时代，读书之风，尤其是个体方式的阅读，以爆炸的方式扩大开来，以个人阅读为标志的文学交流和接受得到了迅速发展，给文学作品的发表与传播带来了前所未有的新形势。对此，欧洲启蒙运动作家们留下了许多惊讶和赞叹的记载。

从文化史家这类描述中可以看出，在文学生产与文学接受之间，通过读物发生交往的方式，在人类文明不同发展阶段是不一样的，但总的来说，它们促进了人类文明的发展。文学交流与阅读发展的过程，也是一个意识形态革命的过程，特别是自文艺复兴以来，欧洲人在这个过程中，开始摆脱了封建的、宗教神学的、形而上学的和专制宫廷意识形态的影响。文学交流与阅读的发展，对社会的思想解放、促进社会的革命变革，起了重大作用。这种情况在19世纪和20世纪无产阶级革命文学运动中看得更为清楚。

五

印刷术发明后，人类手抄文稿进入采用技术手段复制文稿的阶段，给人类文化史带来一场重大变革。文字的东西借助印刷术得到了比以往更迅速的传播。文学交流的范围越来越扩大，文学的社会影响面越来越广泛。文学的社会功能在中世纪贵族社会解体，向早期市民社会过渡的过程中，越来越清楚地表现出来，文学成了市民阶级摆脱精神枷锁的一种有力工具。

"接受美学"所讲的文学社会功能，主要是指文学对个人、集体、社会阶层、阶级和社会整体的意识所产生的影响。这也是当前比较文学、影响美学和文学社会学所关注的主要问题。

关于文学的这种社会功能，人们是在文学史发展过程中逐渐认识到的，而且这种认识也是逐渐深入和完善起来的。在诗人与听众面对面接触的时候——即文学的交流还以集体方式进行的时代——文学的功能是可以通过朗读者在听众中引起的反应来检验的,文学产生的效果和影响,可以直接从听众的面部和态度看出来。那时候,文学的生产与接受尚未发生分离,因而本文的形象和功能,是可以自发调整的。比方说,在朗读的时候,如果没有取得预期的效果和反应,可以直接修改朗诵的文本。但是随着技术手段的发明,扩大了保存文本的可能性,文学的生产与接受逐渐发生了分离,对于文学功能的检验也变得复杂了。尤其是阶级社会的形成,给文学功能的检验带来了更多的困难。各阶级具有不同的利益,即使是统治阶级内部,也因其分裂,各有不同的利益,对文学提出不同的要求,于是便产生了从理论上探讨文学功能问题,和在实践中控制文学生产与接受的要求。这大概是最初产生文学理论(那时称为"诗学")的契机。由此似乎可以说,文学的哲学思考历史,也就是关于文学功能思考的历史。所谓评价文学作品的标准,事实上也就是按照一定社会利益的要求,对于一定的文学功能的追求。欧洲古代文学理论家,如柏拉图、亚里士多德所提出的许多美学标准,以及后世不同时代的人们所做的不同解释,大概正是反映了这种追求。

在欧洲美学史上,罗马诗人贺拉斯最早提出了文学应该把教益与娱乐结合起来的主张,他说:"诗人的愿望应该是给人益处和乐趣,他写的东西应该给人以快感,同时对生活有帮助……如果一出毫无益处的戏剧,长老的'百人连'就会把它驱赶下台;如果这出戏毫无趣味,高傲的青年骑士便会掉头不顾。寓教于乐,既劝谕读者,又使他喜爱,才能符合众望。"[①] 美国批评家威莱克和沃伦在他们的《文学理论》一书中认为,迄今为止在

---

① 见[古罗马]贺拉斯《诗艺》,杨周翰译,人民文学出版社1960年版。

欧美诗学和美学中，所讲的关于文学的社会功能的道理，毫无例外地都是根据贺拉斯的主张衍化来的，只不过在不同的时代、不同的人那里，有时强调娱乐的一面，有时强调教益的一面。这个判断无疑是正确的。

　　关于文学功能的定义，只不过是以最单纯、最抽象的形式，表达了文学产生什么样的社会功能的可能性。而在实践中由于作品题材、体裁、表现方法、作家运用的语言、作品所处的时代、接受者的个性条件等不同，每部作品所产生的功能、情况是千差万别的。一部作品究竟给人带来快感还是教益，只有在具体接受过程中才能表现出来，从文学生产的角度看，文学作品自身含有功能潜力（Funktiongspotenz），即作品本身具有发挥某种社会功能的可能性，但它自身还不能变成现实性，文学作品的功能潜力只有在接受过程中才能实现，即文学接受者是文学作品功能潜力的实现者。因此，从文学生产的角度，即从作家的创作意图及其最终作品的角度，研究和说明文学作品的社会功能，只做了一半的工作，要想说清楚文学的社会功能问题，必须既要说清楚文学生产的历史具体规定性，又要说清楚文学接受的历史具体规定性。"接受美学"正是从方法论的角度，为文学的功能研究提出了新课题、开辟了新的领域。

　　在文学功能研究中，人们常常会碰到一种浅薄的解释，似乎文学功能是与娱乐、美的欣赏、主观经历无关的，似乎文学只能传播某种科学知识，宣传某种哲学的、道德的或者对生活有指导意义的学说，似乎文学的社会功能，只能根据作品的题材、主题等内容范围来判断。按照这种方法研究文学的社会功能，便只看作品描写了什么样的矛盾，作品里的文学形象是否提供了足以供效法的生活方式，作品的内容是否具有教育意义，等等。这样一来，文学便成了某种社会历史的、思想精神的或经济的对应物的图解与象征。文学的社会功能被等同于一部作品所描写的对象的内容。这种方法在马克思主义文学理论中被称为庸俗社会学方法。这种方法之所以是片面的，可以从两个方面得到说明。第一，按照"接受美学"的认识，一部作品不管它描写的是什么内容，都是无法自身发挥什么功能的，一部作品只有在脱离开作者之后，被人阅读的时候，才能发挥功能，即在创作过程与接受过程之间，取得文学形象之后，才有发挥功能的可能性。作品的社会功能潜力，只有在接受过程中才能实现。第二，读者接触一部文学作品，不只是接触它的内容，况且任何内容离开语言和形式是不能成为文学作品的。这是一个十分简单的道理。形式对于文学作品的功能潜力不是中性的，形式与语言不单是内容的外壳，或者不是令人看到内容的窗口。它们不是单纯的美学附加物，它们同内容都是文学作品功能潜力的承担者或有机的组成部分。再正确的内容，如果没有合适的表现形式和语言，都不可能取得预期的社会效果。对于有经验的作家和有说服力的批评家来说，这是一个再简单不过的道理。马克思主义美学常常提出"写什么"和"怎样写"的问题，这两个因素都是文学作品社会功能的决定因素，不存在谁是第一位、谁是第二位的问题，它们是辩证统一的。作品的社会功能潜力，既决定于它描写什么，也决定于它怎样描写。

　　用历史唯物主义方法考察文学的社会功能，关于写什么和怎样写的问题，在不同历史时期，必然要一再提出来，并要求新的答案。因为文学是社会关系的总和，它的社会功能不仅取决于自身的各种因素，还取决于社会交往关系，最终取决于社会经济形态的规律。可见，世界上没有一成不变的文学社会功能，它是一个历史的常数。文学就其本质来说，是要发生影响的，而这种影响又是因时间、空间和接受者不同而各异的。文学能否发生影响、发生什么样的影响，这个问题是不能一般地回答的，要具体回答这个问题，必须有历史意识。布莱希特曾经提出无产阶级必须根据斗争的需要，确定自己美学原则的思想。[①] 他还指出：革命作家应该采用创造合适的形式和表现手段，把无产阶级承担的全社会的、阶级的任务，置于文学的内容当中，再由文学转变为接受者的意识的内容。这些充满辩证法的思想，无疑对于说明文学的社会功能，尤其是社会主义文学的社会功能，是很有启发意义的。

探讨文学的社会功能，常常还会遇到肯定和批判的问题，即我们所说的歌颂与暴露问题。自19世纪末期以来，随着资本主义制度向帝国主义的过渡，在欧美资产阶级文学中沿着批判现实主义传统，暴露和批判社会弊端的倾向是明显的，即使在现代派文学中，这种倾向也是容易觉察出来的。与此同时，一些资产阶级文学理论家认为，文学的批判功能是绝对的、永恒的，按照他们的说法，文学无论是就其社会目的，还是就其社会功能来说，都是为了批判现存的价值体系、社会和政权体系，批判价值体系与社会现状之间已经被意识到的不一致。这种理论主张运用于资产阶级社会的文学实践，自然不无进步意义，但它不可能有绝对的、永恒的价值，因为它缺乏社会历史的辩证观点。在资本主义制度中，社会批判性的文学如果不与推动社会进步的力量发生联系，往往会产生无政府主义的社会效果。60年代以来，特别是在美国产生的"反艺术""瞬间艺术""大众艺术"，都有这种倾向。

民主德国学者们根据社会主义文学的实践认为，社会主义作家必须懂得文学的肯定与批判的辩证法，作家必须在作品中借助一个个人的和社会的现象，来表现成长的因素和消亡的因素。所

[①] 见张黎编选《表现主义论争》，华东师范大学出版社1992年版，第324页。其中《论现实主义写作方法》一文的结尾说："关于文学形式，必须去问现实，而不是去问美学，也不是去问现实主义美学。人们能够采用多种方式埋没真理，也能够采用多种方式说出真理。我们根据斗争的需要，来制定我们的美学，像制定道德观念一样。"

谓表现成长的因素，指歌颂和巩固社会主义和共产主义；所谓表现消亡的因素，指批判过时的、陈旧的东西。只有把握住这种辩证法，才能把社会的矛盾运动展示给读者。

鉴于社会主义文学的实践和理论总结，长期以来对文学的批判功能存在片面认识，民主德国学者对布莱希特在这个问题上的理论建树，给予了充分估价，从中引申出一些很有参考价值的结论。布莱希特认为社会主义现实主义文学是不能缺少批判因素的，单纯反映现实并不是社会主义文学的目的，他必须在描写现实当中有所批判。对于拥有辩证思维的人来说，这是不难理解的。布莱希特指出，在这方面，科学（特别是马克思主义科学）为作家艺术家提供了可资学习的榜样。在布莱希特美学主张当中，批判的立场被认为是符合人类尊严的立场，是对待变革中的现实的创造性立场。因此他认为，世界上真正的艺术享受，不可能是无批判的。因为没有批判，就不可能引导读者去认识新事物，不可能给他以创造生活的推动力。但是，批判的描写必须有历史责任感，不是无政府主义的、自由主义的。批判性描写需要有对现实生活的准确认识，尤其是对社会主义条件下矛盾的历史运动有准确的认识。这无疑是社会主义作家把握文学的歌颂与批判的社会功能的一个很重要的本领。

布莱希特在他关于社会主义现实主义的论纲中指出，社会主义的艺术家强调成长的和消亡的因素，他们在自己的作品中，要进行历史的思维，要描写人和人与人之间关系的矛盾，以及它们发生的条件。他认为社会主义的艺术家感兴趣的，应该是人和人与人之间关系的变革，因此，社会主义文学的批判功能绝不是恶意的挑剔，而是一种建设性的批判（Konstruktive Kritik）。这同资产阶级文学理论中的所谓文学批判的永恒性、绝对性是有本质不同的。社会主义文学当然需要批判的功能，对社会的和个人的生活现象进行批判的描写，但这并不意味着只有批判功能，或者只起"惊世骇俗"的作用。它歌颂代表未来的因素，揭露和批判阻碍和干扰社会发展的因素，都是站在社会主义立场上，为巩固和创造新的社会制度服务，它的批判只能给人以信心、希望和力量，绝不能像某些现代资产阶级文学那样，令人沮丧、颓废、消极、厌世。

近十几年来关于文学社会功能的研究，关于文学的任务和发生影响的可能性的研究，成了一种世界性倾向，引起作家、哲学家、文学史家和文学理论家的广泛瞩目。对于这种形势的出现，人们注意到有以下原因，例如科学技术的进步，为人类开辟了新的认识领域；新的大众媒介的存在，产生了新的艺术体裁，造成了总体的艺术变革；新的信息手段、交流手段、资料手段的存在；人们支配业余时间的方式；消遣需要的改变；等等。这些无疑都是促使人们重视文学功能研究的重要原因。然而更重要的，恐怕还是从资本主义向社会主义过渡这个历史性的变革，正是它迫使人们重新思考文学活动的意义。颇有代表性的是，在资本主义国家，随着知识分子政治化倾向的加强，有一批以资产阶级统治的反对派自居的作家，他们不甘心用自己的文学创作，无条件地为资本主义统治关系服务，因此，文学的社会功能变成了他们近20年来思考与探讨的重要问题。不久前故去的瑞典德语作家彼得·魏斯，是他们当中的一个重要代表人物，他在《反抗的美学》中，留下了许多关于这个问题的探索性思考，这是这部"论说小说"引起广泛兴趣的一个重要原因。

开头说过，"接受美学"作为一个相对独立的学术领域，虽然只有十几年的历史，但各种规模的资料已经到了令人"望洋兴叹"的地步。笔者限于条件，不但无法搜集齐全，就是手头仅有的资料，也来不及一一仔细阅读。这里只整理一部分笔记，供感兴趣的读者参考，目的在于引起研究文艺理论和文学史方法论的同志，注意外国当代文论中的新动向。

这篇笔记故意回避了某些特殊的接受美学术语，例如尧斯专用的 Erwartungshorizont，瑙乌曼专用的 Rezeptiongsvorgabe，以及普遍采用的 Adressat，等等。这些特殊的美学范畴的翻译，只有随着对这门学科的深入认识才能解决，望文生义地翻译和解释，往往会造成谬种流传的后果，无助于对这门学科的探讨。做学问的人都懂得没有概念便没有科学的道理，而回避某些概念，其实也就是回避了这个学科中一些必要的内容。这是需要向读者交代的。

本文称笔记，是"述而不作"之作。说得直截了当一点，就是抄书。本文用意并不在于研究问题，只是把平时读书的笔记做了一些归纳，介绍给乐于此道的读者。既然是归纳，就有取舍，在取舍之中不免夹杂一些私见。这也是需要向读者交代的。

1983 年 7 月 28 日

二　文学的接受研究

——关于"接受美学"的研究笔记之二

文学的接受研究，又称接受美学，是20世纪60年代中期以来，在世界范围内文学史方法论研究中被讨论得最多、影响最大的一种理论。它的变革性意义在于，突破了欧洲传统的文学历史发生学（或称历史渊源学）研究[①]以作家、作品为对象的模式，把读者及其审美过程引进文学研究，作为文学研究的对象，在作家、作品、读者之间的关系中把握文学过程。把文学视为一个过程，是接受美学理论的一个重要思想。

文学的接受研究作为一种独立的方法和理论，发端于联邦德国康斯坦茨大学。从60年代末开始，在西欧、东欧和美国、苏联等国家和地区，引起了文学理论界的广泛关注。接受研究作为一种理论，在各国的发展倾向是不一样的。到目前为止，大体上形成了三个主要派别，其主要代表人物和代表性著作都在德国，即以联邦德国康斯坦茨大学法国文学教授汉斯·罗伯特·尧斯为

[①] 文学的历史发生学研究，又称实证主义研究，代表人物是威廉·谢勒尔（1841—1886）及其学生埃里希·施密特（1853—1913），曾经在19世纪70年代到20世纪初德国文学史研究中占统治地位。这个学派吸收了自然科学研究事实精确性的特点，主张文学研究要从经验事实即文学作品出发，探索其产生的原因和条件，包括作者的经历、作品题材渊源和版本研究，追求研究结果的客观性。通常所说的"传统方法"，主要指这种方法，有时也包括精神史方法、心理分析方法。

代表、以现代德国哲学家伽达默尔阐释学理论为基础的"接受理论";以联邦德国康斯坦茨大学英国文学教授沃尔夫冈·伊瑟尔为代表、以现代波兰哲学家英伽顿①文艺现象学为基础的"影响理论";以民主德国科学院中央文学史研究所所长、法国文学教授曼弗雷德·瑙乌曼为代表、以马克思在《〈政治经济学批判〉导言》中阐述的生产与消费的辩证关系为理论基础的"功能理论"。它们的代表著作,分别是《审美经验和文学阐释学》(卷一,尧斯)、《阅读行为——审美影响理论》(伊瑟尔)、《社会—文学—阅读:文学接受的理论考察》(瑙乌曼、施伦斯泰特等)。美国学者主要从事"影响理论"研究,苏联学者主要从事"功能理论"研究。

本文将要介绍的,是以瑙乌曼为代表的"功能理论"。

接受美学是如何产生的

在转入正题之前,还须概述一下接受美学产生的背景,以便了解这个学派的特点和意义。

第二次世界大战以后,欧美国家,尤其是联邦德国的知识界,由于错误理解了受法西斯主义思想体系欺骗、愚弄的教训,也鉴于国际政治的冷战形势,在相当长一段时间内,非政治化倾向、纯学术气氛表现得十分突出。文艺学领域的"新批评派"和"文体批评派",以其不涉及时代背景和思想内容,只把文学作品视为"语言艺术"的特点,② 适应了这部分知识分子的心理状态。从第二次世界大战结束到 60 年代中期,这种形式主义学派主宰了欧美一些国家的文艺学领域。60 年代以后,随着国际

---

① 又译作"英伽登",本书从作者译法。
② 关于这方面的材料,中国已有袁可嘉主编的《现代美英资产阶级文艺理论文选》,韦勒克、沃伦的《文学理论》和沃尔夫冈·凯瑟的《语言的艺术作品》中译本可供研究。

政治冷战形势结束，欧美知识分子政治化倾向加强，形式主义学派遭到普遍批判。这种批判在不同国家的表现形式不一。在联邦德国表现为由瓦尔特·穆什克、本诺·封·维赛、马克斯·维尔利等发起的，对于以施泰格尔、凯塞尔为代表的"文体批评"方法所造成的"国祸"的扫荡，继而出现了以尧斯为代表的，对文学史研究对象和功能的新理解，并由此出发而创立的接受美学。按民主德国文学理论家罗伯特·魏斯的看法，接受美学的意义在于试图超越国际的范围，从文艺学角度对当代资本主义社会及其思想体系的危机，给予一个合乎时代的、总体性的回答，而这些危机至少在60年代，使文学批评（包括文艺理论和文学艺术历史的研究）发生了重要变化。[①]

本文更感兴趣的，是接受美学在民主德国发生和发展的独立性格和外在原因。发端于联邦德国的接受美学，之所以引起民主德国文艺学家的兴趣，是因为它对文学艺术功能的关注，同当时民主德国文学界关于文学问题的讨论产生了某种程度的契合，而这时在马克思主义文艺学内部也流露出某种不满足历史发生学研究方法的情绪。布莱希特关于现实主义文学即是能发挥现实作用的文学，读者在接受过程当中面对现实能产生创造性态度的主张，越来越为多数人所理解和认识，关于文学的社会功能问题的研究，随之越来越取得独立意义。

文学的社会功能问题，在马克思主义的文艺学当中，本来是一个历来受到重视的问题，但由于历史条件和实践经验的限制，60年代以前始终未能将其提到专题研究的日程上来。随着60年代以来社会形势的变化，读者作为消费者与文艺作品打交道的态度发生了重要变化。艺术上敏锐的作家及时捕捉到这种动向，创作出了符合读者新的审美要求的作品，如施特里特马特《蜜蜂

---

① 见罗伯特·魏曼《艺术总体与公众》，哈雷—莱比锡，中德出版社1982年版，第90页。

脑袋奥勒》（或译《刺儿头欧莱》）。这类作品一出现，便在批评家和读者中引起强烈反响和激烈争论。这时，摆在文学理论面前的任务就是，既要研究作家如何描写现实生活的深刻变革，又要研究读者新的审美趣味的形成。在这场讨论中，著名美学家霍斯特·雷德克在论述关于文学的影响问题时，提出了让读者在接受文学作品过程中发挥"主动参与作用"的观点。这个观点至少在两个方面对文学理论的发展具有突破性意义。第一，它宣布了那种认为文艺作品具有固定的、永恒不变的意义的观点已经过时，按照那种静止地观察文学作品的观点，作品的意义是由作者规定的，读者只需享用，而不必主观上花费气力去发掘。第二，它把迄今为止以作品为审美对象的研究，引向审美的交流研究。雷德克的观点，使人们注意到一个历史上屡见不鲜的现象，即文艺作品在接受过程中会发生变化。

关于这个问题，在中外文学史上，都不乏经验性的言论。例如，我国早就流传着"仁者见仁，智者见智"的说法，欧洲也有所谓"有多少观众，便有多少汉姆莱特"的说法。只是这些说法囿于历史条件和人类认识水平，始终未能形成具有独立性格的理论。关于同一部作品或同一个作家，不同的读者（包括职业读者，即批评家）有不同的理解和解释，甚至形成旷日持久的论战。单是一个歌德，就有人撰写了关于他的影响史，历数不同时代的人们甚至有截然不同的褒贬。在霍夫曼的作品中，有人发现了现实主义倾向，有人称他为德国浪漫主义小说大师，也有人把它视为现代颓废文学的鼻祖，立论各方都不乏历史名流。[①]恩格斯之所以能从巴尔扎克《人间喜剧》中，学到比那个时代所有经济学、统计学著作多得多的东西，是因为他是一个借助辩

---

① 见陈恕林《霍夫曼及其评价问题》，载《外国文学研究集刊》第10辑，中国社会科学出版社1985年版。

证唯物主义和历史唯物主义范畴进行思维并主动把巴尔扎克作品进行精深加工的读者。

这些情况表明，文艺作品作为一种精神产品，作者根据自己的创作意图赋予它的意义，在接受过程中可能因时、因人而发生变化。按照雷德克的观点，其原因概出于接受者的"主动参与作用"。民主德国文艺理论家莉塔·邵伯对雷德克的这个观点给予很高的评价，认为他为马克思主义美学充分发挥潜在能力开辟了一条新的道路。①

从60年代末开始，民主德国马克思主义美学发展出现了一个创造性过程。瑙乌曼等的《社会—文学—阅读：文学接受的理论考察》一书，便是这个过程中产生的重要成果之一。书中阐述的道理，正是民主德国文艺学讨论合乎逻辑的结果。它的目的是在文学创作与阅读以及作家、作品与读者的互相影响中，对文学过程进行总体把握，以避免资产阶级文学史研究要么偏于历史发生学研究，要么偏于历史功能研究，而忽视它们之间的联系的片面性。由于该书是一部专题研究著作，而不是文艺学教科书，所以它侧重于从文学的功能入手，探讨文学创作与阅读之间的关系。

瑙乌曼接受理论的主要观点

瑙乌曼等研究这个问题的依据或出发点，是马克思在《〈政治经济学批判〉导言》中阐述的，生产与消费及其相互间的辩证关系的理论。鉴于这篇著作为我国学术界所熟知，本文不拟概括性转述，而径直介绍瑙乌曼等如何运用这些范畴和理论，说明他们所提出的方法论问题。

---

① ［德］见莉塔·邵伯《映象、象征、评价》，柏林—魏玛，建设出版社1982年版，第79页。

瑙乌曼认为，既然马克思把"艺术生产"视为生产的一种特殊方式，因而关于生产的一般定义，即"一切生产都是个人在一定社会形式中并借这种社会形式而进行的对自然的占有"，也适用于"艺术生产"，那么马克思关于生产与消费及其辩证关系的论述，也应该被视为适用于艺术活动领域。瑙乌曼根据马克思关于生产与消费及其辩证关系的论述，把文学创作与接受，作家、作品与读者之间的关系设想为，作家创作作品，作品以书籍的形式进入流通、交换领域，然后在接受中成为读者个人占有和享受的对象。这个过程，被称为文学交流过程。文学创作、作家、作品是这个过程的起点，接受、读者则是这个过程的终点。

但瑙乌曼认为，仅仅这样设想文学创作与接受的关系还是肤浅的，因为马克思把生产与消费的关系视为一个辩证过程。也就是说，不只是文学创作推动文学接受，接受也推动文学创作；读者不只是接受作品，还要求特定的作品；不只是作家创造自己的读者，读者也创造自己的作家；不只是作品影响读者，读者也影响作品的创作。这样看来，接受不仅是终点，而且是新的文学创作的起点。这就是瑙乌曼所说的"文学过程"或"文学交流"的完整含义。

根据文学创作与接受的这种辩证关系，人们可以明白一个基本事实，即文学的历史不单单是作家创造的，读者也参与了文学史的创造。由于接受美学的出现，某些学者提出了抛开文学创作，从读者角度撰写文学史的主张。这显然是一种片面性代替另一种片面性的主张。因为事实上，文学创作对于接受来说是主导性因素，没有作家便没有作品，没有作品便没有接受对象。因此，接受理论的建立只能从接受对象出发，从接受对象的生产，即文学创作出发，否则，接受美学便成了无源之水、无本之木。

瑙乌曼确定了文学创作与接受之间的关系，确定了文学创作在文学过程中的主导地位，而后他又根据马克思关于生产不仅为生产主体生产对象，而且为对象生产主体的论述，提出了生产不仅为接受创造对象，而且为对象创造一种对于它的接受需要的观点。所谓"接受需要"，就是能够接受这种对象的能力，即马克思所说的"艺术鉴赏力"和"欣赏美的能力"。[①]例如借音乐的方式占有音乐对象，创造出懂得音乐的耳朵；或者借文学的方式占有文学对象，创造出对于文学的鉴赏力；等等。按照辩证唯物主义和历史唯物主义观点，艺术是一种实践——精神活动，人在这种活动中以对他的生活有用的形式来占有自然材料，并由此发展和变革自身的自然。也就是说，人类在由矛盾斗争推动的历史发展过程中，成为自身的创造者；在变革（或适应）自身存在的客观自然和社会条件过程中，不断地发展自己对于这些条件的认识和知识，学会控制它们，发展自己的能力、智慧和人格，增强驾驭自然和社会的力量。瑙乌曼称这是艺术参与历史运动的功能，人在这种运动中创造着自己。建筑在这种参与基础上的艺术功能，瑙乌曼称之为艺术的人道化功能。

此外，文学作品不仅为接受需要创造满足这种需要的材料和接受这些材料的能力，而且创造出接受它们的方式，因为每一部作品，都有一种内在的一致性，有它自身的结构、个性和一系列特征，它们都为读者对作品的接受、作品发生的影响、人们对它的评价规定了特殊的规范。作品的这种驾驭接受的个性，被瑙乌曼称为"接收指标"[②]。这个范畴表示一部作品就其性质来说，具有什么样的潜在功能，同时也表示作品在文学过程中的主导地

---

　　① "艺术鉴赏力"（Kunstsinn）和"欣赏美的能力"（Schoenheitsgenussfaehigkeit）二词，在马恩著作中译本里通常译作"懂得艺术"和"能够欣赏美"，似乎失掉了这两个德文词合成名词的特点，本文引用时尝试一种新译法。
　　② "接收指标"一词是由德文 Rezeption 和 Vorgabe 组成的合成名词。"指标"（Vorgabe）一词是从经济学中借用来的，是社会主义计划经济中一个特殊术语。"接收指标"指任意一部作品，不含褒贬。一个"接收指标"的质，决定于一部作品历史社会的、文学语言的、个人传记的等发生学的前提条件。

位。提出这个范畴的目的显然在于，一方面注意到作品意义在接受过程中会因人、因时发生变化的性质；另一方面又避免了那种把作品含义只归结为读者的理解和解释，从而否定作品客观基础的倾向。这是西方接受美学研究者，在后结构主义影响下，常常犯的一种主观主义毛病。瑙乌曼的"接收指标"这个概念，表现了文学作品具有调节读者与作品打交道的倾向，决定读者接受方式和作品可能发生的影响。

文学作品功能是怎样实现的

开头提到，接受美学研究者把文学视为一个过程。这个过程由两部分组成，其一是作者—作品，即创作过程；其二是作品—读者，即接受过程。在第一个过程中，作者赋予作品某种潜在功能；在第二个过程中，由读者来实现这些潜在功能。

接受美学的突破性成就之一，是他注意到了为过去的文学理论所忽视的一些基本事实，即文学作品是为读者阅读而创作的，它的社会意义和美学价值，只有在阅读过程中才能表现出来。瑙乌曼根据马克思产品只有在消费过程中才能成为现实的产品的论述，他指出：文学作品不只是为读者创作的，而且它也需要读者，以便使自己成为现实的作品。作品的潜在功能不能由自己来实现，必须在读者接受过程中实现。实现这些功能的过程，也就是作品获得生命力和最后完成的过程。一部文学作品的发生史结束以后，即通过"行为的主体"获得文学的审美价值，并脱离"行为的主体"进入接受过程以前，还不能算是最后完成。例如一部小说，在未经读者阅读以前，只不过是一叠印着铅字、经过装帧的纸张，这时，它只是一部"可能的作品"。只有成为读者的接受对象之后，才能成为"现实的作品"。

文学的接受即阅读，像人类其他活动一样，也是一种主动的活动，但就其结构来说，也是受对象（文学作品）制约的，读者只能在接受指标给定的可能性界限之内实现一部作品。读者与作品打交道的自由，是受作品对象性的性质制约的。读者对一部文学作品产生积极的还是消极的反应，首先决定于文学作品的性质。为什么有的作品能够久远流传，有的作品则很快被人遗忘？为什么有的作品早已为人所遗忘，有朝一日忽然又成了读书界注意的对象？这些现象说明，正是这些作品的性质，决定了读者接受活动的积极的或消极的反应。问题还不止于此。因为事实上，即使读者对同一部作品的价值评价一致，各人的理由也会千差万别。对于一部作品，不仅后人会做出不同的解释，即使在它发表时，同代人也会做出不同的解释，甚至同一个读者对待同一部作品，每一次阅读都会产生不同的理解。所以瑙乌曼说，文学接受活动不仅受作品性质制约，也受读者制约。

在作品的接受活动中，作品是客体方面，受客体制约的读者则是主体方面，二者构成一种互相影响的辩证关系：读者阅读作品的过程，是一个再创造（或改造）的过程；读者实现作品潜在功能的过程，是由自己控制（或掌握）这些功能的过程。但他在对作品实行再创造（或改造）的同时，也在改造自己；它在实现作品的可能性的同时，也在扩充自己作为主体的可能性；读者在接受作品、对作品施加影响的同时，作品也在对他施加影响。所以瑙乌曼说，文学的接受活动事实上是这些对立的使命统一的过程。因此，接受美学又往往被称为影响美学，因为研究文学的接受问题，离不开对文学的影响问题的研究。"接受"是从读者方面来说的，"影响"是从作品方面来说的，文学接受活动必然包括这两个互相渗透的方面。

接受与影响之间的沟通，是由接受作品的读者通过评价活动实现的。作家在创作活动中，便在接受指标里注入了某种"提示"（Appell），使作品同读者的全部理性和感性活动、意识和潜意识，以至于全部心理和整个人发生关系。读者不得不对这种"提示"做出反应。当读者用文学作品来满足自己的阅读需要和对文学的兴趣时，他就把文学作品当成了审美的、感情的、智慧的享受对象，当成了认识世界、扩充知识和信息、发现自己、实现自己和肯定自己的手段，当成了生活辅助，当成了娱乐、散心、游戏、修身和慰藉的手段，当成了解作家、了解文学的语言、了解文学技巧和规则、扩充文学审美和文学史知识的手段。当读者以这样的方式，把文学作品当成对象和手段时，他也就接受了作品的种种影响。

文学接受活动的两种形态

瑙乌曼把文学的接受活动，区分为社会接受和个人接受两种形态。

一部作品脱离作者的创作过程之后，到达读者手里之前，总要取得某种社会占有形态。社会机构总是把它们筛选出来，在多数情况下对它们进行评价，然后才能成为读者接受的对象。作品与读者之间的媒介实体，主要是出版社、书店、图书馆、文学评论和介绍、学校的文学课程、文学研究以及在作品与读者之间以物质或精神方式起媒介作用的机构。它们从作品的社会价值、美学价值乃至经济价值的角度，对作品进行筛选、宣传、评价，并采用各种措施（如书籍装帧、图书广告、书评、座谈会、讨论会、奖掖和介绍作家等），引起读者的阅读兴趣。一般说来，并不是作品自身能够同读者建立直接关系，而是这种社会接受，首先在作品与读者之间起着桥梁和沟通作用。

"社会接受"这个概念表明一个事实，即文学在一定社会形态中，将通过物质的和思想意识的关系，获得某种社会功能，根据这种客观的社会功能，形成某种关于传统文学和当代文学的思维方式和评价标准。而这些思维方式和评价标准，将具体地体现于社会、阶级、阶层、集团对文学问题的认识。例如文学在过去、现在和将来应该是什么样的，他们能够并应该起什么作用；怎样评价、说明和理解文学作品、作家、流派、一个时代的文学或者文学的历史；读者应该读什么样的作品，不应该读什么样的作品；关于文学创作和接受的规范等观念。借语言形式参与这种社会接受的，主要是那些在意识形态领域工作的人，尤其是文学研究工作者、评论家、文学教师等。他们通过出版物、报告、讲座来表达自己对文学史的发展、作品的意义，以及对文学作品、作家、读者的功能的看法。这些看法在个人接受之前、之中、之后，或多或少地起着规范或规则的作用。这些规范或规则虽然在个人接受过程中不会被严格遵守，但它们必定会对个人接受活动起到控制或驾驭作用。

一般说来，社会接受是作品达到读者手中的必经途径。瑙乌曼在假定读者具有阅读能力的前提下，认为决定个人接受的因素有：读者的世界观和思想意识；所属的阶级、阶层和集团；物质状况（包括收入、业余时间、居住条件、工作条件和一般生活条件）；受教育情况、知识和文化水平；审美需要；年龄以及性别；读者与其他艺术家的关系；读者接受过什么样的文学作品，包括从幼年起听过什么样的故事、童话、歌谣；等等。人们在自己的早期发展阶段，所获得的这些理解文学的能力，常常被视为自然禀赋，其实，这是人们在成长过程中所获得的社会文化才能。每个人身上的这种才能的差别决定人们对文学接受的方式。

此外，瑙乌曼还认为，偶然性的个人处境，也影响阅读过程的结果。个人处境像生活本身一样是多种多样的，常常给接受过程带来变化，读者自然也会把这些不断变化的个人处境的经验，带入他与作品打交道的过程中去。总之，读者作为生物的和社会的本质，在意识和下意识中接受的一切信息，都会影响到他对作品的接受活动。读者在这种多层次的、由社会和个人决定的基础上，形成特定的阅读动机、阅读需要、文学兴趣。读者的"文学鉴赏力"不同，对文学的要求、期望和态度也不同。这些不仅决定对作品的选择，同时也决定文学作品发生影响的可能性和对文学作品的评价过程。

读者在接受过程中获得的经验、认识，无疑或多或少、或深或浅、或持久或短暂地影响读者的知觉、感觉和思维方式，影响他的处事态度和行为方式，影响他对社会行动的看法。瑙乌曼称这是一个"内心修养过程"。不过，这个过程不只是一个心理过程，它要转移到社会上去，即个人影响转移为社会影响。这就是文学具有社会影响力的原因。瑙乌曼又称这种力量为"历史形成的力量"。

文学作品对个人和社会的影响，一旦用语言和文字表达出来，又会反过来影响作家、影响文学创作过程。所以接受美学认为，接受活动的结果是新的文学创作的"内在推动力"。文学接受结果在新的文学创作过程之前的这种反馈可能性再次说明，虽然文学的历史功能研究，以文学的接受和影响为其特殊对象，但它毕竟不可能离开历史发生研究而单独进行。把历史发生研究和历史功能研究有机结合起来，是瑙乌曼追求的最终目标。

写于 1986 年 6 月 6 日

三 文学的"接受研究"和"影响研究"

——关于"接受美学"的研究笔记之三

一

接受美学作为一种理论，是人类理论思维历史经验积淀的结果。在这方面，欧洲研究接受美学的学者进行过许多总结。人们注意到，关于基督教经典的早期研究，只关心版本学，理论思维的重点放在编纂者身上，而并不注意接受者。即使亚里士多德《诗学》传统的继承者们，如维达、隆萨、斯卡利格尔、彭塔努斯、海因修斯、布洛瓦、欧皮茨、高特舍特和莱辛等的理论思维，也多集中在作者和作品身上，很少有人系统地从读者战略的角度思考问题。

在欧洲文学史上，罗马诗人贺拉斯最早提出了文学"寓教于乐""劝谕读者"，把教益与娱乐结合起来的主张。这是欧洲文艺理论中明确地从读者角度提出问题的开端。后来的欧洲诗学家们，在这个问题上，几乎毫无例外地都在重复贺拉斯的理论，只不过有时强调教益的一面，有时强调娱乐的一面。17世纪德国欧皮茨所提出的"诗学是隐蔽的神学"的说法，是贺拉斯教益说的另一种说法，只不过带有某种神学色彩而已。当然，我们还可以说，自古希腊以来，欧洲古典文艺理论家们所提出的许多美学标准，都体现了一定的社会利益，都包含着对文学社会功能的追求，包含着读者战略。但不容忽视的是，绝少有人明确地把读者的欣赏趣味同时代联系起来进行思考，考察文学接受因人、因时甚至因地域不同所发生的变化。18世纪初时，德国的高特舍特在他的《批判的诗学》第四版前言中仍然认为，人及其心灵的自然，依然像两千年前一样，而使文学作品赢得读者喜欢的道路，也依旧像两千年前的人所选择的道路一样。可见，18世纪上半叶，欧洲学者们还在以静止的眼光看待文学的功能和接受问题。

从德国来看，关于接受理论划时代的转折，开始于"狂飙突进"运动的理论家赫尔德。他在《关于现代德国文学片断》一文中，提出了人类对于时代的依赖性的观点，并由此引申开来，把人类的审美活动理解成一个过程，从而取代了历来对于审美问题的标准化的、静止的描述。在《欣赏趣味衰落的种种原因》一文中，赫尔德又从历史发展的角度，阐述了欣赏趣味变迁的规律。他认为，随着教育、气候、生活方式和环境的变化，人类的文艺欣赏趣味也必然会发生变化。从德国接受美学著作中可以看出，赫尔德这些思想作为历史接受理论的萌芽，为当代接受理论体系的形成提供了重要启迪。

19世纪德国文学史研究中的历史学派所提出的"传统意识"、青年黑格尔学派的"解放思想"、法国泰纳的"实证主义"等，无疑都在接受理论的历史上提供过答案。但最初促使接受美学形成一个独立学派的，还是20世纪以来的波兰哲学家罗曼·英伽顿的现象学理论、苏联形式主义理论、捷克结构主义理论、德国伽达默尔的阐释学和法国罗伯特·埃斯卡尔皮的文学社会学等。汉斯·罗伯特·尧斯在1967年撰写他的接受美学宣言式的论文《文学史作为文学科学的挑战》时，就曾经努力从各种学派的方法和理论，如阐释学、形式主义、结构主义、文学社会学和马克思主义历史唯物主义中汲取营养，开创他的新主张。到目前为止，几乎所有重要美学著作和论文，都从接受理论渊源的角度做了大量研究，丰富和深化了人们对接受史和接受理论史的认识。

为了从理论渊源的角度认识接受美学的特点，下文结合伽达默尔的阐释学和英伽顿的现象学，对接受美学的两个重要学派——"接受学派"和"影响学派"做些概括的评述。

二

接受美学虽然强调读者和阅读，但它毕竟是一种说明和理解文学过程的方法，因此，它作为一种说明和理解文学的工具，同德国传统的阐释学，特别是同当代德国哲学家伽达默尔在《真理与方法》一书中的理论，有着某种联系和继承关系，这是理所当然的。尧斯在他的《审美经验与文学阐释学》一书中明确承认，没有伽达默尔的《真理与方法》，也就没有他的接受美学。[①] 所谓"阐释学"在德国是一门古老的学科。阐释学（Hermeneutik）这个词源于古希腊文，用拉丁字母拼写出来，即Hermeneuein。它显然是从古希腊神话中的神使赫尔梅斯（Hermes）一词引申来的。古希腊神话中的神使在古罗马神话中叫墨丘利（Mercurius），是专司道路、交通、商业和偷盗的神，是人与神之间的媒介。今日欧美国家的"信使报"（Merkur）就是以它命名的。阐释学其实就是本文与读者之间的媒介。阐释学又称分析、说明、解释的艺术，最初应用于对《圣经》内容和法律条文的注释、分析和说明，在相当长时间内，阐释学主要用于神学和法律领域。现代阐释学的奠基人是19世纪德国浪漫派神学家

---

① ［德］尧斯：《审美经验与文学阐释学》，慕尼黑：分克出版社1977年版，第18页。

施莱尔马赫。19世纪末期，德国哲学家狄尔泰把它引入文学研究领域。20世纪德国哲学家海德格尔从存在的时间性角度，对它进行了本体论的考察和论述。而把它作为一种专门的文学研究方法进行了系统描述的，则是不久前去世的联邦德国文艺学家彼得·斯宗狄。

现代德国哲学家伽达默尔在他的《真理与方法》一书中，把理解的历史性（Geschichilichkeit）规定为一个阐释原则。他认为理解有首要与次要之分，占第一位的是理解事物自身，占第二位的是理解别人对同一事物的理解。由此他进一步解释说，为了尽可能客观地把握对象，阐释者不应忘记自身的存在，不应忘记自身的历史性及因这种历史性而形成的对事物的种种判断和成见，而是要把这种判断和成见视为理解过程中积极的因素。他从对成见（Vorurteil）这个概念进行历史分析入手，指出成见这个概念自启蒙运动以来才获得我们今天所习惯的消极意义。按其原意来说，成见即对事物的整体进行最终检验之前所做的判断。以诉讼为例，所谓"成见"，即在最终做出裁决之前所获得的法律上的预决。从这个词的构成来说，也可直译为"前判断"。因此，成见绝不等于错误判断，人们对这个概念既可做出积极的评价，也可做出消极的评价。伽达默尔把这个思想运用于对文本的分析，从而得出结论说：所谓理解文本，总是准备从文本中得到一些什么。因此，一个受过阐释学训练的意识，自然会对文本里陌生的东西有接受能力。这种接受能力，既不会以接受者的"中立性"为前提，更不会以"忘我"为前提，而是包括个人的判断和成见。[①] 从这一段表述可以看出，伽达默尔强调人类对事物理解的个性特点，他不一般地强调所谓"理解的客观性"，而

[①] [德] 伽达默尔：《真理与方法》，杜宾根：莫尔（保尔·西贝克）出版社1975年版，第253页。

是突出个人在理解过程中的地位和重要意义。他主张理解者不应从自己的见解中抽象出来,而是应该有意识地把自己的见解纳入理解过程,形成一种理解者与被理解对象之间的对话关系。

伽达默尔在他的《真理与方法》一书中,所规定的另一条阐释原则,是理解的应用性(Applikation)。应用性这个概念是从传统的阐释学中继承来的。从前对于神学和法律的阐释是以应用为目的的。伽达默尔主张,所谓对于一个文本的理解,就是把它应用于现实境遇,把它在这种应用中具体化,就像一个神学家把神的启示具体化,一个法学家把法律条文具体化。

对文本的理解又是与文本的影响史分不开的,用伽达默尔的话说:理解就其实质来说,是一个影响史的过程,因为人们认识的对象,实际上体现了历史真实与历史理解真实之间的关系。人们在理解一部作品时,不只是对它作为一种历史现象感兴趣,而且对它在历史(包括研究史)上所产生的影响也感兴趣。[①] 因此,建立影响史意识,是使人达到理解的一个重要契机,主动认识这个契机,是科学意识所绝对必要的。因为在一切理解活动中,不管人们是有意识的还是无意识的,影响史总是发挥作用的。所谓影响史的意识,按伽达默尔的说法,首先是阐释境遇的意识。所谓"阐释境遇",即阐释者面对所要理解的作品所处的境遇。[②] "境遇"这个术语是从卡尔·雅斯帕尔斯的《时代的精神境遇》一书借用来的,伽达默尔把它界定为限制观察可能性的立脚点。与它分不开的一个术语是"视野"。按照伽达默尔的定义,视野就是眼界,它包括从一点出发所看到的一切。他说,当我们把它运用于思维意识时,我们常说狭窄的视野、尽可能扩

[①] [德]伽达默尔:《真理与方法》,杜宾根:莫尔(保尔·西贝克)出版社1975年版,第283—284页。

[②] [德]伽达默尔:《真理与方法》,杜宾根:莫尔(保尔·西贝克)出版社1975年版,第285页。

大视野、开拓新的视野……一个没有视野的人,意味着目光短浅,因而对身旁的东西做出过高的估价。相反,有视野的人,就能在这种视野之内按照近和远、大和小来正确估价一切事物的意义。①"视野"是被接受美学沿用并广泛流行于西方文艺理论中的一个概念。按照伽达默尔的意见,理解是受到当时、当地乃至个人的视野制约的。也就是说,理解的具体化过程,是充满历史意识的。由此可见,理解的应用性,也是具有个性的、时代的乃至地域的性质的。伽达默尔为了进一步分析理解行动,把"视野"这个概念区分为"现实视野"和"历史视野",把理解行动的完成视为"视野融合"的过程。当然,这种"视野"的结构都是理想式的,不能把它们想象成静止的、孤立的东西。伽达默尔对制约文本理解的视野进行区分,并创造了一个"视野融合"概念,从而突出了理解这个行动的过程性质和复杂性质。同时,由于文本的影响史对于人类对文本的理解起着制约作用,于是把影响史纳入对理解的分析,便成了阐释学的一项重要任务。

伽达默尔在这部著作中所规定的这些原则,以及他在论述这些原则时所阐述的思想,在接受美学中留下了深刻印记,成为推动接受美学形成一个体系的重要理论契机。尧斯在他的著作中,把伽达默尔这些思想做了相当广泛的发挥,提出了关于接受理论的纲领性主张,奠定了接受美学的理论基础。

尧斯像伽达默尔一样,对于历史学派和实证学派追求的所谓"客观理解",是持批判态度的。他主张对文学作品的任何客观理解,都不能忽视读者个人的因素。传统的文学史和文学理论,都是以静止的眼光看待文学,只是把作家、作品视为认识对象,虽然世界各国,古今中外都有类似"见仁见智"的说法,却又

---

① [德]伽达默尔:《真理与方法》,杜宾根:莫尔(保尔·西贝克)出版社1975年版,第286页。

都把文学作品的道德价值和艺术价值以及作家、作品的历史地位，视为超时间、超空间的客观存在。而研究、评论和阅读活动的目的和任务，似乎都是去认识、理解和阐释作品的"永恒价值"。尧斯从伽达默尔关于理解的历史性和应用性原则的阐述中所透露出来的重视个性、时代性的思想引申开来，提出了"文学作品的历史生命没有接受者的参与是不可想象的"命题。① 从而突出了读者和读者的阅读活动对于作家和作品的重要意义。文学作品并不是对于每一个时代的每一个读者，都以同样面目出现的自在客体。他不是独自表现其超时代性的文物。它更像一部乐谱，着眼于使阅读活动一再取得新的反响，这种阅读活动使本文摆脱语言材料，成为现实的存在。② 没有读者和读者阅读的活动，一部文学作品只不过是一堆印着铅字、经过装帧的纸张，就像一部乐谱，不经过演奏家的演奏，只不过是一些死的符号一样，不成其为音乐。

所谓"接受者的能动参与"，不仅是指读者赋予作品生命，还在于他的接受活动必然地要带有个人的理解和判断，读者对作品既不可能持中立态度，更不可能完全没有自己的态度。这正是所谓"仁者见仁"的原因之一。读者的接受活动，是一种积极的对作品的占有，所谓设身处地地去理解作家体现在作品中的创作意图，实际上是相对的，也是因人、因时代而异的。文学史上所有文学作品的价值升沉现象，是同读者的这种主动参与精神分不开的。接受美学称这种主动参与精神为接受意识，它在很大程度上决定着文学作品在历史和现实中的地位和作用。尧斯的这些观点，都是针对"客观主义"理论提出来的。不容否认的是，

---

① ［德］尧斯：《文学史作为文学科学的挑战》，载［德］瓦尔宁编《接受美学——理论与实践》，慕尼黑：分克出版社1975年版，第127页。
② ［德］尧斯：《文学史作为文学科学的挑战》，载［德］瓦尔宁编《接受美学——理论与实践》，慕尼黑：分克出版社1975年版，第129页。

它们本身也潜伏着相对主义的危险。

在尧斯的接受美学体系中，有一个核心概念，叫"期望视野"①（Erwartungshorizont）。这个概念是从德国社会学家卡尔·曼海姆那里接受过来的，它的含义大体上类似伽达默尔著作中所阐述的"视野"的含义。这个概念包括两个系统，一个与作者有关，即储存在作品中能够被发现的期望视野，发现的程度决定审美的程度。另一个与读者有关，即读者加之于作品的世俗的或者来自生活实践的期望视野。前者是个定数，属于作者系统；后者是个变数，属于读者的阐释系统。按照尧斯的看法，两种视野的"互相作用"，构成审美经验的完全意义的接受。这种接受本身是一种创造性行动。从读者这方面来说，"期望视野"就是接受之前的知识准备，包括书本知识和生活知识，也包括读者作为生物存在和社会存在的各种条件。读者的"期望视野"是因人、因时代变迁的，这种变迁必然也会引起文学观念、审美原则和标准的变迁、更新。这就是文学史上之所以有同一部作品为这一些人所欣赏，而不为另一些人所欣赏；为此一时代的人所欣赏，而不为彼一时代的人所欣赏的原因之一。只有从"期望视野"变迁的角度去观察文学现象，文学史家才能在运动中客观地去描述文学的影响史和人类审美的发展史，而不至于在变化了的境遇面前束手无策。

尧斯这些纲领性主张，很快受到欧美文学理论界的重视，引起热烈讨论，尧斯也在不断参与讨论过程中，逐步深入阐述了自己的主张，终于在1977年出版的《审美经验与文学阐释学》第一卷中，形成了一个较为完备的体系。可以说，这部著作是尧斯十年来不断参与讨论，不断进行研究和思考，并对原来的设想进行修正和补充的结果。

---

① 也译作"期待视野"，本书从作者译法。

在这部著作中，尧斯把"审美经验"作为研究课题。他认为审美经验这个问题，长期以来一直处于美学和文学阐释学讨论的边缘上，从未引起人们足够注意，但它们对当前文艺理论发展，却很有讨论价值。尧斯在对这个问题的研究中，把审美实践放在中心地位，他从对"审美欣赏"这个概念的研究入手，把审美经验区分为三种互相联系的活动，即创作活动、接受活动和交流活动。他又称这种活动为审美欣赏行动的三个基本范畴，并从传统美学中引用了三个相应的概念：创作（Poiesis）、审美（Aisthesis）、净化（Kathasis）。所谓"创作"，即指对自己所创作的作品的欣赏，作为一种审美欣赏的基本经验，大体上相当于黑格尔给艺术下的定义，即人可以通过他的艺术创作满足自己认识自己的普遍需要。所谓"审美"，即认识的观察和观察的再认识的审美欣赏，也就是亚里士多德所说的，人在模仿对象身上得到快感的两个原因，即一面看，一面求知。所谓"净化"，即对于由演说和诗歌（文学艺术）所引起的自己感情的欣赏，这种欣赏能引起听众或观众信念的改变和情绪的释放，这是一种交流性的审美基本经验。

这三种互相关联的活动，构成了尧斯接受美学体系的基本框架，他所提出的"审美欣赏"这个概念，作为一种行动，就是在上述三种活动中实现的。对于创作意识来说，审美欣赏活动是在根据世界来创作自己作品的活动中实现的；对于接受意识来说，审美欣赏行动是在更新对外在和内在现实的感受中实现的；对于交流意识来说，审美欣赏行动是在赞同作品的判断或者是在已经给定而尚待鉴别的行为标准的同一性中实现的。①

尧斯认为，自黑格尔以来，美学就停留在研究艺术描写功能方面，艺术史被理解为作品及其作者的历史，而关于艺术的世俗

---

① ［德］尧斯：《审美经验与文学阐释学》，慕尼黑：分克出版社，第61—63页。

功能，即它在人类生活中能发挥什么作用，却很少研究，除创作功能，很少注意接受功能，根本不注意交流功能。他说，关于艺术的科学研究，从实证主义以来，不断地向我们讲授作品及其解释的传统，作品产生的主观和客观条件，等等。因此，我们很容易再现作品产生的时代、原作的渊源及其思想意义等，却不善于从创作、接受、交流的角度去说明艺术是一种历史和社会实践对象化的结果。他认为，马克思主义文艺理论，是主张接受主体对客体实现的再认识的，尽管普列汉诺夫和卢卡契把它局限于反映论和资产阶级现实主义的模仿说。自布莱希特以来，文学的影响问题或效果问题，才被提到日程上来，但他侧重于教给接受主体养成思维和批判态度，而忽视了审美主体欣赏共鸣和审美同一性倾向。尧斯的这个判断，应该说是客观的。

尧斯在历史地描述了审美经验的三种活动之后，得出结论说："在欣赏别人中欣赏自己"是文学活动中的基本审美经验，它的前提是"理解的欣赏和欣赏的理解"的统一。他称这种统一为"纯感官的欣赏与纯反思之间的漂浮状态"。他认为歌德的一句话，最确切地表达了这种漂浮状态，歌德说："有三种读者：一种是无批判地欣赏，第三种无欣赏的批判，中间一种是欣赏着批判，批判着欣赏；这种读者其实是在重新复制一部艺术作品。"[①]

尧斯在这部著作中，还提出了五种审美统一性模型，以展开论述审美经验的三种活动；还研究了滑稽、可笑、抒情诗的互相作用模型等问题，以补充说明他的理论。尧斯这部著作被视为阐释学与接受美学富有成果的结合的典范。值得注意的是，尧斯在这部著作中，有意识地吸收和运用马克思主义历史唯物主义方法，这也是这部著作显得比较扎实的重要原因。

---

① [德]尧斯：《审美经验与文学阐释学》，慕尼黑：分克出版社，第59、64页。

三

前面提到,中国话里的"见仁见智"这样的思想,世界各国,古今中外都是存在的,尽管说法不同。欧美现代文艺理论中,广泛流行着一些评价作品基本质量的用语,如"多义性"(Polysemie)或"多价性"(Multivalenz),其实就是欧美人们对于这个思想的表达方式。"见仁见智"也好,"多义性""多价性"也好,照理都不是对文学作品进行随意性解释,虽然这些概念中含有这种可能性和危险性,而是在即存的或者给定的"回旋余地"之内进行解释。文学作品的这种"回旋余地",恰恰是在解释过程中产生"见仁见智"或者"多义性"、"多价性"的基础或前提。

波兰哲学家罗曼·英伽顿在30年代撰写的《文学的艺术作品辨析》一书中,提出了一个"不稳定点"概念,试图借此来解释文学作品解释过程中普遍存在的"见仁见智"现象。这个概念及其所包含的思想,对于现代接受美学和影响理论的形成和发展,起了重要推动作用。英伽顿认为,文学作品实际上是一个模式化的构成物,至少在它的某些层次,特别是在对象层次中,含有一系列"不确定点",在作品中的语句无法表达某一特定对象(或一个对象性境遇)是否具有某种特性的地方,存在这样一个"不确定点"[①] 简单说来,所谓"不确定点",就是作品中那些用语言无法表达的地方(或对象)。

英伽顿在这一段文字中,表达了他的两个重要观点。一是关于文学作品结构的观点,二是关于文学作品"不确定性"的观点。

[①] [波兰]英伽顿:《文学的艺术作品辨析》,载[德]瓦尔宁编《接受美学——理论与实践》,慕尼黑:分克出版社,第44页。瓦尔宁只选了该书的一章,笔者亦未见全书。

他从结构方面把文学作品分成四个层次，即语言声响层次、含义单位层次、模式化图景层次和描写对象层次。其中"模式化图景"层次又称作品的框架，被描写的对象可以借助这种框架在读者接受意识中成为具体的东西，读者的接受意识借助框架可以把被描写的对象具体化。所谓"具体化"，也是英伽顿的一个重要概念，他把这个概念界定为审美活动（立场、态度），属于对文学作品进行认识的范畴。把文学作品具体化，就是阅读，在戏剧领域就是演出。作品的模式化图景层次，只是一个框架，附着在这个框架上的，只有一部分是能够用语言表达的确定对象，英伽顿称之为"不确定点"。具体化就是由读者凭借自己的想象力和经验去充填这些"不确定点"，使作品的各个层次协调起来，造成像音乐艺术通常所说的那样一种"复调和声"，对英伽顿来说，这种"复调和声"是体现一部有价值的文学作品的基本条件。

关于充填不确定点的主张，只是英伽顿"不确定点"这个概念中的一部分，甚至是一少部分含义。在更多情况下，他利用"不确定点"这个概念，是为了把描写对象区分成现实的和理想的，说明文学作品在结构上的不完满性。把作品中那些未充填的图景层次充填起来，即通过布局来尽可能地消除"不确定点"，消除作品潜伏的缺陷。在分析作品的接受条件时，他认为，并不是"不确定点"在作品的具体化中发挥作用，而主要是"原始情绪"。在这里他又采用传统的共鸣说（Einfuehlung，又译移情说）来解释文学作品发生影响的可能性，而忽视了文学交流问题。此外，他还认为"不确定点"增多，会毁掉一部文学作品，因此文学作品的美学价值，首先取决于它的"确定性"，而不是"不确定性"，只有"不确定性"不显得过分，才能在具体化中形成各个层次的"复调和声"。

像尧斯从伽达默尔的阐释学得到启发一样，接受美学的另一位代表人物沃尔夫冈·伊瑟尔，也从英伽顿以现象学为基础的文学理论中得到启发，形成了他自己的接受美学体系。

研究接受美学的人，都是从"见仁见智"这个问题出发的。按照传统的理解，任何文本都有内容，内容是意义的载体，而意义通常又被理解为似乎是潜藏在文本里的一种永恒的、固定不变的东西。可人类的接受史表明，在文本的文字、语句不变的情况下，曾经被人发现的意义常常会发生变化。伊瑟尔对这个问题的解释是：文学作品的意义，只有在阅读过程中才能表现出来，它是文本与读者相互作用的产物，并非一个潜藏在文本自身等待解释者去发现的值。[1] 同一部文本之所以会被不同时代的不同读者做出不同理解，是因为文本自身有一个"回旋余地"（Spielraum），这个回旋余地能为读者或解释者提供多种理解和解释的可能性。这就是说，这个"回旋余地"是在对文学作品的阐释中，产生"见仁见智""多义性""多价性"的源头。文学文本有一个回旋余地，它能影响读者对文本意义的理解和解释，这显然是伊瑟尔从英伽顿那里接受下来的观点。他的独立建树在于，从这一点出发，把揭示文本与读者之间的关系作为他建立自己的接受美学体系的任务。

伊瑟尔关于接受美学的纲领性主张，最初是于1969年在康斯坦茨大学发表的就职演说《文本的提示结构——不确定性作为文学散文的影响条件》中表述出来的，并在1976年出版的《阅读行动——审美影响理论》一书中做了系统阐述。他的理论又被称为"影响理论"或"影响美学"。

英伽顿以现象学为依据，从研究文本的结构入手，把文学文本视为一个多层次的构成物。伊瑟尔则从区分文本的类别入手（论说性文本、虚构性文本或文学文本），首先确定文学的特殊性，并提出了文学并非生活世界的精确的对象对应物，而是从生

---

[1] ［德］伊瑟尔：《文本的提示结构——不确定性作为文学散文的影响条件》，"康斯坦茨大学讲演丛书"第28号，1971年版，第7页。

活世界里存在的要素中提取它的对象的观点。① 这同传统美学所说的"文学是虚构"是一致的。伊瑟尔认为，文学本身是以偏离我们习惯的形式，描写一个我们似乎熟悉的世界，所以我们一方面常常能在文学中，辨认出许多在我们的经验中同样起作用的要素，另一方面我们又会发现文学所描写的现实，并不完全等同于我们经验中的现实。因此，读者既不能根据文本所给定的对象的确定性，也不能根据文本所限定的事物面貌，去断定文本对于对象的描写是否正确。这种检验在论说性文本中是完全可行的，而对于文学文本却完全不实用。② 根据这种情况，伊瑟尔提出了一切文学文本中都存在着"不确定点"的观点。他说文学文本既不能用文学世界中的现实对象，也不能完全用读者的经验来衡量，这种文本与现实的不一致，使文学文本产生了某种"不确定性"。③ 这种"不确定性"将由读者在阅读行动中得到校准。

　　伊瑟尔为了说明文学的对象在作品中展开的情况，又借用了英伽顿分析文学作品结构的"模式化图景"（Schematisierte Ansichten）这个概念。他说每一部文本都有各式各样的图景，它一步一步地把对象展示出来，给读者的感官呈现出一个具体的东西。而每个图景照例只能展示对象的一个角度，为了尽可能清晰地展示一个文学对象，则需要采用许多这类图景。伊瑟尔着力要解决的问题，正在这个地方。那些展示文学对象的模式化图景，常常会发生"撞车"现象，作家遇到这种情况时，不得不采用我们中国人所说的"花开两朵，各表一枝"的手法，西方术语称"剪接术"，即把同时出现的许多情节线，分先后进行叙述。在这种互相重叠的图景之间存在的

---

① ［德］伊瑟尔：《本文的提示结构——不确定性作为文学散文的影响条件》，"康斯坦茨大学讲演丛书"第28号，1971年版，第10页。
② ［德］伊瑟尔：《文本的提示结构——不确定性作为文学散文的影响条件》，"康斯坦茨大学讲演丛书"第28号，1971年版，第11页。
③ ［德］伊瑟尔：《文本的提示结构——不确定性作为文学散文的影响条件》，"康斯坦茨大学讲演丛书"第28号，1971年版，第12页。

关系，通常是无法被文本全部表现出来的，这就是说，在那些模式化图景之间留有一些空白点。这些"空白点"提供了一个对作品进行分析的"回旋余地"，读者可以在这个"回旋余地"之内，把在各个图景上展示出来的对象的各种角度连缀起来。伊瑟尔认为，一部作品的扫描越细致，也就是说，文本展示对象的"模式化图景"越多，"空白点"也会越多。而一部作品的"空白点"，绝不像英伽顿所认为的那样，是一个"缺陷"，而是作品产生效果的基本出发点。读者将在阅读中不断地去充填和消灭这些"空白点"，并利用作品的"回旋余地"，把各个图景之间未表达出来的关系建立起来。

伊瑟尔认为，一部文学作品之所以有永恒的魅力，并不是因为它描写了超时代的"永恒价值"，而是因为它的结构总能使人进入虚构的事件。在这个过程中，作品的"空白点"起了关键作用。作家可以借助这种"空白点"省却许多文本要素，让读者自己去把它们连接起来。伊瑟尔认为，正是这样一些空白点，能使读者在阅读文本时，把别人的经验变成自己的经验。从这个意义来说，伊瑟尔称文本的"不确定性"为文本与读者之间的转换器，说它能强化和调动读者的想象力，与作者共同完成文本的意图。伊瑟尔又称这种"不确定性"为文本的结构基础，或称"文本的提示结构"（Appellstruktur），它是促使读者动员自己的想象力去发现文本的含义，主动参与文本创造的结构。

以上是伊瑟尔在《文本的提示结构——不确定性作为文学散文的影响条件》一文中所阐述的纲领性主张。这篇论文是1971年作为"康斯坦茨大学讲演丛书"第28号出版的。1976年，他在《阅读行动——审美影响理论》一书中，又充分展开了这些主张。这部著作的重点，是分析读者阅读的过程，借此揭示一部文学文本产生美学效果的各种条件。伊瑟尔首先指出，一部文学文本要发生影响，得有人阅读它。传统方法只讲作家的意图，文本的现实意义、历史意义与精神分析意义，或者讲结构原则，但人们很少想到，作品只有在被人阅读的时候，所有这一切才有意义。人们总觉得，作品被人阅读是理所当然的，可人们对这个理所当然、司空见惯的现象意味着什么，却所知甚微，甚至未意识到，对作品的阅读正是各式各样解释方法的绝对必要的前提。由此，伊瑟尔特别强调指出，考察一部作品，不能只考察文本形象的情况，还要以同样的注意力，来考察如何把握文学文本的行动，即阅读。阅读过程是读者按照自己的需要，对文本进行加工的过程，因此讲文本的影响，既不能离开文本，也不能离开读者的处境。文本含有影响潜能，而这种潜能只有在阅读过程中才能实现。

为了具体分析阅读过程和文学作品产生影响的条件，伊瑟尔从英伽顿关于作品的层次结构及其具体化方法的论述中得到启迪，提出了文学作品存在两极的观点，即艺术的一极和审美的一极，前者是作者创作的文本，亦称"文本极"，后者是读者对文本进行的具体化，亦称"读者极"。根据这种"两极"的观点，一部文学作品既不等同于文本，也不等同于文本的具体化，因为文本只有在具体化中才获得生命，而具体化的文本也必然带有读者的个人气质。也就是说，当读者和文本相碰撞，即阅读时，文本才能成为文学作品。文学作品是文本在阅读意识中的构成物。由此可见，阅读是一种由文本引发出来并受它控制的行动，又是对文本进行加工的行动。这两种行动之间的关系，被伊瑟尔称为"互相作用"。"文本极"、"读者极"和这种"互相作用"合在一起，构成伊瑟尔对文学文本发挥影响的可能性，进行理论上阐述的基本构想。

写于1987年

四 一种新兴的文学研究方法

——关于"接受美学"的研究笔记之四

接受美学（Rezeptionsaesthetik）又称接受理论（Rezeptionstheorie）、接受研究（Rezeptionsforschung），是20世纪60年代以来西方文学研究中一种新兴的方法论，它在文学理论中，反映并促进了研究文学的接受及其影响问题的倾向，对于文学理论和文学史研究方法的变革起了重要作用。

长期以来，西方文学的历史，总是被描述成作家、作品的历史。历来的文学史家，都是以作家、作品为他们的研究对象，而且认为这是理所当然的，很少关心或者完全忽视了读者在文学发展中的作用。历史唯物主义的文学史研究，虽然从文学的社会效果角度，十分重视文学接受与影响的可能性，但像对待作家、作品那样，深入系统地研究读者在文学活动中的地位与作用，也只是近十几年来的事情。把读者作为研究的对象之一，无疑是接受美学在文学研究方法论方面的新建树，也是这个学派的新特点。

接受美学作为一个独立的学派，出现于20世纪60年代中期，首倡者是联邦德国康斯坦茨大学法国文学教授汉斯·罗伯特·尧斯，他在1967年发表的《文学史作为文学科学的挑战》一文，被视为接受美学形成一个独立学派的宣言。

接受美学产生的背景

从西方来说，接受美学是20世纪60—70年代资产阶级文学批评和文学研究方法变革的直接产物，是资产阶级唯心主义文学史研究和形式主义文学批评方法遇到危机的情况下产生的。如果说在60年代以前的相当长一段时间内，以美国"新批评"和联邦德国"文体批评"为代表的形式主义学派，把理论思维的重点放在"文本"的自身价值上，强调文学作品的"独立性"，把文学作品视为"完整的语言结构"，反对任何从政治、经济、思想史或者心理根源当中去分析、解释文学作品，把艺术世界视为与经验世界无关的事情的话，那么，60年代以来，随着国际政治风云的变化，学者们已经感觉到，遵循关于文学"独立性"的主张和形式主义理论，已经无法回答日益引起人们关注的文学社会功能和社会效果的问题。这是一个再也无法回避的问题。于是理论思维的重点，转向了文学的接受与影响问题的研究上。这个转变打破了第二次世界大战以后弥漫在学术界的"非政治化"的讨论问题的方式。那些宣扬艺术独立性的唯心主义理论、文学脱离政治的理论，遭到了批判；而文学与现实的关系、文学与读者大众的关系、文学的功能与社会效果等问题，成了文学讨论的中心，成了资产阶级文学理论家倡导新方法论过程中注意的对象。尧斯最先明确提出，文学研究不能单纯以作品为对象，应该把读者也作为文学科学的对象，并由此出发，克服关于文学艺术的"独立性"的主张，恢复文学与历史（现实）的联系。尧斯的主张引起学术界普遍注意，给文学史方法论讨论带来了生机。

有趣的是，在这场批判中，马克思主义的辩证唯物论与历史唯物论，起了重要作用。这表现为西方资产阶级学者，常常援引马克思关于商品生产的理论，援引文学与社会的辩证关系的论述，来阐述接受美学的理论基础。尽管他们对马克思主义理论做了许多错误理解，尤其是对列宁主义的反映论的解释，常常暴露出他们的唯心主义世界观的顽固性，但这个事实表明，像文学的社会功能这样的问题，绝不是离开经验世界，采取纯思辨的方法所能解决的。

大体上在西方学者开始讨论接受美学的同时，民主德国和苏联的文学理论家、文学史家也开始探讨对文学艺术进行总体研究。60年代中期以来，学术界的突出特点是，随着国际间交流研究的开展，信息技术和理论的发达，各种自成一统的封闭性的学术体系受到了冲击，促进了学科之间的交流。而在文学和美学研究领域，人们也在思考如何总结文学活动的经验，一方面改造本学科的体系，另一方面也开展跨学科的合作研究，把这些经验运用于学科之间的对话。文艺研究中对于读者、听众、观众的地位及其作用的认识，导致了旧文学史研究体系的解体和发展。

民主德国出版界在60年代公布了布莱希特和卢卡契关于表现主义、现实主义问题论战的材料，布莱希特关于文学社会功能的精辟论述，引起了文学史家们的巨大兴趣。人们感觉到，马克思主义文学史研究，已经不能再满足于只去说明作家为什么写这样一部作品，这部作品描写了什么、表现了什么样的主题、怎样表现的，人们不能再忽视不同时代、不同地点、不同经济和社会地位、有着不同欣赏趣味的读者，怎样接受同样一部作品这样的问题。文学史研究要想一并解决这样一些问题，必须把文学视为一个过程，把读者视为这个过程中不可或缺的基本环节，必须把读者视为文学研究的对象之一，像作家、作品那样。只有这样，文学的社会功能问题、文学作品的接受与影响问题、读者在文学活动中的地位和作用问题，才能得到科学的说明，成为文学史研究的有机组成部分。基于这种认识，在民主德国和苏联，也出现了一批研究接受美学的学者，如民主德国的瑙乌曼、苏联的梅拉赫，他们都取得了引人注目的研究成果。尤其是以瑙乌曼为首的民主德国学者集体撰写的《社会—文学—阅读：文学接受的理论考察》一书所取得的成就，不但澄清了西方学者某些唯心主义论点，而且大大完善了接受美学的体系，成为到目前为止运用马克思主义研究接受美学的代表作，受到国际上同行的重视。

接受美学研究所包含的主要内容

要想简要说清楚接受美学所包含的主要内容，我们必须抛开接受美学研究者们为了构建各自的体系而采用的那些专门术语，况且有些术语的含义也并不确切，这样我们便可以避开围绕着众多术语、概念所进行的那些令人头痛的争论。

第一，接受美学注意到了为过去的文学理论所忽视的一个基本事实，即文学作品是为读者阅读而创作的，它的社会意义和美学价值只有在阅读过程中才能表现出来。用接受美学的表述方式，即一部作品的发生史结束以后，进入接受过程（或影响史）之前，还不能算最后完成。例如一部小说，在未经读者阅读之前，只不过是一叠印着铅字、经过装帧的纸张；就像一部电影，在与观众发生关系之前，只不过是一堆正片胶卷；一座存放在博物馆仓库里的雕像，只不过是一块具有某种形态的石头，或者木头、金属。用苏联学者梅拉赫的话来说，艺术与作品的生命，始于它成为社会人的意识中的事实之时，始于它与人的世界观和审美标准发生关系之时。接受美学研究者认为，一部文学作品的生命力，没有读者的参与，是不可想象的，一部文学作品不仅是为读者创作的，它也需要读者，才能使自己成为一部真正的作品。联系到前面提到的接受美学把文学视为一个过程的观点，可以看出，这个过程是由两部分构成的，其一是作者—作品，即创作过程；其二是作品—读者，即接受过程；这两个过程合在一起，构成一个完整的文学过程，即作者—作品—读者。梅拉赫称它为"动力过程"。在第一个过程中，作者赋予作品发挥某种功能的潜力；在第二个过程中，由读者来实现这种功能潜力。在传统的文学理论中，历来有文学的教育功能与娱乐功能之说，不管哪种功能，都不能由作品自身实现，都需要由读者在接受过程中实现。实现这些功能的过程，就是作品获得生命力的过程，是它最后完成的过程。这是接受美学的一个重要观点。

第二，接受美学认为，读者在上述"动力过程"中，不是被动的反映环节，它本身也是主动的，具有推动文学创作过程的功能。它不仅是实现作品功能潜力的主体，而且是推动新的文学创作的动力。因此，不能把文学过程简单地设想成作家为读者创作作品，作品对读者发生影响。还应该看到，在实际的文学过程中，读者创造作家，影响作家的创作，他是推动文学创作、促进文学发展的一个决定性因素。不仅一般理解的读书人是读者，而且作家（即写书的人）、评论家也是读者，他们在接受前人的文学传统和当代文学的基础上，进行新的文学创作和批评。

第三，接受美学认为，阅读活动是人类各种活动中的一种，像其他活动一样，阅读活动就其结构来说，首先是由它的对象（即文学作品）决定的，文学作品作为审美对象的特点，赋予阅读活动特殊性。读者把一部作品拿在手里，能否和怎样实现它的功能潜力，读者对一部作品产生积极的还是消极的反应，这首先要看作品的性质。为什么有的作品令人百读不厌，流传久远，有的作品很快被读者遗忘？为什么拉封丹的小说在当时极受欢迎，现在竟无人问津，而巴尔扎克的作品却至今仍是畅销书？为什么有的作品早已被人遗忘，或者在相当长时间内不为人所提及，忽然间又成为读书界注意的对象？例如瑞士作家黑塞的小说，在六七十年代之交，成了美国和日本青年争相阅读的热门书；奥地利作家霍尔瓦特的剧作，在他死后30年内一直默默无闻，而六七十年代之交，忽然成了德语国家舞台上的保留剧目。这些现象说明，正是这些作品自身的性质，决定了读者接受活动的积极的或者消极的反应。

但是，只是这样认识文学的接受活动，还是不够的，因为事实上，即使读者对同一部作品的价值评价是一致的，每个人在说明它的时候，其理由可能千差万别。对于一部作品，不仅后人会做出不同的解释，即使在它发表时，也会被同代人做出不同的解释，甚至同一个读者，对待同一部作品，每一次阅读都会产生不同的理解。这样看来，文学的接受活动，不仅受作品性质的制约，也受读者的制约。这是接受美学在探讨一部作品功能潜力的实现过程时所关注的问题。

作品在接受活动中被称为客体方面，接受者被称为主体方面，两者的辩证关系是：当读者接受一部作品时，他是作品的驾驭者，阅读的过程是一个再创造的过程，但同时也是读者变革自身的过程，也就是受作品潜在功能影响的过程。由此可见，文学的接受活动，实际上是两种对立的使命统一起来的过程。研究文学的接受，总是与研究文学的影响分不开的。接受是从读者方面来说的，影响是从作品这方面来说的。文学接受的全过程，必然包括两个方面。因此，接受美学往往又被称为接受—影响美学。

当读者用文学作品来满足自己的阅读需要和对文学的兴趣时，他把文学作品当作审美的对象，当作认识世界、认识自己、扩充知识、加强文化修养、进行娱乐的手段，当作了解作家，了解文学语言、文学技巧、文学规则和扩大文学知识的手段，但同时他也接受了作品的种种影响。因此，在学术上又常常把接受过程与影响过程分开来研究，形成接受美学和影响美学两种独立的方法论。

第四，接受美学把文学的接受活动区分为社会接受和个人接受两种形态。一部作品脱离作者之后，在达到读者手里之前，已经取得了社会占有的形式。社会机构把它们选择出来，供读者阅读，成为读者接受的对象，在大多数情况下，作品到读者手里之前，已经被做出了评价。这就是说，它已经被出版社、书店、图书馆、文学评论、学校里的文学课程、文学研究以及一切在作品与读者之间以物质或者精神的方式起着中介作用的机构，从社会价值、美学价值甚至经济价值等角度进行了筛选、宣传和评价，并采取各种各样的措施（如书籍装帧、图书广告、书评、座谈会、讨论会、朗诵会、奖掖和介绍作家等）来引起读者的阅读兴趣。这类社会性接受，在沟通作品与读者之间关系方面，起着十分重要的作用。

在这种社会性接受中，根据文学作品的客观社会功能，将形成某些对于传统文学和当代文学的评价标准，而这些标准将具体体现社会阶级、阶层、集团对于文学问题的认识。比如说，文学在过去、现在、将来应该是什么样的；文学应该和能够起什么作用；怎样评价、说明和理解文学作品、作家、流派、一个时代的文学或者文学史；读者应该读什么样的作品；以及关于文学创作和文学接受的观念；等等。参与这种社会性接受的人，主要是文学研究工作者、评论家、文学教师等，他们通过出版物、报告、讲座，表达自己对文学发展，对作品的意义，对文学作品、作家、读者的功能的看法。这些看法在个人接受过程之前、之中和之后，或多或少起着规范或规则的作用。这些规范或规则虽然在个人接受过程中不会被严格遵守，但它们必然会对个人接收活动起到控制或驾驭作用。

第五，一般说来，社会接受是作品达到读者手中的必经途径，而按照苏联学者卡甘的意见，每一个人都以自己的方式，按照自己生活经历的特殊性、艺术修养、个人气质、倾向和兴趣、教养和理想，来感受、体验、解释和理解一部作品。民主德国学者瑙乌曼认为，决定个人接受的因素有：读者的世界观和思想意识，属于什么阶级、阶层和集团，他的经济状况（包括收入、自由时间、居住条件、工作和一般生活条件）、所受教育、知识和文化水平、审美需要、年龄甚至性别，以及读者同其他艺术的关系，接受过什么样的文学，等等。由于读者的社会和个人基础不同，因而形成不同的阅读动机、需要和兴趣。每个人的"艺术感"不同，对文学的要求和对待文学的态度也不同。这些不仅决定对作品的选择，同时也决定文学作品发生影响的可能性、对文学作品的评价过程。个人的处境也影响读者阅读的过程和结果。个人处境不同，接受过程也多种多样。个人经历也会影响读者与作品的关系。总之，读者作为生物的和社会的本质，在意识和潜意识中所接受的一切信息，都会影响到他对文学作品的接受活动。

反过来，再考察问题的另一面，即从影响美学的角度来看，读者在接受过程中所获得的经验、认识，都会或多或少地影响到读者的感受和思维方式，影响到他的处事态度和行为方式，影响到他对社会行动的看法。这种影响过程既是一个心理过程，却又不完全体现在个人内心里，而是要转移到社会上去，即由个人影响转变为社会影响。这就是文学作品具有社会影响力的原因。

另外，文学作品在社会和个人身上产生的影响，一旦用语言和文字表达出来，又会反过来影响作者、影响文学创作过程。所以接受美学认为接受活动和读者，是新的文学创作过程的推动力。这是接受美学之所以把读者及其接受活动视为文学研究必不可少的研究对象的重要依据。

以上介绍的只是接受美学的一些理论问题，由于接受美学目前处在多元化发展过程中，这里介绍的只是其中的一部分主张，主要是以瑙乌曼为首的民主德国学者的部分主张，兼及联邦德国学者和苏联学者的某些观点。至于如何把这些主张运用于具体分析文学过程、文学现象，运用于具体作家、作品和接受活动的分析，虽然有些学者做了实验性的尝试，包括改革文学史体系的尝试，但总的来说，接受美学研究尚处于理论思维过程中。接受美学研究者所提出的这些问题，无疑为文学研究开辟了新的领域，提出了从新的角度考察文学现象的方法。这种方法倾向于对文学（包括艺术）做总体分析、综合分析。这是当前许多学科中新兴的方法论的共同倾向。

原载《百科知识》1984 年第 9 期

第二部分

"美学解放"与现实主义定义的更新

一　美学规范的嬗变

——读特雷格尔主编《文学学辞典》随笔

《文学学辞典》是一种工具书，人们对这类工具书的要求，是希望它以词条的形式提供关于这个领域的准确知识。那么，文学学知识的准确性标准是什么呢？通常人们总是说，要尽可能客观地描述对象。这样看来，"客观性"似乎应该是标准。事实上，自19世纪以来，德国文学学的历史学派，尤其是实证学派，都是这样主张的。但是，黑格尔早在他的《哲学史引论》（海德堡手稿）中就指出，一个对象的历史，必然同人们关于它的观念有十分密切的关系。这就是说，黑格尔已经认识到，对同一个对象，不同的时代，不同的人，可能有不同的看法。现代阐释学也认为，人类对任何一个对象的认识，都带有时代的、个性的特征，所谓对象的"客观性"，其实是靠不住的。这说明，人们无法凭着"客观性"给人以准确的知识，"客观性"也不是知识准确与否的标准。

那么，作为一部辞书，怎样才能给人以准确知识呢？关于这个问题，德国启蒙时代伟大思想家赫尔德，在评论当时苏尔策编撰的一部文学学辞典时，提出过相当精彩的看法。他认为，人们撰写关于美的具体特征和形式的词条时，必须立足历史，把它描述成历史的产物，随着时间和环境的变迁而变化；同样，如果不做历史的描述,关于理论概念的词条就永远不会确切。赫尔德的这些看法,自从欧洲有辞书以来,几乎成了这个学科的经典性论述。时至今日,欧洲学术界在衡量一部辞书的质量时,仍然着眼于编撰者在多大程度上对它的对象及其概念(术语)进行了历史的描述。

所谓"历史地描述",就是对辞书收录的概念(术语)在历史上形成的过程及其含义在不同时代的演变做如实介绍。民主德国特雷格尔主编的这部《文学学辞典》,就是依照这样的标准编撰的,因而多数释文都给人以科学性强、信息量大的印象。我们试举"先锋主义"这一条为例,看看它的作者克劳斯·舒曼教授是怎样对它进行"历史地描述"的。

舒曼首先从语源学的角度,确定"先锋主义"一词源于法文。然后根据今人所掌握的知识,简要描述了它的产生及其含义变化的沿革。作者指出,"先锋主义"最初是作为军事术语,出现于1794年法国一份军事报纸上。1830年法国共和派把它运用于政治斗争,反对君主政体,从而扩大了它的政治含义。19世纪法国空想社会主义者,则广泛运用它来表达他们所主张的那些社会进步观念。到19世纪末20世纪初,这个词在法国逐渐失掉了政治含义,越来越多地用来表示当时出现的文学艺术运动、流派和团体,如德国的表现主义、达达主义,意大利和苏联的未来主义,法国的超现实主义和形形色色的构成主义,等等。作为文学术语,"先锋主义"是20世纪初以来某些文学潮流的总称谓。最初用它来表示20世纪前30年出现的那些新的文艺潮流,后来也用它表示当前的某些文艺现象,亦称"新先锋主义"。这是这个术语的主要含义。作者以较多的篇幅,描述了他所标志的那些流派的共同特征,它们产生的历史和美学背景,它们在各国的表现形式,及其迅速发生变化的原因,当前的发展趋势,等等。

关于"先锋主义"诸流派产生的背景,作者概括为两点:

一是由于资产阶级文学艺术陷入危机，文艺家们出于各种不同的动机，对自己从事艺术的基础——现实社会产生了怀疑；二是由于无产阶级革命运动蓬勃发展，许多艺术家、作家开始把自己的艺术追求与工人阶级的政治目标联系起来。因此，"先锋主义"虽然打着"反传统"的旗号，实际上是直接针对"为艺术而艺术"和象征主义倾向的。作者对"先锋主义"诸流派的成分进行了分析，指出其中既有直接与工人运动有关的无产阶级作家，也有激进的资产阶级作家，更有个别从咒骂传统文学规则出发，径直陷入法西斯主义泥沼的马里奈蒂那样的作家。这表明，尽管"先锋主义"作家们都致力于介入社会，但它们的政治目标、哲学信仰、艺术追求却是极不相同的。关于"先锋主义"在当时迅速变换旗号的原因，作者认为：一是第一次世界大战后社会环境动荡不安造成的；二是资产阶级文学艺术市场的变化，迫使它不得不花样翻新。从时间上来看，最著名、最有影响的先锋主义流派，存在于1905年到1935年之间。40年代的反法西斯斗争，使历史形势发生了变化，先锋主义潮流已经不很时兴，第二次世界大战之后，以后期资本主义"文化工业"为标志的复兴先锋主义的尝试，被称为"新先锋主义"，它们已经失掉了战前先锋主义诸流派那种先天就有的"先锋精神"。

列宁在《论国家》中曾经说过，为了用科学的眼光观察问题，"最可靠，最必须，最重要的就是不要忘记基本的历史联系，考察每个问题都要看某种现象在历史上怎样发生，在发展中经过了哪些主要阶段，并根据它的这种发展去考察这一事物现在是怎样的"。从前面对"先锋主义"一条释文的介绍可以看出，《文学学辞典》的释文，是符合这种历史唯物主义地、辩证地考察问题的方法的，虽然并非每个词条都取"先锋主义"这一条的模式，水平也有高低之分，但都遵循了对每一概念（术语）进行"历史地描述"、在发展变化中考察的原则，而不拘泥于某一个历史阶段或某一个历史人物的成说。

从释文所透露的信息来看，民主德国文学科学自20世纪70年代以来取得了长足进展，在文学理论和文学史研究方面，显然突破了曾经在五六十年代占统治地位的某些成说。释文大胆吸收了国际上文学学研究的新成果。我们仍以"先锋主义"一条为例。从上述对释文的介绍可以看出，所谓"先锋主义"，就是我们常说的，也是西方许多报刊评论至今还常用的"现代主义"（或"现代派"）。不过这部辞书中所描述的"先锋主义"，与20年前它在人们心目中的形象不一样了，那时"现代派"几乎是"颓废派"的同义语，而今天在这部辞典里，那种意义上的"现代主义"已经不存在了。这部辞书的主编和撰稿人特雷格尔教授，对"现代"一词的产生及其含义的变化做了一番详尽的、历史的考察后指出，今天人们既不应该用"现代"一词来表示自法国"颓废派"和"象征主义"以来的各种文学运动，也不应该用任何贬义来解释文学艺术的现代性。70年代，一些国家的马克思主义理论家，曾经集会专门讨论过20世纪以来的先锋主义文学艺术的历史作用问题，人们普遍认为，文艺批评不应该滥用贬义的"现代主义"这个术语。"先锋主义"也不等于"颓废派"。所谓"颓废派"是特指从1830—1870年产生在法国的一股文学潮流，它是1830—1848年法国资本与劳动尖锐矛盾的产物，在法国之外并未形成那样的规模，获得那样的重要性，因为法国那种特殊的政治和社会经济形势，在欧洲其他国家并不存在。由此看来，把20世纪遍及欧洲的"先锋主义"，同只限于法国某一特定历史时期的"颓废派"画等号，是不确切的。

关于"现代主义"，它在这部辞典里特指1880年以来出现于拉丁美洲的一股文学潮流，同20世纪初发生在欧洲的"先锋主义"不是一码事。"现代主义"最初形成于墨西哥、古巴和哥伦比亚，通常认为尼加拉瓜作家达里奥的作品，是"现代主义"

文学的高峰，它在诗歌艺术方面所做的革新，为拉丁美洲现代主义文学提供了楷模。"现代主义"是作为浪漫主义和自然主义的对立面出现的，它试图表达文学与现存社会之间正在形成的新关系。它一方面试图摆脱西班牙文化的榜样和规范作用，努力吸收欧洲大陆（主要是法国象征主义）最新文学主张，另一方面又积极在本大陆丰厚的自然与历史中寻找生存与发展的基础。与此同时，现代主义也表现了强烈的个性主义，过分崇拜艺术表达方式，脱离日常的政治、经济生活的倾向。古巴作家何塞·马蒂以他的创作扭转了这种倾向，使它既保持了现代主义在艺术形式上追求创新的长处，又使它在语言和内容方面具有了积极的社会意义和价值。目前拉美文学的主要发展趋势，被认为是马蒂传统的延续。拉丁美洲文学这种现代主义传统，于19世纪末传入西班牙，1910年传入葡萄牙。1922年以后，现代主义在巴西作为象征主义和唯美主义的对立面发展起来，并于30年代达到繁荣盛期。

前面提到的三个术语：先锋主义、颓废派、现代主义，在世界范围的文学批评中，相当长时间以来，用得比较泛滥。在我国当前的文学批评中，滥用"现代派"这个术语的现象，仍然比比皆是，而视"现代主义"为"颓废派"的评论，亦不时见诸报章杂志。这部文学学辞典，把这些术语做了严格区分，澄清了混乱。从这些词条的释文可以看出，民主德国文学科学工作者，曾经在这些领域做了大量正本清源的工作，其中重要成果有著名社会学家、文艺理论家尤尔根·库钦斯基的《1830—1870年法国美文学中的颓废派》、施伦斯泰特等撰写的论文集《艺术先锋》和古特伦·克拉特的《关于现代派问题》等著作。当然，关于如何评价各种先锋主义文艺现象，别国学者未必全都同意民主德国学者的意见，但是，有一点可以肯定，即用表示拉美某些特殊文学现象的"现代主义"，用表示法国某些特殊文学现象的

"颓废派",来说明欧洲大陆另外一些文学现象,恐怕只能牵强附会,以至于文不对题,越说越糊涂。民主德国学者在这部辞典里所做的区分和澄清,无疑为人们更科学地判断现代文学中的这些现象,开辟了一条实事求是的道路。

《文学学辞典》对与上述三个术语有关的"现代主义"的描述,也体现了民主德国文学学发展的新水平,体现了编撰者在历史的发展变化中,描述文学概念的指导思想。读者除了从释文中读到"现实主义"这个概念产生的历史,它在哲学、文学和艺术中不同时期被运用的情况,以及现实主义艺术观在欧洲形成的过程,还可以读到马克思主义者在当前对现实主义理论所做的新探索。这个条目的作者 M. 福斯特指出,现实主义艺术观,最初是以与理想主义论战的方式,作为一种特殊的艺术方法提出来的,后来它的含义逐渐扩大为一种艺术地把握现实的理论。人们从马克思、恩格斯对英法现实主义作家的评论中,从他们对歌德和拉萨尔的评论中可以看出,马克思、恩格斯并未把"现实主义"视为某种风格或描写方法,而是特指作品所反映的具体的、历史的社会状况。列宁在评论托尔斯泰时,也像马克思一样,充分肯定了他的作品对俄国社会状况所做的艺术的、历史的描写。列宁在准备和实现社会主义革命的条件下,结合无产阶级文化政策的要求,对马克思主义的现实主义艺术观,做了进一步的发展,在《党的组织和党的文学》一文中,提出了社会主义文学的"党性原则"。这是对马克思主义的现实主义艺术观一个重大发展。此后马克思主义文艺队伍中一系列重大文艺论争,都是在这个基础上进行的。30 年代全苏作家代表大会上,决定了"社会主义现实主义"为艺术创作的"主要方法",从此不带定语的"现实主义"便不再被提倡,直到 50 年代末期,才又成为文学讨论的对象。70 年代以来,关于现实主义理论的讨论,又出现了新的局面,一些研究现实主义理论的学者认识到,鉴于当前世界范围内不同社会制度之间斗争的长期性与复杂性，各种美学模式和描写手段，必然会在作家、艺术家接近和把握艺术真实和历史真实的过程中继续发挥作用。为了尽可能扩大社会主义文学的同盟军，科学地把握当前和日后出现的各种关系，不再把"现实主义"仅仅理解为文艺作品的特性，而是在作者—作品—读者（听众、观众）之间的相互关系中去研究现实主义，把"影响潜力"视为现实主义问题的核心。有人称这种动向为"现实主义理论的哥白尼式转折"。目前沿着这个方向进行探索的，都是民主德国最著名的文艺理论家，其中就包括本辞典的主编特雷格尔。

值得注意的是，近几年来，我国文艺报刊上出现了一些文章，把列宁的《党的组织与党的文学》一文改译成《党的组织与党的报刊》。主张这样改译的作者是否意识到，如果把文中的"文学"一词，一律改为"报刊"，那么列宁在这里所提出的"文学的党性原则"，岂不是不存在了吗？世界各国马克思主义文艺理论家们一致公认的列宁对马克思主义理论的一个重要贡献，岂不化为"子虚"了吗？对于这样一篇在马克思主义文学理论中占有重要地位、对无产阶级文化政策具有指导意义的文献的译文做任何改动，都应该持慎重的、科学的态度，切勿因心血来潮的改动，而贬损了它的巨大理论与实践价值。

作为一部工具书，《文学学辞典》也不是无可挑剔的。第一，它仍未摆脱欧洲学术界传统的"欧洲中心论"的框架。尽管编者也设了一些例如"中国学""中国诗歌形式""京剧""印度诗歌格律""日本学""阿拉伯学""越南学"等条目，但它们远不能反映这些国家的文学传统。一部文学辞书，若要取得国际通用的价值，最起码应该包括中国和印度传统文学术语。这对于欧洲人来说，当然是个一时难以克服的困难。第二，有些词条（特别是某些涉及苏联文学的词条）明显地给人以"为贤者讳"的印象。本书纠正了"形式主义学派"这种用法，恢复了"形式学派"这个正确术语。但释文并未说明，"形式学派"何以变成了"形式主义学派"的原委，对这个学派长时间在苏联学术界的遭际，做了讳莫如深的描述，强调了对这学派批判的正确一面，却隐去了对待它的不公正的一面。第三，辞书中有些条目从设置到释文，都看不出与文学学有什么关系，如"教条主义"。有些在现代文学中定型通用的概念，本辞书却未收录，如"魔幻现实主义"，这就使人感到不完备了。当然，其中也有为数不少的概念，如"作品美学""接受美学""影响史""文学市场""读者""评价"等，是从前的文学学辞典中所没有的，他们反映了文学学发展的最新动态。

  我们还可以列举这部辞书的其他缺点和不足，但毋庸置疑，它的科学性和信息量是十分突出的，与笔者见过的同类辞书相比，它不啻为一部"出类拔萃"的文学学工具书。由于编撰者们紧紧把握住对文学创作和接受实践中产生的这些概念进行历史的表述，在历史和现实发展变化中进行考察的原则，因而它给人的强烈印象是，它既不是汇编前人在这个领域已经取得的成果的"知识篓子"，也不是以阐释学方式对历史上某个时期或某个人物的某种成说的诠释或说明，更不是人们常见的那种带有很大随意性的自我表现之作，它之所以在一系列文学史和文学理论问题上表现了突破性成就，在于作者坚信一条原则，即文学艺术的审美规范是历史的产物，是随着时代变化的。这可以说是民主德国文学科学工作者学习运用马克思主义的历史唯物主义和辩证唯物主义，在方法论上所取得的一个重大进步。

写于1987年

二 文艺学概念的历史性

——兼及西方现代文学的评价问题

文艺学概念,是文艺学家用来概括和总结他们对文学艺术现象的科学认识和理解的成果的,它们都有历史形成的内涵和外延,文艺学家只有明确这些概念的内涵和外延,才能正确运用它们来说明他所面临的各种文学艺术现象。

事实上,明确这些文艺学概念的内涵和外延并不难,查一查文艺学辞典或者教科书,就解决了。难的是,任何一个文艺学概念,都是历史地形成的,它们的内涵和外延,都有各自形成、发展的轨迹,而辞典也好,教科书也好,常常忽视它们这种变迁史,而不了解或者不注意这些概念的变迁史,也就无法确切把握它们在各个时期的内涵和外延,假如再不假思索地信手拈来,运用它们来说明对一些文艺现象和理论问题的认识,常常会不可避免地产生与事实不符、不科学的论断。

最成问题的是,用形而上学的观念看待文学概念,以为它们自形成以后,其内涵和外延便都固定不变了。其实,文艺学概念作为人类文艺活动的产物,同人类其他精神生产的产物一样,是随着物质生产的改变而改变的。马克思在《共产党宣言》中说:"人类的观念、观点和概念,一句话,人们的意识,随着人们生活的条件,人们的社会关系,人们的社会存在的改变而改变。"

并说，这是不需要深思便能理解的道理。马克思这个论断，同样适用于文艺学概念的变迁史。

关于文艺学概念的内涵和外延不断变化的思想，早在18世纪德国启蒙运动时期，大学者赫尔德在评论当时的一部文艺学辞典时，便提出过相当精彩的看法。他认为，人们应该立足于历史来描述文艺学的概念，把它们描述成历史的产物，是随着时代的变迁而变化的，如果不对它们做历史的描述，那么它们永远也不会是确切的。同样，以伽达默尔为代表的现代阐释学也认为，人类对任何一个对象的认识，都带有时代的、个性的特征，一个时代的审美理想，作为艺术规范，是不存在的，而具体体现这些规范的文艺学概念，也是随着时代变迁而变化的。这就是文本标题所说的文艺学概念的历史性。

尽管马克思说过，这样的道理不必深思也能理解，可人们在精神生活的实践中，还是常常会犯非历史主义的、非辩证法的错误。检查一下我们在外国文学研究和文艺理论研究中，在运用文艺学概念方面存在的问题，便会发现，由于我们对一些概念的内涵和外延及其历史的发生、发展不甚了解或者不甚注意，有的被我们赋予了过分沉重的使命，用它们笼而统之地去表述许多各不相同的文学现象，可它们又没有那么大的覆盖面，结果得出一些不符合实际的结论，如人们已经用习惯了的"现代主义""颓废派"；还有的本来就不够科学，一些严肃的批评家和学者，及时发现了它们的弊病，便不再用了，可也有一些人摆脱不了思维的习惯势力，照用不误，以致导致某些可笑的、极端的判断，如"反传统"；也有的由于对历史演变的轨迹不甚清楚，其结果是接受者的形而上学的思维方法，使某些概念变成了僵化的东西，如"现实主义"。

现代主义，先锋主义，颓废派

"现代主义"这个概念，是一个典型的大帽子。从国外情况来看，自50年代讨论西方现代文学时开始，"现代主义"便成了一顶表示20世纪一切文艺新潮流、新流派、新倾向的大帽子，它的覆盖面有时上起19世纪后半叶，下至第二次世界大战后产生的一些文学现象。"现代主义"竟成了一个铺天盖地、无所不包的万能概念。德国人有一句俗话说："什么都懂，也就什么都不懂；什么都会，也就什么都不会。"人们让"现代主义"什么都覆盖，实际上它也许什么都覆盖不了。例如说现代主义是反传统的，而反传统一说，实际上只适用于未来主义，却并不适用于其他流派。人云亦云，谬种流传。

把"现代主义"当作一顶大帽子用，在20世纪五六十年代是一种世界现象。它表明当时的评论家们，对他们试图说明的那些文学现象的理解，还是相当肤浅的，至少说明，他们当时尚无力对它们进行严格区分。我们中国人所说的"大帽子底下开小差儿"，大概是一个很符合这种大而化之的文学评论的形象说法。

从欧洲大陆情况来看，1905—1935年出现的一些资产阶级文学现象，通常是以先锋主义自称或者被称谓的。1938—1939年德国人围绕表现主义进行论争时，采用的便是先锋主义这个概念。所谓先锋主义，在当时指的是一些政治色彩相当浓厚的文学艺术流派，它们之所以自称或者被称为先锋主义，是因为这个词历史上就有过浓厚的政治色彩。先锋主义一词源于法文，最早出现于1794年法国大革命时期的一份军事报刊上，是一个军事术语。1830年法国共和派曾经用它来反对君主政体，从而获得了政治含义。19世纪法国空想社会主义者，曾经用它来表达社会进步思想，拉韦尔丹在1845年出版的《艺术的使命与艺术家的作用》中，甚至把艺术与政治的统一作为纲领性主张来宣传。在20世纪初期，人们用它表示某些文学流派时，便有了在文艺领域打先锋的意思，艺术与政治统一的先锋主义原则，也逐渐变成了艺术家投身无产阶级战斗行列的主张和行动。令人遗憾的是，在一些马克思主义者的论争性文字中，先锋主义却被赋予了贬义，70年代初民主德国出版的《文化政策辞典》还认为，这是一个马克思主义美学所不用的术语。

今天，人们在重新研究和评价这些文学流派时，又恢复了先锋主义的称谓。欧洲的马克思主义文学史家和文学理论家们，对于它原本就强调的政治与艺术统一的思想，给予了充分肯定。人们在重新估价这些文学现象时，一方面避免"翻烧饼"式的绝对化，凡是过去认为消极的，今天一律给予积极的评价；另一方面，对先锋主义诸流派的时限问题、它们产生的背景、参加者成分，都进行了实事求是的分析。关于先锋主义的时限问题，自第二次世界大战以后讨论现代主义以来，在相当长时间内，都是含混不清的。我们留心一下西方学者，尤其是苏联东欧学者自20世纪60年代中期（特别是70年代末期）以来关于现代文学的著作，便会发现，先锋主义的时限通常被限制在1905—1935年发生的一些文学现象，其中包括德国表现主义、法国超现实主义、意大利和俄国的未来主义、德法的达达主义等。1935年以后，在欧洲面临反法西斯斗争的历史背景下，先锋主义已经不很时兴，在第二次世界大战中，先锋主义只在美洲大陆得以发展，并延续到战争结束。至于第二次世界大战以后产生在欧美的一些文学现象，由于时代条件的变化，带有较浓厚的资产阶级"文化工业"的特征，人们不再用先锋主义的概念来解释它们，犹如第一次世界大战以前，19世纪后半叶产生的那些文学现象，是另一种社会经济条件的产物，人们也不用先锋主义解释一样。由此可见，先锋主义是一个在时间上不可以任意延伸的概念。

从历史背景来看，先锋主义潮流是作为"为艺术而艺术"和明确声称不介入社会的"象征主义"的对立面而出现的。先锋主义产生的时代，正是资产阶级文学陷于危机的时刻，文艺家们出于各种不同的动机，对资本主义现实产生了怀疑和反叛情绪，十月革命导致了一个人类历史发展的过渡阶段，在20世纪二三十年代蓬勃发展的革命运动中，许多作家、艺术家都把自己的艺术追求同工人阶级的政治目标结合起来，一方面追求艺术的"行动功能"，另一方面积极探索新的表现方法，在艺术上表现出极大的试验热情，如戏剧方面的皮斯卡托、布莱希特、梅耶荷德；音乐方面的艾斯勒；摄影蒙太奇的创始人扬·赫特菲尔德；诗人马雅可夫斯基；小说家德布林；等等。

当时的先锋主义者，主要是一批围绕在某些杂志周围，或者某些特定文艺团体中的文艺家，如德国的《行动》杂志、《狂飙》杂志，苏联的"左翼艺术阵线"，等等。他们的政治和艺术主张，就是在这些杂志和文艺团体的纲领中表达出来的。但实际上，他们的政治主张、哲学信仰、艺术追求仍然是不一致的、互相矛盾的，派别之争彼伏此起，常常面临着解体的危险。不过，先锋主义是一种时代风尚，生活在那个时代的作家、艺术家，即使同那些杂志、社团无关，也摆脱不掉那个时代气氛的感染，他们的作品都不可避免地留下那个时代风尚的鲜明烙印。奥地利作家弗兰茨·卡夫卡，就是一个典型例子。因此，从卷入这股潮流的作家、艺术家的成分来看，既有直接跟工人运动有联系的人，也有激进的资产阶级作家、艺术家，当然，也有个别人，从无政府主义的反传统，变成了法西斯主义的辩护士，如意大利的马里奈蒂。

对待这样一些文艺潮流，理应采取分析的态度，像过去一段时间那样，用一个带有贬义的"现代主义"概念，笼统地加以否定，显然是不科学的。而带有贬义的"现代主义"这个概念，很容易导致对文艺的任何现代性、任何改革与创新，不加分析地予以否定。因此，带有贬义的"现代主义"这个概念，是不宜乱用的。

"现代主义"是一个具有特殊内涵和外延的概念，它是拉丁美洲一股特殊文艺潮流的标志。这股现代主义的文艺潮流，起源于80年代初，最初形成于墨西哥、古巴和哥伦比亚，通常认为尼加拉瓜作家卢本·达里奥的诗歌作品，达到了现代主义的高峰。现代主义在拉美文学当中，是作为浪漫主义和自然主义的对立面出现的。它一方面试图摆脱西班牙文化传统的束缚；另一方面又要在本大陆自然和历史传统中寻找发展的基础。这个流派最初有过分重视艺术表达方式、脱离日常政治和社会经济生活的倾向。古巴的何塞·马蒂以他的创作实践扭转了这股风气，使现代主义文学既保持了在艺术上追求标新立异的特点，又有了积极的内容。现代主义于19世纪末传入西班牙，20世纪初传入葡萄牙，20年代在巴西作为象征主义和唯美主义的对立面发展起来，30年代达到鼎盛。可见，"现代主义文学"是西班牙、葡萄牙语区，特别是拉丁美洲特殊的政治和社会经济状况的产物。"现代主义"作为一个文艺学概念，是有特定含义的，是不可以任意延伸的，用它来概括欧美其余国家的其他文艺现象，是不确切的，是这个概念负担不了的。滥用概念，必然导致评价上的混乱。

对西方现代文学中的各种流派，不但不宜乱用贬义的"现代主义"，也不宜用"颓废派"来说明。诚然，自从资本主义进入帝国主义阶段以来，资产阶级精神文化生活中的颓废倾向，如悲观主义、世纪末情绪等，越来越明显，这在德国作家托马斯·曼的小说，奥地利作家施尼茨勒、霍夫曼斯塔尔等的作品里都有反映。人们可以用颓废一词来批判这些精神现象。但是，把20世纪那些"先锋主义"的文艺流派，笼而统之地称为"颓废派"，显然也是不确切的。因为所谓"颓废派"，是特指1830—1870年产生在法国的一股文学潮流，它是1830年到1848年之间法国资本与劳动尖锐矛盾的产物。颓废派文学表明，法国资产阶级从浪漫派开始，就对他们那建筑在"天赋人权"和"理性"基础上的思想大厦进行批判，它说明法国资产阶级已经厌恶，并开始有意识地抛弃那种充满着柔情蜜意的乌托邦文学，或者社会浪漫主义文学。丑恶和怪异、患难和痛苦成了日常的文学题材。颓废派在法国之外并未形成那样的规模，获得那样的声势和重要性。法国那种特殊的政治和社会经济形势，在欧洲其他国家并不存在，因此，把20世纪上半叶遍及欧洲的那些文学现象，同限于法国某一特定时期的"颓废派"画等号，是不确切的，虽然人们可以在后来的作品中发现法国19世纪颓废派文学的某些特点，但它们毕竟是另外条件下的产物，它们自身独特的属性，是它们构成新的流派的标志。法国颓废派文学尚且不能全盘否定，用"颓废派"这个概念来否定现代文学这么多流派，就更显得武断了。

卢卡契无疑是个伟大的马克思主义文艺学家，他运用马克思主义理论研究和说明欧洲文学，成就是巨大的。它的一个重要失误，就在于他对"颓废派"这个概念的历史地产生的含义，未做确切研究和界定，便轻率地用来解释现代文学的某些现象，从而得出许多轻率的结论。这些结论于50年代经过苏联传入我国，至今在一部分人里尚有影响，随意挥舞"颓废派"大帽子的现象时有发生。

60年代中期以来，欧洲马克思主义文艺学家们，对"现代主义""先锋主义""颓废派"等概念及其内涵和外延的可能性，做了历史的考察和严格区分。不论人们是否同意这些解释和区分，可以肯定的是，用表示拉美文学某种特殊现象的"现代主义"，或者用表示法国某种特殊文学现象的"颓废派"来说明欧洲另外一些文学现象，只能是文不对题、名不副实，越说越混乱。人们甚至认为，能否用"先锋主义"来概括说明那些各不相同的文学现象，都是需要谨慎对待的。

"反传统"与艺术创新

"反传统"是西方资产阶级文学史家在评论现代文学某些现象时偶尔使用的一个概念。人们运用这个概念的用意，是赞扬现代文学的一些大师们在艺术创新活动中所取得的成就，说明现代小说、诗歌、戏剧，甚至包括音乐、造型艺术、建筑艺术与传统表现形式的不同。例如，布莱希特的戏剧，称为"非亚里士多德式戏剧"，在某些批评家看来，这是反传统的。事实上，另一些更有眼力的批评家却发现，布莱希特的戏剧非但不是什么反传统的戏剧，而且有着深厚的传统基础，那就是古希腊戏剧、中世纪神秘剧、德国18世纪"狂飙突进"时期的戏剧、19世纪毕希纳的戏剧、20世纪初期的表现主义戏剧。此外，他从亚洲的传统戏剧，如中国的传统戏曲艺术、日本的歌舞伎、印度古典戏剧那里，吸收了许多有益的东西，形成了它独特的戏剧观和风格。布莱希特戏剧在欧洲戏剧发展史上，无疑是独树一帜的创新，但却并不是反传统的，可它确实是从理论到实践，都改变了长期以来在欧洲舞台上占统治地位的戏剧观念，把"叙事因素"引到舞台上来。在欧洲，自亚里士多德以来，便认为"叙事因素"与舞台表演是无缘的，是戏剧的一大禁忌。布莱希特从理论到实践冲破了这个禁区，丰富了欧洲戏剧舞台上表演艺术的可能性。这在戏剧观念上是一个大突破、大解放。布莱希特的例子说明，艺术上的创新未必是反传统的。

"反传统"作为一个文艺学概念，是不科学的。它不仅说明不了艺术创新的根源，理论上反倒会把人引入歧途，造成对于文化传统的轻蔑，从而使艺术创新活动失去根基。马克思在《路易·波拿巴的雾月十八日》中说过，人们并非随心所欲地或者在选定的条件下创造自己的历史，而是"在直接碰到的、既定的、从过去继承下来的条件下创造"。离开既定的条件谈创新，无异于揪着自己的头发离开大地。这样误入歧途的例子，在中国和外国都有。前一段时间，我国文艺界一些年轻朋友，提出"抛开传统闹创新"的偏激主张，诚然有对于我国传统精神文化中的消极因素感慨和忧虑的一面，但他们受了从西方传进来的外国文学评论中"反传统"说的影响，也是毋庸置疑的。

这种影响还表现在，有人把歌德和马克思关于"世界文学"的说法错误地理解成放弃民族特点、民族传统，追求一种为世界各地区、各民族所共同接受的、统一的审美情趣。歌德关于"世界文学"的观念，没有放弃民族特点、民族传统的思想，杨武能同志在《歌德眼中的"世界文学"》（《文艺报》1987年8月16日）一文中，为我们提供了较为详细的原始资料。马克思关于"世界文学"的论述，只要读一读《共产党宣言》就会一目了然。他明明说的是"由许多种民族的和地方的文学形成了一种世界文学"，这种"世界文学"是由世界"各民族的精神产品"构成的"公共的财产"，它能使人类消除过去那种在精神文化生活中存在的、地方的、民族的闭关自守状态，克服民族的片面性和局限性。马克思的话中，绝对没有统一世界各国人民审美情趣的意思。吸收和借鉴外国文学的经验，或者如鲁迅先生所说的"拿来主义"，都是为了丰富和发展民族的文学，绝对没有抛弃自己传统的意思，更没有让中国文学向经济发达的西方国家现代文学看齐的意思。

从国外情况来看，"反传统"说在艺术实践中，引起了一种违背艺术规律的现象。如20世纪50年代在瑞士、联邦德国、奥地利和拉丁美洲的巴西，曾经出现过一种"具体派"诗歌，他一反传统诗歌可阅读、可朗诵的特点，变成了只能看的"视觉诗歌"。所谓"具体"是指失掉了文法关系，乃至任何意义的语言。语言对于具体派诗人来说，只是"材料"，就像画家用的颜料、画布、画笔一样，它们只是被"诗人"用来进行某种视觉或者声响试验的材料。诗歌的词汇在最极端的情况下，可能就是某些字母，诗人借它们来表达某种想象的声响，如枪炮声；在多数情况下，诗人则把某些词汇像组字画一样，组成某种形象，如骆驼、洞等。后者作为"视觉诗"，取得了一部分绘画艺术的特点，但却不是画；前者作为"声响诗"，却无论如何也成不了音乐。"具体诗"在60年代的联邦德国，曾经风靡一时，终因违反诗歌艺术规律，未能受到读者赏识。有些具体派诗人，甚至走上了自寻短见的绝路。

在70年代的联邦德国，还出现过一部极端反传统的小说《采特尔之梦》，作者是阿诺德·施密特。这部小说外观就与众不同，不是通常的铅印装帧，而是采用打字稿复印的办法，装订在一起显得又大、又厚、又沉。书的排版也与众不同，采取了每页竖排成并行三条的形式，每一条里的文字可以随时中断。阅读时，须把每一页书卷成筒形，使左右两侧各条衔接在一起。且不要说它的内容，单是装帧、排版和阅读方式，就令读者生畏了。难怪人称它是一部"自为文学"。联邦德国一位评论家在评论这部小说时说：它重17磅，宽33厘米，长44厘米。一部文学作品需要用衡具和量具来"评价"，这是前所未闻的。作者施密特称这部小说在联邦德国六千万居民中，最多能有三百九十人阅读，据他猜想，其中兴许会有七八个人读得懂，而且还不会全懂，真正读得懂的，只有作者本人。显然，这部小说是没有阅读价值的，它除了对作者本人，最多对个别想就这部小说发表意见的评论家有阅读价值。

反传统戏剧的一个突出例子，是奥地利作家彼得·汉德克的《骂观众》。这出戏既没有故事情节，也没有人物对话，作者只在剧本里规定，由四个演员站在灯光明亮、空荡荡的舞台上与观众说话，把观众变成听众。演员们所说的内容，三分之二是作者关于他的所谓"象牙之塔文艺观"的说明，最后三分之一是对观众的辱骂。汉德克声称，他这出戏的目的，就在于否定历来一切流行的戏剧手法，反对幻觉，反对想象，反对编故事，甚至反对看戏。他主张语言是写作的目的，语言本身就是现实。所以他称这出戏为"说话剧"。实践证明，尽管汉德克想以说话来取代传统的舞台动作和故事情节，但演员们仍然不得不设法制造感官效果，在舞台上做出各种动作，包括翻跟头，一个演员甚至钻进提词箱里。他的关于"说话剧"的主张，是对传统戏剧的否定，然而这出戏的演出实践，又是对他的主张的否定。否定传统，也否定了自己。

施密特也好，汉德克也好，都是很有才华的作家，只是受了"反传统"说的迷惑，才把艺术的创新引上了极端，引上了违背艺术创作规律、自我否定的道路。我国文艺界不是也有很有才华的年轻诗人，由于受了"反传统"说的影响，做过把诗歌变成谜语的尝试吗？国内外文艺界这些教训表明，在文艺批评和文艺理论方面，是不宜轻率地采用"反传统"这个不科学的概念来说明文学艺术的创新活动的。任何艺术创新，没有深厚的传统基础，没有在传统基础上推陈出新的胆识和魄力，都是不可能的。拘泥于传统，固然不能创新，离开传统大概也无从创新。

现实主义理论的历史变迁

"现实主义"作为一种指导文学艺术实践的理论，的确是很有生命力的，但人们往往想不到，它也可能被人们自觉或不自觉地弄成一种僵化的教条。纵然在这个概念之前加上"革命""社会主义"等定语，如果人们不随着社会生活的发展，适时的调整它的内涵和外延，仍然会成为文学艺术发展的绊脚石。苏联文学界在规定"社会主义现实主义"为"主要创作方法"50年以后，不是出现了"开放体系"的讨论吗？它说明近50年来，从创作实践中涌现出来的层出不穷的新经验，突破了原来定义的涵盖面，人们必须对它的内涵和外延做出适当调整，以适应时代的变迁和创作实践、文学研究实践的需要。关于"开放体系"的讨论，实际上就是在进行这种适时的调整。尽管这种新主张，尚有不完善和待讨论之处，但调整是符合时代潮流的，是符合历史辩证法的。

实际上，所谓"现实主义"，作为艺术作品的特性来理解，无非是讲艺术与现实的关系（如果说在现实主义理论中，有什么东西不变的话，那就是这个抽象的命题），而现实是变化的，时刻处于运动之中，18、19世纪的现实，今天看来早已成为历史，今天的现实到21世纪，同样也要变成历史，因此在不同的历史时期里，艺术与现实的关系，会有不同的侧重点。也就是说，不同的时代，现实主义的内涵是不同的。粗略回顾一下现实主义理论发展的历史，这个问题就会一目了然。

就德国来说，现实主义这个哲学概念，最初被运用于文学讨论，是在18世纪末。弗里德里希·施莱格尔在一则札记中提到："一切哲学都是理想主义，世界上没有比诗歌的现实主义更真实的现实主义。"他是把现实主义作为理想主义的对立面来用的。这在歌德和席勒的言论中就更清楚。席勒在1796年3月21日致洪堡的信中曾经提到，从前他在《堂·卡洛斯》这部剧本里，试图在波萨侯爵和卡洛斯这两个人物身上，用美丽的理想去代替那并不存在的真实，而如今在华伦斯坦身上，又试图用真实来弥补那并不存在的理想。他承认，自己在同歌德的交往和对古典文化的研究中，越来越倾向于现实主义。歌德是反对把文学变成哲学思辨的，他认为，席勒的哲学倾向损害了他的作品，使他把理念看得高于一切自然，似乎凡是他想到的就一定能实现。在歌德看来，哲学思辨对德国人是有害的，这使他们文学作品的风格流于晦涩。他自己则坚持一切诗歌都应来自生活，在现实生活中获得坚实的基础。可见，在德国 18 世纪古典文学时期，现实主义是作为理想主义的对立面提出来的，要求文学作品在现实生活中有个坚实的基础，而不是把文学变成哲学思辨。

到了 19 世纪上半叶，随着社会经济和政治条件的变化，现实主义艺术观取得了介入社会过程的倾向，尤其是在法国 1830 年 7 月革命前后，在欧洲资产阶级反对封建君主政体的激烈斗争中，现实主义的艺术观，同社会革命思想紧密联系起来，其中最有代表性的人物是格奥尔格·毕希纳。他认为，当时世界上唯一革命的因素，是穷人与富人之间的关系，单单是饥饿就可以成为自由女神。鉴于这种现实状况，艺术家不但不应该理想主义地去塑造一些抹着天蓝色鼻子的自作多情的傀儡，连一般的真实反映自然都不够，而是要到卑贱者的生活当中，再现他们的生活。"除了向冷酷和高贵的心说一些刻薄的话之外"，"还要向受苦和被压迫的人投去更多同情的目光"。眼睛向下，在对穷人和富人的爱憎面前，做出明确抉择，这就是那个时代现实主义理论的侧重点。

19 世纪下半叶，我们从马克思、恩格斯关于歌德的《伯利欣根》和拉萨尔的《希金根》的对比中，可以看出，他们所理解的现实主义，既不是风格，也不是描写方法，而是作品中所描写的具体历史的社会状况。马克思和恩格斯在评论英国现实主义作家、评论法国巴尔扎克《人间喜剧》时指出，他们的作品都揭示了资产阶级社会的运动规律，深刻地表现了它们对个人所产生的影响。列宁在评论托尔斯泰的成就时，也主要是肯定他不但从艺术上,而且从历史上都真实地描写了俄国的社会状况。从马克思、恩格斯到列宁,它们的现实主义艺术观强调的是,作家要在作品中恰当地处理艺术真实和历史社会真实的关系。列宁的发展在于,他根据当时准备和发动社会主义革命的具体条件,结合文化政策的需要,提出了社会主义文学的党性原则问题。

20世纪20年代末30年代初,在苏联哲学界反对"庸俗社会学"强调认识论的辩证法的气氛下,在美学领域出现了建设现实主义理论的要求。这种理论上的建设,跟马克思、恩格斯文学批评著作的发现,是同时进行的。当时的重点在于确定文学艺术的客观内容。从文化政策角度来说,为了创作现实的文学艺术,要求文艺家客观地反映现实。30年代以来,有两件事情对现实主义理论的发展,产生了重要影响。一是在苏联作家第一次代表大会上,把"社会主义现实主义"确定为"主要创作方法";二是卢卡契关于欧洲19世纪资产阶级现实主义小说的研究及其结论。二者除了在理论和实践上都产生了十分积极的成果,不容忽视的是,也引起了消极的后果,那就是崇尚现实主义的同时不适当地否定或者贬低了许多被视为非现实主义的文学流派、作家和作品。如19世纪的德国浪漫派文学,法国的波德莱尔,20世纪欧洲现代文学的先锋主义诸潮流。

发生在30年代末的那场关于表现主义的论争,带有很强烈的文化政策性质。直到60年代,人们在总结这场论争的经验教训时,仍然深切感到,在从资本主义向社会主义过渡的这个漫长而充满矛盾的人类历史时期内,在文学艺术领域建立广泛的统一战线是十分必要的。在这个过渡时期内,面对纷纭复杂、瞬息万变的社会矛盾和个人矛盾,恰当地处理艺术真实与历史社会真实之间的关系,不能只仰仗某一种美学模式和描写方法,而是许多美学模式和描写方法,都将在这个时期继续发挥作用。鉴于这种历史特点,自60年代中期以来,民主德国的一些文学理论家,致力于对现实主义理论的内涵做新的探讨。他们不再仅仅把现实主义视为作品的特性，而是从作者—作品—读者的关系中把握它的本质，把文学视为一个过程，把文学的影响潜力作为现实主义的核心来研究。罗伯特·魏曼教授称这是现实主义理论发展过程中的一个"哥白尼式转折"，通常人们称它为"功能现实主义"。

与现实主义理论密不可分的，是文学反映论问题。1981年，民主德国建设出版社出版了一本叫《文学反映》的系列论文集。迪特·施伦斯泰特教授在这部文集的开篇论文《反映论的问题场》中，对马克思主义文艺理论的发展过程进行了历史的考察，他发现，反映论思想也是随着时代的变迁处于不断变动之中的。在他看来，马克思主义文学反映论的内涵，到目前为止经历了三个发展阶段。第一阶段是从普列汉诺夫到20世纪20年代的所谓"社会学时期"；第二阶段是从30年代开始的所谓"认识论时期"；第三阶段形成于60年代，他称这是一个侧重于文学艺术的社会功能和交流作用的时期。其中尤其是关于"认识论时期"的研究，在理论和实践上产生了重要结果。施伦斯泰特通过对卢卡契、布莱希特和阿多尔诺的美学主张的剖析，提出了马克思主义的文艺学在研究现代文学时应该遵循的方法，那就是必须同现实主义理论的研究及其在实践中的应用联系起来，才能解决对先锋主义诸文学流派的评价问题。可见，把现实主义理论看成僵化的教条，不但对指导艺术实践无益，还会给艺术批评实践设置障碍。

60年代以来，西方（作为地理概念）文学界关于现实主义理论问题的讨论，与其说是为了解决文学创作问题，毋宁说主要是为了解决对文学遗产（包括现代文学）的评价和接受问题。在苏联和东欧学者的讨论中，这个意图尤其明显。由于现实主义主张在马克思主义艺术理论中，具有纲领的性质，因此，当人们重新评价从前被抛弃、被贬抑的那部分文学作品、流派和倾向的时候，有人便尝试扩大现实主义概念的内涵，扩大它的覆盖面，把从前认为是"现代主义"的文学作品，拉进现实主义圈子里来。这样扩大的结果，可能会把"现实主义"概念同文学概念混为一谈，从而取消了现实主义概念独立存在的意义。面对这种情况，民主德国学者，干脆摆脱习惯思维的方式和道路，把作为作品性质的现实主义研究，改造成作为作者—作品—读者之间关系的研究。这在目前关于现实主义理论的讨论中，是一个很有趣的动向。

自从欧洲产业革命以来，随着生产力的突飞猛进、阶级关系的重新调整，人类的社会实践、生活方式、思维方式，都发生了巨大变革。这种变革反映在文学艺术领域，文学的对象以及文学的创作条件、接受条件、传播条件等都发生了变化。客观生活实践的这种变化，必然引起人类文艺活动中的美学规范、审美理想、思维和概括方式相应地发生变化。事实上，到黑格尔为止形成的资产阶级古典美学，就是经过资产阶级代表人物，对传统美学有选择地进行加工改造的结果。自那以后，尤其是进入20世纪以来，科学技术的发展和进步、社会生活的革命性变革，推动着美学规范发生迅速变化。作为具体体现美学规范的文艺学概念的内涵与外延，也在发生变化。弄清楚它的发展、演变的轨迹，是准确把握其含义的关键，是能否正确运用的关键，也是批评家、理论家在运用这些概念说明文艺现象时，能否符合实际的关键。没有概念，便没有科学。概念用错了，结论也就谈不上科学性了。在关于西方现代文学的讨论中，注意正确地运用概念，可能是排除误解，实事求是地评价研究对象的关键之一。

原载《百科知识》1988年第3、4期

三 现实主义理论的"哥白尼式转折"

——瑙乌曼教授在京学术报告侧记

曼弗雷德·瑙乌曼教授是德意志民主共和国科学院中央文学史研究所所长、科学院院士。他是研究法国文学和文艺理论的专家，是德国马克思主义接受美学创始人。他主持撰写的《社会—文学—阅读：文学接受的理论考察》一书，已经成为接受美学领域举世公认的重点文献。1986年11月他来中国访问，在京期间，他做了关于民主德国马克思主义文学理论发展情况和接受美学的报告。他谈到的民主德国文艺理论界关于现实主义理论所做的新探索、取得的新进展，给我留下了深刻印象。

记得1984年底至1985年初，我在民主德国逗留期间，适逢文学理论家罗伯特·魏曼教授发表了一篇讨论现实主义问题的论文。这篇论文在文艺界引起强烈反响。归国后我找了一些有关材料来读。我的印象是，民主德国的文学理论界，在这个问题上所提出的一些新想法，绝不是随意性的演绎或随想式的判断，而是由许多人从不同角度花了许多硬功夫进行研究的结果。他们已经不再满足于把现实主义作为一种创作方法来理解和阐述。目前，我国文艺界也在围绕这个问题进行讨论，我把瑙乌曼教授在报告里关于这个问题所透露的一些信息，以及我个人阅读材料时所得到的一些印象和体会，一并介绍给对此感兴趣的同道，或许对我们的讨论不无裨益。

瑙乌曼教授在报告和讨论中多次提到：在现实主义理论这个问题上，民主德国正在经历着一场"革命性变革"，或称"哥白尼式转折"。这种醒目的语言，无疑会引起人们的好奇心。为了便于理解这种"变革"或"转折"的内容，弄清它的来龙去脉，这里先向读者粗略介绍一些背景知识。

了解一些民主德国文学发展状况的人都知道，卢卡契关于现实主义的理论，曾经对第二次世界大战以后民主德国文学产生过重要影响。他根据德国古典文学和欧洲19世纪现实主义文学实践所总结出来的理论，在相当长一段时间内被视为文学创作和批评的规范。作为哲学家，卢卡契把作家反映社会生活的过程，几乎等同于哲学家认识社会生活的过程。他要求作家把自己对现实生活的认识、理解，通过文学形象表现出来，并把理论思维的过程掩盖起来。应该说这些主张不无合理之处，但其中所包含的片面性，却往往会使文学成为某种哲学命题的图解。作家毕竟不是哲学家，文学也不是哲学。作家并非完全靠着科学的认识能力来反映生活、描写生活。他们也常常借助直观的感受进行创作。他们在把自己感受到的东西形之于形象时，却未必都能够或者未必来得及认识或理解它们的性质。试想，有谁会相信巴尔扎克在《人间喜剧》里描写法国经济生活时，已经达到了恩格斯对它们的本质所达到的认识和理解水平呢？巴尔扎克看到了、感受到了这些现象，并能把它们形之于形象，这就是他作为一个作家的伟大之处、特殊之处，也是他比同时代的经济学家高明之处。70年代以来，民主德国许多作家、理论家普遍认识到了艺术把握世界不同于科学把握世界的这种特殊性。从前，人们在讨论形象思维和抽象思维的关系时，常常忽视或者不承认这种特殊性，致使这种讨论不了了之，或者讨论来讨论去，有意无意地又回到老路上，像卢卡契那样，把作家的创作过程理解为一种"三段式"，即作家从直接的感性经验出发，经过对这种经验的理论加工形成理论认识，再把这种认识变成具有直接性外貌的形象。可是，任何有才能的作家，如果脑袋里总是装着这种"三段式"进行创作，他会像寓言里的蜈蚣那样，尽管它有四十条腿，也会被癞蛤蟆问得连路都不会走。这种"三段式"作为文学创作的理论概括，显然是片面的、不完全符合文学创作实际的，因为它强调只有理论的抽象才能让人认识真理，否认文学可以用自己的特殊方式驾驭自己的命运。这在目前民主德国文艺界已经得到了相当普遍的认同。著名经济史学家、社会学家尤尔根·库钦斯基与文学理论家沃尔夫冈·海塞合著的《形象与概念》一书，就专门讨论了艺术思维与科学思维的差异，推动了对于文学艺术把握世界的特殊性的研究和认识。

我们还记得，自50年代初起，布莱希特的剧本《大胆妈妈和她的孩子们》在柏林公演之后，曾经引起一场争论。有人指责布莱希特对大胆妈妈安娜·菲尔琳的处理是非现实主义的，说她经历了那么多磨难，在儿女们死的死、散的散，落得孑然一身的情况下，仍然未能觉悟到战争所造成的灾难，是不可理解的。布莱希特在答辩时说，大胆妈妈转变不转变并不重要，重要的是观众应该转变。如果观众看完戏后，能够认识到大胆妈妈一家的遭遇是战争造成的，并能对战争采取否定态度，这出戏就算达到了目的，起到了现实主义作用。当时，在卢卡契现实主义理论占统治地位的情况下，布莱希特的答辩显得那样不够理直气壮，就像我们在读30年代末期西格斯与卢卡契关于现实主义的通信（见《外国美学》杂志第2辑）时所看到的那样，卢卡契的信，言语之间明显地流露出一种理直气壮的气势，而西格斯的信，却给人以"温良恭俭让"的印象，甚至显得有点女性的絮絮叨叨。然而随着时间的推移，文学创作实践经验（包括许多失败的教训）的积累，人们逐渐发现，布莱希特和西格斯的主张未必是错误的，卢卡契的主张也未必是完全正确的。随着西格斯与卢卡契的通信和布莱希特与卢卡契论争资料的公布，卢卡契的现实主义理论逐渐受到怀疑、遭到挑战，失去了作为规范的地位。从70年代开始，民主德国理论界关于现实主义理论问题的讨论，逐渐出现了瑙乌曼教授所说的那种"革命性变革"或"哥白尼式转折"。

这种"哥白尼式转折"的表现之一是：过去把现实主义理解为反映现实生活，现在把现实主义理解为发挥现实主义的影响。过去把现实主义理解为写作方法，现在人们认为现实主义不是某种方法或风格，现实主义是一种功能，所以人们又称它为"功能现实主义"。这是目前民主德国文学理论界一个相当流行的说法。

"功能现实主义"这个概念，显然是从布莱希特理论遗产中继承来的。第二次世界大战期间，在莫斯科出版的德国文学杂志《发言》上，曾经出现过一场关于表现主义文学的论争，现在人们统称它为"卢卡契与布莱希特之争"。争论涉及现实主义理论问题。当时布莱希特为了维护德国文学界反法西斯统一战线（德国人称"人民阵线"——Volksfront）的团结，并未直接写文章与卢卡契进行争论。他针对卢卡契的观点所写的一些关于表现主义文学和现实主义理论的文字，直到他死后才公之于众。在这些随笔式文字中，布莱希特曾经提出"所谓现实主义文学，即是发挥现实主义功能的文学"的命题。这可能是德国文学中"功能现实主义"这个说法及其含义的最早来源。

"功能现实主义"不是特指某种方法和风格，相反，从方法和风格的角度来说，它是个涵盖面很大的概念。我们甚至可以说，它具有统一战线的含义和性质。从社会主义文学内部来说，凡是以介入社会主义发展为己任，促进"现实的社会主义"进步的文学，不论其方法、风格如何，都可以是这个概念涵盖的内容。从国际文学角度来说，不论采用什么方法和风格，只要是描写和表现人民解放斗争、批判和反抗旧制度、反对与人民为敌的势力的文学，也都是它的涵盖内容。瑙乌曼教授在报告中说："我们若不在美学上与各种进步力量结成联盟，反对各种邪恶势力，那么我们在政治上就会犯宗派主义错误。"他认为，从传统的现实主义观点看，被视为非现实主义的某些文学作品，却能发挥现实主义的作用，如超现实主义的文学作品，可以引起读者对资本主义现实的厌恶、惊讶、恐惧、愤懑、抗议；魔幻现实主义的文学作品，可以给读者提供一种对世界的新看法。他们都有促进人的解放的功能。所以瑙乌曼教授说："我们不能把非现实主义的文学视为反社会主义的文学。"这是一个在文化政策上需要谨慎对待的问题。这些观点与当年布莱希特为了结成广泛的反法西斯统一战线，在政治上和美学上团结那些反法西斯的表现主义作家的主张是如出一辙的，它们表现了社会主义文学宽容、包含的本质和特点。无产阶级文学的党性原则，不同于宗派性，它必须体现无产阶级解放全人类的博大胸怀和战略思想。民主德国理论家试图用"功能现实主义"来取代作为"创作方法"的现实主义概念，显然是基于上述思考提出来的。

这种"哥白尼式转折"的另一个表现是，从前人们在阐释现实主义理论时，多强调文学作品中所描写的生活形态的真实性，不太重视作家采用浪漫主义的、想象的、寓意的、象征的、陌生化的、变形的等手法，表现对生活的理解、认识和感受。现在人们认为，现实主义的技巧、方法、风格等方面，并不具有排他性，主要是强调文学的功能、影响。在题材方面，提倡广阔性；在技巧、方法、风格方面，提倡多样性，提倡发挥作家个人的智慧、感情和气质。关于"广阔性"与"多样性"的提法，人们可以追溯到20世纪30年代末期布莱希特、西格斯与卢卡契论争时所写的那些笔记和书信。可见，他们二人对于70年代以来民主德国文学观念的变革，起了多么重要的作用。

我们看到，在文学创作领域，安娜·西格斯从60年代初期开始，率先研究和借鉴德国浪漫主义文学传统，并在理论上对卢卡契贬抑德国浪漫主义文学的一些观点提出挑战。他认为卢卡契只信奉一种特定的表现方法，并用这种方法来评价所有作家的作品，其结果是像克莱斯特、左拉这样的作家及其优秀作品都遭到粗暴的、不公正的贬抑。所以安娜·西格斯认为，批评家不应该只信奉一种表现方法，并用它来作为评价文学作品成败得失的标准。在她自己的作品中，除了我国读者所熟知的《第七个十字架》《死者青春常在》这类被誉为现实主义杰作的作品，还有数量相当不少充满了丰富的想象力、具有异想天开情节的作品，如她晚年创作的描写霍夫曼、果戈理、卡夫卡等三位不同时代、不同国籍的作家，于20世纪30年代在布拉格一家酒馆相逢的小说。西格斯晚年非常推崇想象力，他认为一个人如果没有幻想，便没有生存的能力，没有创造的能力。想象力无疑是一个人智慧素质的重要方面，它在人类创造性（包括文艺创造）活动中起着重要作用。列宁甚至说，一个没有想象力的共产党人，只能算是一个蹩脚的共产党人。

但是，西格斯为什么从60年代开始，这样强调这个问题呢？熟悉民主德国文学发展状况的人都知道，由于卢卡契的现实主义理论，强调忠实地描写生活形态，在这种理论的影响下，50年代民主德国文坛上，出现了一些所谓"企业小说"，这类作品中的自然主义倾向，又被人们称为"倾向自然主义"，使文学创作的路子越来越狭窄。西格斯借鉴浪漫主义文学传统，倡导想象力，其实就是对那种"倾向自然主义"的冲击。在西格斯带动下，又出现了克里斯塔·沃尔夫关于"主观真实性"的主张；出现了弗兰茨·费曼关于借鉴古代神话，反映现实生活的多维性的主张；出现了海纳·米勒和彼得·哈克斯倡导"新古典主义"

戏剧的主张；出现了福尔克·布劳恩关于文学的"世界意识"的主张；等等①，这些美学主张，对于理论思维形成一股强大的冲击波，为现实主义理论提供了"革命性变革"或"哥白尼式转折"的动力，使它摆脱了自18世纪以来逐渐形成的那种封闭式的理论框架，变成了一个在技巧、方法、风格等方面开放的体系。

在现实主义理论这种革命性变革中，人们对文学如何塑造英雄人物、如何展望远景、如何描写社会主义现实等问题的理解，都突破了从前的成规。那么，现实主义既然不是方法、不是风格，它是什么呢？瑙乌曼教授称它为"纲领"。他说，现实主义不是方法、风格，而是一种纲领。这种提法很容易令我们想到中国古代文论中"诗言志""文以载道"的说法。它们都是对文学功能的纲领性要求，至于诗怎样言志、文怎样载道，那是作家个人的自由，他们完全可以"八仙过海，各显神通"。

饶有兴趣的事，卢那察尔斯基在1933年2月曾经发表过一篇题为《社会主义现实主义》的文章，可惜，我国至今尚无这篇文章的完整译文，他正是在这篇文章里，第一次把社会主义现实主义定义为一个"广泛的纲领"。他说，这个纲领应该包括许多各种各样的方法，既包括我们已经熟悉的方法，也包括我们即将掌握的方法。他指出，文学艺术应该是一支在社会主义斗争和建设总进程中发挥巨大影响的力量，像马克思说的那样，我们的任务不只是认识世界，还要变革世界。由此可见，他十分强调社会主义现实主义文学艺术的功能性，在当时的情况下，主要指的是政治功能和培养教育新人的功能。

卢那察尔斯基之所以把社会主义现实主义界定为一个"纲领"，或者像他有意识地说的那样，社会主义现实主义也是一个

---

① 可参看张黎《民主德国文学的美学追求》，见《外国文学报道》1986年第5期。

"口号"，显然是出于文化政策的考虑。当时正是全苏作家代表大会前夕，苏联共产党在文艺领域中，正面临着团结国内一切拥护社会主义制度，愿意为社会主义而写作的各种流派的作家、艺术家的任务；在世界范围内，如他所希望的那样，正面临着建立一个既包括共产党人也包括反对资本主义制度的进步资产阶级作家的广泛的"艺术国际"的任务，以便为苏维埃政权争取尽可能多的朋友和支持者、同情者。卢那察尔斯基有意识地选用了"口号"一词，目的显然在于强调和突出它的政治纲领含义，而不至于使现实主义这个概念等同于特定的艺术手段、艺术方法、艺术风格。赞成"社会主义现实主义"的口号，意味着艺术家拥护社会主义制度，用自己的艺术活动积极参与社会主义建设事业。

由于卢那察尔斯基把社会主义现实主义视为一个纲领、一个口号，所以他反对人们把它理解成一种风格。他指出，从历史上来看，不论是古典主义还是浪漫主义、现实主义，都曾经有过不同的风格。这是他把文学艺术的技巧、方法、风格，总是同某种文学倾向区别开来的重要依据。他在谈到运用各种不同的美学手段进行创作的现代作家时；在谈到方法、风格各异的古典作家的作品时；或者在为各种类型的剧本进行辩护时，总是坚持在方法、风格方面给作家、剧作家以最大的自由。卢那察尔斯基还有一个著名命题，叫"现实主义写作方法的广阔性与多样性"。在这个命题之下，他不仅把托尔斯泰、陀思妥耶夫斯基视为现实主义作家，而且把霍夫曼、朵斯·帕索斯也视为现实主义作家。这个命题后来在德国文学界产生了广泛影响。1938 年，布莱希特曾经写过一篇文章，标题就叫"现实主义写作方法的广阔形与多样性"，他试图借此来扩充卢卡契所宣传的那种狭隘的现实主义概念。西格斯在与卢卡契讨论现实主义问题的通信中，还提出过"丰富性与多样性"的主张。这些提法今天都已成了民主德国指导文学艺术发展的方针。这些主张的特点，就是强调文艺的功能性、社会目的性，给艺术方法与风格以广泛的可能性。

卢那察尔斯基的这些主张，无论在政治上还是在美学上，都是很有远见的。他充分估计到了文学艺术在其功能和影响条件发生了变化的条件下，文艺创作已经出现的新局面；他看到当时的左翼文艺家，不论通过哪条道路，都有可能走到社会主义现实主义这样一个纲领所规定的目标上。用我们中国的说法，就是为一切拥护苏维埃政权的作家、艺术家提供一个政治上的统一战线，而不限制他们各自的特殊的写作方法和美学手段。可惜，卢那察尔斯基的想法，在当时并未完全得到全苏第一次作家代表大会的认可。"社会主义现实主义"终于被确定为一种主要的"写作方法"。它所引起的后果，公正地说，既有积极的方面，也有消极的方面，而那些未能避免的消极方面，恰恰是今天人们在研究现实主义理论问题时要努力避免的。

当年卢那察尔斯基那些很有理论价值的主张，今天在民主德国理论界受到尊重和积极评价，为促进现实主义理论的研究，提供了重要启迪和理论依据。今天，在民主德国，已经很少有批评家再用"现实主义"作为标准来衡量一部作品的成败得失，而是更关注文学艺术作品的创作、传播、接受和发生影响的具体条件，因为这些条件的变化，常常是艺术把握世界的特定方式产生的依据，发生变化的原因。现实主义理论的这种变革，无疑会为文学批评带来许多难题，而解决这些难题的过程，大概也就是马克思主义文艺理论发展的过程。

曾连载于《文艺报》1987年2月7日、14日

四 波澜起伏的"美学解放"思潮

"美学解放"（aesthetische Emanzipation）一词，是民主德国著名文学史家维尔纳·密滕茨威在1978年出版的《围绕布莱希特进行的现实主义论争》一书中最初提出来的。

关心外国戏剧的人都会注意到，20世纪60年代出现在欧洲剧坛上的"布莱希特热"，到70年代冷却下来，柏林剧团自身甚至发生了领导危机，在布莱希特的崇拜者与学生当中，发生了"倒戈"现象。密滕茨威指出，这既不是一种追求时髦的表现，也不是单纯个人的、偶然的现象，而是发生在70年代的一个广泛过程的一部分。他称这个过程为民主德国"社会主义文学的美学解放"。

这种"美学解放"，主要表现为美学思维的变革，作家们依据社会形势的变化，关于文学艺术的观念随之发生了变化。批评家们在试图说明这种变化时，提出了种种概括性的说法。一时之间，这些不同的说法，形成一股波澜起伏的美学解放思潮。著名文学理论家罗伯特·魏曼认为，70年代以来民主德国文学的发展倾向有三个特点：自我发现、思考、与读者共同讨论问题。这些特点改变了过去的文学把什么都原原本本告诉读者，把他们置于受教育者地位的倾向。戏剧评论家高特弗利德·非什博恩把民主德国文学艺术近15年来的重要倾向概括为：致力于表现个人。

他认为这是一个需要辩证理解的概念，即它体现了社会与个人的辩证关系，体现了个人在社会主义社会中所获得的地位和意义正日益增长。

在各种概括性说明中，语言最新颖、最醒目的是密滕茨威"美学解放"的说法。他把这种"美学解放"的标志归纳为四点。一是文学不再像从前那样强调直接的、实际的作用，虽然并未宣布放弃这一点，而是更强调长远的、潜移默化的作用。二是文学家更多地关注个人的痛苦和希望，并认为这是社会必不可少的一部分。文学作品中的人物，不再被塑造成社会优越性或者愿望的代表，而是借助变化着的作家个人的棱镜来观察人物。作家关心人怎样创造自己，而不再是人怎样创造物质。三是由于在艺术表现过程中，注意了知与行的差别，尤其是更强调行，从而在民主德国文学中，出现了前所未有的轻松的因素，提高了文学艺术的表现力，更注重技巧性，更符合时尚的需求。四是更强调艺术与科学（特别是哲学）在把握现实上的差别，主张文学与艺术应该仰仗其美学的魔力来把握世界，而不是仰仗科学的认识。有趣的是，著名社会学家尤尔根·库钦斯基非常强调艺术认识对于科学认识的优越性。他以莎士比亚为例，说明莎翁在把握当时英国社会现实方面，远远超过了他那个时代的社会科学家。他甚至以肖洛霍夫对苏俄国内战争的描写，说明艺术对于世界的把握超过了科学。这种看法显然是对五六十年代过分强调科学对于艺术发展的意义的批判反应。人们认为70年代以来的"美学解放"，使文学艺术摆脱了图解科学（主要是指哲学）命题的处境。

此外，"美学解放"的内容，还包括在文学理论与创作实践上，对于卢卡契的某些机械反映论观念的否定；艺术消费者态度的变化；作家在塑造人物形象时，主要不再是强调他们的社会规定性，而是更多地强调人物形象的丰富个性；等等。密滕茨威指出，最后这一点绝不意味着放弃十年来所取得的美学地盘，而是说每个时代有自己特殊的美学问题，以及与其相适应的艺术表现方法。例如某些现代艺术手法，经过激烈争论被肯定下来，成了马克思主义美学的经典组成部分。当然，人们也清醒地看到，这些曾经起过突破文学传统主义作用的手法，今天在资产阶级文学中也遇到了危机，走上了卖弄技巧的歧途。但这是两种不同性质的问题，不可混为一谈。

民主德国文学批评家们在阐述"美学解放"时，通常认为布莱希特的学生、剧作家彼得·哈克斯是一个最典型的例子。哈克斯是最早倡导文学艺术应该吸收现代表现手法的人之一，但从60年代初起，他却转向了古典主义。他一方面反对所谓"倾向自然主义"，一方面又设法脱离布莱希特道路，终于通过学习阿里斯多芬、歌德，建立了自己独立的美学观点，走上了自己独特的道路。

哈克斯称自己的戏剧主张为"后革命戏剧学"。照他的理解，民主德国从60年代开始，已经进入了革命后期，在这个社会里已经废除了私有制，生产的目的是消费，管理的目的是满足公众部分的或者全部的需求。在这个社会里，人类的冲突决定个人能够在多大程度上在理想与现实矛盾中使自己得到完善。文学的任务就是描写人如何实现自己的"全部可能性"。在他看来，传统悲剧所描写的失败、灾难，都是不符合现代戏剧学的。可见，他的"后革命戏剧学"，实际上是一种喜剧主张。

哈克斯的代表性剧作，都是采用神话题材创作的，批评家称他的戏剧为"新古典主义戏剧"。他套用歌德的话，认为古典的是诗意的。他的剧本不但采用古典题材，而且采用传统的古典形式，严格遵循古典体裁的规则，如封闭式的结构、高雅的韵文等。

哈克斯像库钦斯基一样，对于科学的认识方法介入艺术活动的程度，是持保留看法的。他认为科学的理解方式，并不是万能的，而直观的、形象的理解方式，不但能改变理解者的头脑，而且能改变他的态度，在进行具体判断时，常常能取得更丰富、更正确的结果。在他看来，科学家与艺术家的区别在于，前者致力于区别主体与客体，纯客观地描绘他的对象；而艺术家则致力于主体与客体的统一，他在描绘一个对象时，便体现了他的态度。毫无疑问，他的这些主张，虽然不无偏激之处，但它们对于提醒人们充分注意艺术创作的特殊性、总结文艺创作的新经验、发展马克思主义美学体系是有益的。

像哈克斯一样，对民主德国六七十年代"新古典主义戏剧"做出了重要贡献的海纳·米勒，在美学主张上却完全不同于哈克斯。米勒虽然也借鉴古典题材进行戏剧创作，但他反对采用古典布局，反对采用封闭的结构形式，而是更推崇现代戏剧的开放形式。哈克斯主张喜剧的戏剧观，他则更偏爱悲剧的严峻性。哈克斯在美学上偏爱古典的"和谐说"，米勒则继承和发扬了布莱希特的"矛盾说"。哈克斯主张从人类史前时期的传说中发现"伟大的形象"，以表现人生经验的深度和发达的人类个性的整体性，米勒则主张从历史过程的辩证法出发，表现社会和个人的多层次性。米勒认为现代戏剧的任务，是表现人的社会性解放，表现人类如何摆脱历史的束缚，成为主宰自己的主人。在他看来，社会主义制度以前的人类社会，包括今天世界上大多数社会形态，都是人类社会发展的史前时期，社会主义才是人类历史的真正发端。人类的史前时期，是一个充满对抗性阶级矛盾的时期，是人与人为敌的时期。基于这种认识，米勒笔下的古典世界，是一个野蛮统治的世界，充满战争和由战争引起的人性变态，人类只有摆脱史前时期，才能把自身的能量用于创造性劳动，用于人类的社会性解放。

米勒的历史观是他的美学观的基础和组成部分，他笔下古典英雄的行为，都包含着胜利及其对个性的威胁这样两个层次。他把两个方面的统一甚至夸张为"英雄 = 凶手"的公式，以表现人类从必然王国走向自由王国的漫长而充满牺牲的艰苦历程。自70年代中期以来，米勒把他的开放式戏剧形式发展成为一种结构更复杂的"拼贴式"戏剧（Collage），这种形式由于把传说、历史、梦幻、现实等多种因素熔为一炉，具有规模宏大、情节错综、变化诡异的特点，引起了表演艺术家的巨大兴趣。它们不但增加了舞台处理的难度，还要求欣赏者具有较高的文化素养。像他的《贡德灵的生平，普鲁士的弗里德里希，莱辛的睡眠、梦、呐喊》这样的剧本，单从剧名就可以看出，不论从表演艺术家还是观众的角度来看，都不是凭着古典的传统美学观点和趣味所能驾驭得了的。

另一位剧作家福尔克·布劳恩的剧作，也大都采用开放式结构。他认为这种结构可以让观众看到社会事件的过程性质、看到历史的开放式结尾。他主张文学应该描写"真实的运动"，通过作品的结构，揭示社会矛盾。

布劳恩主张作家的任务，不是以某种特别得心应手的或者令人惊异的方式描写既存事物，而是要突破既存事物。要做到这一点，必须把现实理解为一个过程。他认为资产阶级理论家们所主张的艺术的反映功能，不能说明艺术的本质，应该像布莱希特主张的那样，作家以自己的创作来参与创造现实的形象。在他看来，表现人的"自我实现"，就是描写人在社会实践中的积极行动。

克里斯塔·沃尔夫是民主德国具有世界声誉的女性小说家，她把自己的美学主张概括为"主观真实性"（Subjekttive Authentizitaet）。她说这种"主观真实性"的基础是作家个人的经验和在忠实于现实基础上进行虚构的能力。在她看来，作家的目的不是简单地描写世界，而是描写作家所体验的现实。作家进行创造的仓库是她的经验，而经验是能够在客观现实与作家主观之间起沟通作用的。她以描写法西斯时代生活的小说为例说，过去某些作家总是从反法西斯战士的角度来处理这个题材，往往在读者（特别是青年读者）当中不能取得理想效果，因为有些作家并未进行过反法西斯斗争。沃尔夫的小说《童年的典范》以自己的经验为基础，从一个普通人的角度，把过去（法西斯时代的生活）、现在和作者个人用今天的眼光对素材所做的分析、思考，精心地结构在一起，受到了读者，特别是青年读者的充分理解和欢迎。由此可以看出，所谓"主观真实性"，是与作者在作品里直接出现分不开的。沃尔夫称这种作者直接出面对素材表示态度的手法为"现代小说的第四维空间"。

沃尔夫在提出这种主张时，已经估计到会有人指责她把个人经验放在这样重要的地位是一种主观主义的创作方法，会从后门引进来唯心主义。她说，马克思主义哲学是她的基本经验的组成部分，它们决定了她对新的经验的选择和评价。而根据经验写作并不意味着只是描写自己。作家什么都可以描写，唯独不能只描写所谓的"无限的主观"。她认为她倡导的这种写作方法，完全是一种介入性的方法，而不是"主观主义的"。因为它的主要目的在于深入小说读者内心深处，把读者引到思维和寻找真理的过程中来，促使他发现自己。

由于沃尔夫强调作家在作品里的存在，她的作品带有很强的反思特点。沃尔夫放弃了传统小说艺术中一系列客观叙述的基本因素，她在小说中很少描写外部现实，而是把注意力集中在描写主人公的内心世界上，因此她的作品故事性不强，他笔下的人物形象不是在现存社会轨道上运行，而是往往作为孤立的个人在进行着自我发现和自我实现。她强调内在的价值，忽视了通过积极的行动所获得的价值，因而作品中的人物常常与社会发生冲突，使读者很难看到对个人与社会之间的冲突进行辩证理解的可能性。这是她的作品常常引起争议的重要原因。

简言之，上述作家的美学主张尽管各不相同，事实上它们探讨的总题目，依然是文学与现实的关系。这个总题目，从文学创作和文学理论的历史来看，即从纵向来看，它又是个变数。不同的时代，对文学与现实关系的具体内容，会有不同答案，每个时代都有自己特殊的美学问题。民主德国著名老作家安娜·西格斯说：无论在什么情况下，文学总是围绕着这样一个问题：在今天怎样现实地（即真实地、文学地）描写现实？有什么样的新东西进入文学中来？今天写的东西与从前写的东西有什么不同？这些不同在哪些作品里表现得特别明显？它是怎样表现出来的？这一连串问题，在70年代引发出一连串不同的答案。可以说，安娜·西格斯是70年代以来民主德国文坛上"美学解放"的引导者和带头人。她在1972年创作的短篇小说《旅途邂逅》中，以三个不同时代不同国籍的作家（德国浪漫派作家霍夫曼、俄国作家果戈理和奥地利作家卡夫卡）讨论文学的方式，表达了她的美学主张。她借卡夫卡的口说："我们每个人都必须真实地描写现实生活。困难的是，每个人对于"真实""现实"的理解不尽相同。多数人只是理解成粗线条的现实，能够看得见、摸得着的。现实一旦变成梦幻的东西，读者就不太懂了。而梦幻无疑也是属于现实的，不然他属于哪里呢？显然，西格斯在这里提出了两种不同形态的现实的观点，并且认为它们都是文学描写的对象。在她看来，作家的幻想不仅能创造奇妙的、意想不到的艺术效果，而且能够预料到尚未发生的事情。因此，幻想理所当然地应该属于现实主义美学理论的组成部分。西格斯这种主张及其小说创作实践，影响了一批作家。他们不仅借助在忠于现实基础上进行想象的能力来阐述他们对于现实主义的理解，而且借助这种想象能力推动了文学创作的发展和进步，给70年代以来的民主德国文学带来了新的色彩。

在民主德国文坛"美学解放"的潮流中，小说家埃里克·诺伊奇创造了一个"作家政治家"概念，并由此形成了他的独具特色的美学主张。他主张作家必须为今天写作，帮助今天的读者获得新的生活知识和观察生活的方法。文学不只是反映现实，而且要创造新的现实，提出现实主义的理想，使人在现实中看到可能的东西。他说，他之所以始终追踪矛盾，是因为矛盾是促进社会发展和个人生活的动力，社会主义作家有义务处身于现实生活矛盾之中，把这些矛盾描写成人的矛盾。这当然不是为了某种抽象的美学刺激，而是为了解决矛盾。他把自己的艺术方法的本质概括为：采用符合文学和艺术的方法，把发生在人们性格和社会生活中的过程、矛盾、冲突加以激化，以便使读者获得新的知识。他的激化矛盾的方法，在长篇小说《石头的痕迹》和《寻找加特》里，都表现得十分明显。

诺伊奇的美学主张带有明显的论战性质，他对六七十年代以来某些作家借鉴古典文学和浪漫主义文学遗产创立新的写作方法的尝试不以为然，认为这些作家在追求一种没有根基的、超越党派的、忽视阶级利益的幻想，是一种追求"纯文学"的倾向。他对文学创作中越来越多的心理描写倾向感到担忧，认为过分描写人物的主观体验和人物心理，势必会有损对客观社会现实的描写，最终走上抽象的伪个性化道路。诺伊奇在艺术技巧上也不赞成"反传统主义"，他的小说基本上采用传统手法，从讲故事的方式方法，到表达思想内容的结构形式，都以让多数人读得懂为标准。

另一位同样重视文学与政治的关系的小说家，是现任民主德国作家协会主席赫尔曼·康特。他认为作家经常同群众保持联系，是写作的一部分。但是，文学究竟不是政治，文学家也不同于政治家。在康特看来，政治总是处理重大事物，文学则常常表现为似乎根本不愿意处理重大事物；政治要介入现实生活，文学则似乎不介入现实生活，或者说不上什么时候才介入；文学有高度的随意性，政治则没有这种高度的随意性。政治家可能说，我们的科学世界观能帮助我们避免犯错误，因此在谈论新事物时，不必谈论谬误；作家则认为，我们的科学世界观并不能保证我们不犯错误，为什么在谈论新事物时，不可以谈论谬误呢？没有错误，产生不了科学，错误和科学是互为前提的。康特关于文学与政治、作家与政治家的区别的思考，与诺伊奇的"作家政治家"的概念相比，无疑更突出了文学和作家活动的特殊性，突出了艺术活动具有别的活动（包括政治活动）所无法代替的特点。另外，他主张文学家与政治家之间应该有个互相学习的过程，社会主义文学家应该懂得，他的创作活动要为党的路线服务，虽然它的方式不同于政治活动的方式。他在阐述文学与现实的关系时则说，文学必须像生活一样广阔与多样，因为文学不只是反映生活中的某一特定部分，甚至不只是反映生活中某些非常重要的部分。所谓描写现实题材，并不意味着只是描写工人。作家应该涉猎许多领域，注意生活的多样性。但是，如果有人认为提倡文学的广阔性与多样性，处于生产过程中的人及其冲突就变得不重要了，那肯定是误解，没弄懂它的意思。提倡广阔性与多样性，不是提倡创作上的自流。作家都是有政治头脑的人，用不着提醒他们经济过程的重要性。康特把自己理解成民主德国历史的作者，他说他所写的都是历史的一部分，不管大题材、小题材，他都喜欢写，在历史的伟大过程中，有时有些非重要的侧面，对于历史书来说未必重要，但对于文学却是有价值的。他的著名小说《大礼堂》，描写的是一个工农学院学生们的生活，而工农学院这个事物，在民主德国历史书里是没有记载的，可以说它不是文学创作的大题材，但康特却借此展示了一群青年跟共和国同步成长的历史。

康特不拘泥于传统小说手法，他的两部著名小说《大礼堂》

和《版权页》，以娴熟的现代小说艺术技巧获得了国内外评论家和读者相当普遍的赞扬。

这里只是粗线条地介绍了民主德国部分作家的美学主张，它们体现了 70 年代以来，民主德国文坛上"美学解放"的主要倾向。伴随这些具有明显差别的美学主张而来的，是文学创作出现了色彩斑斓的局面，是题材、主题、对象、表现方法的广阔性与多样性，尤其是在小说创作方面，许多作家都尝试通过对日常事件、爱情、职业、家庭生活的描写，来表现人物的新的行为方式、处世态度，表现个人的价值、个人在社会上的地位，以及对于幸福和自我实现的追求。从文学功能的角度来看，它们更倾向于满足具有各种不同艺术欣赏趣味和阅读要求的读者的愿望，为建设丰富多彩的社会主义生活方式发挥巨大推动作用。反过来，似乎也可以说，这些各具特色、此起彼伏的美学主张，正是六七十年代以来，越来越趋于多样化的文学创作实践的理论表述。

写于 1984 年

五　美学思维走向的嬗变

——民主德国文学思潮漫谈

欧洲有一句成语：问题的提出有它的历史。意思是说，在科学领域什么时候提出什么问题，总是同人类的需要、同人类社会实践分不开的。把这句话套用到文学艺术领域，大概也不失其真理性。因为任何美学问题的提出，都有其时代社会的背景，总是同人类在文学艺术领域的实践、同当时文学艺术面临的任务分不开的。在德国，18世纪的启蒙文学运动的主将莱辛，曾经倡导德国文学以莎士比亚为榜样，猛烈抨击了法国新古典主义的美学主张。这反映了莱辛作为德国新型市民阶级的"先知先觉"，意识到当时的文学应该承担起反对封建专制主义的任务。这是当时德国历史进步的需要。20世纪三四十年代，卢卡契在倡导现实主义文学的时候，把巴尔扎克、托尔斯泰等19世纪小说大师奉为榜样，把德国浪漫派文学和西方现代派文学作为批判对象，正像他自己表白的那样，是为了在文学领域里消除导致法西斯专制的非理性主义的哲学基础。如果抛开当时论争中的一些复杂情况，我们可以说，起码按照卢卡契的本意，他的美学主张是符合当时世界人类反法西斯斗争需要的。今天，当我们回过头来检验莱辛和卢卡契的文学批评和理论活动的时候，我们当然还可以指出，莱辛不该提倡莎士比亚而把拉辛、高乃依贬得那么厉害，卢卡契也不该为提倡巴尔扎克、托尔斯泰而把克莱斯特、左拉说的那样一钱不值，把现代派文学一律视为"颓废文学"。但是我们不能不承认，甚至不能不赞扬他们那种适应时代需要的理论勇气和卓越贡献。当我们今天阅读恩格斯关于现实主义的著名论述时，我们自然会想到莱辛在《汉堡剧评》中所提供的那些精彩的思想资料。当我们今天谈论用历史唯物主义方法考察欧洲文学史所取得的成就时，我们不能不感谢卢卡契所做的广泛而大量的开拓性工作。无疑，莱辛和卢卡契都为他们自己时代提出过新的美学课题，为当时文学观念的更新、变革，推动文学事业开辟新天地，发挥过重要作用。

任何时代文学艺术领域的突破性进步，都必然伴随着文学观念的嬗变，伴随以新的美学课题的提出。70 年代以来，民主德国文学所呈现出来的多色调、多姿态的发展，就是同作家、批评家，甚至包括读者文学观念的更新分不开的。尤其是作家们根据自己的创作经验所提出来的那些新的美学观点、那些标新立异的主张，如剧作家彼得·哈克斯的"后革命戏剧学"、小说家安娜·西格斯的"幻想的现实"、克里斯塔·沃尔夫的"主观真实性"、诗人兼小说家弗兰茨·菲曼关于文学特殊性和改善文学批评的那些意见等，都大大推动了文学观念的变革，给民主德国文坛带来一场被称为"美学解放"的局面。

一般说来，思维的过程、思维的方向，总是与现存材料、已经得到的认识水平和由此而形成的思维模式分不开的。关于美学的思维也不例外。所谓文学观念的变革，无非随着时代的变迁，人们有意识或者无意识地在原来基础上调整自己对于文学艺术与现实的关系、文学艺术的社会地位和作用的认识。在民主德国，这种"自我调整"，普遍地发生在 70 年代初期以后，但在一部分敏锐的作家身上，在 60 年代初期已经见出了端倪。如西格斯对德国浪漫派文学的研究与借鉴；弗兰茨·菲曼对于改善文学批评的倡议；施特里马特长篇小说《欧莱·毕恩柯普》所体现的批判现实生活中弊端的倾向；被称为"文学界的地震仪"的彼得·哈克斯对于布莱希特戏剧学的"倒戈"和建立"社会主义古典主义戏剧"的尝试；等等。可以说，这些都构成了70年代"美学解放"、文学观念变革的先声。

在民主德国文坛上"美学解放"的这些先行者身上，明显地体现了对于从前普遍认可的文学观念的批判性反思。这里所说的"批判"，同中国"文化大革命"时期"四人帮"所搞的"打倒一切"不是一码事，它也不同于某些西方资产阶级作家所标榜的"反传统主义"的另起炉灶。批判是分析、鉴别、发展，是推动事物前进的手段。这种批判性反思，较早地表现在对待卢卡契和布莱希特的态度上。

卢卡契是个著述甚丰的马克思主义文艺理论家，尽管他一生在政治上和理论上有过错误和失误，但它孜孜不倦地结合欧洲文学史研究，阐释马克思列宁主义文艺思想，所取得的成就是十分令人敬佩的。由于他的著作至今也只有两卷论文集译成汉语，所以我们对他的了解还是很不够的。我们通过苏联这条渠道所接受的关于西方文学的马克思主义解释，其实有不少是源于卢卡契的研究成果。他一生主要用德语著述，所以在相当长一段时间内，他也是德国文学界理论方面的主要发言人。时至今日，德国文学研究界的许多学者，仍然承认自己是卢卡契（广义）的学生。但是，从60年代开始，特别是在布莱希特与卢卡契关于表现主义—现实主义问题论战材料公布以后，文学界普遍认识了卢卡契关于现实主义理论论述中的机械唯物论成分。卢卡契把现实主义方法归结为从生活的感性认识出发—上升为理性认识—最后表现为直观经验，并把理论加工的过程掩盖起来。这种三段论方法，被认为是要求文学艺术家重复哲学观念，用对事物发展规律的一般认识，代替比哲学、经济学生动得多的文艺创作。早在50年代中期，卢卡契和西格斯关于现实主义问题的通信（写于30年代末期）发表以后，当时的文化部长、老诗人贝歇尔在他的《诗的原则》中就写道：今天重新阅读卢卡契与西格斯那些非常重要而有趣的通信，他已不再像这些信件当初发表时那样无条件地同意卢卡契的观点。可见，50年代中期，人们已经对卢卡契的现实主义理论产生了异议。70年代以后，西格斯和布莱希特的现实主义主张，受到普遍重视。人们不但承认忠实于生活的、细节真实的现实主义表现方法，也承认例如幻想、梦幻、怪诞、寓意、意识流、蒙太奇等非现实的表现形式，也能表现人类社会实践的本质的、正确的、真实的东西，表现一个社会、一个时代的性质，表现人与人之间的联系和时代的联系。这些美学主张已成为马克思主义美学研究、借鉴和汲取的对象。

与对待卢卡契大体上差不多，人们对待布莱希特的态度也发生了变化。这主要表现在布莱希特的一些追随者和学生身上。布莱希特是20世纪德国伟大剧作家和思想家，他的史诗剧创作和理论，以及他的美学主张，在现代世界文坛上产生了重大影响。据说在联邦德国杜宾根大学图书馆里收藏的布莱希特研究资料之多，仅次于歌德，同卡夫卡研究资料的数量不相上下。世界每年都举行布莱希特学术讨论会或戏剧会演。布莱希特以其独特的方式对马克思主义基本理论所做的那些艺术的和思维的阐释，对于当今西方进步知识分子有相当大的吸引力。60年代中期以来，西方知识界政治上的左倾，文艺理论界历史唯物主义倾向的加强，都同布莱希特作品的传播有着直接或间接关系。有一段时间，政治家们发表演说，都引证布莱希特的言论，来标榜自己的知识水平。

最早对布莱希特戏剧路线和美学主张表示异议的，是他的追随者和学生，剧作家彼得·哈克斯。他在1963年写的《回答四个问题》一文中，谈到20世纪有两个典型的戏剧流派，一个是布莱希特的,另一个是荒诞派的。他说荒诞派戏剧拒绝认识世界,布莱希特则为了认识世界,不惜牺牲一切。从科学的立场看,二者都是错误的。他在另一篇文章中还说,我之所以敢于大言不惭地唠叨布莱希特,是因为大人物的谬误比起小人物的谬误,影响大得多。在1964年的一篇《答记者问》中,哈克斯又说:我大概对于这个国家的戏剧发展非常有代表性。这里的所有优秀人物都在史诗——社会性戏剧时期学会了在舞台上表现社会过程,现在可以超出这个范围了。现在他们可以叙述大人物的故事,而又不忽视把这些人物放到一个社会里。哈克斯从1963年开始"唠叨"老师的谬误,1964年又明确表示要"超出这个范围",并且那样有信心地认为,自己代表了民主德国戏剧的发展倾向。到了1975年,他则指责布莱希特忽视戏剧人物的个性特征,而把人物的社会性特征强调到了令人难以容忍的地步,以至于他的舞台形象,都成了布莱希特关于人的观念。哈克斯对于老师的"唠叨"和指责,固然不无偏激片面之词,但它表明了一个动向,即布莱希特昔日的学生们,面对新的现实和观众,已经不满足于跟着老师亦步亦趋。正像德国文学史家密滕茨威指出的那样,这表现了那些由布莱希特辩证法思想哺育出来的学生们,是有独创精神和才华的。倘若布莱希特有灵,他在九泉之下也会对此感到欣慰的。

与哈克斯相似,这期间也开辟了自己戏剧艺术道路的,还有海纳·米勒、赫尔穆特·巴耶尔等。米勒现在已经成了民主德国具有世界声誉的大剧作家。布莱希特学生们的这种"离经叛道"行为,其实不是个人的、偶然的现象,而是70年代民主德国文学界成为风气的"美学解放"的一部分,是美学思维和文学观念发生变革的表现。它说明布莱希特戏剧艺术及其美学主张中那些强调教诲性的特点,已不再被普遍接受,作家与读者之间开始形成了一种平等对话关系,正是这种关系部分地取代了从前那种教育者与被教育者的关系。

与对待卢卡契、布莱希特的态度有关的另一个变化，是作家和理论家对他们所倡导的"理性主义"和科学对于艺术创作的重要性提出挑战。艺术创作的特殊性，艺术把握世界和科学（主要指社会科学，尤其指哲学）把握世界的不同可能性，受到理论界重视，并进行了细微的区分。客观地讲，对于布莱希特的所谓"科学迷信"的指责，其实是并不公正的。艺术与科学的区别对于他来说，是理所当然的事情。只是他还主张，艺术家在自己的创作活动中，应该充分利用科学所提供的知识，把科学知识作为一般文化修养的一部分，把它作为把握世界的一种手段。

问题在于，70年代以来，美学思维方向发生了变化。为了突出艺术创作的特殊性，人们不再强调借助于科学认识来把握世界，讨论的兴趣更多地集中在直观感受对于艺术把握世界的重要性上。在这个问题上，其主要发言人是著名德国马克思主义经济史学家和社会学家尤尔根·库钦斯基。在他看来，艺术把握世界的过程，主要不是仰仗科学的认识，而是仰仗艺术家奇妙的、令人似乎不可思议的直觉。他分析了恩格斯1888年4月致哈克纳斯那封著名的信，指出恩格斯之所以称赞巴尔扎克现实主义的伟大胜利，正是由于巴尔扎克是用直观的方法把握世界的，而不是用他那有限的认识能力。恩格斯说巴尔扎克"看到了"，而不是说他认识了他所心爱的贵族阶级注定灭亡的必然性；说他"看到了"，而不是说他认识了未来的真正的人。也就是说，巴尔扎克是他那个时代的"目击者"，主要是靠直觉感受那一切的。库钦斯基说，所谓"看"，就是感观感受的能动性，它是一个精神感观的过程，在这个过程中科学思维并不扮演重要角色，因此，伟大的文学艺术成就，是与悟性、科学无关的。当然，这不是说作家、艺术家不能成为具有卓越悟性的人、不能成为具有高度科学修养的人，歌德、海涅、布莱希特都是这样的人，但他们的艺术成就毕竟超过科学成就，他们是艺术家而不是科学家。同样，马克思著作中尽管有许多精彩的语言艺术段落，他们毕竟不是艺术家，而是科学家。

为了证明直觉在艺术创作中的重要性，他还从文学接受的角度例举了一段个人经历。30年代他曾经拜访英国自由派古希腊文化专家基尔伯特·穆雷，请他资助德国流亡者的反法西斯斗争。当他谈到对古希腊悲剧的理解时，那位英国人认为他作为一个马克思主义者所谈的看法，是古希腊悲剧作家根本不能认识到的东西。这说明作家们在作品中描写他们所看到的、感受到的东西时，未必能认识到它们。而一个马克思主义者却可以用历史唯物主义方法认识它们、理解它们。马克思主义者"读"出来的东西，是作家"看"出来的东西，这正是作家、艺术家把握现实的深刻性和意义所在。

库钦斯基还列举了欧洲文学史上许多例子，说明艺术把握世界对于科学把握世界的无可置疑的优越性。他比较了古希腊悲剧作家与柏拉图、亚里士多德；比较了莎士比亚与培根；塞万提斯时代的西班牙，没有哪个社会科学家能与他相比；比较了巴尔扎克与李嘉图；比较了肖洛霍夫关于苏俄国内战争的描写与同时代历史学家的著述。他说，即使马克思主义对于世界的科学把握，也只是赶上了或者接近艺术家对世界的把握，仍然不能说"超过"。他还提出艺术对于世界的把握远远先于科学对于世界的把握的命题。他说，越是回顾历史，越会感到艺术把握世界较之于科学把握世界的优越性。即使今天，艺术家对于社会现实的把握，也仍然优于科学家。只要科学家面对艺术家不自以为是，不骄傲自负，他会坦率承认这一点的。承认这一点，绝不意味着科学家无能，而是两种不同把握世界的方法所决定的。

近年来，文艺理论家莉塔·邵伯又从"评价理论"的角度，进一步发挥了库钦斯基的观点。她以恩格斯论巴尔扎克为例说，恩格斯之所以高度评价巴尔扎克在作品中真实反映的社会过程，高度评价他借助忠实于真实的细节描写所达到的信息价值，并且承认从他的作品里学到了比那个时代所有经济学著作还多得多的东西，这实质上是一个接受美学问题。这种学习是一个借助辩证唯物主义和历史唯物主义范畴进行思维的读者对于艺术作品的精深加工和把握。也就是说，恩格斯认识到的，是巴尔扎克"看"到的，却并未认识到的。

关于艺术与科学的关系这个问题，在作家的创作及其关于艺术创作的思考性文字中也有所反映。彼得·哈克斯曾经学习过哲学，是个谙熟艺术与科学思维方法差别的作家。他在关于自己的剧本《亚当与夏娃》的说明中，也极力主张划清艺术把握世界与科学把握世界的界限。他说，科学并不是百事通，它所知道的东西，对于艺术来说是远远不够的。理解的直观方式不仅改变理解者的头脑，也改变理解者的行为，在涉及实践判断的时候，常常能取得丰富得多、正确得多的结果。安娜·西格斯在1973年回答小说在我们时代是否变得多余的时候说：照我看，不管宇航员飞得多么高，回旋加速器使粒子的速度多么快，都赶不上真正的作家对他作品中人物思想的推动，赶不上对它的心灵最细微的组成部分的剖析。因为对这些人物的描写，能在读者心目中制造某些感受，这是科学从来不愿意制造的。难道这些感受是无用的吗？我认为，它们像面包一样有用。她的小说《外星人传说》，通过描写科学技术高度发达，但只知征服自然，却不懂艺术为何物的外星人的故事，表现了艺术对于人类的幸福来说，是任何财富和技术成就都无法代替的，这是一个对于人类具有普遍意义的主题。

毫无疑问，在艺术把握世界与科学把握世界这个问题上，思维方向的变化，显然是对五六十年代把科学对于艺术发展的意义强调得过分的一种反应。科学认识对于艺术创作来说是有意的，但强调过头势必导致艺术描写图解科学（主要是指哲学）命题的结果。这在民主德国文学中是有教训的，人们几度试图纠正这种图解方法，却收效甚微，只是在70年代"美学解放"的过程中，由于作家、理论家更注意了艺术把握世界的特殊性问题，并仔细分析了科学与艺术的界限，才有了明显变化。不过，密滕茨威也指出，在这种新的美学思考中，正像抛弃了旧的谬误一样，也隐伏着新的谬误。这大概是在人类认识事物过程中常有的情况，不足为怪。况且欧洲人的思维方式中，本来就有好辩论的习惯，在辩论中往往是先辨其异，而后求同。辨出异来，就提高了对事物特殊性的认识。辨异显然是一种建设性的思维方法。

民主德国70年代以来文学观念的变革，在理论和实践方面还涉及诸如文学体裁的互相渗透及其合理突破的可能性；根据新的实践经验，关于文学艺术反映论的讨论；关于个人经验在现实主义创作中的地位和作用问题的讨论；关于文学史研究中突破发生史和文艺与现实的关系的框框，向着接受研究、交流研究、评价研究的拓展；等等。每个时代都有自己特殊的美学问题，提出和解决这些问题的过程，便是文学艺术发展的过程。当然，提出和讨论新的问题，不等于完全否定已经为实践所证明行之有效的某些基本美学原理，只能说，随着形势的发展，人们在文学艺术创作中的思维走向发生了变化。随着这种变化，人们应该自觉地调整对于文学艺术与现实的关系、文学艺术的社会地位和功能的认识。

原载《昆仑》1986年第4期

六　多姿多彩的文学审美追求

形势变化，与时俱进

民主德国文学史家维尔纳·密滕茨威，在总结民主德国文学界自50年代以来，围绕布莱希特所展开的关于现实主义问题的论争时指出：从60年代开始，在接受布莱希特遗产方面出现了一个新的转折点，即有些作家开始脱离布莱希特美学主张的影响。但这并不意味着布莱希特在德国文学乃至世界文学中的地位发生了变化或者动摇，同样，他的美学主张也并未过时。但有一点是十分清楚的，即社会形势的变化，要求文学家、艺术家和文艺理论家，进行新的美学思考，采用新的表现方法，以适应新情况下产生的读者新的美学趣味和审美要求。① 总之，"出新"是社会形势变化的要求。

有人认为关于美学问题的讨论，是文学创作不成熟的表现。其实未必如此，相反，这倒常常是文学创作实践趋于成熟的标志。创作实践经验积累到一定程度，必然要出现对文学创作活动的反省、总结活动，又会回过头来促进文学创作，突破已经取得

---

① ［德］维尔纳·密滕茨威：《围绕布莱希特的现实主义论争》，柏林—魏玛：建设出版社1978年版，第169—170页。

的成就，有意识地去开辟文学创作的新天地。没有一定程度的实践经验积累，理论思维是不可想象的。用哲学语言来说，这就是"存在决定意识"。没有古希腊的戏剧活动，便不会产生亚里士多德的《诗学》；莱辛若不参与汉堡剧院的组建和演出，也写不出《汉堡剧评》；李渔若是没有自元朝以来的演剧活动和他自身的戏剧实践为依据，也肯定写不出《闲情偶寄》。这样的例子在中外文学史上俯拾即是。

民主德国文学自20世纪70年代以来，出现了一个新的局面，在相当广泛范围内，在多层次平面上，从不同角度出发，探索新的道路，开辟艺术把握现实的新的可能性。到目前为止，尽管在这些率先"探索"的作家当中，有的人，如安娜·西格斯、弗兰茨·菲曼已经先后辞世，但人们仍然不肯断定，哪些是成功的，哪些是失败的，哪些人走进了死胡同，哪些人踏上了光明大道。探索在继续，而文学的生命力，无疑也就是存在于这种持续的探索之中。一个很明显的事实是，民主德国文学自60年代以来所取得的令人瞩目的成就，是同理论思维的成就联系在一起的。民主德国的文学理论活动，总是不断地注视着文学创作实践，时刻在总结新的经验，为实践提供新的理论动力。而这种总结工作，不但理论家在做，作家们自己也在做。如果说理论家常常是围绕着一个或几个共同性的问题进行讨论的话，那么作家便不同了，他们主要是总结自己的实践经验，他们的美学思维成果，常常表现出鲜明的个性色彩，他们所用的概念、术语以及表达方式，都是各不相同的。笔者所见到的这类美学思考的文集，有安娜·西格斯的《论文·演说·随笔，1954—1979》、克里斯塔·沃尔夫的《读与写》和《继续尝试》、彼得·哈克斯的《艺术的标准》和《随笔集》、弗兰茨·菲曼的《经验与矛盾》和《二十二天或生命的一半》、福尔克·布劳恩的《只有真实是不够的》等。而最令人感兴趣的，也是伴随民主德国70年代以来文学发展的一个很有意义的现象，则是文学理论家、文学史家和作家合作的《问答集锦》，到目前为止，笔者已经见到两卷。这两卷《问答集锦》即是作家们对自己创作实践所做的总结和美学思考，也是文学理论家、文学史家把自己追踪创作实践时所思考的问题提到作家面前，供作家深入思考，逐渐使他们的美学思考条理化、系统化的产物。从这两卷《问答集锦》中可以感到，批评家们不是在扮演那种往往令作家"厌恶"的"教师爷"角色，而是与作家一起思考、一起讨论，共同促进文学创作繁荣和发展，表现了对作家探索甘苦的理解和艺术上的宽容，当然，其中也不乏同作家直率的、朋友式的争论。批评家的这种豁达大度，显然是他们政治上有信心、理论上成熟、学风上民主的表现。70年代以来的文学批评风格，与50年代相比，给人以隔世之感。

西格斯"幻想的现实"

作家们结合自己的创作实践所做的这些美学思考，在民主德国通常被称为"自我理解"，即他们根据自己的实践经验，来阐述对于作家的任务与地位、文学的功能与特殊性的认识。作家在这种"自我理解"过程中，形成各种不同的美学主张。这些美学主张，恰恰反映了他们的艺术特点。

例如中国读者熟知的作家安娜·西格斯，晚年从研究和借鉴德国浪漫派文学，特别是德国浪漫派小说大师霍夫曼的艺术成就入手，提出了"幻想的现实"的主张。凡是了解西格斯的人，谁都不会认为她是在提倡一种脱离客观世界的主观主义的、无法捉摸的艺术观。同样，凡是读过西格斯《已故少女的郊游》这篇小说的人，大概可以想象得出她的主张的大体含义。西格斯把现实区分为能够"摸得着，闻得到"的和"幻想的、梦幻的"

两种形态。对于熟悉传统现实主义理论的人来说，第一种形态的现实是不难理解的，但把幻想、梦幻视为一种形态的现实，却难免一时摸不着头脑。1973年，德国统一社会党中央机关报《新德意志报》的一位评论家，在采访西格斯时，直截了当地提出了这个问题。他以西格斯的小说集《奇遇》中描写的果戈理、卡夫卡、霍夫曼于20世纪30年代初在布拉格一家酒馆里相逢的作品为例，说这是一场"非现实的梦"。他问西格斯：人们在您的作品里，常常会看见这类童话式的、幻想的和梦幻的东西，人们总是要提出一个问题，这些成分怎样与现实主义的小说艺术相吻合？它们对于社会主义现实主义的文学具有什么样的价值？应该说，这位党报评论家所提出的问题，恰恰是西格斯所要探讨的问题的核心。她说：什么是现实？不只是人们能够看得见、闻得到的东西，幻想和梦幻也属于现实。我们今天现实生活中可以摸得着的生活，就曾经是一种猜想。那时候，这种生活对于那种干巴巴的、甚至怀着敌意的人来说，是一个幻想的世界。我认为，梦幻可以是现实的一个组成部分。运用得当，它便能扩大文学，扩大社会主义文学。梦幻能使人成为发明家，人天生是发明家，梦幻能教他尊重别人的发明。[①]

1974年，西格斯在与文学评论家海因茨·普拉维尤斯的谈话中，再一次阐明了这一思想。她认为，从事文学工作的人需要知识和经验，需要才华和幻想。她说，在德意志民主共和国成立之前，幻想对于某些人来说是一种愿望，对于另外一些人来说是一个计划。每一种生活都有一种特殊的冲动。艺术是从个人和社会的本质中汲取营养、获得题材的。没有濒临灭亡的骑士制度，便没有《堂·吉诃德》；没有上升的资本主义制度，便没有巴尔

[①] 见［德］西格斯《论文·演说·随笔，1954—1979》，柏林—魏玛：建设出版社1980年版，第464页。

扎克的小说。今日的民主德国作家面临的现实是人的劳动，他们无疑要从中汲取创作题材。西格斯认为，但这绝不意味着作家必须总是直接地描写劳动过程，它可以间接地描写劳动过程，这种描写照样会作用于人的劳动，它还可以从今日现实的角度出发，描写别的时代的事件和别的民族的生活。对于作家来说，现实不仅是表面的、摸得着的东西，更主要的是人的内在的东西，人的思想和感情，还包括种种想象、幻想、梦幻。梦幻如果不是真实，又应该是什么呢？[①]

如果把西格斯这些意见归纳成几条，大体上可能是：第一，现实不只是指看得见、摸得着、闻得到的东西，人的感觉器官感觉不到的幻想、梦幻也是现实的一个组成部分，是一种形态的现实，它们也理所当然是作家表现的对象。第二，在幻想、梦想中常常寄托着人类对于未来的愿望、希望、展望、设想、猜想、憧憬、预测，它们能给予人在现实中生活和劳动的能力，使人不满足于既得成就，获得变革现实的勇气，使人成为创造性的人。第三，作家在艺术上正确运用幻想和梦幻，可以扩大文学，包括社会主义文学实践的天地，使文学在题材、体裁、风格等方面更趋于多样化。

这里用不着说明西格斯这些主张在理论上的合理性，需要指出的是，西格斯早在30年代就创作过类似的作品。除了中国读者熟悉的《已故少女的郊游》，还有《过境》《关于强盗沃伊诺克的美丽传说》等。可以说，西格斯这种"幻想的现实"主张，是一生创作经验的总结，是从她个人创作经验与前人、同代人的经验中提炼出来的一种艺术信念：不只是忠于生活、细节真实的现实主义写作能够反映现实，幻想的、怪诞的、变形的非现实主

[①] 见［德］西格斯《论文·演说·随笔，1954—1979》，柏林—魏玛：建设出版社1980年版，第471—472页。

义写作也同样能反映现实。基于这种信念，她在晚年又创作了《旅途邂逅》《外星人传说》等充满着奇思异想的作品。在她的带动下，70年代以来，民主德国文坛上出现了一批在艺术上类似霍夫曼、果戈理、卡夫卡式的作家和作品其中最引人注目的，有女作家克里斯塔·沃尔夫的短篇小说集《菩提树下大街》（包括"菩提树下大街"、"一只公猫的新生活观"和"自我试验"），女作家伊姆特劳德·毛格娜的长篇小说《特罗芭多拉·贝阿特莉茨的生活与冒险》《阿曼达》，等等。

沃尔夫的"主观真实性"

除了西格斯的"幻想的现实"主张，还有女作家克里斯塔·沃尔夫倡导的"主观真实性"主张，有时也被称为"内在真实性"。现实之前冠以"幻想"，真实之前冠以"主观"，这些概念按照传统现实主义观念，都是很容易引起争议的。

沃尔夫认为，经验是作家赖以写作的仓库，这种经验是客观现实与作家主体之间的媒介。但是，根据经验写作并不意味着只写自己，尽管在多数情况下，作家也应该描写自己。她补充说，马克思主义哲学属于她的基本经验，它既决定着她对经验的选择，也决定着她对新经验的评价。她这个补充说明的目的，显然是在于驳斥那种认为她"鼓吹经验"就是鼓吹"无边的现实主义"的责难。

沃尔夫所主张的"主观真实性"，就是主张作家抛弃那些关于文学体裁的人为定义和条条框框，抛弃那些作家几乎在无意识中便可以驾驭的空洞形式，而把作家的思维过程和生活过程在创作过程中直截了当地表现出来，让读者不再陶醉于作家精心安排的情节圈套里，作家也不必再隐藏在作品、材料、素材和主题背后。作家自身就是他所处理的题材的一部分，并且与题材一起经历着种种变迁和运动。

沃尔夫说,"主观真实性"并不是主观主义,它是一种绝对"介入性"的创作方法,只不过具有高度的主观性而已,因为作家作为创作主体,随时都要准备坦率地置身于他所处理的素材之中。这种方法为作家在小说中表达自己对于历史和现实的看法,争取到了充分的机会和权利,使作家在传统小说艺术中所扮演的"叙事者"角色发生了重要变化。但作家在表现自我这个现实的时候,并不否定客观现实的存在,而是致力于对它进行创造性的分析。她把作家在作品中直接出面的手法,称为"现代散文"的第四维空间。

按照这种"主观真实性"主张创作出来的小说,沃尔夫称之为"散文"或者"现代散文"。因为出现在作品里的作家,要对他所选择的素材发表评论,所以他已经不再是单纯的讲故事人了,作品本身也不再靠故事情节取胜,而是成了情节与论说因素的"间作物",从而离开了传统小说的模式。[①] 她甚至认为,"散文"不应该为电影艺术家提供素材。换句话说,"散文"是不能改编成电影脚本的。事实上,沃尔夫的这类小说,的确很难改编成电影脚本。

从沃尔夫自己的表述中可以看出,她的主张在民主德国文坛上是有争议的。除了那种认为"现代散文"是"向情节挑战"不无缘由,但却未涉及问题实质的议论,最主要的异议则是"无边的主观主义"的指责。这当然是沃尔夫需要认真回答的问题,不仅从理论上做出说明,还要在创作实践中做出回答。对这种异议从理论角度做出回答的,看来并不是作家自己,倒是文学评论家、民主德国现任文化部副部长克劳斯·霍卜克。他在

---

① 沃尔夫这些观点,均见《主观真实性与社会真实——克·沃尔夫访问记》,载《回答集锦》第一卷,柏林—魏玛:建设出版社1976年版,第485—517页。

1982年写的《现实的幻想》一文中，援引已故诗人贝歇尔关于社会主义作家应该在创作中把客体性与主体性统一起来的论述之后，指出70年代以来，"德意志民主共和国文学在艺术上最令人信服的成就证明，主观真实性主要应该理解为作家个人的审美独创性，以社会和历史进步为方向的真诚性，理解为与现实真实性密切相连的特性"。① 他说，这个问题之所以具有现实意义，主要是因为随着劳动人民文化素养的提高，随着他们对日常生活革命性变革的积极参与，而大大提高了对艺术作品的质量、艺术作品的浓厚生活气息和生活真实性的要求。这种形势迫使作家去研究现实，研究作家与现实的关系，而不是仍然停留在已经取得的对生活的认识水平。一个与人民群众休戚与共的作家，必须跟生活一同前进，不断寻找通过现实的新道路，尤其是在人的日常行为方式中形成的那些新的现实。霍卜克认为，把"我"、把"主体"作为文学（特别是诗歌描写的对象），无疑是正当的、正确的，只是作家们时刻需要用多方面的现实经历来丰富自己的"我"或"主体"。

最能体现沃尔夫"主观真实性"主张的作品，是她的长篇小说《童年的典范》。它的故事情节像许多现代小说一样，是无法复述的。从作品的布局来看，作家把内容和时间互不衔接的部分，分别安置在三个叙述层面上，形成一种三层次结构。出现在第一个层面上的，是一个20世纪30年代初出生于东普鲁士小资产阶级（食品店主）家庭的德国少女奈莉，主要是关于她的少年时代生活及其战后随家西迁途中的种种经历。奈莉的经历虽然带有作家自传的性质，由于作家在叙述这个少女的经历时采用的是第三人称，并且又是以作家断断续续回忆的方式，因而在形式上打破了作家与少女的同一性。在这个层面上，读者看（读）

---

① ［德］克·霍卜克：《生活的检验》，哈雷—莱比锡：中德出版社1982年版，第126页。

到的是纳粹德国时期普通人的日常生活，他们虽然不是纳粹分子，却服服帖帖当了纳粹顺民，把喊"希特勒万岁"和挂"万字旗"视为生活中理所当然的事情，没有哪一个人曾经想到应该去援助那些受纳粹迫害的犹太人、红军俘虏和共产党人。在第二个层面上，作者打断故事情节的进行，从今天的经验出发，描述自己对于往事的思考和感受。第三个层面，则是作家与丈夫、弟弟和女儿于1971年夏天的故乡（今属波兰）之行，由此行的所见所闻而引起的回忆，构成母女之间谈话的题材，这又是第一个层面的内容。作品主题不在于表现女主人公是如何摆脱纳粹顺民处境的，而是提出一系列问题：她们这一代人是怎样在第三帝国生活，怎样变成顺民，今天的情况又是如何？从而表现了清算法西斯思想流毒是迄今仍然不可忽视的严肃主题。

像这样一本书，当然是传统小说体裁的定义无法包容的。书中除了断断续续的情节，掺杂了许多论说文成分，还有日记摘抄和纪实性描写。作者把创作活动本身，当成作品的题材，使作者的自白成为作品的天然组成部分，这在民主德国文学中，无疑是艺术上的一个创举。对于这样一部作品，人们常常会在批评家的评论文字中看到既惊又喜、既担忧又肯定的情绪流露。如评论家君特·斯沃伊德拉克，一方面认为这种多种描写方法的堆砌，常常会使读者付出多于事物本身所要求的心力。说得直截了当一些：读这部作品太费力气。另一方面，他又称这部作品为民主德国社会主义文学增添了一个新的典范、一个新的样品。① 这部作品所表现出来的审美独创性，显然是对人们所熟悉的社会主义现实主义理论和写作方法的一个突破。喜欢做归类研究的学者自然要问，能否把它归入社会主义现实主义文学范围之内。有人回答

---

① ［德］君特·斯沃伊德拉克：《轮廓——评论与争论》，哈雷—莱比锡：中德出版社1982年版，第80—83页。

说：尽可以称它为社会主义文学。这不失为一种答案。它表明社会主义文学，可以不必拘泥于现实主义方法。"社会主义文学"无疑是一个涵盖面更宽的概念，而在苏联所进行的关于"社会主义现实主义开放体系"的讨论，显然是考虑到了近50年来社会主义文学创作实践所积累的新经验。

菲曼的"神话成分"和文学评论的改善

另一个对于民主德国文学观念的变革起了重要作用的作家，是1984年去世的诗人、小说家弗兰茨·菲曼。他关于重视文学特殊性和改善文学批评的主张和实践，对于深刻理解社会主义社会文学功能多样性和表现方法广阔性，起到了明显推动作用。

弗兰茨·菲曼在作家当中，较早意识到必须突破过分强调文学教育功能、过分强调某种题材重要性的文学观念。这种观念到20世纪50年代后期，已经成了民主德国文学发展的障碍。他在1964年写给当时文化部长的一封信中指出，作家应该扩大文学的形式和体裁，应该充分发挥自己的想象力和虚构能力，打破关于文学创作手段和可能性的狭隘观念，提高文学作品的艺术质量。他主张为了提高文学作品的质量，要与一切浅薄的、粗制滥造的、思想贫乏的、庸俗乏味的东西做斗争，必须停止对任何题材虽好但艺术加工粗糙的作品进行无意义的颂扬。为此，他呼吁改善文学批评，不能把文学研究错误地理解为"宣传"，对待资产阶级文学的重要作家、作品及其成就，应该进行严肃的、科学的分析，而不要一味简单地否定。[①] 这些意见在今天看来，或许已经不再像在60年代那样，具有振聋发聩的新鲜感，但人们仍

---

① ［德］弗兰茨·菲曼：《经验与矛盾》，罗斯托克：辛斯多夫出版社1975年版，第10—13页。

然能够从中感受到一个严肃、敏锐的艺术家,随着时代的变迁,力图突破成规,解放文学创作生产力,推动文学事业发展的勇气和责任感。

70年代初期,即1973年,菲曼在《文学与批评》一文中,分析了文学批评中存在的问题,指出文学批评的主要缺陷是忽视文学的特殊性。他说,文学的特殊成分必须是别的意识类型不能代替的,它不会消逝在上层建筑的其他领域之中,因为它完全不可以为别的东西所代替,能够全部消逝在别的媒介之中的东西,便没有存在的必要性。[①] 这些思想受到作家,特别是文学评论家、文学研究工作者的重视,并在文艺学领域引起了对文学特殊性、作家创作不可重复的独创性的研究,从而推动了民主德国文坛70年代以来的"美学解放"过程。

菲曼美学思考的独特贡献,主要表现在他于1974年在柏林洪堡大学所做的关于《文学中的神话成分》[②]的报告里。这篇报告收在《经验与矛盾》文集里,长达72页之多,除了那些值得商榷的提法,他对什么是"神话成分"所做的说明和论述,对于深入阐明文学的特殊性具有特殊意义。所谓文学中的"神话成分",在菲曼看来,就是具体化和普遍化在艺术形象中的亿万人乃至数代人的个人经验。人是具有双重性质的,人既有自然——生物的本质,又有人类——社会的本质,这两种本质始终处于或强或弱的矛盾之中,人并不能清楚地意识到这种矛盾。人是一个矛盾的统一体,人也只有在这种矛盾统一当中,才能成为一个完整的人,成为一个有欢乐、有悲伤、有恐惧等七情六欲俱全的人。在艺术形象中反映这种矛盾,是形成文学中"神话成分"的一个永不枯竭的源泉。

---

① [德]弗兰茨·菲曼:《经验与矛盾》,罗斯托克:辛斯多夫出版社1975年版,第82页。
② [德]弗兰茨·菲曼:《经验与矛盾》,罗斯托克:辛斯多夫出版社1975年版,第174页。

从对于菲曼所谓"神话成分"的粗略概括中可以看出，菲曼的美学思考中有两个关键概念，一是"经验"，二是"矛盾"。他所谓文学中的"神话成分"，其实就是人类经验的浓缩，就是对于人世间各种各样矛盾着的现象的总体把握。

60年代后期以来，在菲曼的创作中，古代神话传说题材占据重要地位。在他看来，古代神话凝聚了人类的经验，它没有"愿望思维"的痕迹，不像童话那样常常有大团圆式的结尾和理想主义的幻想。神话从本质上来说，具有象征性、比喻性、超时间性特点。作家在利用神话题材进行创作的过程中，正是要充分利用这些特点，形成特殊的把握现实的艺术方法。菲曼认为现实是一个矛盾对立的统一体，它既有历史具体的一面，也有超时间的一般性的一面；它既有直接的一面，也有间接的一面；既有人类社会性的一面，也有自然生物性的一面。神话并不适于表现具体的社会现象和直接的现实。而文学艺术就其表现方法来说，既有"本色的"表现方法，也有"非本色的"表现方法。作家借神话题材进行创作时，适于采用"非本色的"方法，来表现现实的超时间一般的一面、间接的一面、自然生物性的一面。菲曼的这些主张，不但扩大了文学描写的题材，也扩大了文学表现的对象，从一个独特的角度，为文学的多样性与广阔性的存在，增添了一抹瑰丽诡奇的色彩。正像他自己说的那样，采用神话进行文学创作，有利于克服文学创作中的自然主义、图解现行政策、图解哲学命题的倾向。这正是70年代以来，"美学解放"的核心。他的小说《普罗米修斯》，就是体现了他的这种美学主张。此外，剧作家彼得·哈克斯和海纳·米勒的所谓"新古典主义戏剧"，布莱桑的《克拉巴特或世界的变迁》和沃尔夫的《卡珊德拉》等小说，也都在开掘神话题材、表现现实问题方面进行了卓有成效的探索。

在70年代以来出现的以神话为题材的作品中，最为令人瞩目的是索布族作家尤里·布莱桑的长篇小说《克拉巴特或世界的变迁》。这是一部类似魔幻现实主义小说的作品，它把古典史诗、民间神话传说、科幻小说、侦探小说、哲理小说和政论等因素熔于一炉，甚至连书中的两个主要人物——魔术师克拉巴特和遗传学教授、诺贝尔奖获得者扬·塞尔宾，都常常是"你中有我，我中有你"。作品的空间背景虽是作者的故乡劳希茨，而时代背景却从开天辟地直到当今世界，形成一个过去—现在—未来的"时间三位一体"。书里的中心人物克拉巴特，原是索布族神话中的传说人物，他既不是国王，也不是屠龙好汉、战场上的英雄，而是一个贫穷的、渴望知识的农家子弟，他是索布族智慧的化身。像作者自己所说的那样，"在神话里，魔术对于了解它的人来说，就是一种实用知识，它不仅能充饥止渴，还能使人摆脱外在的奴役，给人以内在的自由"[①]。知识能使人获得内在自由，这是作者从这个人物身上及围绕他的种种传说故事中所看到的具有现实意义的核心思想。作者把握着这个核心，围绕着对克拉巴特种种奇妙经历的描写，提出一系列问题，如人是怎样的？他的愿望是什么？人民群众的创造力是怎样表现出来的？是什么阻碍了它的发挥？又是什么使他得以施展出来？除了这些具有普遍意义的问题，作者还对于战争，特别是人类所面临的核灾难问题、社会道德问题，甚至文学创作问题，都表现了关注的心情。这是一部象征性的、寓意性的、充满奇妙幻想的作品。关于它的体裁，批评家们至今还难以给它下个确切定义。各种文学样式、各种表现手段的互相渗透，普遍性主题和现实问题的紧密结合。所有这一切都令人耳目一新，表现了现代小说艺术发展的动态倾向。

[①] 见《回答集锦》第二卷，柏林—魏玛：建设出版社 1984 年版，第 38—39 页。

现实主义不是封闭、僵化的

比较一下上面所提到的这些作家的美学主张，可以看出，不管他们的语言有多么大的差别、谈问题的角度有多么不同，他们作品的风格和艺术特点又是多么各异，实际上他们都在围绕文学如何表现现实问题，进行着思考和实践，为传统的现实主义理论增添着新的内涵，努力开辟文学创作新的、更广阔的可能性。他们并不拘泥于传统现实主义定义，把它视为一个封闭的、僵化的体系，并用来束缚生动活泼的艺术创作活动，而是不断探索用新的经验来修正它、扩充它。这也是60年代中期以来，民主德国文艺理论界关于现实主义问题讨论的基本倾向。辩证唯物主义者，既然承认运动是事物发展的基本规律之一，就不能认为根据过去的实践经验总结出来的现实主义定义是一成不变的，具有永恒的适用性，尽管这些定义至今也并没有完全过时。人们必须承认，根据新的经验对它们进行修正、扩充，具有无可置疑的合理性。而事实上，总结现实创作实践的新经验，在任何时候都是现实主义问题讨论的核心。与其争论什么是现实主义，不如多去研究现实创作实践的新经验；与其花力气确定什么是现实主义把握世界的特定方式，不如多去研究文学艺术生产、传播、接受和发生影响的条件，这些条件的变化，常常是艺术把握世界的特定方式产生的依据、发生变化的原因。

从70年代以来，民主德国文学界在关于现实主义问题的讨论中，对艺术活动与科学活动、艺术活动与经济活动的差别进行了严格区分，对于艺术把握世界的主动性一面，给予了较多的关注。从前，布莱希特在他的《戏剧小工具》中曾经提出，科学和艺术的共同任务在于，一个从生计方面，另一个从娱乐方面，来减轻人的生活重负。因此他要求艺术家在自己的创作活动中要向科学学习。这个意见，仍不失其真理性。现在人们的美学思维方向发生了变化，不再强调借助科学，而是更多地强调艺术自身的魅力；不再强调艺术把握世界过程中科学认识的作用，而是更多强调艺术把握世界的奇妙性，甚至认为艺术认识对于科学认识具有明显的优越性。[①] 这一变化，无疑是对五六十年代过分强调科学对于艺术发展的意义的一种必然反应，表现了艺术家注重艺术把握世界的特殊性，摆脱文学艺术图解科学命题的强烈要求。

至于60年代初期那种要求文学艺术直接推动经济活动，充当经济生活的"计划者和领导者"的不切实际的功利主义观点，到70年代也发生了根本变化。理论家们更多地强调文学艺术的潜移默化作用，不再要求文学充当加速器转动的摇柄，而是既看到它对于现实生活的特殊功能，又实事求是地估价它的局限性；既承认它与其他交流方式、把握世界方式的联系性，又承认它的相对独立性。人们对于文学的社会功能及其自身的特点，有了较为辩证的、合乎实际的看法，这对于改善文学批评无疑是一个有力的推动。

随着社会生活的变革，民主德国文学史家们发现，读者的审美趣味发生了相应的变化，尤其是在青年读者和老年读者之间，出现了明显的审美趣味差异，例如青年人喜欢看电影，老年人喜欢听歌剧。更令文学史家们瞩目的是，六七十年代以来，读者的接受态度和读者与作家之间的关系，与40年代末至50年代相比，也发生了明显变化。在民主德国文学刚刚开始的时候，作家们以其反法西斯斗争的经验和知识，赢得了第二次世界大战后处于迷茫和探索之中的读者的信赖，作家在读者心目中，是个"先知先觉"的权威形象。读者甘心情愿处于受教育地位。六七十年代以后，读者和作家之间出现了一种新的关系，他们共同经历了这段历史过程，作家已经不再有"先知先觉"的权威，而是与读者处

---

① [德]尤尔根·库钦斯基：《艺术的与科学的把握》，《新德意志文学》1973年第2期。或见密滕茨威《围绕布莱希特的现实主义论争》，柏林—魏玛：建设出版社1978年版，第203—204页。

于"共知共觉"的同等地位。因此，现实主义文学必须以其对现实独具慧眼的分析，而不是以人所共知的结论赢得读者的信赖。作家必须提出读者关心的问题，而不是给予目标明确的答案。这样，现实主义文学便形成了新的特点，以适应变化了的读者接受态度。

70年代以来的另一个变化是，不同阶层、不同职业、不同辈分的人们的行为方式和思维方式，越来越趋于个性化、多样化。与此相适应，反映社会生活的文学表现方法，也出现了个性化、多样化的局面。正如菲曼所说，社会的总体是由文学的总体反映出来的，而在文学这个总体中，每一个作家都必须做出他个人的贡献。所谓一个作家的个人贡献，是指只有他能做得到，而别人做不到的。[①] 作家的独特贡献就是标新立异、与众不同、独树一帜。这样，每一个作家的独特贡献合在一起，才能形成多样化局面。布莱希特和安娜·西格斯，早在30年代提出的"多样化，广阔性"主张，在70年代成了大家公认的发展文学艺术的标准。在这种准则指导下，产生了能够满足不同欣赏趣味的文学作品，文学创作实践反映了不同个人的多种经验，扩大了文学题材、手段和方法的光谱，文学的社会主义党性原则，不再排斥文学的多种功能、多种风格、多种方法的可能性。

前面提到的那些美学主张，按照这些主张所创作的文学作品，显然都是与民主德国发展文学艺术的"多样性、广阔性"方针分不开的。当然，这些主张也只反映70年代以来民主德国文学的一些倾向，并非全貌。这是在本文结束时，需要向读者交代的。

原载《外国文学报道》1986年第5期

---

① 见［德］菲曼《经验与矛盾》，罗斯托克：辛斯多夫出版社1975年版，第89—90页。

第三部分

古典文学理论的坚守与新型审美意识的觉醒

一 不同的艺术个性，共同的理想追求

——论席勒与歌德的友谊与合作

以诚相待，殊途同归

说起席勒必然会想到歌德，他们都是德国文学史上的大作家。像中国文学史上李白与杜甫创造了唐代诗歌顶峰一样，歌德与席勒共同创造了德国古典文学的辉煌与灿烂；也像中国文学史上历来有或扬杜抑李，或褒李贬杜之说一样，关于歌德与席勒的价值，历来也有"谁更伟大"的争论。歌德在1825年5月12日与艾克曼的谈话中说："二十年来，读者就争论谁更伟大，席勒还是我，他们应该庆幸，到处都有几个家伙，能够让他们争论不休。"可见，至少从席勒逝世以后，这种关于歌德与席勒价值高下的争论，就已经存在了。海涅在他的《论浪漫派》里，对"歌德派"与"席勒派"的争论做了有趣的描述。面对这种争论，人们不禁会想到中国唐朝韩愈的《调张籍》中的某些诗句："李杜文章在，光焰万丈长。不知群儿愚，那用故谤伤。蚍蜉撼大树，可笑不自量……平生千万篇，金薤垂琳琅……流落人间者，太山一毫芒……"歌德与席勒的作品犹如高山大海，像李杜诗篇一样，多金玉良言，吟咏玩味，反复诵读，唯恐难得其真谛于万一，褒此贬彼何益之有？正如中国学者董问樵先生所言：

"歌德与席勒在德国文学史上，好比两根擎天巨柱，彪炳千秋，也如李杜一样，不可妄加优劣。"

说起歌德与席勒，人们必然会想到他们的友谊与合作。尽管这段时间只有十年之久，却为后世留下了永远说不完的文坛佳话，对此，任何一部关于歌德与席勒的传记性著作，都免不了大书特书一番。德国席勒专家亚历山大·阿布施称歌德与席勒的亲密合作，在德国文学史上是"前无古人，后无来者"。它不仅对歌德与席勒个人的文学创作具有重要意义，而且对德国文学、文化的发展产生了重要影响。他们在十年中创作的诗歌、戏剧、小说作品，为德国文学开辟了一个划时代的"古典文学"时期。他们关于文学艺术规律的探讨，为德国古典美学的发展提供了丰富的思想材料、打下了厚实的基础。他们的友谊与合作，也为文人之间的关系，树立了一个光辉榜样。

歌德与席勒是两个年龄悬殊，出身、性格、社会地位极不相同的人，他们从相识、相交到合作的过程，是曲折的，同时也是极富启发意义的。早在军事学院读书时，席勒便熟读过歌德的《少年维特之烦恼》和《葛兹·封·伯利欣根》，用他的同学沙尔芬施坦的话说，把歌德当上帝一样崇拜。1779年11月，当歌德以枢密顾问身份陪同魏玛公爵卡尔·奥古斯特旅行瑞士，途经斯图加特并访问军事学院时，席勒第一次见到歌德，但他毕竟是个学生，并未引起歌德注意。在1794年以前的歌德文献中，没有留下任何关于席勒的记载。不过，这次相逢却给席勒留下了深刻印象，18年以后，席勒在给歌德的一封信中（1797年9月7日），详细描述了自己当年见到歌德时的激动心情。

席勒第二次见到歌德，是1787年迁居魏玛以后。这时的席勒已因《强盗》和《阴谋与爱情》的出版与演出而享誉全国。歌德1788年从意大利旅行归来以后，在精神和行动上完全脱离了"狂飙突进"运动，当他发现完全违背他的古典艺术理想的小说《阿丁哲罗》(海因赛)和剧本《强盗》,正在读者和观众中大行其道时,颇为反感。因此,他在鲁道尔施塔德与席勒第一次面对面而坐时,相互之间不仅几乎无话可谈,简直是话不投机。此后席勒在一封致克尔纳的信中,坦率地道出了对歌德的印象和相见后的失望心情:"许多我现在还感兴趣,还盼望和期待的事情,对于他来说都成了往事;他不但在年龄上,而且在人生阅历和自我发展方面,都远远超过了我,我们半路上绝不会再走到一起;他的整个本质从一开始便与我的截然不同,他的世界不是我的世界,我们的思维方式也大相径庭。"尽管他希望通过长时间的接触能改变这一切,但他仍然怀疑:"我们能否互相接近。"不过,此后有两件事情令歌德对席勒产生了好感。一是席勒出版了史学著作《尼德兰独立史》,为此歌德推荐他任耶拿大学历史副教授;二是席勒于1794年夏季,请他和费希特、洪堡等,共同创办文学刊物《季节女神》,歌德表示愿意鼎力相助。这两件事情,进一步显示了席勒的才能和团结人的胸怀,尽管歌德对他1793年发表的《论秀美与尊严》一文颇为不悦,认为席勒是在向他的文艺观挑战,但这两件事情确实引起了歌德对席勒的敬意,虽然并未完全消除芥蒂。

  歌德与席勒建立心心相印的挚交,发生在1794年7月,在耶拿的一次"自然研究会"研讨会期间。他们都以会员身份参加了这次会议。据歌德后来记载,会后席勒邀请歌德去自己家的路上,表示了对会议讨论方法的不满,说采取零敲碎打的方法讨论自然问题,是不会让热衷此道的外行感兴趣的。歌德回答道:"这种讨论方式也许连内行本身都会感到不得要领,不过还可以采用另一种方法,不是分散的、个别地研究自然,而是有效地、生动活泼地致力于从整体出发深入到部分之中去描述自然。"席勒不解,他请歌德再详细说明他的观点,但他并未掩饰自己的怀疑,他似乎无法相信,歌德所说的这些看法,是早已为经验所证明了的。他们走进席勒家里。歌德从植物形态变化说起，还用笔勾画了一株象征性的植物给他看。席勒边看边听，精神十分投入。歌德结束他的说明以后，他却摇头说："这不是经验，这是一种观念。"歌德对席勒的反应十分惊讶，甚至有点沮丧，他发现他们之间在这个问题上分歧十分尖锐。于是他联想起席勒在《论秀美与尊严》一文中的观点，又勾起了旧怨，但他竭力控制自己，回答说："这太令我高兴了，我有观念，自己不知道，却能用眼睛看见。"

这个出乎意料的回答，反映了歌德因自己的观点不被人理解而感到的痛苦。歌德在其一生的自然科学研究中，几乎时时都感到这种不被人理解的痛苦。二人对谈虽然遇到了障碍，但却并未失败。歌德认为这应归功于席勒，因为他感到席勒在为人处世、礼貌待人方面胜他一筹。在他看来，席勒是个有修养的康德主义者，而自己是个顽固的现实主义者，分歧、争论在所难免，争论的结果是各持己见，亦不啻为一种美德。尤其是席勒，因为显示了能够紧紧抓住一切向他靠拢的人的广阔胸襟，使他更显得魅力无穷。歌德当即慨然答应为席勒创办的《季节女神》提供稿件。他在回忆中最后说："就这样，我们通过在客观与主观之间进行的伟大的，或许永远不会停息的竞赛，缔结了一种持续不断的联盟，这种联盟对于我们和别人都产生了某些良好的影响。"这次相会和推心置腹的交谈，尽管暴露了二人世界观的明显分歧，却消除了心理上的芥蒂，在友谊与合作的道路上迈出了第一步。此后两个月里，二人书信往来频繁，思想交流越来越深入。尤其是席勒于1794年8月23日给歌德的一封信，对于他们互相了解和接近起了重要作用。

表面看来，席勒在这封信中主要是说明自己从歌德的谈话中获得了什么益处，如他自己所说，歌德的谈话动摇了他的全部观点，给他多年来百思不得其解的问题投来一线料想不到的光明。

实际上，席勒在信中所谈的问题，也解决了歌德的疑窦，帮助他梳理和澄清了许多模糊观念。

首先，席勒肯定歌德是个"天才"人物。他认为歌德在研究问题、思考问题和文学创作方面，都体现了一个真正天才的特点，而"天才"的本质之一，就是他们的行动都是无意识的、不自觉的。虽然歌德称自己是重"经验"的"顽固现实主义者"，在席勒看来，实际上他把自己对现实的理解赋予了他所观察的现实。席勒借用康德的术语说，当天才把他从无限丰富的现实中感受到的印象连缀起来时，必然会在"纯粹理性"的影响下去探讨客观规律。这样，席勒就回答了一个多年折磨着歌德的问题，所以后来歌德说："如果我说是经验的东西，席勒认为是一种观念，那么二者中间一定会存在某种媒介和联系。这个媒介就是天才概念，在这个概念里，诚如席勒指出的那样，'纯粹理性'和'客观'这两个极点被联结在一起。"通过席勒的解释，歌德终于也明白了，他们的世界观是对立的，但并不像南极和北极那样永远不会重合。

其次，从阐释歌德的"天才"入手，席勒又说明了歌德的创作方法和精神发展。他认为歌德作为思想家和艺术家，他看到和描写的，都是在"选择的自然"和"理想化的艺术"中存在的东西，即"必然的东西"，而非"偶然的东西"。所以席勒说，歌德所寻找的是"必然的东西"，其认识手段是"直观"。由此，席勒断定歌德是"直观的天才"，称自己为"推理的哲学家"。二者都有创造性才能，这种才能使他们本性变得高尚，并在他们的对立之间架起一座桥梁。最后席勒得出结论说：前者从多彩的世界出发，以纯洁而忠实的感官寻找经验，后者则借助主动的自由的思维能力寻找规律，二者绝对不会不在半路上相遇。这样，席勒彻底否定了自己从前认为由于他与歌德的思维方法大相径庭，而不能走到一起的担心。两个世界观、艺术观截然不同的文坛巨人，就这样通过思想交流，得出了殊途同归的结论。四天以后，歌德回了席勒一封信，称席勒的信是给他45岁生日最令人高兴的礼物，并表示"我们可以并肩前进了。"9月中旬以后，席勒应歌德之邀去他家住了14天。两人朝夕相处，促膝倾谈，从此建立了亲密无间、互补合作的友谊，直到席勒1805年逝世。

席勒在写这封信时，正在写作《论质朴的和多情的文学》，这封信里显然含有这篇论文的一些主要观点。

求同存异，友好合作

上文提到，董问樵先生认为歌德与席勒的成就"不可妄加优劣"。我十分同意这个说法。当然，不妄加优劣，不意味着忽略他们之间的差别。"差别"即艺术个性，而"艺术个性"是伟大作家不可缺少的条件。无差别、无个性的艺术，德国人称为"Epigonentum"（无创作性的模仿行为）。有差别、有个性，才有艺术，才有艺术的生命和发展。歌德与席勒之所以成为德国文坛上同时并肩而立的文学巨人，首先在于他们有差别。

歌德与席勒的差别，或曰艺术个性，在诗歌创作方面表现得最为明显。德国文学史上有一种十分引人注目的现象，即一些作家倾向于主观抒情艺术，如克罗普施托克、荷尔德林、海涅、艾辛多夫、乌兰德、凯勒、里尔克、贝歇尔等；另一些作家则倾向于客观戏剧性艺术，如莱辛、克莱斯特、格里尔帕策、赫贝尔、霍普特曼、布莱希特等。歌德无疑属于前者，席勒则无疑属于后者。即使在歌德的戏剧作品中，读者也不难发现那种浓郁的抒情色彩；而在席勒的抒情诗里，读者很少能见到情景交融的抒情气氛，倒是充满了冷静的思考。

爱情与自然通常被认为是抒情诗的两大基本题材。歌德不论在青年时代还是老年时期,都在这方面留下了许多脍炙人口的诗篇,从不同角度一再表达他对生活的新的内心感受。在席勒诗歌中则很少能见到这种个人的生活感受,他的诗歌常常超出个人心灵感受,而进入普遍的人类文化范围,从思想方面去表达内心生活。像一切真正的艺术作品一样,席勒诗歌并不缺少诗人的内心感受,只不过席勒并不追求尘世的日常生活的真实,而是追求一些更高尚、更深刻、更广阔的问题,在他看来,这些问题是从世界和艺术之间的关系中产生出来的。从这一点上人们可以明显地感觉到席勒与歌德的差别,前者倾向于理想主义,后者倾向于现实主义。用席勒的话说,他更倾向于"多情的文学",歌德更倾向于"质朴的文学"。日常生活的细枝末节、个人的痛苦与欢乐、内心的细微波澜,都可以成为歌德诗歌的题材,它们经过歌德的加工提炼、典型概括,不再具有偶然性的特征,而是被作者赋予了高尚的内涵。对于席勒来说,用艺术的方法表现这些个人感受和日常生活的细微印象,似乎没有价值和意义,他追求普遍性的、永恒的主题,席勒最喜欢表现的题材,是精神世界的问题,例如艺术、宗教、生命的价值和人生的命运等。因此,席勒的抒情诗,实际上是哲理诗。如黑格尔曾经在《美学》中提到过他那首用憧憬古希腊世界的美来对抗现实世界的《希腊的群神》,如赞美艺术是一切人类文化的出发点和归宿的《艺术家》,歌颂劳动是创造性的人生的《大钟歌》,等等,都是典型的哲理诗,即使那首具有深刻的个人感受和澎湃热情的《欢乐颂》,也同样充满了哲理性。席勒是创作哲理诗的大师,是德国文学史上这种新的文学体裁的首倡者,在他之前,没有一个诗人像他那样,懂得用抒情的形式表达艺术和人类文化中具有普遍意义的问题,懂得采用艺术的手段表达抽象的哲学思想。

歌德与席勒在抒情诗方面的这种差别,即使在他们同时创作的那些叙事诗中，也是十分明显的。歌德的叙事诗充满着抒情气氛，表明他是一个天生的抒情诗人；而席勒在他的叙事诗中，则懂得熟练地驾驭人物和故事情节，证明他是个天生的剧作家。

此外，在美学主张上，歌德与席勒也有明显差别。这在前面已有所涉及。文学史家们通常认为，由于歌德坚持研究自然科学，因而看重经验；席勒研究过康德哲学，因而耽于玄想。虽然他们都确信艺术创作和衡量艺术的标准是有规律性的，即古典文学内容与形式的统一，但对于这种规律性的来源，他们却持截然不同的主张。席勒认为"客观美"存在于客观的观念中，歌德则认为"客观美"存在于客观的现实中。正像歌德在1830年3月21日与艾克曼谈话中说的那样："我主张诗要从客观现实出发的原则，认为只有这种诗才是好的。但是席勒却完全用主观的方式写诗，认为他走的路才是正确的。"

歌德还指出，他自己的创作方法倾向于"在特殊中看出一般"；席勒的创作方法倾向于"为一般而寻求特殊"。所谓"为一般而寻求特殊"，就是诗人主观上首先有一个他要表现的具有某种普遍性格的概念，然后寻找个别的具体形象作为他的例证或说明；所谓"在特殊中看出一般"，就是诗人首先把握客观现实生活中鲜明的个别的具体事例或形象，在艺术表现中显示其具有普遍意义的真理。两种截然不同的创作方法，产生了两种截然不同的诗歌，各有千秋，难分轩轾。尽管歌德认为只有他的创作方法才体现了"诗的本质"，席勒的创作方法只能产生寓意性作品。但他不得不承认，由于德国人生性严肃认真，要求艺术和文学表现宏伟的思想和丰富的内心世界，因而席勒得到普遍的高度评价。实际上，不管是歌德还是席勒，他们都清楚地意识到了彼此美学主张的分歧和创作方法的差别，而正是这种分歧和差别，造就了两个艺术个性截然不同的伟大诗人。

歌德与席勒除了差别，还有相同的地方。歌德曾经说过，他和席勒的友好关系是建立在两个人方向明确、目标一致的基础上的，他们的活动是共同的，但是他们设法达到目标所采用的手段却不相同。那么什么是他们的共同目标呢？简而言之，他们都想通过古典主义文学道路，建立德国民族文学，从而促进德意志民族的统一。这就是他们的共同目标。

歌德与席勒生活的时代，德意志民族尚处于小邦林立、封建割据状态，德国作为一个统一的国家尚不存在，工商业亦不发达。歌德与席勒在英国和法国启蒙思想启发下，渴望通过文化发展唤起民族意识的觉醒，推动德意志民族的统一。他们在青年时代，都积极反对封建专制的统治，都是"狂飙突进"运动的旗手。歌德创作了《葛兹·封·伯利欣根》、书信体小说《少年维特之烦恼》和长诗《普罗米修斯》等；席勒创作了剧本《强盗》、《斐埃斯科的叛乱》、《阴谋与爱情》和《唐卡洛斯》等。正如恩格斯所说，在这个多灾多难的时代，只有在德国文学中"才能看出美好的未来"。恩格斯在《德国状况》一文中接着说："这个时代在政治和社会方面是可耻的，但是在德国文学方面却是伟大的。1750年前后，德国所有伟大思想家——诗人歌德和席勒，哲学家康德和费希特都诞生了；过了不到二十年，最近的一位伟大德国形而上学家黑格尔也诞生了。这个时代的每一部杰作都渗透了反抗当时德国社会的叛逆精神。"他特别提到歌德的《葛兹·封·伯利欣根》和席勒的《强盗》，称前者借戏剧形式"向一个叛逆者表示哀悼和敬意"，后者歌颂了"一个向社会公开宣战的豪侠青年"。恩格斯还以极大的热情称赞席勒的《阴谋与爱情》是"德国第一部有政治倾向的戏剧"。

歌德与席勒自青年时代起，所具有的这种共同志向，是他们后来建立友谊与合作的基础，而他们的艺术成就，正如朱光潜先生所说，也为马克思关于文艺发展与社会物质基础不平衡的论断，提供了一个令人信服的近代例证。

此外，在对待法国大革命的态度以及由此而引申出来的结论方面，它们也是相同的。歌德与席勒都对法国大革命基本理想给予积极热情的肯定，认为法国大革命是人类历史发展的重大转折。席勒还因在青年时代的作品中提出"打倒暴虐者"的口号，反对封建专制，宣扬共和思想，而被法兰西共和国国民会议授予"荣誉公民"称号。但他们又都不同意雅格宾党人使用暴力，尤其对他们在革命口号下进行的权力斗争，互相残杀，使昨天尚在台上慷慨陈词宣传革命的同志，今天成了革命的敌人，成为革命的阶下囚，被送上断头台，极为反感，并引起他们的反对。法国革命胜利后所建立的资本主义制度，也许未能实现他们心目中的人道主义理想，所谓"自由、平等、博爱"，全都成了空洞口号。这就令他们更为失望，使他们从最初的拥护转向了反对法国革命。这种态度的变化，在他们的作品中都有所反映。恩格斯说"他们年纪一大，便丧失了一切希望"。这里当然指的是他们在德国实行政治革命的希望。对法国大革命的失望，促使他们决心另辟蹊径，去实现他们的人道主义理想。1794 年，歌德与席勒订交，为他们实现共同理想找到了一条自认为可行的道路，即通过文学艺术的潜移默化和审美教育途径，启发和培养德国人的民族意识，以达到德国民族统一的目标。这就是他们友谊的基础。

歌德与席勒在这种共同的目标之下，建立了互相尊重、互相理解、诚挚合作的关系。

歌德与席勒这两个出身不同、生活遭遇各异、艺术主张有着原则分歧的大作家，自 1794 年建立友谊以后，在求同存异、友好合作的过程中，创立了德国文学史上一个灿烂的高峰，为德意志民族，也为世界人民留下了一笔极为珍贵的遗产。这个事实是发人深思的。歌德晚年曾经写道："席勒的性格和气质与我完全相反，我同他一起生活了好多年，我们互相影响达到这种程度，就在我们意见不一致的时候，也互相理解。然后每人都坚持自己的人格，一直到我们共同为某种思想和行动而联合起来。"

歌德比席勒年长十岁，出身名贵，成名较早，他一生多与权贵交往，生活优裕，博学多闻，创作颇丰；席勒出身低微，一生过着捉襟见肘的生活，多赖朋友接济，他奋斗不息，带病写作，比歌德早逝27年。这样两个性格、气质、经济与社会地位完全不同的人，其友好往来，由疏而亲、由浅而深，以至于达到推心置腹、互相砥砺、共同提高的地步，这不仅在德国文学史上，即使在其他国家文学史上也是罕见的。歌德晚年把他与席勒之间的通信，共一千零五封，编成一本书出版时，取了一个发人深思的书名：《诚与爱的结盟》。这本书为研究德国古典文学和文艺理论问题提供了丰富的思想材料，也为文人之间诚挚的创造性的交往树立了一座丰碑。

歌德与席勒的"结盟"，令双方得益良多。席勒说这种"结盟"使"每个人都能补充另一个人的缺陷"。歌德则说这种"结盟"是"很有意义，对于两个人都有很大益处"。最大的益处，应该说是在他们多年中断文学活动之后，又重新燃起了艺术创作的热情。1794年以后，歌德与席勒在互相勉励和亲密合作之中，各自完成了他们的重要作品：歌德完成了长篇小说《威廉·麦斯特的学习时代》、《赫尔曼与窦绿苔》和《浮士德》第一部，席勒完成了戏剧三部曲《华伦斯坦》及《威廉·退尔》等剧作。二人合作共同创作了400多首"讽刺短诗"，批判德国落后状况、社会上的市侩习气和文艺界的不健康时尚。他们像展开竞赛一样，创作了一批流芳后世的叙事诗，如歌德的《柯林斯的新娘》《魔术师的徒弟》《掘宝者》《魔王》《神与舞妓》等，席勒的《潜水者》《手套》《伊俾科斯的鹤》《人质》等。

歌德在创作长篇小说《威廉·麦斯特的学习时代》和《浮士德》时，经常请求席勒给予鼓励，提出建议，后来他甚至说，若是没有席勒的参与，《威廉·麦斯特的学习时代》远远不会是现在的样子。他在创作《浮士德》过程中，席勒不仅鼓励他，说他具有"优秀大师"的魄力，而且建议他一定要把这部作品写成既是一部文学作品，又是一部哲学作品。在席勒鼓励下，歌德果然完成了这部巨著，把它写成了一部充满哲学趣味的诗剧。同样，席勒在创作《华伦斯坦》时，经常和歌德一起讨论自己的创作计划，几乎把每天写的手稿拿给歌德过目，听取他的评论。所以歌德曾经说，《华伦斯坦》里也有他的一份功劳。席勒最为成熟的剧本《威廉·退尔》，原是歌德旅行瑞士时搜集到的一个传说，他把这个素材无私地让给席勒，让他写成剧本，而自己却放弃了写作叙事诗的计划。在写作过程中，歌德还就某些情节的写法，向席勒提出中肯建议。正是这种诚恳的互相砥砺与无私合作，给他们带来了丰硕成果。

总的来说，席勒在歌德影响下，摆脱了在唯心主义哲学中冥思苦想的处境，回到了生动活泼的文学创作中；歌德则由于得到了席勒的热情鼓励和深刻理解，学会了公正地观察人内心的多样性，得以充分发挥他的才能。歌德对席勒说："您给了我第二次青春，当我差不多已经完全停止创作的时候，您又使我成了诗人。"

歌德与席勒这种在求同存异、取长补短、互相帮助、共同提高中进行的友好协作，使他们成为德国文学史上各具风采、并肩屹立的伟大作家，为德国，也为世界文学界的同行树立了友好合作的榜样，使那些习惯于"文人相轻"的作家汗颜。

歌德与席勒合作的十年，在德国文学史上被称为"古典文学时期"。弗兰茨·梅林关于歌德与席勒的合作曾经这样写道："他们两人之间的十年合作，形成我国古典文学的顶峰。无数使大地肥沃的江河都起源于这座顶峰，然后注入我们民族的精神生活之中。我们的道路和我们的目标已经和当时完全不同了，我们知道得很清楚，我们不能通过美学的途径来达到政治和社会的自由，可是谁要是对德国社会状况的历史关系有所了解，那么，他想起歌德和席勒共同创作的伟大日子，就会永远怀着充满敬意的感激之情。"

写于1998年，原载《席勒精选集》

二　缔造诚与爱结盟的和谐世界

——1999年昆明国际歌德学术讨论会开幕辞

各位来宾，各位同行：

请允许我以"中国德语文学研究会"名义，向来自德意志联邦共和国的客人，向支持和帮助我们召开这次歌德研讨会的云南大学的同志们，向来自全国各高等院校出版和研究机构的同行们，表示衷心欢迎！感谢各位拨冗参加今天在云南大学举办的"1999年歌德学术讨论会"！感谢大家把自己的歌德研究成果拿来进行交流！我相信，这种交流将会进一步促进我国歌德研究和翻译介绍工作，使我国读书界对歌德有更多、更深入的了解和认识。

这次讨论会是今年在我国举办歌德250周年诞辰纪念活动的一部分。由于这是一次学术讨论会，它的规模必然要小得多，但就其内容来说，却应该比纪念会更广泛、更深入。我们的讨论会不仅要对这位德国文化伟人留给人类的这笔丰厚遗产表示敬意、对他的创作成就表示赞美，还要根据我们个人的学习和研究心得，从中为我们的文化建设，为生活在今天的人类发现一些有益的东西，用来作为我们思考和行动的启迪。

在纪念德国伟大诗人歌德诞辰250周年之际，我想的最多的是，他与席勒延续了10年之久的诚挚而充满爱心的友谊与合作。

我之所以想到这个问题，是因为近年来我国文学界不时泛起"文人相轻"这种恶习的沉渣，给文学界带来一些无谓的争吵和官司，形成文学工作者之间一种新的"内耗"。假如我们的作家都能以歌德和席勒那样博大的胸怀和仁爱之心对待同行，相互之间以诚相待、推心置腹、互相尊重、互相理解，即使大家也像歌德、席勒那样，出身不同，生活遭遇各异，艺术主张有着原则分歧，不是也可以像他们一样，齐心协力创造一个中国文学繁荣的新时期吗？

我之所以想到这个问题，又因为近几年来在世界的一些地区不断发生军事冲突，尤其是今年4—6月发生在南联盟的毫无道理的野蛮轰炸，它不但给那里的人民带来巨大牺牲和灾难，也给欧洲和世界和平与发展的环境带来冲击和震荡，几乎酿成一场世界性军事冲突。当我们想到像歌德、席勒这样两个出身不同，性格、气质各异，经济状况和社会地位如此悬殊的人，能够求同存异、取长补短、互相砥砺，共同创造了德国古典文学的辉煌与灿烂，我们可能会问一声：今天生活在高度工业化社会里，掌握了高科技的人类，在道德上是进步了，还是倒退了？更文明了，还是更野蛮了？人类为什么不能不分大国小国，强国弱国，富国穷国，友好合作，共同发展呢？

我之所以想到这个问题，还因为今年适逢我国古代文化伟人孔子诞辰2550周年，它使我想到这位伟大思想家所倡导的基本道德原则："仁"，恰好与歌德、席勒在处理相互关系方面所奉行的"诚与爱的结盟"思想是相通的，只是由于他们生活的时代、国度和文化背景不同，表达方式各异而已。

孔子所倡导的"仁"的内涵是"爱人"。按孟子的理解是"恻隐之心"，即普遍的同情心。用西方人的表达方式就是"博爱"。人都是在爱中孕育、诞生，在爱中成长，爱对于人是一种与生俱来的天性，如孟子所说：人是"性本善"的。人如果失掉了爱心，也便失掉了人性，也就谈不上什么人道主义。这样，在人与人、民族与民族、国家与国家之间的关系上，势必会出现以大欺小、以强凌弱、以富压贫的非人道现象。用孔子的概念来说，这就是"不仁不义"。"夫仁者，己欲立而立人，己欲达而达人。"这话译成现代语言就是：任何人若想自立，自强，有所成就，有所发展，也要帮助别人自立，自强，有所成就，有所发展。这就是"仁德"，这就是"义举"，这就是实行人道主义，相反，就是不仁不义，不人道与非人道。

歌德与席勒结盟的10年，就是"己欲立而立人，己欲达而达人"的10年。用席勒的话说，这种结盟使"每个人都能补充另一个人的缺陷"；用歌德的话说，这种结盟"是很有意义的，对于两个人都有很大益处"。用文学史家的话说，席勒在歌德影响帮助下，摆脱了在唯心主义哲学中冥思苦想的处境，回到了生动活泼的文学创作中；歌德则得到席勒的热情鼓励和深刻理解，使他学会了公正地观察人的内心多样性，从而充分发挥了他的才能。歌德由于得到了席勒的鼓励和建议，完成了长篇小说《威廉·麦斯特的学习时代》和诗剧《浮士德》；席勒在创作《华伦斯坦》时，几乎每天都要把写出的手稿拿给歌德过目，听取他的评论。歌德把自己搜集的素材，无私地转让给席勒，让他创作剧本《威廉·退尔》，自己则放弃写叙事诗的计划。二人合作创作了400多首"讽刺短诗"。二人像开展竞赛一般创作了一批流芳后世的叙事诗。二人的一千多封来往信件，就是这种诚挚交往、友好合作的佐证，它们为研究德国古典文学和文艺理论，提供了丰富的思想材料，也为文人之间创造性的关系树立了一座丰碑。

前面提到，歌德和席勒是两个出身、性格、气质、美学主张、经济和社会地位乃至年龄都有着很大差别的人，他们的友谊与合作，恰恰暗合了孔子主张的"君子和而不同"的思想。所谓"和",就是仁爱思想在人与人之间关系方面的体现,译成现代语言就是"和谐"。"和"作为一种主张被提出来,就是因为世界上存在着差别和分歧。所谓"礼之用,和为贵",就是因为孔子看到在礼制的实践中,人与人之间产生了差别和分歧。俗话说:"一母生九子,九子各异。""异"是客观存在,按孔子的主张,"异"不应该成为人们互相疏远和对抗的根源,相反,人们应该在"异"中建立和谐的关系。"和而不同"意味着承认差别和分歧,承认事物的多样性,不强求一律,而是在"异"中求"和谐",在和谐中求共同的"立"与"达"。假如人类能够按照"和而不同"的思想处理人与人、民族与民族、国家与国家之间的关系,那么我们今天大概就不至于看到动辄往别的国家投炸弹,把军队开进别国领土,拿自己的政治主张、社会制度、生活模式、人权观念和价值利益强加于人的现象了。

"和而不同"作为一种文化理念,就是主张宽容、主张兼容并蓄、主张以人之长补己之短,就是主张多元化。我国古代历史上有过百家争鸣、儒道互补、儒释道三教融合,现代历史上出现了"拿来主义""洋为中用",它们体现了中国文化健康开放、海纳百川的性质,为我们发展社会主义文化提供了宝贵经验。

在歌德与席勒的词汇中,当然不会有"和而不同"这样的概念,但他们在处理相互关系方面却把这种精神付诸行动并取得了丰硕成果。歌德与席勒是两个在美学主张和创作方法方面有着明显差别的作家。歌德主张"客观美"存在于客观的现实中,席勒主张"客观美"存在于客观的观念中。在创作方法方面,歌德倾向于"在特殊中看出一般",席勒则更倾向于"为一般而寻找特殊"。两种截然不同的美学主张和创作方法,产生了两种截然不同的诗歌,一个善于表现对生活的丰富的内心感受,一个长于表达抽象的、具有普遍意义的哲学思考。不论歌德还是席勒,他们都清楚地意识到了彼此美学主张的分歧和创作方法的差别，但是每个人又都保持了自己的艺术个性。恰恰是这种分歧和差别，造就了两个艺术个性截然不同的伟大诗人。他们都以自己独特的方式为建立德国民族文学、推动德意志民族的统一做出了巨大贡献。像这样有着明显差别的人，互相砥砺，友好合作，并取得辉煌成绩的例子，在德国文学史上，我们还可以举出马克思与海涅、布莱希特与艾斯勒。这个事实表明，孔子在两千多年前提出的"和而不同"思想，对人类文化的创造与发展是有普遍意义的。歌德与席勒之所以成为18世纪德国文坛上同时并肩而立的两个文学巨人，首先在于他们有差别、有个性；而有差别、有个性，才有艺术，才有艺术的生命与发展。任何不承认差别和个性特点的主张和做法，都必然会堵塞艺术发展的道路。

同样道理，在民族与国家的建设与发展方面，人们也必须承认各民族、各国家政权形式、社会制度、生活方式等方面的差异，尊重各民族、各国家人民根据自己的国情所做的选择，任何把自己的选择强加于人的想法和做法，任何违背世界多样性事实，强制推行单级世界的想法与做法，都是不切实际的、违背常理的，都将给别的民族、别的国家造成灾难，给世界和平与发展带来动荡与不安，破坏国家与国家之间关系的和谐。两千多年前孔子提出的"和"的思想，两百多年前歌德与席勒倡导的"诚与爱的结盟"思想，对于今天的世界具有非常现实的意义。诚如美国历史学家汤因比所说，今天的人类一方面生活在意识形态截然不同的营垒中，另一方面又掌握了足以毁灭这个地球的高度技术文明，人类社会是走和平友好的发展道路，还是战争毁灭的道路，已经不是什么"杞人忧天"之谈。自"数字地球"概念问世之日起，人们已经意识到，它是一颗"亚努斯之头"，它是一把双刃剑，为善为恶，全在人的一念之中。任何一个不负责任的政治家，一旦失掉理智，都会酿成可怕的人类悲剧。

那么，人类怎样避免面临自我毁灭的危险呢？汤因比主张人类应该实行中国古代文明所创造的"和谐"思想。是的，我们除了大力弘扬孔子的"和谐"思想、弘扬歌德和席勒倡导的"诚与爱的结盟"思想，使之深入人心，成为建立人与人、国家与国家良好关系的准则，还要加强人与人、民族与民族、国家与国家之间的交流与理解。这在当今世界上也是十分迫切的，它是人类达到和睦相处的必经之路。高度工业化和高科技的发展，交通工具的日益发达，人类居住的地球正在变成一个越来越小的村庄，民族与民族、国家与国家之间的相互依存越来越紧密。由于各民族与国家文化背景与意识形态的差别，谁都不可能，也不应该号令世界，让人类按照一种模式生活。唯一可行的就是在互相交流、互相理解之中和睦相处，友好合作，共同发展。我国现代思想家谭嗣同在其所著《仁学》一书中开宗明义就说"仁以通为第一义"。所谓"通"就是沟通和交流。谭嗣同这句话的意思是，实行仁爱之道，首先要互相沟通和交流，没有沟通和交流，就达不到互相理解，也就没有"和谐"。没有"通"与"和"，人与人之间、国家与国家之间，也不可能实行"仁德"，不可能实行"诚与爱的结盟"。

歌德与席勒并非初次见面便成为好朋友的。他们初次相遇时，歌德刚从意大利旅行归来，从精神和行动上完全脱离了"狂飙突进"运动，当他看到席勒的《强盗》正在受到读者和观众欢迎时，心里是反感的。他与席勒在鲁道尔施塔德第一次面对面而坐，相互之间几乎没有共同语言。事后席勒对歌德的言谈非常失望，他感到自己与歌德本质截然不同，思想方法也大相径庭。他怀疑自己今后与歌德还能否接近。二人第二次面对面坐在一起，虽然有了共同的话题，但由于在植物形态演变问题上产生了分歧，令歌德颇为沮丧，他甚至联想到席勒前一年发表的《论秀美与尊严》一文有向他挑战的意思。但由于他们的谈话是开诚布公、推心置腹的，虽有分歧与争论，但坦率的交谈却使他们互相了解了对方在世界观方面与自己的差别。后来歌德在回忆到这次谈话时说："就这样，我们通过在客观和主观之间进行的伟大的，或许永远不会停息的竞赛，缔结了一种持续不断的联盟，这种联盟对于我们和别人都产生了某些良好的影响。"在此后的10年里，二人除了有促膝交谈的机会，书信来往也十分频繁，10年当中二人通信达一千多封，每人每周几乎写一封信。正是这种频繁的、越来越深入的思想交流与沟通，才使他们在相互理解的基础上建立起深厚的友谊，才有长时间的诚挚的合作，其结果与深远影响正如梅林说的那样："他们两人之间的10年合作，形成我们文学的顶峰。无数使大地肥沃的江河都起源于这座顶峰，然后注入我们民族的精神生活之中。"

今天借纪念歌德250周年诞辰，对歌德的文学创作进行研讨之机，回忆歌德与席勒"诚与爱结盟"的思想与实践，对于我国文学界（也包括外国文学界）的同行如何处理相互之间的关系，对于今天这个并不太平的世界如何处理国家与国家、民族与民族之间的关系，应该是具有现实意义和借鉴价值的。

三 海涅《新诗》集披阅札记

——周依萍译海涅《新诗》集前言

海涅在他逝世之前，为他的巴黎通讯《卢台奇亚》法文版所撰写的序言中，曾经不无伤感地预言：有朝一日他的诗集将被杂货铺老板卷成纸口袋，给未来的顾客装咖啡和鼻烟。他没想到，在他逝世一百年后，一位中国青年，在遭到一场政治风暴的不公正对待之后，以十分崇敬的心情，怀揣他的一部诗集，经历了 21 年的坎坷生涯。海涅这部诗集既未当成包装纸，亦未用来卷烟，倒是在这位中国青年那些令人心酸、沮丧的漫长岁月里，给了他许多慰藉、乐趣、勇气和梦想。这位当年的中国青年，就是今日的周依萍教授。他在历经磨难之后，成了一位优秀的海涅诗歌翻译家。他在 1994 年出版了海涅的《诗歌》译著之后，又一鼓作气翻译出他的《新诗》集。他要把自己对海涅诗歌的感受和理解传达给中国读者。

海涅这部《新诗》集，是继他的《歌集》之后第二部大型诗集，从这部诗集的大部分作品中，读者仍能看到海涅早期诗歌创作的特点，无论是歌唱爱情、星空、夜莺还是梦和大海，都带有淡淡的浪漫主义伤感情调。尤其是那些表达爱情感受的抒情诗，其感情的真挚与真实，其朴实无华的民歌色彩，今天读来仍能给人留下深刻印象。当年的德国诗人普拉顿称这些诗歌，是从诗人心灵里生发出来的"内心故事"。诗行节奏的音乐性和十分流畅的语言，被历来的评论家视为德国诗歌的典范。用梅林的话说，海涅汲取了德国中世纪民间童话和民歌的语言特点，打破了日趋僵化的德国学院派语言规则，为德国诗歌语言注入了新鲜血液，为德国诗歌的发展建立了一大功勋。

海涅曾经被人用宗教语言称为"脱去袈裟的浪漫派"。这个比喻自然是不错的。我们从他在诗歌中大量描写梦这个事实中便可以看出，尽管他曾经激烈地批判过浪漫派，但他事实上并未完全与浪漫派割断联系。从总体来看，正像梅林说的那样，海涅从浪漫派那里学习了应该学习的东西。他从浪漫派倡导的民歌传统中汲取营养，创造了明白晓畅的诗歌形式和风格。他还向浪漫派学到运用民间童话和历史传说作为诗歌创作的题材。《新诗》集中那一组关于唐豪瑟的叙事诗便是明证。德国音乐家里夏德·瓦格纳在这一组诗的启发下，创作了他的歌剧《唐豪瑟》。我们可以说，海涅是一个敢于和善于向他的论敌学习的不拘泥于成见的诗人。

《新诗》集中最后24首政治讽刺诗，被海涅命名为"时事诗"。这是海涅从爱情诗人向政治诗人转变的明显标志。关于海涅政治讽刺诗的创作契机，当年在法国编辑《德法年鉴》的阿诺德·隆格曾经说，是他与马克思二人敦促海涅"放弃那些没完没了的爱情抱怨"，创作像"皮鞭"似的"政治抒情诗"。这种说法在文学史上是被人怀疑的。因为海涅并未与隆格有过密切接触。文学史家们通常认为，没有隆格和马克思的敦促，海涅也必然会创作出他的政治讽刺诗。但毫无疑问的是，马克思对海涅的政治讽刺诗的成就是有贡献的，因为马克思与海涅有过深厚的友情，并且推心置腹地与他一起讨论过诗歌创作的美学问题，参与修改过他的某些诗歌作品，这是有确切史料记载的。但是马克思对海涅的政治倾向和世界观问题一向采取谅解、宽容态度，尽管他对政治问题是严格的。在他看来，诗人都是些特殊的"怪物"，应该让他们走自己的路，不可用正常人或非正常人的尺度来衡量他们。海涅在结识马克思之前，也对办《莱茵报》的马克思怀有尊敬的心情。当《莱茵报》被普鲁士政府查封时，他在给作家海因里希·劳伯的一封信中曾经表示，要挺身而出，捍卫马克思的事业。

《新诗》集的"新"，主要是指这组"时事诗"。海涅自己曾经说过，他的那些"新诗"，是一种"全新的类型"，它们具有强烈的政治色彩。这些作品的题材选择，都是由当时的德国形势决定的，它们表达了海涅希望推翻德国小邦君主统治，彻底铲除旧制度，建立新的经济和社会秩序的信念。

这组诗中的第一首《箴言》，只有短短12行，它无疑是对黑格尔哲学的颂歌。联系海涅对黑格尔哲学的天才理解，可以看出，这是一首纲领性的诗。青年时期的海涅听过黑格尔的课，在他看来，黑格尔哲学宣扬的是一种披着泛神论外衣的无神论思想。《箴言》这首诗就表达了海涅对黑格尔哲学的理解。在他看来，进步的哲学思想最深刻的意义就是生活、思想与实践的统一，就是唤醒人民，摧毁德国封建制度；进步哲学的全部学问就是"击着鼓不停地前进"，一切思想的最终目的，就是把哲学变成行动。从这个意义来说，《倾向》一诗与《箴言》表达的是相同的精神，只不过这里说的是诗歌应该成为鼓舞人们冲锋陷阵的马赛曲，为自由与祖国而战的匕首与剑锋。这首诗的最后两句暗含有对"青年德意志"鼓吹的所谓"倾向文学"的批评。海涅在40年代初期的文艺论争中，既反对剥夺艺术社会功能的主张，又反对把艺术单纯局限于政治目的的偏见。他认为艺术的任务是促进人的解放。因此，艺术与时代的需要、艺术与自由斗争是统一的，是盟友；海涅虽然反对"倾向文学"，但他并不拒绝诗人扮演"护民官"的角色，他的《箴言》和《倾向》等诗充分表达了这种思想。

"时事诗"中涉及德国皇帝和小邦君主的几首诗，都不乏中肯的讽刺。标题虽为"中国皇帝"，读者一看便知，这里指的是德皇威廉四世。为德国"英烈"建造寺庙的猴子，指的是巴伐利亚国王。生来就一颗南瓜脑袋，蓄着淡黄色小胡子的"怪婴"，指的是普鲁士专制君主。马克思说，任何人都可以通过这首诗，认识那个"下士家族"借助背信弃义、阴险狡诈，骗取遗产而成为霍亨索伦君主的发家史。最后一首《夜静思》真实地表现了海涅对祖国的深切怀念。这首诗充满对德国现状的忧虑、对祖国未来的坚定信念。在海涅心目中，对家乡的爱与对母亲的思念是统一的。"若非思母心难过，不会如此盼德国"，母亲终究不免一死，祖国却永存。诗的结尾，法国明朗的阳光和美丽妻子晨曦般的笑脸驱走了诗人的乡愁，象征性地表达了海涅对德国的希望。这首充满爱国情愫的诗，自问世以来，成了德国人民进行爱国主义教育必不可少的读物。法西斯时代，成千上万的反法西斯战士和善良的人们，伴着这首诗度过了那些令人沮丧的岁月，它给了人们许多慰藉和鼓舞。

海涅这些政治讽刺诗，也像他那些抒发爱情感受的诗歌一样，语言的流利顺畅、明白易懂，常常会令人想到李白"白发三千丈"那样的诗句。诗的结构也很少给人以精心雕琢的印象，倒是常常令人感到，它们似乎是作者在漫不经心中创作出来的。像《颠倒的世界》这首诗，其中虽然运用了许多典故，但却有如行云流水、一气呵成的效果，节奏铿锵有致，具有很强的音乐性。像《夜静思》《手鼓》《中国皇帝》这样的作品，艺术上都有说不尽的魅力。

译事难，译诗尤难。难就难在，如莱辛所说，两种具有不同文化背景的语言，对同样意思，常常有不同的表达方式，"在一种语言里是自然的东西，在另一种语言里却未必尽然"，因此，

"过分拘泥于准确性，反而会使译文生硬"。怎样掌握"准确性"的度，这就是译事（尤其是译诗）的艺术。逐词逐句地对应翻译，有时行不通。行不通时就要追求"传神"。"传神"的译作往往会出精品。但能否传神，取决于译者对原作的把握程度。拿过一本外文作品，读上几遍便动手翻译，大概很难做到传神。传神之作常常出自那些对作品做过长期深入研究的译者。他们其实也是学者。周依萍教授对海涅诗歌进行过长期潜心研究，在这部《新诗》集译稿中，读者可以发现不少精彩的传神译笔，令人读来拍案叫绝，会误以为是中国诗人的作品。试看《夜静思》中的几节：

夜阑人静思德国，
彻夜难眠眼未合！
睡魔驱出九天外，
热泪潸潸流成河。

似水流年冉冉过，
十二春秋费蹉跎，
自从背离我母后，
怀想渴念日日多。

怀想渴念日日多，
老人令我常困惑，
经常不断思老人，
上帝佑我老婆婆。

母亲字迹不稳妥，
她手一定在哆嗦，

> 爱我之心几许深，
> 慈母思儿动山河。
> ……

　　这首诗的译文不仅采用了中国诗的七字句，而且连押韵的方式也是中国式的，即1、2、4押韵（原文为AABB韵）。与原文相对照，它的准确性并不在于词的对应，而在于"传神"。就这一点来说，它与我们迄今所见到的该诗译文相比，读起来更为朗朗上口，它不禁令人想到那首"生命诚可贵，爱情价更高，若为自由故，二者皆可抛"的译文。它们的效果、社会影响力、传播力，常常超过那些字句对应得十分准确的译文。不过，敢于如此处理原文与译文的关系，也像莱辛说的那样，译者需要有足够的鉴赏力和勇气。周依萍译《新诗》集中这类译品，既能给读者美的享受，又能引起翻译界同仁思考，甚至可能引起异议。

　　衷心感谢周依萍教授把海涅这些精美的诗篇介绍给中国读者，我是怀着对译者十分尊敬的心情写下这些文字的，他能在那样漫长的坎坷岁月里，以常人难以想象的毅力，坚持研读海涅诗歌，并在"改正"之后，于繁忙的教学和行政工作之余，把它们翻译出来，奉献给社会，这种精神境界，是十分令人敬佩的。

1998年7月2日记于北京

四　瓦格纳，不只是音乐家

德国音乐家里夏德·瓦格纳，在音乐爱好者圈子里是大名鼎鼎的人物，虽然他的作品至今尚未有机会登上中国舞台，但他那些著名歌剧作品，如《黎恩济》《漂泊的荷兰人》《唐豪瑟》《罗恩格林》《纽伦堡的工匠歌手》《尼伯龙人的指环》等，对于音乐爱好者，早已不是陌生的名字。但是，瓦格纳还是一位作家，知道的人似乎不多。20世纪80年代初期，我国拟定编撰中国大百科全书时，对要不要把它收入外国文学卷，还发生过争议。那时，多数人还把瓦格纳视为一个音乐家。从80年代中期开始，随着各种尼采文选的出版，许多人从尼采那里才知道，原来瓦格纳还是一位作家，而且是一位著述颇丰的作家，除了他的所有歌剧的文字脚本出自他自己的手笔，还著有大量文艺理论、文化评论和时政随笔，甚至还创作有小说和诗歌。他的短篇小说《朝拜贝多芬》《一个德国音乐家在巴黎的结局》等，至今读来对于人们了解艺术家在资本主义制度下的处境，仍然是富于启迪的。

瓦格纳在他发表于1843年的一篇传记性文字中说，他在读九年制学校时，就已经流露出舞文弄墨的才气。有一次，老师要求学生写一首诗，悼念一位夭折的同学，他的诗居然作为佳作印成铅字，在同学中流传开来。刚刚十一岁的瓦格纳，立志要做一个诗人。五年级时,他把荷马《奥德赛》前12章从古希腊文译成德文,在学习英语过程中,又对莎士比亚戏剧发生兴趣,利用业余时间翻译了罗密欧的长篇独白,从此,莎士比亚成了瓦格纳一生从事文学创作的榜样。也就是在这个时候,这个不安于课堂作业的少年,又萌生了当剧作家的念头,他开始以古希腊悲剧为样板,熔莎士比亚的《哈姆雷特》与《李尔王》为一炉,创作了大型悲剧《罗巴德与阿德雷黛》。这出戏花费了他两年的课余时间。少年瓦格纳为了渲染悲剧气氛,让剧中的45个人物先后死去,到最后一幕,他不得不在剧中人物几乎死光的情况下,让其中多数死者以幽灵身份出现。这位少年的丰富想象力和艺术上不拘一格的精神,由此可见一斑。

诚然,这些活动对于一个少年来说,带有即兴游戏的色彩。但作为一种艺术熏陶和文字训练,对于瓦格纳后来的成长,并非没有意义。尤其是在瓦格纳全身心地投入音乐创作之后,这种早年的文字训练对于他把音乐艺术与文字艺术结合起来,特别是对于他把音乐与戏剧结合起来,创立所谓"音乐戏剧",起到相辅相成的作用。在歌剧发展史上,像瓦格纳这样,既是作曲家又是文学脚本作家的例子,是并不多见的。

瓦格纳作为作家,几乎同他作为歌剧作曲家是同时开始的。瓦格纳这种集作曲家与作家于一身的想法,早在少年时代便已经初露端倪。有一次,他在莱比锡音乐厅举行的音乐会上,受贝多芬《哀歌蒙特序曲》鼓舞,萌生了为他那出已经完成的悲剧谱曲的愿望,并且幻想着在自己身上体现贝多芬与莎士比亚两种才能。为了实现这个目标,九年制学校未毕业,他便进入莱比锡大学音乐学院,专攻作曲法,以弥补自己在音乐技巧方面的缺憾。后来的实践证明,它实现了自己的愿望。瓦格纳歌剧的文学脚本,全部是他亲手创作的。他要求剧本一定要达到诗剧的水平,歌剧若做不到音乐与诗剧的完美结合,便算不上好歌剧。他的这一主张，是与他最初创作歌剧的经历有关的。他的第一部歌剧《仙女们》总谱完成以后，曾请求莱比锡剧院上演，尽管剧院经理做了肯定的答复，但由于当时德国舞台上正是意大利和法国歌剧大行其道之时，德国作曲家的作品很难排上日程。如瓦格纳自己所说，实际上他的《仙女们》的演出，被无限期搁置起来。与此同时，他发现在当时德国舞台上流行的歌剧，要么是意大利人的软绵绵的毫无特色的作品，要么是法国人的轻佻放荡的作品。在他看来，生性严肃认真的德国人，必须在歌剧题材和表达方式方面进行选择，创作"真正的艺术作品"。他提出的艺术标准，一是题材要美，二是表达方式要机智，三是内容要有思想。他主张德国歌剧作家要向贝多芬第九交响曲学习。出于这样的想法，他对当时在德国流行的那些意大利、法国歌剧评价不高，他戏称意大利歌剧是"妓女"，法国歌剧是"风骚女人"，而真正的歌剧将出自他的手笔。他称自己想象中的歌剧为"音乐戏剧"，而音乐戏剧的文字脚本，本身必须具备独立的艺术价值，不能从属于音乐，相反，音乐应该是表达文字脚本内容的一种手段。这一点曾经遭到尼采的攻击。他说瓦格纳抛弃了音乐的一切规则，把音乐变成了"戏剧的奴婢"。他不无讽刺地称瓦格纳是一个"戏剧音乐家"。但他不得不承认（虽然也带有讽刺的口气），瓦格纳的歌剧实践"大大扩大了音乐的表现力"。

音乐家瓦格纳同时又成为作家，还有一个原因，即他从一开始就必须为自己作品的存在、为在音乐领域占有一席之地而斗争。他必须以文字的方式解释自己作品的含义，说明自己对歌剧改革的主张，阐述音乐的功能，否则他的作品总有被观众曲解的危险。恰恰是这一点，又遭致尼采的攻击。他说瓦格纳像个音乐领域的"修辞学家"，不断地写文章，劝说世人认真、深刻地领会它的音乐的"无限含义"，说它像黑格尔一样，依仗他那诡谲的天才想法，把音乐变成了令人难以捉摸的"理念"，并借此征服年轻观众。尼采攻击瓦格纳自有他的特殊意图，但瓦格纳的用意却在革新歌剧、提高歌剧的艺术水平，同流行的低级趣味的欣赏习惯进行斗争。他在1851年给朋友的信中说："对于知道我是艺术家的人来说，这种表达方式（指用文字）会给我带来多么大的痛苦是不言而喻的，他们从我撰写的那些文章的风格里可以看出，我在艺术作品中可以直截了当、毫不费力、迅速敏捷地表达出来的东西，在那些以作家身份写出来的作品中，不得不利用最麻烦的方式来折磨自己。"话虽这样说，音乐家瓦格纳在他一生当中，对于用文字表达自己的生活感受、思想感情、艺术和社会主张，始终乐此不疲，他并不小觑自己的文学创作活动，并不把它视为可有可无的事情，人们从他的文学作品中，可以看到时代的精神生活和艺术潮流的变化，看到作者内心的矛盾和希望。在音乐史上似乎很少有人像瓦格纳那样，如此自觉地既用音符又用文字，记录下他那个时代的风云变幻，在两个领域给人类留下一笔丰厚的文化遗产。像他这样的人，20世纪的德国还出了一个汉斯·艾斯勒。他们都是十分难得的天才。

瓦格纳不但是音乐家、作家，还是社会革命家。这一点为瓦格纳的一生增添了许多有趣的色彩，也使他成了一个有争议的人物。严格说来，瓦格纳是个"半截子革命家"，因为他后半生接受叔本华哲学的影响，变成了一个文化悲观主义者，接受巴伐利亚国王的经济资助，变成了一个为君主政体出谋划策的"师爷"。

瓦格纳在莱比锡九年制学校读书时，法国爆发了1830年7月革命，巴黎民众举行起义，推翻了波旁王朝的封建统治。这一事件在欧洲引起普遍反响，许多国家发生了革命运动。在德国也爆发了农民起义，小邦国的军队哗变，某些小宫廷甚至发生了政府倒台或政要更迭事件。莱比锡的大学生和年轻的民主主义者举行暴动。年仅17的瓦格纳，像他自己在那篇传记性文字中所说的那样,"一下子变成了革命者,并坚信任何一个称得上有抱负的人,都应从事政治活动"。从那以后,他开始创作具有政治内容的音响作品,如讴歌波兰独立运动的《波兰序曲》,表现向往英国民主制,影射批判俄国、奥地利、普鲁士神圣同盟的《不列颠序曲》,以描写罗马最后一个护民官为题材的歌剧《黎恩济》,等等。他十分推崇被称为"青年德意志"的文学运动,并且成了这个文学流派的领袖人物鲁德维希·伯尔内的崇拜者。总之,如德国瓦格纳专家汉斯·马耶尔教授所说的那样:"在那些年月里,瓦格纳成了一个典型的德国进步青年。"他像当年的许多艺术家、作家、科学家一样,热情地致力于用艺术为德国民族发展的政治任务服务,政治上反对小邦国的封建专制和分裂,反对梅特涅的封建复辟制度,艺术上反对所谓的"非政治化美学",反对"艺术与政治分家"的主张。

这中间,瓦格纳陆续接触了费尔巴哈"爱的宗教"、普鲁东的乌托邦社会主义、施蒂纳的"反权威"和巴枯宁用暴力的"直接行动"铲除剥削阶级等哲学、社会革命学说,逐渐成了一个具有无政府主义和乌托邦倾向的社会革命家。当欧洲爆发1848年革命的时候,瓦格纳顺理成章地成了革命队伍中的一员。当时已经是萨克森皇家乐队指挥的瓦格纳,参加了1848年的德累斯顿五月起义。他似乎觉得自己从费尔巴哈、普鲁东、施蒂纳、巴枯宁那里接受来的哲学、文化和社会革命思想,到了在当前斗争中付诸实践、变成现实的时候。他在一篇亲自撰写的题为《革命》的传单中声称:"我要粉碎权势者、法律和私有财产的势力。个人的意志是人的主宰,个人的兴趣是他的唯一法律,个人的力量是他的全部私有财产,因为只有自由的人才是神圣的,没有比他更高的东西。"他还表示:"我要摧毁事务的现存秩序,正是它把人类分成敌对的民众,分成强者和弱者,分成有权的人和无权的人,分成富人和穷人,因为它只能使一切人不幸。我要摧毁事务的现存秩序，正是它把多数人变成了少数人的奴隶，把少数人变成了他们自己的权势的奴隶，变成了他们自己的财富的奴隶。我要摧毁事务的现存秩序，正是它使享乐与劳动分离开来，把劳动变成了负担，把享乐变成了罪恶，正是它通过贫困使一个人遭受不幸，通过富裕使另一个人遭受不幸。"这些话在瓦格纳的文献中，达到了他的革命思想顶峰，其中包含费尔巴哈以人为本的思想，也包含施蒂纳反权威和普鲁东乌托邦社会主义内容。后来，瓦格纳转向以后，在他的《我的生平》中以忏悔的口气说：这些话在当时是心血来潮，随便说的。这当然不是事实。我们从瓦格纳1848年前后创作的歌剧和文艺理论著作中可以清楚看出，这些话反映了他当年的真实思想和政治态度。如《黎恩济》描写罗马民众在黎恩济领导下驱逐贵族的情节，无疑是对自由思想的热情讴歌，它的现实针对性是一目了然的。这出戏显然是作者政治态度的表白。《罗恩格林》在瓦格纳早期创作中，无论从思想内容和艺术表现来说，都是一个高峰。它表达了作者面对外侮保家卫国、捍卫民族统一的思想。作者借弗里德里希—奥尔特鲁德与罗恩格林—艾尔莎之间的斗争，寓意性地反映了现实政治生活中反动与进步的对立。这种借助圣杯与圣杯骑士形象，表达对新的社会制度的向往的做法，对于我们东方人来说是陌生的，可它在当时的德国是很容易为观众所理解的。在《纽伦堡的工匠歌手》中，主人公汉斯·萨克斯最后说："神圣罗马帝国化作一缕轻烟；神圣德意志的艺术万古长存。"这句话再清楚不过地表达了这出戏的倾向性。在《尼伯龙人的指环》中，作者借一个德国神话故事，寓意性地表达了对资本主义金钱统治罪恶的批判。尼伯龙人实际上是现代劳动大军的象征，他们从黄金诅咒中解放出来之时，也就是黄金统治结束之日。这些作品中的自由思想、爱国主义，与那些模糊的政治观念、抽象的社会改革思想和种种乌托邦幻想一起，表现了一个真实的社会革命家瓦格纳的精神面貌，表现了一个充满矛盾的艺术家对他那个时代的社会问题的认识。

德累斯顿五月起义失败以后，瓦格纳遭到通缉，他在音乐家李斯特资助下，流亡到瑞士苏黎世，在那里他以极大的热情对自己的艺术创作活动进行了哲学思考，在不到三年的时间里，连续撰写了《艺术与革命》、《未来的艺术作品》和三卷本的《歌剧与戏剧》等。这些文化评论和艺术理论著作，尽管流露了乌托邦思想、爱的呓语和《共产党宣言》所批评的那种"真正社会主义"的热昏的胡话，但他们所探讨的中心问题却是艺术与革命，他们依然充满了革命的豪情，充满了对资本主义制度的批判，揭露了资本主义制度在日常生活中对艺术的玷污和敌视艺术的本质。瓦格纳在《艺术与革命》中，从为什么当前不能产生希腊式的悲剧这一问题入手，指出艺术衰落的根本原因，是在艺术与民众之间缺乏一种生动活泼的关系，是金钱支配并束缚了艺术。只有发生一场革命，把艺术家从资本主义的市场活动中解放出来，使艺术摆脱金钱的桎梏，才能产生真正的艺术。有了这种在反对资本主义的革命中产生的艺术，人们才可以说：艺术不再追求金钱。在《未来的艺术作品》中，瓦格纳除重点阐述他关于"音乐戏剧"的主张，也探讨了各种不同艺术种类的衰落，分析了艺术、利润、大众化和革命之间的关系。在《歌剧与戏剧》中，瓦格纳称艺术家是"预见未来的人"，他虽然在书中花费大部分篇幅探讨音乐和作曲技巧等专业性很强的问题，但在对比古希腊艺术与现代艺术，阐述艺术的时代性问题的那些篇章中，依然回响着革命运动的声音。他在分析古希腊悲剧《安提戈涅》时，从考察个人与国家的关系入手，得出国家必然灭亡的结论，并推论出戏剧在促进国家灭亡中可能发挥的作用和怎样发挥作用的想法。这些论述反映了 19 世纪中叶欧洲知识分子要求社会革命的愿望，对新世界的憧憬。这篇文字被德国瓦格纳专家汉斯·马耶尔教授称为《歌剧与戏剧》一书中的一颗"明珠",它甚至成了研究古希腊文化和国家学说的学者不可回避的文献。这些文化评论和艺术理论著作表明,瓦格纳在流亡初期,主观上依然是一个要求进步的艺术家、社会批判家和反对资本主义的社会革命家。

然而没过多久(通常人们认为是从1854年起)瓦格纳便从一个共和派,变成了君主派;从费尔巴哈哲学的信徒,变成了叔本华悲观主义哲学的崇拜者;他脱离了革命同伴,成了贵族和资产阶级的座上客;从鼓吹和宣传革命的人,变成了宣传沙文主义、宗教神秘主义思想,甚至宣传戈比诺反动宗族理论的人;从革命者变成了诋毁巴黎公社,为俾斯麦德国进行辩护的人。更令人惊讶的是,他甚至在自传《我的生平》中,广泛地篡改和忏悔自己早年的经历,精心地把自己打扮成一个不过问政治的纯艺术家。一个有成就的艺术家,采取如此不光彩的方式否定自己的历史、否定自己的革命经历和艺术成就,这在艺术史上是不多见的。

瓦格纳是怎样发生这种变化的呢?

其中一个很重要的原因,就是瓦格纳像许多参加过1848年革命的知识分子一样,在革命失败后的消沉失望情绪中,接受了叔本华哲学的影响。瓦格纳流亡苏黎世期间,经德国革命诗人盖奥尔格·黑尔维格推荐,阅读了叔本华那本于1815年出版,但早已被人忘记的《作为意志与观念的世界》一书。这本书所阐述的文化悲观主义思想,使瓦格纳感到,追求一场变革世界的新的革命是毫无指望的事情,于是他又退回到20年来一直为他所憎恶和反对的那个资产阶级世界中,成了革命后那段时间里一个典型的德国艺术家代表人物。像瓦格纳这样的艺术家,由于同人民大众没有生死与共的联系,世界观里又有许多模糊不清的东西,可又十分敏感,在革命高潮中他们往往表现得十分激进,当革命低潮到来时，又极易失望、颓唐，接受各种流行的消极思想影响，在思想和政治立场上，发生一百八十度大转弯，这是很自然的。

另一个重要原因，是由于瓦格纳于1864年结识了仅19岁的巴伐利亚国王路德维希二世，从而在政治态度和生活道路上，发生了根本性变化。路德维希二世自幼便是一个瓦格纳音乐迷，登基以后便有意利用自己的权势，实现他的一个夙愿：使"一切高尚和美的东西各得其所"。为此他又想到了瓦格纳。而这时瓦格纳也正在谋划着借助私人和小邦君主的资助，按照古希腊剧场的样式，建造一座既有观众席又有乐池的专门剧院，举行定期的歌剧会演，以便使他的艺术作品长期保存下来。二人一拍即合。路德维希二世出资在拜罗伊特为他建造了一座节日汇演剧院，并保证他的生活无后顾之忧；瓦格纳则须利用他的音响艺术和文字写作才能，为年轻国王的政治路线服务。他在这期间写作的长篇论文《论国家与宗教》和《德国艺术与德国政治》等，可以说是就艺术与政治问题，专门为国王写的出谋划策之作。就这样，瓦格纳自觉地充当起了君主制的代言人，公开宣布任何革命与民主都是"非德意志的"。

还有一个与德国知识分子传统有关的意识形态原因，即"开明君主制"幻想。这个传统不仅在德国，可以说是整个欧洲知识分子的一种顽固信念，他从文艺复兴一直延伸到18世纪启蒙运动。资产阶级作家和专攻国家学说的学者，每每幻想出现一个"理想君主"，带头实行社会改革。瓦格纳在1848年革命时写的一篇题为《共和派如何对待王权》的文章中，就呼吁过"自上而下的改革"，他希望萨克森国王成为"第一个真正的共和主义者"，公开宣布萨克森为自由国家。这种"开明君主制"幻想，像影子一样跟随着他，一旦革命低潮到来，便成了他的思想主宰，什么革命、民主、自由，什么乐观主义、唯物主义、社会主义（哪怕是乌托邦式的），全都成了可疑的、不可靠的东西，于是瓦格纳从世界观、政治立场到日常行动，便出现了与前不同的转折。

毫无疑问，瓦格纳在他的最后20年，脱离了进步的发展道路，离开了他那些革命的朋友。但人们从他这一时期所创作的某些歌剧作品和评论文章中可以看出，瓦格纳并未完全与早期的进步世界观一刀两断，倒是常常仍然以一个社会革命家的面目出现。这就是瓦格纳的特点。忽视了这个特点，就会轻易抹杀瓦格纳晚年的艺术创作和理论思考的成就。一个明显的例子，是1868年在慕尼黑宫廷剧院首次上演的《纽伦堡的工匠歌手》，尽管其中有些叔本华悲观主义思想影响的痕迹，但他所表现的德意志民族统一祖国的愿望和爱国主义思想，在当时的观众中曾经引起强烈共鸣。这部作品以其现实主义的效果，被后人称为瓦格纳歌剧创作的最高成就。里夏德·施特劳斯称他为"闻所未闻的作品"。这样一部杰出作品，恰恰完成于作者发生政治转向的年代。它表明瓦格纳是一个需要仔细对待的复杂现象。即使在他专门为路德维希二世撰写的那些论文中，读者仍然可以看到瓦格纳总是把人民群众视为他的主要观众，并不满足于把他的作品仅仅演给那些小邦君主、贵族和城市新贵们看。他所说的"观众改革"，实际上指的是整个文化生活的改革。他的这些论文中，还包括了大量对资本主义敌视艺术、对资本主义社会通过追逐利润而歪曲和糟蹋文化遗产的倾向的批判，包括对资产阶级为了追求"廉价的娱乐"而造成的艺术趣味的堕落和整个精神文化生活的堕落的批判。这些论文还表明，瓦格纳是以歌德、席勒、贝多芬、韦伯为代表的德国古典文学和音乐遗产的诚实捍卫者，他热烈渴望着德国精神生活的再度复兴。

瓦格纳无论是早年的表现还是晚年的经历，都是复杂的，是不可以用简单的是与否来对待的。正像德国作家托马斯·曼所说的那样，正是因为瓦格纳是复杂的，才更有吸引人的魅力。托马斯·曼还说，瓦格纳的艺术是德意志民族最令人震惊的自我表达和自我批判，他甚至能使一头外国驴子对德意志特性产生兴趣；瓦格纳的一生经历了他那个时代的大部分重要历史事件，他一生颠沛流离，饱受折磨，既受到过宠爱，也蒙受过误解，但他最后却获得了世界荣誉。像这样一位音乐家、作家、文艺理论家、社会革命家，在我国除音乐界之外，广大读者至今尚无缘接触他的作品。这不能不说是个遗憾。可幸的是，辽宁大学出版社的刘雪枫同志慧眼识珍，冒着承受经济损失的风险，组织德语界同仁翻译了瓦格纳歌剧的全部文字脚本。我国读者将第一次有机会阅读这些诗剧作品，从中了解瓦格纳。

1997 年 9 月 10 日

五　歌剧艺术中的"瓦格纳难题"

对瓦格纳歌剧感兴趣的人，常常会遇到一个有趣的词汇："瓦格纳难题"。这个词汇是音乐史家用以概括瓦格纳歌剧中一种特殊现象的术语。这个"难题"的通俗说法是："既爱，又不能爱。"这的确是个让人不好抉择的难题。它不仅多次出现在瓦格纳的歌剧里，也多次出现在他的现实生活中。

先从他的三出歌剧说起

瓦格纳青年时代的三出浪漫歌剧，都借助男女主人公的爱情故事，描写了这种"瓦格纳难题"。它们是《漂泊的荷兰人》、《罗恩格林》和《唐豪瑟》。

先说《漂泊的荷兰人》。它的主人公，是个驾驶鬼船浪迹在海上的荷兰人，他曾经向魔鬼吹嘘，不论海上风暴多么大，他都能绕过某一个险峻的海岬。魔鬼听后便诅咒他终生在海上漂泊，直到世界末日。这个遭天谴的荷兰人，每七年才能得到一次登岸机会，只有找到一个真心爱他、永远忠诚于他的女人，才可摆脱终生漂泊的命运。剧本故事开端恰值一个七年过后，他和他的鬼船来到一处挪威港湾，爱上了挪威船主达兰特的女儿森塔。这姑娘早就知道这个荷兰人的故事，她下决心抛开从前的男友，用自己的爱去拯救他。当这荷兰人来她家求婚时，适逢姑娘的男友艾立克在指责她背叛对自己的爱。闻听此言，荷兰人大为失望，他认为既然森塔不忠于从前的男友，也未必能忠诚于他，娶这样一个女人，还是拯救不了自己。于是荷兰人下决心回到船上，重新扬帆出海，无论森塔如何表白自己的爱情和诚意，荷兰人终不回头。森塔为了表示自己爱的诚心，纵身跃入大海……荷兰人爱森塔，森塔也爱荷兰人，结局却不能终成眷属。这就是所谓的"瓦格纳难题"。剧情结尾的时候，两个主人公拥抱着从海上冉冉升起，这幻象只是作者的浪漫主义理想而已。

再说《罗恩格林》。剧中男主人公罗恩格林，是个在蒙萨尔瓦特山上守卫圣杯的骑士，受神的派遣，来到布拉班特公国，搭救危难中的女大公艾尔莎，她答应事成后嫁给罗恩格林。由于罗恩格林来自神道，他不能公开自己的身世，这位女大公慨然答应，她只愿意嫁给他，不会追问他的姓氏和来历。可艾尔莎毕竟是个世俗女子，成亲的当晚，她禁不住自己的好奇心，探问这位恩人和爱人的身世。这一问，触犯了神界的禁律，霎时间，这一见钟情的热烈的爱变成了一场悲剧：罗恩格林必须返回他的蒙萨尔瓦特山继续执行神职，艾尔莎则死在她弟弟的怀抱里。

同样，在维纳斯山当了七年"爱情俘虏"的游吟诗人唐豪瑟，执意放弃那荒唐生活，返回瓦特堡，与昔日的情人伊丽莎白重温纯洁的爱情。由于他在瓦特堡赛歌会上宣扬肌肤之爱，违背了习惯的道德准则和审美情趣，遭到众歌手和听众的谴责。本来是为了成全他和伊丽莎白的爱情特意安排的一场赛歌会，遭到破坏，他只好去罗马忏悔自己的罪孽。教皇给他的答复是：除非我的圣杖抽芽生叶，你的灵魂是不会得到拯救的。失望而又自暴自弃的唐豪瑟，返回瓦特堡，见到他的情人因长期思念成疾，离开人世，正在下葬，唐豪瑟伏在她身上大呼："神圣的伊丽莎白，为我祈祷吧！"气绝身亡。

生活中的浪漫爱情冒险

瓦格纳歌剧里这种既爱又不能爱，爱不成的"难题"，其实也是他自己生活中的难题。瓦格纳在音乐上出道之前，曾经疯狂地爱上过维尔茨堡剧院的女演员弗丽德里克。她是一个生得小巧玲珑，有一双含情脉脉的黑眼睛和明显意大利血统的女孩儿，她已经有了男朋友，是本剧院乐队一个规规矩矩的双簧管演奏员。瓦格纳与女孩儿来往一段时间之后，终因难以取代那位双簧管演奏员，而中断了他那情意绵绵的追求。

类似这样既爱又不能爱，爱不成的感情纠葛，瓦格纳在流亡年代还经历过多次，其中最具浪漫色彩的有两次。

一次是 1850 年初，瓦格纳去巴黎音乐界寻找发展机会时，经历了一次令人难以想象的爱情冒险，这次经历差点改变了他的命运。当时，他的"艺术施主"泰勒夫人的女儿婕希正住在波尔多，她得知瓦格纳来到巴黎，便主动邀请他来家里做客。婕希是个瓦格纳歌剧崇拜者，并且十分欣赏瓦格纳的文学才华，她自己也能弹一手好钢琴。她的丈夫欧仁·罗索是个法国葡萄酒商人，经常不在家，瓦格纳在他家小住期间，与婕希整天陶醉在琴声和文学的幻想里。不消数日，这一对已婚男女便产生了互相爱慕之情。瓦格纳甚至异想天开地提出与婕希私奔。事情很快败露，遭到双方亲人的强烈反对和谴责。瓦格纳的妻子敏娜追到法国来向他问罪，被瓦格纳的朋友搪塞了回去，瓦格纳逃到日内瓦去躲避敏娜；婕希遭到母亲训斥，颇为自责，便写信给瓦格纳拒绝他私奔的建议。昏头昏脑的瓦格纳旋即来到波尔多，妄图劝说罗索先生放弃那个不爱他的女人，成全他们的爱情。令他想象不到的是，罗索先生带着妻子出游去了，临走前，安排好由警察来"接待"他。瓦格纳一到波尔多，便被传讯到警察局，受了一通侮辱，灰溜溜地返回苏黎世家中，与敏娜和好。这一场荒唐的爱情冒险，唯一的"收获"是丢掉了泰勒夫人答应赠给他的3000法郎年金。

另外一次与玛蒂尔黛·魏森冬克夫人的爱情冒险，更为浪漫，也更为荒唐，不仅引发了家庭纠纷，还直接导致了他与敏娜婚姻的破裂。瓦格纳流亡瑞士期间，在苏黎世结识的朋友当中，有一位德国富商奥托·魏森冬克。这位富商为人直爽大方，很快成了瓦格纳的"艺术施主"，不但出资帮助他举办"瓦格纳音乐节"，还十分慷慨地资助他的日常生活，甚至安排他居住在自家别墅领地的小房子里，以躲避城市的尘嚣。魏森冬克的年轻妻子玛蒂尔黛不仅天生丽质，而且受过良好教育，很有音乐天赋，喜欢德国后期浪漫派诗歌，自己偶尔也写诗。瓦格纳曾经把她写的5首并不怎么像样的诗谱成曲子，日后成了创作歌剧《特里斯坦和伊索尔黛》的音乐素材。瓦格纳迁入魏森冬克家别墅领地的小房子以后，过上了安定生活，非常"感谢这家好友的热心关怀"，他在给音乐家朋友李斯特的信中称："好心肠的魏森冬克是我最大的恩人。"自此以后，瓦格纳便经常出入魏森冬克家。敏娜因有心脏病常去外地疗养，奥托·魏森冬克也常在外面经商，瓦格纳与玛蒂尔黛有充分机会发展他们的暧昧关系。在他们的恋情中，主动的是玛蒂尔黛，瓦格纳只是一个被征服者。

瓦格纳这一次婚外恋，没有像对待婕希那样失掉理智，他要在享受玛蒂尔黛高尚爱情的同时，又不离开善于操持家务，让他在舒适生活中从事艺术创作的敏娜。但是，这种婚外恋不可能使两个家庭相安无事。事实上，他经常出入魏森冬克家，总是令这家主人"心神不安"。只是由于奥托的宽容和克制对这种事情的处理十分得体，才未给这个家庭带来不幸。敏娜却不是个"省油灯"，她见瓦格纳又在与玛蒂尔黛重演与婕希的浪漫故事，一边谴责她的丈夫，一边与玛蒂尔黛展开了明争暗斗。有一次，敏娜买通魏森冬克家的年轻花匠，截获了瓦格纳给玛蒂尔黛的情书，瓦格纳在信中用诗人的语言表达对玛蒂尔黛的爱慕，说他只要看见玛蒂尔黛"那双奇妙而神圣的眼睛"，便像"沉浸在碧波"当中一般，他还约玛蒂尔黛趁着天气宜人一同去花园散步。敏娜借机找到玛蒂尔黛，警告她不要与瓦格纳保持那种不谨慎的亲密关系。敏娜的激烈言行伤害了魏森冬克一家的感情，他们表示不再与瓦格纳一家来往。事情闹到这个份儿上，瓦格纳十分为难，于是他安排敏娜去外地疗养，试图趁她不在家，与魏森冬克一家修复旧好。

然而一段料想不到的小插曲打碎了瓦格纳的算盘。敏娜疗养回来时，用人送了她一个花环表示欢迎，敏娜索性把它挂在家门口，向玛蒂尔黛示威，表明自己回到家来，不会忍气吞声。玛蒂尔黛认为这是对自己的侮辱。事情终于闹到无法挽回的地步，瓦格纳决定离开苏黎世，安排敏娜处理完财产后返回德累斯顿。瓦格纳去了意大利威尼斯，在那里他创作了歌剧《特里斯坦和伊索尔黛》。瓦格纳在自传里闪烁其词地说，正是他与玛蒂尔黛的这段恋情，才激发了他的创作灵感。这样说来，特里斯坦和伊索尔黛那段既爱又爱不成的故事，该是瓦格纳与玛蒂尔黛这段恋情的缩影了。对于这个问题，音乐评论家和音乐史家做过许多天马行空的引申和评论，孰是孰非，皆可备为一说。

一个"不该发生"的爱情故事

瓦格纳的歌剧《特里斯坦和伊索尔黛》，在欧洲音乐史上被称为"现代音乐的开端"，是欧洲浪漫派艺术的巅峰之作。从声乐技巧的角度来说，它是一出能够累死人的歌剧，第一个饰演特里斯坦的演员路德维希·施诺尔，演出了四场便累死在舞台上，自那以后，这出戏便被罩上了一层神秘面纱。

五 歌剧艺术中的"瓦格纳难题"　177

《特里斯坦和伊索尔黛》的故事，取材于德国中世纪诗人郭特弗里德·封·斯特拉斯堡的同名史诗，瓦格纳削减了原故事的枝枝蔓蔓，仅保留了故事的主干，描写一个违背社会习俗和行为标准的爱情故事。这出歌剧故事的背景是中世纪的英格兰。勇敢的康沃尔骑士特里斯坦在征战中杀死了爱尔兰公主伊索尔黛的未婚夫，自己也负了重伤。他化名请求通晓医术的公主为自己疗伤。伊索尔黛看穿了特里斯坦的身份，本想替未婚夫报仇，却在照料他的过程中消除了仇恨。后来，康沃尔国王马尔克丧妻，决定娶爱尔兰公主伊索尔黛为续弦，遂派特里斯坦去迎亲。

歌剧故事的开端就发生在迎亲的船上。特里斯坦代表国王迎娶伊索尔黛去康沃尔，伊索尔黛勉强应命而来，事实上她已经爱上了特里斯坦这个举世无双的英雄。伊索尔黛派女侍勃兰格妮召见特里斯坦，被他用种种借口拒绝，公主盛怒之下，命女侍配制一杯毒药杀死他。特里斯坦不得不应召而来，公主请他喝一杯赎罪汤，以了却他杀死未婚夫的罪孽。特里斯坦毫无顾忌，举杯而饮，多情公主夺过酒杯，喝下剩余的"毒药"，想与他同归于尽。其实好心的女侍准备的是一杯"爱情魔汤"。二人共饮了这杯爱情魔汤，热情激增，温情脉脉，不能自持。突然间，特里斯坦与伊索尔黛，呼唤着对方的名字，拥抱在一起。这时，岸上传来"马尔克国王万岁"的声音，迎亲船到达康沃尔。

马尔克国王是特里斯坦的舅舅，他虽然把公主交给了国王，但他与公主的恋情未断。国王的大臣、特里斯坦的朋友梅洛特察觉了这一点，于是他安排国王外出打猎，设计捉奸。女侍勃兰格妮猜到梅洛特的居心，一再警告伊索尔黛提防这个小人，伊索尔黛未予理会，反倒邀请特里斯坦前来幽会。夜阑人静时，特里斯坦来到伊索尔黛的庭院，二人在热恋之中忘却了危险，终于被国王当场捉住。国王见此情景，不胜惊异和痛心，特里斯坦面对国王羞愧无言。朝臣梅洛特为了维护国王名声和荣誉，拔剑向特里斯坦挑战，特里斯坦放弃抵抗，为梅洛特所伤，倒在他的仆人库尔韦纳尔怀中。马尔克上前制止梅洛特，但为时已晚。事发后，宽宏大量的马尔克国王，允许负伤的特里斯坦离境。仆人库尔韦纳尔把他带回祖上的领地布雷塔尼的一座古堡里精心看护。但特里斯坦由于心灵上的痛苦，再加对伊索尔黛的思念，使他的伤势难以痊愈。库尔韦纳尔请求善于配药疗伤的公主前来挽救特里斯坦，得到公主的应允，这位坚强的骑士支撑到伊索尔黛的到来。但是伊索尔黛的船到达古堡时，特里斯坦已到了生命的尽头，他挣扎着死在爱人的怀抱里。马尔克和梅洛特追踪伊索尔黛而来，本想成全他们的爱情，不知情的库尔韦纳尔阻止他们进入古堡，拔剑杀死梅洛特，自己也受了致命伤，倒在特里斯坦身旁死去。伊索尔黛悲痛欲绝，以死殉情。国王见死者的惨状，不胜惋惜与歉疚，为他们祈祷。

爱的喧哗与良心的折磨

从《特里斯坦和伊索尔黛》的故事可以看出，它与上述三部作品是有明显区别的。《漂泊的荷兰人》、《罗恩格林》和《唐豪瑟》的爱情故事都是发生在神界与世俗之间，带有某些神秘色彩。它们的"难题"都是神律造成的。《特里斯坦和伊索尔黛》纯粹是一个世俗故事，男女主人公之间的爱情是凡人之间的爱情，这里的"难题"是由政治和伦理原因引起的。

这出歌剧描写了一个不该发生的爱情故事。特里斯坦和伊索尔黛的爱情，是他们所面临的政治现实和社会习俗所不容许的。一方面，伊索尔黛嫁给马尔克，是一种政治性的结合，是爱尔兰和康沃尔这两个敌对统治家族借助联姻实现和平的手段，破坏这样的婚姻，无异于犯罪。另一方面，马尔克是特里斯坦的舅舅，又是国王，特里斯坦是奉命去迎亲的，理应尽职交差，而他爱上未来的舅母和王后，既为伦理规范所不容，也违背骑士的荣誉观，他不仅践踏了国王的名声和荣誉，也丧失了一名骑士对国王尽义务的忠诚。按照欧洲中世纪的道德标准，骑士对国王不忠是大忌。

　　特里斯坦与伊索尔黛在互相爱着的时候，他们的内心里就一直承受着爱与罪、幸福满足与良心责备的折磨。特里斯坦爱上伊索尔黛，这就背叛了马尔克，如果他对马尔克保持忠诚，就必须放弃自己的爱情，这样他就又背叛了曾经救过他的命，如今深深爱着他的伊索尔黛。若是他执意忠实于自己的爱，他便背叛了国王，即他的舅舅。特里斯坦无论如何也摆脱不了这个无法解决的困境，出路只有一条：死亡。这种良心责备是导致特里斯坦与伊索尔黛爱情悲剧的内在原因，这说明他们在追求幸福时，尚无力挣脱传统习俗和道德观念的束缚。相反，愿意慷慨地放弃自己的新娘，成全特里斯坦和伊索尔黛爱情的国王马尔克，倒是表现了冲破传统习俗和道德规范的精神。

　　在欧洲，具有神话传说色彩的故事里，那些秘密地或者不顾一切相恋的情人，都是无意中喝了"魔汤"的。从艺术上来说，这一手段具有为他们开罪的功能。瓦格纳在这出戏里对"爱情魔汤"的运用，具有道德的、哲理的色彩。伊索尔黛让勃兰格妮配制毒药，本来是想与特里斯坦同归于尽，这样，既让特里斯坦赎了杀死她未婚夫的罪，了断了不情愿的婚姻，又使二人的爱情得到一个美满结局：为爱情而死。特里斯坦接过那一杯汤时，已经理解了公主的用意：不能同生，但求同死。特里斯坦"面不改色心不慌"地喝下这杯"毒药"，伊索尔黛抢过杯来，喝下另外一半。由于他们喝的不是毒药，而是"爱情魔汤"，所以他们非但未死，反而深深地相爱了，而这种违背政治意图和伦理规范的爱情，却又与"背叛""罪孽"紧密联系在一起。这就使他们陷入了斩不断理还乱的纠缠之中，最终导致双双殉情的悲剧结局。

《特里斯坦和伊索尔黛》被德国艺术史家称为德国浪漫主义艺术思潮的最后一个高峰。这出歌剧是一部结构十分严谨的三幕剧：第一幕是"爱的发现"，第二幕是"爱的实现"，第三幕是"爱的死亡"，即"为爱情而死亡"。剧中三角爱情的情节，显然脱胎于法国古典戏剧传统。构成这个三角的是：特里斯坦、伊索尔黛、马尔克。剧中也不乏法国古典戏剧中的"知情人"，即特里斯坦的男仆库尔韦纳尔、伊索尔黛的女侍勃兰格妮。梅洛特则是三个点的连接线：忠诚和嫉妒连接着他和国王马尔克；友情和背叛连接着他和特里斯坦；爱慕和背叛连接着他和伊索尔黛。他是引发这场悲剧，使相爱的男女主人公不能爱、爱不成的一个重要因素。

《特里斯坦和伊索尔黛》这出歌剧，从创作到演出，始终伴随着颇具浪漫色彩的故事，扮演特里斯坦的演员路德维希·施诺尔在1865年首演四场累死以后，与他同台扮演伊索尔黛的妻子马尔维娜·施诺尔，经不住丈夫猝死的打击，精神突然失常，她给瓦格纳和巴伐利亚国王路德维希二世连续写了许多封情书，一时之间闹得满城风雨、沸沸扬扬，成了这出歌剧演出史上一段引人注目的花絮。

六 瓦格纳的"苏黎世艺术论"

"苏黎世艺术论"的缘起

1849年5月,在欧洲普遍革命气氛感染下,德国音乐家瓦格纳也参加了巴枯宁等发动领导的德累斯顿起义。起义失败后,巴枯宁被遣送回俄罗斯,瓦格纳在匈牙利音乐家李斯特帮助下,逃亡去了瑞士苏黎世,丢掉了待遇优厚的萨克森宫廷乐队指挥的职位,成了有家不能归的流亡者。瓦格纳不仅是个执意创新的音乐家,还是一位成绩卓著的作家和艺术理论家。他在流亡苏黎世期间写作出版的《艺术与革命》、《未来的艺术作品》和三卷本《歌剧与戏剧》等三部著作,史称"苏黎世艺术论"。它们是瓦格纳作家—艺术理论家生涯的巅峰之作,至今读来仍能给人以丰富的启迪,从它们的字里行间仍能感受到欧洲1848年的革命气氛。尤其是他对资本主义制度与艺术的关系的论述,至今读来依旧给人以"空谷足音"之感。

关于这三部"苏黎世艺术论"写作的缘起,瓦格纳在自传里有这样一段记述:"一俟到达苏黎世,我便着手把我对事物本质的看法写下来,这些看法都是在我的艺术经验、艺术追求和时局动乱的影响下形成的。现在除了用我那支尚能写作的笔设法挣点钱之外,似乎没有别的事情可做,于是我想到为一家当时尚存在的法国大型刊物《人民》撰写一系列文章。我想在这些文章里就现代艺术及其对待社会的态度，表达我的革命思想。我把这六篇互相联系的文章寄给我的老熟人阿尔伯特·弗兰克，他与那位名声更为显赫的赫尔曼·弗兰克是弟兄，他在巴黎接收了我姐夫阿文纳琉斯从前经营的德法书店，我希望他把这些文章译成法文，找适当时机发表。他把这些文章给我退还回来，不久我便发现了他说的理由是非常正确的，恰好在这个时候，巴黎读者是无法理解它们的，更不要说重视。我给这篇稿子加上《艺术与革命》的标题，寄给莱比锡的出版商奥托·威甘德，他还真想把它印成小册子出版，还给我寄来5个金路易稿酬。这次出乎意料的成功，令我想到要继续发挥自己的写作才能。"就这样，他从1849年7月到1851年1月不到两年的时间里，凭着他的才华和不知疲倦的创作热情，先后完成了这三部艺术论著。

在德国文化史上，瓦格纳像罗伯特·舒曼、恩·泰·阿·霍夫曼、汉斯·艾斯勒等一样，既是音乐家又是作家。瓦格纳文字作品全集多达16卷，这即使对于一个专业作家来说，其创造力之旺盛、热情之高涨，也是令人惊讶的。瓦格纳的写作活动，从倾向方面来说，大体上可以分为两个阶段。1848年革命之前，他的写作活动，主要限于讨论音乐美学问题，尽管他在莱比锡时也卷入1830年的7月革命，但这场革命的影响在他的文学作品中并未留下痕迹。而从1848年春季开始，他的写作活动，在讨论音乐美学问题的同时，明显地增加了研究政治、当代历史和世界观问题的分量。从1848年春季到1849年5月德累斯顿起义失败，他先后发表了《共和主义的努力如何对待君主制》《德国和它的大公》《人与现存社会》《为萨克森王国草拟的德意志国家剧院组织方案》《剧院改革》《再论剧院改革》等文章。在鼓吹革命的文章中，瓦格纳提倡废除两院制，实行普遍公平的选举权。他主张革命的近期目标是废除贵族统治，最终目标是实现人的彻底解放，建立以社会成员的活动为基础而不是以金钱活动为基础的社会。同时他又主张，在实现人的解放的同时，还要实现君主制的解放，国王应该成为"第一个真正的共和主义者"。这显然是德国政治思想史上曾经流行过的"自上而下的革命"的翻版。在关于剧院改革的文章中，瓦格纳试图把他的革命思想运用到剧院中来。他建议在民主基础上改组宫廷剧院，宣布皇家宫廷剧院为国家剧院，废除只对国王负责的剧院经理制，实行剧院经理选举制和集体管理原则。还提出"自由国家"通过资助保障剧院独立性的主张。这些鼓吹革命和剧院改革的文章的主要思想，后来在"苏黎世艺术论"中，再次得到深入广泛的阐释。"苏黎世艺术论"的共同主题，如他第一篇文章的标题表明的那样，就是"艺术与革命"。瓦格纳在这三部著作中，遵循德国唯心主义和黑格尔左派传统，探讨了包括音乐戏剧、现存社会革命和艺术机构改革的美学理论，而其理论基础无疑是费尔巴哈哲学，包括他的宗教批判理论，人类学唯物主义和乌托邦或爱的共产主义学说。此外，在这三部著作中，还可以或显或隐地看出席勒美学、黑格尔历史哲学和路德维希·伯尔内、布鲁诺·鲍威尔、达维德·弗里德里希·施特劳斯、维廉·魏特灵等的社会学思想以及马克斯·施蒂纳、普鲁东、巴枯宁的无政府主义思想的影响。当然，瓦格纳对上述一些人的著作的了解，可能仅限于道听途说。

《艺术与革命》

《艺术与革命》是"苏黎世艺术论"中的第一篇文章。瓦格纳生活在苏黎世后，感觉自己这个政治流亡者，像鸟儿一般自由。在这种情绪支配下，他在7月份花了不多几天时间，便完成了这篇论文。瓦格纳以古希腊文化与现代文明的对立为框架，首先探讨了现代社会的本质及其出路。他认为雅典城邦时代的古希腊文化，体现了一种理想的社会与政治状况，那时个体与社会、个人利益与公众利益是一致的，而在现代资产阶级文明中，这一切都是对立的，而"伟大的人类革命"的目的，就是要克服这种对立。自然，克服当前的社会状况，并不意味着返回到古希腊社会状况中去，因为古希腊社会状况孕育着必然灭亡的萌芽。瓦格纳说："我们不想成为古希腊人，因为古希腊人不知道自己为何会走向灭亡，这一点我们是知道的"，那就是古希腊社会和文化的经济基础是奴隶制，而奴隶制是"世界命运最危险的陷阱"。正是这个"陷阱"制约着自雅典城邦崩溃以来，直到目前资产阶级社会的社会发展。在瓦格纳看来，资产阶级社会的奴隶制，只是在形式上发生了变化，表现为资产阶级私有财产制和金钱统治。现代文明社会与雅典城邦制的不同在于，雅典城邦里有自由民和奴隶两种人，而现代文明社会的一切人都是奴隶，即"资本的奴隶"。这是一种普遍的奴隶制，"伟大的人类革命"就是要用激进的方式废除私有财产制，使人类从普遍的奴隶制中解放出来。瓦格纳对资本主义制度本质的认识，至今仍能给人以启发。

接下去，瓦格纳又在这个对立的框架中，对比了古希腊艺术与现代艺术的不同。他指出古希腊艺术具有群众性质，而建立在财产私有制和现代生产关系基础上的资产阶级艺术是私有化的艺术，是商业化的艺术，它已经丧失了群众性品格，而取得了商品性质。用瓦格纳的话说：古希腊艺术家除了自己欣赏自己的艺术作品，作品的成功和群众的赞赏就是对他的报酬，而现代艺术家的艺术是要花钱买的。所以他认为现代艺术不是艺术，而是一种工业社会的劳动产品，在艺术家与他的产品之间产生了一种异化关系，艺术家劳动的目的是得到收益，这种行为已经不是给他带来快乐，而是成了一种负担。一旦艺术家的产品具有货币价值，艺术家的活动与机器活动的性质，也就没有区别了，在这种条件下，也就不再有艺术家了。按照瓦格纳的想法，"伟大的人类革命"就是要克服当代社会状况，重建艺术的群众性质，扬弃艺术的商品性质。只有这样，艺术才能摆脱墨丘利的特征，不再追逐金钱，而是成为阿波罗与耶稣的结合。阿波罗在古希腊文化中是理想化的人与强大、美丽、自由人的象征；耶稣在基督教里是代人类受难的，体现了人人平等思想。

《未来的艺术作品》

《艺术与革命》阐释的这些问题，在另一篇论文《未来的艺术作品》中得到了更加详细的表述。这篇论文完成于1849年11月，发表时特别加上题词："以感激和崇敬的心情献给费尔巴哈。"从它的标题可以看出，它的写作曾经受到费尔巴哈《未来哲学的原理》的启发。在这篇论文里，瓦格纳比较广泛地发挥了他1848年在《德意志国家剧院改组方案》中最初提出来，在《艺术与革命》中简略论述过的"综合艺术作品"思想。尽管这篇论文里含有许多乌托邦美学成分，且有文字表达晦涩之嫌，但它像另外两部著作一样，真实地反映了《共产党宣言》出版前后，德国进步知识分子突破历史束缚的努力及其在世界观上所发生的深刻变化。

《未来的艺术作品》遵循瓦格纳自己在《艺术与革命》一文所建立的历史发展三步走的辩证理论框架（古希腊文化—文明—未来社会），称雅典城邦制为"自然状态"，此后的社会被称为"文化状态"。在"文化状态"中，人与自然之间的关系发生了异化，人从融入自然变成了孤立存在，科学与生活、智慧与感官之间发生了对立。现代工业社会的本质就是把人变成机器。所以在瓦格纳看来，"伟大的人类革命"的目的，就是克服这种社会的"文化状态",克服人与自然的脱节,科学与生活、智慧与感官的对立,实现思想解放。瓦格纳这里所说的"思想解放",主要是指不受宗教道德的束缚,充分享受感官生活。在分析社会发展的基础上,瓦格纳转入艺术发展的分析,他认为在社会的"文化状态"中没有艺术,只有"时尚"(Mode)和"格调"(Manier)为社会提供奢侈品,而它们与生活是没有必然联系的,这时的艺术家也变成了机器人(menschliche Maschine),因此,通过"伟大的人类革命"克服社会的"文化状态",也意味着克服艺术与生活的对立,从而形成"未来的艺术作品",即他在《艺术与革命》中所说的"综合艺术作品"。为此,瓦格纳花了许多篇幅研究所谓"纯人性艺术",即舞蹈、音乐、文学和"造型艺术",即建筑、雕塑与绘画的本质,并提出了一个"所有艺术家的合作社"(Genossenschaft aller Kuenstler)概念,以便在实现"伟大的人类革命"之后,重建艺术的统一、艺术与生活的一致。最后,瓦格纳的论述仍然归结为通过"伟大的人类革命",废除资产阶级财产私有制和实行私有制的国家,实现人的解放。论文结尾时,瓦格纳讲述了他的剧本《铁匠维兰》的创作计划,剧中的维兰是一个象征人民的形象,在必要的时候,他摆脱金钱的束缚,去追求自己的自由。这个结尾也像《艺术与革命》尾声一样,突出了艺术与革命这个主题。

《歌剧与戏剧》

"苏黎世艺术论"中的第三部,也是规模最大的一部著作,是三卷本的《歌剧与戏剧》。它完成于1851年1月,出版前曾于1851年在莱比锡的《德意志月刊》上发表过一部分,标题是《论现代戏剧性诗歌艺术》,全书出版于1852年。三卷的标题分别是一歌剧与音乐的本质,二戏剧与戏剧性诗歌艺术的本质,三未来戏剧中的诗歌艺术与音响艺术。瓦格纳在分析18世纪以来的歌剧发展史时，称歌剧为音乐史上的"误会"，在这个"误会"中蕴含着歌剧灭亡的可能性。他说"歌剧的误会在于，把表现手段（音乐）当成了目的，把表现目的（戏剧）当成了手段"。这是瓦格纳的一个重要观点。他就是以这个判断为依据研究歌剧的。这个问题涉及的是音乐与戏剧的关系，或称音响艺术与诗歌艺术的关系。瓦格纳分析了格卢克、莫扎特、罗西尼、韦伯、欧伯和梅耶贝尔等人的歌剧创作后指出，梅耶贝尔歌剧的秘密在于，运用一切音乐和舞台手段，取得"毫无因由的效果"，致使戏剧诗人在他的歌剧里失掉了任何功能。瓦格纳认为，在梅耶贝尔歌剧里，伴随音乐的胜利而来的是诗人的彻底毁灭。其结果是，如瓦格纳所说，音乐制约了脚本的主题思想。他所主张的"音乐戏剧"，就是要在音乐与脚本之间建立一种辩证关系。他认为贝多芬的第九交响曲为此树立了榜样。

在第一部结束的时候，瓦格纳用比喻的方式，研究了音乐的本质。他简单地称"音乐是女人"，他认为音乐机体就其本性来说是女人的机体，它只是一个生产机体，而非创造机体，创造力存在于诗人的语言里。音乐机体只有在接受诗人的思想，"受孕"以后才能生产真实的、生动活泼的旋律，因此，音乐是生产的女人，诗歌是创造的男人。然后，他又以女人与爱情做比喻，称意大利歌剧为"妓女"，法国歌剧为"风骚女人"，德国歌剧则是"古板女人"。瓦格纳称它们都是没有创造性的歌剧，而未来的音乐戏剧必定是真正懂得爱情的女人。从这些比喻性的论述中可以看出，瓦格纳把未来歌剧的希望寄托于他自己主张的"音乐戏剧"。瓦格纳的歌剧创作实践表明，他更看重脚本的作用，他亲自创作脚本，力图提高脚本的文学水平，使之与音乐相得益彰。

在《歌剧与戏剧》第二部里，瓦格纳重点研究了戏剧艺术的发展倾向。在他看来，由于现代社会的艺术分裂成各自独立的门类，戏剧只是成了一个"文学分支"，像小说、教诲诗那样的诗歌艺术一样，不同的是，小说与诗歌是供人阅读的，戏剧则是在舞台上表演给人看的。按照瓦格纳的看法，当代戏剧是从两个源头发展来的，一是小说，二是追随亚里士多德理论发展来的古典主义戏剧。小说，按黑格尔的说法，是资产阶级时代的散文体裁，戏剧则是移植到舞台上来的小说，因此小说的复杂情节线是并列的，场面不断变换、人物众多等结构性特点，同样出现在戏剧里，特别是出现在莎士比亚戏剧里。用今天的话来说，这是一种"开放形式的戏剧"。另外，人物的行动和精神风貌，都是由历史社会环境决定的，是历史事件的社会表现。瓦格纳也称这种戏剧为"小说式戏剧"。与莎士比亚戏剧相对立的，是拉辛戏剧，他认为拉辛戏剧充满了对亚里士多德理论的"误解"和"歪曲"，是对古希腊悲剧的表面"模仿与重复"，在"三一律"理论指导下创造了一种"封闭形式的戏剧"。瓦格纳称这是一个历史的死胡同，未来的戏剧绝对不能以它为起点，必须另辟蹊径。瓦格纳所设想的，也是他自己实践的一条道路，是采用神话题材进行戏剧创作。但这里所说的神话不同于拉辛悲剧里的古希腊罗马和远古神话，而是借助它使现实得到"浓缩"和"升华"，在人物描写方面使之成为一种超个性的表现形式，表现人的"类本质"。瓦格纳关于"开放形式的戏剧"和借助神话题材以浓缩和升华的方式反映现实的设想，在20世纪德国剧作家布莱希特的"史诗剧"里得到进一步发展。布莱希特的史诗剧，既有结构上开放的特点，在题材选择和处理方面又有浓缩和升华现实的特点。布莱希特在理论上显然受到瓦格纳的启发，这证明瓦格纳的理论的历史价值是不容忽视的。

《歌剧与戏剧》第二部中关于俄狄浦斯神话的分析，在理论上达到了这部著作的顶点。在瓦格纳看来，俄狄浦斯神话以浓缩和升华的方式，形象地反映了人类历史从开端到国家必然灭亡的过程。这段论述形成了瓦格纳一生理论思维的顶峰，也是对在《艺术与革命》和《未来的艺术作品》中所提出的人类历史发展三步走的论述，即"自然状态"—"文化状态"—"未来的人类解放状态"，所做的非常出色的总结。这段文字历来受到研究国家学说的学者的重视，成为这些学者必读的文献。

《歌剧与戏剧》第三部，继续遵循前两部的辩证法思路，把"未来的戏剧"视为诗歌艺术与音响艺术的综合。在这一部里，瓦格纳以绝大部分篇幅，研究了诗歌韵律与语言节奏的关系；与语言节奏相比，乐队在未来的戏剧中所起的作用问题；合唱队的功能问题；主导动机的联结技术问题以及演员如何掌握语言的节奏问题；等等。这都是与实践紧密相连的技术问题。全书结尾时，瓦格纳指出："未来的艺术作品的创造者不是别人，正是当代能预见未来生活并渴望未来生活的艺术家。凡是能竭力培养这种渴望的人，他现在就已经生活在一种更好的生活里。但是只有一个人能做到这一点，那就是艺术家。"

与《歌剧与戏剧》相比较，《艺术与革命》《未来的艺术作品》，只能算是提纲，这部规模宏大的论著，对问题的论述自然是详细的，但它那烦琐的分析和晦涩的语言，也极易引起读者犯困。不过，有耐心的读者，仍能从它那渊博的知识和令人深思的见解里得到乐趣和启迪。

七　论里尔克的诗歌与散文

——《艺术家画像》前言

近年来奥地利诗人赖纳·马利亚·里尔克的诗歌又进入了我国读书界的视野，引起人们的关注。早在20世纪三四十年代，他的诗歌便引起我国诗歌爱好者的注意，但作为一种接受现象似乎仅限于非常狭小的圈子，并未得到广大读者理解。追究其原因，除了里尔克诗歌在当时我国国难当头的大环境中难以引起人们的共鸣，他的诗歌过于难懂也是一个原因。今天的大环境虽然发生了变化，在多元化的艺术欣赏趣味条件下，有兴趣欣赏他的诗歌的读者，仍然感到它们是难懂的，甚至是晦涩的，特别是他后期的诗歌。其实，不但中国读者有这种感觉，就连德语国家的读者也有同样感觉。他的后期诗歌，即使对于里尔克研究专家，也是个令人头痛的课题。就拿他临死前为自己撰写的那首"墓志铭"来说，在德文中仅有短短的三行，12个单词，众多专家特意为它撰写论文，阐释它的含义，至今众说纷纭，莫衷一是。当然这些专家的研究成果，对于人们理解这首墓志铭和他的其他作品都是有帮助的，甚至可以说，通过这些阐释，人们逐步接近了作者的本意，或者说对它猜出了个"大概齐"。这个现象足以说明里尔克诗歌晦涩的特点。

为什么会是这样呢？这个问题涉及了对里尔克这个人进行历

史定位的问题。任何一种艺术风格的形成，都是与艺术家所处的社会环境和个人经历分不开的。

里尔克生活创作于1875—1926年，这正是欧洲资本主义体系从自由资本主义过渡到垄断资本主义，并引起第一次世界大战的时期。在这段时间里，资本主义的社会关系和意识形态领域呈现出十分复杂的局面。在文学领域产生了两个影响最大的潮流，一是源于法国的自然主义，二是源于德国的表现主义，而在这两股文学潮流之间，则出现了一股所谓"倾听内心"的文学潮流。这是对自然主义的一种反叛。用奥地利作家赫尔曼·巴尔的话来说，它是对"自然主义的克服"，是用"倾听内心"取代"对严酷现实的偶像式崇拜"。显然，这股潮流所要"克服"和"取代"的，是自然主义文学的社会内容，是自然主义者对社会苦难的关注和真实描写。

这股文学潮流从19世纪90年代开始，席卷了欧洲文学界。在法国，文学讨论的兴趣已由对左拉的关注转向了保罗·布尔热、保尔·魏尔兰、斯特凡·马拉美等。

在北欧文学界，海登斯塔姆、斯特琳堡、海尔曼·邦、约纳斯·李、雅克布森等的"心灵突破"排斥了比昂松、易卜生等具有社会批判倾向的"现代突破"；在俄国文学中出现了以巴尔蒙特、吉皮乌斯、梅列日科夫斯基等诗人；比利时的梅特林克和早期的维尔哈仑成了这股文学潮流的代表人物（魏尔哈仑后来加入比利时工人运动）；在德语国家文学中出现了以斯特凡·盖奥尔格、霍夫曼斯塔尔和里尔克为代表的"纯内向性诗歌"；而英国的王尔德、意大利的邓南遮等对唯美主义的鼓吹和实践，无疑对这股文学潮流在欧洲的发展产生了十分明显的影响。这股文学潮流最初在各国有着不同的称呼，如"唯美主义""为艺术而艺术""新浪漫主义""世纪末浪漫主义""心灵突破""纯内向性抒情诗"等。现在通称"象征主义"。如果说自然主义是小说和戏剧的天下，那么象征主义的代表人物则主要是抒情诗人。文学史家们通称象征主义抒情诗为"晚期资产阶级诗歌"，这是因为它已经抛弃了至今为止占统治地位的诗歌传统。

象征主义抒情诗的明显特点，一是有意识地抛弃大多数诗歌读者，视群众对艺术的参与为可鄙现实的征兆，视自己为高于"群氓"的精神贵族；二是致力于一种自我表现的独白式的抒情诗，追求诗歌表现的高度敏感性，追求诗歌艺术表现力的极限和表现内容的深奥性；三是拒绝诗歌的社会效果，主张为艺术而艺术，尤其鄙视政治抒情诗；四是诗歌的抒情主体对社会生活表现得十分陌生，他不抒发个人在日常生活中的喜怒哀乐，而是刻意表现不可捉摸的隐私，用马拉美的话说，是表现普通事物背后隐藏着的"唯一真理"。这种"纯内向性"抒情诗，也常能折射出某些真实的社会现状，如19世纪末期资产阶级社会的颓废情绪，厌倦、死亡、衰落的感受，以及末日临近的意识等资产阶级的危机感。

里尔克就是这些诗人中的一个。它既不像自然主义者们那样，一味地关心和描写穷人的苦难，亦未像表现主义诗人们那样，大喊大叫地要求摧毁现实世界，做个资产阶级的叛逆诗人。里尔克选择了一条向内心走去的道路，与他个人的经历也是密不可分的。里尔克生于奥匈帝国的布拉格一个讲德语的少数民族家庭，父亲是邮局职员，当过兵，他九岁时父母离异，作为独生子跟随母亲生活。实际上如他自己所说，白天的大部分时间，母亲把他交给一个既不负责任又无教养的用人照管。这个既得不到母亲照料又享受不到父亲疼爱的少年，在寂寞暗淡的生活中，找不到任何人倾诉自己的欢乐和痛苦，正如他的一位传记作家保尔·策希说的那样：这少年长时间地生活在忧心忡忡之中，从来不知什么叫天真与快乐。即使稍稍年长之后，在他的第一个情人眼里，也不过是一个可怜而不幸的造物。这种远非正常的童年和少年生活，使他养成一种软弱性格，缺乏男子汉的阳刚之气。这个本来就身体孱弱，受着胃病困扰的少年，又从11岁起在军校里经受了5年精神和肉体的折磨，后来他在给早年女友的一封信中称，他在军校里受到虐待之后，常常偷偷地在夜里哭泣。就是在这种身体疾病的折磨中，在精神的痛苦中，在生活的孤独与寂寞中，少年里尔克开始了他的诗歌创作，他设法用诗的形式理解这种孤独的深层意义，寻找它的秘密和诗歌的隐秘源泉，它赋予自己的诗歌一种神秘的语言，赋予它们一种任何人都难以理解的色彩。他的早期诗歌表现了一种对象征手法的偏爱，借以表达这位少年尚不能完全用语言表达的认识和隐藏在内心深处无法说清楚的秘密，表达那种朦胧的心潮起伏和青青的心灵低语。这种艺术特点使他的诗歌具有一种朦胧的弦外之音，这种借助象征手法产生的弦外之音，后来成为他诗歌的一大特点。象征手法在他后来的诗歌中，成了它表达生活感受和思考的一种主要手段。有的评论家称他的象征手法是一种"生活的容器"。斯特凡·盖奥尔格甚至称"形象的观察是精神成熟和深刻的自然结果"。象征主义诗人当然很看重自己的艺术特点和艺术追求，但对于圈外人来说，无疑成了他们诗歌令人费解的重要原因。而里尔克和诸多象征主义诗人们的这种艺术，显然表达了他们在资本主义大都会和前资本主义田园之间的真实内心感受。

　　无论里尔克怎样执意向内心走去，但它毕竟是个社会的人，垄断资本主义制度和生产关系下的各种消极现象不时向他袭来，在他的诗歌创作中不可避免地留下某些批判的痕迹。文学史家通常认为他对资本主义的批判是站在浪漫主义立场上的批判，在他的某些作品中，大城市、富人、金钱、财产，呈现出一种异化的畸形状态。大城市的物质文明与穷人形成鲜明对照。在里尔克看来，穷人就是不富有的人，就是没有财产的无产者，而他们是未来的非异化世界的象征，这个未来世界在里尔克想象中是昔日那种朴素的田园生活的再现。这种对资本主义的批判，虽然与马克思主义世界观有着很大的距离，但它同情劳动人民的性质是不容忽视的。因此文学史家们称里尔克的某些作品具有"向往人道主义的内容"。

其实，在他那些表面看来充满浓厚宗教神秘色彩，实则是非宗教的，甚至是反宗教的诗歌里，也不乏这种倾向。过去有一种观点认为里尔克的《祈祷书》是对上帝的颂歌，这本书是教徒们在《圣经》之外的补充读物。新的研究成果表明，它非但不是"颂歌"，有些诗篇简直就是对上帝的亵渎，例如其中的第19首诗（见绿原译《里尔克诗选》），德国文学史家汉斯·马耶尔就称它为"亵渎诗"，说"它与基督教了不相干"。里尔克甚至表示自己决不会像那些口头上虔诚的基督徒那样，迷住心窍似的自投基督教陷阱，他公然宣称自己的宗教就是爱。据里尔克自己说，从军校时期起，他就与宗教信仰断绝了关系，直到临死之前，他嘱咐看护他的人，不要为他请神父搞什么宗教仪式。他在早年一篇小说中借主人公的嘴说，他是自己的立法者和国王，他的头顶上没有任何人，甚至没有上帝。这话的尖锐程度几近于叛逆了。由此我不禁想到，像里尔克这样一个政治上相当保守的人，居然也被德国1918年革命浪潮卷了进去，常常去参加慕尼黑议会共和国举行的群众集会，聚精会神地去听那些革命的演说，这与他对劳动者的同情心显然不无关系。但也仅此而已。他与革命始终是无缘的。里尔克于1907年在意大利与高尔基会面时，虽然抱着十分尊敬的心情，但他总觉得高尔基作为革命者是在滥用自己的地位，误解了自己的特点，在他看来，连高尔基那样慈祥得令人感动的人，却不能止于仅仅做个艺术家。里尔克则毫不隐讳地承认自己是个艺术家，是个"倾听的人，忍耐的人，主张缓慢发展的人"，而绝对不是个"颠覆者"。里尔克清楚地感觉到自己与高尔基的交往是缺乏基础的，深交更是无望。里尔克在1918年可以去听革命的演说,甚至可能对革命者不无同情与尊敬,但它绝对不会与他们为伍,做个革命者显然违背他那自青年时代便已形成的"爱的宗教"。里尔克显然并不承认"存在的便是合理的",但他却是个忍耐的人、谦卑的人、屈服于现实的人;它是不会冲破或者避开严峻的生活现实的,而是只会无条件地接受它。这就是里尔克为人的特点。

里尔克一生是个诚实的劳动者,他在作品中常常表现出对劳动的赞美。因为里尔克是个诗人,所以他赞美的劳动主要是艺术劳动。把艺术创作视为一种劳动,像石匠用石头建造一座大教堂一样的劳动,这就使艺术创作摆脱了欧洲传统美学中关于艺术创作来源于灵感的说法。把艺术创作视为劳动,这是里尔克接触了沃尔普斯维德艺术家群,特别是接触了法国雕塑家罗丹以后,从他们的艺术创作活动中获得的认识。里尔克把《沃尔普斯维德画派》这篇散文,视作对5位艺术家经历十年之久严肃而寂寞的德国式劳动的描述,说他们不仅创造了艺术品,也改变和创造了自己的人生。他称罗丹是一个劳动者,有时称他像一个雇工,说他的艺术自始至终便是实现某种目的过程,他断定罗丹的艺术作品"只能是从一个工人手里产生出来的",而创作这些作品的人,完全可以"心平气和地否定灵感的存在"[①]。像《沃尔普斯维德画派》和《奥居斯特·罗丹》这样的散文,特别是关于罗丹的那篇报告,简直就是劳动的颂歌。像罗丹这样在雕塑艺术的表现力方面,做出划时代贡献的伟大艺术家,在里尔克看来,最令他肃然起敬的,就是他那执着而诚实的劳动态度,罗丹给他的一个重要启示,如他在文中满怀激情所说的那样:劳动着是幸福的。

在艺术创作中,不相信灵感,只相信劳动,相信通过艺术实

[①] [奥]里尔克:《给露·安德雷亚斯·萨洛美的信》,1903年8月8日。

践可以改变自己的命运,这是里尔克的一个重要思想。遗憾的是,里尔克在自己不长的一生中所从事的艺术劳动,既不足以养家,亦不足以糊口,常常不得不仰仗富有的朋友为他提供生存条件。这些富有的朋友(如他的女友萨洛美、为他提供杜伊诺别墅的塔克西斯侯爵夫人、为他提供穆佐城堡的维尔纳·赖因哈德)实际上成了里尔克的"艺术保护人"。在德语国家文学史上,自莱辛以来,文学家们便竭力把自己投入艺术市场,以摆脱文学对传统的"艺术保护人"的依附关系,努力做个独立的艺术家。可到了19世纪末20世纪初,像里尔克这样一个"纯诗人",却不得不仰仗"艺术保护人"生存,这是诗人的幸运抑或是悲剧?除社会原因,他的作品只能在小圈子里流传,充当少数人的"文化奢侈品",大概也是他无法摆脱"艺术保护人"体制的重要原因。不管怎么说,里尔克的晚景是十分凄凉的,临死之前上无片瓦,下无寸土,囊中空空,没有一个亲人在身旁照顾他,有的只是寂寞、孤独和难耐的痛苦。就在这种心境中,在生命的最后时刻,他为自己写了一首谜一般的墓志铭:

玫瑰,哦纯洁的矛盾,喜悦,
不是任何人睡眠在这样多的
眼睑下。

就是这样一首令人费解的墓志铭,像他那些令人费解的诗作一样,让多少里尔克研究者绞尽脑汁去诠释、去猜测,而且成了一种规范,文学史家们称之为"晚期资产阶级抒情诗"的规范。

不过,里尔克作品中也有不费解的,这就是这个译本中的《沃尔普斯维德画派》和《奥居斯特·罗丹》这样的散文。这两部作品既不同于他的《杜伊诺哀歌》《致俄耳浦斯十四行》这样的诗作,也不同于《布里格笔记》那样的散文体小说,他们是作者依照自己认定的"艺术规范"苦心经营的"艺术"作品，而《沃尔普斯维德画派》和《奥居斯特·罗丹》则是应出版社之邀写的艺术家评传，在这个劳动过程中，作者的艺术个性不得不受制于出版社的特殊要求。所以里尔克称这样的写作为"一半是乐趣，一半是苦役"，因为他不能完全按照自己的艺术理想去写作。不过，也正是因为这样，这两部作品才更容易为读者所理解。对于读者来说，理解诸如《杜伊诺哀歌》《致俄耳浦斯十四行》《布里格笔记》所花费的功夫，远远超过这两部作品所花费的功夫，即使对于里尔克专家来说，这中间所花费的力气亦不啻"天壤之别"。诚然，"难懂"和"易懂"并不是艺术评判的标准，但它可以让人看出作者艺术追求的特殊性。

沃尔普斯维德是德国北方的一个小乡村，位于下萨克森州不来梅市西北方被称为"魔鬼沼泽"的地方。19世纪80年代末期，那里十分独特的自然风光，吸引了一批不满足于所谓"城市艺术工厂"的年轻德国艺术家来此定居作画。除了里尔克笔下描绘的五位画家，还有卡尔·温宁和后来成为莫德尔松妻子的女画家保拉·贝克尔、后来成为里尔克妻子的女雕塑家克拉拉·威斯特霍夫等多人。他们像19世纪以来的许多法国、荷兰风景画家一样，离开大城市，走向农村广阔天地，去描绘自然界的风光和那里人们的生活，而不再沿袭学院派的方式临摹古典作品和石膏像。从1889年起，沃尔普斯维德逐渐成了这批艺术家的聚居地。这些艺术家的创作活动，像法国的巴比松画派一样，为德国艺术家冲破学院派狭隘的艺术活动圈子，走向大自然，走向丰富多彩的现实生活起了重要推动作用，一时之间，昔日贫穷落后，默默无闻的沃尔普斯维德，成了艺术界人士注目和向往的地方。

里尔克于1889年、1900年两度游历俄罗斯之后，也于1900年8月被吸引来到沃尔普斯维德，他住在朋友海因利希·弗格勒处并结识了这些艺术家。在沃尔普斯维德生活的日子里，他爱上了女雕塑家克拉拉·威斯特霍夫，两人次年结婚并生有一女露特。这对年轻夫妇居住在沃尔普斯维德附近的威斯特维德，在一栋农舍里过起了田园般的生活。艺术是浪漫的，生活却是清贫的，随着时间的推移，这对毫无经济基础的年轻夫妇，日子过得渐趋捉襟见肘。里尔克在给朋友的信中甚至称自己是"穷人"，"非常贫穷的人"，他觉得贫穷像幽灵一般突然出现在他的面前，使他心里失掉了目标和光明，为了养家糊口，他甚至打算接受随便一个什么小职员的职务。也就是在这个时候，一个叫科纳克弗斯的人主编了一套"艺术家评传"，其中有一卷就是介绍早已引起艺术界注目的沃尔普斯维德画派。最初接受委托的是一个叫古斯塔夫·保利的人，由于他得不到画家们的合作，便把这个写作任务转给了与沃尔普斯维德的画家们关系密切的诗人里尔克。正陷于衣食无着的里尔克，接受这个写作任务心情是复杂的，一方面这本书的写作，可以解决他生活中的燃眉之急，另一方面对于"为艺术而艺术"的里尔克来说，却又不无勉强之意。因此他称这项任务为"Brotarbeit"，即为挣碗饭吃不得不做的事情。里尔克原拟以六位画家为写作对象，其中五位画家慨然答应与他合作，只有卡尔·温宁断然拒绝，所以读者在这里读到的只有这五位画家的评传和一篇长长的导言。

　　从这一篇导言和五篇评传中，读者可以看出，里尔克并不想把这本书写成一个艺术流派的历史，而是以散文的笔法在沃尔普斯维德这个背景中，描述五位艺术家的画像，重点在于刻画每位艺术家的特点。这本书写作于1902年5月，1903年出版，附有122幅绘画作品插图。这是一本图文并茂的书，作品出版后，保拉·贝克尔在给她丈夫莫德尔松的信中，称这本书中有许多好的意见，也夹杂着许多不确切的看法。这是沃尔普斯维德画家对本书做出的最早的反应。本书出版后，由于受到读者欢迎，曾多次重版，它对于人们认识沃尔普斯维德画派的艺术特点和意义起了重要作用。时至今日，它仍然是人们了解沃尔普斯维德画派不可多得的作品，它与这个画派一同走进了德国艺术史，他的导言成了德语国家散文的精品。

法国大雕塑艺术家罗丹的名字，在我国艺术界早已尽人皆知，他的《巴尔扎克》《思想者》已成为深受广大艺术爱好者崇拜的作品。里尔克与罗丹艺术发生关系，并写出《奥居斯特·罗丹》这本书，最初得益于他与克拉拉·威斯特霍夫的婚姻。克拉拉于1900年曾在巴黎师从罗丹，并成了他的艺术的崇拜者，里尔克早就接触过罗丹的作品，与克拉拉结婚后，对罗丹产生了更加浓厚的兴趣，他曾经设想与克拉拉合作写一篇关于罗丹的文章。就在里尔克准备撰写《沃尔普斯维德画派》时，德国艺术史家里夏德·穆特尔于1902年春致函里尔克，邀他写一本关于罗丹的评传，作为他主编的《插图本艺术家评传丛书》的第十本。穆特尔的委托是促使里尔克前往巴黎实地研究罗丹的艺术并写成这本书的主要原因。里尔克于5月份写完《沃尔普斯维德画派》以后，便着手研究罗丹的材料，并于6月28日致函罗丹，两人建立起书信联系，8月底里尔克告别妻女到达巴黎，在与罗丹朝夕相处的过程中，既了解了罗丹的为人，也深入他的艺术世界中，取得了丰富的感性材料，特别是对罗丹那些鲜为人知的素描，取得更加深入的认识。里尔克在动笔之前，不仅深入研究了罗丹的成长过程和作品，而且阅读了雕塑史、法国艺术史，研究了曾经影响罗丹精神生活的诗人（如但丁、波德莱尔、雨果、巴尔扎克等）的思想与创作。该书写成于1902年底，1903年3月出版，到1907年出第三版时，里尔克又加进了在德累斯顿和布拉格所作的关于罗丹的一篇报告（经过加工，扩充）。

里尔克撰写罗丹评传已不同于撰写《沃尔普斯维德画派》时的心情，它虽然也是一份"Brotarbeit"，但却没有了那种"半是劳役"的感觉。他在赴巴黎之前给罗丹的信中曾表示，写这样一本书是他的一个"热切的愿望"，"因为描写您的作品的机会，对于我来说，是一个内心的使命，一个节日，一种乐趣，一个伟大而高尚的任务，为此我将付出我的爱和全部热情。你将会理解，我的大师，为了认真并尽可能深入地完成这项工作，我将竭尽所能"。信虽然是这样写的，但人们从它的字里行间不难看出，里尔克的真正意图无非如他自己所说，取得罗丹的"慷慨支持"。因为没有罗丹的支持，这项事关饭碗的写作任务，难免像保利一样遭到失败，而这正是他当时最为提心吊胆的事情。他在去巴黎之前给剧作家豪普特曼的一封信中，心情沉重地表达了对自己的前程和生计的深刻忧虑。他表示写完罗丹评传之后，要么谋个副刊编辑或记者的职位，要么去布莱斯劳尽快取得一个博士学位，以便找到一条通向面包的艰难道路。幸而罗丹热情地接纳了他，使他有机会完成了这项挣饭吃的工作。里尔克在这个工作过程中，加深了对罗丹艺术和人品的认识，成了罗丹艺术的热情阐释者。他关于罗丹的这两篇散文，也像罗丹的艺术一样，成了艺术史和文学史上的瑰宝，读者不仅可以从中认识罗丹和他的艺术，也可以认识里尔克作为散文家的风采。

　　里尔克关于罗丹的这两篇散文，我国曾有过梁宗岱先生从法文翻译的译文，我这次从德文重译时，借鉴了梁先生的译文。走前人走过的路，总是省力得多，即使前人的某些失误，对于后来者也是有益的，每个从事译事的人，都会有这样的体会。我在这里特向已故梁先生表示衷心感谢。

1998年9月29日完成于北京

八　里尔克在沃尔普斯维德

里尔克在给他妻子克拉拉的一封信中谈到法国画家塞尚时说，塞尚在40岁以前过的是"流浪艺人生活"，而后30年由于他父亲从一个制帽匠人变成了小银行家，为他攒了一笔钱，他才得以安心从事绘画。即使这样，他仍然马不停蹄地到处寻找创作素材，为此他甚至不去参加母亲的葬礼。里尔克讲述塞尚这些故事，一方面是赞扬这位法国画家为艺术献身的精神，另一方面字里行间也流露了他与妻子、女儿长期分居，无法过正常家庭生活的感慨。他与克拉拉为了各自的艺术不得不过"流浪艺人"式的生活，因为他们没有塞尚那样的经济基础，不可能像他那样无后顾之忧，一门心思搞艺术。

里尔克是一个终生居无定所、浪迹天涯的诗人。他于1875年生于布拉格，1926年死于瑞士。在这51年的生涯中，他的足迹遍及俄罗斯、德国、奥地利、法国、意大利、西班牙、瑞典、丹麦、阿尔及利亚、突尼斯和埃及等国。所以里尔克有时被人称为"世界公民"。德国里尔克研究专家霍斯特·纳列夫斯基注意到，在当前欧洲"一体化"迫在眉睫之时，那里的读书界又产生了深入了解里尔克生存方式及其深刻矛盾的愿望，人们用疑虑的眼光注视着这个即将"一体化"的欧洲是福还是祸。

里尔克在漂泊流浪当中，所到之处不但留下了他的足迹，更重要的是留下了许许多多关于他的故事,这些故事对于读者理解这位诗人的创作和生存方式是颇有启发意义的。1899年和1900年,他曾陪同德国女作家安德烈亚斯-萨洛美两次游历俄罗斯,1900年3月26日返回德国第二天,便应德国画家朋友海因利希·弗格勒之邀来到沃尔普斯维德。

沃尔普斯维德是德国北方一个小乡村,位于下萨克森州首府不来梅市西北方。这里原本是一片穷乡僻壤,被称为"魔鬼沼泽"。19世纪80年代以来,一批不满足于学院派绘画的年轻画家,为这里的特殊风光所吸引,来此定居作画。一时之间,昔日贫穷落后、荒凉寂寞的沃尔普斯维德,成了德国艺术界人士注目和向往的地方。里尔克在这里结识了这批画家,深入了解了他们的创作生活。他从1900年8月到1902年8月,在沃尔普斯维德逗留了两年。其间发生的三件事情,在里尔克的生活、创作和思想中留下了深刻印记。一是他在这里认识了女雕塑家克拉拉·威斯特霍夫,与他结为伉俪并生有一女。二人在一个叫威斯特维德的小乡村,度过了一段既充满罗曼蒂克情趣,又相当清贫的田园生活,两个年轻艺术家最终由于没有必要的经济保障,不得不各奔东西,他们虽然在法律上并未离婚,但实际上的家庭已经解体了。二是他在这里应一位叫科纳克弗斯的人之邀,撰写了一部艺术家评传《沃尔普斯维德画派》。在这部评传里,里尔克以诗意盎然的散文笔法,描绘和评价了弗里茨·马肯森、奥托·莫德尔松、弗利茨·欧沃贝克、汉斯·阿姆·恩戴和海因利希·弗格勒等五位艺术家的绘画创作和艺术成就。这部评传至今仍是人们了解这个艺术流派不可多得的著作,它同时也显示了里尔克散文创作的风采,尤其是它的导言,成了德语国家散文中颇为受人重视的精品。三是他从著名德国艺术史家里夏德·穆特尔那里得到一个撰写罗丹评传的任务,使他有机会结识法国雕塑家奥居斯特·罗丹,而对罗丹创作实践和艺术造诣的深入理解,在里尔克艺术观的形成和诗歌创作中起了重要作用。他的妻子克拉拉·威斯特霍夫曾经师从罗丹学习雕塑艺术，二人结婚后曾计划合写关于罗丹的文章，穆特尔的委托终于使里尔克实践了自己的愿望。《奥居斯特·罗丹》这部评传为阐释和评价罗丹艺术立下了汗马功劳。这里顺便说一句，里尔克的《沃尔普斯维德画派》和《奥居斯特·罗丹》两部评传的中译文，均收在花城出版社出版的《艺术家画像》一书里。

生活与艺术的矛盾，是里尔克终生面临的难题，也是他一生漂泊流浪的一个重要原因。他与克拉拉的结婚，使他最初意识到这个矛盾的尖锐性。这对艺术家夫妇，每人都对自己的艺术前程充满希望，却又不能像塞尚后 30 年那样，仰仗家庭财产，安心从事艺术创作，只好把希望寄托在未来的某个时刻。婚后三个月，里尔克曾寄信德累斯顿画家奥斯卡·茨温彻，请他来沃尔普斯维德为新婚妻子画像。他在信中一再表示，"我们是穷人，很穷的人"，至少在可预见的时间里，拿不出钱来证明自己有这种非分要求的权利，唯一的理由是，里尔克具有奥地利凯恩滕贵族血统，希望自己的后代子孙，在他妻子年轻而美丽的画像影响下成长。茨温彻是否满足了里尔克夫妇的愿望，限于手头资料匮乏，不得而知，但里尔克夫妇当年生活困窘的状况，在这封信里已经流露得相当明显。只是由于他们新婚不久，头脑里的种种幻想尚能支撑他们勉强维持生活。

但是到了次年三月，生活的无着使里尔克几乎到了精神崩溃的边缘。他在给俄国《新时代》主编苏沃林的信中，称自己在德国是个"孤独的人，多余的人"，他说若不是两次到过俄国，并在那里找到了自己的精神家园，爱上了那里的人民，他会认为自己无论走到哪里都是孤独的、无望的、多余的。他关于俄罗斯说的那些话，既是他对这个国家的真情流露，也是为请求苏沃林替他在俄国谋职所作的铺垫。他希望苏沃林能在俄国给他谋个职位，让他一方面与妻子、女儿过上安定的生活，另一方面又能使他有足够的时间追求自己的艺术发展。

时间再过三个月，他连"追求艺术发展"的愿望也几乎放弃了，他打算接受随便一个什么小职员的职位，以便维持一家三口的生计。因为，如他给慕尼黑商务顾问瓦因曼太太的信中说的那样："我很穷。我忍受不了贫穷，因为它根本不能给我带来任何东西。这个冬天它像一个幽灵一般出现在我的眼前达数月之久，我从内心里失掉了一切可爱的目标和光明。"这中间，他完成了《沃尔普斯维德画派》，这项被他称为挣碗饭吃的工作，虽然解了燃眉之急，却仍然不能令他看到光明的未来。他在去巴黎见罗丹之前，给豪普特曼的一封信中表达了他那忧虑重重的心态。他告诉豪普特曼，一旦写完关于罗丹的书，便去找个职业，或做报纸副刊编辑，或做艺术与图书方面的记者，不论做什么，只要能应急即可。万一连这样的工作都找不到，便去布雷斯劳大学读书，取得博士学位，因为这样的头衔，在他看来，或许会帮助他踏上艰难的挣饭吃的道路，帮助他较为容易地找到前面提到的那种职业。从里尔克给豪普特曼的信中我们可以看到，他的生活简直到了山穷水尽、手足无措的地步，心中充满了悲伤，没有丝毫安全感。

他本想携妻女一同去巴黎，却解决不了她们的生计；他请求朋友为他妻子寻觅助学金或者为母女解决安身之地，却又没有希望。他面临的唯一选择，便是拆散这个家。这是一个痛苦的选择，但他面前只有这一条路。诚如他在给瓦因曼太太信中说的那样，必要时他只好与妻子分手了，"每个人作为有限度的单身汉，像从前那样，为工作活着"。生活与艺术的矛盾到了这个份儿上，里尔克也只好勇敢地放弃家庭，决心为艺术献身了。不过，这终究是个痛苦的选择。后来他在给瑞士女诗人莱吉娜·乌尔曼的信中谈到各自的孩子时，不无感慨地说：我们的错误，不在于我们给了孩子以"纯粹的生命",而是根本不该有孩子,因为我们命中注定要承担别的责任,不能照顾他们。这是一种无可奈何的表白。里尔克并非是个不愿意承担养家糊口责任的男人,他为此做过努力,但都失败了。直到晚年有年轻人就作家职业向他请教时,他忠告他们一定要有一个维持生计的"稳定职业"。可里尔克一生也未能做到这一点。他走的是另外一条路,即广交富裕朋友,在他们当中寻找自己的"艺术保护人"。

里尔克在沃尔普斯维德生活的两年,最初尝到了从事艺术活动的艰辛,初步体验了生活与艺术的矛盾。此后,他就是在这种艰辛和矛盾中度过了自己短暂的、浪迹天涯的一生。

第四部分

艺术思维的革故与文学实践的创新

一 布莱希特"史诗剧"

——中西文化交流互鉴的结晶

史诗剧的欧洲传统和中国文化元素

"史诗剧"是德国剧作家布莱希特在20世纪20年代末30年代初开始创立的一种新型戏剧,由于它与旧的"戏剧性戏剧"有许多不同,剧本结构、舞台呈现方式背离了亚里士多德关于戏剧的定义,在相当长一段时间曾经受人质疑。不少行内人士拘泥于亚里士多德的成说,忽略了曾经在欧洲文化上留下深刻烙印的理论阐释和艺术探索,它们显然都是对过时的、不完善的亚里士多德定义的批判和补充。

从欧洲文化史上看,布莱希特在戏剧理论上与狄德罗、莱辛传统是一脉相承的。法国18世纪的狄德罗,为了批判古典主义戏剧颂扬帝王将相、封建贵族倾向,创立以现实生活为题材的"市民戏剧",为新生资产阶级占领戏剧舞台呼吁呐喊,曾经竭力主张打破古典戏剧学关于"悲剧""喜剧"的区别,创立"严肃戏剧",或称"正剧"。狄德罗虽然十分尊重古典作家,但也深感自亚里士多德以来关于"悲剧"表现英雄豪杰的"崇高","喜剧"嘲讽下层平民恶习的定义,严重阻碍了戏剧为现实服务的可能性,他在《关于"私生子"的谈话》中提出:"不论什么样的作品，都应该表现时代精神。"他所说的"时代精神"就是18世纪新崛起的市民阶级的社会处境、感情欲望、道德面貌等。他认为根据历史上流传下来的某些戏剧样板制定规则的人，是不懂艺术的，天才可以随时打破旧有的规则，创立新的规则。布莱希特正是继承了狄德罗这种为了表现时代精神，而打破既定规则，在戏剧创作和理论思维中另辟蹊径的。18世纪的德国戏剧家莱辛，是个狄德罗戏剧革新主张的拥护者，他遵循时代的要求，也像狄德罗一样，主张冲破古典戏剧美学的旧框框，创立符合市民阶级时代需要的戏剧美学和戏剧作品。他也像狄德罗一样倡导创立"市民戏剧"。他在《汉堡剧评》第四十八篇中指出，那些认为"戏剧体裁和叙述体裁混杂在一起，非常不成体统"的人，是些老派评论家。这个说法比狄德罗批判古典美学关于"悲剧""喜剧"定义的说法更加明确、更加清楚。从戏剧体裁变革的角度来说，可以说是一针见血。在莱辛看来，教科书尽可以把各种体裁加以详细区分，天才为了达到更高目的，却完全可以把"戏剧性"和"叙述性"集中于一部作品里。在下文里他说得更为透彻：欧里庇得斯剧作，既不像小说，又不像戏剧，与我何干？不妨称它为"杂种"，骡子既非马又非驴，难道就不是有用的驮兽吗？如果把狄德罗、莱辛这些话放在布莱希特著作里，人们大概不会认为是"穿帮"。布莱希特的"史诗剧"不就是莱辛所说的"杂种"吗？生物学是承认"杂种优势"的。从艺术的角度来说，"史诗剧"与狄德罗所说的"严肃戏剧"又有多大区别？布莱希特不就是狄德罗、莱辛所称赞的那种敢于超越既定规则、突破条条框框的"艺术天才"吗？

有趣的是18世纪狄德罗、莱辛革新戏剧的主张，在19世纪德国音乐家瓦格纳的艺术理论中也得到积极呼应，他在其艺术理论巨著《歌剧与戏剧》第二部，着重研究"戏剧艺术的发展倾向"时明确提出，"开放形式的戏剧"是未来戏剧的发展方向。

他同意黑格尔的说法，认为小说是资产阶级时代的散文体裁，戏剧则是移植到舞台上的小说，而小说具有并列进行的复杂情节、不断变换的场景和众多人物，这些特点同样也都出现在戏剧里。用今天的话说，这就是"开放形式的戏剧"。他认为法国拉辛的戏剧，是对古希腊戏剧的"表面模仿与重复"，充满对亚里士多德理论的"误解"和"歪曲"，是在布瓦洛"三一律"理论指导下创作的一种"封闭形式的戏剧"。瓦格纳称按照亚里士多德悲剧理论创作的戏剧，其人物都具有"宿命论"特点，从反映时代精神角度来说，这是一条死胡同，未来的戏剧必须另辟蹊径，未来戏剧人物的行动和精神风貌，都应该是由历史社会环境决定的，是历史社会事件的表现，而不应该是单纯人性的表现。瓦格纳多采用神话题材创作他的歌剧脚本，但他那些神话题材歌剧却都是对现实的"浓缩"和"升华"，布莱希特那些"寓意剧"也都有"浓缩"和"升华"现实的特点。瓦格纳的"开放形式的戏剧"主张，在布莱希特"史诗剧"里都得到继承和发展。

不同的是，18世纪的狄德罗、莱辛和19世纪的瓦格纳，其知识范围尚局限于欧洲，生活在20世纪的布莱希特，则随着交通工具的发达、世界各民族的交往日益频繁，其知识视野已经远远超出了欧洲，他的"史诗剧"实践和主张不仅继承了欧洲戏剧创作和演出的经验，显然还吸纳了东方，特别是中国文化的元素，尤其是元杂剧创作和戏曲演出经验。布莱希特青少年时代，恰值中国古代哲学著作、唐代诗歌和元代杂剧纷纷介绍到德国之际。他在学生时代，就阅读过中国古代诗歌德文译本。20世纪20年代中期，他开始投身德国工人运动，在学习马克思主义著作的同时，大量阅读过卫礼贤、阿尔弗雷德·福克翻译的中国古代哲学著作。1925年，他在柏林剧院观看了他的朋友克拉崩翻译改编的元杂剧《灰阑记》，这出戏给他留下深刻印象，他一生曾经四次改编创作"灰阑断案"的故事。除此之外，他还接触过张国斌《合汗衫》、关汉卿《救风尘》，与他的朋友本雅明一起接触过有关中国戏剧演出的报道。尤其是1935年，他在莫斯科观看了梅兰芳京剧演出，聆听了他的学术演讲和示范表演。这次非凡的经历，成了布莱希特"史诗剧"创作与理论思维的重要转折。他不顾流亡生活的颠沛流离，像井喷一般，创作了他最为成熟的史诗剧本，撰写了具有振聋发聩作用、具有创新意义的戏剧理论著作。流亡美国期间，曾经在一位旅美华人陪伴下，一连数日去纽约唐人街一家广东剧院看戏，对中国戏剧的表演、音乐、舞台装饰、剧场效果等，表现了巨大兴趣。所有这一切，在他的剧本创作、导演、理论思维中都留下了深刻印记。

吸纳元杂剧结构方式，形成"史诗剧"结构特点

布莱希特于20世纪20年代末期，在《跋歌剧"马哈哥尼城的兴衰"》一文中，提出"现代戏剧是史诗剧"口号。这是他进行戏剧改革的宣言。可这个口号明显违背了西方文化关于戏剧的定义，亚里士多德在《诗学》里规定：戏剧的模仿方式是"借助人物的行动，而不是叙述"，写剧本"不能套用史诗的结构"。可布莱希特在狄德罗、莱辛等的理论著作中，分明看到了与这条定义完全不同的论述；在莎士比亚、歌德等的作品中，也看到了史诗性元素。它们都是对这条定义的突破。而他所见过的东方戏剧（特别是中国元杂剧）作品，都不是遵循这样的定义创作的，但它们却都具有引人入胜的艺术魅力，给人耳目一新的艺术感受。布莱希特的史诗剧本，无论是编剧方法、表达方式，还是题材选择、人物设置，等等，都带有异质文化烙印，明显地流露出借鉴中国元杂剧的迹象。

我们看到"史诗剧"在结构方面，大胆放弃了西方传统戏剧矛盾集中、冲突剧烈、剧情达到高潮以后急转直下以"灾难"

结尾的所谓"金字塔"式结构模式，吸收了中国元杂剧讲究波澜、起伏、曲折，却不讲究高潮的连缀式结构方式。西方美学称这种结构方式为"蒙太奇"。这种结构方式与欧洲古典戏剧相比，显得松散、涣散、自由得多，体现在舞台上，它却能促使观众把看戏变成一种自觉的欣赏、品评式娱乐，从而改变欧洲传统剧院那种台上台下同哭同笑的"忘我"气氛，给观众留下主动接受的余地，为欧洲戏剧艺术思维带来革命性变革。犹如现代教育学革除满堂灌积习，倡导启发式教学。

"史诗剧"与传统剧本写法不同，通常都有一个"序幕"，它的形式和功能，相当于元杂剧的"楔子"。元杂剧的"楔子"，指的是四折戏之外的过场戏，它是剧本的开端，功能是介绍故事的缘由、主要人物之间的关系。例如《四川好人》的序幕，说的是卖水人老王于傍晚时分，在四川首府城门口恭候三位神仙降临人间进行考察，并把他们安排在妓女沈黛家里过夜的故事。这个"楔子"的故事框架，显然是源于"圣经"耶和华派去两名天使毁灭罪恶之城所多玛的故事，卖水人老王这个人物形象，相当于这则神话故事中的罗得。这个"序幕"的功能就是介绍剧中主要人物沈黛、卖水人老王和三位神仙，引出围绕他们展开的戏剧正文，与关汉卿《窦娥冤》的楔子如出一辙。《高加索灰阑记》的结构更接近元杂剧，它采用的是"一楔五折"体制。楔子故事描写的是二战以后，苏联格鲁吉亚的两个集体农庄，围绕一个山谷所有权发生的争执，提出如何解决现实生活中的这类利益纠纷。戏的正文借助一个古老的"二妇争子"故事，寓意性地为山谷之争提供一个答案。剧本结尾那个所谓"古人的教训"，从剧本结构角度来说，其实就是元杂剧"题目正名"的变形，它的功能已从元杂剧概括全剧内容，宣布故事到此结束，变成了作者总结剧情，进行哲理性思考的一种艺术手法。这种借鉴表明，布莱希特是有创新意识的，从不做刻意的模仿者。

元杂剧的"自报家门",也是"史诗剧"经常借鉴的手法。上文提到的《四川好人》,"序幕"中的卖水人老王、正文开端经营"一家小香烟店"的沈黛,都是以"自报家门"的方式开场的。传统欧洲戏剧,通常是不采用这种手法的,它被认为是不符合生活真实的,从舞台效果来说,它会直接破坏欧洲演剧艺术所追求的"生活真实"幻觉,而"自报家门"的手法,可以让演员明确意识到自己是在演戏,让观众意识到自己是在看戏,并非在亲眼目睹或亲身经历一件真实的事件。这正是"史诗剧"所追求的"陌生化效果"。

"史诗剧"还从元杂剧吸收了"歌唱"元素,打破了欧洲话剧以对白为主的常规,它们的歌词在对话式的文学剧本中,增加了诗意盎然的成分。如果说元杂剧的唱词以抒情为主,史诗剧的唱词则更多表现为哲理性思考。史诗剧这种"歌唱"元素,是作者有意识做的结构性安排,它的功能是让故事情节的发展暂时停顿下来,给观众留下回味、咀嚼、品评故事内涵的时间,把戏剧欣赏变成一种自觉的活动,而不必像观看戏剧性戏剧那样,被剧情牵着鼻子走。这是史诗剧追求的,不同于戏剧性戏剧的特殊艺术效果。史诗剧由于引入了歌唱元素,所以布莱希特的戏剧创作始终离不开与音乐家的合作。这是他不同于西方多数剧作家的独特之处。

除此之外,布莱希特还引入了元杂剧的审案戏形式,如《例外与常规》《四川好人》《高加索灰阑记》等剧本,都是以审案的形式作为结尾。《措施》干脆就是一出审案戏。受布莱希特影响,二战以后瑞典德语作家彼得·魏斯创作的剧本《调查》,通过原告、被告、证人、法官在法庭上的对话,重现当年奥斯维辛集中营的状况。这种审案形式在以"模仿说"为主导的欧洲古典戏剧里并不多见,作者援用这种形式,为表现自己的生活感受、哲理思考增加了新的手段。史诗剧在题材选择方面,还常常借鉴元杂剧对妓女生活遭遇的描写，形成布莱希特戏剧关注和同情社会弱势群体的一大特点。我们知道，"史诗剧"这个术语，来源于德国戏剧导演皮斯卡托，而它的结构特点，除了沿袭狄德罗、莱辛的理论主张，皮斯卡托某些表达方式，主要是从元杂剧借鉴而来的。

吸纳中国舞台艺术没有"第四堵墙"的观念

上文提到，布莱希特1935年在莫斯科观看梅兰芳先生京剧表演，是他史诗剧创作与理论思维转折的关键。在此以后，它不仅撰写了一系列论文，阐释自己对中国表演艺术的认识，撰写了《买黄铜》《戏剧小工具》两部理论著作，更重要的是，他发现中国戏曲表演艺术中存在着一些能够产生"陌生化效果"的技巧。这个"发现"犹如莱布尼茨在《易经》里发现二进位算法一样，这是一种创造性的"误读"。它是异质文化交流互鉴过程中出现的奇妙现象。布莱希特把这种"误读"的结果，命名为"陌生化技巧"，例如京剧中武将背上的"靠旗"、净角的脸谱、穷人或乞丐角色穿的"富贵衣"、开门或者关门的虚拟手势、嘴里叼着一绺发辫颤抖着身体表示愤怒、手持一把长不过膝的小木桨表示行舟等象征手法。

布莱希特认为，中国演员借助这类手法，可以完全摆脱欧洲舞台上流行的"第四堵墙"观念，清醒地意识到自己是在台上演戏，观众是在台下观看虚构的故事，演员不必竭力制造"真实生活"的幻觉，让观众相信舞台上发生事件的"真实性"。他十分赞赏梅兰芳在专家小圈子里的示范表演，说他不像欧洲演员那样用"神志恍惚"的表演，追求"逼真"效果，而是有意识地进行表演。人们可以随时打断他的表演，与他进行学术交流，然后他不需要什么"酝酿情绪"，又可以从被打断的地方继续表演下去。这对于追求"生活真实"的欧洲演员是无法想象的。布莱希特借鉴中国舞台上不存在"第四堵墙"的观念，改造欧洲戏剧舞台上那种"第四堵墙"式表演艺术，让欧洲演员的舞台表演获得了更多自由，显现更多灵活性和艺术独创性，不必刻意去搞什么假戏真做。

中国演员也不像欧洲演员那样，想方设法把自己"完全转变"为剧中角色，与角色的感情完全融合为一，搞什么"把第一自我"转变为"第二自我"，而是从一开始就有意识地控制自己，不把自己毫无保留地"转变"为剧中人物，也不奢望用这种方法吸引观众与自己扮演的角色发生"共鸣"，而是凭着自己掌握的技巧来表演人物。在这一点上，他与18世纪狄德罗、莱辛的认识是一致的：要求演员整个晚上从动作到感情"完全转变"为另一个人，这是很困难的，随着表演的进行，演员会感到精疲力竭，他的表演将变成对另一个人姿态、声调的机械模仿，这样的"表演"，很难在观众中产生什么共鸣。

中国演员在舞台上呈现的，是从生活中提炼出来的，符合人物身份、感情的标志性动作，完全不同于西方戏剧那种"原生态"的、所谓"自然的"表演艺术。演员在登台之前就做足了功课，把它们储存在记忆里，他们在舞台上所模仿的，就是这套经过反复揣摩、反复排练的功夫。这些动作具有可重复性，演员登上舞台之前就已经完成了对人物的创造，此后的表演不管遇到什么干扰，或者环境发生什么变化，对演员不会有任何妨碍。因为他没有西方演员那些所谓"神秘的创造瞬间""由里及表""创造情绪"等神秘观念。

从布莱希特观察问题的方法可以看出，他研究中国戏曲表演艺术是有针对性的。在他看来，他那个时代的资产阶级戏剧，舞台上的故事"没有时间性"；人物强调"永恒的人性"；故事的环境则突出"普遍性"。在布莱希特看来，所谓"不变的社会"

"不变的人性"等，都是陈旧过时的观念，是违背马克思主义历史观的。他认为，这些资产阶级戏剧，把世界描绘成永恒的、不变的世界。这是一个没有具体历史内容的世界。而他所创立的"史诗剧"，是一种历史化的戏剧，它所表现的世界，要突出具体时间、具体空间、具体人物的特殊性。史诗剧的演员必须掌握一些技巧，把故事表现成历史的，强调特定社会状态的历史内涵。这就是"陌生化技巧"。这种技巧的目的，就是把世界表现成历史的、在改变着的、可以改变的。所以布莱希特说，只有抱着变革社会这个特定目标的人，才能从研究中国戏曲"陌生化效果"过程中获得教益。

用中国哲学思想驾驭欧洲素材

文化因交流借鉴而丰富多彩。荷兰汉学家高罗佩沿用欧洲心理学、侦探学思维方法，创作"大唐狄仁杰"小说系列，把中国文学史上的"公案"故事，改编创作成欧式侦探小说，为欧洲读者提供了具有异国情调的读物，丰富了欧洲人的中国知识。布莱希特借用中国哲学思想驾驭欧洲素材，创作"史诗剧"，冲破了欧洲古典戏剧学已经过时的条条框框，使逐渐陷入僵化的欧洲戏剧焕发青春，还向欧洲人传播了中国人的生活智慧。

上文提到，布莱希特于20世纪中期开始学习马克思主义理论的同时，阅读了大量中国古代哲学著作德文译本。他早年的日记曾经透露，1920年在作家朋友弗兰克·华绍尔家里借宿时，第一次接触到老子《道德经》。他与当年阅读过这本书的多数欧洲知识分子不同，不是推崇其中的"无为""不争"思想，倒是其中的辩证法给他留下深刻印象。这与他曾经参与过德国十一月革命不无关系。在1921—1922年创作的《城市丛林》剧本里，他就运用老子颇有辩证法色彩的"将欲取之，必固与之"思想，以美国芝加哥为背景,描写一个叫石林的马来华人,为了攫取某图书管理员的一部小说腹稿,把全部家当赠送给他,从而引发出一系列荒诞故事。作者还让这位图书管理员说:"我见书本上说过,柔弱的水能够淹没一座大山",这话同样具有辩证法色彩。这显然是从老子《道德经》"天下莫柔弱于水,而攻坚强者莫之能先"引申出来的。流亡期间作者还在诗歌《老子流亡途中著〈道德经〉的传说》《寇一纳先生的故事·对付暴力的措施》和剧本《圆头党和尖头党》《第二次世界大战中的帅克》里,都表达过柔弱者凭着无限韧性,终将战胜强大势力的思想。作者从老子书中汲取的这类颇具辩证法色彩的思想,成了他流亡年代战胜法西斯恶势力的坚定信念。不仅如此,他在自己不长的一生里,凭着这种"水性",多次逃过德国法西斯势力的缉捕,避过美国反共势力的迫害,以极大的耐心和智慧应对过身边某些教条主义者的纠缠和刁难,捍卫了自己的社会和艺术理想。

布莱希特最崇拜的中国古代哲学家无疑是墨子,他对待《墨子》一书,像对待白居易的诗歌一样,曾经流露出了特殊的感情、异样的爱。流亡期间,他抛弃了全部家当,包括心爱的汽车,一本阿尔弗雷德·福克翻译的皮封《墨子》始终书不离身,走到哪里读到哪里,简直把它视若"圣经"。在他看来,墨子学说中的某些成分,类似西方现代哲学思潮,其中某些思想,甚至与马克思主义理论是相通的,他对西方某些学者称墨子为"社会主义者""东方的马克思",亦颇有同感。《墨子》的"兼相爱,交相利"、"非攻"、"非儒"、"贵义"、"官无常贵,民无终贱"、重生产、重创造的思想;《墨子》的道德观、知识观、利害观、是非观;甚至包括《墨子》的"断指存腕""害中取小害"的思维方法;墨子本人作为知识分子的为人之道;等等,无不给布莱希特以积极的思想启迪,在他的作品中留下了深刻而明显的烙印,为他的作品增添了浓郁的哲理色彩。我们在阅读

《三毛钱歌剧》时就发现了这类痕迹。乞丐头子皮恰姆惊讶地发现，他的女儿珀莉居然要嫁给"刀子麦基"——一个"伦敦城里头号罪犯"。皮恰姆盛怒之下，定要巧施诡计，串通妓院"窑姐儿"，把麦基送进监狱，破坏女儿的婚事。珀莉不理解父亲的态度，她在第一幕结尾"关于人生境遇的风险"这段唱词中质问父母，自己要嫁个男人有何不妥？皮恰姆太太表示，她愿意善待女儿，也想把自家财富送给她，让她活得无忧无虑。可皮恰姆却针锋相对地说："是啊，做个善良之人有谁不愿？把自家财富分给穷人，哪会不肯？如果大家都行善，天国就会不远。"这些话显然是出自《墨子·尚贤下》。墨子主张治理国家要秉持尧舜禹汤文武"尚贤"之道：凡是行善之人都要受到勉励，干坏事的人都要受到制止。他还倡导"有力者疾以助人，有财者勉以分人，有道者劝以教人"，只有这样人世间才能做到饥者得食，寒者得衣，乱者得治。这些主张都是很符合现代民主思想的。作者引用墨子语言与现实相对照，借皮恰姆之口进一步指出："可惜的是在这个星球上，生活资材贫乏，人们变得野蛮。有谁不愿意生活在和睦之中？可现实状况不让你如愿。"接下去皮恰姆唱道："你兄弟，他指望你糊口，如果一块肉不够两人吃，他会对你口出怨言。要说忠贞，有谁不愿？你老婆，她本来靠你养活，如果你的爱不能满足她，她会对你口出怨言。是的，还有感恩，有谁不愿？同样，你的孩子赖你为生，如果你连自己都养不活，他会对你口出怨言。"这些排比句子显然是源于《墨子·节葬下》，只是作者对原文做了些改动。墨子在这段话里痛斥"厚葬久丧"的恶习，为"非圣人之道"，他说：由推行"厚葬久丧"之人主持政务，国必贫，民比少，治必乱，"上不听治，刑政必乱；下不从事，衣食之财必不足。若苟不足，为人弟者，求其兄而不得，不弟弟必将怨其兄矣；为人子者，求其亲而不得，不孝子必是怨其亲矣；为人臣者，求其君而不得，不忠臣必且乱其上矣"。布莱希特针对德国的社会现实,把这段排比句做了某些改动,运用在"第一段《三毛钱终曲》"歌词里,说明人们本应该做个善良之人,不应该成为野蛮人,"可现实状况不允许这样",世界由于贫穷,而导致人心叵测,男盗女娼,道德沦丧。面对这样的社会现状,又有谁能做个"通情达理之人"?布莱希特得出的结论是:"先填饱肚子,然后再讲道德。"这句话在剧本上演之初,曾经成为青年观众街头巷尾的口头禅,表达人们对社会现状的不满。第二段《三毛钱终曲》里的这段话,出自《孟子·梁惠王上》。孟子主张在贫穷的人们丰衣足食之后,再引导他们讲道德、治礼仪。这出戏因援引墨子、孟子的道德观念,批判资产阶级社会伦理道德与经济状况的关系,在观众当中产生过振聋发聩的作用,这出戏在欧美各国曾经久演不衰,成为各国剧院的保留剧目。

  布莱希特运用墨子思想驾驭文学创作的例子还有很多。最明显的是剧本《高加索灰阑记》,作者借女仆格鲁雪在战乱中搭救总督儿子米歇尔的故事,表现了墨子"兼相爱"思想;借村文书阿兹达克在乱世中当上法官的故事,表现了墨子的"侠义"思想;借阿兹达克"灰阑断案"的故事,表现了墨子的"实用""利民""用财不费"思想。剧本《大胆妈妈和她的孩子们》第二场戏里,哀里夫受到将军夸奖,忘乎所以,自告奋勇给他跳一段军刀舞,唱一首《女人和士兵之歌》,其中有这样两段歌词:"啊,不听智者劝,悔恨在眼前。不要太锋芒,锋芒必遭殃。"这其中的"智者"指的是墨子,这"锋芒"二字,就是墨子《亲士第一》中那个"铦"字,原话是"今有五锥,此其铦,铦者必先挫"。墨子的意思是"寡不死其所长,太盛难守",翻译成现代语言就是,鲜有人不死于自己的长处,太突出了很难保存自己。类似庄子"材之患"所表达的思想。哀里夫想借此向将军表示,自己是个不怕死的人,正是由于他在战场上一再逞能,最后落得个被他为之卖命的军队判处死刑的结局。教育剧《说是的人》《措施》等作品，运用墨子"断指存腕"思维方法处理故事情节，显示了作者对《墨子》著作熟悉到了信手拈来的程度。

除此之外，布莱希特援引《易经》《孙子兵法》，和庄子、列子、孔子、孟子等思想，驾驭欧洲素材的例子不胜枚举。例如《大胆妈妈和她的孩子们》套用《庄子》盗跖批判腐儒满苟得"忠信廉义"思想的模式，描写了大胆妈妈一家人妄图借战争谋生，每个人都死于自己"可怕的特点"，一个小人物家庭被战火吞噬的悲剧故事。例如《伽利略传》伽利略被作者塑造成一个身处逆境，行"韬光养晦"之策，"诲藏其明"，"不失贞正"的科学家形象。伽利略在软禁中写成《两个世界体系的对话》，与周文王囚羑里演《周易》何其相似乃尔。《第二次世界大战中的帅克》塑造了一个"佯狂批发，以晦其明"的帅克形象，他那面对法西斯入侵者口无遮拦、装疯卖傻的样子，多么像被殷纣王投入监牢的箕子。这两部作品从故事结构到人物形象塑造，都是作者研读过《易经》的证明。流亡途中创作的清唱剧《赫拉提人和库利亚提人》，以中国"武戏"的形式，表现了在敌强我弱的形势下，以退为进，避实击虚，出奇兵反败为胜的辩证法，表明作者既研究过《易经·师卦》，也研究过《孙子兵法》。单是从他的语录式散文《易经》里，读者就能发现，他的中国古代哲学知识广博得令人惊讶。他甚至在这部散文里根据《尚书》里的"洪范"一词，创造了"洋泾浜"式的德文词"大法"（die Grosse Methode）、根据其中的"大同"一词，创造了德文的"大秩序"（die Grosse Ordnung）。德文 grosse 这个形容词第一个字母，通常应该是小写，布莱希特偏偏用大写，以暗示它的异质文化渊源。正是由于他的作品里充满中国哲理，含有丰富的中国文化元素，直到二战以后还有戏剧界专家指责他："妄图用中国戏剧传统取代欧洲戏剧传统",搞"形式主义"。但也有许多不同政治信仰的人,赞赏他作品里的中国哲学趣味,众口一词称誉他为"作家—思想家"。韩国日耳曼学者宋云耀(Yun-Yeop Song)由于发现布莱希特作品中呈现出丰富的中国文化色彩,甚至以羡慕的口吻赞誉他为"中国诗人"。

完成于 2019 年 12 月 10 日

二　洋溢着中国式辩证法智慧的德国散文

——关于布莱希特的《易经》

德国作家贝托尔特·布莱希特（Bertolt Brecht）的散文集《易经》，我国知道的人未必很多，它在世界布莱希特研究界却是大名鼎鼎。布莱希特的《易经》，形式类似阿拉伯世界的"朱哈的故事"，更像中国《墨子·耕柱》里的语录式散文。这种文体在德国浪漫派时期被称为"断片"（Fragment），自那时起德国文坛出现了施莱格尔、诺瓦利斯、叔本华、尼采等擅长写作语录式散文的大家。布莱希特这部散文集为何称"易经"？这是一个至今未讨论清楚的问题。

布莱希特《易经》命名之谜

20世纪20年代，布莱希特在研究马克思主义理论的同时，阅读过大量中国古代哲学德文译本，其中包括汉学家卫礼贤（Richard Wilhelm）翻译并解释的《易经》（我国通称《周易》）。学者们在布莱希特流亡时期的文字档案中发现过一张纸条，上面写着"易经"二字。这是人们见到的他第一次关于"易经"的记载，估计是1934年他流亡丹麦之初写的。1939年5月25日，他在《工作日记》中第一次提到《易经》这个书名。布莱希特自流亡之初，便开始了一系列语录式散文写作，他把这些散文统一命名为《易经》。

20世纪70年代以后，研究者逐渐认识到，不了解中国古代哲学，很难真正理解布莱希特的作品。布莱希特的散文集《易经》，开始受到学术界普遍关注。人们试图从它入手，进一步探讨布莱希特文学创作与中国古代哲学的关系。然而，由于二战以后出版布莱希特文集时，出版家把书名改为《墨子/易经》，这一改动给人们的判断带来了麻烦，读者弄不清楚，布莱希特的《易经》与中国《易经》到底是什么关系，与中国《墨子》是什么关系。凭着良好的汉学知识，曾经对布莱希特与中国哲学的关系这个课题做出开创性贡献的韩国学者，时至今日也未对布莱希特的《易经》与中国《易经》的关系发表看法。

借墨子学说表达马克思主义分析

德国学术界关于这个问题，迄今为止有三种说法。第一种说法认为，布莱希特的《易经》与中国《易经》没有关系。布莱希特所用的"易"这个概念，其含义不同于中国《易经》的"易"。持这种说法的人认为，布莱希特的目的在于创作一部以墨子学说为依据的"行为学手册"。他只是借用《易经》这个书名表达他对墨子学说的研究心得，并进一步在墨子这件"外衣"掩盖下，表达他对当前重要政治事件的马克思主义分析。这种说法最初见于出版者为布莱希特《易经》写的后记。基于这种判断，出版者将书名改为《墨子/易经》，突出散文与墨子思想的密切关系。这个判断的重要依据是，书中多数散文的主人公都被命名为"墨子"。

但是，这种观点是片面的，因为书中有些散文还涉及其他中国哲学家的思想。我国学者卫茂平教授曾经指出，散文中还提到比如孔子、庄子、老子、列子等的思想。何况散文中的主人公并非都称墨子，还有不少以中国姓氏命名的人，如卡枚（马克思）、艾福（恩格斯）、米恩列（列宁）、倪恩（斯大林）、费胡旺（孚希特万格）、金叶（布莱希特）、胡易（希特勒）等。有些散文还涉及欧洲思想家的著作，如马克思、恩格斯、列宁、古希腊哲学家赫拉克利特、现代德国哲学家黑格尔、科学家海森伯格等的思想。

受列宁辩证思维之启发

主张第二种说法的人，首先注意到，布莱希特对"易"这个概念的翻译不同于卫礼贤。布莱希特用德语单词"Wendung"代替卫礼贤的"Wandlung"。这些学者注意到，布莱希特在研究中国古代哲学的同时，阅读过列宁在苏联推行"新经济政策"的一系列论文，在这些论文的德文译文中，经常出现"转变"这个词，它的动词德文是wenden，它的名词是Wendung，名词复数是Wendungen。他认为，列宁关于从战时共产主义向新经济政策"转变"的论述，充满了辩证思维的智慧和胆识。列宁论文中"转变"这个词，似乎更符合布莱希特关于中文"易"这个概念的理解。在他看来，他对中文"易"这个词的译法，与卫礼贤的译法虽然都有"变易"的意思，但"Wendung"的释义除了"变易"的含义，更侧重于"转变""转化"，更突出事物变易的渐进性、阶段性，更能反映事物从量变到质变的辩证法。我国学术界经常把"易"的这层意思概括为"物极必反"，这层意思更符合布莱希特对《易经》真谛的理解。我们看到，布莱希特的《易经》散文里，有一篇标题为《米恩列攀登高山的比喻》的短文，它就是从列宁当年论述新经济政策的《评论家的短评》中摘引出来的。

"计谋"实为"春秋笔法"

第三种说法与第二种说法有相同之处，它首先关注的也是布莱希特对"易"这个概念的翻译。不过它的论据来源于20年代末30年代初德国阶级斗争方式的转变，即革命者从魏玛共和国时期的公开斗争转变为法西斯时代的隐蔽斗争。随着阶级斗争形势的变化，革命者为了避免损失、保存实力，必须转变斗争方式。这种转变既需要勇气，也需要智慧。这种主张认为，布莱希特用"Wendung"代替"Wandlung"，正是受了革命斗争方式的变化的启发。这种说法的有力证据，是布莱希特流亡国外之初，写过一篇题为《描写真理的五重困难》的文章，号召并动员德国知识分子转变斗争方式，运用"计谋"与法西斯势力进行周旋。"计谋"（List）在德文里是个贬义词，释义为"狡诈""狡猾"。布莱希特根据《孙子兵法》，把它改造成一个褒义词。他说的"计谋"，实际上指的是孔子的"春秋笔法"，即寓褒贬于一字之差，迷惑敌人耳目，揭露敌人的真相，使真理得以在世人面前广泛传播。

用"历史观念"解读欧洲时事

我认为，布莱希特之所以用"Wendung"代替"Wandlung"，是为了表达他对"易"这个概念更精确的理解。《易经》不是一般地讲事物运动变化的规律，它从时间观念入手，探索天地人盛衰沉浮、生长收藏的规律。用西方哲学概念来说，《易经》对事物发展变化的描述，还具有"异时性"的特点，或称"历史观念"，即随着时间的变化，事物的存在状态也发生变化，如赫拉克利特说的那样："人不能两次踏入同一条河流"，世间万事万物时刻都在发生变化。根据事物发展"异时性"特点，人们考察事物，不仅要有"变易"、"变化"（Wandlung）的观念，还必须有"转变"、"转化"（Wendung）的观念，这样才能精确理解事物从彼一时到此一时的变化过程。

布莱希特被《易经》所蕴含的辩证法深深吸引，在流亡途中一边研读中国古代哲学，一边运用中国传统哲学笔法，陆续写下自己对欧洲重大政治事件和哲学问题所进行的马克思主义思考和分析，从而明确自己的行为指南。书中几乎每一篇散文，都洋溢着中国式的辩证法智慧。不过书中正文无一处直接用"辩证法"这个词（只有一次用于标题），而是代之以"大法"（Die Grosse Methode）。这个词在德文里颇具"洋泾浜"色彩，显然是作者从《尚书》"洪范九畴"借用来的。在他的《易经》中，单是以"大法"命名的散文，就有十篇之多，如《论大法》《何时产生大法》《大法的差别率》等。

东方智慧带来的"思维体操"

布莱希特研习和吸纳中国古代哲学，并把自己的心得运用于文学创作，表现了难能可贵的热情。他最初接触《道德经》时，立刻被其中"将欲取之，必固与之"、"大道废，有仁义"、祸福相依、柔能克坚等辩证的思维方式倾倒。墨子"断指存腕"这样的辩证法思想，一再成为他剧本表现的主题，这类剧作（例如《措施》）曾经在评论界引起不同解读和热议。他在与朋友交谈时，也常常用"予子冠履，断子手足"这样的比喻，表达他对事物的取舍。①

在他的剧本《大胆妈妈和她的孩子们》的对话中，可以看到《庄子·盗跖》对腐儒"忠信廉义"的批判、《庄子·人间世》中的"材之患"作为脱身术等中国哲学元素，它们曾经产生过令人瞠目结舌的效果。剧本初次上演，便让那些不熟悉中国哲学，习惯于西方审美思维的评论家，立即经受了一场陌生艺术思维方式的冲击。《周易》里的"身退道不退""韬光养晦""以退为进"等思想，启发他在流亡途中创作了《贺拉提人和库里雅提人》《伽利略传》《第二次世界大战中的帅克》等优秀剧本。正如他的音乐家朋友汉斯·艾斯勒说的那样，中国哲学为布莱希特的文学创作提供了许多有益的"思想启迪"（Denkanregung），这使他的作品洋溢着浓郁的哲理趣味、耐人寻味的东方智慧，给酷爱哲学思维的德国观众提供了许多思维愉悦和审美享受。他的散文集《易经》就是这样的作品，被学术界誉为"思维体操"。

原载《中国社会科学报》2012 年 9 月 26 日

---

① 第二次世界大战以后，布莱希特有意创作一部以罗萨·卢森堡为主人公的剧本，他在研究材料时发现，卢森堡当年曾经在建党、民主等问题上与列宁发生过争论，他觉得不论剧本里写不写这种争论，都会为反共势力提供攻击共产主义运动的机会。他对朋友表示，宁可放弃剧本创作，也不为敌人提供口实，他沿用墨子的典故说："我决不能为了证明自己是个出色的刀斧手，便剁掉自己的双脚。"

三　安娜·西格斯的风采

——纪念安娜·西格斯诞辰一百周年研讨会发言

不甘心做资本主义剥削制度的顺民

据中国老一辈日耳曼研究专家张威廉先生记载，1928年安娜·西格斯的处女作长篇小说《圣巴巴拉的渔民起义》出版后，立即引起德国《世界之声》杂志的热评，许多人为这部小说题材和语言的阳刚之气所折服。待到颁发当年的克莱斯特奖金时，人们才不胜惊讶地发现，原来这部轰动读书界的作品，出自一位年仅28岁透着东方风韵的女青年之手。我们知道，起源于德国的第一次世界大战和发生在俄国的十月社会主义革命，曾经惊醒了德国、欧洲乃至世界上许多不满于现状且又处于彷徨中的知识分子，一时之间反对剥削压迫、追求自由和正义，成了进步知识分子的理想。《圣巴巴拉的渔民起义》所表达的正是西格斯和她的同时代许多知识分子的理想和追求。

西格斯出生于美因兹一户犹太人家庭。虽然家境比较富裕，又是独生女，但她的身份在当时远不能保证她有一个安定的市民阶级生活前景。大学时代她结识了许多来自世界各地的革命流亡者，其中包括她后来的丈夫，匈牙利革命者，同样有着犹太人身份的拉什洛·拉德瓦尼。从他们那里她了解了世界各国的劳动人民为了反抗剥削压迫而英勇奋斗,惨遭镇压,流血牺牲的故事。这使她开了眼界,了解了许多政治事件,懂得了什么叫阶级斗争。那些流亡到德国来的革命者,成了西格斯心目中真正的英雄。自身的和间接的生活体验,促使年轻的西格斯像当年大多数欧洲知识分子一样,不甘心做资本主义剥削制度的顺民,走上了追求变革现实的道路。正像她后来在短篇小说《已故少女的郊游》中说的那样:"我问自己,我应该怎样度过这个时代,今天和明天,在这里或者在那里,因为我感觉到现在有一股像空气一样无法扼制的巨大的时代潮流。我们从小就习惯了不屈服于时代,采取某种方式去驾驭时代。突然间我想起了我的女教师委托我仔细描写学校郊游的任务。我想明天或者就在今天晚上,当我的疲乏消逝以后,立即着手完成交给我的这项使命。"西格斯写在这篇自传体小说中的这段话,清楚地表明,决定她生活和写作的基本动力是不甘心做时代的顺民、不甘心卑躬屈膝地扮演时代赋予一个女人,特别是一个德国犹太女人的角色:默默地充当历史的牺牲品,而是要做一个掌握自己命运的女人,作一个主动驾驭时代的女作家。基于这种追求,她于1928年加入了德国共产党和德共领导的无产阶级作家联盟,成了一位革命作家,把用笔描绘社会主义革命这个无法扼制的巨大时代潮流,表达工人阶级和劳动大众对自由、公正的追求与理想,当作自己的"任务"和"使命"。

把爱献给革命和革命者

西格斯年轻时代对生活道路的选择,与她对爱情和婚姻的选择是密不可分的。她的丈夫拉什洛·拉德瓦尼在1918年匈牙利议会共和国失败以后,像许多匈牙利革命者一样流亡到德国,在海德堡大学学习哲学、心理学、社会学和国民经济学,取得博士学位。后来化名约翰·施密特，一生从事马克思主义理论宣传和教学。他曾在20年代末30年代初，主持过著名的柏林"马克思主义工人学校"的工作，吸引物理学家爱因斯坦、音乐家艾斯勒、话剧导演皮斯卡托、摄影艺术家杨·赫特菲尔德等来校无偿授课。流亡墨西哥期间又创立过同样性质的学校。西格斯不但从她丈夫那里知道了许多匈牙利革命者的斗争经历，为她后来在《战友们》这部长篇小说里描写匈牙利革命者的遭遇积累了丰富素材，而且从他那里学到了许多马克思主义的基本知识，他既是西格斯的马克思主义理论老师，又是她的文学作品的第一位读者和评论家。西格斯不仅关注丈夫的革命活动和革命理论研究，也十分尊重他对自己文学创作的评价。在西格斯看来，夫妻之间若要保持长久而牢固的关系，除了相互之间的魅力，还要有共同的社会立场和政治信念。西格斯与她的丈夫可以说是一对"举案齐眉，携手并肩"的夫妻，即使婚姻中遇到坎坷，也都能以豁达的心胸、理智的方式化解矛盾，相敬如宾。西格斯曾深情地写道："现在我深切感到，我在自己的工作中是多么离不开他的忠告和支持，我们曾经就每一个表达方式和每一句话进行过反反复复的推敲。"他们夫妻之间的深情与亲密合作，堪称革命伴侣的典范。多年之后西格斯在谈到与拉德瓦尼的结合时，曾经说自己第一次献给一位年轻人的伟大的爱，也是第一次献给革命斗争的伟大的爱。她在1925年与拉德瓦尼结婚以后，便与丈夫一同走上了革命道路。

20世纪历史的书记官和启蒙者

工人阶级和劳动大众为争取自由和公正的社会制度而进行的斗争，是西格斯一生从事文学创作的主旋律。西格斯曾反复说过："处于一个新的艺术时代的开端"，作家的任务就是去"发现新的题材"。她一生共创作了十部长篇小说和大量中短篇小说、散文、政论、文艺理论随笔等，她不仅用自己的文学作品描绘了工人阶级、劳动人民争取自由、正义的斗争，描写了他们失败的痛苦、胜利的欢乐，表现了他们在流血牺牲、前仆后继的斗争中所经历的思想锻炼和感情波折，也描写了社会主义建设中所遇到的种种困难、矛盾，取得的成就和经验教训。她的文学创作不仅取材于德国的现实和历史，也常常把笔触延伸到世界上别的民族，匈牙利、保加利亚、波兰、意大利、西班牙、法国，乃至中国、越南、埃塞俄比亚和拉丁美洲历史现实中的风云变幻，常常被摄入她的文学视野。可以毫不夸张地说，西格斯作为作家一生扮演了一个20世纪历史书记官的角色。

西格斯文学创作的特点是具有历史的尖锐性和深刻性。她与同时代许多作家的根本不同，在于她从不把文学创作视为作家个人感情宣泄的工具。她从不把多数读者读不懂、无法接近的文字视为高雅脱俗。更不去迎合自20年代以来资本主义文化市场上在"大众文化""消遣文化"的口号下日益泛滥成灾的低俗趣味。她在自己作品中总是描写多数人感兴趣的故事和人物，提出多数人期待回答的紧迫现实问题。她的《第七个十字架》出版之时，正是法西斯势力在西方和东方甚嚣尘上之日，作者在作品中及时回答了反法西斯斗争能否胜利的问题。小说中的主人公海斯勒在普通德国人的掩护和支持下，摆脱了法西斯布下的"天罗地网"，使空在集中营里的第七个十字架成了法西斯制度并非铁板一块，反法西斯势力终将胜利的象征。它的出版大大鼓舞了世界人民的反法西斯斗争，也使各国人民了解了德国的真实情况。小说出版后得到广泛传播，立即被拍成电影在世界各地上映，时至今日它仍然是德国进步力量认识那段历史，反对新纳粹势力重新崛起的极为有力的精神武器。将近60年的历史并未削弱它的艺术光辉和现实意义。不论在东方还是在西方，曾经不被某些人理解的长篇小说《死者青春长在》，今天看来，恰恰表现了作者对德国20世纪上半叶历史把握的深刻性。小说的开端与结尾父子二人的被枪杀，既是这部小说的艺术框架，又深刻表现了德国20世纪上半叶历史的发展过程。斯巴达克成员艾尔文被反动军官枪杀，象征性地表现了由于德国社会民主党右翼的背叛，使德国人民在世纪初丧失了一次革命成功的机会，导致法西斯势力的崛起，不仅给德国，也给世界人民酿成一场深重灾难。艾尔文的遗腹子汉斯虽然成长为一名法西斯制度的反对者，但却在孤立无助之中被迫成了希特勒军队的士兵，最终被杀死他父亲的那个刽子手枪杀。他的继父，德国社会民主党人格什凯最终放弃了对共产党人的长期不信赖，认识到正是工人阶级的分裂，为法西斯势力提供了攫取政权的机会。他的醒悟虽然晚了，但却预示了德国工人阶级的团结是新德国未来的保障。这可以视为安娜·西格斯在战争接近结束时，在总结了德国半个世纪的历史教训之后对德国未来的展望。

  遗憾的是，德国第二次世界大战以后半个世纪的曲折发展，到底还是在一个较高的层面上画了一个圆圈，又回到原来的老路上。现在看来，西格斯生前对于这种发展趋势的可能性并非没有警觉。她在创作《死者青春长在》的同时创作的中篇小说《海地婚礼》《奴隶制在瓜代洛普的重建》和60年代初期创作的《绞刑架上的曙光》（三者于1962年合为《加勒比故事集》）中，借助异乡的故事，寓意性地表现了第二次世界大战以后，曾经给世界带来灾难并受到进步人士怀疑和唾弃的资本主义制度重新复辟的可能性。这一组以加勒比海岛屿为背景的小说，描写了法国大革命当中被宣布废除的奴隶制又被拿破仑重新扶植起来的故事。《海地婚礼》中的黑人领袖朵桑·洛威图，是圣多明哥岛上的一个真实历史人物。西格斯描写了他作为黑人统治者借助公正的法律和明智的领导艺术，把原来的奴隶、混血儿和白种人团结在一起，从事有益于公众的劳动，却由于无法对抗拿破仑的背叛和他的强大军事实力，而不得不放弃主张人人平等的宪法，向拿破仑权势投降。这个故事显然是暗示在战争中被打得七零八落的资本主义体系，战后仍有复辟的可能。熟悉第二次世界大战前后那段历史的人们都还记忆犹新，20世纪上半叶，由于资本主义制度自身表现出来的种种危机，逐渐导致在欧洲许多国家和亚洲的日本，出现了广泛的极端军国主义化和法西斯化倾向，并引发了第二次世界大战。许多有识之士，特别是知识分子阶层里的有识之士，对资本主义制度丧失了信心，一度兴起于20年代追求自由和公正社会制度的理想，第二次世界大战后期，变成了变革资本主义制度的迫切要求。西格斯在《加勒比故事集》中正是表达了这种理想和要求，并同时告诫人们，警惕资本主义制度东山再起的可能性。西格斯提出的阻止这种可能性的方案是，进行社会主义革命，建立比资本主义制度更公正合理的社会制度，如作家在《海地婚礼》中说的那样，"最好的思想如果没有政权作为后盾，也不可能存在下去"。作者在上述这些作品中所表现出来的对于历史与现实观察的尖锐性与深刻性是十分惊人的。西格斯不仅是她的时代的称职的书记官，更是一位杰出的启蒙者。

独到的艺术风采

西格斯文学创作的另一特点是艺术上的先锋性和表达方式的多样性。20世纪是西方文学艺术上不断出新的时代。西格斯的文学创作不但在思想内容、题材选择上保持了革命的先锋性，而且在艺术上也极善于吸收新的表达方式和艺术手法。从体裁角度来说，西格斯的文学创作几乎囊括了除传记文学的一切叙事可能性：小说、散文、随笔、政论、逸事、神话传说、童话故事等应有尽有。在表现形式和手法方面，除传统现实主义通用的形式和手法，蒙太奇、意识流、象征、隐喻乃至超现实主义的艺术手法，她都十分娴熟地拿来为自己的目的所用，从而使她的文学作品呈现出一副色彩缤纷、气象万千的景观。《战友们》在结构上运用了蒙太奇手法。《第七个十字架》则大量运用蒙太奇、象征、隐喻手法和神话、宗教、童话因素，使作品的内涵得到了升华和深化，成为20世纪德国历史的一座警世碑。《过境》的意识流把卡夫卡式的等待、期盼表现得淋漓尽致，新意迭出，而又没有卡夫卡那种迷惘的悲观主义情调。这部小说被德国作家海因利希·伯尔和许多文学评论家誉为20世纪最优秀的长篇小说之一。《已故少女的郊游》以其出色的超现实的艺术描写，被誉为20世纪德国文学中最美丽的短篇小说、艺术上的"主观真实性"的典范。《关于强盗沃伊诺克的最美丽的传说》《阿尔泰米斯的传说》《第十一号王国旅行记》《三棵树》《外星人传说》等短篇小说所表现出来的丰富的想象力，使它们获得了"我们时代的《一千零一夜》"美称。不过，当我们提到西格斯对这些现代艺术手法的运用时，切不可把她视为像某些作家那样是在进行脱离现实的艺术实验，西格斯是在有意识地追求一种"强有力的，多样性的反法西斯艺术"，她说："我们必须学会用比别人表现他们的谎言更有力、更吸引人的方式来表现我们的真理"，以便把读者"从精神和肉体方面全方位地动员起来，进行社会制度的变革"。这正是安娜·西格斯比那些在艺术表现方面进行过许多有价值的探索，却在思想内容、题材选择方面远离艺术的社会功能的作家们高出一筹的地方。她是站在一个更高的历史社会制高点上运用现代小说艺术形式和表达方式的。与20世纪德国许多小说家相比，这是她独有的艺术风采。

高瞻远瞩、胸襟开阔的人格魅力

西格斯作为马克思主义者，也像布莱希特一样，很少受到她那个时代马克思主义理论界流行一时的教条主义风气的熏染。她总是从社会实际和文学创作实践出发，看待文学理论界争论的问题。她在30年代中期与匈牙利理论家卢卡契围绕遗产、现实主义概念、现代主义和颓废派的争论中，充分表现了她那种不拘泥于本本、实事求是的作风。她针对卢卡契把遗产概念仅仅局限于古典人道主义和资产阶级现实主义传统，并攻击表现主义文学为"颓废"和"法西斯主义开路先锋"的观点，主张对传统应采取分析灵活的态度，对现代主义文学应采取理解的态度，用"颓废"这一概念来否定它，不论从艺术上还是政治上都是不利的，为了反对法西斯主义这一主要敌人，应该尽可能多地团结一切反法西斯主义的艺术潮流和力量。她反对卢卡契所主张的那种狭隘的现实主义概念，主张文学题材和风格的广阔性与多样性，容许艺术风格的突破、实验和特殊的"杂种形式"。毫无疑问，西格斯这些主张，既在理论上坚持了马克思主义的历史唯物主义和辩证法，又在实践上坚持了当时的反法西斯统一战线政策。她反对在组织和人事问题上搞宗派主义，坚持德国共产党人倡导的反法西斯人民阵线主张。

在第二次世界大战后民主德国的文学实践中，西格斯为了克服文学创作中的公式化、概念化倾向，驳斥在反对形式主义和颓废派的口号下，对德国19世纪浪漫主义和20世纪现代主义文学的贬低和否定，她在晚年从研究和借鉴德国浪漫主义文学，特别是德国浪漫派小说大师霍夫曼的艺术成就入手，提出了"幻想的现实"的主张。西格斯的主张，归纳起来，大体上有三方面的内容：一是现实不只是指看得见、摸得着、闻得到的东西，人的感觉器官感受不到的幻想、梦幻也是现实的一部分,也是一种现实形态,它们理所当然地应该是作家表现的对象;二是在幻想、梦幻中常常寄托着人类对未来的期盼、展望、理想、设想、猜测、憧憬等,它们能使人在现实生活和劳动中产生动力,不满足于既得成就,获得变革现实的勇气,使人成为具有创造性的人;三是作家在艺术上正确运用幻想、梦幻,可以扩大文学实践的天地,使文学在题材、体裁、风格诸方面更趋多样化。西格斯这种"幻想的现实"主张,可以说是她一生从事文学创作的经验总结,是从她个人创作经验和前人、同时代人经验中提炼出来的艺术信念。不只是忠实于生活,细节真实的现实主义方法能够反映现实,幻想的、怪诞的、变形的、夸张的方法,也同样能够反映现实。为了进一步验证自己的艺术主张,西格斯晚年还创作了《纯蓝》《奇遇》《外星人传说》等充满着奇思异想的短篇小说。她用自己的艺术主张和创作实践,有力地克服了民主德国文学创作中的公式化、概念化倾向,推动了20世纪70年代以后民主德国文学创作和文学理论的发展,澄清了对德国浪漫派现代主义文学,关于幻想与开放形式,关于艺术与科学(主要是哲学)的关系等问题上不符合实际的认识和主张。西格斯从30年代到70年代提出的这些主张,充分体现了马克思主义海纳百川、不断革新进取的性质。充分展现了西格斯高瞻远瞩、胸襟开阔的人格魅力。她在与卢卡契讨论遗产和现实主义问题的那些长篇通信中,在战后发表的论述文学的那些文章、报告和谈话中,从不采取真理在握、咄咄逼人的口气,而是以平等商量、心平气和、充分说理的方式讨论和研究问题,这充分体现了西格斯的宽容耐心,对于对方的理解和尊重,体现了西格斯理论上的成熟、政治上的信心和学风上浓厚而真诚的民主意识。

一个心地善良、充满爱心的人

在对待官方的文化政策方面，西格斯一贯表现得谨慎而守纪律，她并不一般地否定检查制度的必要性，但她更主张对待文艺问题多采用对话和讨论的方式，少用动辄开展大批判的办法。在对待人的问题上，她主张宽容和理解，一些年轻作家、艺术家受到批判时，她曾经利用自己作家协会主席的地位保护过他们，如画家马克斯·林格纳，女性小说家克莉斯塔·沃尔夫，剧作家海纳·米勒和彼得·哈克斯。她甚至因此而与克莉斯塔·沃尔夫结下深厚友谊。出版家瓦尔特·严卡在1956年匈牙利事件中受到不公正待遇，遭到逮捕入狱时，她亲自找到国务委员会主席、党的总书记乌布利希为他申辩。1963年，她甚至给因参与匈牙利事件已被开除党籍的卢卡契写信，对他在马克思主义理论研究和宣传方面做出的贡献表示尊敬，对他在理论上给自己的启发和帮助表示感谢。她敢于不避嫌疑，对一个昔日理论上的对手做出这样的表示，体现了西格斯在对待人的问题上的豁达大度、明辨是非的能力。西格斯一向认为卢卡契说过的话，并非一切都是对的，但它们是值得考虑的，她相信，不论卢卡契在理论和实践上有什么失误，但他不是一个反对马克思主义的修正主义者，他是忠诚于社会主义事业的。在他遇到困难的时候，理应得到同志们的理解和安慰。西格斯是一个多么善良、多么充满爱心的人啊！是一个多么令人钦佩的人啊！

更令人钦佩的是，在事关社会主义事业的大是大非问题上，她从不违背党的纪律，采取轻举妄动的态度。两德统一之后，一些人曾就苏联、斯大林和民主德国的失误，指责西格斯软弱、迎合权势。这是他们不理解西格斯的性格。西格斯对待社会主义事业、共产主义理想，从来不以局外人自居，采取指手画脚、不负责任的态度。当一些曾经以激进的革命者自居的知识分子，在30年代中期面对斯大林的清党，宣布脱离革命，拂袖而去，甚至变成社会主义敌人的时候，西格斯则以向前看的态度，仍然对十月革命20周年表示祝贺，声援和支持作为反法西斯斗争堡垒的苏联。战后对发生在民主德国的1953年柏林事件和1956年的匈牙利事件，她都有自己的看法，这在她此后写的《信任》和《公正的法官》等作品中都是有所表现的。但她顾全大局，从不违背党的纪律、轻率地发表言论和采取行动，避免激化矛盾，损伤社会主义事业。正像布莱希特所说的那样，她"绝不为了证明自己是个出色的刀斧手，便剁掉自己的双脚"。西格斯对社会主义事业的忠诚表现为，既不附和因领导失误造成的错误，亦不放弃自己的信仰；既不附和西方的敌对宣传，亦不忽视社会主义实践中的失误。她从不把这种失误归咎于社会主义制度，而是视为对社会主义的误解，是人为造成的。在这种时候，西格斯无疑总是要面临对自己党性的严峻考验：即如何维护社会主义事业。有人说西格斯作为一个犹太人，把共产主义视为一座救命的堤坝，只有它才能阻挡在世界上泛滥成灾的排犹主义，她作为一个犹太人只能在共产主义中找到自己的家园。这话说对了一部分，因为马克思所设想的共产主义社会不但没有阶级之分，也没有种族之分。西格斯出于对共产主义的信仰、维护社会主义事业，她只能，也只愿意采取对事业负责的方式，把失误所带来的损失减少到最低限度，让更多的人认识并学会如何减少失误，懂得如何把社会主义推向前进。这正是安娜·西格斯的风采。

四　西格斯与卢卡契

西格斯与卢卡契相识于 20 世纪 30 年代初期的柏林。那时安娜·西格斯是个在德国文坛上刚刚出道并取得骄人成绩的年轻女作家。1928 年，她的处女作长篇小说《圣巴巴拉的渔民起义》荣获克莱斯特奖金，此后相继创作出版了短篇小说集《走向美国大使馆的路上》和长篇小说《战友们》《人头悬赏》，她还是刚刚成立的德国无产阶级革命作家联盟的积极分子。那时久尔吉·卢卡契从苏联莫斯科移居德国柏林，参加德国无产所级革命作家联盟机关刊物《左曲线》工作。这时的卢卡契已经是著名哲学家和文学理论家。他经历了匈牙利 1919 年"议会共和国"的创立与失败，经历了十余年的流亡生涯。与 1928 年入党的西格斯相比，已经是个经历和经验都颇为丰富的老革命家了。他比西格斯年长 15 岁。二人同为犹太血统。

据西格斯说，他们相识之前，她从关于匈牙利流亡者的报道中，知道了一些卢卡契的传奇性经历。她的印象是，卢卡奇是个既勇敢又聪明的人，他不但当过匈牙利红军政委，还写了那么多闪烁着智慧光芒的著作。她读过他的文章和书，但并未全懂。自从相识以后，每当读卢卡契著作时，总觉得他就在自己面前，她总有一种与他面对面讨论的愿望。1931 年夏天到 1933 年初，卢卡契居住柏林期间，由于他们同在德国无产阶级革命作家联盟工作，时常有机会一道讨论问题。这时的卢卡契十分关心像德国这样一个产生过许多伟大思想家的国家，何以会出现法西斯主义思潮泛滥、它与知识分子有什么关系这样的问题。他觉得德国哲学中的"非理性主义"倾向，可能是产生这种现象的一个重要根源。他曾多次去杜塞尔多夫、科隆、法兰克福等地做关于法西斯意识形态的报告，唤起德国人对正在崛起的法西斯势力的警惕。后来他把这些想法写进了《表现主义的兴衰》《德国文学中的进步与反动》《命运的转折》《理性的毁灭》等著作里。据西格斯说，他们被迫流亡之前，最后一次讨论是在弗里德里希大街一家小酒馆里进行的，讨论的内容大概就是后来表现主义论争中涉及的文化遗产和现实主义理论问题。

1937—1938年在莫斯科出版的德国流亡者杂志《发言》开展关于表现主义问题讨论时，卢卡契正在苏联科学院哲学所从事研究工作，出版了《历史小说》《十九世纪文学理论与马克思主义》等著作。西格斯这时流亡巴黎，先后出版了《二月之路》《解救》两部长篇小说，并正在创作后来成为世界名著的《第七个十字架》。西格斯像卢卡契一样，时刻关注德国和世界无产阶级革命的进程和法西斯主义的发展动向。无产阶级革命和反法西斯斗争是她一生文学创作的主题，即使在那些以神话传说为题材的作品中，也处处渗透着对人类发展前途和命运的深沉而冷峻的思考。在艺术上，西格斯是个敢于海纳百川的作家，除继承传统叙事技巧，表现主义的冷峻而客观的事实报道手法，卡夫卡的寓意性手法以及现代欧美小说中流行的内心独白、蒙太奇等，她无不信手拈来为己所用。她的《第七个十字架》之所以取得巨大成功，一方面是它的反法西斯内容的现实性拨动了当时广大读者的心弦，另一方面是它的创新的形式，新颖的结构，对现代小说艺术手法的娴熟运用，赋予这部小说惊人的真实性效果。作者采用意大利小说家曼佐尼《婚约夫妇》的小说框架，运用蒙太奇、内心独白、梦幻等叙事手法,让她的主人公在不同的环境中去体验人间冷暖、世态炎凉、社会各阶层人物的精神世界,全面深刻地揭示了法西斯统治下的德国现实,使作品具有极大的吸引力。

像西格斯这样一位在艺术上与时俱进,不断创新,勇于吸纳已有艺术成就的作家,当她1938年读到卢卡契为参与表现主义论争所写的论文《问题在于现实主义》时,不可避免地要同他的某些观点发生冲突。因为在卢卡契看来,现实主义,特别是现实主义小说的标准,就是巴尔扎克、托尔斯泰、托马斯·曼、海因利希·曼和罗曼·罗兰等的作品,而现代小说,特别是朵斯·帕索斯、乔伊斯的小说,都是反现实主义的,他引用尼采的一个概念,称他们为"颓废派",并将其列为打击对象。西格斯当然不否定巴尔扎克、托尔斯泰等人的小说成就,但她不同意卢卡契把现实主义方法限定在19世纪为止,因为在她看来,各个国家、各个时期都有自己的现实主义传统和文学作品所达到的现实性。她自己在《战友们》、《第七个十字架》和《过境》等小说中,就广泛采用朵斯·帕索斯的蒙太奇和乔伊斯的意识流手法,取得很好的现实效果.为什么要打击他们呢?西格斯认为,即使把朵斯·帕索斯当替罪羊进行打击,"我们也应该承认,他大大丰富了当代文学的素材"。她质问卢卡契:为什么不去打击那些法西斯作家、战争诗人以及鼓吹"血统论""空间论"的人呢?这个质问,体现了西格斯作为共产党人在现实斗争中团结一切可能团结的人的高度文化政策水平。她不同意用"颓废派"这个概念,把反法西斯斗争的朋友、同路人盲目赶到敌人营垒里去。况且,反法西斯作家要想创作多样化的、有生命力的文学作品,也必须根据时代要求,随着题材的出新,艺术上有所创新;企望用一把钥匙打开所有的门,这是不切实际的想法。现实主义方法不是"魔帚",弄不好会像魔术师的徒弟那样闯祸的。后来社会主义文学中的"公式化""概念化"倾向,就是把现实主义创作方法奉为"魔帚"带来的消极后果。

西格斯把艺术创作理解为一个"过程",它的第一阶段是作家对现实的"原始反映"或曰"直接接受的现实",她称这是文学创作的前提条件;它的第二阶段是如何处理作家所接受的现实,把无意识的东西变成有意识的东西,变成真正的艺术作品,她称这是创作方法。西格斯认为脱离艺术创作的第一阶段谈方法,如同魔术师的弟子操起师傅的"魔帚"想创造奇迹一样是危险的。现实是动态的、变化的,处理现实的方法也必然是动态的、变化的,一成不变的方法是没有的。她还批评了歌德当年对青年作家克莱斯特的艺术创新表现得非常冷淡,却对一个名叫查哈里亚斯·维尔纳的作家,表现得十分热情,还竭力培养他,只是因为他在方法上与自己意见一致。西格斯称维尔纳只是一个"平庸的小市民",早已为人所遗忘,而克莱斯特的作品至今仍为人们所阅读,并对后世作家产生了重要影响。西格斯就是从他的作品中吸收了"志异小说"的风格和手法,丰富了自己的小说艺术。

中国学者包智星教授称西格斯与卢卡契的通信,是具有"久远价值"的"重要美学文献"。它们在20世纪中叶欧美学者关于现实主义理论的讨论中,发挥了重要作用,特别是西格斯关于"现实主义的丰富性与多样性"的论述,对于理论探讨和文学创作实践都产生了重要影响。应该说明的是,卢卡契在《问题在于现实主义》和致西格斯的信里,尽管在理论上有倾向性的失误,但其中有不少论述至今仍然是有价值的。如他关于高尔基、巴尔扎克、托尔斯泰、托马斯·曼、海因利希·曼、罗曼·罗兰等作品的分析,对德国民主传统与英法民主传统的对比,等等,都表现了卢卡契学识的渊博和观察的敏锐。所以西格斯称他关于现实主义的文章"澄清了许多问题",说他近几年研究了一些"最重要的问题","对于我们的工作是有启发和教益的",等等,这都不是客套话。卢卡契的哲学、文学理论和文学史著作，在欧洲培养和影响了不止一代马克思主义学者和作家，不少在第二次世界大战以后成长起来的知识分子，坦率地承认自己是卢卡契的学生，声称：通过卢卡契理解了马克思，又通过马克思理解了黑格尔和德国古典哲学。尽管人们对他的某些观点持不同意见，却仍旧尊重他的卓越学术成就。60年代，人们在讨论布莱希特与卢卡契论争时，一度产生了"扬布抑卢"倾向，卢卡契被称为"资产阶级学者""东方教条主义的代表人物"，但从70年代初开始，民主德国学者密滕茨威、库尔特·巴特，联邦德国学者尤塔·玛兹纳，意大利学者采萨雷·卡塞斯等很快纠正了这种偏向，公正地评价了卢卡契对马克思主义理论的非凡贡献。

早在1955年，西格斯为祝贺卢卡契70寿辰所写的短文里就指出，卢卡契著作的巨大魅力，在于它们反映了革命发展的现实，教会了她如何把马克思主义运用于艺术实践，如何从各民族伟大古典艺术中吸取营养，学习它们的创作方法。关于卢卡契理论上的失误，西格斯表示理解。她认为卢卡契像启蒙运动时期的莱辛一样，写作是有明确目标的。莱辛身处30年战争之后四分五裂的德国现实，他要清除封建主义势力和思想对德国艺术的影响；卢卡契则要使艺术从"非理性"和"法西斯主义"影响下解放出来。这都是应该肯定的、难能可贵的。但是他们都犯了一个共同性的错误，即根据创作方法来评判作家。西格斯认为，莱辛偏爱英国戏剧，主张描写非封建主义的、市民阶级的日常生活，这是好的、对的；但他笼统地否定法国宫廷戏剧，却在相当长时间里给西格斯理解法国古典戏剧和拉辛制造了困难。同样，卢卡契由于推崇某种特定的现实主义方法，而否定克莱斯特、由于推崇托尔斯泰而贬低左拉，都是荒唐的。他的某些分析并非没有价值，但这样评判这些有成就的作家，显然是不公正的。所以西格斯在卢卡契逝世以后，于1973年写的短文《文学批评与社会使命》中说:"一个评论家不应只推崇一种写作方法。"她始终倡导现实主义方法的"丰富性与多样性"。

从西格斯对卢卡契理论失误的理解,可以看出,她是个杰出的辩证法家,是个心地善良、正直的人,绝不因卢卡契某些失误,否定他的全部成就和贡献,更不因卢卡契对她说过某些过头话心怀忌恨。1956年卢卡契卷入匈牙利事件,西格斯曾与当时民主德国文化部部长贝歇尔、建设出版社社长瓦尔特·严卡策划把他接到民主德国来,摆脱那个是非之地。这件事曾在民主德国酿成一场政治事件,严卡还为此坐了几年牢。卢卡契被定为"修正主义分子",开除党籍,后来他的妻子也去世了。就在他处境十分艰难的时候,西格斯于1963年从墨西哥给他写了一封信,对卢卡契丧妻表示慰问,对他多年来用自己的著作澄清了许多问题、对他在理论上给予她的帮助表示感谢。在西格斯心目中,卢卡契既不是"反革命",也不是"修正主义者",而是一个忠诚于事业的共产党人。6年以后,即1969年,卢卡契重又被接纳为匈牙利社会主义工人党党员。西格斯在卢卡契处境最困难的时候,冒着政治风险对这个昔日的论敌伸出援助之手、友谊之手,表现了马克思主义者的宽广气度和博大胸怀。西格斯与卢卡契的友谊是纯洁的、无私的、高尚的,像他们之间关于现实主义的通信一样,是令人回味绵长的,是给人以久远启迪的 。

五　论施泰凡·赫尔姆林的散文创作

——《暮色集》译者前言

《暮色集》是德国诗人施特凡·赫尔姆林以自己青年时代的生活为素材写的一部散文，它带有自传性质，但不是自传，也不是回忆录。全书共27篇，每篇都独立成章，合在一起构成一个完整的整体，它们不是按照作者生平的时代顺序写的，却又分明反映了作者从少年时代至30岁这一段时间的种种经历和感受。这里包括了作者少年时代的某些家庭生活，对家庭中几个主要人物——父亲、母亲、叔叔、弟弟的述写，对家庭中那种音乐和绘画氛围的描述，对少年时代某些伙伴不同遭遇的回忆；读者还能从中看到少年赫尔姆林是在什么样的气氛中加入德国共产主义青年团的，看到他从事地下斗争的生活片段，看到众多的德国人是怎样被法西斯狂潮席卷而去，看到作者在西班牙战场上和在法国抵抗运动中的某些经历；书中还记载了他初学写诗的情景，他对艺术的理解；等等。

在翻译《暮色集》过程中，我常常想到我国老诗人冯至教授今年出版的《立斜阳集》，它们虽然都出自老人的手笔，字里行间都闪烁着白发的智慧，却又都透着青春的朝气。因而这"斜阳"也好，"暮色"也罢，无非都是作者自然年龄的象征，绝无半点"近黄昏"的慨叹。两位老诗人国籍、经历、文化背景不同，他们的散文风格也有很大差异。《立斜阳集》无论评人说事，字里行间都充满着纯真深厚的感情，其表达方式都是我们所熟悉的传统手法。《暮色集》则不同，赫尔姆林继承了德国浪漫派力图打破传统文艺理论关于文艺体裁的严格限制的主张，把哲学、文学、音乐、绘画等门类连通起来，为他的散文创造了许多新颖的表达方式。欧洲现代小说艺术的意识流、蒙太奇等手法，也被赫尔姆林熟练地运用于散文创作之中。所有这些，都使他的《暮色集》呈现出一派现代风格。

赫尔姆林是一个在音乐方面很有造诣的人，他不但拉一手好提琴，而且对音乐有着相当好的理解力。书中的第一篇散文，描绘了他对巴赫一首《康塔塔》的印象，在不到三百字的篇幅中，记述了他对乐曲和乐器表现力的理解。从全书的结构来说，这第一篇散文显然是解题之作。散文集的标题，即来自这首乐曲所描绘的那种暮色苍茫的气氛。最后一句话，是巴赫这首《康塔塔》的标题，典出《新约·路嘉福音》第 24 章。60 年代作者受到不公正待遇时，常在自家信箱里发现不署名的纸条儿，上面写的也是这句话（见《还乡记》）。只这一句话，却表达了作者多么复杂的感受啊。在第 25 篇里，作者巧妙地借用舒伯特的套曲《漂亮的磨坊姑娘》中最后一首歌词展开联想的翅膀，描写了梦幻般的意识流动。歌中情，梦中事，交互叠印，造成虚虚实实、变幻莫测的效果，颇似一首变奏乐曲。在另外一些篇章里，也常常出现音乐生活的描写。音乐为这位老诗人、老战士的一生增添了许多美，给了他许多慰藉，也锻炼了他那诗歌语言的音响色彩和气氛。

如果说第一篇是用文字描写的音乐，那么最后一篇则是用诗的语言描绘的风景画，在那美丽的瑞士风光中，有一个匆匆赶路的人，那就是赫尔姆林；我们从他另一篇散文《还乡记》中得知，他当时正带着党组织的委托，扮作游人模样，只身穿过崇山峻岭,进入战火刚刚停息的德国,去迎接新的战斗生活。那一年他刚刚31岁。这最后一篇散文是以描绘落日时的景象结尾的,同第一篇散文形成首尾呼应的效果。联系到书前引用的瑞士作家那句话作为题词(细看暮色中的路,那是家乡的路。——罗伯特·瓦尔泽),读者可以浮想联翩:赫尔姆林经历了九年的颠沛流离,终于踏上了返回家乡的道路,但这"家乡"也许并非明指作者的出生地——德国,这"道路"也许并非指从瑞士山顶到德国丘陵地带所走过的路,它们也可能是一种象征、是一种比喻,人们不是也可以理解成作者所追求的理想和为实现理想而奋斗的道路吗?

从艺术角度来说,这部散文是相当新颖的,它吸收了现代散文语言高度凝练的特点,用尽量少的文字表达尽可能多的内容,却不露刀削斧劈的痕迹。这种锤炼语言的本事,德文称作"割爱的艺术"。散文免不了叙事,但却不必像小说或纪实文学那样,把事件过程的来龙去脉,交代得清清楚楚。"割爱的艺术"就是要省却事件描写中的枝枝蔓蔓,给读者留下想象的余地。用现代"文艺现象学"的术语来说,就是在行文中留下"空白点",待读者用自己的想象力和生活经验去充填。显然,这种"割爱的艺术"是一种重视读者参与艺术创造主动性的艺术;从艺术欣赏的角度来说,它要求读者一改传统的被动艺术欣赏,而为主动艺术欣赏。作者把描写的素材进行高度提炼,撮其要者形诸文字,细枝末节之处,留待读者的想象力去处理。如此说来,"割爱的艺术"又是一种尊重和调动读者主观能动性和创造性的艺术。

从赫尔姆林散文还可以看到,凡涉及抒情和发议论的地方,都适可而止,作者不在字里行间去追求感情的大波大澜,而是让读者在平心静气的阅读中去思考、去判断,给读者的理性思维活动留下充分余地。作者的感情宣泄,限于一定的"度",议论也发至点到为止的程度，借此调动读者的思维能力。显然，他的散文是一种重理性、重思维的散文，喜欢读书落泪的读者也许会感到不满足，可他的散文却为喜欢咬文嚼字的读者提供了机会，为乐于感受语言的音乐节奏，欣赏三笔两笔勾勒一个人物、一种心态、一幅画面的读者提供了一种语言享受的机会。德国经济史学大师库钦斯基称赫尔姆林的语言，能给人以"巨大的文化享受"。文学史家考夫曼则借用海涅的话，称赫尔姆林"控制了语言，却不对它施加暴力"，而是把恰如其分的语言，置于恰如其分的地方，使之不落俗套。诚然，赫尔姆林这种语言特点，经过翻译，肯定要损失许多光彩，这就是文学作品的"不可译"之处，但愿这部译文尚能让中国读者对原作的语言美或者作者在语言上所下的功夫，领略一二。

由于家缘的关系，赫尔姆林是在资产阶级古典文学艺术的熏陶中成长起来的，对传统的文学艺术有着深厚的理解，同时他又对资产阶级现代文学（特别是它在艺术上的创新），表现了极大的关注和兴趣。赫尔姆林在他的文学创作道路上，受法国文学影响颇深，他在流亡期间曾经同阿拉贡、艾吕雅结下了友谊，后来还翻译过他们的诗歌。法国现代文学的艺术创新活动给他留下了深刻印象，这在他的诗歌、小说、散文创作中都留下了明显印记。赫尔姆林不是"为艺术而艺术"的作家，他不同意这样的艺术观。他吸收现代派文学的艺术手法，是用来为他所表现的革命题材和内容服务的，且能做到融会贯通。另外，他也从不拘泥于传统的艺术技法，尽管他的许多诗歌和散文都是用传统技法写的，例如早已译成中文的《曼斯菲尔德清唱剧》和散文集《前列》。文学艺术不仅在内容和题材方面要求推陈出新，在表现技巧和形式方面也须不断创新才能保持活力。艺术最忌重复和模仿，重复和模仿必然导致艺术的僵化。赫尔姆林一方面以积极的态度吸收（而不是模仿）现代文学的艺术技巧，为他表现革命题材和内容所用，另一方面对那种轻率的、不加区别地否定现代文学艺术成就的做法，也持相当谨慎的态度，他认为这种不宽容态度，常常会起到堵塞艺术发展道路的作用。《艺术观》这篇散文，便表达了这样的信念。他这种态度跟布莱希特、安娜·西格斯等是一致的。但赫尔姆林又不同于布莱希特和西格斯，如他自己所说，他从未试图建立某种美学体系，而是用创作实践去体现他的美学主张。这部散文就是他的美学主张的最新例证，它使革命的内容同现代技巧达到了完美的统一，像西格斯的《第七个十字架》《已故少女的郊游》等小说一样，丝毫不给人以生搬硬套现代技巧的印象，它们都是作者独立的创造性艺术劳动的结晶。所以《暮色集》一问世，便得到评论界好评，受到读者欢迎，被誉为一部"风格独特的书"，他证明作者是个"正直而伟大"的人。德国学者李希特甚至认为赫尔姆林在这部散文里，达到了"共产党人与诗人相一致"的程度。

《暮色集》于1979年在前德意志民主共和国出版时，被评论界称为一桩"文坛盛事"，赫尔姆林被誉为德国文学史上自海涅以来"最卓越的散文作家"，《暮色集》达到了20世纪德国散文创作的最高峰。无独有偶，赫尔姆林像海涅一样，也是一个犹太血统的诗人；海涅曾经是马克思的挚友，对共产主义理想和实践表现了极大热情，赫尔姆林则是共产主义的忠实信徒，从16岁开始便献身于德国工人运动，成了一位坚定的共产主义战士。他不仅在法西斯主义白色恐怖中从事过地下斗争，在西班牙战场上冒过枪林弹雨，在欧洲、中近东和非洲近20个国家经历过流亡生活的颠沛流离，而且在相当长一段时间内，蒙受过来自自己队伍的误解和不公正对待。现在，赫尔姆林已是年逾古稀的人，又在经历着一场斗争挫折的考验。人们怀着敬佩的心情注意到，他在目前严峻的现实面前，没有灰心、没有失望、没有放弃生平热烈追求并为之奋斗的理想，他像许多德国共产党人一样，仍在为追求了大半生的伟大理想而奋斗着，他明明知道在自己的有生之年，难以看到在德国领土上重建社会主义制度，但他仍然矢志不渝。作为一个老共产党人，赫尔姆林似乎已经习惯了这种斗争生活。明知山有虎，偏向虎山行。这是多么可贵的品质，多么可尊敬的人啊！译者也就是怀着这样的感情，翻译了这部散文，把它推荐给我国文艺界和广大读者。

我翻译这部散文，用的是德国莱比锡莱克兰出版社的版本，初版于1979年，我依据的是1982年第4次印刷的版本，是当时在北京大学任教的汉斯·马奈特（Hans Manete）教授所赠。在此对他表示感谢。原作各篇并无标题，这些标题均为译者为适应中国读者欣赏习惯拟加的。为了帮助读者理解这部散文中所涉及的人物与事件的历史背景，进一步了解作者的经历，译者又加译了《我的和平》《还乡记》两篇同样具有传记性的散文。它们译自施特凡·赫尔姆林《我的和平／还乡记》（柏林—魏玛建设出版社1985年版）本书第一版共印行70册编号样本，我依据的这一本编号为47，系该社社长、我的莱比锡卡尔马克思大学校友埃尔玛·法贝尔（Elmar Faber）先生所赠。感谢他的热情帮助。在联系赫尔姆林作品中文出版的版权时，德国柏林瓦根巴赫出版社（Verlag Klaus Wagenbach, Berlin）不但给予友好支持，还寄来了装帧精美的新版《暮色集》，供译者和出版社参考，我在此向该社同仁表示衷心感谢。译者翻译这部散文的目的，除满足我国读书界对散文的偏爱，还想为创作散文的作家们提供一个在散文艺术上创新的范例，但愿赫尔姆林新颖的散文艺术能给我国散文作家带来思考和启迪。

六　霍尔瓦特及其"大众戏剧"

按照"接受美学"方法研究文学艺术的人，很注意研究一个作家、艺术家或者一部作品，在不同历史时期或者不同读者中的遭遇和效果。厄顿·封·霍尔瓦特及其作品的遭遇，为"接受美学"提供了一个十分典型的例子。在20年代末30年代初，霍尔瓦特曾经是德国戏剧界一颗光彩夺目的明星，在当时的报纸和文学、戏剧杂志上，对霍尔瓦特的讨论十分热烈，据当时巴伐利亚电台记者维利·克罗瑙威尔说，没有一个现代剧作家，像他那样引起批评家的兴趣和争论。霍尔瓦特从事戏剧创作的黄金时代，不过三四年的光景，随着1933年法西斯上台，霍尔瓦特被迫出走，德国舞台和报刊上那种围绕他热烈讨论的局面也销声匿迹了。第二次世界大战以后，虽然在维也纳偶尔上演他的戏，但就整个德语区来说，并未产生什么影响。60年代中期以后，随着欧洲大陆政治形势的激变，霍尔瓦特的作品以比当年更为热烈的盛况回到德国舞台上来，并成为南德青年作家的一代宗师。霍尔瓦特及其作品在40年间的德国舞台上，经历了一个马鞍形过程，这个事实本身就是一个值得研究的课题。

从霍尔瓦特（1901—1938）的姓名可以看出，它是一个有匈牙利血统的人。他父亲出身于一个匈牙利小贵族家庭，是一名匈牙利外交官。母亲出身于一个住在匈牙利的德国血统军医家庭，母方祖籍是德国中部的汉诺威。所以霍尔瓦特称自己是一个典型的老牌奥匈帝国的"杂种"。他虽然终身是个匈牙利公民，却称自己是"德国作家"。现在文学史家们多根据他的奥匈帝国背景，称他为奥地利作家。

厄顿·封·霍尔瓦特于1901年12月9日生于亚得里亚海滨城市休梅（现称里耶卡），次年举家迁往贝尔格莱德。童年曾在布达佩斯从一位讲匈牙利语的教师读书，后来随着父亲公职的变动，先后在慕尼黑、维也纳等地上学。据他自己说："我在求学时代，曾四次更换课堂语言，几乎每年换一个城市。其结果是，我未能完全掌握一种语言。我最初到德国时，连报纸都不能读，因为我不识花体字母，尽管我的母语是德语。到14岁那年我才第一次学会用德文写东西。"从1919年起，霍尔瓦特遵照父亲的旨意，在慕尼黑大学学习戏剧、哲学和日耳曼语言文学。1920年开始在慕尼黑有名的《辛卜里齐斯木斯》杂志上发表短篇故事。他父亲很支持他在文学写作方面进行的尝试，但据他说，这期间他仍然尝试从事别的职业，但都没有成功，"似乎我生来是当作家的材料"。霍尔瓦特生活和创作的时期，正是德国第一次世界大战失败以后，社会状况动荡不定的时候，通货膨胀、经济危机、工人失业、法西斯势力抬头，成了他生活的主要经历，也是他创作的主要题材。1930年他曾在慕尼黑目睹国社党徒闹事，次年他在柏林因为此事做证遭到极右分子攻击。在霍尔瓦特剧作中关于法西斯势力崛起的精彩描写，表明他是一个政治上十分敏锐而且激进的人。这一点正是今日德国批评界给予他高度评价的重要原因之一。1931年霍尔瓦特因创作剧本《维也纳森林的故事》，荣获当时文学界最有权威的克莱斯特奖金。著名剧作家卡尔·楚克迈耶在动议书中称：霍尔瓦特"将为戏剧艺术带来新的、充满生机的价值"。他的剧作得到莱茵哈德、海因茨·希尔帕特、格伦特根斯和恩格尔等德国著名导演的赞赏。在欧洲享有盛誉的维也纳剧院也上演了他的《意大利之夜》。一时之间，霍尔瓦特的剧作轰动了德国舞台。然而好景不长，法西斯上台后，霍尔瓦特因其激烈的反法西斯立场遭到纳粹仇视，1932年完成的《信念、爱情、希望》遭到禁演，他父亲在慕尼黑的家被查抄，他自己被迫出走奥地利，然后去瑞士并辗转于欧洲大陆。1938年在巴黎，6月1日夜里，他跟翻译他的小说《没有上帝的青春》法文译者及电影导演讨论完改编事宜之后，在巴黎街头被狂风刮断的橡树枝砸死。年仅37岁的霍尔瓦特临死时，衣袋里还装着一部新作品的计划。过早的死亡，使他只能为后世留下一套包括近20个剧本、3部长篇小说和散文在内的8卷本全集。仅就数量来说，已是相当可观，何况他在艺术上还有着独特的造诣。

霍尔瓦特戏剧创作的突出贡献，是在"大众戏剧"方面。所谓"大众戏剧"在17、18世纪时是一种流传在民间的喜剧类型的戏剧，多是由流动戏班子演出的台子戏。剧目多是大众化的、载歌载舞的、轻松活泼的。表演形式颇受意大利和法国歌剧、演唱剧以及当时欧洲喜剧、法国歌谣等影响。这个剧种在德国南部和奥地利的维也纳最为发达，故早期的主要代表人物多是奥地利人，如施特拉尼茨基、普雷豪赛尔和雷蒙德等。早期大众戏剧至奈斯特罗伊达到一个高峰，其标志是除语言的机智、诙谐，在内容方面具有了时代和社会的批判性质。到19世纪末20世纪初，大众戏剧的传统影响及于霍普特曼、安岑格鲁伯、霍夫曼斯塔尔、施特恩海姆、玛丽路易斯·弗莱赛尔和布莱希特等德国、奥地利等著名剧作家。

"大众戏剧"（我国亦有人译作民间戏剧）这种体裁的特点，有两个主要标志，一是大众化的语言，二是平民的内容。按照欧洲戏剧的古典定义，雅与俗在语言上是应该有所区分的，一个有身份的，所谓"崇高"的剧中人物，在舞台上（特别是在悲剧里）应该讲诗的语言（德文称 Blankverse），日常用语与所谓"雅"或者"崇高"是不搭界的。莎士比亚剧作中的平民讲的都是散文，《仲夏夜之梦》里的工匠，偶尔讲几句诗的语言，但那是故作姿态，显得十分可笑。大众戏剧的主要观众是下层人民群众，在语言上则刻意求"俗"，剧中人物甚至讲方言土语。语言上的这种发展倾向，往往给这个剧种带来某些区域的局限性。由于大众戏剧主要取材于平民生活，因此剧中没有带皇冠、穿蟒袍玉带的人物，没有古典悲剧中常见的那种英雄豪杰。虽然施特恩海姆也把他的一组剧本命名为《资产阶级英雄生活》，但那纯粹是对资产阶级中的势利小人那种饱食终日、道德虚伪的精神境界的尖锐讽刺。这个剧种在其发展过程中，尤其是在 19 世纪末 20 世纪初，出现了偏重笑料，以迎合资产阶级低级趣味的倾向，常常以"大团圆"式的表演取代反映普通人的真实、自然的生活，普通人常常被描写成愚昧的、没有教养的，在舞台上成为大都会的人们恶意嘲笑的对象。

霍尔瓦特的功绩，正在于扭转了大众戏剧走下坡路的趋势。用他自己的话说，大众戏剧这种体裁及其人物形象，近 20 年来发生了令人难以置信的变化，要想使它继续成为像样子的娱乐形式，必须从塑造人民群众中的"现代人"形象入手。他采取的方法是，不停留在对现实生活和人进行表面的观察，而是要揭示表面现象背后所隐藏的真实的东西。把小市民的种种劣迹放在一个特定时代和社会环境中，进行无情的揭露和鞭挞，使之成为对一个时代和社会的批判。他的这种努力，把大众戏剧推到了一个新的、现实主义的高峰。因此，人们称霍尔瓦特既是大众戏剧的批判者，又是大众戏剧的革新者。他的《意大利之夜》《维也纳森林的故事》《卡西米尔与卡罗琳娜》《信念、爱情、希望》等剧作，都是真正的大众戏剧。在这些剧本里不再有旧大众戏剧那种廉价的笑料和"大团圆"。观众看到的是在剧中人物的慈爱背后隐藏着的恶意；在人性底下隐伏着的非人性；好心肠背后的歹毒；助人为乐背后是赤裸裸的利己主义；等等。一些表面看来是日常的、鸡毛蒜皮的事情，却常常是陷下层人民群众于走投无路的万丈深渊。这种尖锐的社会批判倾向，大概就是楚克迈耶所说的，为戏剧艺术所带来的"新的、充满生机的价值"。

按照霍尔瓦特自己的说法，他的剧作的中心主题是"个人与社会之间的斗争"。他称这种斗争是一场"永恒的厮杀，在这种厮杀中是不会出现休战的，最多不过某一个人在某些时刻，产生某种停战的幻觉"。霍尔瓦特把他的人物置于德国二三十年代政治、经济动荡的背景下，表现他们在生存斗争中走投无路的处境。他笔下的人物除无产者，多是小商贩、小手工业者、小职员，他们要么在生存斗争中破产，要么被逼走上"邪路"，而其原因概出于这个混乱的社会和时代；他们无法过一种有意义的生活，他们全都是病态时代的产物，他们那病态的性格、病态的心理、病态的行为，全都是由病态的时代和社会铸成的。在霍尔瓦特看来，德国小市民的种种病态当中，最有害、最危险的，是他们的狂热性。这些在经济地位上失去了根基的小市民，在政治地位和社会地位上，成了水上浮萍，极易成为国社党徒宣传的追随者，他们那种在胆战心惊之中又能随波逐流的本事，使他们后来成为希特勒及其党徒的工具，干尽坏事。德国小市民又是结社迷，但他们目光短浅、胆小如鼠，在极右分子的攻击面前，不但自己束手无策，依旧饮酒狂欢，还劝告别人不必担心，事情也许不至于糟到那种地步。《意大利之夜》对这种特性做了极为生动深刻的描写。霍尔瓦特关于德国小市民这些劣根性的描写和鞭挞，虽然时间过去了50年，现在看来仍然是很有意义的。今日生活在"福利社会"中的德国小市民，同他们的先辈相比，不但毫不逊色，其小市民气的影响，颇有广泛蔓延之势。这大概是霍尔瓦特剧作在德国重新受到重视的原因之一。

20世纪60年代中期以来，霍尔瓦特作品不但重新结集出版，他的剧作也成了德国舞台上经常上演的剧目。他那些描写魏玛共和国时期惊慌失措的小市民、失业工人和大批走投无路的人的剧本，成了许多剧作家效仿的榜样。尤其是在德国南方，克罗茨、施佩尔、法斯宾得等甚至尊霍尔瓦特为老师，他们创作的大众戏剧，成了70年代以来德国戏剧中一个令人瞩目的流派。

七 论霍尔瓦特的"大众戏剧"

——1990年奥地利文学讨论会上的发言

厄顿·封·霍尔瓦特（1901—1938）对于中国读者来说，还是一个陌生的名字，这是毫不奇怪的，因为他作为一个匈牙利籍的德语作家，从20世纪六七十年代开始，也才为广大德语国家的读者所了解。霍尔瓦特早在30年代初期便取得了与布莱希特齐名的地位，由于早逝和第二次世界大战的动乱，他的名字被淹没了30年之久，直到60年代，德语文学出现了向现实主义转折的倾向，霍尔瓦特的戏剧作品（首先是他的大众戏剧作品）才被重新发现出来，引起广泛注目。通常人们称霍尔瓦特被重新发现为"Horvath-Renaissance"。

霍尔瓦特死时只有37岁，他在短暂的一生中，共创作了17部剧本、3部小说，还留下了大量的作品未完成稿，包括散文、诗歌和理论性文字。霍尔瓦特的作品首次被介绍到中国，是在1941年，黎烈文先生从法文转译了他的第三部小说《时代之子》，发表在当时刚刚创刊的《现代》杂志上。40年后，《外国戏剧》杂志又发表了他的剧本《信念、爱情、希望》。这两部作品的发表，在当时的评论界和读者当中，均未引起反响，看来，我们尚需对这位作家做进一步的介绍和说明。

在霍尔瓦特的17部剧作中，那些被称为"大众戏剧"的剧本，无论在作者生前还是在他被发现之后，都是人们关注的焦点。1931 年，由于其《维也纳森林的故事》上演成功，他被授予当时德国文学界最有权威的克莱斯特奖，著名剧作家卡尔·楚克迈耶在动议书中，称他是一个头脑非常敏锐而精明的人，并预言他的剧本将为德国戏剧的发展带来生机。60 年代以后，他的这些剧本深深影响和启发了法斯宾得、施佩尔和克罗茨等一批剧作家，从而形成一股新的大众戏剧浪潮。霍尔瓦特由于在大众戏剧创作方面表现了卓越成就，对后世产生了深刻影响，而被评论界誉为"经典性剧作家"。

霍尔瓦特一生共创作了 5 部大众戏剧，它们集中产生在 20 世纪 30 年代初的四年之中，它们是《登山铁路》（1929）、《意大利之夜》（1931）、《维也纳森林的故事》（1931）、《卡西米尔和卡洛琳内》（1931）和《信念、爱情、希望》（1932），它们体现了霍尔瓦特戏剧创作的最高成就，也体现了他戏剧艺术的特点。

大众戏剧原是流行在奥地利的一种戏剧体裁，它的突出特点，一是平民的内容，二是大众化的语言。剧中所描写的主要是城乡各种小人物，描写他们的喜怒哀乐、希望和追求，甚至他们在道德和习惯上的缺陷，都是大众戏剧的题材。大众戏剧由于其主要观众是下层人民群众，所以在语言上刻意求"俗"，剧中人物大都操方言土语。由于大众戏剧强调娱乐性，在演出时几乎每出戏都伴以音乐、舞蹈，因此，音乐和舞蹈也是构成大众戏剧的主要因素。

大众戏剧史上的重要代表人物，是奥地利 19 世纪剧作家莱蒙德和内斯特罗伊。前者多表现说教性内容，其重点不在于表现环境的可变性，而是刻意表现人如何通过适应环境，而提高自身的道德和行为水平；在艺术上以维也纳传统的滑稽剧为依据，剧中既有幽默，又有伤感的严肃，既有童话式的理想主义，又有充满地方色彩的现实生活。后者则在艺术上更擅长讽刺，作品中所描写的生活更贴近现实，作家懂得如何借助现实主义方法来揭示社会的弊端，所以社会批判性是其大众戏剧作品的重要特点。他的一些剧本甚至直接描写了1848年革命中进步势力与反动势力冲突，如《三家村的自由》和《老夫少妇》。

霍尔瓦特正是继承了奥地利大众戏剧的传统，特别是继承了内斯特罗伊社会批判和介入现实政治的传统，在新的条件下，把大众戏剧从题材的选择到艺术表达方式，都发展到了一个新的阶段。

霍尔瓦特生前并未来得及对戏剧理论进行深入探讨，他只是在同巴伐利亚电台记者维利·克罗瑙威尔的一次谈话中，表达了他对大众戏剧的一些看法，为我们考察他的创作思想提供了有价值的依据。这次谈话是在他荣获克莱斯特奖之后进行的，时间是1932年4月6日。其中有这样一段话：

> 我并不是随心所欲地运用"大众戏剧"这个称谓的，这就是说，不是由于我的剧本或多或少使用巴伐利亚方言或者奥地利方言创作的，而是因为我把它们视为旧大众戏剧的继续。自然，旧大众戏剧对于我们青年人来说，只具有历史价值，因为这些大众戏剧里的人物形象，即剧中人，在近20年里发生了令人难以置信的变化。您也许不同意我的看法，认为优秀的旧大众戏剧，所表现的那些具有永恒人性的问题，在今天仍然是感动人的。诚然，它们是感动人的，但效果不一样。有许多永恒人性的问题令我们的祖父母流泪，却令我们发笑，或者相反。若想继承旧大众戏剧，自然就得把人民大众中的现代人，即人民大众中那些对我们的时代具有决定意义的人，搬到舞台上来。因此，现代大众戏剧要描写现代人，根据这个论点，可以得出一个有趣的结论，即作

家若想塑造真实的人物形象，就必须考虑用"教养习惯语"（Bildungsjargon）来彻底摧毁方言土语……

为了能够现实主义地描写现代人，我必须让他们用相应的语言说话。因此，我自然要把人物的每一行动，在他们行动的关键时刻，百分之百地描写成社会本质……我的结论就是从这种认识中引申出来的。我是有意识地要从形式上到伦理上摧毁旧大众戏剧，设法作为一个戏剧的书记官，来找到新的大众戏剧形式。①

如果把这些话加以总结概括，我们可以看出，霍尔瓦特在这里提出了三个问题，它们可以帮助我们考察和揭示他的大众戏剧作品的特点，进一步认识霍尔瓦特作为大众戏剧批判者和革新者的形象。

第一，霍尔瓦特并不把自己创作的大众戏剧视为无源之水、无本之木，他称自己的剧作为大众戏剧，并不是由于它们是用巴伐利亚方言或者奥地利方言写的，而是因为他有意识地在继承大众戏剧传统。一些主张艺术创新的人，其中包括作家、艺术家和评论家，往往喜欢把自己描绘成"反传统的斗士"，似乎从他们手里产生出来的作品，都是与传统无关的。其实，这种说法很不科学，很不实事求是。在文化领域里没有哪些创造性劳动成果，能够离开传统而凭空产生出来。霍尔瓦特承认自己的大众戏剧，是"旧大众戏剧的继续"，这是唯物主义的艺术观，承认这个事实丝毫无损于他作为一个艺术革新者的形象。应该指出，霍尔瓦特的这些话，包含了一个具有普遍意义的理论问题，即文学艺术创作中传统与创新的关系。

第二，霍尔瓦特并不认为自己对传统加以继承就是照猫画

---

① 《霍尔瓦特文集》第一卷，法兰克福：苏尔卡普出版社1978年版，第10—12页。

虎,就是对传统作品的亦步亦趋,相反,他把这种继承视为一种创造。因为戏剧中所描写的人,在今天已经发生了巨大变化,现代大众戏剧要描写现代人的喜怒哀乐,表达现代人在已经变化了的环境中的生活感受、愿望和追求。霍尔瓦特的所谓"现代人"是有特定含义的,他指的是人民大众当中那些具有决定意义的人,即占德国乃至欧洲人口百分之九十的小市民。他认为把这些人搬到舞台上来,是现代剧作家的任务。他的所谓"现代人",不是时间意义上的,而是有着社会含义的。照他的说法,现代大众戏剧所表现的人,应该具有百分之百的社会本质,只有把人物的每个行动、把他们行动的关键时刻,描写成由社会决定的,才能塑造出真实的戏剧人物形象。

  这个问题涉及剧本内容和人物形象的塑造。霍尔瓦特提出这个问题,同大众戏剧传统有着直接关系。大众戏剧发展的初期,即从18世纪向19世纪过渡的时代,由于演出的竞争十分激烈,演出剧目重复上演率极低,要求剧作家在较短的时间内写出较多的剧本,而每一部剧本在演出时间和效果上,既要满足剧院经理的要求,又要通过警察当局的检查,只有这样才能搬上舞台。例如维也纳卡尔剧院经理,与剧作家哈夫纳在1837年签订的合同上规定,在一个合同年里,剧作家必须至少写出8部剧本,其中必须有5部是有说有唱的滑稽剧,所有8出新戏必须在6—8周内交出来,既要得到经理满意,还要通过警察当局的检查。经理甚至有权规定,在一出戏里有几个或哪几个滑稽演员参加演出。[①] 可见当时的大众戏剧创作,无论在内容上还是在艺术上,既受观众欣赏趣味的制约,又受剧院主持人和检查制度的束缚。剧作家为了满足剧院要求,并且顺利通过检查,只好在艺术上按

[①] [德] 胡果·奥斯特:《大众戏剧——从丑角表演到当代社会剧》,慕尼黑:贝克出版社1989年版,第117页。

照一定的套路进行创作,同时在内容上尽量选择不触犯警察当局的题材。在这样的条件下,当时产生了大量以仙女、神话、传说、幽灵、神怪为题材的剧本,它们以某种公式化的模式,表达某种说教性的主题。剧中主人公往往由于命运的捉弄,而对现状感到不满,或者由于某种误会而走上歧途,以为只要满足了他的某种不切合实际的愿望,便能得到幸福。一个善良的幽灵或者一个聪明的魔术师,总会在适当的时候出现,满足他的愿望,但结果反而使他陷入困境,主人公终于认识到自己的谬误,最后醒悟过来,又成了安分守己的人。当然,在这样的剧本里,也间接曲折地表现了一些社会矛盾和人生遭际,个别剧作家甚至大胆突破这样的公式,以现实主义的胆识直接反映现实社会和政治问题。但这样做往往要遭到当局的迫害。内斯特罗伊就是一例,他曾经因描写1848年革命,影射当时奥地利政界人物而一再被判罚款和坐牢。从19世纪末20世纪初,直到第一次世界大战以前,大众戏剧一度成为单纯消遣解闷和剧院谋取利润的手段,而不再追求任何别的目的,甚至连追求说教、改善人的道德和习惯的目的也被抛弃了。

人们之所以称霍尔瓦特为旧大众戏剧的批判者和革新者,就是因为他关于大众戏剧的主张和创作实践,从内容到形式都严格区别于上述那些曾经流行一时的大众戏剧。如果说有什么共同点的话,那就是他同样也描写来自人民群众之中的普通人,确切地说,就是小市民阶层的人物。他的全部作品,包括剧本、三部小说和大量尚未完成的遗稿,都深刻地揭示了在两次世界大战之间,这个具体历史条件之下,德国小市民的气质,以及那些令其堕落成法西斯帮凶的狂热性、肤浅性等特点。他不仅描写他们的卑鄙、猥琐、愚昧、残忍、自私自利等小市民气质,更主要的是,它表现了他们的社会、经济和社会心理状态,通过关键性的行动,使他们表现出百分之百的社会本质,一反旧大众戏剧那种不管时代发生什么样的变化，一味固守表现所谓"永恒人性问题"的做法。同时，对旧大众戏剧以塑造正面人物为主的方法，以及旧大众戏剧对那些游离于深刻的现实变化之外的"小人物"，进行遵循某种"行为规范"的说教方法，持批判的态度。面对他同时代的某些剧作家宣扬的崇拜自然、崇拜性、崇拜生命、忽视社会批判主题的盲目乐观主义倾向，就更加强化了霍尔瓦特对旧大众戏剧进行革新的决心。他尝试在保持大众戏剧艺术特点的基础上，吸收当时皮斯卡托"时代戏剧"的经验，突出针对现实的社会批判主题。他的《维也纳森林的故事》《卡西米尔和卡洛琳内》《信念、爱情、希望》，描写了在欧洲资本主义危机背景下，小市民阶层的人们事业上的坎坷、爱情上的失败，反映了当时的人情冷暖、世态炎凉、法律的虚伪等。《登山铁路》反映了资本主义制度下的劳资矛盾。在这出戏里，工人们认识到现实的"主要弊端是资本主义生产方式，只要这种无政府主义状态存在一天，你就甭想实现人类的理想"，他们甚至发出了"工人阶级解放""用拳头夺取政权"的呼声。[1]《意大利之夜》则直接介入现实政治，批判了社会民主党人，在日益嚣张的法西斯势力面前，放弃政治警惕性、散布和平主义幻想、麻痹人民斗志的历史性错误。这出戏是对传统大众戏剧的一个实际的批判和改革，所以有的评论家称这出戏是对人们所熟悉的大众戏剧，从内容到功能的一次大变革。他自己则说，这是对传统大众戏剧的"继承"和"破坏"。

第三，霍尔瓦特根据上面的主张，引申出一个有趣的结论，即为了塑造真实的人物形象，要用"教养习惯语"来彻底摧毁旧大众戏剧的方言。这些看法涉及的是剧中人物的语言问题，体现了霍尔瓦特大众戏剧最突出的特点，也就是它在艺术上改革大

---

[1]《霍尔瓦特文集》第一卷，法兰克福：苏尔卡普出版社1978年版，第72页。

众戏剧的重点所在。霍尔瓦特在一篇为导演而写的《使用说明》中说,"我不是讽刺作家,我的目的是揭露意识而不是揭露一个人,一个城市,那样做未免太浅薄无聊了"![1] 所以他要求导演把他的剧本搬上舞台时,不要满足于让剧中人物讲方言,要注意他们的身份和文化教养。霍尔瓦特进行创作的时代,正值弗洛伊德的心理分析学说在文艺领域产生深刻影响之时,我们从霍尔瓦特的议论文字中,常常能发现一些弗洛伊德的特有概念,如"性生活""潜意识"等。从他的人物塑造中也可以看出,它吸收了弗洛伊德心理分析的精华,特别强调通过语言的准确性来揭示人物的心理准确性。他认为这是大众戏剧在艺术上发挥现实主义的、有效的社会批判功能的关键,是揭示小市民意识的重要手段。

霍尔瓦特在《使用说明》里一再强调,一出大众戏剧应该像任何一出戏一样,首先要在舞台上树立起人物形象,其次是通过语言使人物成为有血有肉的形象。他并不十分关注人物的舞台行动或戏剧的故事情节,而是强调人物的思维方式和处世态度。在这一点上,他的戏剧主张和实践与布莱希特相似。在霍尔瓦特笔下,德国小市民是些在经济上失去了根基的人,他们漂浮在"上层"与"下层"之间,在政治和社会地位上成了水上浮萍,但他们又善于在动荡的时代、在胆战心惊之中随波逐流,他们极易成为国社党蛊惑宣传的俘虏,去充当法西斯主义的鄙俗而残忍的工具。他把德国小市民的丑恶意识,放到一个特定的时代和环境中加以揭露和鞭挞,从而使得这种对小市民的批判,成为一种时代和社会批判。小市民在性格上、心理上、行为上的特点,是借助一种与他们的文化教养有关的语汇表达出来的,霍尔瓦特称这种语汇为"教养习惯语"。所谓"教养习惯语"是一种遭到破

----

[1] 《霍尔瓦特文集》第八卷,法兰克福:苏尔卡普出版社1978年版,第659页。

坏的、带有普通德语色彩的奥地利或南德方言。霍尔瓦特说，为了现实主义地描写现代人，他必须让他们讲"教养习惯语"，它能引起一种批判的效果。这样，新大众戏剧的语言就产生了，而其人物和戏剧性行动（情节），就是从这种语言中产生出来的。

在霍尔瓦特创作的时代，德语文学中运用方言创作最成功、影响最大的剧本，是霍普特曼的《职工》。霍尔瓦特运用方言写剧本，不同于霍普特曼，霍尔瓦特创造了一种表现小市民思维方式的"习惯语"。在他的第一出大众戏剧《登山铁路》里，已经有了现代"教养习惯语"的萌芽。在这出戏里，除了工人讲的是阿尔卑斯山区的方言，剥削者及其狗腿子所操的便是带有普通德语色彩的"教养习惯语"。下面我们以《意大利之夜》为例，具体考察一下霍尔瓦特所谓"教养习惯语"的特点及其戏剧功能。

《意大利之夜》是霍尔瓦特根据亲身经历创作的一出七幕大众戏剧。1930年，霍尔瓦特回穆尔瑙探视父母时，在一家酒馆里目睹了一场共和派与纳粹党徒之间的殴斗，次年7月22日、23日，法庭审判此案时，他曾经出庭做证，由于他的证词不利于纳粹党徒，遭到法西斯新闻界的攻击和辱骂。在1931年的9月份国会大选中，纳粹又获得640万张选票，107个议席。[①] 这些事态的发展，促使他以极大的敏锐性关注和捕捉这个题材。1930年还在穆尔瑙时，他就以这场经历为素材，创作出了《意大利之夜》。如果说《登山铁路》是以社会问题为中心的话，这出戏则反映了现实政治。剧本的背景是南部德国的一个小镇，一群醉心于集会清谈的魏玛共和国追随者，即社会民主党人，举行了一次称为"意大利之夜"的晚会。在同一家酒店里，一群纳粹党徒也在庆祝他们的"德国日"。两家发生了冲突，社会民主

---

① 见《二十世纪奥地利文学》，柏林：人民与知识出版社1988年版，第429页。

党的市议员遭到羞辱，年轻的社会民主党人马丁，由于反对在国难当头的形势下举行非政治性集会，被市议员一伙轰出酒馆，但他和他的同伴，还是在关键时刻，赶走了法西斯分子，保护了那些耽于清谈的老社会民主党人。

霍尔瓦特的"教养习惯语"在这出戏的对话里随处可见，人物的身份不同，他们所用的语汇也各异。作为市议员的当地社会民主党主席，在言谈话语之间表现得十分傲慢，以共和国卫士自居，对纳粹分子的活动不在乎，对年轻党员则摆老资格，对他们提醒注意纳粹活动的话充耳不闻。实际上它只是一个崇尚清谈的无能之辈，关键时刻是个懦夫。他妻子的一句话，说透了他的本质："在外面是个无产者，在家里是个资本家。"当法西斯分子逼着他承认自己是个"举止粗俗的下流坯"时，毫无抵抗能力的他，竟然吓得哭出声来，倒是经常遭他训斥的妻子，敢于与法西斯分子针锋相对，挽回了他的面子。就是这样一个在关键时刻表现得软弱无能的人，在纳粹党徒被马丁及其同伴赶走以后，却大言不惭地说：

> 现在当然还谈不上什么民主共和国受到了迫在眉睫的威胁，同志们！只要"保卫共和国协会"存在一天，只要我依然有幸在这里担任本埠分会的主席，共和国就可以高枕无忧地睡大觉。[1]

一个人在遭受侮辱、吓得呜呜咽咽哭出声来之后，居然还能做一番如此气壮如牛的表白，其地方小政客的色厉内荏、没皮没脸、信口开河、不负责任的嘴脸，被揭示得淋漓尽致。上面引用的他那些充满政治色彩的空洞言语，就是霍尔瓦特所说的"教

---

[1] 《霍尔瓦特文集》第一卷，法兰克福：苏尔卡普出版社1978年版，第156页。

养习惯语",它的功能就在于揭露地方政客的那种自吹自擂,而又毫无廉耻的特点。从这个人物身上可以看到,魏玛共和国自成立以来,就选择了一条灾难性的道路,呈现了一副病态的形象,它所采取的一切姑息养奸政策,最终导致了法西斯主义专制。

这个社会民主党议员作为一个小市民,又不同于酒店小老板,后者是个"铜壶煮三江"的人,既要招待四方来客,又要混个八面玲珑。同一个酒馆,同一天里,既招待纳粹党人,又招待社会民主党人,悬挂不同的旗子。不管他心里怎样想,他绝不像市议员那样满口不离政治。凭着他的伶牙俐齿和长期经营中积累起来的人生经验,他善于拐弯抹角地说一些模棱两可的话。当他得知法西斯分子包围了酒馆,要对社会民主党人大打出手时,他赶快跑去向市议员通风报信,可他的话说得又是那样有盐无酱:

> 现在我心里想的是我那厕所。你瞧吧,从前墙上写的都是些色情话,后来,打仗那年头儿,全都是爱国主义的豪言壮语,现在可好,又都变成了政治口号。信不信由你,只要在厕所墙上不再出现色情话,德国人就甭想过安生日子。[1]

作者在这段话之前写了一句"导演提示":"突然像说梦话一般。"这是一些似醉非醉的话,它的特点是用一个小业主的眼光,根据他的生存环境的变化来观察事态的演变。他的习惯语具有他的身份和职业的特点,所揭示的是他这类人的思维方式和处世态度。

纳粹党徒的习惯用语又呈现出另一种色彩。他们满嘴的"祖国""敌人",一方面用污言秽语辱骂犹太人,另一方面又在喝

---

[1] 《霍尔瓦特文集》第一卷,法兰克福:苏尔卡普出版社1978年版,第148页。

得醉醺醺的时候，高唱犹太人海涅写的《罗累莱》。霍尔瓦特称这种在同一个人物身上所表现出来的相互对立的因素为反讽。

总起来看，在霍尔瓦特的大众戏剧作品中，除了《登山铁路》运用了方言，其余几部作品所运用的，都是这种与人物身份、文化水平相适应的所谓"教养习惯语"。其特点主要并不在于它的地方色彩，霍尔瓦特的舞台语言，首先是为准确地揭示人物的意识、塑造人物形象服务的，它是人物个性的有机组成部分。

霍尔瓦特的大众戏剧，除上述题材和语言上的特点，在谋篇布局上与布莱希特的"史诗剧"有着明显相似之处。人物对话常常被分割成一系列细碎的场景，每一个场景都具有艺术上的独立性，它们各自形成一出微型戏剧，像一个又一个的显微镜一样，从不同的侧面去揭示人物的性格及其所处的社会环境。它们像电影的分镜头场景一样，具有分散的特点，但它们又像一幅全景式绘画的众多细部，成为全剧的布局和人物刻画中不可缺少的组成部分。德国学者汉斯·里希特称这种戏剧结构方式为"插曲式的微型结构"。[①]

[①] ［德］汉斯·里希特：《改变的存在》，柏林—魏玛：建设出版社1987年版，第136页。

八 "新古典主义戏剧"述评

在当代西方（这里用其地理概念，不包括政治含义）文坛上，出现了一些"新"字号和"后"字号流派，如"新现实主义小说""新浪漫主义文学""新古典主义戏剧""后结构主义文学批评"等。这些流派产生的社会和美学背景，都是很值得研究的。所谓"新"或者"后"，都是指西方文学艺术史上某些现象的重现或者继续发展。这些文艺现象的重现或者继续发展，因为是发生在新的历史条件下，与旧的同类现象相比具有新的特点，固有"新"或者"后"之称，已表示其历史的联系和区别。

文本所说的"新古典主义戏剧"，是在20世纪60年代中期到70年代中期，出现在德意志民主共和国戏剧创作和舞台实践中的一个流派。他是在民主德国文化界普遍倡导继承遗产的潮流中产生的，其主要代表人物是剧作家彼得·哈克斯和海纳·米勒。代表性作品有哈克斯根据阿里斯多芬同名喜剧改变的《和平》（1962）和《安菲特里翁》（1967）、《欧姆发莱》（1970）、《亚当与夏娃》（1973）、歌剧脚本《鸟》（1974）等；米勒的《菲罗克泰忒》（1965）、《俄狄浦斯王》（1966）、《海格力斯5》（1966）、《普罗米修斯》（1967）、《赫拉兹人》（1970）和哑剧《美狄亚》（1974）。此外卡尔·米凯尔、约阿西姆·克瑠特、阿尔明·施陶尔帕等也创作有类似的剧本，但由于采用古典题材并未成为他们的主要方法,对于他们的美学思想的形成也未产生重要影响,因此只能说,他们的作品是这个流派的组成部分。

"古典主义"这个概念,在欧洲文化史上涉及文学、音乐、绘画艺术和建筑艺术等部门。在文学(包括戏剧文学)领域里,主要指那些借鉴古希腊、罗马神话故事和文学作品的现成题材,遵循古典规则进行文学创作的倾向。在现代欧洲语言中它有时含有贬义,指那些缺乏创造性的模仿之作。古典主义文学最初产生在意大利文艺复兴时期,并波及整个欧洲人文主义运动。古典主义戏剧在17世纪的法国达到鼎盛,对欧洲戏剧产生了重要影响。18世纪初期,高特舍特曾经以法国古典主义为榜样,试图改造德国戏剧,终因不符合市民阶级觉醒的时代潮流,半途而废。17世纪和18世纪的英国也出现过以德莱顿、蒲伯、格雷为代表的古典主义潮流。19世纪和20世纪初期,在德国还相继出现过普拉顿和施特芬·格奥尔格的古典主义诗歌、维尔顿布鲁赫和保尔·恩斯特的古典主义戏剧。不过它们都并未产生广泛影响。

第二次世界大战以后,借鉴古典题材的即兴喜剧创作,曾经成为欧洲剧坛一时的风尚。其代表人物是法国存在主义者让-保罗·萨特,他以厄勒克特拉为题材创作的《苍蝇》,在欧美一些国家曾经掀起一场关于存在主义哲学讨论的轩然大波。属于这个潮流的还有阿努伊的《安提戈涅》、基罗杜的《特洛伊战争不会爆发》和奥尼尔的《厄勒克特拉服丧记》。马克思主义者布莱希特也创作了《安提戈涅》。因为当时的讨论,主要集中在哲学和政治问题上,在美学上未能得出必要的结论。

20世纪60年代,以哈克斯改编阿里斯多芬的《和平》为转机,在民主德国剧坛上又揭开了古典主义戏剧的新的序幕。这股潮流持续了十年之久,到70年代中期才消沉下去。这股潮流为民主德国戏剧生活增添了光彩、赢得了世界声誉,成为布莱希特戏剧实验之后,又一个引人注目的现象。这股古典主义戏剧潮流,与第二次世界大战后第一次不同之处在于,他的主要代表人物,根据实践经验,进行了深入的美学思考,在戏剧学方面形成一套看法,这些看法推动了民主德国戏剧创作和舞台实践,活跃了关于戏剧学的讨论。

彼得·哈克斯是民主德国六七十年代"新古典主义戏剧"的开路先锋。他曾经用两句话撰写了一部"自传":"据说生于480年的圣贝奈狄可图斯,生平致力于解决这样一个问题,即人生在世既要尽可能生活得幸福,又能死后升入天堂。而据说生于1928年的我,也全力致力于同样一个问题(尽管要改变的已经改变了)。"这两句话分明是他做人的纲领和宣言。彼得·哈克斯,1928年生于布雷斯劳(现属波兰),父亲卡尔·哈克斯是个信仰社会民主主义的律师。1945年举家迁往德国西部。1946年,哈克斯入慕尼黑大学学习德国文学、戏剧学、哲学和社会学,1951年获哲学博士学位。1955年应布莱希特之邀迁往柏林,最初在柏林剧团工作。1960—1963年在德国柏林剧院任编剧,与该剧院导演沃尔夫冈·朗霍夫合作。1963年后成为职业作家。哈克斯是民主德国艺术科学院院士、笔会中心理事,曾多次获得各种奖金。

哈克斯是个创作力十分旺盛的作家,据克里斯托夫·特里尔赛统计,到1980年为止,他已经创作了四部诗集、九部儿童文学读物和一部400页的论文集,剧本则超过30部。光数字未必说明全部问题,但对于一个刚刚54岁的作家来说,这的确是个令人敬佩的成就。在欧洲戏剧史上,创作量达到四位数字的剧作家,只有罗贝·德·维加;卡尔德隆、哥尔多尼达到了三位数字,柯采布虽然也创作了200多部剧作,却未能跻身伟大剧作家之列。莎士比亚为后世留下37部剧作,奥斯特罗夫斯基留下42部,布莱希特留下53部。阿努伊和奥尼尔的剧作也都达到四五十部之多。相比之下,一个尚不到花甲之年的剧作家,其前景是很可观的。

哈克斯又是一个典型的德国作家，他不但创作文艺作品，还时常对文艺创作的规律及其社会功能进行哲学思考。他在20世纪60年代以来撰写的《试论明天的戏剧》《论诗艺》等文章中，详尽阐述了他的纲领式的理论。哈克斯称自己的美学主张为"后革命戏剧学"。在哈克斯看来，在德意志民主共和国范围内，从60年代开始，谁战胜谁的问题已经解决，革命已经成为过去，社会进入稳定时期，社会主义社会是个和谐社会。他认为在革命创造出来的社会主义社会关系基础上，应该产生不同于革命时期的文学艺术，这种文学艺术不应该去描绘日常生活、工农业生产和政治斗争。哈克斯认为这是别的媒介手段的任务。艺术的特殊功能，是探讨人生的多样性、矛盾性和丰富性，满足人对幸福的要求，发现人的生活的各种可能性，给他提出建议，提供生活援助，使他过一种丰富多彩而美满的生活。这种生活的动力是爱情，因此爱情应该是新型艺术的重要主题。

哈克斯戏剧学的立脚点，是和谐稳定的社会主义制度。他认为在这个新的历史时期，艺术家对艺术和生活应该抱一种新的态度，他称这种态度为"古典作家的态度"或"古典的态度"。这种态度应该不同于"启蒙者"和"革新家"的态度。他认为革新家过分沉湎于进步思想，往往拘泥于这种进步思想，甚至会僵化。古典作家的态度则不然，他充分理解世界的运动法则，能认识一切进步的道路，他站在前人，甚至敌人的肩膀上观察事物，因而看得远。他认为革命者抛弃传统，古典作家则改善传统。另辟蹊径的人固然值得尊敬，把事情做好的人才是正确的。他还认为革新家混淆艺术与科学。他说所谓新思想，一般说来即是新的科学思想，一个科学思想从他被发现的那一天起，就过时了，而一部艺术作品是不会过时的。他认为科学家和艺术家的区别在于，前者致力于区分主体与客体，纯客观地描绘他的对象；后者则致力于主客体的统一，他在描绘一个对象时，便体现了一种态度。一个对象对于科学来说，永远是这个对象，对于艺术却不同，一个现实主义者描绘一个对象，表现了一个心满意足的资产者的态度；在一个印象主义者笔下，则表现了怀疑主义的资产者的态度；而在一个表现主义者笔下，又表现了一个反对自己的资产者的态度。因此，艺术不是同自然的对话，而是人关于自然的对话。他主张新古典主义作家，应该充分描写矛盾，这种矛盾不是产生在不同阶级之间，而是产生在不同个人之间，它们不再是不可调和的政治利益的产物，而是道德性的产物，尽管这种矛盾冲突的表现形式各不相同，但不应该是对立的，至少不应该导致悲剧性结局。由此可见，哈克斯主张的戏剧观，是喜剧的戏剧观，而不是悲剧的戏剧观。就对待矛盾的态度来说，新古典主义（哈克斯亦称社会主义的古典主义）是有史以来没有任何复辟和辩护特征的、完全自由的古典主义。他还主张新古典主义戏剧应该描写伟大的行动和伟大的性格，他说"资产阶级戏剧跟老鼠打交道，社会主义戏剧跟大象打交道"。因此，他的剧作中人物，主要是国王和英雄等是对社会有发号施令权力的人。他的这些主张理所当然地在批评界引起激烈争论，也正是这些有争议的主张，造成了哈克斯戏剧创作的独特风格。

　　哈克斯戏剧创作着重表现的，始终如他在"自传"里所说的那样，是人生在世应该怎样生活，即人的自我实现、自我完成问题。他在其最成功的古典主义剧作《安菲特里翁》里，塑造了一个完善的人的理想形象——丘比特。诚然，这个理想形象具有浓厚的乌托邦色彩。

　　据希腊神话，安菲特里翁是柏修斯之孙，阿尔卡伊厄斯之子，他娶了现任国王、他的叔叔厄勒克特里翁的女儿阿尔克美尼为妻，因误伤厄勒克特里翁致死，携妻投奔忒拜城邦国王克瑞翁。在他出征塔菲人时，宙斯（在罗马神话中称丘比特）变成安菲特里翁模样，与阿尔克美尼寻欢作乐。后来阿尔克美尼生下一对双胞胎，其中海格力斯是宙斯的儿子，伊菲克勒斯是安菲特里翁之子。在欧洲戏剧史上，产生过许多描写这个题材的剧本，其中普劳图斯、莫里哀、德莱顿和克莱斯特等的剧本，都直接启发了哈克斯的创作。哈克斯为他的剧本选择了最严格的形式，他按照古典戏剧结构，把剧本分为三幕，采用了五步扬格的诗行，并遵循古典主义的时间、地点、行动"三整一律"。

关于这出戏的题材，哈克斯曾经说："题材的核心是这样一个问题：假如一个神插手人类社会的活动，会发生什么事情。人们可以认为这个神是愚蠢的，把它作为一个滑稽的剥削者来嘲笑，像莫里哀和德莱顿做的那样。但是人们也可以尊重他，普劳图斯、克莱斯特和我都是这样做的。这样，丘比特就意味着综合和体现了人类的一切才能，这样，他就以完人的面貌出现在真实的人当中。"在《安菲特里翁》里，哈克斯把丘比特描写成一个完人的理想形象，他在墨鸠利的帮助下，变成安菲特里翁，到人间享受爱情的欢乐。他爱上安菲特里翁之妻阿尔克美尼，并给她带来了幸福，还让爱事业胜于爱妻子的安菲特里翁，从一介勇夫变得更有人情味儿，开始向完善的人靠拢。

这出戏只有五个人物，台词哲理性很强，每个人物都有自己独特的精神风貌，其中丘比特和安菲特里翁，代表了截然不同的原则和处世态度。前者体现爱情和运动的原则，后者体现秩序和习惯的原则。安菲特里翁被描写成一个异化的庸人，一个"抽象的国民"，他只知道尽社会义务，爱他的事业，却时刻处于被日常事务的重担毁灭的危险之中。丘比特虽然是神，却是个有血有肉的、追求人的生活的形象。他是作者理想中的完人，在它身上体现了创造性、变革精神、运动的原则、美、艺术和爱情。剧中的反面角色是安菲特里翁身旁的哲学家索西阿斯，他是个玩世不恭的人，他的德行是清心、寡欲、内省、无为。他在剧中体现了一种小市民的处事态度，是一个没有任何创造性的、夸夸其谈的知识分子典型。他的信条是"智慧的皇冠是心平气和"。剧中对他的处事态度和思想的批判十分精彩。索西阿斯最后被丘比特变成一只狗，终于以"天狼星"的身份进入了"不朽者"的行列。

批评家们认为，这出戏在民主德国文艺界关于个人与社会关系问题的讨论中，是很有启发意义的。《安菲特里翁》在六七十年代之交，曾经是民主德国剧院经常上演的剧目，在联邦德国和欧洲其他一些国家，也受到普遍欢迎与赞扬。哈克斯无疑是民主德国成就最突出的剧作家，是德语国家继布莱希特、迪伦马特之后，在国际上影响最大的剧作家。

在哈克斯的新古典主义戏剧理论和创作中，表现了一种与布莱希特论战的倾向。哈克斯关于"后革命戏剧学"的提法，关于科学与艺术的关系的阐述，关于艺术如何反映矛盾的观点，关于"启蒙者"和"革新家"与"古典作家"的区别，等等，其背后的论战对象，显然都是布莱希特。在 50 年代，哈克斯是布莱希特的学生。从 60 年代开始，它采用古希腊、罗马题材进行创作，这实际上是在探索摆脱布莱希特道路的手段和方法。他在谈到布莱希特的美学观点时曾经说："像人类精神的任何成就一样，布莱希特的成就是历史的。它既是过时的，又是永恒的。对它的继承只能在否定的道路上进行，而不是在延长的道路上。"这就是说，学生追随老师，不是一味模仿，而是要通过他找到艺术的大门，然后再摆脱他，否则学生永远是学生，成不了宗师。密滕茨威认为，这正是伟大天才该走的道路。中国所谓"青出于蓝，胜于蓝"，大概也有这个意思。对布莱希特和哈克斯的理论和创作进行比较研究，显然是一个很有趣的课题，人们可能从中得到许多有益的启发。

尽管哈克斯的新古典主义剧作为民主德国戏剧创作（特别是

喜剧艺术的发展）提供了有益的经验，他的美学思想也有许多发人深思的成分，但也不难看出，其中乌托邦理想主义的、超时代的色彩是相当浓厚的。因此，有的批评家针对他的创作说："一旦远离社会现实，艺术也是微乎其微的。"后半句虽然说得重了些，但前半句话却不失为诚恳的忠告。

大体上在彼得·哈克斯改编阿里斯多芬《和平》的同时，海纳·米勒也开始了借鉴古希腊、罗马题材进行戏剧创作。海纳·米勒比哈克斯小一岁，1929年生于萨克森的埃彭多夫一个职员家庭。他没念过大学，中学毕业后当过地方政府机关职员、图书管理员、新闻记者。1954—1855年在民主德国作协工作，后任《青年艺术》杂志编辑。米勒开始创作时受布莱希特影响，他的早期剧作多是"教育剧"，它们不以描写人物的个性风貌为主，而是着重揭示事件的社会性因果关系。米勒自他的第一出戏《克扣工资者》（1957）开始，就是个经常引起激烈争议的作家，因此，他在戏剧界的遭遇并不是一帆风顺的，他的剧本往往只能由业余剧团或大学生剧团进行实验性演出。到目前为止，米勒的剧作已经超过二十部，其数量仅次于哈克斯。

像哈克斯一样，借鉴古典题材进行戏剧创作的过程，也是米勒美学主张形成的过程。尽管他同哈克斯走的是同一条道路，为民主德国新古典主义戏剧形成一个独立流派做出了重要贡献，但他们之间美学主张的差别还是很明显的。哈克斯热衷于喜剧创作，米勒则致力于悲剧创作；哈克斯多借鉴阿里斯多芬，米勒则主要师承索福克勒斯；哈克斯认为教育剧是一条死胡同，米勒则根据自己创作教育剧的经验，努力探索用严峻的悲剧性故事来表现社会主义改造的过程，追求一种既能发挥现实作用，又能促进观众积极思考的戏剧类型。米勒是个改编的能手，他认为采用现实题材，可以缩短创作过程。除了借鉴古典题材创作新古典主义剧作，诺伊奇的《石头的痕迹》、格拉特可夫的《水泥》、肖洛霍夫的《静静的顿河》、莎士比亚的《麦克白》等，都在他笔下表达了新意。

米勒不像哈克斯那样，曾以大量论文和为剧本撰写说明的方式，阐述自己的戏剧主张，他的主张主要体现在剧作和少量答记者问里。米勒在美学趣味上偏爱悲剧的严峻性。它的美学主张的立脚点，不同于哈克斯的"和谐说"，它主要是继承了布莱希特的"矛盾说"。他认为社会主义制度以前的人类社会（包括今天世界上大多数社会形态）是人类发展的史前时期，这是一个充满对抗性阶级矛盾的时期，是人与人为敌的时期，这个时期，厮杀是常事，生活是一种危险，世界充满战争和人性的变态。基于这种认识，米勒笔下的古典世界，是一个野蛮统治的世界，因此，米勒的新古典主义剧作，多描写战争和由战争引起的人性变态。按照他的看法，人类只有摆脱了史前时期，世界才能开始一个没有战争和死亡、充满劳动的欢乐、充分发挥人的创造性的时期。米勒描绘的古典社会的战争、野蛮、痛苦和牺牲，正是为建设一个新世界提供形象的对比。但他在剧作中也明确指出，建设这样一个社会是需要付出代价的。

基于这种历史观，米勒在人物塑造方面，反对个性化的英雄。他认为任何英雄行为，都包含胜利和对个性的威胁这样两个方面，他甚至把这两个方面的统一，夸张为"英雄"（或者胜利者）＝凶手的公式。对于米勒来说，任何英雄行为从一开头就是值得怀疑的，因为在个人与社会关系得到完美解决的社会主义社会里，是不需要英雄的。布莱希特曾经说过，一个需要英雄的民族是可悲的，因为他自己不能解放自己，得靠英雄来解放它。米勒的看法，显然是从这里衍化来的。有的批评家说，米勒像异教徒捣毁圣像一样，毁灭了古典作家笔下的英雄人物。密滕茨威则认为，这是对继承遗产的本质的误解，似乎伟大文学遗产是永恒的，不能改动的，动则便要承担"破坏"的恶名。他认为这是马克思主义文艺学中目前存在的一种教条主义的迷信。马克思主义文艺学应该关心的是，从新的角度处理古典遗产的题材和人物，在多大程度上能帮助人理解和认识人类社会总的发展倾向的进步的辩证法。而米勒的意图正在于，通过对古典英雄人物的非英雄化，表现一种信念和历史辩证法，即人类的史前史必然要为新的社会形态所取而代之。

关于戏剧的功能，米勒主张，一是戏剧要对观众起教育作用；二是戏剧要创造性地揭示矛盾。米勒要求戏剧能够使观众思考，并从这种思考中导出必要的行动。这就是现代西方美学中盛行的所谓"干预思维"。他常常对大家都熟悉的传统题材加以"陌生化"处理，从而引起观众的惊异，以达到让观众认识从阶级社会形成到灭亡的全部历史过程的目的。

米勒是怎样在剧本中体现自己理论的呢？《菲罗克泰忒》是体现它的主张的典范。

《菲罗克泰忒》被德国古典作家们视为索福克勒斯最优秀的作品，莱辛、赫尔德、歌德、施雷格尔、黑格尔等分析古典悲剧时，常以这个剧本为例。米勒把索福克勒斯的剧本做了相当大的改动。在索福克勒斯的原作中，菲罗克泰忒在奔赴特洛伊途中遭蛇咬，伤口溃烂发臭，同伴们不堪忍受他的哀号和恶臭，便采纳了奥德赛的主意，把他抛弃在雷姆努斯荒岛上。菲罗克泰忒历尽艰辛，在岛上生活了十年。在索福克勒斯原作中，刚毅、顽强是菲罗克泰忒这个人物形象的基本性格特征。米勒笔下的菲罗克泰忒，比起在索福克勒斯原作中，其精神风貌远为复杂和矛盾得多。他经历了十年的病痛、饥饿和寂寞的折磨，是十分令人同情的，但他由恨奥德赛、恨希腊人推而广之恨一切人，这又抵消了人们对他的同情心。他的恨没有任何积极的含义，而是因为他厌倦人类互相残杀、欺诈，对世间的一切，包括自己都失却了信任感，变成了一个听天由命的活死人。如果说索福克勒斯的菲罗克泰忒是为身病所扰,米勒的菲罗克泰忒则是为心病所缠,索福克勒斯笔下那种令人肃然起敬的精神力量,在他身上完全不见了。按照米勒的解释,是战争给他造成了这样一种病态心理。

米勒《菲罗克泰忒》的另一个改变,是在剧情的结尾上。在索福克勒斯作品里,菲罗克泰忒在神的启示下,答应奥德赛的请求,走上战场,用他的神弓射死巴里斯,打开了特洛伊城门。这样一个大家都熟悉的结尾,在米勒笔下,被"陌生化"为完全另外的样子:打了十年而毫无结果的特洛伊战争,使希腊人精疲力竭。为了重振军威,人们想到了被抛弃在荒岛上的神箭手菲罗克泰忒。遂遣奥德赛和奈厄普托勒姆斯去请他来参战,并答应为他治病,授予他战争荣誉,奥德赛甚至保证用牺牲自己的方式,来平息他被抛弃的愤怒。然而变得对任何人与事都不信任的菲罗克泰忒丝毫不为所动,不肯再用神弓为战争服务,最后他终于为同伴所杀。诡计多端的奥德赛宣布,即使菲罗克泰忒死了,也要用他的尸首为战争服务,即回去后晓喻三军,称菲罗克泰忒是同敌人作战阵亡的英雄,以达到鼓舞士气的目的。从这个"陌生化"的结局可以看出,奥德赛的狡诈和为达到目的不择手段的品质,都加强了作品"战争造成了人性变态"的主题。人们看到,在战争主宰一切的时代,任何稍有人性的处世态度,都是于事无补的。在米勒看来,不愿杀人者被杀,这就是史前时期的严峻现实。

关于"战争造成人性变态"这一主题,米勒在《赫拉兹人》一剧中表现得更为尖锐。剧中主人公是传说中的罗马英雄普布利乌斯·赫拉兹乌斯。据说在罗马第三任国王图鲁斯·贺尔蒂里乌斯时代,罗马与阿尔巴-隆伽发生战争,双方相持不下,于是决定各出三名英雄,决一胜负。结果只有赫拉兹乌斯生还。当他凯旋归来时,他妹妹发现被他杀死的敌人中,有一人是她的未婚夫,她失声痛哭。赫拉兹乌斯认为妹妹没有爱国思想,抽出杀敌人的剑，杀死了他的妹妹，自己亦被判处死刑，后被城邦百姓宣布无罪。1935年，布莱希特根据这个题材创作了清唱剧《贺拉提人和库里亚提人》。米勒以哲理的语言采用"陌生化"的手法处理了这一题材，赫拉兹乌斯最后被判死刑。这既是作为对他战胜库利亚兹人的褒奖，也是对他杀死亲人的惩罚。战争使赫拉兹乌斯既成了英雄又成了凶手。

在批评家中，除对米勒处理古典作品的人物，看法不尽相同，对他剧作中表现出来的历史观，也是有争议的。有人认为米勒以古典社会的战争和残忍来比喻人类社会，犯了片面性错误。密滕茨威则认为，这种"片面性"从严格的历史学角度来看可能是片面的，但因为它是由题材和艺术家的目的决定的，因而在美学上是正当的。这种片面性常常使一部作品获得特殊的艺术魅力，这与艺术家坚持马克思主义的历史观并不矛盾。他认为米勒借鉴古典题材所获得的成就表明，没有马克思主义的影响是不可想象的，这些作品正是反映了他的马克思主义知识和他个人对于社会变革的认识。米勒的新古典主义剧作在艺术表现手法和语言上所取得的成就，都达到了令人羡慕的水平，为民主德国戏剧文学和舞台实践赢得了世界声誉。

民主德国许多批评家都指出，"新古典主义戏剧"产生的美学背景，是对"倾向自然主义"的论战。所谓"倾向自然主义"是指50年代民主德国文学中那种名为现实主义，其实是过分的自然主义堆砌的作品。哈克斯和米勒认为这种作品是缺乏艺术功力的。他们借鉴古典题材创作的作品，在运用现实主义方法塑造人物方面，提供了有益的经验，这种方法既不同于自然主义的，也不同于现代心理主义的和荒诞抽象的塑造人物的方法。

"新古典主义戏剧"在民主德国戏剧舞台实践方面，促进了表演艺术的发展，使导演、演员更注意形体动作的技巧。50年代欧美舞台因受萨特戏剧影响，多注重对话，戏剧成了我们中国人所说的"话剧"。布莱希特晚年曾对这种倾向提出过批评。"新古典主义戏剧"的出现,又重新发现了丰富多彩的戏剧表演手段,尤其是想象和夸张,又在舞台上获得了合法的地位。此外,"新古典主义戏剧"还促进了舞台美术的发展,加强了戏剧艺术的综合性特点。

完成于 1982 年 6 月 2 日

九 论德国反法西斯戏剧

反法西斯戏剧概观

戏剧在文学种类中是最受设备和观众局限的，这是众所周知的常识。德国反法西斯戏剧工作者在1933—1945年，出于政治、种族和宗教的原因，大都被迫流亡到异国他乡，他们失掉了剧院、观众，也就没有了"用武"之地。戏剧是一种集体性很强的艺术劳动方式，单枪匹马流亡在不同国家和地区的艺术家，其艺术活动天地和可能性是相当渺茫的。然而，这些反法西斯艺术家都是有追求的人，他们往往会在一种精神力量的支持和鼓舞下，克服各种困难，做出令人难以置信的事情。他们所到之处，只要有德国流亡者生活在那里，便千方百计坚持戏剧演出活动。在苏联、美国、捷克、法国、英国、荷兰、瑞典、丹麦、墨西哥、阿根廷和中国上海等地，都留下过德国戏剧家的足迹。这样的演出活动，自然主要不再是艺术欣赏，而是成了名副其实的反法西斯宣传。20世纪20年代末期，德国工人运动中曾经出现过生动活泼的"宣传鼓动剧团"演出，类似中国抗日战争年代的"活报剧"。在流亡的特殊条件下，这类演出不但适合于演出者，也很容易为观众所接受，且由于经济条件和观众数量的限制，几乎成了唯一切实可行的演出方式。70年代初期，曾经有人统计，流亡出去的有名有姓的德国戏剧工作者,包括剧作家、导演、评论家、演员、剧院领导人、舞台工作者,共有 2500 多人。[①] 事实上也许不止这个数字。说来令人难以置信,在当时对文学艺术创作活动极为不利的条件下,德国反法西斯戏剧却取得了空前的丰收。据统计,从 1933 年到 1946 年,有 420 位剧作家,创作了 724 部剧本,108 部广播剧,398 部电影剧本,[②] 其中尚不包括已经散失的手稿和那些专门为政治集会创作的为数众多的"活报剧",后者在反法西斯戏剧中最具时代特点。德国诗人埃里希·魏纳特在西班牙战场上就创作过许多这类讽刺性短剧。这样多的剧作,在流亡条件下,显然只有极少数能被搬上舞台与观众见面。如弗里德里希·沃尔夫的《马姆洛克教授》在国内外演出过 21 场,布莱希特的短剧《卡拉尔大娘的枪》和《第三帝国的恐怖与灾难》演出过 10 场,恩斯特·托勒的《再不会有和平》演出过 10 场,费迪南·布鲁克纳的《种族》演出过 8 场,等等。[③] 其余绝大多数剧作家只能为抽屉写作,他们是有意识地作为德意志民族的良知和德国文学的代言人创作这些"抽屉作品"的。他们借此表达自己对法西斯主义的认识和仇恨,期望有朝一日德国观众会把它们作为反省民族灾难和耻辱的文献来观看。然而遗憾的是,随着德国法西斯政权崩溃和战争结束而来的德国分裂与东西方冷战局面的形成,出于文化政策的原因,这些作品中的大多数,仍未能与观众见面。它们只是作为后来学者们的研究对象,活在文学史、戏剧史和有关的论文当中,成了那个特殊时代的文学纪念碑。这些剧作家当中,只有布莱希特是个幸运的例

---

① [德] 库尔特·特莱卜特:《流亡在世界各地的德国戏剧》,载《1933 年后德语流亡文学研究第二届国际研讨会论文汇编》,斯德哥尔摩大学德语系 1972 年版。
② [德] 库尔特·特莱卜特:《流亡在世界各地的德国戏剧》,载《1933 年后德语流亡文学研究第二届国际研讨会论文汇编》,斯德哥尔摩大学德语系 1972 年版。
③ [德] 汉斯·于尔根·盖尔茨主编:《德国文学简史》,柏林:人民与知识出版社 1981 年版,第 629 页。

外，他在1948年返回柏林后，在民主德国第一任总统威廉·皮克支持下，建立了自己的剧院——柏林剧团，他那些在流亡中创作的剧本，经过他自己和他的学生们的精心导演，逐个地搬上舞台，并在欧洲一些国家巡回演出。今天看来，倘若没有这个得天独厚的条件，恐怕布莱希特也未必有今天这样的声望，他那独树一帜的戏剧理论和演剧方法，也未必会产生震惊世界舞台的影响，使他成为20世纪"经典性"剧作家。

流亡时期的特殊条件，迫使这些作家有时不得不创作电影脚本或小说，或纯商业性的娱乐喜剧。几乎所有流亡作家都有过这种迫不得已的经历。布莱希特为维持他的创作集体的生计，不得不卧病创作《三毛钱小说》或为美国电影公司写作电影脚本。汪恩海姆离开自己擅长的"政治戏剧"，而为苏联观众创作无甚艺术特色的传统喜剧。曾与布莱希特齐名的霍尔瓦特，本来擅长以"大众戏剧"形式描写重大社会政治题材，形势迫使他不得不削弱自己的政治倾向，向商业性喜剧妥协。此外，像布鲁克纳、哈森克雷沃、尤利乌斯·哈侬等，有时也不得不为生计而步法国式或盎格鲁-撒克逊式娱乐喜剧的后尘。面对严峻的斗争，却要从事商业化创作活动，对于这些反法西斯作家来说，无疑是一种痛苦。霍尔瓦特曾经说过，面对这种处境，他是无法原谅自己的。不过，我们作为后人，是完全能够理解他们的。从总体来说，流亡时期的德国剧作家，在题材选择和艺术风格方面，仍然竭力保持了他们在魏玛共和国时期开创的进步戏剧传统。

德国评论界普遍认为，魏玛共和国时期的戏剧是德国戏剧史上一个不可否认的顶峰，呈现出丰富多彩的局面，既有传统的古典戏剧，又有操方言的大众戏剧，既有载歌载舞、说唱与杂耍并举的小型歌舞剧，又有以政治宣传鼓动为宗旨的活报剧。无论什么形式或种类，魏玛共和国时期占上风的戏剧，首先是"政治戏剧"，由于导演在戏剧活动中起着主要作用，而又被称为"导演戏剧"，导演的作用决定着戏剧演出的总体面貌，剧作家的作用反而退居第二位。这种特点是由魏玛共和国的社会形势所决定的。那时，戏剧成了讨论政治和社会问题的论坛，戏剧不论强调娱乐还是强调政治宣传鼓动，几乎都成了大众媒介，就连耶斯纳导演的古典作品，也是着重阐释其现实意义。皮斯卡托那种强调技巧性和表现世道人心的歌舞剧，更是 20 年代德国政治戏剧的重要组成部分。而德国共产党领导的为数众多的"宣传鼓动剧团"，无论是表演形式和内容选择，都对当时以及后来的反法西斯戏剧产生了重要影响。

魏玛共和国时期戏剧最具特色、影响最广泛深远的，是"时代戏剧"。所谓"时代戏剧"，就是描写现实题材的戏剧。这类戏剧最能反映魏玛共和国时期戏剧的特殊性。"时代戏剧"因其反映现实生活中引人注目的政治、社会、道德问题，最能引起观众兴趣，且常常引发广泛的社会讨论。"时代戏剧"既有社会文献作用，又能在道德和社会上引发警世作用。"时代戏剧"的代表人物有费迪南·布鲁克纳、弗里德里希·沃尔夫和彼得·马丁·兰佩尔等。与"时代戏剧"具有同等重要地位的是"历史剧"。从数量来说，它比"时代戏剧"还多。魏玛共和国时期，采用历史题材进行文学创作是一种时尚，尤其在戏剧和小说领域，许多作家都写过"历史剧"，如沃尔夫、布鲁克纳、贝尔塔·拉斯克、汉斯·约塞·雷非什等。有的剧作家既创作"时代戏剧"，又创作"历史剧"，因此在这两种类型的戏剧之间，可以看到某种共性。如果说"时代戏剧"在结构和演出方面，采用了许多创新手法的话（如文献的运用、场次的串联、共时性舞台等），那么"历史剧"通常都遵循传统的戏剧规则。它们的共同性是都讨论现实问题。"历史剧"虽然描写的是历史题材，但剧作家所表现的主题，观众是很容易明白的。因此可以说，"历史剧"也具有"时代戏剧"的性质，而且在现实效果这一点上，它丝毫不逊于"时代戏剧"。

魏玛共和国时期的20年代，通常被史学家称为"黄金时期"。这一时期的文化生活的最大特点是，在大城市里出现了商业化的文化工业和令人眼花缭乱的"大众文化"，文化产品表现出赤裸裸的商品性质。布莱希特在他的《三毛钱诉讼案》一书中，对这种倾向的利弊做过精彩的分析。他指出，这种艺术市场化倾向，一方面摧毁了关于艺术的传统观念，另一方面也带来一些创新因素，如表现快节奏生活方式，艺术家感受和观察方式的变化，审美娱乐新形式的出现，等等。[①] 他的《三毛钱歌剧》就是这个时期的代表性作品。

随着德国法西斯主义的崛起，"黄金时期"被"黑暗的三十年代"取代。1926年，恩斯特·容格尔就出版了他的政论文集《民族主义进军》，公开为法西斯主义张目。20年代末期，法西斯主义的侵略本质引起世人关注，德国成了资本主义与社会主义、战争与和平进行全球性较量的场所，多数剧作家虽然并未附和法西斯势力，但其中的许多人由于过分信赖魏玛共和国民主制，且常常以这种民主制的代言人自居，过高估计公众舆论的作用和他们自己的现实立场，从而对法西斯主义苗头的危险性估计不足。法西斯上台前，很少有剧作家利用戏剧手段参与反法西斯斗争，只有霍尔瓦特于1930年创作了《意大利之夜》，揭露法西斯势力的嚣张气焰，揭露社会民主党的姑息养奸。但即使是他，对法西斯上台的后果也是估计不足的。直到1933年1月30日，兴登堡把政权拱手让给希特勒时，不少人尚抱有种种幻想，一些剧作家仍迟迟不肯离开德国。

布鲁克纳在希特勒上台初期，还以为不会有什么危险，二月

---

① 关于贝托尔特·布莱希特《三毛钱诉讼案》，见［德］布莱希特《论文学与艺术》第一卷，柏林—魏玛：建设出版社1966年版，第185页。

底他还在德国和维也纳参加他的剧作《O侯爵夫人》的首演式，直到他在维也纳听到一些从德国传来的不利信息，才下定决心把家人接到奥地利暂避风险。希特勒上台后，兰佩尔试图放弃戏剧创作，专门从事青年和成人教育，由于法西斯政权整肃各种青年组织，他工作所在的"童子军"遭到禁止，他自己也因错误传闻遭到控告并被判刑，直到1936年释放，才伺机逃出德国。盖奥尔格·凯泽在德国一直停留到1938年，其实他的作品早在1933年5月10日，就被当作"非德意志著作"，与许多进步作家的作品一道付之一炬，直到听说"盖世太保"要抄他家时，才仓皇逃亡荷兰。就连早已察觉到德国法西斯势力危险性的霍尔瓦特，也仰仗其持有匈牙利护照，迟迟不肯离开德国，直到1934年底，他父亲在木尔瑙的家被抄时，才意识到自己无法在德国停留。其实他们都是被驱逐出境的。

　　本文开头提到，剧作家不同于小说家、诗人，他们离开剧院和观众，是无可奈何的。而流亡生活恰恰令他们那特殊的艺术创作方式遭到致命打击。当别的作家借助外国出版社、杂志适应有限的读者需要，能够相对迅速地调整自己的创作活动时，他们却成了相当孤立的小团体和个人，失掉了戏剧赖以生存的集体创作条件。当年那种生动活泼的艺术试验，对大多数人来说，已经不可能继续进行。布莱希特之所以仍能在流亡条件下完善他的史诗剧创作，一方面因为他有多方面的非凡艺术才能，另一方面也因为他有丰富的理论知识，这一切使得他能够克服眼前的极端困难，坚持他那风格独特的艺术探索，不怕充当为抽屉而写作的作家。对于多数剧作家来说，流亡意味着停止艺术试验，意味着美学上的倒退。流亡刚开始时，皮斯卡托和汪恩海姆，还想在苏联德语区的居民和德国流亡者中间，建立反法西斯剧院，继续进行艺术试验，但当时条件对他们是不利的，一是当时的苏联戏剧界独尊"斯坦尼斯拉夫斯基体系"，对他们的艺术试验不感兴趣，二是紧张的国际政治形势不允许他们进行这种试验，三是希特勒政权对苏联政府施加压力，反对德国流亡者利用苏联领土进行反法西斯宣传，致使他们得不到足够的财力支援。他们的尝试终于未能坚持下去。从总体来看，除瑞士苏黎世话剧院，分散在世界各地的德国反法西斯戏剧活动，只有局部和暂时的意义。不过，这些活动却也大大鼓舞了流亡剧作家，使得他们在极端艰苦条件下，不停顿戏剧创作，从而产生了前面提到的那些为数众多的戏剧作品，为德国戏剧文学史树立了一座丰碑。

反法西斯斗争中的"时代戏剧"

在流亡时期的戏剧中，最具有代表性的类型，仍然是"时代戏剧"，只是由于现实斗争的需要，在表现形式方面出现了向传统回归的倾向，它被评论家们称为"行动戏剧"。这种向传统回归的表现，用布莱希特的话来说，就是重操"亚里士多德式戏剧"，放弃魏玛共和国时期"时代戏剧"在演出方式上的创新和"叙事性"成分，即布莱希特所说的"非幻觉"成分，如共时性情节、蒙太奇式场次链接、歌舞剧式结构等，但却保留了"时代戏剧"选择现实题材，追求现实作用的特征，使戏剧演出具有在感情和政治上动员观众、改变其处事态度的效果。

"时代戏剧"的这种追求，实际上在沃尔夫的《卡塔罗的水兵》一剧中已经初见端倪。反法西斯剧作家们有意识地吸收这出戏的创作演出经验，采用观众熟悉的传统美学手段，来加强作品的战斗色彩。构成《卡塔罗的水兵》艺术特色的一些主要因素，后来都在反法西斯戏剧中得到了继承和借鉴，如关于形势的报道性情节，即剧中关于卡塔罗水兵在1918年1月至2月间的武装起义、剧中人物面对观众所发出的政治或道德呼唤、剧中主人公的遭遇对观众情感的宣泄作用（表现在剧中，即主人公弗兰茨·拉什的被处决，在观众中所产生的震撼心灵的效果）。作品结束时，主人公喊道："兄弟们，下一次好好干！"这是对观众发出的革命号召。沃尔夫采用传统戏剧学规则和手段，就是为了达到这种现实主义的政治目标。

反法西斯作家们在创作他们的作品时，正是继承了沃尔夫在《卡塔罗的水兵》中表达的信念，清楚地意识到，只有采取行动才能战胜法西斯主义。因此，剧作家在作品中总是向观众发出"行动起来"的号召。尽管在希特勒已经夺取了政权进行残酷镇压的情况下，德国观众极少有机会看到这些戏剧、听到这些呼唤，但剧作家们仍然寄希望于通过各种可能的渠道，把他们的呼唤传达给德国公众，让他们认识法西斯主义的本质，从而行动起来，让从事秘密斗争的战士从中得到勇气，不向法西斯暴力屈服。

从剧作家们选择的题材来看，反法西斯"时代戏剧"与政治形势的发展密切呼应，如批判社会民主党右翼对法西斯姑息养奸，法西斯对犹太人和政治反对派的迫害，法西斯政权对公众生活和舆论的所谓"整肃"和"统一"，法西斯政权内部进行的清洗，奥地利工人阶级反对法西斯化的起义，西班牙内战，流亡者在国外的遭遇，法西斯军队对邻国的侵犯，德国内部的抵抗运动，外国游击队的反法西斯斗争，等等，反映了剧作家对现实的关注、创作热情和历史责任感的高涨。

霍尔瓦特的《意大利之夜》（1930），是最早采用戏剧形式批判德国法西斯崛起的作品，它是根据亲身经历创作的。1930年，霍尔瓦特返回木尔瑙探望父母时，在一家酒馆里，目睹了一场共和派与纳粹党徒之间的殴斗，法庭审讯此案时，他曾经出庭做证，由于证词不利于纳粹党徒，遭到纳粹新闻界攻击。是年9月国会大选，纳粹党一跃成为德国政治舞台上一支不可忽视的力量。事态的发展促使他以极大的政治敏锐性捕捉到这个题材，创作出这部 7 场话剧。剧本的背景是南德一座小镇，一群醉心于结社清谈的社会民主党人，举行了一次称为"意大利之夜"的晚会。在同一家酒馆里，一群纳粹党人也在庆祝他们的"德国日"。在双方冲突中，社会民主党的市参议员遭到羞辱，年轻的社会民主党人马丁，由反对该党老党员面对法西斯势力的嚣张气焰，仍然举行这种非政治性集会，而被市议员一伙轰出酒馆。但马丁和他的同伴却在关键时刻赶走了法西斯分子，保护了那些耽于清谈的老社会民主党人。作者在揭露纳粹党徒嚣张气焰的同时，尖锐批判了社会民主党右翼领袖，在极右势力的进攻面前依然散布和平幻想、麻痹人民斗志的政治态度。剧中那个社会民主党政客，面对纳粹分子的恐吓威胁毫无抵抗能力，而当年轻的马丁等人赶走法西斯分子、挽回他的脸面时，却大言不惭地声称："现在当然还谈不上民主共和国受到了迫在眉睫的威胁。同志们！只要'保卫共和国协会'存在一天，只要我依然在这里任本埠协会的主席，共和国就可以高枕无忧地睡大觉。"[1] 在这个人物身上，生动地体现了魏玛共和国当权者的品质特点，正是他们的姑息养奸政策，最终导致法西斯专政。《意大利之夜》是第一部批判德国社会民主党历史性政治错误的剧作。

沃尔夫的《马木洛克教授》（1933）在德国反法西斯戏剧当中是影响最为广泛的一部，曾经在波兰、以色列、瑞士、苏联、中国等国上演。剧情发生在 1932 年兴登堡二次当选总统，到 1933 年 4 月纳粹政权颁布"重建公务员制度法"这段时间内，其间经历了希特勒上台、国会纵火案。剧中主人公马木洛克是个普鲁士式忠于职守的外科医生、自由主义民主派知识分子。他坚信德国政府不论何人掌权，都会依法行事。事实上，他和他的犹

---

[1] 见《世界反法西斯文学书系·德国奥地利卷》第三卷，重庆出版社 1992 年版，第 59 页。

太同事统统被按照"公务员法"解除公职。她女儿是一个狂热的纳粹信徒,但也在"犹太人滚出去"的喊声中被赶出校门。本来他的儿子在国会纵火案之后曾经警告过他,德国民主制不久将被纳粹暴力摧毁殆尽,他对这种形势非但一无认识,反而命令他的儿子罗尔夫,要么放弃反对现政权的政治活动,要么同家庭断绝关系。罗尔夫毅然加入德国共产党领导的抵抗运动。马木洛克教授依然心存幻想,做他的民主梦,直到被轰出医院,挂上"犹太人"的牌子,遭到羞辱,在走投无路的情况下自杀身亡。临死之前才认识到,儿子反对纳粹的行动是对的。作者称这出戏是"西方民主的悲剧",其目的显然在于唤醒德国乃至欧洲保守的民主派知识分子,摆脱被动的处世态度,像马木洛克的儿子一样,做一个行动起来的反法西斯主义者。如果说霍尔瓦特对为法西斯上台创造机会的虚伪的西方民主制进行了批评,那么沃尔夫则揭示了西方知识分子在这种民主的幻想中招致自身灭亡的必然性。

在沃尔夫笔下,马木洛克作为一个犹太人,是纳粹种族政治的牺牲品,而布鲁克纳在他的《种族》一剧中,通过对法西斯的排犹活动,进行意识形态和心理分析,为人们认识他们的种族主义提供了一个新的视角。布鲁克纳本是维也纳人,1923年到德国柏林创立"文艺复兴剧院",倡导"时代戏剧"。《种族》的背景是德国西部某大学城,时间是1933年3—4月。五个主要人物卡拉纳、泰索、希格尔曼、海伦和罗斯楼,除了海伦,其余四人都是医学院大学生。海伦是个被同化了的犹太姑娘,她是卡拉纳的女友。随着法西斯主义的崛起,本来性格软弱、政治上摇摆不定的卡拉纳,疏远了坚强正直的女友,加入罗斯楼一伙专门寻衅闹事的小团体,甚至参与针对犹太同学希格尔曼的"惩罚行动"。当罗斯楼强迫他揭发女友的反纳粹思想时,他拒绝听令,伺机杀了罗斯楼,不久他也被纳粹暴力组织杀害。海伦一直怀着恐惧和忧虑，注视着卡拉纳的活动，当她看到他摆脱了纳粹思想的影响、人身安全受到威胁时，试图帮助他逃跑，卡拉纳拒绝帮助，终于成了法西斯暴力的牺牲品。作者借这些大学生的言行，深刻描写了这一代人的病态心理及其原因。第一次世界大战后成长起来的这一代人，因经历过物质匮乏的煎熬，吃过通货膨胀的苦头，感受过谋职困难的惶恐，而受着心理危机的折磨。他们有时表现为乐观的理想主义，有时表现为沮丧和消沉。有时表现为摇摆不定、懦弱无能，有时又给人以气壮如牛、雄心勃勃的假象。他们极想在所谓"民族崛起"的潮流中找到自己所没有的社会位置。卡拉纳就是一个无力驾驭自己，又没有勇气接受现实的人。他的悲剧在一定程度上，体现了那个"垮掉的一代"的精神状态和结局。

在布鲁克纳笔下，种族主义是酿成那一代青年堕落的重要原因，而在汪恩海姆的《肇事者》中，种族主义则成了纳粹党徒玩弄阴谋诡计的手段、破坏家庭的祸根。《肇事者》是传统的"家庭剧"，剧情发生在1938年，纳粹德国吞并奥地利之后的维也纳。阿诺特和奥托兄弟都是纳粹党人，它们的叔叔威廉是某机器厂的工程师，他的一项发明对纳粹军火工业可能大有用途，他的儿子约塞夫因参加过二月起义，① 纳粹入侵后转入地下。党卫军头目邓布利茨基为了控制威廉，谎称兄弟二人的前辈可能有非雅利安血统。这在当时足以危及全家，于是阿诺特迫使他母亲承认他是私生子，无犹太血统。他们的叔叔和堂弟在地下工作者的帮助下出走以后，兄弟二人伙同邓布利茨基，千方百计搜寻叔叔的日记，因为那里记载着叔叔和堂弟的地址。搜寻中兄弟反目，奥拓开枪打死阿诺特，并把母亲送入监狱。这位失掉儿子和家庭的母亲最后认识到，从事抵抗斗争的约塞夫虽非己出，却是她真

---

① 1934年2月，维也纳工人阶级在"保卫共和国联盟"领导下，曾举行反法西斯起义。

正的儿子。作者在这出戏里，把对现实的描写与对不同人物心理和道德面貌的刻画，结合得十分紧密，令人信服地表现了招致这个家庭破灭的原因。这个家庭的灭亡，实际上也预示着纳粹德国必然灭亡的前景，德国人民真正的儿子不是那些法西斯党徒，而是以各种方式进行斗争的抵抗战士。

在反法西斯斗争年代，类似的描写现实题材的剧本，还有布莱希特描写西班牙内战的《卡拉尔大娘的枪》，描写法西斯德国众生相的《第三帝国的恐怖与灾难》；沃尔夫描写奥地利二月起义的《弗洛里兹多夫》；恩斯特·托勒以尼莫勒神父[①]的遭遇为题材描写宗教界抵制法西斯暴行的《哈勒神父》；兰佩尔的《纳粹的黄昏》；等等。

反法西斯斗争中的"历史剧"

除上述描写现实题材的"时代戏剧"，剧作家们也常常采用历史题材，以比喻影射的方式达到他们对法西斯野蛮本质的揭露和批判。前文提到，作家利用历史题材进行文学创作，在魏玛共和国时期是一种时尚，特别是在历史小说领域，产生了一系列有影响的作品。如埃米尔·路德维希的《拿破仑》《俾斯麦》，阿尔弗雷德·诺依曼的《魔鬼》《叛逆者》，斯特凡·茨威格的《三大师》《同精灵的搏斗》《三诗人》，等等。随着法西斯的崛起，作家的流亡，许多作家失掉了与德国现实的联系，采用历史题材以比喻和影射的方式，表达他们的反法西斯立场，便成了作家们得心应手的创作方式。孚希特万格、德布林、卢卡契在他们的论文和著作中，对历史题材文学作品产生的时代背景和历史意

[①] 马丁·尼莫勒，德国宗教界反法西斯领袖，曾因反对纳粹的"德意志基督徒"运动，反对迫害犹太人，于1937年被投入集中营，1945年获释。

义都做了相当精辟的论述。卢卡契指出，由于帝国主义的野蛮本质，在法西斯制度中达到了登峰造极的地步，因而作家站在人道主义立场上，对帝国主义野蛮本质的抗议和批判越来越公开、鲜明，越来越表现出战斗性。随着法西斯主义的广泛传播，反法西斯主义的人道主义思想，越来越具有广泛而深刻的政治性和社会性，其重要代表人物对法西斯主义的批判越来越犀利。[①] 孚希特万格的历史小说《假尼禄》是一个典型例子。在这部作品里，历史只不过是一层薄薄的"伪装"，读者透过这层"伪装"，看到的是对法西斯主义的致命讽刺和批判，[②] 古代罗马服装里裹着的是希特勒、戈林、戈培尔等法西斯头目的真身。

历史题材的戏剧在魏玛共和国时期，表现出了鲜明的政治倾向性，曾经风靡一时的《德莱福斯案件》（作者是汉斯·约塞·雷非什和威廉·赫尔佐格）就借助历史事件，[③] 揭露和批判了魏玛共和国司法的虚伪性、社会上的道德偏见和排犹思潮。1929年初演出时，观众并不认为这是一出传统的"历史剧"，而是把它视为一出批判现实的政治剧。此外像凯泽、贝尔塔·拉斯克、布鲁克纳、沃尔夫等的"历史剧"，都被观众理解为针对现实有感而发的政治戏剧。不可否认，逃避现实的历史剧也是存在的，但那不是本书关注的领域。

像历史小说一样，历史剧在流亡时期也得到了广泛发展，在反法西斯戏剧中扮演了重要角色。魏玛共和国时期的"时代戏剧"，大约在1929年前后发展到顶点，历史剧开始在舞台上占据了重要位置，直到法西斯上台这段时间，历史剧形成一股重要艺

[①] 参见［匈］卢卡契《历史小说》，柏林：建设出版社1955年版，第283页。
[②] 参见［匈］卢卡契《历史小说》，柏林：建设出版社1955年版，第293页。
[③] 阿尔弗雷德·德莱弗斯是法国总参谋部军官，1894年被军方无端指控犯有叛国罪，判终身监禁。此案引起强烈反响，在左拉等正直人士抗议下，德莱弗斯于1899年获释。此案暴露了法国军方的排犹思潮和做伪证的劣迹。

术潮流。这其中的一个重要原因是，法西斯主义的御用文人歪曲和篡改历史，为德国法西斯主义存在的合理性进行辩护，引起了作家的关注。对历史的阐释成了反法西斯主义者与法西斯分子较量的一个重要领域。季米特洛夫在1935年共产国际第七次世界大会上，对这一斗争做过精辟的总结，他指出，法西斯主义的蔓延不仅利用了群众中根深蒂固的偏见，而且利用了群众最美好的感情，利用了他们的正义感和革命传统。法西斯分子以歪曲和篡改历史，来证明自己是德意志民族历史上，一切崇高和英雄事业的当然继承人，他们用歪曲民族的历史充当武器，来对付自己的反对者。季米特洛夫指出，在德国出版了数以百计的书籍，用法西斯方式歪曲德国人民的历史，把德国历史上的伟大人物打扮成法西斯分子，把伟大的农民战争说成法西斯运动的直接先驱。[1]

季米特洛夫的总结，准确地概括了法西斯主义和反法西斯主义在历史领域的斗争形势。在这种形势面前，如卢卡契指出的那样，作家们理所当然地把历史问题（特别是用文学方式阐释的历史）越来越多地摆到了反法西斯斗争的中心位置。[2] 反法西斯作家们选择历史题材进行文学创作，是符合现实的政治和社会斗争需要的，这是一种战斗性的选择。诚然，历史剧在反法西斯斗争中数量的激增，与这个时期美学上的回归也是有关系的，戏剧领域里政治上的先锋人物，有意识地放弃艺术试验，为反法西斯斗争的需要创作历史剧，这在美学上虽然是个退步，但这种戏剧在政治和戏剧学上，却可以起到与"时代戏剧"相同的战斗作用。为了反法西斯斗争需要，暂时牺牲美学试验，这在当时是必要的，这种美学上的倒退，倒是反映了作家反法西斯立场的自觉性。类似的历史题材剧作，有布鲁克纳的《拿破仑一世》《西

---

[1] 参见［匈］卢卡契《历史小说》，柏林：建设出版社1955年版，第292页。
[2] 参见［匈］卢卡契《历史小说》，柏林：建设出版社1955年版，第292页。

蒙·波利瓦尔》，汪恩海姆的《拉脱维亚的海因里希》，兰佩尔的《千年王国》，弗兰茨·泰奥多·科索克的《雅德维嘉》，尤里乌斯·哈依的《野蛮人》，沃尔夫的《博马舍》，等等。这些作品虽然都披着历史的装束，却都是不折不扣的政治戏剧，它们与"时代戏剧"的差别，仅在于题材不同而已。

盖哈特·赫尔曼·莫斯塔尔的《巴黎暴动》（1934）是众多以拿破仑为题材的历史小说和历史剧中的一种。剧本描写拿破仑上台后，逐渐疏远了旧日辅佐他上台的老战友，令他们互相监视、告密，凡对他持批评态度的人一律被视为"国贼"。要么投入监狱，要么关进疯人院。一位被当作"国贼"关进疯人院的马雷将军，趁拿破仑东征俄罗斯之机逃出疯人院，发动了一场军事政变。他散布消息说拿破仑已死，并指挥少数军队，逮捕了巴黎军事指挥官和总督。由于马雷侄儿的告密，政变终于失败，马雷被处以死刑。剧中的马雷被描写成一个1789年革命理想的殉道者。从作品细节来看，它颇似一部教人如何发动政变的指南。在作者看来，为了使政变取得成功，军队人数多少还在其次，关键是对现政权的普遍不满，特别是在暴君的追随者中，必须存在这种不满。作者的用意显然在于告诉人们，为了准备推翻希特勒现政权，必须在精神领域进行充分准备。作者寄希望于法西斯政权内部出现马雷这样的人物，但又要避免失败的结局。不过，历史证明，这条路是行不通的。

约翰内斯·魏斯顿的《葡萄山城》，创作于1934—1936年。在反法西斯历史剧中，这出戏具有浓厚的历史哲学趣味。作者借德国农民战争这个历史题材，表现了革命运动之所以半途而废，是由于在关键时刻革命队伍内部出现了叛徒。剧中的农民军攻打下葡萄山城后，"内阁"里的某些成员为了避免流血，与其他地方反动军队举行谈判，使敌人得以集结兵力，向农民军进行反扑，使农民军的初步胜利半途而废。剧作家怀着崇敬的心情，塑造了舍生忘死的一男一女两位农民领袖。这显然是喻指李卜克内西和卢森堡。而这些导致农民军失败的"内阁成员",显然是喻指右翼社会民主党领袖,是他们出卖了第一次世界大战末期爆发的十一月革命。剧中革命路线的代表人物是闵采尔派,喻指十一月革命中的"斯巴达克团"。在威斯顿看来,假如把十一月革命无条件地推向胜利,便不会产生后来的法西斯主义。这出戏把总结历史经验教训同批判社会民主党右翼领袖的机会主义路线紧密结合起来,构成了它的哲理性特点和深度。

布鲁克纳的《英雄喜剧》(1940—1942)选择了法国历史上著名女作家斯塔尔夫人,为了反对拿破仑篡权独裁、争取欧洲自由而斗争的一段史实。剧中两个主要人物是斯塔尔夫人和邦雅曼·贡斯当。为了推翻拿破仑、维护欧洲自由,斯塔尔夫人千方百计动员欧洲大国联合抗法。为此目的,他在拿破仑大军进攻俄罗斯之前出使瑞典,试图说服贝纳道特国王,参加反法斗争,后者婉言拒绝,她很失望。拿破仑兵败莫斯科退位后,欧洲争取自由的斗争并未结束,大国之间平衡各自的利益,挪威又成了新的牺牲品,成了瑞典的附属国。斯塔尔夫人十分同情挪威,于是又重新行动起来,发表演说,撰写宣言,反对这种新的不公正。贡斯当作为斯塔尔夫人游说的陪同,对她争取自由的热情持怀疑和嘲笑态度。作者显然把拿破仑比喻成了希特勒:他们都怀有鲸吞欧洲的野心。像斯塔尔夫人时代一样,西方"民主国家"表面高唱"保卫自由",实际上都从各自的利益出发,对法西斯势力实行绥靖政策,而为自由奔走呼号的反法西斯英雄,最终却成了被人嘲笑的喜剧角色。作者赋予《英雄喜剧》特有的哀伤基调,以表达他对世道的感慨。

马克思主义者布莱希特在《大胆妈妈和她的孩子们》中也表达了对时局的痛楚感受。这出历史剧以德国30年战争为背景,借鉴了芬兰瑞典语作家鲁内贝里描写随军小贩洛塔·斯威尔德的故事和德国 17 世纪小说家格里美豪森的小说《女骗子和女流浪者库拉舍》中的素材，描写大胆妈妈带着三个子女，拖着大篷车随军叫卖，把战争作为谋生的机会，结果子女们都成了战争的牺牲品，自己落得孤身一人。作者借大胆妈妈一家的悲剧说明，想在战争中捞取利益的人，必然要毁于战争。当希特勒武装到牙齿，其吞并欧洲的野心已经昭然若揭时，斯堪的纳维亚各国仍然梦想保持中立，继续同德国进行钢铁交易，丹麦甚至在 1939 年 5 月底与希特勒德国签订了互不侵犯条约。在布莱希特看来，面临战争危险仍同战争狂人进行军火交易，企图侥幸保存自己，这无异于"鸵鸟政策"。这出戏首先是对北欧各国政府与人民的一个警告，作者自己曾说，这出戏完全是有意为斯堪的纳维亚而写的，目的在于告诫他们："若要同魔鬼共进早餐，必须有一把长勺子。"①

大胆妈妈为了养家糊口，不惜冒险，不计后果，丝毫未从家庭的悲惨遭遇中吸取必要的教训，直至孑然一身时，仍不忘"我又得去做买卖了"。② 作者没有描写主人公的转变，而是让观众从她的盲目行动中，认清并痛恨这种掠夺战争。这一点体现了布莱希特尊重和信赖观众自己判断是非能力的美学主张。在布莱希特看来，像大胆妈妈这样的"小人物"，企图依靠战争谋生，除了最终必将毁了自己，他们还用自己的行动延续和支援了战争。大胆妈妈的孩子们是战争的真正牺牲品：哀里夫死于勇敢，施瓦兹卡司死于诚实，哑女卡特琳为拯救城里的孩子免于兵祸，中了士兵的枪弹而死。在作家笔下，哑女是本剧中唯一一个反战形象，她用行动教育会说话的人们，应该怎样对待战争。布莱希特借这出戏批判了二次大战爆发之前，西方"民主国家"纷纷与希特勒德国媾和的做法。

---

① 转引自［德］维尔纳·黑希特《布莱希特生平与作品》，柏林：建设出版社 1963 年版，第 94 页。
② 见《布莱希特戏剧选》，人民文学出版社 1980 年版，第 384 页。

《大胆妈妈和她的孩子们》是布莱希特史诗剧创作中一部里程碑式的作品,初次上演于1941年4月,这次演出成了苏黎世话剧院历史上光荣的一页,大大提高了它在戏剧史上的地位。布莱希特在流亡时期创作的反法西斯主题作品,除了《大胆妈妈和他的孩子们》《卢库路斯审判案》等历史题材作品,还有前文提到的描写现实题材的《卡拉尔大娘的枪》《第三帝国的恐怖与灾难》《西蒙娜·马夏尔的梦》,有为宣传鼓动剧团创作的活报剧《丹森》《铁值多少钱》,寓意剧《圆头党与尖头党》《阿吐罗·魏的有限发迹》和根据捷克小说家哈谢克作品改编的《第二次世界大战中的帅克》,等等。他在反法西斯戏剧创作方面,可谓成绩卓著、贡献独特。对此值得专文探讨,文本限于篇幅,不拟赘述。

上文提到,布莱希特由于具有广泛的艺术才能、深厚的理论知识,是流亡作家中唯一坚持艺术试验,取得成功的剧作家。其他在魏玛共和国时期积极从事过艺术试验的戏剧家,如沃尔夫、汪恩海姆、皮斯卡托、布鲁克纳等,出于其政治上的左倾,在西方未能得到重视,是可以理解的,即使在苏联,由于当时文化政策的原因,也未能得到发展的机会。即使像布鲁克纳这样的资产阶级民主派剧作家,也只能为抽屉而写作,与剧院几乎完全隔绝。皮斯卡托流亡初期,在苏联德语区的恩格斯城从事过戏剧活动,也终于因为政治原因,无法坚持下去,于1936年移居美国,在一个很小的范围内从事戏剧教育。汪恩海姆的"宣传鼓动剧团",在莫斯科经过改组后,也只存在了很短时间。沃尔夫虽然曾几次公开为汪恩海姆和布莱希特的艺术试验进行辩护,鉴于政治形势,也只能在"政治戏剧"与传统戏剧之间摇摆不定。只有布莱希特始终保持了他那很有艺术个性的探索。

总的来说,德国反法西斯戏剧在艺术上呈现了"美学回归"的趋势,但我们仍然可以看到,许多剧作家的作品,不论是现实题材的还是历史题材的,那种"政治戏剧"的战斗风格,却未减弱。这应该归功于剧作家们鲜明而坚定的反法西斯立场和政治热情。

原载《外国文学评论》1995年第3期

第五部分

一段尘封历史的钩沉

一　鲁特·维尔纳

——《谍海忆旧》译者前言

我是在一个偶然的机会里，才接触到鲁特·维尔纳这位德国女作家的名字和她的作品的。

那是1984—1985年的冬季，我曾经应德国魏玛市文物管理局长维尔纳·舒伯特教授之邀在那里逗留了三个月，进行学术考察。有一天在市中心邮政局对面一家国际书店里浏览图书，青少年书摊上有一本名叫《一个不平凡的少女》的书引起我的注意。不只是封面上那轮如中国水墨画一般的红太阳和带状云彩令我感到亲切，印在封面上的一句话，尤其引起我的兴趣。这句话是："薇拉早在儿童时代便喜欢对一切事物刨根问底儿，她是固执和自信的，这些特点一直保持到他在茨威贝尔书商那里学徒时期和多年以后与游击队员凯相识的时候。"这位游击队员凯的名字，就像那水墨画一样令我感到亲切，它显然是个东方人的名字，说不定还是个中国人。我猜想，书中女主人公说不定与一位中国抗日战争时期的游击队员有什么瓜葛。想到这里，我产生了一种急于知道书中内容的愿望。我匆匆地翻开书，扉页上作者题词更引起了我的注意："献给所有为我们美好事业而斗争，并献出生命的中国同志。"我感觉到我的猜测可能是对的。书的内容一定与中国抗日战争有关系。于是我买了一本，带回歌德故居旁边的老城门招待所，一口气读到深夜。不出所料，书中讲述一位德国女青年，经历20年代末期德国工人运动的洗礼之后，来到中国参加东北抗日游击队，充当报务员，履行其国际主义义务，在共同斗争中爱上一位中国游击队战士，并克服民族习俗的隔阂与其结为革命伴侣的故事。一个女孩子从16岁开始参加工人运动，脱离市民阶层女青年通常的交友、嫁人、相夫教子的道路，冒着生命危险去追求劳动大众的解放，已经显得不平凡了；再到异国他乡，尤其是到中国与当地的革命者一道进行反对日本侵略者的斗争，与中国战友结为革命伉俪，这就更显得她是一位奇女子了。

由于写了一个德国女子与一个中国男子的爱情故事，理所当然地引起了我这个中国读者的好奇心。书中用拉丁字母拼写的一些中文词汇，如"炕""衣裳""高粱"，民间作为门神供奉的"秦琼""敬德"等进一步表明，作者不是根据从书本上得来的关于中国的知识在编故事，而是以一定的实际生活体验为基础。于是对书的好奇心又引发了我对作者的好奇心。我想知道作者是什么人。

说来惭愧，我这个专门研究德国文学的人，对于这本自1958年出版以来印行了15次的畅销作品居然一无所知。我急于补上这个知识缺陷。圣诞节期间，我曾在柏林洪堡大学弗兰克·瓦格纳教授家里小住几日，那时他正在北京大学任教，是临时回来度假的。在柏林期间我曾去建设出版社做客，在那里遇见我20世纪50年代在莱比锡读书时的老校友埃尔玛·法贝尔，他是我上一年级的同学，现在是建设出版社社长。聊天时我向他打听《一个不平凡的少女》的作者。埃尔玛两只眼睛闪着兴奋的光芒说："她可与你们中国有密切关系。"并反问我："你知道她的《索尼娅的报告》（后来译成中文版称《谍海忆旧》）吗？那里详细讲述了她在中国的经历。"他建议我无论如何也要抽时间读读这本书。埃尔玛的提议引起了我对这位女作家的兴趣。我向他要一本《索尼娅的报告》，埃尔玛告诉我，鲁特·维尔纳的书不是在他的出版社出版的，他答应日后弄一本给我寄到北京来。翌年回到北京不久，便收到埃尔玛寄来的《索尼娅的报告》。读过这本书之后，我断定《一个不平凡的少女》的确带有明显的传记色彩，薇拉与中国游击队员凯恋爱结婚的故事虽属虚构，但作者于30年代初期在我国沈阳、吉林、丹东一带与抗日游击队员们有过密切合作的经历，这是确实的。

读过《索尼娅的报告》，这位女作家的身世和经历在我眼前逐渐清晰起来。20年代末30年代初，曾经在上海从事过地下工作，并接触过"红色间谍"里夏德·佐尔格的我国老一辈革命家们，说不定还能记得她。原来鲁特·维尔纳是这位女作家的笔名，她的真实姓名叫乌尔苏拉·毕尔顿，在上海期间叫乌尔苏拉·汉布尔格，娘家姓库钦斯基，她是刚刚过世不久的德国社会学家、经济史学大师于尔根·库钦斯基的胞妹。于尔根·库钦斯基是20世纪德国文化界一位大著作家，旷世奇才，他的代表作有40卷本的《资本主义制度下工人阶级状况史》、10卷本的《社会学史研究》和5卷本的《德国人的日常生活史》。他曾于1957年来我国北京、上海讲学，当时中国经济、财政部门一些领导人和经济学界的学者，与他一起讨论过经济问题。他还与北京大学历史学家翦伯赞教授讨论过奴隶社会与封建社会的分期问题，多次会见他妹妹乌尔苏拉30年代初在上海结识的老朋友陈翰笙和当时在华工作的外国友人路易·艾黎等。于尔根·库钦斯基晚年曾以极大的勇气著书立说，在社会主义理论和文艺学领域与马克思主义理论界占主导地位的教条主义风气进行斗争。为此，他险些被民主德国党内当权派打成"美帝国主义的特务"。人们何以会怀疑这个举世公认的马克思主义学者与美帝有关？读者从日后出版的《谍海忆旧》里自会找到答案，此处不必赘述。遗憾的是，他与一些头脑清醒的马克思主义者在理论上的努力，终于未能挽救民主德国社会主义制度的崩溃。这个惨痛教训，是值得人们反思的。

由于鲁特·维尔纳在《索尼娅的报告》中提到，她在上海与佐尔格一道工作时，曾结识了鲁迅、丁玲、宋庆龄、陈翰笙、董秋斯等人，我便查看了《鲁迅全集》，果然在鲁迅先生1931年的日记中查到三次与"汉堡嘉夫人"的交往。这位"汉堡嘉夫人"就是今日的鲁特·维尔纳。读过中译本《谍海忆旧》的人可以知道，她与当时的丈夫罗尔夫·汉布尔格住在上海期间，通过美国记者史沫特莱认识了鲁迅先生。而鲁迅先生的德文是在日本学的，他把德文Hamburger音译成"汉堡嘉"，这个译法明显带有日本人德语发音的特点。鲁迅先生当年刊印珂罗惠支版画，正是在她的帮助下完成的。还应该顺便一提的是，中华人民共和国成立后出版的《鲁迅全集》第14卷第850页（人民文学出版社1981年版）的一条注释，误把"汉堡嘉夫人"当成了"瀛寰书店"女老板。我曾于1990年底就此事去信请教鲁特·维尔纳，她回信纠正说："瀛寰书店是我的女友开办的。"她的这位女友在《索尼娅的报告》中称"伊萨"，真名叫"伊蕾娜"（Irene），姓什么，由于年代久远，疏于联系，她已经不记得了。由此可见，《鲁迅全集》第14卷第850页上的注释称位于静安寺路的"瀛寰书店是汉堡嘉夫人办的西文书店"，这个判断是错误的。关于"伊萨"开办书店的目的、她与其中国丈夫相识和分手的原因，《索尼娅的报告》中均有简要描述。

鲁特·维尔纳作为佐尔格的合作者和苏联红军总参谋部派来中国的报务员，在上海、沈阳、北京工作了五年，经历了日本帝国主义进攻上海和东北共产党人初期的抗日斗争。这五年的中国生活给她留下了极为深刻的印象，为她日后创作以中国为背景的小说提供了珍贵素材。1935年以后，她又受苏军情报局委派，先后去波兰、瑞士、英国从事情报工作，作为一位德国共产党人，为反法西斯斗争立下了汗马功劳，两次荣获苏联红军"红旗勋章"。

鲁特·维尔纳在给我的信中，曾不无骄傲地说过，她在20年艰苦而复杂的地下斗争中，不论在东方的中国还是在欧洲的波兰、瑞士、英国，她的电台无一次被敌人发现，她总是能够运用自己的智慧，在敌人的眼皮底下坦然而大胆的工作，利用一切可能的条件和机会，巧妙地与敌人周旋，出色地完成了她的使命。

但是，任何成功都必然伴随着奉献和牺牲。鲁特·维尔纳最大的牺牲，莫过于她的前后两次爱情与婚姻。它们与通常的所谓爱情与婚姻的"失败"无关，它们都是当事人主动放弃的结果，这是一种特殊时代的特殊经历。令人敬佩的是，这个女人以巨大的勇气和母性的挚爱，独自承担了对子女的抚养和教育，并且是在不断变换国籍和充满危险的环境中。作者在书中关于子女成长过程中那些细枝末节的观察和描述，处处充满似水的柔情，人们不禁要感叹她是怎样把罗莎·卢森堡式的革命品格与洋溢着丰富爱意的伟大母性结合起来的。

更令人敬佩的是，这位建树过伟大功勋的女人，在年届半百的时候，既不去享受过去的荣誉亦不满足于眼下已经熟悉的工作，而是勇敢地投身又一个新的领域，开始了作家生涯。这就是鲁特·维尔纳的性格特点。她充分体现了一位革命家永不满足于现状，不断进取，不停地进行创造性劳动的人生态度。自1958年她的第一部小说《一个不平凡的少女》问世以来，她又先后出版了描写一位反法西斯女战士的传记作品《奥尔伽·贝纳里奥》，长篇小说《越过千重山》《大鱼，小鱼》和短篇小说集《在病院里》《锯碗匠的铞锣》《夏日》，以及革命回忆录《索尼娅的报告》（即《谍海忆旧》），等等。如果说在《索尼娅的报告》出版之前，一般读者把她视为一位作家的话，那么此书出版以后，她在广大读者心目中则成了一位令人尊敬和崇拜的英雄。与读者会面时，人们已不再满足于听她朗诵自己的作品，而是纷纷请她讲述革命斗争经历，报告她在 20 年无形战线上亲身体验过的那些极富传奇色彩的真实故事。这种自身形象的变化，促使鲁特·维尔纳对自身的言行谨慎起来，每次受到读者和听众热烈鼓掌时，她几乎总是要反问自己：我是个骗子吗？我是否欺骗了他们？因为在她看来，她从前做过的那些事情，虽然在今天看来颇为惊心动魄，但在当时那都是她应该做的，而且是心甘情愿去做的，她并不觉得那些事情在今天理应受到人们的喝彩与推崇。尤其是在《索尼娅的报告》获得民主德国国家奖之后，她的言行变得越发谨慎起来。鲁特·维尔纳作为一个作家，对于自己的作品获得国家最高奖当然感到荣幸，但是，当各种各样的奖励接二连三向她袭来时，她非但不感到荣耀，反而产生了一些厌恶。在第四次为了《索尼娅的报告》向她颁奖时，她终于忍无可忍地发脾气了，她当众发誓，从今以后再不跟着干这种"起哄"的事情！在她看来，任何事情，做过了头，都会走向反面，奖掖文学创作亦不例外。"盛名之下，其实难副"，这是令人讨厌的。

　　从今天的角度看，公正地说，《索尼娅的报告》当然是一部能引发读者兴趣的读物，从它出版以来在读书界的反响来看，它不仅是一本有趣的读物，书中所记载的许多事情的史料价值，已经引起学术界的关注。但是，把它作为文学创作来对待，还要用各种奖励来"轰炸"它，势必引发异议，其结果只能损害这本书及其作者的名声。作者自己向来不承认《索尼娅的报告》是"文学创作"，因为这里没有任何情节是为了取得文学效果而虚构的。书里写的都是事实，不管它们具有怎样的传奇色彩，都是作者的亲身经历。它们从本质上说，是不同于文学虚构的。《索尼娅的报告》不同于具有自传色彩的《一个不平凡的少女》和《锯碗匠的锊锣》，前者是"报告"，后者是小说。有朝一日，若是把这些自传性小说译成中文，供读者阅读比较，指不定会是一件有趣的事情。

鲁特·维尔纳生于1907年，如今这位饱经风霜，历尽人间冷暖的耄耋老人，依旧生活得健康、坦然。20世纪80年代中期，在她离开中国这块土地半个世纪之后，她曾有机会重回中国，拜访了她在上海的旧日的住宅，在北京会见了旧日的老朋友陈翰笙老人，面对半个世纪的沧桑变化，这位德国老人一定会有许多感慨，据说老人回国后还写了重返中国的游记，我未亲眼见过，只是听说而已。如今这位老人，虽然在生活上仍能自理，但从我们的通信可以看出，她已无力从事写作，每次回信都是一两句话，从笔迹看，似乎都是躺在床上写的。去年我在给她的一封信中，曾经祝愿她以硬朗的体魄迎接即将来临的下一个世纪的风云变幻。如今我再次以同样的祝愿结束这篇译者前言。

1999年1月11日

二 共产国际功勋女谍

——鲁特·维尔纳

从鲁特·维尔纳的姓氏说起

熟悉鲁迅作品的读者大都知道，他在20世纪30年代初期的日记里，记载过与一位德国妇女"汉堡嘉夫人"的交往，这位"汉堡嘉夫人"（Frau Hamburger）曾经帮助鲁迅先生搜集出版了珂罗惠支版画。鲁迅先生按照日本人德文发音习惯把Hamburger译成"汉堡嘉"，现在通常译为"汉布尔格"。这位"汉布尔格夫人"，20世纪50年代以后，成了一位颇有成就的作家，此后她便以笔名"鲁特·维尔纳"（Ruth Werner）名扬世界。鲁特·维尔纳，是1930年随同丈夫鲁道尔夫·汉布尔格（Rudolf Hamburger）来上海的，她丈夫是英租界的市政建设工程师。她是通过美国记者史沫特莱结识鲁迅先生的，此外还陆续结识了宋庆龄、女作家丁玲、翻译家董秋斯夫妇、学者陈翰笙夫妇等。对她一生影响巨大的，是经史沫特莱介绍，结识了当时在上海工作的共产国际情报员，有"红色间谍"之称的里夏德·佐尔格，并成了他的情报小组成员，她在法租界霞飞路的家，就是佐尔格小组的一个固定活动据点。

鲁特·维尔纳当时的全名叫乌尔苏拉·汉布尔格（Ursula

Hamburger），娘家姓库钦斯基，出生于一个德国犹太知识分子家庭。他的父亲罗伯特·库钦斯基，是20世纪德国工人运动中著名统计学家，善于运用统计学知识揭示德国工人阶级的生活状况、披露资产阶级的剥削活动。母亲是英国人，画家。她的哥哥于尔根·库钦斯基（Juergen Kuczynski），是德国20世纪文化界一位罕见的奇才，经济史学大师、社会学家，主要著作有40卷本《资本主义制度下工人阶级状况史》，10卷本《社会学史研究》和5卷本《德国人的日常生活史》。于尔根·库钦斯基1957年与夫人玛格雷特应邀来华讲学，接触过哲学、经济、历史学界、国际关系学院和党校的专家学者；财政部、外贸部、计委等单位的一些领导人听过他的演讲；还与当年的宣传部部长讨论过五年之内钢铁生产"超英"问题，与北大翦伯赞教授讨论过奴隶制社会与封建社会分期问题。此外还会见了她妹妹的老朋友陈翰笙以及在京国际友人爱泼斯坦、路易·艾黎等。于尔根·库钦斯基是个思想十分活跃的马克思主义理论家，晚年曾以极大的勇气与理论界教条主义风气进行斗争，险些被民主德国当权派打成"美帝国主义特务"。他们一共兄妹六人，五个是共产党人，大哥于尔根在六兄妹中最受尊敬，其次便是大姐乌尔苏拉，即这位女作家鲁特·维尔纳。

她怎样成了共产国际情报员？

鲁特·维尔纳中学时代就是柏林工人运动积极分子，19岁加入德国共产党，23岁，即1930年随丈夫来上海应聘英租界市政建设工程师。初来上海，由于她丈夫有个体面职业，经常被邀请参加欧美人士举办的社交活动。没有多久，她便厌烦了这里的生活方式，尤其是她看到女人们，既不像男人那样从事职业工作，在家里又无事可做，一切家务全都由仆人、厨子和苦力承担，她们自己天天泡在娱乐场和私家花园里，在她看来，这简直是些"享乐动物"。来上海不久，一个朋友介绍她认识了美国记者史沫特莱，又通过她认识了佐尔格，从此又在中国开始为共产主义理想而斗争。自然，刚开始她的一切活动都背着丈夫。最初佐尔格只是利用她的家作为定期接头地点，她的工作就是担任警戒，保障小组成员安全。后来她也参加抄写和搜集情报，收藏文件，有时也收藏武器，有一次甚至掩护一位被国民党政府通缉的中国共产党人，在她家住了两个星期。这件事情无法背着丈夫，二人为此发生了争吵，汉布尔格先生虽然答应收留并且很客气地对待这位陌生的中国同志，但从此他们夫妻之间产生了无法弥补的裂痕。鲁特·维尔纳来华第二年，即1931年，遇上九一八事变，翌年初又逢上海一·二八事变，1933年3月，希特勒在德国攫取政权。从此以后不但中德两国"国无宁日"，全世界都陷入动荡不定之中。年轻的鲁特·维尔纳断了返回德国的路，她的父母兄妹全都流亡去了英国，她自己似乎也习惯了这种在逆境中搏斗的生活，如她自己所说：她要与中国共产党人一道，为反对封建主义和资本主义制度而斗争。

  1933年，佐尔格奉调返回莫斯科，后来被派往日本，1944年11月在东京被杀害。鲁特·维尔纳也奉命调去莫斯科，接受情报职业训练，于1934年夏天与同学恩斯特一道被派往沈阳，一方面搜集日本人在华活动情报，另一方面协助东北抗日组织从事隐蔽的斗争。在莫斯科她去阿尔巴特街苏联红军情报局报到时，接待她的苏联军官都称呼她"索尼娅"，开始她很纳闷，慢慢从他们的谈话里才弄明白，原来是佐尔格为她取了这个职业性假名。佐尔格怎么会想到给她取这样一个名字呢？一是因为"索尼娅"在俄罗斯是个广为流传的女性名字，便于苏联同行记忆；二是因为他们在上海居住时，常常在欧美人士聚会上听见一首流行歌曲，名叫"当索尼娅幸福地翩翩起舞"。这首流行歌曲节奏明朗欢快，很适于伴舞，想必给佐尔格留下了深刻印象，他在向情报局推荐鲁特·维尔纳时，故意为她取了这个假名。从此以后鲁特·维尔纳在苏联情报机构中便以"索尼娅"的名字著称，40年后她为自己的回忆录取名为《索尼娅的报告》。

鲁特·维尔纳在沈阳时，租住在张学良一位情妇住过的别墅配楼里，她的公开身份是一家外国书店的代销商。她的主要工作除了定期向苏联发送情报，还要帮助中国同志与苏联沟通，以外国人的身份作掩护，帮助他们购买制造炸药的原材料。1935年的夏天，日本人在丹东一位中国同志家里搜出炸药，他和他的同志们大约十人被捕，后来全遭日本人杀害。鲁特·维尔纳得到消息，及时撤往北平，躲过一劫。中华人民共和国成立后人们从日伪档案中发现，日本人在追查上线时，已经盯上了鲁特·维尔纳，误认为她是个"俄国妇女"。在北平期间适逢上海发生了轰动一时的"神秘西人案"，即佐尔格的继任者遭国民党政府逮捕和审讯。为了避免再被牵涉进去，鲁特·维尔纳奉命返回莫斯科，此后先后在波兰、瑞士和英国从事秘密情报工作，直至二战结束。由于她在无形战线上做出杰出贡献，两次荣获苏联红军情报局颁发的"红旗勋章"。

她做了一件惊天动地的事情

离开中国沈阳，鲁特·维尔纳先后被派往波兰、瑞士继续从事情报工作。在沈阳时她怀上了恩斯特的孩子，由于工作调动必须与恩斯特分手，她丈夫和恩斯特都劝她流产，她却坚持认为多一个孩子多一层掩护。一年后她在波兰生下女儿雅尼娜，这时在上海降生的儿子米沙已经六岁。汉布尔格先生一直陪伴在她的身旁，掩护她的工作，直到1939年才在瑞士办理离婚手续，独自返回中国。这时鲁特·维尔纳的德国护照已经失效，有被瑞士当局遣送回德国的危险，遵照"中央"指示，她须与一位来自英国的同志办理假结婚手续，以便日后转去英国工作。就这样，她与参加过西班牙反佛朗哥战争的英国同志伦·毕尔顿办理了假结婚手续，后来弄假成真，她则由汉布尔格夫人变成了毕尔顿夫人。

伦·毕尔顿幼年便成了孤儿，父亲死于第一次世界大战，母亲在他六岁时便把他送给了一家铁路工人，他是跟着养父母长大的。由于意识到自己是个被抛弃的人，日子过得十分沮丧，久而久之养成一种过分敏感、内向的性格。十几岁就开始做农活，后来又当采石工、当卡车司机，最后成了汽车修理工人。在采石场干活的时候，常听一位周游过世界的爱尔兰海员、讲述捕鲸船上的海员起义、海港工人的罢工、美国西雅图的群众集会游行等故事。这位老人的阶级意识、革命激情以及他对工人阶级斗争力量的罗曼蒂克的叙述，给自小在苦水里泡大的伦留下深刻印象。这些故事成了他日后与各国反法西斯战士一道参加反对西班牙佛朗哥的战争成为秘密战线上的反法西斯战士的动力。结婚时他比妻子年轻六岁，第二次世界大战以后举家迁往德意志民主共和国，成了一名新闻工作者，他们夫妻全都享受老革命家荣誉。

鲁特·维尔纳在瑞士工作了两年多，1940年底离开瑞士，途经法国、西班牙、葡萄牙，1941年初才经由海路抵达利物浦，后来在牛津距离父母不远的乡下定居下来，并与"中央"重新建立联系，开始她的情报工作。她除了与苏联特工"谢尔盖"们定期交流情报，还组装了新的发报机，冒着风险与中央直接联系，逐渐发展小组成员，建立自己的情报网。她父亲和哥哥也利用自己的知识和社会关系，向她提供经济和军事方面的消息，使她的工作开展得有声有色。在英国期间她干得最漂亮的一件事情，是她与德国流亡的核物理学家克劳斯·福克斯合作，陆续把英美研究和制造原子弹的情报资料泄露给苏联，为打破核垄断、建立平衡的世界秩序立下汗马功劳。就这样，鲁特·维尔纳在她的事业上达到了辉煌的顶峰，成了20世纪最成功的顶尖级情报员。

与她共同完成这件惊天动地大事的伙伴克劳斯·福克斯（Klaus Fuchs）出身于德国神职人员家庭，他父亲埃米尔·福克斯是德国新教神甫，是第一个参加德国共产党的宗教界人士。克劳斯1932年加入了德国共产党，当时是物理学大学生。1933年流亡英国，在那里完成学业，获得物理学博士学位，曾与早期核物理学家 Max Born 和 Tube Alloys 等一道从事核物理学和原子武器的研究制造工作。1945年7月16日参与了美国"曼哈顿项目"，即在新墨西哥州的沙漠里试爆第一颗原子弹。他在与 Tube Alloys 一道工作时，便意识到这项研究工作的使用价值和战略意义，出于对共产主义的信仰，他决心把有关技术情报泄露给苏联。但他不知道通向苏联的渠道，德国流亡组织的领导人于尔根·库钦斯基于1942年底，把他介绍给自己的妹妹鲁特·维尔纳。二人一拍即合，两年多的合作，十分默契。鲁特·维尔纳的工作受到苏联红军情报局长的表扬，他说："假如我们在英国有五个索尼娅，战争早就结束了。"最令人惊叹的是，鲁特·维尔纳的身份始终未暴露，第二次世界大战以后得以大摇大摆返回德国。40年后，一位英国资深反间谍专家得知这一情况后懊悔不迭：这样一桩大案，居然从他手里漏掉了。福克斯就没有那么幸运了，他的同事 William Perry 向英国官方揭露了他泄露核机密的活动，1950年3月1日，被伦敦中央刑事法院判处14年徒刑，1955年被特赦，返回德意志民主共和国。

一本书惊动了政治局

鲁特·维尔纳返回德意志民主共和国以后，第一件事就是参加干部审查，向党组织汇报近 20 年在国外的经历。她不能公开自己的身份，她在国外做的事情，当时尚属机密。党中央干部局长维利·克灵建议她直接去找负责审查干部的赫尔曼·马特恩。她找到马特恩说明来意，开始讲述自己的经历，没说上几句，马特恩便打断她：丫头，不必细说了，审干报告，你也不必写。马特恩显然意识到，这个女人干过的那些事情，是他不便于知道的。就这样，基层单位不知底细的人，总认为她有 20 年的"空白"没向组织交代清楚，某些有"心计"的人一有机会便设法刁难她。这个为战胜法西斯贡献了 20 年青春的女人，忍受不了这种刁难，50 岁时干脆辞掉公职，以鲁特·维尔纳为笔名开始作家生涯。有趣的是她的第一部小说《一个不平凡的少女》，描写的是一个德国姑娘来到中国，参加东北抗日联军，作为一名报务员，克服民族风俗、生活习惯的差异，在战斗中与中国战士恋爱结婚的故事。小说带有明显自传性，扉页的题词是："献给所有为我们美好事业而斗争，并献出生命的中国同志。"可见她在中国从事秘密工作那几年，给她留下了多么深刻的印象。后来她还以自己与恩斯特在中国的经历为题材，创作了中篇小说《锯碗匠的铞锣》。她那部描写反法西斯女战士的传记小说《奥尔伽·贝纳里奥》，在苏联、东欧各国也受到广泛欢迎。

从 60 年代初起，党中央号召老革命家们撰写回忆录，向青年一代进行传统教育。她的一位老朋友，当时国家安全部对外宣传局长马尔库斯·沃尔夫动员她把自己的经历写下来，去给他部下的年轻军官做报告。他看过这些材料，觉得很有价值，于是又劝她稍加整理，拿去出版，作为国家安全部成立 20 周年（1970 年）的献礼。书稿完成后，送交部长埃里希·米尔克审查，不料书稿从此杳无音讯，一压便是四年。鲁特·维尔纳几乎彻底失望了，她意识到书中所涉及的机密，目前尚不便于公开。后来她哥哥和党刊"统一"杂志主编，为她打通了直接面见党中央总书记昂纳克的门路。她来到昂纳克的秘书室，一位秘书悄悄对她说："你的事情有门儿"，没想到她一进办公室，昂纳克便十分轻松地说：丫头，你的书可以出版了，我读了前半部，没发现什么问题。鲁特·维尔纳却没那么轻松，她直言不讳地告诉昂纳克，后半部分涉及她与福克斯向苏联泄露核机密问题。昂纳克一听，顿时语塞，尴尬地说：我抽空再看看，一周后告诉你结果。德国统一社会党政治局为这部书稿召开了会议，显然还征求了苏共中央的意见。后来昂纳克通知她，书可以出版，但要删掉那些机密部分，还加了一句：这是政治局的决议。其实，党的领导层意见并不一致，马尔库斯·沃尔夫就主张不必删节，出版全本，因为当事人鲁特·维尔纳和克劳斯·福克斯，都先后于1950年和1955年回到了民主德国，已无密可保。最后拍板定案的自然是昂纳克，其实主要是苏共中央。现在我国流行的就是这个"节本"的译文。

这本书是1977年出版的，名叫《索尼娅的报告》（我国译为《谍海忆旧》，解放军文艺出版社）。从书名可以看出，作者意在完成本应在20年前做的事情：向人民和党组织汇报自己流亡期间的经历，填补上那20年的"空白"。出乎她意料的是，这本书一问世，在读者中引起的反响便非同一般，从前人们邀请她出席作品朗诵会，是把她视为一位受欢迎的作家，现在人们才知道，原来她不只是一位成功的作家，还是一位历经磨难的老革命家，一位从九死一生中闯过来的女英雄。从此以后，人们不再满足于听她朗诵作品，而是满腔热忱地请她讲述20年无形战线上的亲身经历，讲述她那些极富传奇色彩的真实故事。作者为此书荣获国家文艺奖金，1989年德国统一之前，《索尼娅的报告》印行50多万册，受到读者广泛欢迎，还被翻译成苏联、东欧等各国文字，成为轰动一时的读物。1980年，德发电影制片厂根据这本书拍成的同名电影，使"索尼娅"的故事几乎家喻户晓。

一波又一波的"索尼娅热"

《索尼娅的报告》出版以后，轰动了读书界，各种名目的奖项接二连三向鲁特·维尔纳"袭来"。对此她非但不感到荣耀，反而产生了厌恶情绪，她认为任何事情都不可做过头，奖掖文学艺术也是如此，做过了头就"盛名之下，其实难副"了，容易引起人们反感。第四次向她颁奖时，她终于忍耐不住，发了脾气，她当众发誓，从今以后再不跟着"起哄"。这就是鲁特·维尔纳的性格，面对荣誉她的言行反倒越来越谨慎。每一次作品朗诵会，面对读者和听众的掌声，她总是禁不住扪心自问：我是否欺骗了他们。因为在她看来，过去做过的事情不论今天看来如何惊心动魄，但那都是她心甘情愿做的，也是应该做的，今天未必理应受到人们的喝彩与推崇。更令她心情不安的是，这本书并未完全真实地反映她的经历和感受，这始终是她一块心病。她想到了死在日本帝国主义绞刑架下的佐尔格；她想到了吃尽牢狱之苦的克劳斯·福克斯；她想到了曾经与自己一起生活战斗过的鲁道尔夫、恩斯特，还有那些与自己一样历尽千辛万苦，为共产国际和苏联红军做了许多工作，却不明不白地"失踪"了的战友……她不得不删掉那些写在书里的文字，为此她感到内疚，有时甚至怀疑自己是个骗子。

1989年秋天，苏联东欧发生剧变，柏林墙倒塌的第二天，在最后一次统一社会党组织的群众大会上，年逾八旬白发苍苍的鲁特·维尔纳当着现任党的总书记克伦茨和继任总书记克劳斯·吉西慷慨激昂地说："过去我说过，一旦你走进党的机关，要么你得胃溃疡，要么你毁掉自己，要么你卷入权力之争。只有这三种可能性。经过了这样一场动荡，经历了刚刚发生的剧变，今天我要说：回到机关去，好好工作吧，为变革未来而工作，做个清清白白的社会主义者！我是有这个勇气的，我是乐观的。"她为之而奋斗的社会主义制度解体了，可她的理想并未破灭。德国是个有工人运动传统的国家，对于她这样历经考验的共产党人来说，生命不息，战斗不止，这是很自然的。为了弥补《索尼娅的报告》留下的遗憾，她找出原稿，加写了一个后记，寄往英国出版。

1990年，《索尼娅的报告》英文本出版了，像当年在德国一样，立即引起强烈反响。与德国人的反应不同，英国人对泄露核技术情报更为敏感，它在政界和舆论界引起一片哗然。英国人立即派出新闻记者和情报专家，赶赴柏林采访鲁特·维尔纳。起初老太太不肯接见，把这些英国记者关在门外，可这些身负重任的记者凭着职业的韧性，一拥而入，软磨硬泡，弄得老太太毫无办法，只好接受采访。他们还采访了与此案有关的克劳斯·福克斯、于尔根·库钦斯基。随行的情报研究专家恰普曼·品切尔得知鲁特·维尔纳工作做得如此精细颇为感慨地说：她得到的那些材料，的确都是具有高度爆炸性的情报，英国人却始终未发现是她干的。他称鲁特·维尔纳无疑是20世纪最成功的顶尖级间谍。

事情反馈回德国，黑森电视台也派出女记者萨比内·米德，去柏林采访已经年逾九旬的鲁特·维尔纳，待她做完这档节目，老太太已经安然辞世。纪录片《鲁特·维尔纳的秘密生涯》在电视台播映的时候，前面加了个送葬仪式，人们看到，除了家属，生前友好和推崇她的读者、马尔库斯·沃尔夫、前作家协会主席赫尔曼·康特等，也出现在为这位功勋卓著的老革命家、顶尖级的情报人员、成绩斐然的作家送行的队伍里。老太太辞世之前刚好收到中文版的《索尼娅的报告》，她躺在病榻上怀着欣慰的心情，向前来探视的每个朋友展示这本印成方块字的作品。这时她大概又想起了在中国结交的那些老朋友……

2007年是鲁特·维尔纳诞辰100周年，离开社会主义，退回到资本主义制度生活了将近20年的人们，逐渐产生了"怀旧情绪"，人们又想起了鲁特·维尔纳和她的《索尼娅的报告》，想起当年怀着满腔激情阅读这本书的情形。2006年，柏林新生活出版社重又推出《索尼娅的报告》，这次出版的是"全本"，恢复了删掉的那些段落。不过，这时读者感兴趣的已不仅是这本书的全文，人们还想了解与本书主人公一道生活战斗过的男人们后来怎样了；作者的儿女们现在活得如何。为此，柏林新闻记者鲁道尔夫·亨佩尔，专门采访了鲁特·维尔纳的三个儿女。人们从发表在报刊上的采访记录中知道了他们对各自父亲的深情回忆，对他们共同的母亲的爱和敬仰。

自从鲁特·维尔纳过世以来，除了新版《索尼娅的报告》，还陆续问世了一些关于她的著作，其中有德国作家艾伯哈尔德·帕尼茨的《接头地点班伯里》，凯·米尔格斯的《共产党人与炸弹》。这两本书的主人公都是鲁特·维尔纳和福克斯。俄罗斯学者维克多·波奇卡廖夫和亚历山大·科尔帕及第合著的《红军秘密工作的女强人》，书中的主人公就是鲁特·维尔纳，此外她在波奇卡廖夫创立的"莫斯科佐尔格博物馆"里也占有重要地位。我国学者杨国光的《佐尔格》和张晓宏、许文龙的《红色国际特工》中，都用专门章节介绍了鲁特·维尔纳在中国的情报活动。今年年初中央电视台十频道"重访"板块，专门制作了"红色国际特工索尼娅的报告"，向我国观众介绍这位中国革命的老朋友，功勋卓著的共产国际情报员。

据她女儿说：她去世前，一位俄罗斯驻德使馆年轻武官，登门拜访鲁特·维尔纳，通知她俄罗斯政府准备授予她"友谊勋章"，表彰她为两国人民的交流所做的贡献。告别时，那位武官吻着她的手说："我太崇拜您了！"年轻人走后，她对女儿说："值了，年轻人这一句话，比一百枚勋章还有价值！"她从年青一代人身上看到了希望，在九泉之下也该瞑目了。

三　关于"汉堡嘉夫人"

——对鲁迅日记中一条注释的补正

鲁迅先生在1930年12月2日的日记中记载："午后往瀛环书店买德文书七本，共泉二十五元八角。"[1]

在该卷第850页上关于这段记载有一条注释："瀛环书店，即瀛寰图书公司（Zeitgeist Book Store），德国汉堡嘉夫人办的西文书店。位于静安寺路（今南京西路）。"

我发现这条注释是错误的。

它的错误之处在于，把汉堡嘉夫人误当成了"瀛寰书店"女老板。其实这家西文书店的老板，是另一个德国女性。她的丈夫是当时的一位中国革命者，他们在莫斯科相识并结婚，生有一女，后因脑膜炎不幸夭折。他们夫妇于1930年（？）回到上海从事地下工作。这位德国女性便在当时上海的静安寺路，开了一家西文书店作为掩护。由于她的中国丈夫卷入托派，二人政见不和，终于分手。汉堡嘉夫人和这位"瀛寰书店"女老板是好友，她谙熟图书发行业务，而她的好友，实际上并不精于此道，因此汉堡嘉夫人常在书店帮忙，她既不是老板也不是伙计，只是朋友之间的帮忙而已。

---

[1] 见《鲁迅全集》第14卷，人民文学出版社1981年版，第847页。

查鲁迅日记，在1931年内，前后三次出现关于汉堡嘉夫人的记载。

第一次记载是1931年6月11日："晚冯君及汉堡嘉夫人来，赠以《士敏土之图》一本。"

第二次记载是1931年11月26日："下午汉堡嘉夫人来借版画。"

第三次记载是1931年12月15日："晚得汉堡嘉夫人信，并赠海婴玩具一件。"

这三次记载中，前两次与书画有关，第三次只记收到汉堡嘉夫人信，内容是否与图书有关，不得而知。《鲁迅全集》编者不知依据什么，判断汉堡嘉夫人是瀛寰书店女老板。

对这条注释错误的发现与证实过程

1984—1985年，我曾有机会在民主德国魏玛逗留了三个月，有一天我去魏玛邮局斜对面的国际书店翻书，在青少年读物书摊上，信手拿起一本小说《一个不平凡的少女》，作者是鲁特·维尔纳。打开一看，扉页上的题词是："献给所有为我们美好事业而斗争，并献出生命的中国同志。"这个题词引起了我的好奇心，便买了一本。回到歌德故居旁边的"城门招待所"，一口气读到半夜，原来书中描写的是一个倔强的德国少女，16岁便参加工人运动，后来到中国东北参加抗日斗争，同一位中国战士相爱结婚的故事。从书中描写的许多细节来看，作者是熟悉中国的，书中采用了一些拉丁字母拼写的汉语词汇，如"衣裳""炕"，民间作为门神的"秦琼""敬德"，等等。当时我对这位作家一无所知。读过这本书之后，产生了进一步了解她的愿望。后来在柏林建设出版社，遇见了昔日莱比锡大学读书时的老校友埃尔玛·法贝尔（Elmar Faber），他是该社的社长，我向他问起鲁特·维尔纳的情况,埃尔玛建议我读一读她的《索尼娅的报告》,他说那本书里记载了许多她在中国的经历。遗憾的是这部作品不是建设出版社出版的,他手头也没有,答应日后给我寄一本到北京来。1985年回国不久,接到埃尔玛寄来的书。读过《索尼娅的报告》,我才确信《一个不平凡的少女》中的女主人公与中国抗日战士相爱的故事,虽然纯属虚构,但它确实带有浓厚的自传色彩,因为作者的确在我国东北沈阳、哈尔滨、丹东、吉林一带,与当时的抗日游击队有过秘密合作的经历。

《索尼娅的报告》里记载了这位女作家当年在上海与鲁迅的往来,这使我产生了翻翻鲁迅日记的好奇心。我在《鲁迅全集》第14卷里,发现了前面提到的鲁迅与汉堡嘉夫人往来的那些简单记载,还在第850页上发现了那条编者注释。读过注释后,心中产生了一些疑惑:照注释看来,汉堡嘉夫人并非《索尼娅的报告》一书的作者鲁特·维尔纳,应该是她的女友,《索尼娅的报告》中称她为"伊萨",因为书里明明说伊萨是瀛寰书店的女老板,女作家鲁特·维尔纳,当时只是觉得女友不善经营,而自己恰好受过图书发行训练,况且当时又赋闲在家,无事可做,因而常去书店帮忙。鲁迅日记中的记载,与《索尼娅的报告》中的叙述又有相似之处,如书中记述了作者曾经送给海婴玩具——一个带轮子的木鸭子,与鲁迅日记1931年12月15日的记载颇为相似。两方面的记载都说明,汉堡嘉夫人应该是鲁特·维尔纳。当时,我只知道鲁特·维尔纳是这位女作家的笔名,也知道她娘家姓库钦斯基,但却不知道她夫家的姓氏。后来一个偶然的机会,我在《北京周报》杨立同志处得知,鲁特·维尔纳那时叫乌尔苏拉·汗布尔格(Ursula Hamburger),这样我才断定,他就是鲁迅日记中说的那位"汉堡嘉夫人"。鲁迅的德文是在日本学的,他把德文Hamburger音译作汉堡嘉,这个译法明显地带有日本人德语发音的特点。杨立同志提供的信息使我坚信,这位汉堡嘉夫人，应该就是《索尼娅的报告》一书的作者。

但《鲁迅全集》的编者为何认为汉堡嘉夫人即是瀛寰书店女老板呢？为了弄清这个问题，我于1990年底，给鲁特·维尔纳写了一封信，还顺便问到那位书店女老板的身世。1991年1月23日，我收到鲁特·维尔纳回信，他在信中说："瀛寰书店是我女友开办的。可惜我只记得她的名字叫伊蕾娜（Irene）。"关于伊蕾娜的中国丈夫，除了书中的记载，她一无所知。她在回信中还提到，当年她和鲁迅都对瀛寰书店举办的珂罗惠支画展感兴趣，二人为此事见过面。鲁迅对此，在1931年11月26日的日记中亦有记载。

这样看来，《鲁迅全集》第11卷第850页上的注释，把瀛寰书店说成"汉堡嘉夫人办的西文书店"，这个判断是错误的。今后再版全集时，有关注释应该得到纠正才是。我感到遗憾的是，这家书店女老板的身世，她丈夫，即那位早年参加革命，曾经在莫斯科工作过，回上海后被卷入托派的中国人究竟是谁，至今未弄清楚。当年曾在上海工作过，而今尚健在的老一辈人们当中，或许有人知道，这个问题只好留待知情者来印证了。

关于汉堡嘉夫人及其中国友人

这位"汉堡嘉夫人"，是当代德国著名马克思主义社会学家、经济史学家于尔根·库钦斯基的胞妹，中学毕业后进书店学徒，18岁加入德国共产党，1929年与一位犹太裔建筑师罗尔夫·汉布尔格结婚，1930年7月，二人离开德国途经当时的苏联来到我国上海。她丈夫在当时英国管理的一家市政建设部门任职。这位"汉堡嘉夫人"到上海后，结识了美国记者史沫特莱，通过她又先后结识了鲁迅、丁玲、宋庆龄等人。1933年，汉堡嘉夫人经佐尔格介绍，去苏联加入苏联红军总参谋部情报局，次

三 关于"汉堡嘉夫人" 327

年返回沈阳，租住在昔日张学良的一栋别墅里。她在沈阳从事地下工作时，与当时的东北抗日游击队多有来往。1935年，由于一位经常与她联系的中国同志被捕，接苏军总参谋部情报局命令，中断一切联系，迁往北平，再由北平转往莫斯科。第二次世界大战期间，她先后在波兰、瑞士、英国从事情报工作，1950年返回当时的民主德国，50岁时开始作家生涯。她的第一部小说，即是前面提到的《一个不平凡的少女》；她的回忆录《索尼娅的报告》于1977年出版后，曾获得民主德国国家奖金。

　　据《索尼娅的报告》记述，这位"汉堡嘉夫人"在上海居住的三年（1930—1933）时间里，经常去拜访鲁迅，许广平和海婴都给她留下了深刻印象。鲁迅日记1931年6月11日记载："晚冯君与汉堡嘉夫人来"，"冯君"即当时任史沫特莱秘书的冯达。汉堡嘉夫人与冯达的相识，在她的书里是有记述的，但在这次与鲁迅见面时赠以《士敏土之图》一事，却并未提及。1931年12月15日鲁迅日记称："晚得汉堡嘉夫人信，并赠海婴玩具一件。"与这位汉堡嘉夫人的自述略有出入。书中说："有一次我给他那大约三岁的儿子带去一个带轮子的木鸭子，这位父亲十分感激，连称多好的礼物啊。"[①] 一说是跟信一块儿收到一件玩具，一说是面交并得到鲁迅的夸赞。鲁迅的记载当更确切可信，因为这是当晚的记载，而这位汉堡嘉夫人的说法，由于是40多年以后的回忆，细节上有出入是不足为怪的。至于鲁迅对赠物称谢的表白，也许是在其他场合表达出来的，汉堡嘉夫人把不同时间的事情混到一起了。这位女作家在书中还记述了她当年帮助鲁迅搜集珂罗惠支版画的情景。画册出版后，鲁迅曾签名赠她一册，可惜后来在战争年代里丢失了。另外，作者还说她为鲁迅编的《奔流》写过文章，介绍德国20年代工人作家和画家，评论

[①] 《索尼娅的报告》，柏林：新生活出版社1984年版，第47页。

马立克出版社出版的新书,等等。鲁迅研究家和中国现代文学专家们,或许会从鲁迅编辑出版的《奔流》杂志中找到这些化名文章。

这位"汉堡嘉夫人"与丁玲的来往,在书的正文中记述不多,只说当时丁玲正积极参与新成立的左联的活动,两人相识后,她很喜欢丁玲。据书的附录称,丁玲从北大荒返回北京之后,她仍收到过丁玲新出版的作品,书上题有"索尼娅留念,丁玲"字样。这个题词表明,汉堡嘉夫人离沪之后,她们很可能有过书信往来,或有过直接接触,因为"索尼娅"是汉堡嘉夫人加入苏联红军总参谋部情报局以后,在华从事地下工作的化名。不知丁玲遗物中有没有这位"汉堡嘉夫人"的信件或赠书保留下来。

书里提到她与宋庆龄往来时说,有时她与史沫特莱一道,有时她单独拜访宋庆龄,她对宋庆龄的美貌和政治态度极为称赞。1932年夏,他们三人曾相约去牯岭避暑,史沫特莱先去牯岭租了一家小别墅,届时宋庆龄未来。宋庆龄送她一件绸制"衣裳"(这两个字是用拉丁字母拼写的,估计是一件旗袍),她在沈阳从事地下工作时,曾穿着这件"衣裳"同一位来历不明的日本人周旋。

书里还记述了这位汉堡嘉夫人与"杨教授"夫妇的来往。据说这位"杨教授"就是陈翰笙同志。令汉堡嘉夫人最不能忘怀的,是一位她已忘记姓名的中国女性。据说她出身于一个国民党高级将领家庭,因爱上一位贫穷的共产党人,被父亲赶出家门。她丈夫因劳累生了肺病,汉堡嘉夫人在莫干山为他们租了一栋别墅,供他养病,她有时也去莫干山看望他们夫妇。汉堡嘉夫人很欣赏这位中国女性的智慧、勇敢和谦虚,她在《一个不平凡的少女》中,借女游击队员"马银"这一艺术形象,为这位中国女性树立了一座纪念碑,以表达她对这位中国女性的崇敬之情。小说关于马银有这样一段描写:"马银个子娇小,她那鸡蛋形的脸上,皮肤苍白明亮,留着一头短发,像个男孩子。她父亲是一个封建将领,二十岁时,她嫁给一位共产党作家,为此她被轰出了家门。现在她二十一岁,看上去却像十八岁的少女。丈夫在中国南方从事地下工作。"[1] 时过半个世纪,女作家在《索尼娅的报告》中,提到她所接触过的这些中国革命者时,总是希望他们今天尚健在,有朝一日重叙旧情。1988年,这位女作家,旧日的"汉堡嘉夫人",曾有机会来华访问。说来也巧,她居然见到了那位当年的"杨教授"——陈翰笙老人,他们重温了旧日的战斗友情。

完成于1993年2月

---

[1] 《一个不平凡的少女》,柏林:新生活出版社1984年版,第207页。

四　不能忘记董秋斯老人

中华人民共和国成立不久，董秋斯即从上海来到《译文》（《世界文学》前身）编辑部工作，直至辞世。年轻读者中，知道董秋斯的人恐怕不多了。年纪再长一些的读者，也许知道他是翻译家，翻译界学者（如罗新璋同志）还知道他是我国现代翻译学的重要奠基人，再多还知道什么，就难说了。其实，董秋斯不仅是成就卓著的大翻译家、翻译理论家，还是个经历丰富，颇有传奇色彩的老革命家。由于他生前处世颇为低调，现在了解他革命经历的人不多了，自1969年底他辞世以来，连他的身影也慢慢淡出了人们的记忆。

十年前，我翻译了一本德国老革命家的回忆录，正是这本书，把我带进了董秋斯的精神世界。书的原名叫《索尼娅的报告》（Sonjas Rapport），出版社给改了个通俗书名，叫《谍海忆旧》。一看书名就知道它的内容。这本书出版后，立即引起历史学家关注，一些研究共产国际东方局情报活动的学者，从中发现了不少逐渐被时间湮没而又弥足珍贵的史实。这本书讲述一位德国籍共产国际情报员在二战期间曲折坎坷的经历，为赢得战争所建立的功勋。她被誉为"二十世纪超级女谍"。这位"索尼娅"记述她30年代初期与佐尔格一道在上海的活动时，未指名地提到董秋斯和他的前任夫人。有一次我与董老夫人凌山同志聊天，说到这个情节,她惊讶地说:"那是老董和他的夫人蔡咏裳!"我听了也很惊讶,这是我第一次听说董秋斯同志做过共产国际情报员。这之前,我只知道他是著名翻译家。我请凌山同志详细讲讲有关情况,凌山遗憾地告诉我:"关于这一段经历,从我们结婚直到他去世,一句话都未说过。"原来直到他去世,他那些经历仍然是机密。那一代老革命家都深深懂得保守党的机密是对党的事业忠诚的起码表现。

这使我想到,我翻译的那本书为什么原名叫"索尼娅的报告"。

原来第二次世界大战以后,作者返回民主德国,面临的第一件事,就是向党组织汇报在国外流亡 20 年的经历。她所经历的一切,在当时尚属机密,连党中央负责审查干部的领导人马特恩(Hermann Matern),都自认为不宜知道这些事情,而打断了她的汇报。她工作的机关里,有些人不知出于什么目的,散布流言蜚语,说她历史上有 20 年空白,没有向党组织交代清楚,有时当面或者背地里对她"使绊子",弄得她无法正常工作。作者为了遵守保密纪律,免得不断地听那些闲言碎语,决定辞掉公职,以半百的年龄开始过职业作家生活。20 世纪 70 年代,党组织动员她写下自己的经历,充当向青年进行革命传统教育的教材,她才写成这本书,第一次向党组织和人民公开"报告"她流亡 20 年的经历。

想到这里,我感到非常遗憾,董秋斯同志未能活到公开向党组织汇报那段经历的时刻,作为一个老党员,他始终守口如瓶,连向自己的妻子孩子都未吐露过一个字。最令人遗憾的是,在"文化大革命"那人妖颠倒的年代,临死之前,还背了一个"历史反革命"的黑锅。1969 年的最后一天,对他的"揭发批判"尚在进行中,他便辞别了人世。那时他肯定是死不瞑目啊!近读《世界文学》编辑部李光鉴同志《顾影谈》一书,其中提到当年工军宣队宣布董秋斯为"历史反革命",勒令他交代"罪行"的时候,说董老怎么也说不清楚,揭批会上搞得他狼狈不堪。现在看来,不是他说不清楚,而是不能说清楚,他必须遵守保密纪律,这是那一代人从参加革命那天起就懂得的道理。如今人们若想解开董秋斯这段经历之谜,已经很难了,他们那一代革命者大都已经作古,人们只能从类似《索尼娅的报告》这类回忆录中,从它们的字里行间得到一些只言片语的信息。董秋斯未曾有过"索尼娅"那样的机会公开向他的党和人民"报告"自己那段经历。他带着遗憾默默地走了,他的业绩也默默地融入了共和国的辉煌里。

因为她的经历与我的研究课题有关系,我阅读过一些相关材料。张文秋老人的回忆文章,张晓宏、许文龙著《红色国际特工》等书,向我证实了凌山同志的话。原来他和夫人蔡咏裳(又名蔡步虚)都是共产国际驻香港情报员。我在阅读材料时,得知董秋斯在南开中学、燕京大学读书时,便是个热血青年,参加过各种进步活动。据他的老同学沈从文先生说,他还担任过燕大学生会主席。1925年"五卅"运动时,他就是燕京大学学生运动负责人。1926年"三·一八"爱国运动时,他与燕大同学一起去"段执政"请愿,群众遭反动军阀枪杀,他死里逃生。这次血的教训,更坚定了他追求光明进步的思想。至今,人们在图书馆里还能见到他当年与同学刘谦初、张采真合编的《燕大周刊》,里面有不少宣传革命的文章。

董秋斯于1926年大学毕业后,便与新婚妻子蔡咏裳,同班同学刘谦初、孟用潜等,去了当年的革命中心广州。从公开的报纸刊物中接受了进步思想。北伐开始,他便投笔从戎,在北伐第十一军政治部做宣传工作,主编《血路》月刊。大革命失败后,他并未被蒋介石的大屠杀吓倒,而是转去上海,投奔在我党中央秘书处工作的老同学张采真,经他介绍主编党的外围刊物《世界月刊》，公开宣传党的政策主张。1929年，他在这份刊物上第一次公布了"田中奏折"的全文，向全世界揭露日本帝国主义图谋侵略中国、独霸亚洲、征服全世界的狼子野心，引起国内外舆论的关注和警惕。通过这份刊物，他结识了美国记者史沫特莱。

他们的相识，在董秋斯的人生中是一个重要转折：是她介绍董秋斯认识佐尔格，成了共产国际东方局的情报员；也是她促成了董秋斯与鲁迅先生的友好交往，使董周两家成为密友。

1929年，共产国际东方局从符拉迪沃斯托克迁来上海，最初的负责人是原德国共产党中央委员格哈特·艾斯勒。德国人理夏德·佐尔格被派来主持情报工作，并得到当时在上海主持党的工作的周恩来热情支持。1930年，董秋斯经史沫特莱介绍，成了佐尔格情报组的成员，与夫人蔡咏裳共同负责香港情报站。当年的共产国际情报员、老革命家张文秋，即刘谦初的夫人，曾经扮作富家太太模样，冒着生命危险去香港向董秋斯夫妇传递情报。他们两个家庭既是同学关系，又是战友关系，张文秋经常把新生女儿思齐放在董家寄养。在我翻译的《索尼娅的报告》这本书里，作者讲述了受佐尔格委托，在莫干山租了一处别墅，供董秋斯和他的夫人在那里疗养肺病。他们之间的接触，特别是与蔡咏裳的交谈，给这位"索尼娅"留下了深刻印象，她那表面娇小孱弱、外柔内刚的形象，深深刻印在她的脑海里，日后在她的第一部以中国为题材的小说里，以她为模特塑造了一位东北抗日游击队女战士形象。她称这是她们之间合作与友谊的纪念碑。可惜，这位勇敢的女革命家连张照片也未留下来，我们只能从这位"索尼娅"的小说里想象她的风采。

董秋斯曾经多次陪同史沫特莱拜会鲁迅先生，充当他们之间的翻译。从此与鲁迅先生一家建立了终生友谊。他与蔡咏裳合译的苏联作家格拉特珂夫长篇小说《士敏土》，就是经鲁迅先生推荐出版的。鲁迅先生还把自己珍藏的德国画家梅斐德为该书德文译本画的10幅插图贡献出来，作为中译本的插图，并为这本书写了序文。鲁迅先生50岁时，冯雪峰邀集部分"左联"的朋友，在一家名为"苏腊巴亚"的荷兰餐馆为他祝寿，董秋斯为史沫特莱担任即席翻译。鲁迅先生在聚会上说：光懂文学理论，不了解工农大众的生存状况，不了解他们的痛苦、要求和愿望，是不能成为"普罗作家"的。这一番话启发了董秋斯，他下决心放弃当作家的理想，扬长避短，当个职业翻译家，为中国革命文学的发展"盗天火"。

1930年，董秋斯参与了"左翼作家联盟"和"左翼社会科学家联盟"的发起和筹备工作，还担任了"左联"刊物《国际评论月刊》的主编，利用这个合法阵地，为打破国民党政府的"文化围剿"、宣传马克思主义革命思想、团结广大左翼作家做了许多有益的工作。除了1934—1937年在北平协和医院动大手术治疗肺病，他拖着病体坚持情报工作，常常还要去广州、澳门、天津、上海等地去执行秘密任务。直到1939年秋天，终因体力不支，辞去共产国际的工作，回到上海。1940年，在上海经地下党领导人潘汉年介绍，加入中国共产党。中华人民共和国成立后人们只承认他的党籍从1946年算起，历史有时竟会开这样的玩笑，被捉弄的人常常是无可奈何。抗日战争时期，他在"孤岛"上海继续从事文学翻译。陆续翻译出版了列宁、拉法格等写的《卡尔·马克思——人，思想家，革命者》（与蒋天佐等合译）、狄更斯的《大卫·科波菲尔》、美国作家斯密司的《苏联妇女》、斯通的《马背上的水手——杰克·伦敦传》、托尔斯泰的《战争与和平》、澳兹本的《弗洛伊德与马克思》等。解放战争时期，他积极参加民主运动和反蒋斗争，主编《民主月刊》，参与成立"中国民主建国会"。中华人民共和国成立后他被选为上海市第一届翻译工作者协会主席。1950年调中国新闻出版总署编辑局工作，担任《译文》杂志副主编，主编《翻译通讯》。曾历任全国文协理事，中国民主建国会中央理事、宣传部长，上海中苏友协理事等职。但他的主要精力贡献给了《世界文学》杂志的编辑工作。

董老一生是个不事张扬的人，年轻时因工作劳累、生活艰苦患上了肺病，他忍着病痛，在公开的文化战线和秘密的情报战线上做了许多有益的工作，在文学翻译园地勤勤恳恳耕耘了一生，取得令人羡慕和尊敬的成绩。他那些总结翻译工作经验的文章，引起我国翻译学家们的重视，得到充分肯定。董老晚年遭遇令人不胜唏嘘，如果说他在"文化大革命"中被当成"历史反革命"进行批判是反常的，那么，他在"北伐战争"和隐蔽战线上所做的贡献逐渐被人遗忘，肯定也是不正常的。但愿他的功绩不至于被时间湮没。让我们记住，我国外国文学界有过这样一位功勋卓著的老革命家、成就斐然的老翻译家吧。

原载《世界文学》2010 年第 5 期

五 "众里寻他千百度"

——作家舒群一段鲜为人知的经历

大约20年前,我翻译过一本德国老革命家鲁特·维尔纳的回忆录,原名《索尼娅的报告》,出版社给更名为《谍海忆旧》,大概觉得这个标题更吸引读者。一个偶然机会,国家图书馆一位女同志告诉我,一家自称"城市出版社"的,对这本书进行了盗版翻印。我感激这家出版社,为传播这段充满国际主义精神的革命历史做出了贡献。前几年还有两家电视台为这本书做过专题节目,表彰这位"索尼娅"在反法西斯无形战线上建立的功勋。可见,读书界对《谍海忆旧》感兴趣的人还真不少。书中讲述这位名叫索尼娅的德国女革命家,从中国上海开始,历经中国沈阳、波兰、瑞士、英国等地,为国际共产主义事业和反法西斯战争所做的情报活动。

书中记述她在我国东北第一次执行任务的失败,给我留下深刻印象。1934年5月,她在苏联莫斯科接受情报工作培训以后,与同事(也是她的领导)恩斯特被派往日本人占领的沈阳(当时称奉天)执行任务。她的第一项任务就是与哈尔滨一位姓李的中国情报员建立联系。她遵照约定时间出现在哈尔滨一处墓园的门口,那是一个阴森可怖的夜晚,偶尔遇见一两个醉鬼跟跟跄跄地走过来,还被人骂了两次,白白等待了25分钟,姓李的中国情报员并未出现。次日夜晚又空等了20分钟。后来她和她的同事恩斯特，按照约定时间又分别到接头地点去过两次，均无果而归。这次与李的接头为何会失败呢？她记叙说：忘记是什么人告诉过她，说李对自己的任务感到害怕了。这就是说李背弃了自己的工作，令人欣慰的是他并未出卖任何人。索尼娅猜测说"若是他被捕会怎样呢"？这个猜测显然含有对李不信任的意思。

然后作者写了一段议论性文字："在我们的工作中，对一个人做出正确评价是困难的，尤其是当他重新开始工作的时候。可靠性只有在工作中才能证明，一个可靠的同志即使做了多年有益的工作，也会发生变化的。诚然，人们不可以不信任自己的同事，这样什么工作都无法做，但是人们不应该只是认识他们，而是应该一再地重新认识他们。"作者写这样一段文字，显然是借题发挥。一方面说明自己不应该凭着"据说"，就断定李是临阵逃脱，背弃自己的工作。另一方面作者也表达了自己的切身感受：第二次世界大战以后，他返回民主德国，按照规定向党组织汇报自己流亡期间的经历，那位听她汇报的是党中央主管监察委员会的赫尔曼·马特恩，一听说她做的是情报工作，没待她说入正题，便制止说：不要汇报了，我没有资格听这样的内容。当时为苏联做情报工作，属于保密范围，不是任何人都可以知道的。她自己也只能把这一切深深埋藏在心底。当她开始在国家机关工作以后，人们并不信任她，背后议论说：她有20年"空白"没有向党交代清楚。她虽然觉得委屈，可她懂得保守秘密意味着什么，她不会把自己20年的真实经历，原原本本讲给周围同志以换取他们的理解。为此，她更换了几次工作，依旧得不到信任，便干脆辞掉公职，以半百的年龄选择了作家生涯。

说实在的，我很同情这位德国老革命家的遭遇。为革命贡献了20年的青春年华，到头来却被视为一个对党"不忠诚"的人，处处看人家白眼，听人家闲言碎语，她改行写作这种"自由职业"，纯粹是为了回避人与人之间的矛盾。由此我想到，她亲身体验了被人误解的痛苦，而那位姓李的中国革命者，若是既未被捕亦未脱离革命队伍，却在不知情的情况下被人扣上一个"临阵逃脱""背弃革命"的恶名，岂不冤枉？我翻译完这本书以后，一有机会就想弄清楚这位姓李的中国人到底怎么了，为何未遵照约定时间与这位索尼娅接头？近20年来，只要有机会我就去查找资料，了解当年哈尔滨地下党的情况，看看都有什么人参与过共产国际的情报工作。我在电脑上查到过一些资料，因为没有确切出处，我不敢轻易相信，我还是更信赖书文本字材料。

2017年9月，力扬和牟怀真的独生子季嘉，委托他女儿季帆送给我一本《中国作家》杂志，其中登载季嘉一篇文章，考证他父亲长篇叙事诗《射虎者及其家族》写作过程及身世。事有凑巧，这本杂志里有一篇记述作家舒群生活与创作经历的长文，它揭开了我多年寻寻觅觅而不得其解的谜团。原来舒群就是《谍海忆旧》中索尼娅在哈尔滨寻找的那位姓李的中国革命者。这篇长文的作者是专门从事中国左翼文学研究的秋石先生。据他的记述，舒群原名叫李书堂，从事共产国际情报工作时又称李春阳、李旭东、李村哲。李书堂是哈尔滨近郊阿城人，满族，父亲是铁路工人，由于家境贫寒，小学只是断断续续读了三年半，15岁考入哈尔滨一中俄语班，因付不起伙食费曾被勒令退学，一位俄语老师认为他有学习外语的天赋，便帮助他重又回到学校，不过次年还是被校方开除学籍。后来又以高中学历考入免费的东北商船学校，李书堂在商船学校仅读了半年，便在商务局谋到一个养家糊口的俄语翻译职位。"九一八"事变爆发三天以后，他加入了抗日义勇军，由于对这支抗日队伍领导无方感到失望，便于1932年春天走出山林，重返哈尔滨，经商船学校老同学陈士卿介绍参加了共产国际情报组织，同年8月加入中国共产党，年仅19岁。担任洮南情报站站长期间，以《哈尔滨五日画报》分销处作掩护，一边从事情报搜集、传递，一边在当地报纸杂志上发表文学作品和时政评论，揭露日伪统治者的残暴和黑暗。这期间他结识了三年前入党的罗锋、白朗夫妇和塞克、金剑啸、萧军、萧红等年轻作家。他曾经用节衣缩食省下的五十块大洋，资助萧军、萧红出版第一部小说集《跋涉》。1933年松花江决堤，萧红被困"东兴顺旅馆"衣食无着之际，又是李书堂用党组织发给他的出差费，解了她的燃眉之急。这一年春夏之交的一天，李书堂还介绍老同学傅天飞与萧军相识，由傅天飞向他讲述了与杨靖宇一起在辽宁磐石（今为吉林省）开辟抗日根据地的那些惊天动地的故事。傅天飞淋漓酣畅地讲述了一天一夜，希望萧军把这些故事和人物写成一部抗击日寇的民族史诗。这就是《八月的乡村》的缘起。所以秋石先生说："舒群是二萧成为左翼作家的领路人"，"真正意义上的东北作家群领头雁"。

说到这里，我初步弄清楚了舒群的身世，原来他本名叫李书堂，懂得俄语，参加过共产国际情报活动，他应该就是《谍海忆旧》中索菲娅要找的那个姓李的中国革命者。

那么，李书堂是怎样变成舒群的呢？

原来，北满省委地下党于1934年因叛徒告密而遭到日伪当局的严重破坏，李书堂被迫逃亡去了青岛。当时青岛公安局局长是李书堂读商船学校时的校长王时泽，青岛特别市市长则是他的顶头上司，原东北海军司令沈鸿烈。当时的青岛尚未遭到日寇铁蹄的践踏，成了"商船学校"流亡同学的聚集地。来青岛不久，李书堂结识了19岁的青岛姑娘倪青华，二人很快组成家庭。原来倪家是地下党的联络点，倪青华的哥哥、弟弟都是抗日的热血青年。1934年10月，包括青岛、济南在内的中共地下党组织遭到国民党严重破坏，舒群夫妇和他的妻兄倪鲁平，遭到国民党蓝衣社特务逮捕，被关进青岛监狱，舒群在监狱里创作了以朝鲜流亡儿童为题材的小说《没有祖国的孩子》。他虽然是共产国际情报员，又是中国共产党党员，但他在青岛并未接上关系，更加有当年的老校长王时泽的关照，关了几个月监狱便被释放出来，不久转去上海，在那里找到党组织，参加了左翼作家联盟，1936年9月，用"舒群"这个笔名在生活书店出版了第一部小说《没有祖国的孩子》。从此他就由李书堂变成了舒群，久而久之，人们不再提及他的本名。读书界甚至根本不知道他原名叫李书堂。

怎么能断定李书堂就是索尼娅要找的那个姓李的中国革命者呢？我曾经有意识阅读过20世纪30年代哈尔滨地下党和共产国际情报组织的材料。根据我的调查，他们当中有共产国际情报组织领导人杨佐清，他曾经在苏联接受过情报工作培训，曾用名杨奠坤，俄文名叫瓦尔德尔。回国后按照中共满洲省委指示，在辽宁磐石一带创立磐石抗日游击队，受伤后由杨靖宇、傅天飞接替他的工作。杨佐清被满洲省委派去哈尔滨，与王东周一道领导共产国际情报工作。在这个圈子里，除了陈士卿、李书堂，再也没有查到其他名字。我还查到苏子元、张永兴、周云庭、纵树奇、陈冰岩、张之伦、张逸仙等人名，他们虽然都是共产国际的情报员，要么与李书堂不是同一时期，要么不属于同一个圈子，而且他们当中也没有姓李的革命者。所以我估计李书堂就是《谍海忆旧》里索尼娅要找的那个姓李的中国革命者。他之所以未能与索尼娅接头，那是因为哈尔滨地下党早在索尼娅到来之前就被日伪政权破坏，李书堂已经流亡去了青岛、上海。可能是因为当年通信设备简陋，索尼娅来东北沈阳之前，并未得到李书堂已经转移的消息，才在哈尔滨扑了个空。

弄清了李书堂的情况，揭开了多年来萦绕在我心头的谜团。可惜《谍海忆旧》的作者已经作古，不然我会把这个消息告诉她，打消她对这位中国情报员的猜疑。她在《谍海忆旧》里有一段话："道义上的支持，对于在危险而孤立的工作中的同志是重要的,不论他多么坚强。尊重他的工作,肯定他的成绩,理解他个人的问题,无论在什么情况下,都是不能忽略的。"这是她对个人经历的总结,用这些意思来对待别人,对于她也是合适的。

舒群后来的经历怎样,说来令人不胜唏嘘。抗日战争年代他干过八路军战地记者,当过朱总司令的秘书,任过延安鲁艺文学系主任,帮助毛主席筹备过延安文艺座谈会;1946年作为东北文艺工作团团长,率领大批文化工作者,经过长途跋涉返回故乡,开辟东北解放区,当过东北大学副校长,创建过东北电影制片厂,首任厂长。1951年从抗美援朝前线归来,旋即调入北京任中国作协秘书长,从这时开始,舒群便陷入万劫不复。舒群是个典型东北硬汉,生性耿直,在文艺界批判萧军、丁玲的宗派活动中,不愿意仰人鼻息,唯领导之命是从,可当年文艺界的部分人心胸狭隘、嫉贤妒能,一个为新中国建立过功勋的作家舒群,却于1955年成了反"丁陈反党集团"的副产品,与罗峰、白朗一起被打成"舒罗白反党小集团",蒙受了近25年的不白之冤。尽管舒群是个胸怀坦荡的共产党人,从漫长的逆境中活了过来,与《谍海忆旧》作者相比,他的经历要悲惨得多:鲁特·维尔纳不过是被人视为"对党不忠诚",常常遭人白眼,被人扣个什么"小资产阶级情调""无组织无纪律"的帽子而已,最终她还是有机会把自己那所谓"二十年的空白"写成回忆录公之于世,成了公认的德国共产党人的楷模。舒群晚年虽然得到平反,可人已经垂垂老矣,随着日月的流逝,他为中国革命所做的贡献,恐怕要逐渐被人遗忘了。悲夫哉!

2018年6月9日写于车公庄坎斋

六　抢救这段尘封的历史吧！

15年前我翻译了《索尼娅的报告》，这是一本德国老革命家的回忆录，最初是2000年在北京解放军文艺出版的，责任编辑张鹰同志把书名改为《谍海忆旧》。书名很吸引人，惹得有心人干起盗版勾当。待我得到消息，按照电话号码"索骥"时，早已人去楼空。盗版者为本书内容的传播立下了"汗马功劳"，真得谢谢他们。

我当初翻译这本书，依据的是1984年第10次印刷的旧版本。两个德国统一后，作者把原来因保密而删掉的部分内容补充进去，又加写了一段晚年的访华观感。这本书最初是在英国出版的，2006年德国新生活出版社出版了第一个德文全本（Erste vollstaendige Ausgabe），读到这个新版本之后，我又据此对旧译本进行了补译，还补充了一些新材料。期望此书有重印的机会。

回想当年翻译完《索尼娅的报告》这本书，我的心情久久不能平静，时时涌起一种苦涩的遗憾之感。我遗憾的是，该书作者鲁特·维尔纳女士于20世纪30年代初与许多中国革命先辈共同经历的那段历史，正面临着被尘封的命运。几年前我在《作家文摘》上读到张文秋老人讲述自己30年代在上海从事地下工作经历的文章时，老一辈革命家们在国民党控制的环境中，冒着时刻被逮捕、坐牢、杀头的危险，运用自己的勇敢和智慧与敌人斗争的故事，曾经令我激动不已。文中讲述的一些细节，例如关于"红色间谍"佐尔格、关于30年代中期轰动我国新闻界的"神秘西人案"等，令我想起我曾经读过的鲁特·维尔纳这本回忆录。鲁特·维尔纳女士在书中讲述的她在上海从事地下工作的经历，与张文秋老人讲述的经历，在时间和工作性质方面有许多共同和相似之处。他们的工作构成了世界无产阶级革命运动史上一个不容遗忘的篇章。我翻译这本《索尼娅的报告》的一个重要目的，就是把一位德国革命家在华的经历，当然也包括他在其他国家的斗争生活，介绍给我国读者，丰富我们对那段历史的了解和认识，我们可以从中理解，世界无产阶级革命是息息相关、休戚与共的。

我在翻译这本书之前，曾在鲁迅日记里查到几处关于"汉堡嘉夫人"的简短记载。这位"汉堡嘉夫人"即此书作者，她的原名叫乌尔苏拉·汉布尔格，娘家姓库钦斯基。她于1930年随丈夫鲁道尔夫·汉布尔格（鲁迅译作"汉堡嘉"）来到上海，经美国记者史沫特莱介绍，成了佐尔格的合作者，与中国共产党人一道在上海从事地下工作。这期间她先后结识了鲁迅、丁玲、宋庆龄、董秋斯、蔡咏裳、陈翰笙等，尤其是董秋斯的夫人蔡咏裳给她留下了深刻印象。她在第一部以中国为题材的小说中，以她为原型塑造了一位东北抗联女游击队员形象，纪念她们之间的合作与友谊。鲁迅先生当年出版珂罗惠支版画集，就是在她的帮助下完成的。她在《索尼娅的报告》中讲述的这一事实，恐怕对于我国鲁迅研究者都是一条新材料。她与丁玲的交往，因各自经历的关系中断了很长时间，据该书记载，她们在80年代初期尚互相交换作品，鲁特·维尔纳至今还保存着丁玲的赠书，其中一本书的题词是"索尼娅留念，丁玲，1983，北京"。"索尼娅"是鲁特·维尔纳从事地下工作时用的化名。她的《索尼娅的报告》一书的书名，蕴意是一目了然的，作者是在向革命后代

"报告"自己当年的工作,期望后人了解前辈的斗争生涯,在创建新生活的过程中继承革命传统。

鲁特·维尔纳在上海期间,住在今日淮海路一栋洋房里,旧时称霞飞路1464号,后来改为1676号。当年她的任务是把自己的家提供给佐尔格和中国革命者作为接头地点,并保障他们的安全,收藏秘密文件和武器。遇到紧急情况时,她也参加搜集情报,利用自己的家隐藏被国民党政府通缉的中国革命者。她的婚姻危机就是由于她在家里隐藏一位中国同志引起的。她还曾以外国人的身份,为一位因劳累过度患了肺病的革命者和他的妻子在莫干山租了一栋别墅,供他养病。一个偶然的机会,我从《世界文学》老编辑凌山同志处得知,原来那就是我国著名翻译家董秋斯同志和他的妻子蔡咏裳。"文化大革命"期间,董老曾因这样一段地下工作经历,被怀疑为"历史反革命""打入共产党内的特务"而受到审查,于1969年最后一天含冤离世。如今董老已经作古,他生前未来得及把这段经历记载下来,看来他所经历的这段历史,大概是被尘封定了。如今的年轻人,大概连董老曾经翻译过《战争与和平》都未必知道了。他的妻子蔡咏裳违背家庭意志与他结为连理,不但过着贫穷生活,还要冒着风险参加革命活动,成了佐尔格的合作者,共产国际东方局秘密工作成员,令鲁特·维尔纳十分钦佩。她在自己以中国为背景的长篇小说《一个不平凡的少女》中,塑造了一个女游击队员的形象,纪念她们之间的友谊与合作,表达他对蔡咏裳这样数不胜数的中国女性背叛家庭走上革命道路的敬意。令人遗憾的是,由于工作性质的特殊性,蔡咏裳生前对自己的经历没有留下任何文字记载,连张照片也未留下来,这让曾经熟悉她的鲁迅先生哲嗣周海婴先生不胜感慨。对此,我更感到抢救这段历史的紧迫性。

20世纪80年代中期,鲁特·维尔纳曾经有机会应邀来华访问。在北京期间她见到了当年一同出生入死的陈翰笙老人。作者在《索尼娅的报告》中称他为"杨教授"。翰老的博学、风趣、随和,为他们那紧张工作之余的日常生活增添了许多快乐与轻松,作者生前对此念念不忘。翰老生前不曾用笔或口头记述那段一度不宜公开的经历,这是很令人遗憾的。如今人们只知道他是一位德高望重的学者,关于他当年冒着生命危险从事地下工作的经历,人们还知道什么呢?我们只能任由历史把它湮没吗?假如能够有人对翰老、董老们当年的斗争经历进行钩沉和梳理,再现那段历史,肯定会为后人留下一份进行革命传统教育的珍贵教材,丰富人们的历史知识。鲁特·维尔纳访华期间,除了在北京拜访了老战友陈翰笙,还去上海探望了昔日的住宅,那些当年曾以各种身份出入这栋洋房,受到她照顾和保护的中国革命者们今天都在哪里?《索尼娅的报告》中提到的温姓和韩姓革命者,他们在工作之余曾经帮助作者学习中文,帮助她了解中国的历史和现状,这些都成了她的美好记忆。他们今天是否还健在?那位在鲁特·维尔纳家里躲过国民党追捕,安全转移的中国革命者是谁?后来的经历如何?由于地下工作的特殊性,她甚至没有问过他的姓名,只是忠实地履行了自己的国际主义义务。

最令我感到遗憾的是,鲁特·维尔纳在沈阳做情报工作时,与东北抗日战士的那些颇具传奇色彩的交往,除了书中提到的那些情节,今天几乎无法钩沉了。若是没有《索尼娅的报告》这本书的记述,人们很难想象当年中德两国革命者曾经在东北大地上有过这样一段共同抗日合作的经历。令我始终不能忘怀的是,1934年夏天,她第一次来到沈阳(当时称奉天),干的第一件事情,便尝到了失败的苦果。她遵照约定的时间、地点去哈尔滨与一位姓李的中国革命者接头,接连几次尝试,都无果而终。这第一次工作的失败,让她几乎怀疑这位中国革命者是否临阵逃脱,背叛了革命。可怀疑究竟是无根据的,她怀着歉疚的心情反思道:不信任自己的同志,什么工作都无法做。这位中国革命者,究竟出了什么问题？后来怎样了？多少年来，这个问题一直萦绕在我的心头。书中记述的那位家住丹东的姓冯（很可能是假姓）的抗日小组领导人，在日本侵略者面前，始终保持中国人的尊严，令作者十分钦佩。由于日本人在他家里发现了炸药而遭逮捕。这位抗日小组领导人后来的命运如何？本书作者因这一突发事件而奉命转移北平，中断了与冯的联系。照作者猜想，冯十之八九是被日本侵略者杀害了。不知他的妻子和孩子后来的遭遇怎样？翻译到这种地方，我常常不禁停下笔来，浮想联翩，心潮起伏，深感抢救这笔精神遗产是多么必要啊。由此我想起"文化大革命"期间，我曾经在武汉某档案馆读到一些鄂西革命者就义前写给亲人的长篇遗书，烈士们临行前用火一般灼热的语言，抒发为了祖国解放视死如归的豪情，曾令我热泪盈眶，常常几乎泣出声来。我边读边想，他们的事迹应该用文字记载下来，流传后世，充当这段历史的佐证，让后人从中理解什么叫爱国主义，什么叫英雄主义和理想主义。

　　那位住在吉林市郊区一栋茅草房里的抗日领导人，曾经从这位外国女人手里接过制作炸药的材料，他后来怎样了？他那位用茶水招待这位外国女人，支持丈夫抗日的妻子后来怎样了？他们那种在邻里的众目睽睽之下，从事秘密接头的做法，在她看来显然是很不慎重的，但他的勇敢与能干，却给她留下深刻印象。这位游击队员姓甚名谁？除了书中记述的这些细节，他们还一道做了些什么工作？他后来的经历怎样？在那个中华民族生死存亡的时刻，正是这些不曾留下姓名的革命者，不惜抛头颅，洒热血，前仆后继，谱写了一曲又一曲挽救民族危亡的悲壮战歌。今天他们的名字和业绩，虽然象征性地镌刻在天安门广场的烈士纪念碑上，我总觉得我们这些后来人，在享受他们用鲜血换来的生活与欢乐的同时，还应该清楚了解和记住他们当年的斗争事迹。那可是活生生的历史啊！它们不知比历史教科书要生动多少倍。当我意识到他们当年的斗争历史渐渐被湮没时，心中涌动起一股难以名状的情绪，我禁不住要发出恳切的呼吁：为了继承先辈们的革命精神，为了他们为之而奋斗的社会主义事业，在中华大地上发扬光大，抢救这段即将尘封的历史吧，那可是中华民族一笔宝贵的精神财富啊！有了这样的精神财富，人们就有可能在物欲横流的时尚面前，保持清醒头脑，增强对外来和土生土长的不良文化鉴别和抵御的能力。

2016 年 8 月记于北京车公庄坎斋

第六部分

德国文学研究与翻译问题举隅

一　就《汉堡剧评》的翻译答任昕同志

任昕，谢谢你如此关注我翻译莱辛《汉堡剧评》这件事。你的问题，引起我一段美好回忆，我很想借这个机会说说翻译《汉堡剧评》的经历和感受。

记得是"文化大革命"后的1979年年底，我去德国杜宾根大学访问，在那里遇见了昔日的老师汉斯·马耶尔教授。非常偶然，整整20年，由于国内外形势变化，我们中断了联系。我只知道，他因在莱比锡大学组织"重新评价德国浪漫派文学"讨论会，遭到民主德国官方学术界批判以后，去了联邦德国。由于多年不接触德文报刊，我一直不知道他落脚在哪里。从德国同行那里得知，他就住在杜宾根，于是我便约好时间，携带一束鲜花去拜访他。

他住在涅卡河畔一栋孤零零的小楼里。我按响门铃，他满面春风地迎出来。我把鲜花递到他怀里，老人家用他那惯常的口头语连连说："这可太好了，这可太好了！"这句话一语双关，既是对鲜花的欣赏，也是对师生重逢的感叹。老人家把我让进他的书房兼客厅，倒上一杯红酒，互相寒暄了几句，未容我仔细观察他的室内设施，便单刀直入地问我："张先生，你当年答应我的事情做了吗？"

他的问题给我的第一感觉，如同当年在课堂上回答不出老师的提问一样。现在回想起来，当时我的样子大概十分尴尬。我们20年未见，当年答应过他什么，我实在无从想起。他见我一时语塞，便提醒我说："当年你的论文答辩完毕，你说回国以后要翻译《汉堡剧评》，还记得吗？"想起来了，当年毕业论文答辩是在他的办公室进行的，在场的只有我们师生二人。答辩完毕以后，老师未让我立即离开，同我闲聊了几句，缓解缓解我的紧张情绪，大概怕我慌慌张张地走出去，发生不测。他问我回国以后做什么工作，意思大概是选择什么职业，我不假思索地回答说，第一件事就是翻译《汉堡剧评》。老师听了颇为惊讶，仿佛没听懂我的话，又追问一句"做什么"？我重复回答了一遍。他显得有些疑惑，可能觉得我的话太不靠谱。今天回想起来，我终于明白了，老师为何惊讶和疑惑。《汉堡剧评》是德国文化乃至欧洲文化中的经典著作，除了涉及德国文化，还涉及古希腊、罗马、意大利、西班牙、法国、英国等欧洲国家和阿拉伯世界的文化知识，这不是一个刚刚毕业的大学生驾驭得了的，更不要说像我这样来自完全陌生文化圈的年轻人。

　　幸好我在"文化大革命"后期翻译完了这本书，尽管当时尚未出版，总算对老师有个交代。想不到，事过20年，老人家还记得这件事。我答辩完毕以后，怎么会那样冒冒失失地回答老师呢？任昕，说实话，我当时那样回答，既不是出于无知青年的轻率，也不是出于热血青年的冲动，如你所说，的确与我当年在莱比锡大学的学习经历有关系。

　　记得有一年，马耶尔老师开了一门德国启蒙运动大课。当年的系秘书，后来成了中国留学生的好朋友——维尔纳·舒伯特——为我们几位外国（来自中国、朝鲜和芬兰）的同学请了一位辅导员，课余时间给我们"开小灶"。我还记得这位女同学名叫埃迪特，比我们高一年级，生得小巧玲珑，口齿伶俐，为人热情且懂得节制。通向教师办公室的走廊里，摆放着桌椅，供学生课前课后温习功课。埃迪特经常在这样的"临时教室"帮助我们补习功课。有几次她专门讲莱辛的生活经历与创作，给我留下了深刻印象。莱辛作为德国启蒙运动主将、现代文学奠基人，在批判代表封建势力的旧事物时，其文笔十分犀利，具有抓住真理、所向披靡的气魄。埃迪特讲到莱辛与高特舍德关于德国戏剧发展方向的论战时，引述了莱辛《当代文学的通讯》第 17 封信："图书杂志"的编者说，无人否认，改善德国戏剧的大部分功劳，应该归功于高特舍德教授。说到这里，埃迪特用手重重地拍了一下桌子，"砰"的一声，同时模仿莱辛的口气说，我就是这个"无人"，而且我一直否认这一点，高特舍德先生若是从来未插手过戏剧该多好啊；他对德国戏剧的改善，要么是些无关紧要的细枝末节，要么把事情弄得一塌糊涂。当时我对莱辛的生平与创作，已经有了一些粗浅的了解，莱辛这些论战性的话，从埃迪特嘴里说出来，而且还带着颇为男性化的手势，让我印象深刻。讲到莱辛为倡导市民戏剧，竭力反对王公、贵族占领舞台的倾向时，她又讲解了《汉堡剧评》第 14 篇："王公和英雄人物的名字可以为戏剧带来华丽和威严，却不能令人感动……"那一段名言。我记得当时对莱辛有一种崇拜的心情，觉得他不仅是个划时代的作家，更是一位用手中的笔进行反封建的斗士。再加上莱辛文风简洁明快，不像席勒论文那样思辨色彩浓厚，我怀着巨大兴趣自学了这部著作，产生了把它翻译成中文的想法。

　　我的运气不好，刚刚毕业便赶上大讲阶级斗争，学术界不讲做学问，只讲批判斗争。走进文学所遇上的头一件事，就是批判副所长唐棣华。她是黄克诚的夫人，黄克诚是"彭黄张周反党集团"第二号人物，唐棣华同志显然是受牵连。这场批判对于我来说，无异于一个"下马威"，从未见过这样的"阵势"，不知怎样应对。接下来又批判所长何其芳、西方文学组组长卞之琳。那年头时兴写大字报，一位从延安来的老同志，鼓励我积极参加斗争，他指着一张大字报说："你看人家刚从苏联回来的，都写了大字报，你也写嘛。"我刚从国外回来，跟不上斗争形势，心里总是惶惶然，一有机会便主动要求下乡去"滚泥巴"，躲开城里这个"是非之地"。有一次卞之琳组长让我写点介绍卢卡契的资料，我也没敢问做什么用，按照他的指示写了，还工工整整地抄在卡片上。没过多久，何所长在全所人员大会上，检讨自己政治嗅觉不灵敏，他举例说文学所提供的卢卡契资料，遭到中宣部领导批评，说介绍卢卡契为何只写他是什么家、什么教授，就是不写他是"修正主义分子"！那时人们"政治警惕性"很高，会场上骚动起来，纷纷质问这是什么人写的，有人甚至大喊一声："站出来！"我只好怀着忐忑的心情站起来承担责任。全所大会差点儿变成对我的批判会，幸好何所长和卞之琳组长把责任揽下，算我躲过一劫。从此以后，我差不多成了下乡"滚泥巴专业户"，久而久之，翻译《汉堡剧评》的想法，就被丢到九霄云外去了。

  1972年夏天，从河南干校返回北京以后，正值全国开展"批林批孔"。经过五年"文化大革命"的折腾，人们不再盲从，不约而同地纷纷当起了"逍遥派"。知识分子是不习惯用这样的方式消磨生命的，没多久，我便"逍遥"不下去了，翻译《汉堡剧评》的想法又"死灰复燃"。我找出已经泛黄发脆、灰头土脸的《汉堡剧评》；由于多年不动，粘在书架上，取下来的时候，发出刺啦刺啦的响声，我当时真有一种五味杂陈的感觉。翻开书本，那些德文字母认识我，我仿佛已经不认识它们了。那时，我们那一代知识分子，拿着65元的月工资，勉强维持生计，既不想上班参与"批林批孔"，也不必考虑翻译成果的出版问题，这是个自由自在搞翻译的绝好时机。于是，为了了却旧日的夙愿，我在研究室、办公室、走廊、废纸堆里捡了些写大字报剩余的废稿纸，有的只剩下一半或三分之一空白，有的只写了个开头便被扔掉了，也有一些虽然一字未写，却被揉搓得很不像样子。我把这些长短不一、颜色各异、格式不同的旧稿纸抱回家来，做开了翻译《汉堡剧评》的梦。

因为"运动"时间久了，眼看自己的青春年华白白荒废掉，很自然地产生了一种生命的紧迫感，希望干点实实在在的事情，这种欲望越来越不可遏制，一旦有了适当机会，这种紧迫感就会变成工作的动力，甚至根本不去计较条件。说来也奇怪，在这一年半的翻译工作中，就没有过累的感觉。今天想起来，不是因为我当年正值年富力强，而是多年不曾与书本打交道，一旦有机会干自己感兴趣的事情，那种精神抖擞，那种遏制不住的亢奋，工作起来那种痛快淋漓，哪里还有什么疲乏之感。再加上当时既不要写工作汇报，也没有出版社催稿，工作起来心态十分放松，有时近乎玩赏状态。正是因为有这种松弛心态，工作起来才那样兴味盎然，有一种享受感。

你问我翻译过程中，遇见过什么困难。首当其冲，就是多年不摸书本，德文几乎忘光了。好在翻译过程就是恢复德文水平的过程，这个困难不难克服，我毕竟是德语科班出身。其次，我的汉语功夫不够，这源于我的启蒙教育基础打得不好。我幼年时期，在东北接受的是日本人的"奴化教育"，很少接触中华民族的传统文化。在两种语言的转换过程中，我常常找不到恰如其分的词汇，表达方式缺乏变化，往往用相同的汉语词汇，表达不同的德语词汇，文句显得单调呆板。这不是一年半载能够弥补的，我只好一边翻译，一边找些中国散文阅读。有一次我从办公室主任陈伟同志家里借了一部《古文观止》，这部书大大开了我的眼界，使我从中了解了中国散文的传统，提升了遣词造句的自觉性。我感觉到自己的翻译，越往后越顺手。还有一个困难，就是我所学的那点欧洲文化知识不够用。解决这个问题的办法只有读书。翻译的过程，就是读书的过程、研究的过程。翻译《汉堡剧评》必然伴随着大量读书，即使熟练地掌握中、德两种语言，也不足以应对这部著作。我找来一些欧洲历史、文学史、哲学史类书籍阅读。当时那种"逍遥"环境，很适合我一边翻译，一边读书，干起活来，颇有"优哉游哉"的感觉。遇到有关古希腊罗马文化的知识，我便去问同一研究室的王焕生、陈洪文同志，在这个领域，他们是我的老师。时至今日，我们都是七八十岁的老人，遇到这方面的问题，我还是习惯性地请教王焕生同志，这正应了中国学人的老传统："学问"不但要"学"，而且要"问"。

关于该书的出版，我还要说几句早就想说的话。我花了一年半时间，翻译完《汉堡剧评》初稿，便放进抽屉里。那时不可能出版这样的书，直到1978年，所里要恢复出版《世界文学》杂志，才算盼到了形势变化的曙光。

关于《汉堡剧评》的出版，我第一个要感谢的是邹荻帆先生。他当时是《世界文学》编辑部办公室主任，正在筹划杂志恢复的事情。他知道我翻译了《汉堡剧评》这本书。有一天他在走廊里遇见我，嘱咐我从《汉堡剧评》译稿里选择一部分，登在杂志试刊号上，投石问路。我那时对自己的译文能否印成铅字没有把握，毕竟是初稿，尚未经过整理。他见我有些犹豫不决，便又动员我说：不着急，时间够了，你先整理两万字，给我看看。他又嘱咐我：写个简短按语，介绍一下这部分译文的内容。《汉堡剧评》译稿在抽屉里锁了5年，未想到会这样快与读者见面，我非常感谢邹荻帆先生，他给了我这个让"丑媳妇见公婆"的机会。两万字《汉堡剧评》译稿，在《世界文学》刊登以后，居然引起了读者关注。

记得"文化大革命"后在广州召开第一次"外国文学学会"的时候，遇见南京大学赵瑞蕻教授。我在莱比锡读书的时候，他正在那里教汉语和中国文学，我常去他家叨扰，我们成了忘年交，回国以后很少有谋面的机会。这次一见面，赵教授就夸奖我做了一件有意义的事情，他对刊登的那部分译文表示满意，说读起来蛮通顺，按语写得也好，还鼓励我说，《汉堡剧评》很有价值，一个搞外国文学的人，一辈子能翻译这样一本书，值得。老一辈学者的鼓励，使我这个刚要迈进学术大门的人增添了勇气和信心。《汉堡剧评》出版以后，我的同行、译文出版社编辑韩世钟同志，当着我的面大大鼓励了一番，还说："你为社会主义文化建设又积累了一笔财富。"这话不仅是对我的鼓励，更重要的是，它提升了我的精神境界，提升了我对翻译工作的责任感。朋友们的鼓励和关怀是刻骨铭心的，让我终生难忘：到了今天这把年纪，回想起来依然感激不尽，心里暖洋洋的。

  我特别要感谢上海译文出版社社长、老翻译家包文棣先生。广州外国文学学会闭幕后不久，他风尘仆仆来我家谈《汉堡剧评》出版问题。包文棣先生是上海出版界的领导人、外国文学翻译界大权威，他是翻译车尔尼雪夫斯基著作的专家，他翻译的车氏《莱辛评传》，是我国读者最早见到的比较全面介绍莱辛的著作。包文棣先生高度近视，眼神儿不好，不知是怎样摸索到我家来的。那时，像他这样的专家没有专用车，街上也没有出租车，出门全靠挤公共，要么走路。他的屈尊下访，令我既惊讶又不安，不知道该怎样招待这样的大名人。显然，他来到我家也颇为意外，他大概也不曾料到，像我这样的年轻知识分子，居住条件居然如此寒酸。我家15平方米的居室里，除了一张大床、一张小床、一张小二屉桌、两把凳子，真可谓家徒四壁，别无长物。他惊讶地问我："你平时怎么工作？"我如实告诉他说，晚上我和爱人合用二屉桌，为了照顾我，她打横，孩子在凳子上写作业。包文棣先生为人稳重，甚至有些腼腆，话语不多，用手敲着面前那张又短又窄的二屉桌，操着一腔吴侬软语，颇为感慨地说:"在这样的小桌子上,竟然也能翻译大部头著作。"谈了些关于出版的话题,然后他嘱咐我说:"《汉堡剧评》工作量大,不必着急,你整理译稿,让你爱人帮忙誊写,完稿后寄给我。"他嘴里说不必着急,实际上还是希望我快些交稿。我理解他的心情,"文化大革命"过后,百废待兴,不论出版界还是读书界,都处于"嗷嗷待哺"状态。他作为出版社领导,为物色书稿操碎了心,而我手头这部书稿可算是"生逢其时"了。我衷心感谢包文棣先生,如此热心帮助我出版了这部《汉堡剧评》译稿。

  由此我想到德国作家、诗人布莱希特写过一首诗,名叫《老子流亡途中著〈道德经〉的传说》,他在结尾处说过一句名言,经常被人引用,大意是:老子的智慧能够流传后世,固然值得赞扬,然而首先应该赞扬的,应该是向他索要智慧的那位关吏。我应该大大感谢包文棣先生。任昉,也谢谢你这位"关吏",给我机会,让我说说与《汉堡剧评》翻译有关的事情。这些话,多年来我一直想说,但没有机会,谢谢你了!

2013 年 7 月 11 日于车公庄坎斋

二 查词典不如读原著

——"史诗剧"术语的翻译问题

张晓强同志推荐我读一本书,书名叫《新中国外国戏剧的翻译与研究》,作者是浙江大学何辉斌教授。书中关于德国剧作家布莱希特那一章,用了整整一节文字详细梳理布莱希特"das epische Theater"这个术语的翻译问题。据作者统计,当年人们曾经用了七种不同的翻译术语来定性布莱希特戏剧。其中最引人注目的是剧作家高行健的译法,他说:"通盘考察一下他的戏剧观念,用个更为贴切的中文译名,不如称之为叙事剧。"可高行健未读布莱希特原著,没有研究第一手资料,他是怎样"通盘考察",又是怎样找到"更为贴切"的中文译名,是很值得怀疑的。他又说"所谓史诗剧,中文译名语焉不详",认为史诗剧这个译法"容易同汉语中这个词通常包含的壮丽辉煌、惊心动魄、艰苦卓绝、万古流芳联系起来,这绝非他戏剧的特点"。高行健是剧作家,写起文章洋洋洒洒,容易夺人眼球,但也极易荒腔走板。翻译界未必会以他的说法为然。另一个更为引人注目的译法,是我的同行余匡复教授的译法,他认为"史诗剧""叙事剧"译法都不准确,他说自己查过两种德汉词典、六种德语词典,其中包括德语界最有权威的《杜登大词典》。他得出的结论是,布莱希特的"das epische Theater"应该翻译成"叙述体戏剧"。此说一出，应之者甚众，因为他的话说得比高行健有根据，但也未能起到统一的作用。何辉斌教授就不赞成他的译法。

我从与布莱希特作品打交道开始，就采用"史诗剧"这个译法，余教授文章发表以后，有同行鼓励我就这个问题发表看法。我是个不喜欢争论的人，只愿意安安静静读书和思考。再说了，我当初采用"史诗剧"这个译法，纯粹是凭感觉，那时把亚里士多德《诗学》中 epikos 这个词译成"史诗"，已经是学术界的共识，我并未认真查过词典，我只是想，中国人按照欧洲人对这个词的习惯理解来翻译是不会出大毛病的。我一直有个想法，那就是多读书，看看布莱希特自己是怎样说的，所以我总是回答鼓励就这个问题发表看法的同行说：不必急于争论，只要多读书，书读到家了，问题自然会迎刃而解。那时候我曾有机会写文章谈论这个问题，至今我仍然认为那些说法是经得起核对的，只是那时我读书尚少，有些说法未必切中肯綮。近几年，我的一位研究布莱希特的老同学，几次问我到底应该怎样翻译这个术语。我依旧是按照老想法回答他，不必急于统一说法，大家书读够了，容易取得一致。其实，我读了半辈子布莱希特的书，这两年又翻译了他的理论著作《买黄铜》，对"史诗剧"这个术语的认识，自我感觉心里更有数了，最近受到何辉斌教授这本书的启发，于是便产生了把它说说清楚的兴趣。

现在看来，翻译"das epische Theater"这个术语，凭着感觉不行，靠着查词典也不行，最可靠的办法还是读原著，看看布莱希特自己是怎样说的，是在什么样的语言环境下说的，这样才能真正做到"通盘考察"他的戏剧观念，找到"贴切"的译法。尤其是语言环境问题，是我们理解"das epische Theater"这个术语，绝对不能忽略的。根据我的阅历，要想准确翻译布莱希特戏剧这个术语，起码要读他的三部著作，第一是《跋歌剧"马哈哥尼城的兴衰"》，第二是《买黄铜》，第三是《戏剧小工具》。

读懂它们，如何理解和翻译这个术语也就水到渠成了。

为何首先要读《跋歌剧"马哈哥尼城的兴衰"》呢？这是因为它是布莱希特在20世纪20年代末30年代初，最早倡导戏剧改革的宣言书，也就是在这篇文章里，他首次提出了"现代戏剧是史诗剧"的主张。粗通欧洲文化的人一眼便能看出，布莱希特提出这样的主张，无疑是在挑战亚里士多德。我们知道，亚里士多德在他的《诗学》第十八章里明明白白提出："写悲剧不要套用史诗的结构"，因为史诗能"包容很多情节"，"有可能描述许多同时发生的事"，甚至能"容纳不合情理的事"。悲剧的结构是有限制的，它"只能表现演员在戏台上表演的事"，摹仿"一个严肃、完整、有一定长度的行动"。"它的摹仿方式是借助人物的行动，而不是叙述。"莫说是"不合情理的事"，就是"同时发生的事"也不在戏剧的表现范围之内。亚里士多德这条戏剧定义，在欧洲学术界雄踞了两千多年，经过世代理论家的阐释，几乎成了不可撼动的金科玉律。布莱希特是个学识渊博、"与时俱进"的艺术家，具有很强的批判意识，他对亚里士多德某些过时的说法十分敏感。他根据莎士比亚、歌德等剧作中采纳史诗性因素的经验，执意要打破这个教条，广泛吸纳史诗性因素，用于编剧和舞台表演，丰富戏剧的表现内容、表演技巧，使戏剧艺术摆脱旧日流传下来的某些框框，更具现代精神、时代风采。他在《跋歌剧"马哈哥尼城的兴衰"》中提出的十九条由"戏剧性戏剧"向"史诗性戏剧"的"重心转移"，条条都是对亚里士多德式古典戏剧学中那些不合时宜的论述的挑战。同时也是对德国古典戏剧学中那些违背时尚的论述的挑战。歌德虽然在创作实践中是个具有创新精神的人，但在理论上却常常拘泥于亚里士多德式古典戏剧学，他曾经与席勒讨论过史诗与戏剧的区别，他在《论史诗与戏剧》这篇短文里，对"史诗与戏剧"两种体裁进行了严格区分。他说："史诗作家把事件作为完全过去的来叙述，戏剧作家则把它作为完全目前的来表现。""那一个身旁是静静地谛听的人，这一个身旁则是焦急地观看和谛听的人。""观看的听众必须处于一种经常的感官紧张状态中，不给他进行思维的机会，让他热情地追随舞台上的事件，使他的幻想完全被置于沉默状态中。"布莱希特在这篇文章和《戏剧小工具》第26条中，曾经描述过观众在剧院里的一些怪异表现，被他称为"不体面"行为，如说观众像国王一样坐在剧院里，在看戏的时候，"肌肉绷得紧紧的"，"像中了邪一般"，"心神不安"，处于"强烈的紧张状态中"，具有一种充当"魔术师手中蜡泥"，任人摆布的好奇心。这些话显然都是针对歌德说的。在布莱希特看来，演员在舞台上运用魔术般的技巧，像催眠术一样表演的一切，只能制造精神恍惚、心醉神迷的效果，引导观众盲目相信舞台上发生的一切都是真实的、现实的，忘记自己是在观看一个虚构的故事，而把它视为亲眼所见、亲身经历的事件。针对歌德关于戏剧本质的定义，他提出要放弃幻觉，不再让观众如置身于故事当中，而是要对舞台上的事件保持清醒头脑，有分析判断的能力，把剧院变成讨论问题的"论坛"，把戏剧从强调"美食"特性，转变成既强调娱乐性又强调教诲性，以改变其社会功能。为了实现戏剧的这种"功能转变"，布莱希特根据莎士比亚、歌德等的戏剧创作经验，吸收东方戏剧，特别是中国戏剧创作、演出经验，提出要创建一种"非亚里士多德式戏剧"，或曰"非戏剧性戏剧"，即"史诗剧"。这种"史诗剧"并不刻意制造它的故事是真实的、现实的假象，而是明明白白告诉观众，演员是在"演戏"，观众是在"看戏"，观众应该以超然的、冷静的、批判的态度看戏。这就是布莱希特所说的"陌生化效果"，它是一种让观众发挥主观能动性，去欣赏戏剧艺术的方法。这样看来，"史诗剧"的含义，不必像高行健所说的那样，非得与什么"壮丽辉煌、惊心动魄、艰苦卓绝、万古流芳"等形容词联系起来。布莱希特的主张在相当长一段时间,遭到同行们的广泛质疑,只有瓦尔特·本雅明称赞她的"史诗剧"实践和主张,一些习惯于墨守成规的行家里手,无论如何也不能理解,戏剧怎么会与史诗发生关系。就像高行健所说的那样,"史诗剧"这个词是"语焉不详"的。直到流亡美国期间,布莱希特才又遇见一位知音,这个人一见面就热情洋溢地称呼他为"史诗剧创始人"。这个称呼既让他大大出乎意料,又给了他巨大鼓舞,他第一次品尝到被人理解的快乐。这个人就是中国旅美作家蒋希曾,他是布莱希特流亡美国期间朋友圈中唯一的中国人,他多次在朋友圈里为"史诗剧"的合理性进行辩护。蒋希曾是在中国文化熏陶中成长起来的,他的头脑显然并未受到欧洲文化教条的束缚,他对布莱希特的理解和赏识,让布莱希特意识到多年来吸纳中国元杂剧和中国表演艺术经验,创立史诗剧的努力是成功的创新活动。

为何还要读《买黄铜》呢?这是因为《买黄铜》是"史诗剧"的理论基础。1935年,布莱希特曾经去莫斯科创办德国流亡者杂志,那时恰值梅兰芳先生在莫斯科举行京剧表演,他应邀观看了演出,聆听了梅兰芳的学术报告和示范解说。这次非凡经历,不但验证了他此前创立"史诗剧"的依据,这其中既有西方戏剧实践经验,更有东方戏剧实践经验,而且大大启发了他进行理论思维的兴趣。此后他连续发表了一系列论文,阐释自己对中国表演艺术的认识和理解。在此基础上,从1939年开始,不顾流亡生活的动荡不定,坚持多年以《买黄铜》为题,表达他对"史诗剧"的理论思考。他把这种思考结果命名为"非亚里士多德式戏剧学"。这个命名显然是套用了欧洲数学史上"欧几里得几何学"和"非欧几里得几何学"的说法。在他看来,他的"非亚里士多德式戏剧学",由于吸收了马克思主义的唯物史观和辩证法,与以人性论、宿命论为基础的"亚里士多德式戏剧学"相比,能够更精准确切地反映社会人生。这对古典戏剧学是个有力的突破。他在《买黄铜》这部著作里,反复阐释了"史诗剧"与亚里士多德式古典戏剧在理论上的不同主张、在实践上的创新举措,既肯定了"亚里士多德式戏剧学"的贡献,又纠正和填补了它的不足,克服了千百年来形成的艺术教条主义。布莱希特"史诗剧"主张,为戏剧理论和舞台艺术实践的发展注入了许多前所未闻的崭新观念,如"陌生化效果"、艺术"功能转变"等。

至于说到为何要读《戏剧小工具》,可以说是对上述两条要求的补充。《戏剧小工具》是《买黄铜》的压缩版,读《戏剧小工具》除了理解它的内容,关键在于关注它的标题和文体所透露的信息。"工具"一词源于古希腊哲学家亚里士多德讨论思维方法的论文《工具》(或译为"工具论"),拉丁文称 organum。17 世纪英国哲学家弗兰西斯·培根采用语录体著有《新工具》(*Novum Organum*),在批判亚里士多德逻辑学三段论方法基础上,提出了促进科学研究的归纳法。他认为归纳法是进行正确思维和探索真理的重要工具,它能够排除事物外在的、偶然的联系,提纯事物之间内在的、本质的联系。布莱希特继承培根对亚里士多德理论进行分析批判的传统,继承他所倡导的"新时代的科学态度",采用培根式的语录体撰写了《戏剧小工具》(*Kleines Organon fuer das Theater*),在批判亚里士多德《诗学》"净化说"基础上,提出了在戏剧表演和艺术欣赏过程中,关注理性认识和批判思维的主张。他认为这是对亚里士多德式戏剧观的重要补充,是对古典戏剧玩弄"感情花招",让观众失掉判断能力,沉迷于"梦幻工厂"等消极功能的必要修正。在他看来,"史诗剧"在克服上述弊端基础上,却能成为一种全面而精准地反映现代社会人生,给观众带来科学而健康娱乐的艺术"工具"。

读过这三部著作，你就明白了，为何要把布莱希特"das epische Theater"这个术语翻译成"史诗剧"。原来这个术语的翻译，不是孤立的行为，单凭查词典有可能误入歧途，必须与亚里士多德《诗学》联系起来。只有准确地反映布莱希特主张与亚里士多德主张之间的论战关系，才能正确理解和翻译这个术语，脱离这层关系翻译布莱希特戏剧的这个术语，肯定是不得要领的。我国学术界多年来"盲人摸象"一般对待这个术语，就在于书读得不够，"叙事剧""叙述体戏剧""叙事诗剧场"等译法，都未能反映布莱希特与亚里士多德《诗学》的论战关系。没有这场论战就没有"非亚里士多德式戏剧学"，更不会有"史诗剧"这个说法。

不过，话还得说回来，把"das epische Theater"翻译成"叙事剧"或者"叙述体戏剧"，并不能说是错误，它们的确符合原文的意思。我之所以说这样翻译是"盲人摸象"，"不得要领"，是因为它们违背了我国前辈翻译家关于《诗学》中"史诗"这个词的固定译法。这种译法给我的印象是故意抛开前人的翻译成果，另立门户，标新立异。我们通常阅读的《诗学》有两个译本，一个是罗念生译本，另一个是陈中梅译本。陈译本更受学术界推崇，因为它不但有翔实的注释，还有许多专业术语的考证和解说，例如何为"Katharsis"，何为"史诗"，何为"悲剧"，等等，它们能够帮助读者理解《诗学》的奥秘。这两位学者都把《诗学》里"epikos"这个词翻译成"史诗"。德文 episch 这个形容词，就是 epikos 的衍生体。你若是把"das epische Theater"翻译成"叙事剧"，或者翻译成"叙述体戏剧"，中国读者可能想不到布莱希特戏剧与亚里士多德有什么关系。而脱离开亚里士多德，你也无从"通盘考察"、正确理解布莱希特的戏剧观念，或者你只能脱离那个与亚里士多德密不可分的语言环境，孤立考察布莱希特，并不明白他与亚里士多德的渊源，从而你也很难理解

"史诗剧"在戏剧史上的创新价值。

话说到这里，我还要说说"史诗"这个词的翻译问题，因为它与"史诗剧"这个术语的翻译有直接关系。据古希腊文化专家们研究考证，亚里士多德著作早在公元前86年已经运抵罗马，但未受到重视。公元后几个世纪，罗马帝国战乱频仍、社会腐败，特别是基督教成为国教以后，希腊文化遭到严重摧残，亚里士多德著作几乎散失殆尽，逐渐流往阿拉伯世界，直到1500年，《诗学》古希腊文版几乎不为西方人所知。据说，如今通行的《诗学》，是文艺复兴以后，专家们从阿拉伯文回译成拉丁文流传下来的，在欧洲最晚从1541年开始，才有人讲授《诗学》。《诗学》把文学归纳为三大类，即史诗、抒情诗、戏剧诗，其中的"史诗"这个概念，拉丁文称epikos，这个词在中文里通常译成"史诗"。《诗学》在我国有过傅东华译本、天蓝译本、罗念生译本、陈中梅译本、崔延强译本等，他们都把epikos译成"史诗"。黑格尔的《美学》也遵照亚里士多德《诗学》，把诗（Poesie，亦可译为文学）分为上述三大类，德文把epikos翻译成"die epische Poesie"，朱光潜先生把它也译成"史诗"。可见在我国把拉丁文epikos，以及这个词在欧洲各种语言中的衍生体翻译成"史诗"已经成为学术界的共识。当然，据说台湾的姚一苇先生在《诗学笺注》中，把epikos译成了"叙事诗"。这个译法虽然不能说是错误，但显然具有故意抛开现有各种中文译本，标新立异之嫌。我国德语界有学者认为，"史诗"专指《荷马史诗》、德国中世纪《尼伯龙人之歌》一类韵文体作品，并不包含散文体文学作品，并据此认为把das epische Theater翻译成"史诗剧"是不准确的。他们认为episch这个形容词，并非来源于Epos（史诗），而是来源于Epik（叙事文学），故布莱希特das epische Theater应该翻译成"叙事剧"或"叙述体戏剧"。此说显然是不恰当的。首先，我们知道，亚里士多德时代的"史诗"，主要是指《荷马史诗》这类用韵文写的讲述神话或英雄故事的作品。但在黑格尔《美学》里，"史诗"所指的就不只是《荷马史诗》这类韵文体作品了，它涵盖了弥尔顿《失乐园》、克洛卜施托克《救世主》、薄伽丘《十日谈》、塞万提斯《堂·吉诃德》等，甚至还包括现代小说，只是由于这个体裁出现较晚，黑格尔未来得及仔细研究，在《美学》里只是一带而过。可见"史诗"不只是指韵文体叙事作品，也包括散文体叙事作品。那种认为只有散文体叙事作品才是布莱希特"史诗剧"这个术语之源的说法，显然是不确切的。其实，不论是韵文作品还是散文作品，他们都有一个共同点，即具有广泛的派生枝节。这正是布莱希特"史诗剧"要吸纳的东西。其次，我在上文已经指出，布莱希特《史诗剧》主张，是对亚里士多德戏剧观的挑战，他所用的 episch 这个形容词，是亚里士多德《诗学》中 epikos 的衍生体，而 epikos 翻译成德文就是 Epos，所以认为 episch 并非来源于 Epos，这说法是不对的。不仅 Epos 来源于 epikos，连 Epik 也是来源于 epikos，所以认为德文 episch 这个形容词，只能译成"叙事的"，或者"叙述体的"，而不能译成"史诗的"，显然是强词夺理，因为没有哪一部德汉辞典对 Epik 这个词做过这样的解释。顺便说一句，德文 Epik 这个词可能出现较晚，我在黑格尔《美学》里尚未发现这个词，那里只有 Epos、Epopoe（史诗）、episch（史诗的）。所以我认为，不论是从布莱希特与亚里士多德的关系来看，还是从我国学术界对 epikos 这词的翻译历史来看，把布莱希特戏剧翻译成《史诗剧》都是个理想的译法，这种译法不会在读者中引起任何歧义，而翻译成"叙事剧"或"叙述体戏剧"，倒是可能产生歧义，我上面已经说过，恕不赘述。

总起来说，我更倾向于多读书，尤其是翻译理论著作和学术著作，还要考虑语言环境问题，一个外文词翻译成汉语，可能有不同表达方式，常常由于语境不同，译者在选择词汇方面会出现明显差别。多读书可以避免误差，最好是在充分理解文本基础上去翻译，单凭外语功夫，仗着翻词典搞翻译，难免"盲人摸象"的弊端。不知我把问题说明白了没有。感谢我的同事张晓强，感谢何辉斌教授，是他们引起我再一次陈述这个问题的兴趣。

2018 年 9 月 30 日记于车公庄坎斋

三　翻译与读书

这两年我读了几本书,都是关于布莱希特的译著,有的译自德文,有的译自英文,我在其中发现了一些问题,把它们归纳为"翻译与读书",下面辨析一下我发现的问题。我举两个例子。

第一个例子出自布莱希特语录式散文《易经》,这篇语录式散文的标题,译者译为《画家之言》,开头的几句话是:"画家说道,公共利益高于个人利益,许多人觉得,似乎一个新时代诞生了。也许应该说:对于特指的人来说,似乎一个新时代来临了。这句话经由他们阐释后,公共利益似乎成了许多人的利益,它应该高于那些少数人的利益,如此,这句话有了一个华丽的外表。"

标题的原文是 Aussprueche des Anstreichers,译者把 Anstreicher 翻译成画家,显然是把这个词的含义,从匠人升格为艺术家了。Anstreicher 的意思是油漆匠、粉刷匠,还可以翻译成画匠,即为丧事扎纸人、纸马、纸幡的手艺人。这个词无论如何不能翻译成画家,德汉辞典解释得很清楚。译者把它翻译成画家,我估计是被正文中"公共利益高于个人利益"这句话引入了迷途。译者可能觉得手艺人说不出"公共利益高于个人利益"这样的话,他只能出自知识分子之口,于是便把 Anstreicher 翻译成了画家。这个想法是有道理的,但它并不符合实际。读过布莱希特诗歌的人都知道，他在 1933 年写过一首诗，标题叫《粉刷匠希特勒之歌》（"Das Lied vom Anstreicher Hitler"）揭露德国法西斯用漂亮词汇装饰自己，欺骗老百姓。此外他还借助宗教诗歌体裁，写过几首类似的诗歌，它们的标题是《希特勒－赞歌》（"Hitler-Choraele"）。从那以后，在布莱希特作品中，"粉刷匠"便成了希特勒纳粹的代名词。布莱希特《易经》里这篇语录式散文的 Anstreicher，指的就是希特勒。所以它应该翻译成"粉刷匠"，而不能译成"画家"。

弄明白这个问题，正文中"公共利益高于个人利益"这句话就有着落了，它不是什么"画家之言"，而是希特勒纳粹的话。原来 1920 年，德国纳粹党徒曾经在慕尼黑制定了一个号称"25 条政纲"的文件，其中第 24 条说，为了从里到外保持德意志民族的纯洁性，要反对"犹太人的物质主义精神"，还提出"公共利益高于个人利益"这样的口号。这个口号很有欺骗性，容易被人误解为"大家为一人，一人为大家"，所以布莱希特说它有一个"华丽的外表"，人们很容易误以为，随着一个新口号的提出，开始了一个新时代。多少普通人上了这个口号的当，成了希特勒发动战争的炮灰。知道了这句话的来源，如何翻译这篇语录式散文的标题，就不成问题了。应该把它翻译成《粉刷匠的名言》，而不是《画家之言》。

这个例子乍看起来，是对两个德语词汇理解错误，其实不是，译者对 Ausspruehe 和 Anstreicher 这两个词汇不会理解错误，照我看，一是对布莱希特诗歌不太熟悉，不知道他用 Anstreicher 比喻过希特勒；二是不知道德国纳粹有过一个"25 条政纲"，而"公共利益高于个人利益"这个口号，就来源于这个政纲。所以这个例子的根本问题，不是对两个德语词汇理解错误，而是读书不够。这个口号从历史知识角度来说，是比较偏僻的，译者若能敏锐地意识到它是个"问题"，把它输入电脑，就可以查到来源。

第二个例子出自《艾斯勒谈话录》。这本书是从英文转译的，这个译本删掉了原文三分之一的篇幅，它们都是与布莱希特有关的重要内容，于是，这本书便从一部材料丰富的学术著作，变成了一本普及性文化读物。该书"1961 年 8 月 22 日谈话"中提到，德国音乐家艾斯勒当着采访者汉斯·崩埃（Hans Bunge）在钢琴上弹奏了一首歌曲，由他自己作曲，布莱希特作词。译者把歌曲的标题译为《1942 号客房》。歌词的内容是"粉刷得雪白的墙边，／靠着黑色的手提箱，／手提箱里，放着诗稿。／铜制的烟灰缸在另一边。／墙上，挂着一幅中国油画，／画中，是一个怀疑论者"。

先说这首歌词的标题，它的原文是"Hotelzimmer 1942"。译者把 1942 译成了酒店房间号码，其实，它是这首歌词的写作年代。布莱希特在流亡途中写过不少以年代为标题的诗歌，如《1940》《1941》《1938 年春》等。这首诗的 1942 显然是写作年代。译者把"Hotelzimmer"翻译成"客房"，单从原文来看，这样翻译是没有问题的。如果考虑到作者写作这首诗的时间和处境，就有问题了。布莱希特是 1941 年夏天到达美国的，先期到达美国的女合作者豪普特曼，在洛杉矶为他租了一栋当地流行的平房别墅，布莱希特一家就下榻在这里。这首诗就是作者 1942 年在这栋平房别墅里写的，艾斯勒当年 8 月把它谱成歌曲。艾斯勒对采访者崩埃说过下面一句话："创作这首诗的时候，全世界所有的电台都在播报法西斯的胜利。"所以布莱希特在诗歌结尾说："早晨，我打开收音机／听见的都是我的敌人胜利的消息。"这显然说的是 1942 年秋天以前的事情。这年冬天一场斯大林格勒大会战，打得德国法西斯军队伤亡惨重，狼狈西逃。这就是第二次世界大战的转折点。从此以后，收音机里传来的消息，变成了苏联红军向德国的胜利进军。

这首诗所描写的环境，显然是作者的卧室，不会是在某家酒店。在酒店里他不会把自家的藏画、面具等装饰物都悬挂出来。Hotel 这个词，的确可以翻译成酒店、旅馆，在英汉、法汉词典里还可以见到"行宫""公馆""公寓""住所"等译法。考虑到布莱希特一家当时的居住状况，把 Hotelzimmer 翻译成"卧室"或者"宿舍"，可能更符合实际。

再说"墙上，挂着一幅中国油画，／画中，是一位怀疑论者"，这句译文与原文是相符的，但却不符合实际。据布莱希特《工作日记》记载，他在流亡瑞典期间，清理过一次随身携带物品，在 32 件物品中，有三件是与中国有关系的：一本皮封《墨子》、两块中国小地毯，还有一幅中国轴画，是清代书画家高其佩的指画，布莱希特还专门为这幅画写了一首诗，题名为《怀疑者》（"der Zweifler"）。据说这幅轴画至今还悬挂在柏林布莱希特故居里，如今的故居更名为"布莱希特纪念馆"。据此可以断定，布莱希特卧室里墙上挂的不是油画，而是高其佩的一幅中国轴画。画面上有一首题诗："湛湛虚灵地，空空广大缘，百千妖孽类，统入静中看。"布莱希特据此把它命名为"怀疑者"，与古希腊"怀疑论者"无关，与我国庄子也无关。布莱希特作为马克思主义思想家，很推崇"怀疑"这个概念，他认为"怀疑"是一个追求真理的人、明辨是非的本领。他卧室里挂的那个面具，是一个日本面具，他为此也写过一首短诗，取名《恶的面具》。

顺便说一句，布莱希特之所以珍藏这幅轴画，可能因为高其佩是中国"指画"的开创者，善于标题材之新、立结构之异，他作为"史诗剧"开创者，与高其佩有惺惺相惜之情。这幅轴画不曾见于杨仁恺先生编的《高其佩传世作品著录简表》，它是怎样流传到德国去的，不得而知，据说布莱希特家藏的这幅轴画是朋友的赠品。布莱希特保存的这幅画，对于我国绘画史研究者无疑是一条新材料。

《艾斯勒谈话录》这本书后面，还附有一篇赫尔姆林写的"后记"，赫尔姆林称赞采访艾斯勒的汉斯·崩埃，像老子出关时遇见的"关令尹喜"一样，是一个向智者索取智慧的人，说他从布莱希特诗歌得到启发，扮演了一个"应该受到赞扬"的"关令"角色。译者把这句话翻译成："扮演了税役的角色。"这首诗指的是《老子流亡途中著〈道德经〉的传说》，作者显然是根据司马迁"史记"关于老子的记载创作的。据布莱希特青年时代日记记载，1920 年，他在柏林一位年轻作家弗兰克·华绍尔家里，第一次接触老子《道德经》，1925 年在柏林一家杂志上，发表了一篇"豆腐块"文章《礼貌的中国人》，讲的是老子出关途中应关令之请，著《道德经》五千言的故事。《老子流亡途中著〈道德经〉的传说》这首叙事诗，作者创作于流亡丹麦期间。诗歌中说：关令慷慨提供食宿，老子花了整整七天写完这部著作，然后谢过关令所赠微薄川资，"拐过那株松树隐入山岚"。下文的一句话是："试问，礼貌还能更周全？"从这句话可以看出，这首诗与那篇"豆腐块"的关系。译者把这首诗中的"Zoellner"翻译成"税役"，这就不准确了。Zoellner 的确可以翻译成"税役"，可这样翻译与原文不符，原文是说，老子出关的时候，应关令尹喜之请，写下了《道德经》五千言。"关令"和"税役"在德文里是一个词，在这里只能翻译成"关令"，也可以译成"关吏"，如果忠实于司马迁的原文，就应该译成"关令"。司马迁《史记》称老子"至关，关令尹喜曰：子将隐矣，强为我著书。于是老子乃著书上下篇，言道德之意五千言而去，不知所终"。布莱希特这首叙事诗，既然是根据《史记》的记载创作的，译文就应该以司马迁用词为准。

这第二个例子也说明，搞翻译光凭语言功夫是不够的，译文里许多知识问题，必须靠读书来解决。平时积累的知识是一方面，更重要的是翻译过程中遇见问题，不要轻易认为靠语言就可以解决，要有针对性地去读书。有经验的译者都懂得一个简单道理，即针对翻译中的问题，一边翻译一边读书，把疑难问题解决在翻译过程中。搞翻译的人有时会遇见与中国文化有关的问题，千万不要过分相信自己的语言功夫，一定要读书，像布莱希特这首叙事诗，一看就知道与司马迁《史记》有关，一定要去翻翻《史记》，在翻译过程中补上自己的中国文化知识。搞外文的人由于意识不到自己缺乏本国文化知识，往往陷入盲目性，像翻译小说风景描写一样对待书中的知识问题，这样的翻译难免出知识性错误。

庚子年元月初一为躲避冠状病毒蜗居斗室成此短文

四　何谓"波希米亚人"？

不知从何时起，意大利歌剧作曲家普契尼的《艺术家的生涯》在我国又被称为《波希米亚人》。其实，《艺术家的生涯》与所谓的波希米亚人是了不相干的。把《艺术家的生涯》译成《波希米亚人》是一个误译。

所谓波希米亚人就是捷克人，准确地说，是居住在捷克波希米亚地区的人。捷克主要由两部分组成：一部分是以布拉格为首府的波希米亚；另一部分是以布尔诺为首府的莫拉维亚，此外尚有西里西亚和苏台德两个地区。在捷克除讲捷克语的人，还居住着一部分讲德语的人，例如著名奥地利诗人里尔克、小说家卡夫卡，由于他们都出生在布拉格，人们习惯上称他们为"波希米亚德意志人"，但人们却不能称他们为"德裔波希米亚人"。因为在捷克语言中没有"波希米亚人"这个称谓。人们可以说波希米亚学，但不说捷克学，人们可以说捷克人，但不说波希米亚人。显然，"波希米亚人"这个称谓，是不了解捷克国情的中国译者生造出来的一个词语。中国人何以把《艺术家的生涯》误译成《波希米亚人》？大概与红楼梦里的贾老太太把"鸭头"误听成"丫头"一样，是一种误解。《艺术家的生涯》原文"La Boheme"，直译应为《流浪生活》，Bohemien 则译成"流浪者"或"流浪艺人"。在欧洲，人们习惯上用这个词形容两种人，一种是吉卜赛人，一种是 19 世纪末期出现的遁世的知识分子，主要是文学艺术家。由于"流浪生活"（Boheme）或"流浪艺人"（Bohemien）与"波希米亚"（Bohemia）字面与发音均十分相似，便被翻译家错误地当成了一码事。再加上当初的译者可能并不了解作品的内容，于是就产生了这样的误解。所以我们在不少介绍欧洲歌剧的著作中常常会发现这样的用法："《艺术家的生涯》，又名《波希米亚人》。"最近新出版的一本《欧洲古典作曲家排行榜》中则干脆把它译成《波希米亚人》。这样的用法还出现在中央电视台的"电视音乐"节目里。一位多次指挥演出过这出歌剧的著名指挥家，在一篇回忆自己音乐生涯的文章中也称这出歌剧为《波希米亚人》。这位指挥家虽然知道这出歌剧的内容是与波希米亚地区的捷克人毫无关系的，但依然沿用这个错误译名，其原因我想恐怕是受了"约定俗成"这种习惯势力的影响，就像瓦格纳的《纽伦堡的工匠歌手》长期被译成《纽伦堡的名歌手》一样。看来，改变和克服错误的"约定俗成"，实在不是一件容易的事情。

音乐界的权威人士尚且如此，圈外人跟着将错就错也就不足为怪了。

1998 年由于北京上演了普契尼的《图兰朵》和魏明伦同志据此改编创作的川剧《中国公主杜兰朵》，普契尼及其歌剧作品成了中国文化界议论的热门话题。有的文学界人士跟着音乐界人士把上述错误译法加以引申，说中国某位作家过着"波希米亚式的生活"。另有一位外国文学评论家则称美国作家凯鲁亚克从青年时候开始，便过起了"波希米亚式的浪游和冥想生活，足迹遍及全美各地"。经文学界人士这样一引申，人们得到这样一个印象：似乎居住在波希米亚地区的捷克人是些惯于以流浪为生的人，仿佛他们都是些"流浪汉"或"流浪艺人"，因而他们的生活方式成了某种典型。其实，波希米亚地区的捷克人与流浪生活方式是风马牛不相及的。诚然，里尔克作为一个波希米亚德意志人，曾经一生过着漂泊流浪的生活，最终在贫病交加之中于瑞士的穆佐城堡结束了他那短暂的一生。里尔克的漂泊流浪是一种个人悲剧，他年轻时曾经设想过一种有家室的稳定生活，无奈他所追求的那种诗歌创作，使他实在无法养家糊口，落得个终生贫困流浪的结局。他的生活方式并不能代表波希米亚地区捷克人的生活方式，甚至连捷克吉卜赛人的流浪生活方式对于全体捷克人来说也没有代表性。全欧洲的吉卜赛人都是一样的。文学界人士的这种引申用法，显然是一种在误译基础上的误解和误用。

音乐界人士想必都知道，普契尼的《艺术家的生涯》是由他的合作者贾可萨和伊利卡根据19世纪法国作家亨利·米尔热的同名小说改编的。亨利·米尔热生活在19世纪中叶，他像20世纪的凯鲁亚克一样，是一个偏爱逃离世俗生活，四处流浪的人，他根据自己的生活经历，创作了一部小说，名叫《流浪生活》（*La vie de Boheme*），描写一群生活贫困的巴黎知识分子的爱情经历和生活感受。这部小说于1851年出版后，成为当时法国甚至欧洲十分畅销的作品。普契尼及其合作者于1896年把它改编成歌剧，成为欧洲歌剧史上久演不衰的名作。剧中主要人物是生活在巴黎这个法国大都会里的诗人鲁道尔夫、画家马切罗、音乐家索那、哲学家科林和一个名叫咪咪的绣花女，以及画家马切罗的情人牟塞。这些剧中人物无一人与波希米亚有关系，因而都不是所谓的波希米亚人。中国翻译家根据这出歌剧的内容，把它译为《艺术家的生涯》是可以的，但"又名《波希米亚人》"就是画蛇添足了。这个"蛇足"，多年来在中国文化界引起不少误解和误用。现在该是改正过来的时候了。

写于1999年1月25日

五　欲速则不达

——《布莱希特与方法》译文质疑

　　近年来，外国文论翻译介绍成绩喜人，这必然会对我国学术界马克思主义文艺学建设与发展产生积极影响。但是我们也不能忽视外国文论翻译方面出现的问题。其中我感到最突出的问题是：有些译本由于对原作缺乏深入研究，往往不能把它们的意思表达明白，令人感到那书里不少地方是用汉字写的外文。懂这门外文的人，加上猜测与想象，或许还能弄懂一些作者的原意，不懂这门外文的人，虽绞尽脑汁、反复琢磨，常常仍不免望文兴叹。这样的译本往往会给读者留下一些遗憾，带来烦恼。

　　遇到这样的书，我常常不由自主地揣摩，是什么原因使一部本来可能有用的书变得用处不大了呢。最近我读了《布莱希特与方法》，终于从中悟出了一些道理，说出来供文论翻译家和出版家参考。

　　这本书的作者是美国学者弗雷德里克·詹姆逊。由于接触过他的某些文章的中译文，对它的理论颇感兴趣。买到这本《布莱希特与方法》，便急不可耐地读起来。但在阅读过程中常有吃米饭遇到砂粒的感觉：硌牙。这倒也罢了，花点时间慢慢琢磨吧。最令人失望的是，译文中出了许多不该出的错误。比如这本书把中国的《易经》译成了《变化之书》。外国人把《易经》译成《变化之书》无可挑剔，中国人再把它照样搬过来，这就是笑话了。这与把孟子译成"门修斯"是同样的笑话。詹姆逊在《布莱希特与方法》里，提到了布莱希特的《墨子/易经》一书。布莱希特一生对中国文化表现了极大热情，"布莱希特与中国文化"在布莱希特研究中是个很受重视的课题，但能够驾驭这个课题的人却不多。他在这本书里借用中国这两部典籍的书名，采用中国古代哲学笔法，表达了他对20世纪上半叶一些哲学问题和政治问题的看法，书中洋溢着辩证思维的智慧。关于这本书，我国布莱希特研究者不止一次提到过。发表在1998年第3期《世界文学》杂志上的一篇纪念布莱希特一百周年诞辰的文章中，还着重介绍了这本书的内容。译者把布莱希特的《墨子/易经》译成了《"墨翟"或"变化之书"》。《墨翟》的译法也不妥，很容易被人理解成是一本传记。

类似不该出的错误还有一些：如把《三毛钱歌剧》里的"皮查姆太太"译成"弗劳·皮查姆"；把《寇一纳先生故事集》中的"寇一纳先生"译成"赫尔·库纳"；把《高加索灰阑记》里的"总督"译成"镇长"，把"格鲁吉亚"译成"格鲁兹尼亚"；把布莱希特晚年的组诗《布可哀歌》译成"田园挽歌"；把"柏林剧团"译成"柏林人剧团"；把参与镇压德国十一月革命的反动"义勇军"译成"自由军"；等等。这里有的涉及地理和历史知识问题，有的是把"先生""太太"等称呼译成人名，有的则用现代官衔来翻译古代官衔。这些其实都是不难避免的错误。

译本中还有几处用了"臭名昭著"这个贬义形容词，显然属于择词不当，如"臭名昭著的《措施》"一句，从上下文看不出作者对布莱希特这个剧本持贬义。给《伽利略传》第一场里女管家的儿子安德烈安上一个"科学家教授"的头衔，显然是弄错了语法关系。安德烈在第一场出现时还是个孩子呢。

我信手举出上述错误，其中除语法、择词不当问题，都是不难解决的。诚然，对于一位英文译者来说，对书中所讲的一些德国知识不熟悉，并不奇怪，谁都不能要求一位译者对书里所讲的一切知识都必须一清二楚。但既然翻译，起码应该把它们准确明白地表达出来。翻译的过程也是个学习甚至研究过程。译者应该尽量去翻翻有关的书籍，把自己不熟悉的知识弄清楚，才能奉献给读者一个明白可靠的译本。还有一个最便捷的途径，那就是请教周围懂德语或者了解布莱希特的同志，对上面那些问题，他们是可以信口回答的，连书都不用翻。

然而遗憾的是，译本里却一再重复这样的错误，照我看，问题出在译者和出版者过分贪快上：快译、快出书、快抢占图书市场。我想，出版书籍，特别是出版学术书籍，是不能完全按照市场经济规律办事的。书籍作为一种精神劳动产品，一旦出了次品、废品，是会贻误读者，后患无穷的。为了抢占市场快译快出，大多数情况下会欲速则不达。从作者给"知识分子图书馆"这套书主编的信中可以看出，英文原稿是1998年3月传真到中国来的，当年7月便进入了图书市场。十五万字的著作连翻译带印刷、装订，统共花了四个月的时间，的确是够快的。可这样一本据说可能成为詹姆逊"传世之作"的书，在中国能流传得开吗？即使这六千本书全都卖出去，读此书的人敢相信这样的译文吗？

我建议译者和出版者，对该书进行一番认真修订，然后给读者一个可信的译本。文论界也应该以此为鉴，切不可为求快而忽视译文质量。

原载2000年3月《中国图书评论》

六　翻译工作中的价值观与自信

我这里不是说如何翻译这两个概念，而是说在翻译工作中要坚持我们的价值观，要有我们自己的判断。翻译工作特点，就是与外国打交道。翻译工作常常会遇到价值判断问题，尤其是在与"强势语言"打交道的时候，最忌讳仰人鼻息，不辨真伪。

我读过一本书——《知识分子》，该书是一个英国人写的。这本书的主旨，就是告诫读者警惕文化人中的"雅各宾分子"。指的都是什么人呢？例如卢梭、易卜生、托尔斯泰、海明威、布莱希特、罗素、萨特等。称他们都是"带有权力倾向的人"，意思是说这些人对现存资本主义制度成事不足，败事有余。作者把这样一些人称为可恶的"雅各宾分子"，极尽鞭笞之能事。作者是什么样人不就一目了然了吗？我们倒是应该对他保持警惕。我曾经就本书关于德国剧作家布莱希特的歪曲描绘，写过一篇评论，驳斥这个英国人精心编织的那些谎言。

这样一本书，翻译过来，"奇文共欣赏"，未尝不可。关键是我们的译者要有自己的看法，不能跟着外国人"人云亦云"。人家骂雅各宾分子有人家的目的，我们的翻译工作者不可失掉自己判断是非的能力。按照五四以来先贤的说法，翻译工作的使命是"盗天火"，不是当"买办"。外国的月亮与中国的一样，有亏有盈。拜倒在外国事物面前，"言听计从"，是没有道理的。

中国人毕竟有中国人的价值观。

多年来，我对外国地名翻译方面的某些问题，总觉得不可理解。比如德国城市慕尼黑、亚琛，它们最初显然都是根据英文翻译的，与原文发音相去甚远。中华人民共和国成立初期曾经有德文专家尝试按德文翻译成"明兴""阿痕"，不知为何，新译法在德语界以外得不到承认。我原以为是"习惯成自然"，改变人们习惯的东西不容易，自己也跟着"慕尼黑""亚琛"起来。

久而久之，我发现问题没这么简单。近年买了一本新版世界地图，我发现人们早已习惯的"弗拉基沃斯托克"，这个俄罗斯远东城市，如今改译成了"弗拉迪沃斯托克"。一字之差，让我感到非常别扭。原名是根据俄文翻译的，无可指摘。如今这个地名显然是根据英文翻译的。既然早有固定译法，为何非要根据英文改译，而不尊重俄文发音呢？这几年随着美国在乌克兰制造"颜色革命"，"克里米亚"半岛又成了新闻热词。稍有俄罗斯、乌克兰文化知识的人都知道，"克里米亚"应该翻译成"克里木"。所谓"克里米亚"是英语文化对"克里木"的称谓。我就纳闷了，为何非要用英语文化取代俄语—乌克兰语文化？我们那一代人都知道，克里木有一处苏联作家奥斯特罗夫斯基故居，许多人曾经像伊斯兰教徒参拜麦加一样，渴望去那里感受一下那种顽强的生命现象。如今把克里木改译成克里米亚，反倒让我淡化了当年的记忆，难道这就是把"克里木"改译成"克里米亚"的初衷？悲夫哉！

这几年我还经历过一些事情，都与布莱希特有关系。他生前采用中国古代哲学笔法，写过一些语录式散文，自己命名为《易经》，在工作日记中还称它为"行为学手册"。在中国读者看来，这些散文的形式，虽然与中国《易经》没有共同之处，既无"卦"，亦无"爻"，更无"象"，但它们有个共同的精神，即用辩证的方法指导人的思维和行动。我国易学界有个共识，认为

《易经》当初作为"卜筮之书",是中国古人的行为指南。布莱希特也称它的《易经》为"行为学手册",这说明他是有意识仿照中国《易经》的精神创作这些散文的。第二次世界大战以后,德国出版《布莱希特文集》时,学者把这些散文的总名称改成《墨子/易经》,还在后记中声明,布莱希特的《易经》与中国《易经》无关,他的本意是创作一部以墨子思想为依据的"行为学手册"。这样一改,一声明,把事情弄乱了。不仅误导了德国读者,也难为了中国日耳曼学者。我们的同行发现,这本书的内容与德国学者的判断对不上号。十年前卫茂平教授就指出,《墨子/易经》尽管其中的多数主人公称墨子,但并非以墨子思想为依据创作的散文,里面还涉及老子、庄子、孔子、列子等的思想。这样一来,围绕这个书名的译法,让我们的同行颇花费了一番脑筋。有人把它翻译成《墨子,变易之书》,有人翻译成《墨子,变经》,也有人翻译成《墨子,成语录》。

三种译法都保留了那个后加的"墨子"二字,未敢违背那位德国学者的判断。对书名后半截的译法,因为德国学者说了,布莱希特的《易经》,与中国《易经》无关,于是便各显神通。其实,译成"变易之书"也好,译成"变经"也罢,不都是"易经"吗?为什么非要拘泥于那位德国专家的说法呢?尤其是"变经"的译法,实际上这位译者心里明白,这就是"易经",可就是摆脱不开那位德国专家的"画蛇添足"。其实,只要越过雷池一步,就可以把这个书名回译成《易经》。

至于把后半截书名翻译成"成语录",那是自由翻译,如同从前有人把莎士比亚《一报还一报》翻译成《请君入瓮》,把普契尼《流浪艺人》翻译成《艺术家生涯》一样。其实我们这位同行已经发现,那位德国专家的判断是错误的,只是由于"因循"的习惯,未能把自己的发现变成改正德国专家误判的契机。这是很遗憾的。

德国学术界中熟悉中国古代哲学的人本来就不多，了解《易经》的人，更是微乎其微。对布莱希特的《易经》产生误判，不足为怪。中国的日耳曼学者，跟着德国学者产生误判，就值得检讨了。本来大家都意识到，德国学者的说法不确切，为什么还要亦步亦趋呢？尤其是把布莱希特《易经》翻译成《变经》的那位同行，距离"易经"连一步之遥都不到，太遗憾了。三种译法全都走到了《易经》的门口，由于缺乏自信，差一步未能迈进门槛，因而也未能完美地实现翻译的任务。

顺便说一句，德文《易经》书名本来由卫礼贤翻译成"Buch der Wandlungen"，布莱希特却用"Buch der Wendungen"命名自己的散文。用词不同，也可能是中德两国学者误判的原因。细心的读者不难发现，书中那条标题为"Ueber Wendungen"的语录，透露了作者的用心。原来在作者看来，虽然"Wandlungen"和"Wendungen"都有"变易"的意思，但前者偏重于表达"量变"的含义，后者除量变，更能表达"质变"的含义，而缺乏这一层含义，便无法理解中国《易经》的真谛。这是布莱希特对《易经》理解的一大贡献。

话说到这里，又出现一个"回译"问题。新时期以来，我国翻译界多次遇到这种尴尬现象。我们在翻译工作中，经常遇见外国人把中国事物翻译成外文，需要我们再"回译"成中文。在这个问题上，稍不留神就会出现所谓"门修斯"式的翻译。遇见这种情况，我主张一是请教书本，二是不耻下问。例如孟子，德国人通常翻译成"Meng-tse"，"Mencius"则是拉丁化的译法。一个孟子的人名两种译法，往往会让中国学者在回译的时候，误入歧途。又如墨子，德国人通常翻译成"Mo-tse"，《墨子》一书的德文译者福克把它翻译成"Me-Ti"。德国剧作家布莱希特也沿用这个译法。同一个人名，拼写方法不同，给中文译者平添麻烦，往往会误以为是两个人。同样，德国人对《易经》这个书名有两种不同译法，也会让中国译者大费思量，我们的同行不得不想出三种不同的译法。如果译者熟悉自己的翻译对象，他会立即断定，这是同一个书名的两种不同翻译，中国译者只须把它们回译成《易经》或者《周易》。实际工作中，这个判断的确不容易，往往需要开展讨论，同行们用集体智慧来解决。我这些话就是与同行们讨论。

这里还要顺便说几句，布莱希特不仅常常为他熟悉的人取中国名字，还常常根据中国知识自造一些德文词汇。布莱希特在《描写真理的五重困难》一文中，曾经根据他对《孙子兵法》的理解，把"List"（欺骗）从一个贬义词改造成褒义词，中文译成"计谋"。我们看到他的《易经》里还有"大法""大秩序"这样的词汇，对于德国人来说，它们显得陌生、"洋气"，不是地道的德文。我估计这是他从《尚书·周书》"洪范"篇得到启发创造出来的。布莱希特读过《尚书》德文译本，德国汉学家卫礼贤把《尚书》译为《书经》。其中的所谓"洪范九畴"，即九条治国大法，"洪范"就是"大法"的意思，这大概就是"大法"一词的来源。布莱希特在他的《易经》里用"大法"代替"辩证法"。他还用"大秩序"代替"社会主义"。"大秩序"可能是根据"大同"一词创造出来的。在《礼记·礼运》里称"大道之行也，天下为公"为"大同"，在《尚书·洪范》里的意思是取得大多数人的同意。在历史演变过程中，这个词的释义发生了变化，成了理想社会制度的同义词。看样子，布莱希特也知道"大同"这个词义所发生的变化。这类自造的词汇，也往往会给翻译者带来困难，如何把它们回译成汉语，还真得费些思量。最可靠的办法是，你熟悉作家阅读过的中国典籍，翻译起来才更自信。

七 《歌剧之王瓦格纳》后记

这本书的读者一定会注意到，瓦格纳一些歌剧的译名与过去大家熟悉的译名不同了，行文中虽然对此有所交代，这里还想再做些详细说明。其实不只是他的歌剧译名，连他自己名字的译法都不同了。过去人们按照英文发音，把他的名字 Richard 翻译成"理查德"，可他是德国人，按照德文发音，翻译成"理夏德"才对。实践证明，改正这些已经习以为常、见怪不怪的翻译错误，不是一件容易事情，一定得有人像个爱管事的婆婆一样，不厌其烦地唠叨才行，直到有一天被大多数人认识并接受。

西方的歌剧主要是五四运动以后介绍到我国来的，最初介绍欧洲歌剧的先贤，大概主要依据的是英文材料，所以对德国歌剧的介绍，在译名方面有时出现与原剧内容不符的情况。我注意到的有瓦格纳的《纽伦堡的工匠歌手》《尼伯龙人的指环》，韦伯的《魔弹射手》，还有意大利音乐家普契尼的《流浪艺人》（亦译《艺术家生涯》），等等。这种译名与原著不符的情况，并不新鲜。试想我们今天仍然称德国的 Muenchen 为"慕尼黑"，称 Achen 为"亚琛"，这些当初根据英文翻译的城市译名，都与原文发音相去甚远，不知其来历的人，很难把它们再翻译成德文。如今已经约定俗成，就这样沿用下来了。但也有不能简单沿用的，如非洲国家科特迪瓦（Côte d'Ivoire），过去根据英语（Ivory

Coast）译成"象牙海岸"。但这个译法遭到该国外交部的反对，因为这样的翻译影响了该国在联合国的排位座次。我国尊重该国外交部的意见，按照该国通用的法语，把旧译改成了"科特迪瓦"。国名的翻译可能引起国际争端，文艺作品翻译虽然不至于如此，但它可能引起国人的误解，所以按照原文加以改正是势在必行，我们不能总是把"工匠歌手"错误地翻译成"名歌手"，把"魔弹"错误地翻译成"自由"，把"流浪艺人"错误地翻译成"波希米亚人"吧？

《纽伦堡的工匠歌手》从前译为《纽伦堡的名歌手》。今天看来，这个译法是不恰当的。从字面上来说，德文"工匠歌手"（Meistersinger）是个组合词，他的前半部分"工匠"（Meister）一词的意思是指手工业里的工匠、师傅，例如铁匠师傅、鞋匠师傅、裁缝师傅等；还有现代工业当中的工头、领班、工长的意思；当然也有引申出来的能手、名家、大师等含义。这是个多义性的德文词。当"Meister"这个词与"Singer"（歌手）组成一个合成词"Meistersinger"的时候，它就失掉了多义性，这时的"Meister"就专指"工匠"了，"Meistersinger"也就只能翻译成"工匠歌手"，而像过去那样译成"名歌手"，不但字面上是不对的，更重要的是它不符合剧本的内容。因为剧本故事里的人物形象，都不是通常所说的什么"名人""雅士"，他们都是手工业当中的一些普通匠人，如鞋匠、铁匠、裁缝等。如果再从文化史的角度说，把"Meistersinger"翻译成"名歌手"，这个错误就更明显了。因为"工匠歌手"是德国文化史上的一个特殊现象，表达这种特殊现象的名词是不能随便翻译的，它必须准确表达那个特殊德国文化现象的内涵。德国文化史上有过一种特殊的艺术体裁，叫"工匠歌曲"（Meistergesang），它是在公元14—16世纪，随着德国境内（特别是德国南方和东南方）城市的发展，在手工业行会当中产生的一种艺术体裁，主要包括诗歌、戏剧和歌唱，从事这种艺术活动的人称"工匠歌手"（Meistersinger），他们主要是当地各行业的手工业者。

"工匠歌曲"的活动中心就在今日的纽伦堡一带，最著名的代表人物就是纽伦堡的鞋匠汉斯·萨克斯，此外还有楼森普吕特、汉斯·佛尔茨等各行的工匠师傅。瓦格纳的歌剧《纽伦堡的工匠歌手》就是取材于纽伦堡的"工匠歌曲"活动史，他甚至把历史人物汉斯·萨克斯描写成了剧中的主人公，还让他充当作者艺术主张的代言人。了解了德国历史上这个特殊的文化现象，我们就可以说，把"工匠歌手"翻译成"名歌手"，的确是不合适的，这个译法既不符合"工匠歌曲"的历史，也不符合瓦格纳剧本的内容。

《尼伯龙人的指环》（Nibelungenring）从前译成《尼贝龙根的指环》，这个译法不是对错的问题，而是不够明确。把德文"Nibelungen"音译成"尼贝龙根"，中国读者乍一看很难弄明白它的含义，究竟是人还是物，说不清楚。实际上德文"Nibelungen"指的是人，不是物，即"尼伯龙人"（Nibelung），词尾的"en"表明是复数，即指一群尼伯龙人。这样看来，把它音译成"尼贝龙根"，不如直译成"尼伯龙人"来得直截了当、明白无误。据冰岛诗歌集《埃达》记载，古代勃艮第国有一群侏儒称"尼伯龙人"，他们拥有的宝物称"尼伯龙人财宝"。13世纪上半叶产生自德国帕骚的英雄史诗《尼伯龙人之歌》，就是在这个神话传说基础上，融合了尼德兰大英雄西格弗里德之死和勃艮第国衰落的神话传说而成的。瓦格纳这出歌剧就是根据这个神话传说和英雄史诗创作的，把它直译成《尼伯龙人的指环》，可以避免任何意义含糊的弊病。北京大学安书祉教授在她的新译德国史诗《尼伯龙人之歌》的序言中，对此做了详细说明，感兴趣的读者不妨去读读该书序言。

卡尔·马利亚·封·韦伯的浪漫歌剧《魔弹射手》（Freischuetze），过去一直被翻译成《自由射手》。这个译法显然是犯了望文生义的毛病。这个译法无论从字面上还是就剧本内容来说，都是与原作不相符的。最初的译者显然是根据英文翻译的，他之所以犯这类"望文生义"的毛病，是因为没有弄明白"Freischuetze"这个德文组合词的确切含义。这个组合词的前半部分（"frei"），的确是"自由"的意思，可它与"Schuetze"（射手）组合到一起，就成了表达德国民间传说中那个借助"魔弹"百发百中的猎人的专有名词，这个猎人的子弹被人施加了魔法，它们获得了奇妙的命中力。如果说"frei"在这个组合词里还保留了"自由"的意义的话，那就是子弹在魔法作用下，可以毫无阻碍地命中目标，如同现代邮政事业中一封信贴上邮票，就可以在邮路上畅通无阻，直达收信人手里。用现代技术语言来说，这颗子弹如同一颗制导导弹，即使瞄得不准也能靠着自身的制导技术装置命中目标。所以"Freischuetze"这个德文词的正确译法，应该是"魔弹射手"。如果再从这出戏的发生史来考察，问题就更清楚了。

"魔弹射手"的故事，最早见于18世纪初期在德国莱比锡出版的《关于波希米亚鬼怪王国的谈话》（1730）一书。作者是一名法院官员，他用法院庭审记录的形式，描写一个18岁的波希米亚青年，为了铸造魔弹参加猎手的比赛而去求助于魔鬼，被判处徒刑的故事。这个故事流传到19世纪初期，被人改写成一篇志异小说，着重描写了猎人的爱情故事，取名《魔弹射手》，收在1810年出版的五卷本《鬼怪故事书》中。韦伯读到这篇故事以后，敏感地意识到，这是一篇很好的歌剧素材，便于1816年邀请德累斯顿作家弗里德里希·金德，把这个故事写成歌剧脚本《猎人的未婚妻》。韦伯花了近三年的时间，从1817年7月到1820年5月，把它谱成歌剧，1821年6月在柏林宫廷剧院首次公演时，依照剧院经理的意见，定名为《魔弹射手》。由此可见,无论从语言的角度还是从剧本内容的角度,都应该翻译成《魔弹射手》,这样翻译既符合这个词的本意,又符合剧本的内容,而望文生义地把它翻译成"自由射手",无论如何都是说不通的。

我还注意到普契尼的歌剧《流浪艺人》(亦译《艺术家的生涯》),长期以来被翻译成《波希米亚人》。这可是个翻译上的大笑话。现在大家都知道,这出歌剧的脚本是根据19世纪法国作家亨利·米尔热长篇小说《流浪艺人的生活场景》改编的。小说作者根据自己长时间逃离尘世生活、四处流浪的经历,用通俗小说手法描写了一群生活贫困的巴黎知识分子的爱情经历和生活感受。小说于1845年出版后,成为法国乃至欧洲十分畅销的读物。意大利音乐家普契尼和他的合作者于1896年把这部小说改编成歌剧《流浪艺人》以后,也成了欧洲歌剧史上久演不衰的名作,以至于100年以后,美国音乐家乔纳森·拉森又利用《流浪艺人》的故事框架改编创作了百老汇式的音乐剧《吉屋出租》。当初被介绍到中国来的时候,先贤们把它意译成《艺术家的生涯》,这个译法虽有美化原作之嫌,但不存在对错问题,充当一出歌剧的标题是可以的,而翻译成《波希米亚人》,就与原文和剧本内容相去太远了。这出歌剧的原文是法文,从字面上来看,"流浪艺人"(bohème)与"波希米亚人"(Bohême)是有差别的,一是开头字母大小写不同,二是中间那个字母 e 上的符号不一样,前者加一个"`",后者加一个"^"。不懂法文的人很容易把它们混为一谈。不过,从常识来说,谁都知道所谓"波希米亚人",指的是捷克人。把"流浪艺人"翻译成"波希米亚人",等于说捷克人都是流浪艺人。这就太荒唐了。从地理上说,波希米亚是被波兰、德国、奥地利和斯洛伐克包围的土地。从历史上说,在这片土地上,最早曾居住过凯尔特人、日耳曼人,到公元5世纪的时候,从东方迁移来的斯拉夫人在这片土地上建立了一个波希米亚王国，并逐渐繁衍出具有斯拉夫民族特点的波希米亚文化。波希米亚王国最强大的时候，其疆土曾经包括了波希米亚、莫拉维亚、斯洛伐克、奥地利和匈牙利，成为当时欧洲最强大的王国之一。后来便长时间与神圣罗马帝国发生了难解难分的历史纠葛，在日耳曼人和斯拉夫人中间苦苦挣扎、摇来摆去，时而隶属于神圣罗马帝国，时而隶属于奥匈帝国。1918年以后，在这片土地上建立起一个包括波希米亚、莫拉维亚和斯洛伐克的"捷克斯洛伐克共和国"，20世纪90年代东欧社会主义制度崩溃以后，捷克与斯洛伐克又分成两个国家。所谓"波希米亚"，就是今日捷克共和国西半部包括首都布拉格在内的那部分土地，所谓"波希米亚人"，就是生活在这部分土地上的人。不过，1918年"捷克斯洛伐克共和国"成立以后，人们为了强调波希米亚、莫拉维亚、斯洛伐克，还有西里西亚部分地区同属一个国家，便逐渐有意识地淡化了历史上形成的"波希米亚"这个概念，"捷克"和"捷克人"反倒成了普遍应用的概念。即使如此，他们也不称自己的语言为"捷克语"，而是称"波希米亚语"，他们称研究自家的学问为"波希米亚学"，而不称"捷克学"。由此可见，"波希米亚人"是个古老词汇，指的是居住在"波希米亚"这个地方的人，这里虽然居住着部分喜欢流浪的吉卜赛人，却不能说波希米亚人都是流浪艺人，把这个称号扩大到全体捷克人身上，就更加荒唐可笑。实际上，"波希米亚人"与"流浪艺人"是互不搭界的两个概念。把"流浪艺人"翻译成"波希米亚人"，是荒唐可笑的。再从剧本内容来说，《流浪艺人》描写的是发生在法国巴黎的故事，剧中那些穷困潦倒的巴黎知识分子，与"波希米亚人"或"捷克人"是了不相干的。综上所述，把"流浪艺人"翻译成"波希米亚人"，是毫无道理的。唯一可以解释的理由，如前面说的那样，最初介绍歌剧的先贤们，可能依据的是英文资料，他们把"流浪艺人"

翻译成"波希米亚人",是转译过程中出现的错误。今人径直改正过来就是了,切不可像歪批三国一样,想象一些可笑的理由,为这个误译进行反反复复的辩护,为这个误解再制造一些误解。

50年代我在德国莱比锡听过瓦格纳的歌剧《漂泊的荷兰人》,当时限于语言和知识水平,瓦格纳的歌剧艺术没给我留下多么深刻的印象。60年代初期,李健吾先生主编"欧洲古典戏剧理论丛书"的时候,我们研究组的组长卞之琳先生派我给李先生当助手,由于我当时是下乡"滚泥巴"的主力,我这个"助手"形同虚设了。不过李先生交给我几篇瓦格纳论戏剧与音乐的文章,我还是断断续续地翻译出来了。"文化大革命"当中,李先生这个大型学术工程被突如其来的"大洪水"冲垮了,大部分译稿都丢失了,这让他心疼得不得了,也因为浪费了许多专家的劳动而愧疚得不得了。我经过这段时断时续的工作,却长了不少知识,瓦格纳关于歌剧改革的论述,关于资本主义制度与艺术的关系的论述,尤其是他通过古希腊神话故事所阐述的"国家必然消亡"的理论,委实给我留下了难忘的印象。一个德国音乐家在19世纪中叶,对国家学说提出这样的看法,是令人敬佩的,它让我想起了《共产党宣言》及其影响。只是至今我也未弄清楚,瓦格纳是否读过《共产党宣言》这本书。

"文化大革命"后期翻译完莱辛《汉堡剧评》之后,我曾经有意翻译瓦格纳的艺术论文,因为他那三部"苏黎世艺术论",给我的印象太深刻了。由于"文化大革命"后的科研工作正处于百废待兴之际,阴差阳错,当初的打算也就搁置下来了。直到20世纪90年代末期,与同行们翻译完《瓦格纳戏剧全集》之后,才萌生了写一本瓦格纳传记的愿望。我的想法是:为我国的歌剧发烧友,特别是为喜欢瓦格纳歌剧的人们,写一本导读性的书,除了从不同侧面介绍瓦格纳这位复杂而有趣的艺术家,重点介绍每出戏的故事,从文学角度对作品的发生史、主题思想、人物关系做些简明扼要的评说，供读者在进剧院之前，花费不多的时间，对当晚演出剧目有个大概的了解，以便坐在剧院里尽情享受那美妙的音乐和动人的歌声。正是出于这个目的，书中的每一个章节都具有相对独立的性质，读者可以根据需要，随时选读其中某一个章节。我在写这本书的时候，主要依据的是由瓦格纳口述，他的第二任妻子柯西玛记录的自传：《我的生平》。这本书除了文字矫揉造作、晦涩难懂（因为柯西玛的母语是法语），他对自己的某些经历、对某些人和事件的叙述与评论，有不甚可靠之处，因此我还参考了德国瓦格纳研究者汉斯·马耶尔、汉斯·伽尔的两部传记和米勒、瓦普涅夫斯基主编的两卷本《瓦格纳手册》，这是瓦格纳研究的最新成果。

这本关于瓦格纳的小书，倘有错误或不妥之处，敬请读者不吝指正。

八 梅花与"波希米亚人"

大概十几年前,李士勋同志从德国回来,带来一篇《说梅》的文章,说的是德国汉学家由于文化隔膜,把我国古典小说《金瓶梅》误译成"金瓶里的李花"或"金瓶里的杏花"。读后我觉得对做翻译工作的人很有启发。姑不论把"金瓶梅"翻译成什么瓶里的什么花是否合适,单说把"梅花"翻译成"李花"或"杏花",就会令中国人捧腹。不过,假如我们处在德国汉学家的地位,这又是可以谅解的,因为"梅"是中国的特有植物,德国语言中没有这个词汇,当初汉学家们为了翻译这个词,一定是绞尽脑汁,才找到花形相似的"李花"和"杏花"来代替"梅花"。只是这样的翻译把中国梅文化的妙境全都抛到九霄云外去了。值得注意的是,把"梅花"翻译成"杏花"的这位汉学家已经意识到这样翻译是错误的,但他宁可采用与梅花花形更相近的杏花,迁就约定俗成的译法,也不想创造一个新词。结果,他与一个德语新词创造者的荣誉擦肩而过。后来,一位编《汉德词典》的汉学家,借用汉语拼音法,创造了"梅花"(Mei-Bluete)这个新词,从而结束了德国语言没有"梅花"这个词的历史。不过时至今日,有人给一位读过《金瓶梅》的德国朋友寄去一张绘有梅花的贺年卡,他的回信却称那贺年卡上画的是"花儿盛开的李子树"。一个错误的翻译,其影响居然如此深远。

　　李士勋同志这篇文章，令我想起了我国翻译家把意大利歌剧作曲家普契尼的《艺术家生涯》误译成《波希米亚人》这个问题。这几年随着"波波族"（亦称"布波族"）一词在媒体上流行，原本作为"捷克人"另一称呼的"波希米亚人"一词，又成了对某些特定人群（例如"北漂"）的时髦称谓。为什么称他们为"波希米亚人"？这是毫无道理的。我们不能因为有人曾经把《艺术家生涯》错误地译成《波希米亚人》，便把它变成习惯用法。让"波希米亚人"一词如此以讹传讹地"流行"下去，是会贻笑大方的，跟德国人把"梅花"翻译成"李花""杏花"一样可笑，只是我们无法像德国人那样找到为自己开脱的理由。

　　把《艺术家生涯》翻译成《波希米亚人》始于何时、何人，我不曾考证。据说梁实秋先生曾经用过"波丝米亚人"这个词，是否与今日流行的"波希米亚人"同义，不得而知。反正把普契尼的《艺术家生涯》翻译成《波希米亚人》是个南辕北辙的译法。音乐界的人们都知道，普契尼歌剧《艺术家生涯》，最初是由他的合作者贾可萨和伊利卡根据19世纪法国作家亨利·米尔热（Henri Murger）同名小说改编的。米尔热当年是个逃离世俗生活、四处漂泊流浪的人。他根据自己的生活经历，创作了一部取名《流浪生活》（*Scènes de la vie de bohème*）的小说，描写一群穷困潦倒的巴黎知识分子对生活的感受和他们的爱情经历。小说于19世纪50年代初出版后，立即成为法国乃至欧洲的畅销书。普契尼和他的合作者于1896年把它改编成歌剧，成为欧洲歌剧历史上久演不衰的剧目。戏的背景是巴黎，主要人物是一群放荡不羁、生活穷困潦倒的诗人、画家、音乐家、哲学家和他们的女友等，这些剧中人物无一人与波希米亚有关系，都不是波希米亚人。因此，把这出戏译成《波希米亚人》，犹如德国人把"梅花"译成"李花""杏花"，是文化隔膜导致的误译。

为什么说译成"波希米亚人"是错误的呢？从地理知识来说，所谓"波希米亚"就是大家都熟悉的"捷克"，那么所谓"波希米亚人"应该是指捷克人。可捷克人并不自称"波希米亚人"，出生在捷克的德意志人如里尔克、卡夫卡等称"波希米亚德意志人"，而不称"德裔波希米亚人"。这是因为捷克语言中没有"波希米亚人"这个词。至于说研究捷克的学问称"波希米亚学"，而不称"捷克学"，这是个约定俗成的用法。捷克近邻德国语言中有"波希米亚人"（der Boehme）这个词，但它也是指居住在波希米亚地区的捷克人。所以把《艺术家生涯》中那些巴黎人称为"波希米亚人"，犹如《红楼梦》里的这"丫头"不是那"鸭头"一样。再从文字上来说，《艺术家生涯》原文为法文"la bohème"，直译应为"流浪生活"或"过着流浪生活的人群"，"bohèmien"则译为"流浪者"或"流浪艺人"，在欧洲，人们习惯上用这个词特指19世纪末期以来出现的那些遁世的知识分子，主要是指那些游离于主流社会之外，具有叛逆倾向的文学艺术家。所以普契尼的歌剧"la bohème"应该译成《流浪生活》，根据剧本内容译成《艺术家生涯》是可以的，但无论如何不能译成《波希米亚人》。

最早介绍这部歌剧的先贤之所以这样翻译，我估计可能有两方面原因，一是可能由于"bohème"（法文：流浪生活），"bohèmien"（法文：流浪艺人），"Bohemia"（拉丁文：波希米亚；捷克文：Bohemie）三个词字面上十分相似，被翻译家错误地当成了同源词。其实它们的读音和意义都相去甚远，前者指一种生活方式，后者是地域名称，即"捷克"的另一种称呼。二是当初介绍这部歌剧的人可能并不了解这出戏的内容，不知道它描写的是一群与波希米亚毫无关系的巴黎流浪艺术家的故事，按照上述字面判断做了错误翻译。这情形与当年有人把德国小说《攻克埃森》（Sturm auf Essen）误译成《粮食风潮》是同样的，"Essen"作为名词是"食物"的意思，可它又是一个德国城市的名称，二者形同意不同。如今人们在不少介绍欧洲歌剧的书里，常常会发现这样的说法："《艺术家生涯》，又名《波希米亚人》。"这个"又名"什么，显然是画蛇添足，原文并没有，是中国作者或译者添上的一个"蛇足"，这个"蛇足"开始时仅在一部分西方歌剧爱好者中间流行，这几年随着洋里洋气的"波波族"一词的流行，在各种媒体上越发泛滥开来。有一本书叫《欧洲古典音乐家排行榜》，作者干脆把普契尼这部歌剧译成《波希米亚人》，既不直译成《流浪生活》，也不意译成《艺术家生涯》，反倒把那个"蛇足"变成了正式译名。这样的译法不仅出现在报刊的音乐评论中，也经常出现在中央电视台的音乐节目里。一位多次参与演出这部歌剧的著名指挥家，在一篇回忆自己音乐生涯的文章中，甚至也称这部歌剧为《波希米亚人》。她肯定知道这出戏的内容与波希米亚了不相干，她沿用这个错误译名，显然是受了"约定俗成"这种习惯势力的影响。

　　人们都知道，"五四"以后，积极引进西方文化的先贤们，由于文化的隔膜，曾经在翻译工作中犯过把天文学名词"银河"译成"牛奶路"；把德国作家马希维查描写鲁尔区工人斗争的小说《攻克埃森》译成《粮食风潮》等错误。这些误译由于当时有人指出，很快都改正了。可把《艺术家生涯》译成《波希米亚人》的错误，却至今未改正过来。当然不止这一个翻译错误，例如人们至今还在把瓦格纳的歌剧《纽伦堡的工匠歌手》想当然地译成《纽伦堡的名歌手》。最近有一篇报道我国音乐团体在国外活动的文章，居然把"纽伦堡工匠歌手音乐厅"翻译成"纽伦堡名歌手音乐厅"。差以一词，谬以千里。作者要么不知道纽伦堡在16世纪是以汉斯·萨克斯为首的德国"工匠诗人"诞生地，要么就是习惯性地沿袭别人的译法。时至今日，人们在一些音乐专著里仍能看到把韦伯的歌剧《魔弹射手》错误地翻译成《自由射手》。这显然是"约定俗成"这个习惯势力作怪的结果。人们即使不了解这出戏的内容，翻翻词典也会弄明白这个词的准确译法。我有个感觉，仿佛这些误译都是从英文转译的结果，有些《英汉词典》把"流浪生活"与作为捷克另一称呼的"波希米亚"常常混为一谈。

翻译的错误是难免的，改正过来就是了。可怕的是知错不改，还要找些理由自圆其说。多年前，我曾在香港《亚洲周刊》上读到一篇文章，作者不但自己大谈"波希米亚北京""波希米亚想象""波希米亚圈子"等，还考证了一番"波希米亚"一词如何由最初的中欧地名，到流浪的吉卜赛人，再到19世纪的巴黎，并逐渐蜕变出"现在的意义"的过程。其实，吉卜赛人和19世纪巴黎某些知识分子的流浪生活方式，与作为捷克另一称呼的"波希米亚"是风马牛不相及的，只是"流浪生活"（bohème）与"波希米亚"（Bohemia）这两个词在书写上十分相似而已，它们既不同源，读音也不一样，在词义上更是毫无共同之处。显然，这位作者知道"波希米亚"就是捷克，大概也意识到把"流浪生活"（bohème）翻译成"波希米亚人"是不近情理的，因为捷克人并非都过着流浪汉或流浪艺人生活，于是便想象出一个"词义蜕变"的说法。本来已经发现了翻译上的错误，经过这样一番自圆其说，便又退回到把"流浪生活"翻译成"波希米亚人"那条约定俗成的老路上去。这使我想到了那位把"梅花"翻译成"杏花"的德国汉学家，他发现了错误，还要为它圆一个说法，一错再错下去，把创造一个新词的荣誉拱手让给了别人。《亚洲周刊》那位作者同样也是发现了错误，但他未能再向前走一步，落得半途而废。太遗憾了。更遗憾的是，许多人至今还在自觉不自觉地重复这个错误，而且大有泛滥成灾之势。

我们面临的形势是：让这个错误译法将错就错下去，还是下决心改正过来？

九　读安书祉译《尼伯龙人之歌》

捧读我的老同学安书祉教授的新译《尼伯龙人之歌》，心情仿佛回到了学生时代。我还清晰地记得，我们于20世纪50年代中期在德国莱比锡卡尔马克思大学工农学院留学生部初学德语时，第一次接触过这部作品。在德语听说训练课上，我们的德语启蒙老师克莱因博士，给我们讲过这部作品的故事。克莱因老师个头不高，戴一副高度近视眼镜，头顶光光的、亮亮的，走起路来风风火火，说起话来慢慢腾腾，出语幽默，常常扮些怪像，逗得周围外国同学笑声不断。至今我也猜不透，他当时有多大年纪，那样子像个温柔和善的老爷爷。他的教学方法灵活、效果极佳。为了让我们在一年之内做好读大学的语言准备，从第二学期开始，他就不断用我们能听得懂的词汇，向我们介绍有关德国、欧洲的文化知识。给我印象最深的就是这部《尼伯龙人之歌》。他花了好几个课时，给我们讲述这部作品的故事，讲述过程中常常碰到陌生词汇，有时由安书祉给大家译成中文，因为她出国前在北大学过一年德语，有时克莱因老师顺手翻开身边中国同学的词典，按照例句指出这个词的确切释义，还常常幽默地加上一句：瞧，我也懂你们的文字，谁说中文难呀，不难嘛，我一看就明白。至今在我用的词典上，还留有他画过的那些铅笔道道儿。

克莱因老师讲述的《尼伯龙人之歌》，有两个情节，我至今未忘。一是尼德兰大英雄西格夫里特手刃一条凶猛的巨龙，用它的血沐浴，而后刀枪不入。这使我想起少年时代读过的武侠小说中练就一身"金钟罩"、铁布衫的武艺高人。可西格夫里特沐浴时，碰巧有一片树叶落在他的肩胛骨上，这块未浸龙血的地方便成了他的致命弱点，最终在打猎时，被勃艮第国大英雄哈根用投枪刺死，令我深为惋惜。二是克里姆希尔德为报杀夫之仇，再嫁匈奴国王13年之后，把勃艮第国人诱入匈奴国，导演了一场血腥的互相残杀，最后书中主要人物一个接一个地倒在血泊中。这其中既包括那个暗杀西格夫里特的哈根，也包括亲手杀死哈根的克里姆希尔德。当时我特别佩服克莱因老师，他能把那种刀光剑影、血肉横飞的场面描述得那么惊心动魄、层次分明。至今我还记得，当年听了这个故事的结局，心里特别堵得慌，虽为哈根的下场感到痛快，却也为克里姆希尔德未得善终深感遗憾。

　　后来我才知道，原来克莱因老师讲的是产生于德国中世纪的一部著名民间史诗。它在德国文化史上的地位，类似冰岛的《埃达》、法国的《罗兰之歌》、西班牙的《熙德》、俄罗斯的《伊戈尔出征记》等欧洲著名史诗。《尼伯龙人之歌》之所以被称为"民间史诗"，是因为它是一部长期流传于民间而又不知作者为何人的诗体叙事作品。就像我国藏族大型民间史诗《格萨尔》一样，是在长期口耳相传过程中，经过多少代民间艺人一再创作、补充、修改才定型的，而于13世纪初期用中古高地德文把它记录下来的人，却未留下姓名。后世学者虽根据文本和史料，做过许多追根溯源的研究，这位"记录者"的姓氏、身份仍然是模糊不清的，人们根据文本的语言猜测，他可能是一位奥地利人或者巴伐利亚人；从作品内容和流露出来的思想倾向推断，他可能是个有一定文化修养的下层骑士，并且有过一段静下心来从事写作的机会，像我国古典小说《水浒传》是由施耐庵在民间口头文学基础上创作而成一样，《尼伯龙人之歌》里也倾注了这位骑士的创造性劳动,他的"记录"实际上是一个创作过程。只是由于它的姓氏被时间湮没了,其作品才归入"民间史诗"行列。

据古罗马历史学家塔西陀的《日耳曼志》记载,古代日耳曼人常常用歌唱的形式,歌咏生产劳动和战争故事。这显然指的是古代日耳曼人最原始的口头文学。它是先民们劳动之余,战事间隙一种自娱自乐的方式。在人类历史上不知有多少这类口头文学,由于没有用文字固定下来,或者由于书写材料简陋,为时间的长河所淹没。《尼伯龙人之歌》中的英雄故事,产生自公元4—5世纪古代日耳曼民族遭到匈奴人入侵,被迫实行大迁徙的时代。一个民族尚处在部落时期,便被迫离乡背井,集体迁往异地,其艰难困苦是今人难以想象的,而这些部落的人们为了生存,在长达二三百年动荡迁徙过程中,会产生多少可歌可泣的故事和英雄传说?其中又有多少能够流传后世,成为民族的记忆?从这个意义来说,《尼伯龙人之歌》可能是在古代日耳曼人当中产生的那些故事和传说,经过历史的淘洗和选择保存下来的精华。从这部史诗的结构可以看出,那位骑士把有关古代日耳曼人的尼德兰传说系统和勃艮第传说系统连缀在一起,形成了这部既前后彼此独立又连贯统一的英雄故事主干。此外他还吸纳了罗马帝国日耳曼雇佣兵首领,东哥特国王泰奥德里希(书中称"狄特里希")及其随从希尔德勃兰特的传说;吸纳了匈奴国王阿提拉(书中称"艾柴尔")的传说;吸纳了古代日耳曼人关于尼伯龙人财宝的神话故事;等等。把所有这些传说系统和神话故事串联起来的,是克里姆希尔德这个人物形象。读者从克里姆希尔德这个人物从头到尾在年龄上几乎没有什么变化这一点可以看出,这些传说系统曾经独立存在过。那位骑士作为本书作者,他的主要功绩在于,把那些彼此独立存在过的传说和神话,组织成了首尾一致的完整故事,并未顾及人物的年龄变化。由于这位骑士是个生活在13世纪的人,他虽然讲述的是古代日耳曼人的英雄故事,描写的是古时的英雄形象,但书中所反映出来的人物思想观念、理想情操、价值标准、行为方式等却是13世纪的。尤其是贯穿全书围绕尼伯龙人财宝的斗争,充分反映了封建王侯争权夺势的斗争。在封建社会,财富是权势的象征,是封建宫廷赖以生存的条件、进行统治的基础,所以谁占有尼伯龙人财宝,他统治的地盘就被称为"尼伯龙国",那里的人就被称为"尼伯龙人"。克里姆希尔德最后向哈根报杀夫之仇的时候,甚至提出只要他交出这批财宝,便饶他不死,放他生还勃艮第国。直到故事最后,财富的归属问题仍然是决定人物命运的关键。19世纪德国音乐家理夏德·瓦格纳受欧洲1848年革命精神的影响,在选用尼伯龙人财宝这个神话素材创作四部连续歌剧《尼伯龙人的指环》时,也正是把握了原作"财富是权势的象征"这一核心思想,寓意性地批判了资本主义制度金钱决定一切的本质。

从16世纪开始,《尼伯龙人之歌》因受新兴市民文学冲击,再加语言上的隔阂,曾被读书界遗忘长达两三百年之久。直到19世纪德国浪漫派文学兴起,它才被重新发掘出来,受到重视,尤其是德国语言学家卡尔·西姆洛克把它翻译成现代德语,于19世纪上半叶出版以后,更受到广大读者欢迎,并被公认为德意志民族早期的文化典籍。德国浪漫派对这部作品的重新发现,对于人们认识这部日耳曼史诗的价值和意义,做出了划时代的贡献,特别是西姆洛克,他的现代德语译本使广大读者克服了阅读上的障碍,为它的广泛流传立下了汗马功劳。

如今我的老同学安书祉教授又把它直接从中古高地德文翻译成中文,这在德语文学翻译领域无疑是个惊人的创举。在我国德语界大概很难再找到第二个人,有胆量做这种虽意义重大,但也辛苦得不得了的事情。当年在莱比锡读书时,我们是一块儿学的中古高地德文,那难度我是深有体会的,毕业以后我从未敢想过

九 读安书祉译《尼伯龙人之歌》

翻译点什么中古高地德语文献。太难了。试想一个对古代汉语仅有粗浅知识的人，若让他去读《道德经》，会是一种什么感受！但我知道，安书祉教授做事情是个执着得近乎严酷的人，她是轻易不为时尚所动的。她有自己独特的追求，凡是她认准的东西，她会毫不声张地、持之以恒地做下去，直至坦然地取得她所追求的结果。捧读《尼伯龙人之歌》的译文，仔细品味她运用流畅、朴实的汉语，在尽量忠实、准确地表达原文方面所做的努力，不禁令我回忆起我们一同学习时，她那种刨根问底、一丝不苟的精神。如今《尼伯龙人之歌》的译文水平，不仅反映了安书祉教授两种语言的功力，也反映了她在青年时代形成的严谨治学精神。

单就这部作品名称的翻译，我们便可体会到安书祉教授在做学问方面，是个严格得容不得半点疏忽的人。德语界同仁多年来对于这部作品的旧译名（"尼伯龙根之歌"）已经熟视无睹了，无人追问它的确切译法。安书祉教授是个眼里不揉沙子的人，为了订正这个译名，她并未花费多少口舌，就把事情说清楚了。在这里，可贵的是订正这个译名的精神，或曰学风。近年来在我国翻译界，学风浮躁几乎成了共识。有几个人肯于像安书祉这样，花笨功夫，下死力气搞翻译呢？投机取巧、急功近利、粗制滥造的译文，几乎成灾了。一本《理夏德·瓦格纳》评传里，居然把传主家养的一只"纽芬兰大狗"译成"纽芬兰人"。瓦格纳歌剧脚本《纽伦堡的工匠歌手》多年来被误译成《纽伦堡的名歌手》，到处流传；韦伯的歌剧脚本《魔弹射手》被望文生义地翻译成《自由射手》；普契尼的《流浪艺术家》被无端译成《波希米亚人》……这些误译至今仍在到处泛滥。可悲的是，如今社会上流传的所谓"BOBO族"，据说其中一"BO"，就是"波希米亚人"。普契尼这个歌剧脚本译成《艺术家生涯》是可以的，译成《波希米亚人》则是个大笑话。谁都知道"波希米亚人"

就是捷克人,因居住在"波希米亚"地区而得名,与"流浪艺术家"或"流浪艺人"是风马牛不相及的。这个误译实际上是把法文"流浪艺人"(La Bohème)一词看走了眼,误当成了"波希米亚人"(Bohemian)。

这些错误译文,久而久之成了一种"约定俗成"的谬误,流传开来,继续误人子弟。一本《瓦格纳》传记的作者,在引用那本《理夏德·瓦格纳》评传的译文时,也跟着犯了"纽芬兰人"的错误。近来香港《亚洲周刊》一位作者明知波希米亚是一个"中欧地名",却还在沿袭旧时的错误译法,将错就错地大谈什么"北京的波希米亚人"。这样滥用约定俗成的错误译文,实际上助长了翻译界的浮躁习气。在当前滥译成风的情况下,安书祉教授以其《尼伯龙人之歌》的译文,为我国翻译界同人树立了一个敬业的榜样。

附　录

一　从歌德与艾克曼的一次谈话说起

——漫谈文学中的性描写之一

在《歌德谈话录》中，艾克曼记录了歌德于1824年2月25日同他的一次谈话。该书译者朱光潜先生把这次谈话前半部分的中心意思概括为"诗的形式可能影响内容"。熟悉德国文学史的人可能会说，朱先生这个概括是不确切的，未得歌德谈话的要旨。诚然，歌德与艾克曼在这次谈话的结尾处，谈到了诗的形式对于表达诗的内容可能发生的效果问题。但那显然是离开了歌德话题的中心，即所谓"环顾左右而言他"。为什么会出现这种情况呢？我猜想其原因：一是艾克曼在记录这段谈话时，由于是事后追记，把其中谈话的细节无意中忽略了，就像他自己在后记中声明的那样，歌德的谈话是丰富多彩的，但到他笔下，就像小孩子伸着手去接令人神怡气爽的春雨那样，雨水多半从手指缝里漏掉了。记下来的只是歌德的一些主要思想，或者是艾克曼当时感兴趣的话题。二是艾克曼觉得歌德的有些话，或者二人针对歌德话题所议论的一些细节，鉴于当时的社会道德风尚和承受能力，不宜形之于文字而有意识地割爱了，仅保留下关于诗的形式与内容之间关系的议论。这大概是我们觉得后面的议论与前面的谈话有些脱节的原因吧。

艾克曼开头关于这次谈话的介绍，文字颇为含蓄。他说歌德在这次谈话中给他看了两首"很值得注意的诗",而歌德对这两首诗一直保密,不想拿出去发表,因为它们写得"不加掩饰地自然而真实",一般人会认为它们是"不道德的"。那么,究竟什么样"自然而真实"的诗,会在道德上遭人非议呢?艾克曼并未交代清楚。原来这两首诗着重描写了人的性活动和性心理。艾克曼不便直白,话说得十分隐晦,难怪一百多年以后的中国译者做出那样的理解和概括。

歌德把这两首诗给艾克曼看过之后,说明了他为什么不公开发表的理由。那就是:一是文学作品一旦公开,就会落到各种各样人的手里,产生社会效果,而关于人的性活动的过分坦率的描写,很可能会引起多数正派人的反感。二是时间这个怪物,常常制约着作家与诗人的创作活动,如歌德所说的那样,古希腊人和莎士比亚时代的人能够容忍的东西,对于我们近代人可能是不允许的、不适宜的。照歌德的想法,只有高度的精神文明和文化教育成为人类的共同财富时,诗人才能就这个题材无拘无束地挥洒笔墨。应该说,这个说明,才是歌德这段谈话的中心意思。我觉得,在今天对于我们的作家如何在文学作品中处理性活动的描写,仍然是很有启发意义的。

歌德给艾克曼看过的那两首诗,考虑到社会效果,在他生前的确没有发表。其中有一首叫《日记》,即艾克曼所说采用了"阿里俄斯托的语调和音律",在一些地方写得"赤裸裸的",大胆得令人惊讶的那一首。这是一首总共 24 节,每节 8 行,共 192 行的叙事诗。它表现了男女之间的性关系只能建筑在爱情基础上这样一个严肃主题。他与人们通常所说的"色情读物"是毫不相干的。这首诗在歌德死后 29 年,即 1861 年,被出版家萨洛蒙·希采尔印成一种"私人版本"(相当于我们今天所说的内部参考读物),供文化界朋友阅读,后来不慎流传到社会上,实际成了半公开读物。直到由 20 世纪向 21 世纪转折的时候,《日记》

这首诗才第一次被出版家收入著名的《歌德全集》魏玛版（又称索菲版）第53卷里，并且在排版方面做了许多掩饰，如尽量把它排在不起眼的地方，免得引人注目；有的段落加了删节号，代替某些难以为当时人所接受的表达方式；等等。这一卷在一个相当长的时间内，一般不为严肃的读者所问津。虽然有读者从影响—接受的角度探讨过这首诗的文化渊源关系，但通常却被评论家避而不谈。笔者50年代在德国读书时，人们可以大大方方地欣赏和议论《新生活》杂志上刊登的专业艺术摄影裸体照片，但《歌德全集》第53卷，却仍然只能是同学之间以某种诡秘态度窃窃私议的对象。这说明，50年代在文化、科学技术相当发达的德国，文学科学对待文学作品中的性活动描写，还是相当谨慎的。

性活动是人类生活的一部分，作为人学的文学，是无法回避涉及这个领域的。按照历史唯物主义观点，由性活动所引起的人类自身的生产，即种的繁衍，同生活资料及为此所必需的工具的生产一起，构成人类历史的决定性因素。任何一个时代、地域和民族的社会制度，都受着这两种生产的制约。[①] 而反映人类社会历史的文学，无疑也必然要把制约社会历史发展的人类的性活动，作为自己的题材来处理。中外文学史上不乏这样的例子，其中最著名的如中国的《金瓶梅》、日本的《源氏物语》、欧洲的《十日谈》和《疯狂的罗兰》等。不容忽视的是，由于时代、地域和民族道德风尚的差异，人们对待这类文学作品的态度是不同的。不仅接受者态度不同，创作者的态度也是不一样的。

我们知道歌德和托尔斯泰，生前都是以极大的热情追求感官生活的人，他们的某些行为和言谈，生前曾经遭人非议。例如歌德曾把他的作品《私生女》拿给好友赫尔德看，赫尔德当着歌

[①] 见恩格斯《家庭、私有制和国家的起源》第一版，"序言"。

德和奥古斯特大公的面,一语双关地说:我更喜欢你的私生子。弄得歌德十分尴尬,此后二人关系日渐疏远。据高尔基说,他当年就十分讨厌托尔斯泰用粗俗的语言,口若悬河似的谈论女人。这两个伟大作家对待文学作品中性描写的态度也是十分相似的。托尔斯泰在他的中篇小说《克莱采索纳塔》中,描写了一桩门当户对,但在性生活方面却十分不幸的婚姻。丈夫年轻时生活放荡,常常在妓院里消磨时光,妻子则千方百计报复他,夫妻之间互相仇视、互相虐待,最后丈夫杀死妻子,结束了这不幸的婚姻。托尔斯泰称这是一出"床笫间的悲剧"。而在这一出悲剧里,尽管故事主要是发生在"床笫间",但作者却采取暗示、概括、议论的手法,避开了对不幸的性活动的正面描写。所以后来高尔基联想到对待托尔斯泰的那种厌恶情绪时,觉得自己是完全不应该的。其实,作家同行之间在谈话时,为了互相理解,间或用些"粗俗"语言是不足为奇的,但在以文学表达方式面向读者的时候,就要慎重斟酌了。托尔斯泰正是这样做的。

就关心自己作品在读者当中的道德效果这一点来说,歌德和托尔斯泰的态度是一致的。所不同的是,托尔斯泰认为,作品是写给读者阅读的,而《克莱采索纳塔》中的性活动,由于是建立在非人性的基础上,因而是丑恶的,是不宜在文学作品中公开描写的;歌德却认为,他的《日记》里的性活动,是建立在人性基础上的,是应该受到肯定和赞美的,是可以公开展示给读者的,而它之所以不能公开发表,是由于在他那个时代,受着精神文明和文化教育普及程度的限制,社会尚不具备普遍接受这类文学作品的条件。一个说丑的不应该写,一个说美的可以写。其实,就他们追求的社会效果来说,是完全一致的。

像歌德和托尔斯泰这样,在文学作品的性描写问题上,主动接受历史条件制约、接受时代的社会道德风尚制约的情况,到19世纪末20世纪初期,发生了根本性变化。一些资产阶级作家把文学作品中赤裸裸的性描写，当成了揭露资产阶级社会道德腐败、虚伪、残酷和表现自己的处事态度的重要手段，而不再考虑社会和读者的承受能力。如奥地利作家施尼茨勒、英国作家劳伦斯、美国作家亨利·米勒、联邦德国当代作家格拉斯等的某些作品。但不容忽视的是，他们的作品都在不同时期遭到批评界和读书界的指斥。施尼茨勒的剧本《轮舞》出版于1900年，20年后才有机会被搬上舞台，演出后立即在观众中引起轩然大波，被魏玛共和国宣布为色情戏，自那以后遭到长期禁演；劳伦斯的长篇小说《查泰莱夫人的情人》（1928）尽管有寓意严肃的主题、爱憎分明的描写，但书中所表现的性活动，依然遭到批评界的非难，时至今日，这部作品及其各种语言的译本，还常常被限制在某些专业读者范围内流传；亨利·米勒在他的小说《北回归线》（1934）和《南回归线》（1939）中，表现了他对资本主义现代人及其生活意义的考察，书中人物的性活动是作为对资本主义的所谓文明社会的抗议，作为返回自然、返回本性的愿望来描写的，因而是不宜与色情读物相提并论的，但他的作品却多次遭禁，他自己甚至被英国宣布为不受欢迎的人；格拉斯批判德国法西斯主义的《铁皮鼓》（特别是他的《猫与鼠》）不但遭人非议，甚至引起法律诉讼，作者不得不到法庭上为自己辩护，虽然在法律上承认它是严肃文学作品，与色情读物无关，但其中关于性活动的描写所受到的抵制、作家在人格上所受到的贬抑和指责，使他至今仍时时处于不得不为自己辩护的境地。

　　欧洲文学史上这些例子说明，尽管自20世纪以来，那里的性科学和性教育已经取得了长足进展，得到了相当广泛的普及，但毋庸置疑的是，人们对于是否要用和怎样用文学的方式（即非科学的方式）公开描写性活动，仍然持怀疑态度。不过，人们对于用含蓄的笔法描写性爱，不但不反对，而且持赞成和欣赏态度。例如民主德国作家君特·德布隆在小说《布利丹的驴子》

第十三章里，当他描写到男主人公阿尔普和布罗德小姐圣诞之夜的幽会场面时，在行文上连续用了十八个"于是乎……"，那简直是一段精彩的抒情散文。情人之间在这种场合可能发生的一切，作者都作了暗示性的描写。一对恋人在长期相互渴慕和感情上有意识地克制之后，在这爱情之夜尽情享受这肉体的、精神的、心灵的幸福。他们好像在人生的旅途中又踏上了一个新的起点。他们过去的不尽如人意的婚姻和爱情生活中的缺憾得到了补偿。他们重又焕发了青春，获得了能够更好地发挥人的价值的推动力。这真挚的爱、这无比的幸福，真是一言难尽。作者以颂歌式的抒情散文，把通常人们不愿意或不宜用文字表达的行动和心理，描写抒发得淋漓尽致。这一章被评论家们誉为文学作品中写得最美的爱情场面。它摆脱了写实的模式，体现了作家艺术创新的能力。

这说明，人们并不一般地反对在文学作品中描写人物的性活动，那些对性活动做了含蓄蕴藉、文雅优美描写的作品，照样是受欢迎的，同样会给读者带来一种艺术上的享受。问题在于读者对于文学作品中的性描写，有一个承受能力问题，超过这个承受能力的，不管作者的意图多么良好、理由多么正当，人们依旧是不愿意接受的。也许有人会责怪读者观念陈旧，仍被旧道德和传统的"性禁区"束缚。仔细分析一下，事情也许还要复杂一些。

前面提到，在欧美资产阶级文学当中，性描写作为一个习惯的而非法律的禁区，已经在19世纪末20世纪初被突破，尽管歌德当年所期望的那些条件尚不具备。60年代中期以后，"性禁区"在欧美许多国家（其中显然也包括东欧和苏联等具有西方文化传统的社会主义国家）几乎不存在了。性禁区的突破，作为一种社会思潮，是有其积极意义的，人们对性问题的认识，已经不再像从前那样，带有那么多愚昧的、迷信的、神秘的色彩。关于性的研究作为一门独立的科学，性教育作为普通教育不可缺少的内容，为人们观念上的性禁区的突破，做出了不可磨灭的贡献。但是人们对社会上流行的"性解放""性浪潮"及其鼓吹者、实践者，并非没有微词。二十年来的实践证明，它们引起了一系列难以为当代社会所认可和承受的社会问题，如家庭的不稳定、与日俱增的"未成年母亲"和"只知其母，不知其父"孩子的出现、艾滋病的传播等。即使在苏联、东欧社会主义国家，像离婚率上升、生育率下降这样的问题，也引起了人们的关注。这些情况说明，世界上不可能，也不允许有脱离具体的社会历史条件而独立存在的"性解放"。如果把性解放视为人的解放或妇女解放的一部分，它必然要受具体的社会历史条件制约，否则，这种性解放很可能就是性桎梏或者性倒退。

当然，对性的问题进行科学的描述，作为一种人生知识来普及，人们是容易接受的。20世纪的人毕竟是讲究科学的。但是，对性进行非科学的文学描写，把它当作文学的处理对象，人们却不会无条件地认可。以想象和虚构为主要手段的文学描写，与严格客观的科学描述是不同的。文学对于人的性关系的描写，是受作者的世界观、人生观制约的，他在描写人的性活动时，必然会有意识或无意识地表达出他的愿望和理想，表达他对人的价值观的看法，表达他对现实中人与人关系的认识和理解。现在人们逐渐意识到，在文学领域里所谓"性禁区"的突破，很可能会以保持、维护和巩固人类生活中别的更重要的禁区作为代价，或者说，"性禁区"的突破，很可能掩盖了别的禁区顽强存在的现实。

以亨利·米勒的《南回归线》为例，小说里的主人公"我"，把他工作的那个大托拉斯，视为一盘巨大的人磨，年复一年，日复一日地把大量的人吞进去，再吐出来。这个人磨就是作者心目中现代资本主义的世界模式。主人公厌倦了以养家糊口为目的的"正常"中产阶级生活方式，他离开这个托拉斯，成了局外人、旁观者，过起了漫无目的的生活。对于他来说，什么爱、什么恨、什么人与人之间的道德关系，统统不存在了。作者在小说中只描写了一个孤立的"我"，和一个能够为"我"提供享乐的乱哄哄的世界。显然，米勒小说的基调是对资本主义的厌恨，但同时也夹杂着对理性、道德和人的社会本质的否定，鼓吹一种极端唯我主义的个人享乐思想。他笔下的女性，个个都被描写成供男性享乐的对象，因为在他看来，女性的本质就是性欲，不管她们有着怎样肉体的、社会的特征，她们唯一的愿望便是成为性消费品。在这些看法中，对待女性的传统偏见，又打上了典型资本主义商品经济的烙印。尤其值得注意的是，米勒小说中性描写的模式，成了后来多数以纯粹消费为目的的通俗性色情小说的楷模，而这种以消费为目的的资产阶级文学，不只为生产者带来利润、为消费者提供消遣，更重要的是，它还为现存社会关系进行辩护。这些看似无聊的色情读物，不管作者是有意识抑或无意识，事实上都在以文化积淀的方式传播着实实在在的意识形态，在那些资产阶级男女的性活动的描写中，往往真实地体现了资产阶级公共生活的基本原则。米勒小说中的两性关系，有一个固定模式，即男人是欲望的主体，女人是顺从的客体。这可以说是资产阶级公共生活准则的文学图解。作家让作品里的男主人公摆脱了体现统治与压迫的资产阶级公共生活，而在他个人的私生活里，却信奉着用暴力获得享乐、征服女人的准则。于是，他那所谓与资产阶级生活方式相对立的个人的私生活，依旧充满着资产阶级公共生活的基本准则：统治与被统治、剥削与被剥削、压迫与被压迫等不平等关系。这就是那个为人们所忧虑的，比"性禁区"更重要的"禁区"。作家们一方面用赤裸裸的性描写突破禁区，另一方面，他们的认识却依仍停留在资本主义社会的，或者说流传了千百年的社会模式和道德规范当中，把男女关系描绘成变相的从属关系。在社会主义思想（不管它在实践中有过多少失误）已经风靡世界的今天，作家仍以这样的模式和观念处理性爱题材，理所当然地要遭到读者的抵制和非难。诚然，这里所提到的都是倾向性较强的例子，文学从总体上来说，毕竟是千差万别的，倾向不就是一切，但把握住倾向，则可能是认识千差万别的文学现象的入门。

最后让我们再回到歌德关于他那两首诗的说明上来。诚如艾克曼说的那样，他那两首诗"在倾向上都是高度伦理性的"，只是由于过分坦率地描写了人物的性活动，歌德才担心会引起正派人的反感，所以不予公开发表。在歌德看来，具有严肃主题的文学作品，在性描写方面过分坦率，起码在一定历史时期内，是不合适的，因为高度的精神文明和文化教育，毕竟尚未成为人类的共同财富，尚不具备全社会都接受这类文学性描写的条件，作家若想不遭到正派人的指责和反感，则必须在这个题材上有意识地限制自己，不能把诗人的角色扮演得那么轻松潇洒、那样无拘无束。拿我国古典名著中的《金瓶梅》和《聊斋》来说，里面有大量的性爱描写，只因为一个过分写实、铺陈，一个尽量含蓄、简约，其命运便大不相同。前者虽然不失为一部严肃小说，却长期遭人唾骂，被人删节整肃，只能在部分读者中流传；后者尽管在道德上颇多讨论余地，但几乎从不曾有人指责其淫秽，还被人改变成电影、电视剧，广为传播。人们为什么这样"不公平"？看来，这绝不是骂一声"假道学"，便可以一言以蔽之的。照我看，还是歌德说的有道理，时间这个怪物，就像一个有着古怪脾气的暴君一样，他对待文学作品中的性描写，在不同的历史时期会摆出一副不同的面孔。倘若作家硬是不受历史的约束，硬是在性描写方面坚持他的"超前意识"，而不考虑时代的承受能力，那就不免要看时间这个"暴君"的脸色。

其实，有时自称要勇敢地突破"性禁区"的作家，往往是前人旧观念、旧模式、旧套路的因袭者、模仿者，像君特·德布隆那样独辟蹊径，无论在观念和模式上都表现了创新能力的作家，反而不那么大喊大叫，对他来说，似乎也不存在什么"性禁区""真道学""假道学"问题。对待性活动的关键，是作家如何认识它、理解它，如何借它来揭示人类生活的本质。作家只有在这个问题上革新观念，在写法上才能出新、才能不落窠臼，才不至于踩着别人的脚印走，还盲目地以为自己是"勇敢者""开拓者"。

二 《布利丹的驴子》

——漫谈文学中的性描写之二

20世纪以来，西方在性科学研究和普及性教育方面取得了很大进展，性问题不再具有神秘性和愚昧性，谈性已不再被认为是粗俗的表现。性作为一门科学，作为普及教育的内容，已被普遍接受。但是，性作为非科学的文学描写和艺术反映对象，时至今日仍不断遭到公众抵制。文学中的性描写问题，在欧美一些国家的文学评论和法律实践领域中，也不断引起争议。一些突出的例子，如奥地利作家施尼茨勒的剧本《轮舞》，英国作家劳伦斯的《查特莱夫人的情人》，美国作家亨利·米勒的《南回归线》《北回归线》，德国作家格拉斯的《铁皮鼓》《猫与鼠》等。一方面，人的性活动和性心理体验的描写，在作为人学的文学中不可避免，另一方面，文学中的性描写，又常常遭到法律实践的抵制，受到读者的道德谴责。

应该怎样理解和对待这种矛盾现象呢？歌德曾经提出，在高度精神文明和文化教育得到普遍的普及，成为人类的共同财富之前，作家必须谨慎对待性描写这个问题，因为文学作品一旦进入读书界，是会产生社会效果的。19世纪末20世纪初，在歌德当年所期望的那些条件尚不具备的情况下，西方文学便突破了这个"禁区"，一些作家极尽想象、渲染之能事，把男女之间的性爱过程描写得极具挑逗性。法律上虽然承认它们当中许多作品是严肃文学，而非色情读物，但仍有相当多读者不能接受这种赤裸裸的性描写场面。他们认为，不管作家本意如何，这种带有挑逗倾向的性描写，可能会起到败坏社会风尚的作用。尤其是这种自然主义的性描写进入影视领域以后，尽管其放映时间和接受范围受到限制，但它们所遭到的社会谴责，仍然不绝于耳。1993年春天，在荷兰期间，一个偶然机会我在电视里收看了一场德国科隆电视台关于性科学的讨论，其中一位中年妇女就慷慨激昂地抨击了影视中的性场面。

一位作家在以文学的而非科学的方式描写人的性过程时，不可避免的要流露出他们自己的人生感受、生活体验、艺术趣味，甚至连他们的气质、品格、伦理倾向都会流露于笔端。作家在性描写方面沿着自然主义道路走得越远，感情投入越多，描写越细腻，作品的煽情和挑逗作用越强烈。它们很可能令读者特别是年轻读者失去理性，行为失检。正是因为如此，这类文学作品才一再遭到读者和法律的指斥和抵制。

这种社会效果未必是这些严肃文学（而非通俗的色情读物）作者的初衷。他们的本意大多是想借此表达自己资产阶级叛逆的人生态度，对流行的道德规范提出挑战，暴露、抨击和批判他们所身处的社会的非人道本性。然而不可否认的是，他们同时也为资本主义世界商业性色情文化的泛滥，起了推波助澜的作用。一些纯粹以提供精神消费品为目的的通俗读物作者，借鉴、模仿甚至夸张他们作品中那些性描写模式，毫无责任感地炮制低级庸俗的色情读物，充斥所谓"大众文化"市场。他们的作品甚至影响了表现色情的电影和电视。这种情况如滚雪球一样，由文学而影视，波及面越来越广，到了无法遏制的地步，这就不能不引起人们的忧虑和思考。

50年代末60年代初，美国作家亨利·米勒的《南回归线》

《北回归线》在美国首次公开出版，德国作家君特·格拉斯的《铁皮鼓》《猫与鼠》在德国面世，在欧美法律界和文学评论界引起争议，就反映了这种忧虑和思考。亨利·米勒的作品30年代在法国巴黎出版后，一直被英美读书界和文学评论界指责为淫秽读物，被置于禁书之列。60年代初期，美国最高法院的裁决虽然承认它们为严肃文学作品，但在读书界和评论界持异议者，仍不乏其人。格拉斯的作品虽然能公开出版，受到法律保护，但也不断遭人非议，格拉斯也像米勒一样，不断花费许多精力为自己的人格进行辩白。不论他们的辩白态度多么诚恳，说那些性描写如何为表现主题服务、艺术上如何必要、如何符合生活真实等，但仍有读者和评论家出于维护社会风尚的动机而不肯接受。

这种状况是无法用"真道学"或"假道学"的托词一言以蔽之的。法律的认可并不能完全代替社会伦理的认可。一个时代流行的社会伦理观念，是历史文明积淀的结果，它的发展是受社会经济文化发展程度制约的。作家在性描写方面，若是不能像歌德那样有意识地接受他那个时代社会伦理观念的约束，无异于那位揪着自己头发执意离开母亲大地的安泰，他的"超前意识"显然已经脱离了社会经济文化基础，违背了多数正派人的需要，从而遭到人们的指斥，也就不足为怪了。

文学中的性描写与读者之间的这种矛盾，也必然孕育着出路。犹如任何事物都是在矛盾中发展一样，这种矛盾也启发和激励了一些机智、聪明、有创新能力的作家，在文学创作中去探索与当代社会伦理观念相符的性描写模式，作家在描写人与人之间的关系时，既不必故意回避性描写，也不至于使这种描写在读者中产生违背时尚的作用。

从60年代后半期开始，在当时的民主德国就有一批诗人、小说家，开始探讨在文学作品中既不回避性过程的描写，又不致引起消极效果的模式。一些文艺理论家也根据20世纪以来欧美文学的实际情况，开始总结正反两方面的经验。关于文学的性描写，在德国文学史上，除了歌德创作过这类诗歌，又讲过一些启发后人的话之外，恩格斯于1883年也称赞过德国第一个无产阶级重要诗人格奥尔格·维尔特在一些小品文中，描写人的"肉感和肉欲"方面表现出来的"自然"与"健康"，称赞他摆脱了德国小市民的假道学观念。恩格斯认为，羞于议论两性关系中那些"自然的、必需的和非常惬意的事情"，说明德国工人政党尚未完全理解自己的处境和作用。恩格斯这些议论，是针对19世纪末期德国社会民主党人在文学创作中仍拘泥于传统的性道德规范而说的。19世纪末期的德国社会主义文学，在拉萨尔"艺术虚构与政治宣传相结合"口号影响下，产生了一些描写政治信仰转变及音乐剧式的爱情矛盾的小说，它们在描写性爱时，常常沿用小资产阶级道德规范，来评价诱奸、失身和性欲等。恩格斯认为，德国社会主义者有朝一日，应该"公开地扔掉德国市侩的这种偏见，小市民的虚伪的羞怯心"。在恩格斯看来，工人阶级的解放，不仅要摆脱旧社会的经济枷锁，还要摆脱统治阶级的道德观念。不过，文学中的性描写问题，在当时的社会主义文学和意识形态中，与工人阶级日常斗争相比，毕竟尚不居于首要地位，所以恩格斯关于文学中的性描写问题，并未进一步发表意见。前民主德国吸收参考了歌德、恩格斯的有关议论，根据20世纪以来欧美文学的经验，特别是60年代初在欧美一些国家发生的争议，在性描写模式方面进行了一些尝试性探索。其中受到读者和批评界普遍赞扬的，是君特·德布隆的小说《布利丹的驴子》第13章中关于男女主人公圣诞之夜幽会的描写。

"布利丹的驴子"是一则法国寓言，说的是一头驴子在两捆同样大小的草面前无从下口，最终被饿死的故事。德国小说家君特·德布隆借用这则寓言，比喻他小说中的男主人公面对两个女人的尴尬处境。这是一个相当平凡的故事，发生在1965年。男

二 《布利丹的驴子》

主角卡尔·阿尔普是一个40岁的已婚男人,柏林图书馆的一位负责人,两个孩子的父亲,有自己的住房和汽车,生活安逸舒适,工作满意顺心。他爱上了年轻的女实习生布罗德小姐,但这爱情不足以使他鼓起勇气,抛弃目前的家庭生活和令人羡慕的地位,与布罗德小姐一同去实践他那自年轻时便形成的抱负——去农村建设图书馆,探索文学在社会主义文化革命中的作用。而这正是他曾经赢得布罗德小姐爱情的主要原因。最终布罗德小姐离开图书馆,阿尔普重又回到妻子身边。

这是一次失败的爱情,它的失败不是由外部条件引起的,阿尔普对布罗德小姐的爱,并未受到同事的非议,他妻子艾丽莎白也并未对他提出任何要挟,上级机关也无人认为他行为不轨而以降职相威胁。唯一的原因是,他是一个贪图安逸、满足现有地位的懦夫。布罗德小姐只好离开他,去追求自己的事业;他的妻子也在这场婚变中醒悟过来,不再百依百顺,充当丈夫的"卫星",她找到了自己的职业,成了一个经济、人格上独立的女人。

小说的第13章,处于全书中间,讲的是这一对恋人经过长时间的互相了解和爱慕,终于在圣诞节之夜不期而遇,二人在布罗德小姐家里度过了一个甜蜜的夜晚。从男女主人公爱情的角度看,它构成了故事的高潮,但本章结尾一节的文字已经预示出他们的爱情将从此走向瓦解。在这种情况下,当晚恋人之间可能发生的一切,作者幽默地称为"大事",是可以理解的。不过,文学如何描写这种"大事",如作者用文学艺术语言所说的那样,如何描写这种"特殊的阿尔普—布罗德现实",不但能见出作家的艺术功力和趣味,也必然表现出他的道德水准和社会责任感。

德布隆用明确的语言提出,关于这种"特殊的阿尔普—布罗德现实"的描写,必须在"礼俗、趣味和职责允许的范围内"进行。这一段文字是作家以叙事者的身份直接面向读者说的,因而带有议论、叙事、抒情三重功能。作者始终称他的小说为"报道",而"报道"恋人之间的这种"特殊现实"是有困难的。解决的途径无非两条,一条途径如作者所说,干脆避开"正题",直接转入第 14 章,用"当他们次日醒来时"开头,把这种"特殊现实"留给读者去想象。而想象是会因每个读者生活经验不同而各异的,这种想象充其量只有个别情节符合实际,多数情节可能是错误理解。选择这条途径,就如恩格斯说的那样,是"小市民的虚伪的羞怯心"的表现,有与"德国市侩偏见"同流合污之嫌,这不可取。另一条途径,则是不留"空白",不回避描写"特殊现实",而是在现实社会"礼俗、趣味"以及作家"职责"允许的范围内,去表现这种"大事"的外在和内在过程。如何才能符合现实的"礼俗、趣味"呢?德布隆在第 13 章里试用了颂诗式的抒情散文体,它的特点是既富于感情色彩,又不粗俗,既不回避"特殊现实",又含蓄蕴藉,作者用文学的语言,而不是用科学的语言,以暗示的方式,而不是以直白的方式,描写这种爱情关系的方方面面。这是德布隆这部小说性描写的第一个特点,它被德国评论家汉斯·考夫曼称为"最美丽的爱情场面"。

　　第二个特点是,德布隆不刻意描写一般的性爱过程。描写一般的性爱过程,是科学的任务,不是文学的任务,茅盾先生当年谈到中国文学中的性描写时,说得很直白,他说,性交方法的描写,在文学上是没有一点价值的,房术不是文学。20 世纪以来欧洲文学中那些刻意展示男女性器官,自然主义地描写性交过程的作品,在法律界和读者中遇到麻烦的事例表明,这是一条歧途,算不上创造性的文学活动,它有损于文学的本质和作家的声誉。文学是人学,性描写的人性内涵,不应该停留在生物学层面上,它应该反映特定时代,特定社会,特定社会状况和特定心理。德布隆小说性描写的人性内涵,是通过充分展示人物个性表现出来的，不是描写自然的性冲动，更不是描写色情狂。阿尔普作为一个有家室的男人，爱上布罗德小姐，是由于感觉到安逸的生活、被人羡慕的社会地位正在逐渐消磨他的热情，埋没他的理想，他认为跟有独立性、有追求、有抱负的布罗德小姐在一起，更激励自己的进取心，开始新的生活，他甚至相信自己宁愿跟她一起到向往已久的农村去，实现自己的理想，而抛弃现有的一切。当然，最终由于他性格懦弱，未能做到这一点，但这确实是激发他对布罗德小姐产生爱情的原动力。布罗德小姐也正因为了解并欣赏阿尔普的理想，在反复犹豫之后才爱上他，相信他会成为自己的理想伴侣。他们的爱，以至于发生在圣诞之夜的"大事"，不是爱情的冒险，不是轻浮的"勾引"或轻率的"委身"，是共同的理想、旨趣使他们产生了爱慕并最终发生了那件"大事"。描写这个场面时，作者连用了18个俳句："于是乎，二人用心与智相爱了……""于是乎，二人互相认识了。也知道了什么是真正的爱情。""于是乎，二人用语言、目光、手指和嘴唇欣赏对方。""于是乎，二人合而为一了。"这段文字充满激情，却又不失庄重，既表现了对性爱的赞美，又是一首人类追求积极向上精神的颂歌，表现了爱情将为主人公的生活带来质的飞跃的可能性。

第三个特点是，这种描写既摆脱了恩格斯所说的那种德国市侩的偏见，又不盲从现代西方流行的"性解放"观念，而是把打破"性禁区"视为人的解放的一部分，使人成为具有独立个性和人格的社会的人。艾丽莎白之所以失掉丈夫的爱，是因为她在长期婚姻生活中，只懂得扮演传统家庭主妇角色，是自己成了整天围着丈夫转的"卫星"。而布罗德小姐对阿尔普的魅力，恰恰在于她有独立人格，有自己的志向。艾丽莎白在婚变过程中，认识到这种独立性的意义，于是她找了一个艺术图书馆管理员的职务，开始学习艺术史，她要用行动向丈夫证明自己潜在的能力，艾丽莎白向妇女解放迈出了关键一步。相比之下，阿尔普却未发生任何变化。本来布罗德小姐对他的爱，给了他冲破已经习惯了的生活樊篱、实现自己人生价值的最好机会，却由于自身的惰性和懦弱，在二重性格的矛盾中错失良机，使自己在两个女人之间无从选择。与解放型的布罗德小姐和尚未解放的艾丽莎白相比，阿尔普其实是一个尚待实现人的解放的人。这一点赋予这部小说以特殊的意义和魅力，它的性描写也因此而未落入俗套。

德布隆为文学中的性描写提供了一种模式，体现了他在艺术上的创新精神。作家们虽然未必都要以他为样板，照猫画虎，但却可以根据他的艺术实践所获得的社会效果，进一步思考和探索如何在文学作品中进行性描写的问题。20世纪以来的社会和文学实践已经证明，在观念上扔掉恩格斯所说的那种德国市侩偏见，冲破传统的性道德规范，是可以实现的，也是不难实现的。难的是作家在描写性过程时，如何着眼于去创造不同于科学描述的文学模式和语言文化，使性描写摆脱粗俗、玩世不恭的笔调。借鉴20世纪以来西方小说性描写的模式，甚至借鉴《金瓶梅》，不厌其细腻地描写人物的性过程，非但不能表明作家如何"开明"，如何"现代派"，反倒如茅盾先生说的那样，陷入了"魔道"，这是不可取的。

原载《文艺报》1994年4月2日

三　北欧文学漫笔

从北欧文学在我国的传播说起

　　说起北欧文学，中国年纪大一些的读者，很容易把它们同"弱小民族"这个概念联系起来，这是因为五四前后最先向中国读者翻译介绍北欧文学的先贤们，就是取的这个角度。今非昔比，今日的北欧诸国，已经摆脱了贫弱处境，大都居于世界富国前列，号称"福利社会"。其中瑞典发展国民经济的模式，已经引起世人注目。事实上，北欧的芬兰和瑞典，就其国土面积来说，比欧洲大陆上的德国、法国小不了许多，比英伦三岛还要大不少。只不过由于地理位置偏北，气候不佳，人烟稀少，经济文化发展较迟。直到20世纪二三十年代，北欧诸国的经济实力，与英国、德国、法国相比，的确落后许多，再加芬兰有长期遭受沙皇俄国控制奴役的历史，因此当时的北欧确实属于弱小民族之列。五四前后的中国正处于半殖民地半封建状况，受着内忧外患的困扰，一些爱国的知识分子，很自然地会把当时世界上不发达、政治上有过受人欺侮凌辱历史的国家引为同道。这些国家文学中那些描写人民生活疾苦，被剥削、被压迫、被奴役状况，反映民族叛逆、反抗的作品，特别能引起具有强烈忧患意识的中国知识分子的共鸣。他们希望通过向中国读者介绍这样的文学作品，促进人民觉醒，振奋民族精神，以求摆脱半殖民地半封建社会的困境。其功利用心是非常明确的。用鲁迅的话说，就是"立意在反抗，指归在动作"（《摩罗诗力说》）。在今日的西方文坛上，不时会听到一种"反功利主义"的声音，这可能与人们在和平环境里生活得太久，把文艺的消遣、娱乐作用强调得过分有关。在中国，长期以来，文艺同现实政策捆得过紧，人们对这种用文艺图解现行政策的功利主义产生反感，是可以理解的。但人们终究不可以从一个极端走向另一个极端。文学艺术哪有光讲消遣、娱乐，不讲社会功利的呢？

在中国近百年的历史上，最早翻译介绍北欧文学作品的，大概要首推鲁迅。他与弟弟周作人在日本留学期间编译的两卷《域外小说集》里，便包含北欧文学作品。鲁迅介绍外国文学，就很讲究功利，他在1920年撰写的《域外小说集》序文里说，他们当时在日本留学时，有一种模模糊糊的想法，"以为文艺是可以转移性情，改造社会的"。于是，便自然想到翻译介绍外国文学这一件事。而他之所以要介绍被压迫的弱小民族中作家的作品，"因为那时正盛行着排满论，有些青年，都引那叫喊和反抗的作者为同调的"（《南腔北调集·我怎样做起小说来》）。他在谈到为什么要翻译爱罗先珂的《桃色的云》时还说："其实，我当时的意思，不过要传播被虐待者的苦痛的呼声和激起国人对于强权者的憎恶和愤怒而已，并不是从什么'艺术之宫'里伸出手来，拔了海外的奇花瑶草，来移植在华国的艺苑。"（《坟·杂忆》）

这就是说，鲁迅翻译介绍外国文学（尤其是北欧、东欧等弱小民族的文学），用意不在于把海外的奇花瑶草移植华国艺苑，供有闲阶级玩赏，而是他在那些作家的作品里，为当时正在叫喊和反抗的中国热血青年，找到了"同调"，用它们来为"转移性情，改造社会"服务。鲁迅先生在《文化偏至论》中所说的

"是故将生存两间,角逐列国事物,其首在立人,人立而后万事举",就是这个意思。当时的所谓"立人",就是唤起人民觉醒。人民觉醒起来,振奋精神,方能"动作"、方能"反抗"、方能"改造社会"。可以说,他编译的《域外小说集》,贯彻了他在《文化偏至论》和《摩罗诗力说》中所阐发的主张。

  鲁迅那时认识到,中国内部当时在满清封建王朝统治之下,日益衰微破败,黑暗之极,亟须疗救;外部遭受外强宰割,亟须振奋民族精神,抵御外侮。但是,就全国来说,"反帝反封建"的思想,是在十年以后的五四运动中才形成的。第一次世界大战之后,备受帝国主义侵略和蹂躏的中国,本来应该收回被德国帝国主义霸占的胶东半岛,可参加"巴黎和会"的西方列强,却无视中国人民的正当权益,把这块中国土地重又判给日本帝国主义。中国人民(首先是青年知识分子)再也不能忍气吞声,于是爆发了一场浩浩荡荡的反对帝国主义和封建主义的革命运动。五四运动在文学方面的重要建树,一方面是对浸满了儒家学说的消极成分和封建道德规范的旧中国文学,进行了猛烈批判,另一方面是为吸收西方和日本文学,敞开了大门,尤其是俄国文学、法国文学,还有英国和德国文学,对于五四以后中国知识分子的觉醒,起了重大作用。这中间所谓"弱小民族"的文学,包括北欧各国人民的文学,受到中国作家和新一代知识分子的特殊爱戴和重视。

  我们可以看到,在鲁迅兄弟翻译介绍《域外小说集》以来到五四运动,这十年多时间里,世界形势发生了空前的变化。苏联十月革命的成功,统一的资本主义世界被打开一个缺口,人类历史掀开了新的一页,资本主义制度被社会主义制度代替的思想,已经从理论走向了实践。欧洲的德国、匈牙利相继爆发了1918年的无产阶级革命。一时间,资本主义世界出现了朝不保夕的势头,大批欧洲知识分子的左倾,在舆论上大大助长了欧洲无产阶级革命的声势。东方的中国，正像毛泽东所说，十月革命一声炮响，给中国送来了马克思列宁主义革命学说，在中国本身社会矛盾激化的基础上，帝国主义的凌辱，终于导致了震撼中华大地的五四运动，紧接着又宣告了中国共产党的成立。从此，中国革命汇入了世界无产阶级革命运动的大潮。

在这个大的历史背景下，外国文学的翻译介绍，在中国也逐渐打开了局面。十月革命前，鲁迅兄弟编译的《域外小说集》在东京印了一千册，半年时间才卖出去20册；第二集在上海只印了500册，也只卖出去20册。余书在上海与书店一起烧掉了。（见《致田涉》）到了五四运动前后，人们对外国文学的需求激增。1918年《新青年》第6期，居然出了一辑易卜生专号。自那以后，随着中国革命形势的发展，翻译介绍外国文学的势头越发高涨。那一代中国作家，不仅有着深厚的中国文化根底，而且大都通晓外语，他们把翻译外国文学作品视为普罗米修斯盗天火给人间的事业。茅盾在1934年发表在上海《话匣子》上的一篇文章中，对北欧文学的翻译介绍做过一个统计，他说，从1919年五四运动到1929年初的十年间，中国翻译介绍了15位北欧作家的作品，其中有瑞典作家斯特林保的作品，挪威民俗学家艾斯比昂森搜集的童话，丹麦作家安徒生的童话，以及易卜生、比昂松、汉姆生、布兰代斯等的剧本、小说和论文。

仔细考察起来，中国的先贤们翻译介绍北欧文学的活动，很可能是受了日本翻译介绍北欧文学活动的启发和影响。鲁迅兄弟编译《域外小说集》，是在日本留学时进行的。当时日本文学界正在借易卜生逝世之机，在1906年9月份日本著名文学杂志《早稻田文学》上组织了一期易卜生专号，以纪念这位挪威大剧作家辞别人世。翌年初，即鲁迅兄弟《域外小说集》出版那年（1907），东京成立了一个"易卜生学会"，每月都组织一次学术讨论会，其影响十分广泛。当年著名的日本作家，不论是赞成自然主义的人还是反对自然主义的人，大都以这样的方式，同易卜生作品发生关系。1907年在日本出现了第一家按照欧洲话剧院模式组建的职业剧团，并上演了易卜生的《约翰·加布里埃·勃克曼》，从而宣布了日本"新剧"的正式诞生。当时有许多日本作家，开始学着易卜生的样子创作剧本，从主题的确定、素材的选择和剧本结构诸方面，摹仿易卜生的作品。这股"易卜生热"延续到1910年便消沉下去，转向翻译出版全本成套的易卜生戏剧集。中国《新青年》易卜生专号，正是在这种气氛中出现的，而且也出现了"易卜生热"。

这股"易卜生热"对日本文学界的影响，用历史的眼光来看，是相当短暂的，它随着日本翻译界对托尔斯泰、契诃夫和19世纪法国文学的发现而消沉下去。但它对日本创立"新剧"的意义，无论怎样估价都不为过分。人们甚至可以说，没有易卜生，便没有日本"新剧"。日本人最初上演易卜生戏剧，着意并不在于戏剧美学问题，而是易卜生作品中所表达的那些惊世骇俗的思想。它们对于东方人是那样的新鲜和具有吸引力。所以，作为一股社会思潮，这股"易卜生热"较之对文学的影响，要广泛深远得多，它波及日本哲学界、宗教界、教育界和当时的妇女运动等领域。日本文学界介绍易卜生，始于19世纪末期，日本现代文学和当代文学的奠基人之一——坪内逍遥，在1892年写的一篇文章中第一次提到易卜生。次年便出版了易卜生的剧本《人民公敌》和《玩偶之家》节译本，1897年出版了《勃克曼》，1902年又出版了《玩偶之家》全译本，1903年出版了《布兰特》。第一套日文版六卷本《易卜生文集》出版于1913年至1918年。可以说，易卜生逝世前十年，他和他的文学成就几乎成了日本文学界和思想界民主派知识分子的偶像。这种情况的出现，不管有多少偶然因素，显然是与当时日本现实社会的发展状况有密切关系的。史学家们通常认为，日本年轻的资本主义制度于1905年进入了帝国主义阶段，但日本的封建"武士道"精神，影响仍然十分广泛、深刻，所以日本帝国主义的封建色彩十分浓厚。它一方面对外实行野蛮的侵略扩张，另一方面，国内人民又受着封建道德和精神规范的束缚，现存的家庭结构，极端蔑视个性和个人生活的权利。一些受过欧洲现代思维方式影响的日本知识分子，受不了这种压抑，不满于这种现实。这种不满情绪，逐渐发展成一种对现状的失望和叛逆，发展成对个性自由和思想解放的追求，发展成摆脱封建道德束缚的强烈愿望。所有这些都构成了当时日本文学的基调。在这种形势下，日本知识界的先进人物，从易卜生作品中感受到了曾经模模糊糊地感受到，但尚不能清楚表达出来的思想。于是，易卜生便成了当时那些年轻、激进的日本知识分子的代言人。易卜生说出了他们想说而又说不出来的话。易卜生喊出了他们的心声。这与中国五四时期介绍易卜生的情况有着许多相似之处，尽管两国的社会状况不尽相同。

易卜生作品介绍到中国来以后，所产生的社会效果，也像在日本一样，远远超出了文艺美学的范围。他在作品中对他那个时代社会的猛烈抨击，他向人类发出的那些摆脱传统道德和法律偏见的呼声，在当时中国知识分子当中引起了强烈反响，大大影响了他们的思维方式。其中影响最为广泛的，要数《娜拉——玩偶之家》。这出戏最初由胡适、罗家伦部分地译成汉语，载于《新青年》1918年6月的易卜生专号上。娜拉在家庭中的地位、胸中郁结的苦闷、心灵的创伤以及她最后的离家出走，强烈地震撼了中国知识分子的心灵。特别是当时的中国知识女性，从娜拉的遭遇中开始意识到自己和众多姐妹在社会和家庭中奴隶一般的地位，其中的先进女性，开始尝试摆脱旧社会和旧家庭结构在她们身上的道德的、心理的、法律的、习惯的枷锁。在那以后相当长一段时间里，各种报纸杂志上，议论《娜拉》成了最为时髦，也最为激动人心的话题。鲁迅1923年曾经写了一篇题为《娜拉走后怎样》的杂文，议论中国娜拉们的处境和出路，他提出中国妇女若要获得自由，不做丈夫的玩偶，必先在经济上获得独立。他说："自由固不是钱所能买到的，但能够为钱所卖掉。人类有一个大缺点，就是常常要饥饿。为补救这缺点起见，为准备不做傀儡起见，在目下的社会里，经济权就显得最重要了。"在鲁迅看来，要达到这一步，尚须走相当长一段艰苦斗争的道路。茅盾也像鲁迅一样，在易卜生的《青春之盟》中，听到了为当时中国所需要的"新声"——叛逆精神，对于旧社会制度、旧道德观念、旧习惯势力的叛逆。

易卜生在五四这场中华民族伟大的思想文化启蒙运动中，产生了相当重要作用。由于中国社会变革的需要，易卜生成了当时中国文化界志士仁人首先推崇和介绍的对象。他的社会问题剧，从家庭和婚姻的角度所揭示的社会问题，在中国引起强烈共鸣。当时，中国作家摹仿易卜生所创作的剧本，尽管很不成熟，却成了一股文化风气，对那场思想文化启蒙运动起了推动的作用。如果我们从中国话剧的诞生来看，易卜生的影响更为明显。前面提到，1907年在日本东京借纪念易卜生逝世之机，组建了第一家符合欧洲话剧院模式的剧团，并首演了易卜生的《勃克曼》。很可能是在它的影响下，当时留学日本的一些中国学生，组织了一个以演剧为目的的"春柳社"，成为中国话剧运动最早的尝试。1909年天津南开学校剧团上演的具有话剧轮廓的戏剧，被称为"新剧"。这个称谓也可能是直接来自日本。日本人至今还称这种来源于欧洲的戏剧形式为"新剧"。在中国到了1928年，才有戏剧家洪深提议把它定名为"话剧"，以区别于歌剧、舞剧、哑剧和中国戏曲。在我国最有成就的戏剧家曹禺的剧作中，可以明显看到易卜生的影响。他的剧本《雷雨》，从主题的确定、故事的结构方法，到戏剧气氛，与《易卜生》的《群鬼》有着许多相似之处，为比较文学史家提供了一个研究作家如何在借鉴的基础上进行艺术创造的范例。我们可以说，是易卜生催发了中国话剧艺术的诞生，他作品中所表现的那些民主思想，启发并推动了中国进步作家和知识分子对于民主和社会变革的追求，他的作品也间接地参与了改造旧中国、缔造新中国的斗争。易卜生值得文学史家们以"易卜生与现代中国"为题，进行深入细致的专题研究。

这股"易卜生热"在中国文坛和知识界，大约延续了十多年，随着中国翻译界对法国、英国、德国、俄国文学，尤其是对苏联革命文学的发现而日渐消沉下去。1928 年，即《新青年》易卜生专号出版大约十周年，易卜生诞辰 100 周年的时候，鲁迅在他主办的《奔流》杂志上还组织了一次易卜生专号，以介绍海外的易卜生研究成果为主。《小说月报》上也登载了潘家洵先生翻译的易卜生剧本《海达·加布勒》。中华人民共和国成立后，人民文学出版社多次出版了潘家洵先生翻译的易卜生戏剧集。

在北欧文学中，除了易卜生，还有丹麦童话作家汉斯·克里斯蒂安·安徒生，曾在中国文化生活中产生过广泛影响。如果说易卜生曾经影响了中国的思想界，影响了反帝反封建的民主运动的话，那么安徒生则主要是以想象力丰富和爱憎分明的童话，在中国文化界和青少年读者中留下了深刻印象。《皇帝的新衣》《丑小鸭》几乎变成了中国土生土长的艺术思维成果，人们常常信手拈来，借以表达对周围事物的看法和爱憎。安徒生的童话早在 20 年代就被介绍到中国，目前在中国流传最为广泛、最受欢迎的版本，是作家叶君健翻译并于 1978 年在上海出版的《安徒生童话全集》16 卷本。1978 年他的童话故事《卖火柴的小女孩》，被编成舞剧搬上舞台和电视屏幕，成了当时颇受欢迎的少年节目。

安徒生在中国传播的情况，也很容易让人想到，他在日本文化界的接受史。如果说安徒生在中国一开始就以童话作家著称的话，那么他在日本的情况则不同。安徒生作品是19世纪80年代传入日本的，直到20世纪初，他在日本一直被视为欧洲浪漫主义文学的代表人物。大约在1910年，安徒生才第二次被发现为欧洲杰出的童话作家，他那些色彩斑斓的童话故事，成了当时刚刚出现的现代日本少年文学效仿的榜样。

如果说易卜生对中国思想文化生活的影响，主要是在30年代以前的话，安徒生作品在中国读书界的声望，似乎保持了至今不败的纪录，几乎年年都有不同版本的安徒生童话选本问世。当然，他从未也不曾经历过五四以后类似"易卜生热"那样的声势和荣耀。到目前为止，中国读者比较熟悉的北欧作家作品，尚有瑞典的斯特林堡、拉格洛芙；挪威的比昂松、汉姆生；丹麦的霍尔贝格、安德逊·尼克索；冰岛的拉克斯内斯和芬兰伟大的民族史诗《卡勒瓦拉》；等等。不过，他（它）们在中国读者中影响之深远、广泛，都远远抵不上易卜生和安徒生。就这一点来说，北欧文学在中国传播的情况，同在日本的情况几乎是一样的，只不过在日本，安徒生的翻译介绍先于易卜生，在中国则正好相反。

总的来说，我国翻译介绍北欧文学的人才实力，还是相当薄弱的。第二次世界大战以来，北欧各国的经济发展十分迅速，像瑞典已经成了西方世界拔尖的"福利国家"。在这种形式下，中国读者，尤其是文化界人士，希望通过文学作品透视和了解北欧诸国发展历史和现状的心情日益迫切，对北欧文学的兴趣日益浓厚。近年来，石琴娥同志对北欧文学的翻译介绍，部分地满足了这种社会兴趣和需求。

北欧文学：横向与纵向

所谓"北欧文学"，就通常的理解来说，指的是欧洲北方丹麦、冰岛、挪威、瑞典和芬兰五国的文学。严格说来，这样理解是不全面的。因为北欧事实上有六个国家，除了我们提到的五国，还有一个法罗。它是挪威和冰岛之间的一个岛国，大约有三万五千多居民。自1380年以来，它一直是丹麦王国的一个组成部分，1948年才宣布自治。不过，这种自治只是在外交、教育和社会救济等领域，在其他更广泛的领域里仍然与丹麦保持合作关系。法罗语是一种介乎挪威语和冰岛语之间的语言，它在发音和词汇方面，近似挪威语言；在词形变化方面，则近似冰岛语言。法罗文学就是用这种法罗语创作的文学。由于法罗语作为一种书面语言，在19世纪末期才确立下来，所以现代意义的法罗文学，事实上始于20世纪，且主要是在这三万五千法罗人中流传。这种文学虽然已经受到北欧语言文学专家们的注意，但尚未流传到别的国家，很少为外行人所知，在法罗语区之外，它基本上还是专家们研究的对象。

北欧文学通常又称"斯堪的纳维亚文学"。从地理上来说，斯堪的纳维亚是欧洲大陆从北向南延伸入波的尼亚湾、波罗的海、北海和挪威海之间的一个巨大半岛，生活在这个半岛上的是挪威人和瑞典人。事实上，斯堪的纳维亚只包括这两个国家。第二次世界大战以后相当长一段时间内，在欧洲大陆上，尤其是在德语国家，为了避讳"北方"一词，通常用斯堪的纳维亚一词来代替北欧六国。这是因为德国法西斯时代，有些御用学者曾经从语言史的角度，论述过日耳曼民族的起源，并从中引申出一种所谓"日耳曼意识形态"。这种"日耳曼意识形态"，给本来只具有地理学、民族学意义的"北方"这个概念，涂上了一层政治的、意识形态的色彩，同民族主义、法西斯主义发生了密切关系。20世纪70年代以来，有的"北欧学"学者建议，仍按地理意义恢复"北方"一词，因为它所包含的地理范围，大于"斯堪的纳维亚"一词，况且北欧各国人民对"北方"一词的理解，从来就没有法西斯主义的"日耳曼意识形态"色彩。

然而，即使恢复"北方"一词，按照欧洲人通常的理解，所谓"北欧文学"仍然只包括丹麦、法罗、冰岛、挪威和瑞典文学，而不包括芬兰文学，最多还包括芬兰境内的瑞典语文学，因为在芬兰历史上至今存在着用芬兰语和瑞典语创作的两种文学，而芬兰的瑞典语文学，是属于通常所谓的"北方文学"的。[①] 不过，20世纪80年代以来举行的一些北欧文学讨论会表明，不管人们用"北方文学"一词，还是用"斯堪的纳维亚文学"一词，大都包括芬兰语文学。我们中国人所用的"北欧文学"一词，既没有欧洲大陆，尤其是德国人对于"北方"一词的忌讳，又突破了"斯堪的纳维亚"一词在空间观念上的局限。

我们把北欧五国文学合在一起，这种想法究竟有什么道理呢？是由于这五国比邻？还是出于什么别的原因？北欧文学毕竟是五个国家的文学，而非一国文学，既然合起来论述，这其中必然有些什么道理，要说明这个问题，就要探讨一下，这五国文学有些什么差别和共同点，这可能是我们了解北欧五国文学发展重要线索的最好办法和途径。

这五国文学最主要的差别，自然是语言。从语源学来说，芬

[①] 芬兰民族被认为是公元1世纪从东方迁徙来的民族，它的语言完全不同于北欧其他各国语言，据说与欧洲大陆上的匈牙利语言有相通之处，因此欧洲人通常说的"北方文化"，常常不包括芬兰文化。事实上，起码从中世纪宗教改革以来，芬兰文化就一直是在西方基督教文化圈内发展演变的，已经失掉了"东方"特点，完全属于西方文化圈以内。所以谈到"北欧文学"，自然也应该包括芬兰文学。

兰语与其他四国语言，具有完全不同的渊源，他属于古老的芬兰—乌格尔语系，他除了同匈牙利语在语源上相通，与欧洲任何语言都没有共同之处。其余四国语言，虽然同属日耳曼语系，但书面上的差别，仍然是明显的。比这种表面上的语言形态更为复杂的是，在北欧文学中，至少有两个国家具有两种语言的文学。前面提到芬兰不但有芬兰语文学，还有瑞典语文学；此外，挪威不但有挪威语文学，还有丹麦语文学。这种复杂局面，是历史地形成的。早在12—13世纪时，瑞典便占领并吞并了芬兰，自那以后，芬兰西部和南部沿海一带，逐渐形成了瑞典人聚居区，并带来了瑞典文化。19世纪初，自芬兰世俗文学产生以来，一直存在两种语言的文学。由于语言心理和文化传统的关系，芬兰瑞典语文学，往往被视为瑞典本土文学的一部分。同样，挪威两种语言的文学，也是历史形成的结果。早在14世纪末，即1397年，挪威、瑞典、丹麦便结成了一个联合王国，史称"卡尔马联盟"，丹麦国王是相当长时间这个联合王国的实际统治者。这种联盟一直延续到1521年，即瑞典在古斯塔夫·瓦萨国王领导下，废除丹麦异族统治为止。直到17世纪，挪威的行政官员和神职人员，都由丹麦人承担。1814年以前，丹麦总督始终是挪威的最高统治者。因此，丹麦语言和文化，在相当长时间内，在挪威享有重要地位和影响。时至今日，丹麦语言除了在挪威，在冰岛和法罗作家的创作之中仍然在发挥作用。

  由上述情况可以看出，在北欧五国的历史上，有两个国家在政治和文化上，曾经产生过重要影响，即丹麦和瑞典。瑞典的影响向东波及芬兰；丹麦的影响向西波及挪威、法罗和冰岛。可以说，整个中世纪的北欧文学，大体上就是在这两个国家影响下发展的，直到19世纪初期，即浪漫主义时期，北欧文学才出现了各民族文学复兴的态势。这时的北欧文学，既表现了世俗的特点，摆脱了宗教文学内容的束缚，又形成了民族特点。它的最明显特征，便是作家借以进行文学创作的语言，发生了明显差别。当然从历史的角度来看，这种语言上的差别，相对来说还是相当年轻的，至多也不过150年的历史。浪漫时期以前的北欧文学，在语言上是相当接近的，那时的读书人，不需要相应的语言知识，便可以阅读邻国的文学作品，尤其是像丹麦、挪威、瑞典诸国，而芬兰始终是个例外。

形成北欧五国文学之间差别的另一个因素是，它们都有各自不同的历史发展过程。前面提到，整个中世纪的北欧文学，是在丹麦和瑞典文学的影响之下发展的，事实上这种发展至今也还是存在的。浪漫主义时期带来其他各国——挪威、冰岛、芬兰民族文学的复兴，20世纪初期又产生了现代意义的法罗文学。这些国家民族文学发展的过程，也都吸收了丹麦、瑞典文学先前所创造的成就。不过在19世纪，尤其是19世纪后半期，出现了后来居上的形势，即在历史上发展较晚的文学，反而超过了历史上发展较早的文学。例如挪威文学，在19世纪80年代时，即北欧民族文学复兴70年以后，出现了比昂松、易卜生这样产生了世界影响的大作家，从而使挪威文学取得了居北欧文学之首的地位。这样一来，历史的不平衡发展所造成的差别，很快得到了弥补，历史上从不显眼的挪威文学，一下子震撼了欧洲大陆，震撼了遥远的亚洲东方的日本和中国。世界上的事物就是这样发展的。从前落后的，当机会来临时，一跃而成为先进的。这就是事物发展的辩证法。

北欧文学除了上述差别，还有一些共同的东西，或者说，它们有一些共同的文化遗产，成为北欧作家文学创作的源泉。例如北欧曾经创作了自己独立的神话系统，它包括在古代《埃达》里，成为后世北欧作家文学创作的源泉，其影响及于欧洲大陆，尤其是对德国中世纪文学发生了广泛影响，直到19世纪，音乐家瓦格纳还以北欧神话为依据，创作了一系列不朽的歌剧。此外，北欧中世纪的文学也得到了高度发展，而且具有自己的特点，例如《萨迦》和吟唱诗。上述记载北欧神话的《萨迦》和《埃达》、吟唱诗等，都是北欧最早的文学创作典籍，产生于10—15世纪初，是用古代冰岛语言记载下来的。它们既反映了这个岛国特殊的历史、文化发展状况，也反映了中世纪北欧文学的总体面貌。这些共同的文化遗产，可以说是北欧各国土生土长的文化精华。大约也从10世纪开始，基督教传入北欧，并把地中海沿岸产生的所谓拉丁文化带入北欧各国。不过这种新的文化并未摧毁或取代当地的文化价值观念，而是随着时间的推移，形成了两种异质文化共生的局面，其结果是北欧文化因素与地中海文化因素的友好融合。现在人们所说的北欧文化遗产，其实是北方和南方文化遗产的融合物，我们作为东方人，倘若缺乏有关的历史知识，对这两种异质文化形态是无法辨别的。即使对于北欧人来说，这两种文化遗产，也已经成了血肉不可分的东西。由这样两种文化因素形成的文化遗产，为北欧文学打上了深刻的烙印，成了它们共同的特点。

北欧孤立于大陆之外的地理位置，也为北欧文学形成自己独具特色的传统起了重要作用。阅读北欧文学作品，读者会很容易发现两个突出的特色：一是农民气质，二是新教色彩。

所谓"农民气质"，用我们熟悉的语言来表达，就是指北欧文学的人民性，或者说，北欧文学的人民性首先表现为它的农民性。历史上的北欧农民与欧洲大陆的农民相比，特别是在封建社会中，其社会政治和文化地位有着较多的独立性，不像大陆农民那样，被封建土地关系束缚得那样死，形成一种完全依附的主仆关系。北欧的封建贵族阶级势力是很薄弱的，广大农民大都处于一种独立耕作、自给自足状态，没有大陆农民那样严格的人身依附关系，因而有机会在文化生活中扮演创造性角色。直到今天，北欧各国作家仍然大量选择农村题材，描写农民繁衍生息的环境，表现他们在这种环境中的喜怒哀乐，这几乎是北欧各国文学的一大特色。这种人民性还表现为人与自然的特殊关系，在作家笔下自然既被描写成人类生存的有机组成部分，同时又被描写成可能危及人类生存的力量。人与自然的这样一种关系，可以说是典型地表现了北欧文学的农民气质。作家们从农民大众的信仰（或迷信）当中，汲取了从事文学创作的想象力，幽灵、鬼怪、巨人等常常成为北欧作家笔下描写的对象，成为他们所创作的文学现实当中某种主宰人类命运的怪异力量。此外，北欧文学的人民性，还表现为人民大众在民族文学革新过程中所发挥的创造性作用。例如芬兰的民族史诗《卡勒瓦拉》，就是人民大众智慧的结晶，它在经过埃利亚斯·伦洛特搜集整理加工出版之前，一直作为民间文学口头流传在人民大众之中。同样，挪威民俗学者彼得·克里斯顿·阿斯比昂松搜集出版的民间童话，也是挪威农民大众文学创作才能的成果。

另一个形成北欧文化和文学特色的因素是新教。前面提到，基督教是在10世纪前后传入北欧的，并且为北欧带来了地中海文化。16世纪时，欧洲大陆发生了宗教改革运动，目的在于反对教会和与教会相勾结的封建势力，对于精神生活和政治生活的控制。这场运动最初发生在德国，很快在中欧、北欧一带传播开来，成立了新的教会组织，亦称新教或福音教会，完全脱离罗马天主教会的控制。它反对旧教礼仪，强调教会生活的基础和规范是《圣经》和个人对福音书的信仰。由于最早领导宗教改革的是德国人路德，所以又称路德教会。新教在瑞士的领袖人物，是苏黎世的茨温格里和日内瓦的加尔文。这股新教势力后来逐渐传播到法国、英国、北欧诸国。如果说新教在欧洲大陆的产生、传播，与当时的社会、经济、政治状况关系十分密切的话，那么它在北欧的传播，几乎与经济、政治状况无关。这种打破旧的天主教教条，实行比较开明的教规和礼仪的新教，似乎很适合北欧人的自由散漫气质。这种新教文化对北欧文学最明显的影响,是北欧作家对于带有悲剧色彩的道德问题特别敏感。波兰学者采侬·齐希尔斯基甚至认为,正是这一点导致了 19 世纪基尔克郭尔存在主义哲学的形成。①

应该说明的是,我们描述北欧文学的某些共同点,并不否认各民族文学在各自发展过程中形成的互相区别的特点。我们既然要把五国文学放在一起论述,必然要从历史发展的总体性或者共性方面来考察这五国的文学创作。前面讲了几个横向的问题,下面将做一简明的历史性概括,以便读者对北欧文学的历史发展,有个明晰的纵向了解。

前面说过,北欧文学最早的文献,产生于冰岛,时间是 10—15 世纪,那是北欧人的文化才能得到充分发挥,并取得辉煌成果的时代。代表性文献就是前面提到的《埃达》、《萨迦》和吟唱诗。《埃达》分"古埃达"和"新埃达"。"古埃达"是一部用冰岛语撰写的诗集,其中记载了古代北欧诸神和英雄故事,最早记述了北欧的神话系统。这部典籍到 17 世纪中叶(1643)才被发现。"新埃达"是一部诠释吟唱诗的著作。这部书被认为是冰岛人斯诺里·斯图鲁松于 1220 年撰写的,故又称"斯诺里埃达",发现于 1628 年。《萨迦》是古代北欧的散文作品,其中记载了许多家族和国王的历史故事,还有许多历史传说和童话。它的叙事风格对后世北欧文学影响极为广泛,称为"萨迦风格"。吟唱诗则是一种韵律严格的诗歌,系歌手们曾经演唱过的一种宫廷诗。这些典籍虽然产生自冰岛,却成了整个北欧后来文学发展的基础。这些古代冰岛文学作品,到 17 世纪被发现出来以后,成了作家们文学创作灵感的重要源泉,它们塑造

---

① 见《文学史撰写——第 13 届"国际斯堪的纳维亚学协会"报告文集》,民主德国罗斯托克:辛斯多夫出版社 1982 年版,第 245 页。

了北欧文学的特殊性。

中世纪是北欧历史的一个重要时期，一方面是当地文化的繁荣与发展，产生了很有特点的文学典籍，另一方面是随着基督教而来的地中海文化，在北欧文化生活中日益发挥着重要作用。不过，由于中世纪末期发生了瑞典与丹麦、波兰、俄国之间长达21年之久，以争夺波罗的海控制权为目的的"北方战争"，再加上北欧特殊的地理环境，因而欧洲大陆上出现的人文主义、文艺复兴和巴洛克文化，在北欧都未得到充分发展。这一时期北欧各国文化的最大成就和特点，就是北方因素与南方因素的融合。

到了18世纪启蒙运动时期，北欧文化发展出现了一个重要转折，新教教条在理性主义的冲击下，受到了削弱，从而导致北欧诸国向当时欧洲大陆文化中心法国开放的局面。欧洲大陆文化的新因素与本土文化精华的结合，使当时在北欧占主导地位的瑞典与丹麦的文学事业，都出现了蓬勃发展的势头，在丹麦产生了像路德维克·霍尔贝格这样的大剧作家，绝不是偶然现象。

19世纪初期浪漫主义的出现，标志着北欧文化已经达到了成熟的程度，北欧人这时终于意识到了自己文化传统的价值。地中海文化的冲击波，虽然在中世纪末期引起过对本土文化某种程度的忽视、贬抑、误解，但随着18世纪启蒙运动的深入，一方面向欧洲大陆，特别是向法国开放，吸收异质的大陆文化，同时也对自己的文化传统做了充分肯定的评价。北欧浪漫主义文学潮流，就是在开放、吸收异质文化和弘扬本土文化的过程中形成的，而积极评价和发扬民族文化传统，对这一过程起了重要作用。浪漫主义思潮的出现，使当时尚处于依附地位的民族，如芬兰、挪威和冰岛，开始形成民族意识和对自由的渴望。浪漫主义时期最直接的成就在于，北欧各国形成了现代意义的民族文学，像丹麦的欧伦施莱厄，瑞典的泰格奈尔，名声都超出了北欧范围。尤其是汉斯·克里斯蒂安·安徒生，更成了欧洲浪漫派文学的重要代表人物。他创作的大量童话作品，在世界文坛上取得了牢固地位，成了世界文学宝库里永放光彩的珍品。安徒生在中国，正是以杰出的童话作家而著称，并得到广泛推崇的。

如果说中世纪末期，欧洲大陆的人文主义、文艺复兴和巴洛克文化，在北欧引起的反响还是相当被动，北欧文化发展尚未汇入欧洲文化发展大潮的话，那么到了18世纪启蒙运动时期，北欧文化同欧洲大陆文化的发展，则基本上会合到一起，而到了19世纪，几乎达到同步发展的程度，尤其是19世纪后半期和20世纪初期，北欧产生了比昂松、易卜生、斯特林堡、布兰代斯这样的大作家、大学者，北欧人已不再单单是别国文化成果的享用者，他们也提供了优秀的文化成果，供世人享用。从此，北欧人在世界文坛上的形象，令人刮目相看了。

上述大作家、大学者活动的时期，正是欧洲文学史上批判现实主义和自然主义潮流盛行的时期，也是北欧文学大繁荣的时期。比昂松、易卜生和后来的斯特林堡等人，在这个时期取得了震惊世界的文学成就，引起世人对北欧的瞩目。这些作家吸收了欧洲大陆现实主义和自然主义文学创作的经验，尤其是吸收了当时在欧洲大陆流行的心理分析和象征手法，来表现他们对自己身边现实生活的感受。他们在挖掘和表现北欧大陆特有的伦理道德题材方面，使他们的文学作品达到了一种新的质量高度，为世界文坛提供了前所未有的经验，令人耳目一新。他们的文学创作成就，为布兰代斯的文学批评活动提供了坚实的理论基础和发挥广泛影响的可能性。

北欧文学传播并影响到欧洲大陆文学，始于浪漫时期。到19世纪末20世纪初，这种向外影响的过程，进一步加深，从欧洲远及于其他大陆，从此，北欧文学摆脱了被动接受的局面。浪漫主义、现实主义和自然主义，为北欧文学铺平了通向欧洲和世界的道路。北欧作家越来越引起世人的注目，除了比昂松、易卜生，还有挪威的克努特·汉姆生、西格莉特·翁塞特；瑞典的塞尔玛·拉格洛芙、佩尔·拉格克维斯特；冰岛的哈多尔·基利安·拉克斯内斯；丹麦的约翰内斯·威廉·延森、马丁·安德逊·尼克索；芬兰的埃米尔·西伦佩、米卡·瓦尔塔里；等等。这样，北欧的文学创作，从 19 世纪中叶开始，便摆脱了在世界文学中的边缘处境和配角地位，以其杰出的成就进入了世界文坛中心。

　　说到这里，人们不免会提出一个很自然的问题：现代意义的北欧文学，发展时期并不算长，那么它们是怎样以飞快速度大踏步地进入世界文坛的呢？答案显然在于它们的内容。它们为世界文坛提供了任何别国文学都不曾提供过的内容。北欧文学一方面描写了蛮荒的自然和令人难耐的气候的关系，即人与自然的斗争；另一方面也描写了伦理道德问题，即人与人、人与自身的斗争。或者说，作家们既描写了人的外在的、物质的世界，又描写了内在的、精神的世界，而精神世界中在当时最为敏感的、最为引人注目的问题，便是道德问题。除了这种独特的内容，北欧文学在美学上也表现了独有的特点：它们在文学主张上很少陷入极端，它们在倾向于古典主义的同时，必然也倾向于浪漫主义；它们在追求现实主义的同时，必然也追求幻想；它们在敏锐地汲取欧洲大陆各种新潮的时候，同时也不忘记努力继承和加工自己的文化传统；它们在表现乐观主义的时候，似乎也并不拒绝悲剧；它们在追求文学形象教诲意义的时候，也绝不忽视文学形象所体现的生活的理想主义；它们在表现理性主义的时候，也不忌讳描写神秘的东西；它们在表现泛神论、无神论的同时，也表现了宗教迷信。总之，人们很容易感觉到，北欧人观察世界似乎没有什么固定的框框，很尊重事物的原生态和矛盾的辩证法。这种思维方式可能是北欧文学很容易在其他大陆和国家找到知音的重要原因。

20世纪：流派纷呈与现实主义传统

19世纪的后30年，是北欧文学冲上世界文坛中心的30年，北欧文学史家们通常称这个突变过程为"现代突破"。所谓"现代突破"，是指这个时期的文学，不再表现理想主义的、田园牧歌式的或者多情伤感的东西，作家在直接生活的现实中选择写作的题材和素材，描写现实的人与社会，表现现实生活中的问题。在这股"现代突破"潮流中，冲在最前面的是挪威和丹麦作家，他们的创作活动，很快便带动了邻国文学的发展。

第一个打破中世纪勇士、英雄和国王等旧式题材范围，把笔触深入现实生活，即资本主义社会生活中去的是比昂松。比昂松出生于挪威一个神父家庭，少年时代即对文学发生兴趣，在大学读书时便开始创作描写家乡风光和风土人情的诗歌。毕业后曾在克里斯蒂安尼亚（即今日的奥斯陆）任《每日晨报》的文艺专栏评论员，任《晚报》和《诺斯克福报》的编辑。在办报期间，他曾受布兰代斯激进思想影响，大力宣传争取民族独立、发展民族文化、摆脱异族影响的观点。他还到欧洲大陆周游，开阔眼界。他的第一部具有"现代突破"意义的作品，是反映当代问题的社会剧《破产》（1875）。剧本描写一个资本主义社会的典型银行投机家钱尔德，如何玩弄欺骗手段，侵吞农民存款，害得他们家破人亡的故事，在北欧文学中第一次揭示了资本主义与金钱的关系。此外，他还创作了揭露新闻事业在政治斗争中充当资产阶级喉舌的《编辑》（1875）；反映资产阶级社会中妇女屈辱地位，抨击资产阶级道德观念和社会秩序的《挑战的手套》

（1883）；揭露资产阶级欺骗压迫，反映工人阶级苦难和斗争的《人力难及》（1883）；等等。尽管有的作品带有改良主义色彩，宣传坏人醒悟，好人得救，矛盾调和思想，但他以细节真实的手法，把人们日常接触的现实问题写进文学作品里，搬到舞台上，并对资产阶级进行抨击和鞭挞，这在挪威社会上曾经引起过相当大的反响。

比昂松的《破产》问世两年以后，挪威另一位伟大剧作家亨里克·易卜生，也不再只是借助《萨迦》题材创作历史剧和童话剧，宣扬基尔克郭尔带有极端个人主义色彩的叛逆精神："要么获得一切，要么一无所有"，而是把笔触深入资本主义社会的现实生活，连续创作了几部主题尖锐的社会问题剧，如反映现代经济与社会道德问题的《社会支柱》（1877）；反映资本主义社会伦理道德、法律、宗教和妇女解放问题的《娜拉》（1879）；描写道德堕落、暴露丑恶现实的《群鬼》（1881）；针砭资产阶级利己主义和民主虚伪性的《人民公敌》（1882）；等等。《社会支柱》是一部讽刺喜剧，剧中的造船厂厂主，是资产阶级道德的化身，他表面上道貌岸然，实际上却是个盗窃别人钱财，道德败坏的伪君子。易卜生笔下的造船厂厂主，比昂松笔下的银行家，都是体现资本主义社会本质的代表性人物形象，作家把他们推到舞台的聚光灯下，展现他们的虚伪行为，剖析他们的丑恶灵魂，把戏剧舞台变成了一个对资产阶级进行道德审判的讲坛。这在当时的欧洲舞台上是一个创举。易卜生这些作品一经问世，很快便被译成德文，搬进德国剧院，并由此走向法国、英国舞台，促进了欧洲的戏剧革新运动。

在丹麦作家中最早冲出旧题材束缚，并同传统的基督教信仰和形而上学世界观实行彻底决裂的，是翻译家和小说家延斯·彼得·雅科布森。雅科布森出生于日德兰半岛北部一个船主和店主家庭，青年时代便对自然科学产生兴趣，曾经撰写并发表过关于植物学的论文，他还翻译过达尔文《物种起源》和《人的子孙》，向丹麦读者介绍达尔文学说，同时自己获得了唯物主义的自然科学世界观。他在处女作短篇小说《莫恩斯》（1872）里，第一次把达尔文关于自然和人的学说，变成了一种艺术的现实。小说中的人物和人物生存活动的环境，既是自然科学家眼睛观察的产物，又是艺术家用精确的个性化的语言描写的产物。这种非神化的、唯物主义的自然科学世界观，不但在雅科布森的作品里，同时也在北欧其他重要作家的文学创作中，迅速形成了一大特色，从根本上改变了北欧文学的风貌。

北欧文学风貌的这种迅速变化，在19世纪末期大约用了十年的时间。作家们在自然科学和国民经济飞速发展的气氛中，也迅速形成了对个性自由和个人充分发展可能性的渴望和追求，并对旧时代遗留下来的政治、社会、哲学、宗教、道德等偏见进行尖锐的批判。处在北欧文学这股"现代突破"大潮最前面的，是挪威作家比昂松和易卜生，属于这股大潮的重要作家，还有丹麦的雅科布森、德拉克曼；瑞典的斯特林堡、耶伊尔斯塔姆；冰岛的盖斯图尔·波尔松、索尔斯坦·埃尔林格松；芬兰的米娜·康特、尤哈尼·阿霍等作家。他们抛弃了那种疏远现实的理想主义和安于现状、与世无争的田园牧歌式题材，在文学创作中提出社会问题，供人们讨论，引起社会争论。在布兰代斯看来，这便是他们那个时代"文学的重要标志"。他在1871年12月开始的关于"十九世纪文学主潮"的演讲中指出，文学如果不追求这种效果，将失去存在的意义。在这之前，北欧文学界和思想界，经历了一个漫长的缓慢发展过程，到19世纪末期，欧洲大陆精神生活的最新成果——各种关于宗教、历史、道德、艺术与文学的新思想——很快在北欧各国传播开来。除了我们前面提到的达尔文关于自然与人的学说，还有费尔巴哈从心理学角度解释上帝是人类愿望、梦想和幻想的产物的宗教观，孔德的实证主义，泰纳关于种族、环境、时间的因果关系的学说，还有马克思主义的辩证唯物论与历史唯物论。它们都在北欧得到广泛传播。马克思主义学说的传播，在工人和知识界引起巨大反响，北欧各国陆续出现了工人阶级政党，工人群众的境遇在作家们的文学创作中得到了更多的关注。

与这些新的人文科学、自然科学潮流来到北欧的同时，欧洲大陆新的文学潮流也传到北欧各国。其中如巴尔扎克对法国社会所做的现实主义描写；福楼拜作品中那些冷峻的观察和细微的心理分析；左拉的自然主义理论和小说艺术；欧洲大陆那些反映当代现实问题的戏剧；狄更斯、陀思妥耶夫斯基和托尔斯泰的现实主义小说，尤其是屠格涅夫小说中那种情调缠绵的抒情语言，对丹麦作家雅科布森、德拉克曼、赫尔曼·邦和挪威作家约纳斯·李的小说创作风格产生了强烈影响，而丹麦作家又似乎特别能理解俄国文学中那些意志薄弱的人、多余的人的性格。所有这些新思想、新的文学潮流、新的艺术手法，都很快在北欧文学界开花结果，使北欧文学呈现出一副前所未有的面貌。

在北欧文学取得历史性突破成就的过程中，丹麦文学批评家布兰代斯起了重要作用，易卜生称他在19世纪七八十年代所做的那些文学讲演和关于精神生活的著作，构成了"昨天与今天之间的一道深沟"，他的思想影响及于北欧各国。布兰代斯是个天才的演说家，他以自己雄辩的口才、渊博的知识，开阔了当代人的视野，冲击了北欧，尤其是丹麦的保守封闭、满足现状的精神状态，宣布了一个新时代的开端。布兰代斯在文化史上的地位，离开当时北欧具体条件，是无法理解的。他的《19世纪文学主潮》，与其说是一部文学史著作，毋宁说是一部精神史著作。它探讨19世纪欧洲文学的各种现象时，首要的不是看它们的美学问题。他衡量一个作家的意义和价值，首先是看他的叛逆精神，看他对自由思想所做的贡献。所谓"愤怒出诗人"，在他看来，作家应该从对统治势力的愤怒中汲取创作灵感。在文学观方面，布兰代斯鼓吹自然主义。他认为一切非自然的东西，或者超自然的东西，都是非现实的，因而是不能予以承认的。一部艺术作品是否属于自然主义，既不是看它的语言表达方式，也不是看它的形式因素，而是看作家是否立足于自然，根据对自然的研究进行艺术创造。在他看来，莎士比亚的《亨利四世》、雪莱的作品，或者左拉及其他法国自然主义作家的作品，都是自然主义的典范。按照易卜生的理解，不仅19世纪末期的许多北欧作品，甚至20世纪以来的许多重要作品，都是自然主义的。

严格说来，自然主义作为一个文学史时期的标志，主要指的是19世纪七八十年代。这20年，毫无疑问是自然主义在北欧文坛上居主导地位的时期，它决定了当时北欧文学的风貌。自然主义文学在哲学上和艺术上的主要特征，在当时的北欧文学中，都可以得到证明。例如在雅科布森的作品里，把人描写成自然的产物，人的活动受他的本能和欲望的驱使，自觉自愿地依照自然规律行事；人的性欲，女人做母亲的愿望，甚至人的牺牲精神，都被表现成应该自然地得到满足的事情；甚至他作品中某些人物经过艰苦斗争得来的不信神的权利，都是为了过自然人的生活。遗产因素对于人的发展和存在的意义问题，在当时北欧文学中也经常出现，人的生命按照自然主义的哲学观点，在他出生以前就通过遗传决定了。这在丹麦作家赫尔曼·邦的许多小说里，在瑞典作家斯特林堡的传记小说和剧本《朱莉小姐》里，都有充分表现，即使在易卜生的《群鬼》里，遗传机制也被用作一种戏剧性手段，因为奥斯瓦尔德的死，主要不是他父亲的罪过造成的，而是他母亲阿尔温太太过分拘泥于资产阶级传统造成的。在彭托皮丹的一些小说里，作者以象征、比喻的手法，表现环境对人的决定作用，他甚至说，"一个在鸭圈里长大的人，即使让他和老鹰在一起，也无济于事"。从他早年的小说到他以批判眼光描写家乡生活的小说，始终未放弃这条自然主义的命题。在挪威文学中，这种环境因素，比在丹麦文学中起的作用还要突出。随着这个国家国民经济的发展，城乡对立越来越明显，周围环境对人的命运的消极影响，也越来越被人们认识，并在文学作品中得到充分描写，如易卜生的《社会支柱》《娜拉——玩偶之家》等。娜拉的出走，在我们看来，如同妇女解放的宣言，可在当时的北欧人看来，它只是走向真正的人的第一步，而阿尔温太太对待资产阶级社会保守道德的态度，被视为导致家庭悲剧的原因。比昂松和谢朗，都曾期望用自己的文学作品帮助挪威社会建设一种开明的民主制度。汉斯·耶格尔甚至期望发生一场无政府主义革命，铲除挪威社会不合理的统治制度。

自然主义文学的最大贡献之一，是把现实生活作为小说和戏剧的主要题材来源，并采取实证主义的科学方法和批判态度，来描写社会现实问题。作家们在艺术处理过程中，强调感性经验的重要性，为此便尽量在语言上去发现与之相适应的表达方式。在自然主义小说家看来，一个对象不再仅仅是美或者可爱，而是要把它的各部分及其细微的差别、色调、明暗等都用语言表达出来。但感官可以感受的现实，未必都能准确地再现出来，于是，作家便只能选择最有特点、最能代表一个对象全貌的部分场面进行精细的描写。自然主义文学的另一个艺术特点是，散文抒情化倾向的加强。这种倾向在挪威作家约纳斯·李和丹麦作家赫尔曼·邦的小说里，甚至发展成一种印象主义的描写方法。赫尔曼·邦在理论性文字中，要求作家创作充满戏剧性对话场面小说，反对叙事性描写，反对左拉那种分析式小说。邦自己的作品中，就充满了这种戏剧性对话场面，从而削弱了叙述者的作用，他作品中的人物，通过对话显得生动和血肉丰满。不过这种印象主义描写方法并未取代史诗式的叙事技巧，比如在斯特林堡的《红房间》里，便可看到狄更斯那种叙事小说技巧。一些作家并不追求把叙事者掩盖起来的虚假客观性,在故事情节当中经常穿插社会批判性的评论,在小说中不仅人物,有时叙事者直接出面发表长篇演说,有的演说甚至是相当沉闷的。彭托皮丹为了反对这种印象主义的文风,常常采用不加修饰的语言,这种语言有时给人一种干巴巴的印象。

自然主义文学,是小说和戏剧的天下,所以易卜生曾经认为诗歌的时代已经过去了。但就在19世纪向20世纪过渡的前夕,人们又重新发现了诗歌,以及与诗歌相关的现实的一个方面——主观世界。

从19世纪向20世纪转折的时候,在许多北欧作家的作品中,民族与地区特性成了他们要表现的主题。他们努力描绘自己家乡的风土人情,他们认为这是他们最熟悉的现实。北欧文学中的这种倾向,是在世纪转折之前出现的,但在1900年以后才形成一种文学气候,随着瑞典、挪威、丹麦三国取得政治和文化的独立性,这种倾向才得到充分发展。自那以后,三个国家的文学越来越面向本国,成了自给自足的文学,作家们很少把眼光投向国外,文学描写的对象,就是各自国家的自然和人。家乡不只是人的劳动场所,同时也是人的生活源泉,在北欧这种"乡土文学"中,现实主义和非现实主义因素是同时并存的。

前面提到,自然主义是19世纪七八十年代的文学潮流,随着19世纪向20世纪的转折,自然主义遭到批判。在19世纪后半叶,自然科学的发达和达尔文进化论思想的普及而形成的乐观主义的世界观,也遭到越来越强烈的抵制。在哲学领域对个性和主体性的强调,都直接或间接地影响了文学作品的语言和结构。北欧文学早在雅科布森、德拉克曼的小说和诗歌中就存在的非现实主义倾向,在世纪转折前的最后几年,在文学创作中取得了越来越重要的地位,影响越来越大。抒情诗的复兴,为欧洲大陆已经流行的"青春风格""象征主义""表现主义"等艺术手法在北欧的发展提供了机会。"青春风格"是产生于1900年前后的一种艺术潮流,以德国慕尼黑一家《青春》杂志命名。青春风格最初形成并流行于室内装饰、广告艺术、图书装帧和编织艺术领域,重装饰效果。这种艺术特点运用于文学之中,使抒情诗和散文产生了一种朦胧气氛和说不清道不白的情调。"象征主义"则通过节奏感和音乐性与青春风格相结合,使文学语言产生一种神秘、魔幻效果,赋予文学作品某种隐晦性和多义性。而"表现主义"方法对独创性和力度的强调,又往往会破坏小说中抒情散文的语言结构。总之,自抒情诗复兴以来,文学中产生了一种抒情诗与散文共生的局面,这两种文学体裁几乎到了难以区分的程度。这种抒情散文,或称散文诗,为作家提供了新的可能性,来追求具象而明白的语言和现实主义的印象主义描写方法。作家在作品中通过运用第一人称叙事方法和日记形式,来强调和突出艺术作品的主观成分。

　　青春风格和印象主义的形式因素,同样也被戏剧吸收和借鉴。易卜生和斯特林堡都摆脱了自然主义因果机制的浅显性和透明性,它们的一些剧本(如易卜生的《群鬼》《野鸭》,斯特林堡的《死魂舞》《鬼魂奏鸣曲》,等等)均充满了象征和神秘观念,借以展示较为深层的真实和对世界的新的理解。我们知道,19世纪中期开始的现实主义和后来的自然主义文学潮流,被文学史家称为"现代突破",而19世纪末期出现的反自然主义潮流,则在丹麦通常被称为"心灵突破",在芬兰、挪威则被称为"新浪漫主义",在瑞典被称为"唯美主义"或"世纪末浪漫主义"。不管这些国家的文学史家们采用什么术语来概括当时的文学潮流,有一点是共同的感受,即自然主义的文学主张已经不足以帮助作家理解和反映现实的时候,人们便为文学发现了新的领域,这就是"自我"、独立的个性、无意识的心灵生活、想象与幻想、美感与人生乐趣、上帝与神秘等。它们全都超出传统现实主义艺术可以直接感受的特点，发现了现实的一些新的侧面和维度。这无疑是对文学的一种丰富，但若像克努特·汉姆生说的那样，主观的东西是唯一现实的东西，显然是表达了一种极端的想法和认识。

总起来看，两个世纪转折时期的北欧文学，可以说是许多主张、潮流、倾向并行发展的时期，既有现实主义、自然主义，又有青春风格、象征主义、表现主义；既有强调个性的，也有强调社会性的；既有乡土文学，也有反映世界性主题的文学作品。北欧文学就是在这种流派纷呈的情况下，跨入20世纪的。

进入20世纪以来，随着现代科学技术，尤其是交通工具的发展，各种不同文化背景的文学和精神生活的互相交流得到加强，北欧文学中许多作家的作品，通过德文译文传播到其他国家，引起世界文坛的广泛注目。世界现代戏剧，当然也包括德国戏剧，也从易卜生和斯特林堡那里得到启发，受到影响。北欧现实主义和自然主义散文文学，常常成为德国作家赞扬和模仿的榜样。德国哲学家尼采的思想，在北欧也引起强烈反响，尤其是它那含义深长、精密有力的语言，对北欧作家产生了相当久远的影响。德国表现主义文学，对北欧抒情诗和戏剧的影响，也是很明显的。

不过，随着时间的推移，以及政治和精神生活的变迁，北欧作家的目光逐渐移向西欧和北美，关注点不再拘泥于德国文学。法国超现实主义的形式因素，普鲁斯特那种精细的描绘手法，第二次世界大战以后的萨特和加缪，都成了北欧作家模仿的对象。苏联马雅可夫斯基的文体和形象的语言，也颇受北欧作家重视。诚然，对北欧文学影响最深刻的，当推英国和美国文学，如劳伦斯关于人类自然的性生活的描写，海明威那种清醒而痛楚的现实主义的虚无主义，庞德多层次的诗歌艺术，艾略特对精神和文化废墟、对现代人绝望情绪的描写，等等。表现主义艺术的激情，超现实主义艺术的蒙太奇手法，都被北欧文学接受，但现代欧洲诗歌的语言，到 40 年代才大规模地普及开来。在现代绘画、法国象征主义、艾略特《荒原》和里尔克诗歌影响下，北欧诗歌开始关注隐喻、象征、语言节奏、声响、色彩等因素，诗人们把功夫花在表现语言上，而不是花在表现世界上，诗人们着力去表现个人的真实，主要不是去表现普遍的客观世界的真实。诗歌领域成了热衷于形式试验的人们的场地。

这种形式试验，在散文文学方面，似乎远远不像在诗歌方面那样广泛。诚然，乔伊斯的意识流技巧，在 20—30 年代心理现实主义小说中曾经很受欢迎。卡夫卡的象征手法和清晰的语言，福克纳具有表现力的语言艺术，都在 40 年代受到许多作家的偏爱。但在长短篇小说创作中，百事通式的叙事者和对细节的真实描绘，仍然是主要的艺术手法，尤其是在挪威和冰岛文学中，几乎占绝对优势。在资本主义制度危机迭起、社会生活各个领域变幻莫测的时代，北欧文学的现实主义传统之所以能不间断地发展，除了北欧各国地理位置的特点所带来的原因，最关键的原因还是作家们对社会的忧患意识和参与意识。大多数作家从事文学活动的目的，不是自娱或单纯排遣个人的情绪，因此他们并不满足于把自己局限在神秘的语言和形式的实验中，或只是迎合少数文人雅士的趣味，而是希望用多数读者能够明白的语言，为同时代人传递某种社会的、人生的信息。由于他们并不幻想在社会发展过程之外讨生活，不想"为艺术而艺术"，故对他们来说，美学问题无论如何也不如社会问题更重要。这是 20 世纪北欧文学最明显的基本特征。即使像斯特林堡那样极端个人主义的作家，晚年时仍然尖锐地批评过以维尔纳·封·海登斯塔姆为首的唯美主义的脱离现实倾向。在第一次世界大战以后那些动乱的年代里，几乎没有一个重要作家采取不介入社会的立场，那时有影响的文学或文化杂志，几乎无一不带有强烈的政治启蒙色彩。

此外，语言的特点，也在保持现实主义写作方法和艺术主张方面发挥了重要作用。文学作品首先是一种语言艺术，语言是构成文学作品的最基本材料，任何形式试验都要借助语言来实现。就冰岛语言来说，它那固有的保守的语言意识，它那传统的中世纪《萨迦》语言和吟唱诗修辞技巧，以及外国现代语言的词汇经过硬译、直译，同传统母语词汇的不协调，等等，都使冰岛文学同外国文学中的形式试验保持着一定的距离。在挪威自1907年以来，便存在着"民间语"还是"国语"作为文学书面语言的激烈争论。所谓"民间语"（Landsmal）是一种古代方言发展来的挪威书面语言，而所谓"国语"（Riksmal）是一种由丹麦语和挪威语混合发展而成的书面语言。到20世纪中叶才在"民间语"和"国语"挪威化的基础上，形成一种统一的挪威书面文学语言。对于在一段相当长时间内，寻找最佳挪威化表达方式的作家来说，语言的交流价值和意义，始终在文学中占首要地位，这几乎是无可怀疑的，因此任何试验性的文学形式，倘不能借助大家都明白的语言，取得普遍的、广泛的文学交流价值，便很难引起作家的兴趣。在当时的挪威文学界正是如此。

使现实主义文学方向得以保持和延续发展的一个重要原因，是反法西斯文学的形成和发展。我们知道，20世纪前50年的历史上，发生了两次世界大战，如果说第一次世界大战，照德国作家阿诺德·茨威格的说法，还是一场"白人大战"的话，那么第二次世界大战则具有了全球性质。两次世界大战的罪魁祸首，都是作为北欧邻国的德国。在两次世界大战之间，发生了两次牵动国际局势的大事件，一是苏联十月革命的胜利。在这次革命影响和推动之下，欧洲大陆出现了以工人运动为标志的轰轰烈烈的社会主义革命形势，对许多欧洲知识分子和作家来说，苏联在当时成了人类美好未来的象征和保障。然而斯大林在30年代实行的大清洗，导致欧洲大量知识精英对苏联产生了失望情绪，离开了工人运动，这就大大削弱了同情革命的力量。二是资本主义世界发生了普遍的经济和社会危机，其结果是民主自由遭到威胁，并出现了一系列法西斯专政的国家：德国、意大利、西班牙和东方的日本。

这些重大历史事件，在北欧各国都不可避免地留下痕迹。第一次世界大战对北欧多数国家影响不大，只有芬兰受到震动和牵连。芬兰自1809年以来，一直是一个受沙皇俄国控制的大公国，十月革命以后脱离沙皇俄国，但很快陷入了资产阶级势力与社会主义者之间的国内战争，直到1918年才成立独立的共和国。在第二次世界大战中，芬兰资产阶级政府又卷入了反苏战争，战后才同苏联签订友好条约。瑞典在第二次世界大战中，始终保持中立地位，但时时都有遭德国法西斯蹂躏的危险。丹麦和挪威于1940—1945年被德国占领，挪威的奎斯林政府，甚至采取同法西斯合作的态度，成为历史的罪人。冰岛虽然未直接遭到德国蹂躏，却于1940年、1941年以预防法西斯入侵为由，先后被英美部队占领。

这种政治历史形势，反映在文学创作活动中，便是多数作家无暇顾及各种各样的语言和形式试验，尤其是30年代以后，作家们面临着共同的反法西斯斗争，无暇去争论世界观上的分歧，因此持各种世界观的人，如基督徒、无神论者、人道主义者、社会民主党人和共产党人，被迫结成一个"文化联盟"。在丹麦和挪威这样被德国法西斯占领的国家，作家们不但用笔，而且用行动参与抵抗运动，在遭到严重威胁的瑞典，作家们发出"时刻准备着"的呼声。在这种"文化联盟"思想影响下，北欧文学出现了一种以反对法西斯、反对战争和反对占领为主题的文学，通常人们称之为"反法西斯文学"，或称"抵抗文学""反战文学"，战后则称之为"清算文学"。其代表性作家有挪威的格里格，丹麦的安德逊·尼克索，瑞典的拉格克维斯特，冰岛的拉克斯内斯，在芬兰有围绕"基拉社"周围的作家群。最有代表性的作品，是丹麦作家汉斯·谢菲格于1962年出版的《弗利登霍姆城堡》，这部长篇小说是丹麦文学中描写第二次世界大战的最优秀作品，它对德国法西斯占领丹麦时期，从艺术和政治上做了最明确的清算。作品通过广泛的社会分析，揭示了形形色色对战争感兴趣的人和推动战争的势力，并由此成功地揭示了这场战争的政治、社会、经济原因，表现了反法西斯战争是阶级斗争的一部分。在作者笔下，资本主义制度是产生法西斯主义和战争的社会制度，而反法西斯斗争，是同人类解放的目标相一致的，它体现了世界历史的人道主义理想。

诚然，北欧的反法西斯文学，也由于其不同的表现手法，透露了作者们各异的思想倾向和立场，但无论如何，这些作品，要么控诉了法西斯的非人性和野蛮特征，要么表达了对法西斯主义的抗议，表达了对战胜法西斯主义的必胜信念。反法西斯文学的一个最突出特点，是在描写新人形象方面，取得了美学上的突破。同当时资产阶级文学中描写的那些具有世纪末心态的人物相比，反法西斯文学作品中那些行动的人物，面对社会的发展，胸怀坦荡，表现了大无畏精神，具有一种历史发展主体的心态。那些反法西斯作家们，一方面通过塑造这种积极行动的人物形象，加深并坚定了自己的信念：法西斯是能够被打败的；另一方面，作家们通过塑造这些人物，也在社会上发现了那些积极行动的人，在他们身上看到了人类的未来和希望。关于反法西斯文学这种美学上的特点，20世纪70年代以来，受到欧洲学术界重视，并给予了积极评价。1980年在民主德国格赖夫斯瓦尔德召开的国际北欧学学术会议上，学者们对于反法西斯文学把人物塑造成"历史的主体"，使文学发展保持现实主义方向这一点，给予了充分肯定的评价。

北欧文学中这种现实主义方向，20世纪60年代以后，又一次受到重视，获得一次普遍发展的机会。当时的欧洲各国人民，面对超级大国的军事对峙和扩军备战，日益感到人类生存遭到严重威胁。欧洲以外的越南战争，第三世界的解放运动，等等，促使作家们很快形成一种关心人类命运、世界性交往的全球意识和新型人道主义思想。在这种新的文学气候里，美学上的任何精神贵族态度，都被作为不民主倾向而遭到拒绝和批判。具有新的朴素美特点，新的激进主义倾向和社会介入性的现实主义文学，受到普遍提倡和重视，这其中既有运用历史文献、记录事实真相、具有时代批判性和真实性的报告文学，也有以虚拟为主的散文文学。

当然，自从第二次世界大战结束以来，欧洲当代文学中的其他思潮，如具有存在主义倾向的文学、荒诞小说、新小说、大众艺术、语言实验文学等，都在北欧文学中有所反响。不过，人们似乎可以看到一种规律性的变化，即凡是人类存在面临重大考验和社会危机的关键时刻，现实主义文学总会得到蓬勃发展，现实主义文学主张，最受作家青睐。而在人们生活得安逸的时刻，一方面是人们的眼光普遍盯着资本主义社会的消费热，另一方面，人们的内心世界产生了可怕的空虚感，产生了精神危机。凡是在这种时候，注重形式和语言实验的文学，似乎又获得了成长的机会。无论如何，如前面所说，北欧作家似乎并不热衷于把文学事业推到某个极端的死胡同里去。这也许是我们东方人面临各种西方文学潮流冲击的时候，值得借鉴的态度。

附　　记

谨以此文祝贺冯至同志88寿辰。

1977年9—11月，冯至同志曾有机会游历北欧五国，回国后写了许多文章，介绍北欧文学的历史和现状。读后，激起了我对北欧文学的兴趣，我断断续续花了几年时间，在书本里循着冯至同志的脚印，进行了一次北欧诸国的"神游"。文本就是这次"神游"的"游记"。我把它献给尊敬的冯至同志，并衷心祝愿他健康长寿，不断有新译、新作问世。

原载1993年版《冯至先生纪念论文集》